盛世春光

SHENGSHI CHUNGUANG

桩桩 著

重庆出版集团 重庆出版社

图书在版编目(CIP)数据

盛世春光 / 桩桩著. —重庆:重庆出版社,2022.11
ISBN 978-7-229-16774-5

Ⅰ.①盛… Ⅱ.①桩… Ⅲ.①长篇小说—中国—当代 Ⅳ.①I247.5

中国版本图书馆CIP数据核字(2022)第068720号

盛世春光
SHENGSHI CHUNGUANG
桩　桩　著

责任编辑:钟丽娟
责任校对:杨　婧
装帧设计:八　牛

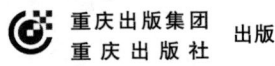

重庆出版集团
重庆出版社　出版

重庆市南岸区南滨路162号1幢　邮政编码:400061　http://www.cqph.com
重庆出版社艺术设计有限公司制版
重庆市国丰印务有限责任公司印刷
重庆出版集团图书发行有限公司发行
E-MAIL:fxchu@cqph.com　邮购电话:023-61520646
全国新华书店经销

开本:890mm×1240mm　1/32　印张:16　字数:445千
2022年11月第1版　2022年11月第1次印刷
ISBN 978-7-229-16774-5
定价:59.00元

如有印装质量问题,请向本集团图书发行有限公司调换:023-61520678

版权所有　侵权必究

CONTENTS 目录

Vol.1 第一卷

楔子 / 002

第1章 / 拍卖会上的冰美人 / 005

第2章 / 神秘买家 / 010

第3章 / 钓美人鱼 / 014

第4章 / 在商言商 / 019

第5章 / 再次吞饵的鱼 / 024

第6章 / 被认出来了 / 029

第7章 / 戏弄 / 033

第8章 / 讨厌的未婚夫 / 036

第9章 / 青梅与竹马 / 041

第10章 / 从前的家 / 045

第11章 / 唯一线索 / 049

第12章 / 穿着礼服吃火锅 / 053

第13章 / 真不是故意的 / 056

第14章 / 商人亦有情怀 / 061

第15章 / 登门拜访 / 065

第16章 / 顾家壶的色 / 068

第17章 / 说实话的后果 / 072

Vol.1

第一卷

第18章 / 哄女孩子是技术活 / 075
第19章 / 害羞了 / 079
第20章 / 苏念竹的秘密 / 083
第21章 / 老桥段 / 087
第22章 / 忐忑的心情 / 091
第23章 / 沉沉心思如夜 / 095
第24章 / 童年记忆 / 099
第25章 / 旧新闻新线索 / 103
第26章 / 隐藏的目击者 / 107
第27章 / 父亲的关注 / 111
第28章 / 了解他吗 / 115
第29章 / 目光的交锋 / 119
第30章 / 主动表白 / 123
第31章 / 不约而同的拒绝 / 127
第32章 / 一个名字 / 132
第33章 / 巧遇 / 136
第34章 / 告白 / 141
第35章 / 开天眼 / 145
第36章 / 单独出游 / 149
第37章 / 小短腿和奸商 / 153
第38章 / 唐大侠 / 157
第39章 / 梅壶 / 161
第40章 / 壶里旧物 / 165
第41章 / 大雨留客 / 169

Vol.1

第一卷

第42章 / 一点好处 / 173

第43章 / 韩休到来 / 178

第44章 / 怦然而动的心 / 181

第45章 / 艰难的决定 / 185

第46章 / 回家了 / 190

第47章 / 一个人也过得好 / 194

第48章 / 韩休的工作 / 197

第49章 / 机会的小尾巴 / 202

第50章 / 又被撩了 / 206

第51章 / 一百万退休金 / 210

第52章 / 父亲的来电 / 215

第53章 / 当车变成了还车 / 219

第54章 / 登门赏壶 / 223

第55章 / 陌生来电 / 227

第56章 / 醉酒溺水 / 231

第57章 / 心房之门 / 235

第58章 / 揍一顿就好了 / 239

第59章 / 负气离开 / 244

第60章 / 盘问 / 248

第61章 / 有一个人知道答案 / 252

第62章 / 各取所需 / 256

Vol.2 第二卷

第1章 / 一己之私 / 262
第2章 / 宽恕 / 266
第3章 / 神秘来电 / 270
第4章 / 口是心非 / 274
第5章 / 捐壶 / 280
第6章 / 再次吞饵的鱼 / 284
第7章 / 争议 / 288
第8章 / 冷脸相对 / 293
第9章 / 壶王的选择 / 298
第10章 / 闭门羹 / 302
第11章 / 醋飘香 / 307
第12章 / 他的礼物 / 311
第13章 / 鱼饵下对了 / 316
第14章 / 泥人杨 / 322
第15章 / 摸摸小手不用负责 / 328
第16章 / 永不凋零 / 332
第17章 / 抱负 / 337
第18章 / 偷听 / 341
第19章 / 要一个答案 / 345
第20章 / 话里有话 / 349
第21章 / 反应 / 354
第22章 / 关于他父亲的记忆 / 358
第23章 / 他的温暖 / 363
第24章 / 你们的壶王不怎么样 / 367

Vol.2

第二卷

第25章 / 君子不器 / 371
第26章 / 春光乍现 / 374
第27章 / 冒进 / 380
第28章 / 事发 / 384
第29章 / 当年情 / 389
第30章 / 熟悉的声音 / 394
第31章 / 真相可以交易 / 399
第32章 / 拼图渐成形 / 405
第33章 / 重新立案 / 411
第34章 / 唐家的反应 / 416
第35章 / 蜕变 / 422
第36章 / 老街上的老朋友 / 428
第37章 / 打草惊蛇 / 433
第38章 / 承认 / 438
第39章 / 同伙是谁 / 445
第40章 / 江城要找的人 / 451
第41章 / 最后的朋友圈 / 455
第42章 / 情绪 / 461
第43章 / 最后一把曼生壶 / 466
第44章 / 催发的种子 / 472
第45章 / 鉴定结果 / 475
第46章 / 求婚 / 485
第47章 / 过了心里那道坎 / 489

Vol. 1
第一卷

楔子

深秋的雾一团团飘荡在空中,久久不散。公墓里的松柏草叶被空中的水雾洗得一尘不染,浓郁得仿佛用手一攥就能滴出水来。走在这处静谧的世界,苏念竹不由自主地放缓了脚步。她很喜欢呼吸间沁入心脾的清冷孤寂与泥土青树的味道。

小心走过地上一块块青石墓碑,苏念竹一遍遍在心里默念着:"尘归尘,土归土,请安息。"

死亡并非一切的终结。不是所有逝去的灵魂都能得到安息。她的唇边隐约露出淡淡的嘲意。

一只乌鸦发出嘶哑的声音从头顶飞过。苏念竹抬头看了眼。这只漆黑的小东西停在大树枝丫上,瞪着小豆子般的眼睛好奇地看着她。

灰色阴霾的层云隔绝了阳光。苏念竹想,大概她心里也有着这样一层厚重的灰云,将明媚活泼快乐幸福都挡在了外面。她感觉自己的灵魂此时正与长眠地下的人相伴。她能体会到他们的忧伤与沉默。她行走在大地上,而她的心,在没有得到救赎前只属于地下那方黑暗。

正这样想着,几缕阳光从灰云间的缝隙投了下来。深沉的灰将阳光映衬得像洒落了一把金色的沙。像极了油画中圣光降临的时刻,极为美丽。难道是上天聆听着她的心声吗？苏念竹望着眼前的这幕景致停住了脚步。

苏念竹第一次见到章霄宇时，令她惊诧的这道阳光正落在他身上。

青绿的草地，洁白的墓碑，穿黑西装的年轻男人脊背挺直。

一个充满雕塑感的背影。苏念竹扬了扬细长如剑的眉。

他身边几米开外站着一个面无表情的男人。他看过来时，有钉刺般的感觉。保镖？苏念竹没有放在心上，径直朝章霄宇走了过去。

韩休上前两步拦住了她："苏律师？"

苏念竹冷漠高傲地点了点头："我是苏念竹。"

韩休睒了她一眼，退开了。

两人简短的对话令章霄宇转过身来，正巧与苏念竹冷清的目光碰上。

苏念竹沉默地打量着自己的客户。年轻，英俊……即将成为继承大笔遗产与拥有价值连城收藏品的年轻富豪。他是个幸运儿。哪怕他喜欢坐在轮椅上装瘸子，依然会有无数的美人腻在他怀里用最真诚的声音对他说"我爱你的一切"。

章霄宇也在观察着苏念竹。黑色的长裙包裹着窈窕细长的身材，白色衬衫的蕾丝衣领密密扣到了下巴，没有露出半点肌肤。帽子下面的脸极为年轻，这让他有点吃惊。他本以为会见到一个精明的中年女人。她那双细长的眼睛极有特色，像薄薄的上弦月，眼尾微微上勾。他没有看到对方应有的尊敬，只看到了如同打量猎物般的清冷目光。

年轻，锐利。这个女人像一柄剑。

苏念竹露出浅笑："章先生，请节哀。我是章老先生的私人律师苏念竹。"

章霄宇的目光中有着淡淡的疑惑与好奇："没想到苏律师这么

年轻。"

　　是啊，她才三十岁，就能脱颖而出成为富豪的私人律师。年轻就是女人的原罪，可以否定她的勤奋与努力吗？这小子是在好奇她用了怎样的手段迷惑了章老先生吧？苏念竹暗暗磨了磨后槽牙，没有接他的话。

　　章霄宇似乎意识到自己的唐突，露出抱歉的神色："希望苏律师还能继续接受我的聘请。做我的私人律师。"

　　苏念竹呆了呆。

　　这本来是她想争取的。章霄宇主动续约，反让苏念竹慎重起来。她注视着他，带着疑惑开口问道："您是第一次见到我。"

　　章霄宇轻轻地敲打着腿，笑容依然："苏律师如此年轻就能得到义父的信任，自然有过人之处。我相信义父的眼光，也相信您不会拒绝一个能继续支付丰厚报酬的客户。"

　　他转过脸，温柔地望着眼前的墓碑："义父说，他把所有的财产都留给了我。"

　　"遗嘱中有一件事我必须告知您。"苏念竹尽职地从公文包里拿出了遗嘱，薄薄的唇吐出的话有点冷，"如果您不能在一年内重新站起来，章老先生的财产将全部捐献给慈善机构，用于资助所有的残疾人。"

　　笑容凝固在章霄宇唇边。他的手摩挲着轮椅的扶手，继而用力地握住了。因为用力，白皙的手背上暴出了淡淡的青筋。

　　苏念竹莫名其妙地感觉到一丝快意。她想，大概是嫉妒，嫉妒这个年轻男人轻松拥有的财富："您八岁时的接骨手术非常成功。每年体检显示，您的双腿很健康。而您却依赖了轮椅二十年。您是心理残疾。有病，得治。"

　　韩休投来一缕不善的目光。苏念竹反而挺直了背，微笑着等待章霄宇的反应。

章霄宇并没被她激怒。他低下头,长长的眼睫毛也低垂下来:"如果我站不起来,我就将成为……穷光蛋?!"

"对。您将拿不到一毛钱,也付不起我的薪酬。"苏念竹挑衅地看着他。

他是躲在壳里的雏鸟。义父的爱便是那层壳。义父病逝,再没有人为他遮风挡雨,由着他继续逃避。章霄宇伸出手,似乎想要握住从脸上拂过的秋风。

良久,章霄宇放下手,然后轻松地从轮椅上站了起来:"你说过,我当年手术很成功。我的双腿很健康。"

他根本就不需要再坐轮椅!他在戏弄自己?!苏念竹所有的话噎在了喉间。对方高大的身影带给她些许压迫感,她不肯后退,便微仰起下巴,压抑着薄怒:"章先生,您明明已经能……"

他用细长的手指压在唇上,示意她噤声。

墓地寂静得连呼吸声都被风声压过了。章霄宇静默地凝视着义父的墓碑。他的声音随风萦绕在苏念竹耳边:"愿逝者安息。生者幸福。"

愿逝者安息,生者幸福。

她听到了他语气里的虔诚。苏念竹浑身的毛刺都被这句话抚平了。

第1章 / 拍卖会上的冰美人

火红的枫叶沿着山道盘旋。远远望去,像燃烧起来的一条火龙。一道黄影闪过,伴随着年轻男人变调的尖叫声。

"慢一点——啊!啊啊!"

白星大吼着,感觉脚指头变成了老鹰爪子,但就算把车地板抠出个洞也无法给他带来更多的安全感。他死死吊住车窗把手,直瞪着窗外一闪而过的景色。恐惧在他眼里弥漫,他甚至听不到自己变调的嚎叫声有多么惊人。

跑车骤然停下。白星一把推开门,踉跄着下了车不停地干呕。

背心被大力拍打着,他抢过唐绺递过来的水漱了口,白着脸怒吼出声:"你要不是我表姐……"

"你早就揍得我妈都认不出我了。"唐绺接口帮他说完,急匆匆地望向落枫山庄,"拍卖会开始了。你去停车,我先进去了。乖啊!"

将车钥匙塞进表弟手里,唐绺一溜小跑上了台阶。

白星无力地朝表姐挥了挥拳头,认命地停车去了。

建在小香山的落枫山庄是唐氏的产业。今天举行的是制壶大师李玉的壶品拍卖会。

紫砂壶与茶道传承千年,爱壶嗜茶之人众多。随着紫砂矿的稀缺,越有名望的大师,其壶品的价格也随之日渐攀升。不久前,某位制壶大师一套禅意莲瓣壶就拍出了四百多万的价格。

李玉,1966年生人,原名李玉北。别称南北居士,自号壶痴、老壶匠。12岁拜名师学艺,被誉为"壶界泰斗"。他制的壶被海内外各大博物馆、文物馆收藏。民间收藏家趋之若鹜。

沙城紫砂制壶的历史能追溯到原始社会制陶。紫砂制壶兴于北宋年间,在明清达到了顶峰。沙城是紫砂制壶的重点文化传承之地,也是李玉的故乡。他因个人原因不愿张扬,因而这次拍卖走的是小众高端路线。除了沙城紫砂协会近水楼台得了数张邀请函,前来赴会的人都是玩壶多年的老玩家,且身家不菲。

唐绺急步走进大厅时,眼前灯光一暗,拍卖会开始了。她适应了几秒钟光线，跟着侍者在后面的一处空位上坐了下来。

司仪在聚光灯前声情并茂介绍李玉大师的生平与此次委托壶品时，唐绷借着昏暗的灯光看到了沙城紫砂协会的李会长、韩理事，还有别的几位老会员。这样的拍卖会是每一个制壶爱好者观摩学习交流的好机会。如果拍卖地点不是定在唐氏的落枫山庄，她也不见得能弄到一张邀请函。

唐绷还看到了几位脸熟的本城收藏爱好者——右前方沙发上那位肚子比孕妇还大、做沙石生意的王总，旁边那位在本城开了五十家美容连锁店的柳女士。她对这两位没什么好感。

别以为她不晓得，那位王总连铁观音和乌龙茶都喝不出区别。人前摆出大师制的紫砂壶优雅待客，人后最爱捧着搪瓷缸狂饮。她真不乐意李大师的珍品壶又沦为王总的炫耀品。

目光在厅堂里溜了一圈。靠窗角落坐着的短发女人引起了她的注意。

灯光全聚焦在前面的拍卖台上。厅堂中光线幽暗。纵是如此，也难掩短发女人的美貌与清冷气质。她与柳女士正对唐绷坐着，形成了鲜明的对比。唐绷觉得这两个并排而坐的女人一个是机器制壶，一个是手工制壶。哪怕线条同样优美，也能让人一眼看出差别。

柳女士浑身上下都透露出被美容改造的痕迹。妩媚的长发搭下来的每一缕都放在恰好的位置。滑落的名牌丝巾露出一点精致香肩，弧度如同数学家严谨计算过的轨迹。

短发女人一袭干练的西服套裙，淡妆红唇，戴着一对黑珍珠耳饰，优雅得恰到好处。

她身边还坐着个背影挺拔的男人。唐绷看不见他的脸，只看到他放在茶几上的手。白皙修长的手指在玻璃酒杯底座上轻轻划着。灯光下手指细长,手形优美。这是一双属于外科医生、钢琴家与雕塑家的手,富有艺术感的手。

注意到唐缈的视线,短发女人冲她礼貌地笑了笑。

呀,被发现了。唐缈笑眯眯地收回视线,将心思转到了前方的拍卖台。

主持拍卖司仪正在介绍情况:"……九组一十三把关门作品中有大气磅礴的岁寒三友壶,充满意趣的楚汉风韵壶,堪称四美的龙蛋组壶,美轮美奂的追月壶……"

唐缈只是看着手中的拍卖画册,就已经血液沸腾了,恨不得把壶全部抱回家。

白星蹑手蹑脚进来,在唐缈身边坐下,小声地问她:"姐,你真要买啊?"

唐缈瞪他一眼:"不然我来干吗?"

白星的声音压得更低了:"钱够吗?"

唐缈被这句话噎着了,半晌才伸出手指比了个数:"从小到大所有的积蓄够买一把壶吧?"

白星翻了个白眼:"姨父知道定要骂你是败家子!"

"用我自己的红包零花积蓄,我怎么败家了?"唐缈不服气地反驳了句,"拍卖会开始了,别闹。"

白星耸了耸肩,自顾自地打量起周围的人来。看到了柳女士旁边的短发女人,白星在心里吹了声赞美的口哨,目光就再没有从她脸上移开。

"各位,今天专场拍李玉先生关门九组作品。每一件都邀请了国家级紫砂壶鉴定专家鉴定。这是李玉先生委托拍卖的公证书以及为每一把壶配备的亲笔证书。"

礼仪小姐巡场展示后,拍卖师请出了第一把紫砂壶。

随着拍卖师的介绍,一侧的大屏幕里全方位显现李玉的第一件作品《岁寒三友方形壶》。

岁寒三友,因其美好的寓意,一向是古今艺术家们钟爱的传统艺术题材。

"李玉先生这把岁寒三友壶,壶身为不规则扁圆形,形似松段,亦可视为梅段,其中妙处,任由赏壶之人想象——松的长青不老,梅的冰清玉洁,同时体现,两相融合之下表现得恰到好处。

"壶体表面涂敷多种色泥,以紫泥为最。壶钮为一段虬曲松枝,壶把则为梅干,枝头黄色梅花点点,含苞欲放,娇艳夺目,似有暗香盈盈流动。

"壶身另一面,是一竿绿竹与松与梅遥相呼应的画面。竹身刻画摇曳生动,似可见树影婆娑。壶嘴制为竹节形状,中空可斟茶。

"鉴赏家评价此壶为'工艺严谨又不失美感,泥质一流,用色大胆,为李玉先生方形壶代表作'。此壶在今年的纯手工紫砂壶比赛中,获得一等奖。"

拍卖师顿了顿,报出了价格:"李玉先生《岁寒三友方形壶》,起拍价三十万。各位请出价!"

白星又凑了过来:"姐,照顺序来看,越往后越贵哦。你不出个价试试?"

唐绡哼了声:"着什么急?那两位欲出风头会相互抬价的。"

话音刚落,王总与柳女士一前一后抢先举了牌,瞬间就将价格抬到了五十万,吸引了全场目光。

望着两人脸上的得意神色,唐绡忍不住讥讽:"有人接手他俩会马上收手。面子挣了多花一毛钱都会肉痛。"

白星:"那你不出价?"

唐绺:"我要给李会长面子。他早说过想要这把壶了。"

白星的话没错。九件拍品越往后越贵。运气好的话,她所有的积蓄最多只能买下一把壶。只要是李玉大师的壶,哪怕不是最喜欢的,她也知足了。家里那样反对她当陶艺师,紫砂协会的李会长一直支持自己,平时没少指点她制壶。让她和李会长竞拍抢壶,她怕良心会痛。唐绺淡定地想,下一件拍品是六方手工掇球壶,在制作工艺上要比圆器和方器难度大,更适合用来学习,下一把壶她再参与。

王柳二人轮番加了几次价后,节奏开始放慢。李会长果然举了牌,价格抬到了七十五万。

王总笑了:"李会长甚爱此壶,王某就不争了。"

柳女士也不抢了,朝李会长举了举酒杯,示意自己也让了。

李会长儒雅地微笑,接受了王总和柳女士的好意。以他在沙城紫壶业界的名声,又是第一件拍品,本城的一般不会相争,外地的收藏家也会给他这个"地头蛇"几分面子,不再参与竞拍了。七十五万算是捡了个漏。他事先预估过,起拍价虽低,这把岁寒三友壶能在一百二十万内拿下都值。

一个清冷的声音在场中响起:"一百万。"

第2章 / 神秘买家

一次性加价二十五万!正是那位让唐绺惊艳的短发女人。

李会长愣了下。他有些不甘心,缓缓举了牌:"一百零五万。"

拍卖师的声音高亢起来:"一百零五万,七号桌先生报价一百零五万！有没有更高出价？一百零五万……"

苏念竹再次打断了他的话："一百三十万。"

又一次加价二十五万。

来势汹汹势在必得的姿态啊。很多藏家更中意后面的壶。李会长也没有再继续跟拍。

唐缈的心咚咚跳了起来。李会长放弃了。她要不要试一试呢？对李玉壶的喜欢让她情不自禁举了牌："一百三十五万。"

大厅里的议论声细细碎碎地响了起来。

"是唐氏的那位千金？"

"听说刚从美院毕业，和家里闹崩了。唐氏唯一的千金不想接手家业，自己开了个制壶工作室。唐董都要气疯了。"

"年轻人玩心重，玩几年还是会回去接手家业的。"

"这把壶一百三十五万贵了点。年轻人嘛，眼力终究有限。"

……

"一百六十万！"

五个字让全场安静了。拍卖师愣了几秒才反应过来："一百六十万！李玉先生第一件拍品九号桌女士再次加价，出价到一百六十万！有没有更高出价？一百六十万一次！"

一百六十万！高出起拍价四倍！唐缈咬紧了牙。她现在一点都不觉得短发女人美丽了！别人五万一次加价，她倒好，飙价几十万。

白星望过去的目光满满都是惊艳："姐，她长得真有味道！"

唐缈别开脸恨恨地瞪他："你喜欢这种类型啊？"

白星眼珠转了转低声说道："我去打听下。"

他悄悄离了座。拍卖师一锤定音："……一百六十万三次！九号桌女士成功拍下李玉先生岁寒三友壶！恭喜九号桌女士！"

热烈的掌声响了起来。

唐绺羡慕地看了对方一眼,把心思放在了第二把可以学到更多东西的六方手工掇球壶上。

大概是因为第一把壶竞拍失利,王柳二人和李会长都举了牌。场中举牌竞拍的收藏者也不少。唐绺想举牌的念头只闪了闪,价格就飙到了她难以举牌的地步。或许,等前面的激情退了潮,她才有机会。这样想着,她干脆看起了热闹。

价格已经远超第一把壶,停在了二百万。李会长叹了口气。他想收藏一件李玉壶就这么难?第一把壶王总让了他,他的财力也无法和王总比。他的想法和唐绺一样,或许后面更有机会,于是放弃了。

柳女士拉了拉披肩,涂着水晶蔻丹的手摸到了桌上的号牌。丹凤眼睨着王总,红唇抿了抿,就要报出更高价来。死胖子还想和她争,就甭想再约她吃饭……

"二百六十万。"

清冷,干脆。不带丝毫情感。

报价声让柳女士的手颤了颤。她惊诧地望着旁边的短发女子。有些气愤这个女人瞬间一次性拉高了价格,又有些嫉妒对方那张天然美丽的脸。

"狐媚子,定是傍了个大款!"柳女士想出风头,想显摆,却是个精明的生意人。她才不会意气用事做冤大头。

往沙发上一靠,她望着王总轻蔑地想,不是想和自己争吗?去和这个来路不明的女人争啊!

王总眨了眨眼睛。他也不傻。一次性加价六十万呢,又不是六万块。

唐绺转头看向门口,白星怎么还不回来?她真是太想知道这个女人是谁了!

两件拍品之后,接下来的三件壶品无一例外地都被短发女人用高价揽入了囊中。她成为拍卖会上众人瞩目的焦点。几乎所有人都在打听她的来历。

唐缈更好奇的是坐在她旁边的男人。两人选的座位是靠窗的角落。短发女人挡住了他大半身体。唐缈发现,无论从厅堂哪个角度看过去,都无法看清楚他的脸。

"装神弄鬼!扮什么神秘!"唐缈嘀咕着,越发好奇这两人究竟谁是正主。

拍完五件壶,司仪彬彬有礼地结束了上半场拍卖,宣布午宴后继续。

午宴是自助餐。一家独揽了上午所有拍品,成功吸引了所有人的关注。唐缈盯着脸藏在阴影中的男人想,除非他不出来吃饭,否则她肯定能知道他是何方神圣!

哎呀,她在胡思乱想什么呢?她是来竞拍李玉壶的。想到上午短发女人的豪爽出价,再掂量了下自己的积蓄,唐缈不由紧张了。她快步出了大厅,迎面碰到了白星。

"哎,姐!"白星好奇地问她,"上午咋样?你拍到了没?"

"全军覆没!"唐缈没好气地回答,朝里面瞟了眼,"你打听到没啊?那个女人什么来历?上午她一个人拍下了五件壶。眼皮不眨就砸了上千万进去。连口汤都不肯给别人喝的架势!吃相也太霸道了!"

白星得意地笑了:"小弟出马还能落空?她叫苏念竹。担保金是云霄壶艺公司出的。这家公司在沙城工商注册不到半年,经营艺术品。"

唐缈从来没听说过这家公司,疑惑地问他:"什么来头?这么有钱。"

白星为难了:"现在我能查到的就这些。注册成立快半年了,也没什么动静。公司注册地是南屏山下的一栋别墅。看起来更像是个工作室。

沙城的工作室海了去了。谁知道这么有钱。"

"有钱又怎么了？总不能让她一人独吞李大师的所有壶吧？"唐绷不满地嘀咕，"我去友情提示他们两句。不能犯了众怒！"

知道拦不住唐绷，白星忍不住苦笑："人家有钱，你还能拦着不让出价了？"

唐绷伸出手指在他额头上弹了一记："蠢！不行……不行就去交个朋友呗。能让你姐近距离地观摩李大师作品也好。"

第3章 / 钓美人鱼

山庄位于小香山上，依山傍水，环境十分优美。正值红枫季节，层林尽染。雾气缭绕的雨天，整座小香山更有一种说不出的美感，只是微微有些湿冷。

坐在观景平台上用餐，火红的枫林如同水彩一般在水雾中晕染开来，景致美不胜收。

享用着午餐，看似在赏景，不经意间，众人的目光不约而同掠过平台最靠边的餐桌。上午拍走所有壶品的男女二人正坐在那里。

苏念竹啜着咖啡，迎面接受着众人的瞩目礼，皮笑肉不笑地讥讽："章总的安排让我在沙城一朝就成了名人。"

两次，拍卖大厅中章霄宇将自己藏在阴影中。吃饭时又选了最偏远的角落，背对着众人。苏念竹却直接暴露在众人眼前。她认定章霄宇是故意为之。

章霄宇慢条斯理切着牛排："在我眼中，念竹一直都是熠熠生辉。没有我的安排,你也不会是蒙尘的明珠。"

苏念竹不为所动:"章总在提醒我收敛锋芒?"

章霄宇笑着摇头,认真地看着她:"第一次见你时,我就觉得你像一柄剑。我非常欣赏你身上这种锐气。"

他认真看她的时候,眼瞳里仿佛噙着两枚星子,明亮得让苏念竹心颤。她避开了他的目光:"哦?章总想用我这把剑去劈谁?"

章霄宇忍不住笑了起来,"念竹,我只是在夸你。你像一只刺猬,为什么?是受过伤害?"

"我也很好奇。"最好的防守就是进攻,苏念竹很擅长这招。她马上反问,"章总比我还小两岁吧?行事说话滴水不漏,除了八岁时出过一次意外,被车撞断了腿,想必平时连油皮都不曾擦破过。是受过什么创伤吗?"

"不,不是车祸。"章霄宇的声音柔柔地响起,"我八岁被人拐走,那人怕我逃了,用石头故意砸断的。"

被拐卖,被人用石头砸断腿?太恐怖了!鸡皮疙瘩瞬间爬上了她的胳膊。苏念竹打了个寒战。

章霄宇笑得身体直抖:"吓着了?"

"这个玩笑一点也不好笑。"想起他假装坐轮椅的模样,现在又骗她!他多大了?快三十岁的人像个小孩子似的。苏念竹俏脸微红,气得想端起咖啡泼他一脸。这时,她看到迎面走来的唐纱,一个念头从苏念竹心中闪过。直觉告诉她,或许这次拍卖会章霄宇故作神秘还有另一层意思:"章总想钓的美人鱼来了。"

看到章霄宇眼中闪过的惊诧,苏念竹火气全消,笑盈盈地走了。

章霄宇放下刀叉,手轻轻摩挲着大腿,笑容渐隐:"看来是瞒不住她……"

高跟鞋踩在木质地板上清脆而有节奏。章霄宇没有回头,认真切着餐盘里的牛排。

看到苏念竹离开,只留下那位神秘男子,唐绺迟疑地停了下来。她回头看了一眼。不远处表弟白星正一手捂脸作痛苦状。众人的目光充满了兴奋。都在等着看戏呢这是?看就看呗,反正她就是好奇。唐绺心一横,转身快步走到了章霄宇对面:"先生,我可以坐这里吗?"

"不行。"章霄宇头也不抬地拒绝。

不是吧?这么没有绅士风度?唐绺愣住了。众目睽睽之下,难道让所有人看见她被人赶走?太丢人了!

她咬了咬嘴唇,一赌气将餐盘放下,直接坐下了。

章霄宇抬起了脸。

唐绺的脸被他的目光看得发烫,只得厚着脸皮开始找借口:"是这样的。有点事……比较急,需要和您当面沟通一下。"

章霄宇放下了刀叉,平静地看着她。

很好,他没有再赶她走!唐绺心里给自己点了个赞,肆无忌惮地打量着对方。

唐绺是学艺术的,她的目光第一时间被章霄宇放在桌上的手吸引住。手细长均匀,极其漂亮。

目光掠过他腕间的手表。唐绺在心里浮起一个价格。拥有这样名表的人,应该不会和苏念竹一样,只是云霄公司的员工吧?难道他是老板?这么年轻,就算是学工艺美术的,也才从学校毕业几年而已。他真的懂紫砂壶?还是因为家里有钱,玩收藏?

"牛排凉了。"章霄宇不喜欢被这个厚脸皮的女人长时间盯着看,提醒了她一句,拿起刀叉开吃。

什么意思?不说话就滚蛋?她才不会被他赶走!唐绺笑容不改:

"边吃边聊吧。"

她不指望对方能回应自己,继续保持着甜美的笑容,语速相当快:"自我介绍一下,我叫唐缈,非常喜欢手工紫砂壶,开了个不成气候的个人制壶工作室。今天特意来竞拍李玉老师的作品,希望能够拍到他的壶,用来观摩学习。您与那位苏念竹苏小姐都是云霄壶艺公司的吗?"

牛排凉了,章霄宇没了胃口。他放下餐具,擦过手后,拿了张名片放在了唐缈面前。

"总经理……"唐缈眼睛亮了,还真找对人了,"章总,是这样的。你看你们上半场拍走了李大师所有的壶……"

"唐小姐,你先吃饭。吃完再聊。"

吃完再聊啊?太好了!唐缈连连点头:"好。我马上吃完。"

她拿了一碗米饭一盘菜,说完就低头猛吃。

章霄宇不由失笑。唐缈不经意间流露出的天真与单纯让他有些羡慕,气氛也渐渐缓和起来。

唐缈努力咽下饭菜,一杯水放在她手边,她顺手拿起一饮而尽:"谢谢。我吃好了。"

章霄宇按了服务铃,撤走了餐盘:"喝点什么?"

"茶。"

"稍等。"章霄宇起身去倒茶。

手机叮咚一声。白星发了条微信。

唐缈速度戳着回信:"他是云霄的老总。很有绅士风度,极好说话。"

白星回了她一个加油与星星眼表情。

唐缈笑靥如花,叉着手撑着下巴望着白星得意洋洋地笑。

片刻后章霄宇回来。酡红的茶盛在描金边白骨瓷中,迷人芬芳,尤其是放在一只极漂亮的手中。唐缈的心情和眼前的这杯茶一样,美滋滋的。

啜了口茶,唐缈信心十足地开口:"章总,你看,大家都是爱壶之人,都是奔着李大师的壶来拍卖会。你们上半场拍走了所有的壶。下半场是否歇歇手,让点机会给别人?一家独吞,也太霸道了点吧?"

章霄宇微笑起来:"下半场还没开始。你怎么能肯定剩下的壶都能被我拍走?唐小姐的说辞太霸道了吧?"

在他的注视下,她仿佛是个无理取闹的小孩子。唐缈不好意思地嘟囔着:"可是……你们出价太狠了。就是想和您商量商量嘛……"

她知道自己的请求极为无理,不由涨红了脸说不下去了。她白皙的肌肤透着嫣红,像枚熟透的蜜桃,语气中带着一丝撒娇的娇憨,一看就是温室养大的娇花。

如此的理直气壮。凭什么呢?凭她唐家大小姐的身份?还是仗着青春美貌,男人就该怜惜让步?章霄宇脑中闪过唐缈的资料,慢条斯理地说:"我明白唐小姐的意思,是想请我让苏总下半场抬抬手,让你能拍到一只喜欢的壶?"

哎呀,能当老总的人智商不低嘛。唐缈高兴得眼睛弯成了月牙:"只要苏小姐不像上半场那样抬价。我可以试试。"

"下半场四件壶起拍价最低一百万。唐小姐如果只能支付起拍价,就算我能相让,旁人也会加价竞拍的。说到底,这是拍卖会,终究价高者得。"

"我明白。苏小姐抬抬手,机会不就有了嘛。"唐缈鸡啄米般连连点头。她只希望对方不要像上午一样,瞬间抬价几十万,凶狠地逼退竞拍对手就好。想着自己的积蓄,唐缈再没心思闲聊,急急地站起身来:"那么,先失陪了。"

章霄宇非常绅士地站起身送她:"下午见。祝你好运。"

他微笑着。这个笑容让唐缈信心爆棚,她开心地握紧拳头朝他比划了个加油的动作。

第4章 / 在商言商

白星拿着刀叉傻乎乎地看着唐绷:"你说什么?把跑车当了?!"

"嘘!小声点!"唐绷急得想捂他的嘴,"下午拍卖会开始前帮我办好。"

白星放下刀叉抚额:"那是你十八岁生日姨父姨母送你的限量款!你为了把茶壶要把它当了?"

唐绷不满地瞪他:"什么茶壶?那是李玉大师的精品手作紫砂壶!不比我那车便宜!你没看到上午的情况,下午那几把壶只有更贵的。我不回公司上班,我爸不会借我钱买壶!我不当车怎么办?好弟弟,能不能买到我喜欢的壶就靠你了。"

"姐……"白星哭丧着脸,"你确定不是坑我?当了你的车,我会被姨父姨母揍死。"

"赶紧去!拍卖结束前必须赶回来。"唐绷下定了决心。

白星叹了口气,无可奈何地去了。

下午两点半,拍卖会准时举行。

如同章霄宇所说,下午的壶起拍价都是百万起。唐绷所有积蓄只够她举一次牌,就被众多收藏爱好者报出的价淹没了。她干脆没有再举牌,等白星能弄到钱再说。

拍卖比上午更为激烈。爱好李玉壶的收藏者中不乏身家丰厚的。苏念竹的报价比上午更猛,每一次加价都是二十万起,以绝对凶猛的姿态继续抢着一件件拍品。唐绌有些着急地看过去。章霄宇注意到了她，侧了侧身，让她看到他的笑容。

他答应过她的，不会凶猛地加价。是因为她没有举牌叫价，那位美丽清冷的苏小姐才照样竞拍吧？如果举牌竞拍，苏小姐一定会让她的。唐绌这样想着，不时给白星发信息催促。

"下面这把提梁追月壶是李玉先生所做的异形壶中的代表作品，此壶在李玉老先生的紫砂工艺技法之下，以极其简练的几何线条勾勒出不同于一般人眼中的'半轮皓月'，充满了生命力的弧线，又呈现出一种如梦如幻的视觉效果，而金属色泽的壶把若自然生成，意趣顿生……"

拍卖师介绍着紫砂壶，唐绌的眼神渐渐亮了，是啊，这个壶，她非常喜欢。因为真的很美。特别是李玉大师赋予它的艺术性，超越了紫砂壶本身的意义，让它成为了一件具有观赏价值的艺术杰作。最关键的是它是倒数第二件拍品。谁都知道越到后面价格越高。唐绌就算把车卖掉，也买不起。

"起拍价一百万。"

拍卖师报了价格。

她的手机振动了一下，看见手机上显示一百八十万到账的信息，唐绌一颗心落到了实处。她的车开了四年，全价两百多万。能典当到一百八十万，她知道白星肯定是找他的狐朋狗友帮忙才这么快弄到钱的。这个弟弟没有白疼。不过，当掉了车，家里迟早会知道……唉，管它呢，先把壶买到手再说吧。

唐绌终于举牌参与，没有说话，每一次举牌都是五万块。大概是吸取了前面的教训，场中跟拍的都没有大幅加价。五万一举牌将价格缓缓推上了一百七十万。

这一次，苏念竹没有再举牌。

是因为自己的加入吗？唐绡悄悄朝那边睃了一眼。看来章霄宇是个言而有信的人。

随着时间的推移，这只提梁壶已涨到了二百四十五万。举牌的人渐渐少了。她应该能拿下这只壶。唐绡坚定地又举了一次牌。

听着拍卖师一次报价，两次报价。唐绡听到了自己的心跳声。

"二百四十五万第三次……"

"三百万。"

就像最后那只靴子落了地，所有人都露出一副终于等来了的模样，纷纷松了口气。

唐绡像受惊的兔子一样望向声音发出的地方。抢在落锤前报价的人不是苏念竹，而是章霄宇。声音连半点起伏都没有。

苏念竹注意到唐绡的目光，瞥了眼章霄宇，心想果然他喜欢戏弄别人。真是恶趣味。她压低声音好心提醒他："戏耍人家小姑娘，章总你还有良心吗？"

章霄宇理直气壮回她："我是商人。这里也不是慈善拍卖会。"

苏念竹戏谑地看着他："章总不怕用力太猛，反把鱼吓跑了？"

瞬间，章霄宇凑近了她。她看到他竖直且长的睫毛，心不受控制地怦怦急跳。他压低了声音："念竹，你怎么知道我在钓鱼？"

"我猜的。"苏念竹扬起了眉，"我猜对了吗？章总，伙伴之间需要信任。我需要您给我一个解释。"

"三百一十万！"唐绡的声音破釜沉舟，掷地有声。

章霄宇笑了笑："哟，还真是个有钱的千金大小姐。"

苏念竹睨了他一眼，没有继续追问下去。

岂有此理！唐绡被激出了脾气，这一次举牌，报出了她能负担的最高金额。如果能拍下，她将沦为赤贫，兜里仅剩下吃面的钱！

"三百三十万。"章霄宇轻松粉碎了她的提梁壶梦。

唐绺恨不得用目光戳死他。这就是他说的让苏念竹抬抬手？啊，不对！这个恶棍！他的意思是苏小姐不拍了，他可以？！这个言而无信的小人！竟然在话里挖坑！她怎么就会相信了他？

已经没有人和章霄宇争了。他顺利拿到了提梁壶。

最后一件了。唐绺只希望能有人站出来。只要最后一套壶不落在章霄宇手中，她都欢喜。

最后一套是鱼化龙壶。这套鱼化龙壶的造型构思巧妙。鱼、龙、云的装饰图案，与壶身浑然一体。壶身通身作海水波浪状，线条流利，简洁明快。且不看造型，单从鱼龙吐珠这一点来说，李玉大师的鱼化龙壶便做到了极致，他设计的龙首伸缩自如，龙珠可动。

是的，这一点便足够她研究很多年了。

"这套壶作为本次专场拍卖会的最后一套，也是李玉先生拿奖最多的一个壶。此壶在国际上都享有盛誉，被李玉先生珍藏了五年时间，现在拿出来拍卖，让大家都非常惊喜，非常期待。这套壶的起拍价是……"拍卖师顿了顿，报出了价格，"一百五十万。每次加价十万起。各位请。"

起拍价一百五十万。加一次价十万。唐绺知道，她无论如何都不可能拥有了。她沮丧地给白星发微信："把车赎了吧。没用了。"

轮到拍卖这把鱼化龙壶，隐藏在来宾中的收藏大佬们终于出手。在半个小时内价格飙到了六百八十万。

就像鱼池里放进了一条虎鲨，唐绺的乞愿最终落了空。章霄宇以九百五十万拍下了这套壶。至此，云霄公司拍走李玉全部九件壶品，没有给任何人机会。

拍卖师长吁了口气："本次拍卖顺利结束。恭喜两位拍下了李玉先生全部共一十三把壶！恭喜！"

掌声如雷。厅堂灯光亮起。

唐缈看到章霄宇站在璀璨灯光下,彬彬有礼满脸春风:"本次拍卖会后,云霄壶艺将会举办李玉先生的专场紫砂壶展览。届时欢迎各位莅临参观。"

"云霄壶艺?"

"沙城新成立的一家公司,主营工艺品和艺术品。"

"包场李玉壶拍卖会,原来是为了打响名气啊。"有人顿时了然。

奸商!为了名气的奸商!花了六千多万,明天全国各大媒体免费报道。云霄壶艺一夕成名。这笔宣传费省得真好!唐缈暗骂着,一口气憋在嗓子眼就是咽不下去。

眼睁睁看着章霄宇和苏念竹与李会长他们寒暄,唐缈恨不得冲过去揭穿他言而无信的真面目,又知道不能让别人看自己笑话,忍得她心口疼。

来宾们纷纷离开。

苏念竹正和章霄宇离开。唐缈见左右无人,几步就冲了过去:"喂,姓章的!"

"美人鱼被气成食人鱼了。当心别被她撕成碎片。"苏念竹说罢离开了。

章霄宇回过头:"唐小姐还有事?"

他脸皮怎么这么厚?装作没事发生?唐缈脱口而出:"好哇,你说劝苏小姐高抬贵手,却没说你自己抬价,你给我挖坑……"

"我是商人。"章霄宇柔声打断了她,"我与唐小姐签过合同吗?"

"你是小人!"唐缈妙目喷火。

章霄宇神情戏谑:"如果你是我的女朋友,我可以把李玉壶当礼物都送你。"

他不仅是小人,还是个不要脸的流氓!唐缈气得胸口起伏不定,掉头就走。多和他说一句话,她都要爆炸!

下了台阶,唐缈突然站住了。她被气糊涂了。车让白星拿去典当,就算赎回来,他开过来也需要时间。

落枫山庄建在山上。没车她怎么回去?

一辆车停在了唐缈面前。车窗落下,前排副驾座位上露出苏念竹的脸:"唐小姐,需要送你下山吗?"

车窗挡住了坐在后排的章霄宇。唐缈使劲瞪也看不到他的脸。

他居然还好意思送她下山?耀武扬威是吧?小人得志!唐缈勉强地挤出笑脸:"谢谢你苏小姐。我叫个车就行。"

苏念竹回她一个笑容,关上了车窗。

望着车离开,唐缈恨恨地啐了口:"可恶!"

第5章 / 再次吞饵的鱼

车顺着盘山公路平稳地行驶着。开车的韩休依旧摆出一张大理石刻成的脸,死板得没有任何表情。章霄宇微闭着眼睛。车里一片沉默。

想回避她的问题?这也不是她的风格。苏念竹目视着前方,神情冷淡至极:"章总,李玉大师的手作壶值这个价钱,买个国内各媒体的广告位也值。您付我丰厚的酬劳,合同里我的工作范畴包括您的私人业务。作为您的私人律师,专业的建议是泡妞用不着花这么多钱。"

她从后视镜里看到章霄宇睁开了眼睛。他的眼眸黑如无底深渊,令她后颈发凉。他递给她一个文件袋:"看完后,你就会同意,花再多的钱都值得。"

白星目瞪口呆看着唐绡狂摔着长脚大嘴青蛙玩具。

"啊啊啊啊——"唐绡尽情发泄着，直到胳膊发酸，累得直喘粗气，才将手中的毛绒玩具扔到了旁边，最后还不解气地踹了一脚。

她狂饮完一杯矿泉水，打了个饱嗝，终于将堵在心口的那团恶气吐了个干净。捋捋散乱的头发，唐绡冷静了。抬头看到白星双手抱着胳膊，缩在门口作瑟瑟发抖状，想笑不敢笑，她气得娇叱一声："看我笑话？！"

"我对天发誓！绝对没有！"白星生怕自己和长脚大嘴蛙一个下场，求生欲望无比强烈，上前将唐绡按进了沙发，赔着笑脸给她捏肩，"姐，这事吧……咱讲点道理好不？"

唐绡气得扭头瞪他："我还不讲道理？我不过就是和他商量，他可以不答应我啊！出尔反尔的混蛋！他早就打定主意要拍下李大师所有作品好给自家公司打广告呢。漏一件还有这样的广告效应？"

"是是是，一个大男人吐口唾沫就是钉，怎能说话不算话呢？太不要脸了！像我姐这么可爱的美人儿，谁舍得欺负呀？除非他不是男人！"白星顺着她的话说着，只盼着唐绡能快点结束每天的怒气发作，"不过，这都快一周了。姐，这样天天闷在家里自个儿生气划不来呀。人家可高高兴兴地大张旗鼓地办展览呢。"

"你说什么？云霄用李大师的壶办展览了？"唐绡生气了一个星期，关掉手机躲在工作室里制壶，根本不知道外界的动静。

总算转移开她的注意力了。白星在她身边坐了，边剥橘子边说："对啊，人家砸了那么多钱，不得趁热打铁？云霄租下了文化街区的楼王，早装修好了，借李大师作品展览剪彩开业。当初还以为是个小工作室，没想到姓章的还真有点钱。下面两层楼八百多平米全是展厅。开三天展览，人流如织。算是在咱们沙城打响名气了。"

唐绉愣了愣就跳了起来："开三天？你怎么不早告诉我？"

白星啧啧两声："我这不是怕你听到更伤心吗？今天是最后一天。咱眼不见心不烦……"

"最后一天？！"唐绉尖叫了声，"难道他就将壶全部收进保险箱里再也不拿出来了？"

"有可能。物以稀为贵嘛。"

唐绉急躁地在屋里转悠了两圈，对李玉壶的渴望让她难以自控。她咬着嘴唇下定了决心："我要去。"

白星吃惊地看着她："姐，你爱壶成病了？你忘了那姓章的怎么捉弄你的？你还送上门去让他耻笑？"

"他办壶展，我怎么就不能去看了？总比我觍着脸去求他把壶借我观摩强吧？如果他再也不拿出来，我不就错过机会了？"唐绉下定了决心，"我乔装打扮了再去！你不也说去看展览的人很多吗？反正也就那天见过一面，能不能认出来还说不一定呢。再说，他好歹也是一家公司的老板，不至于那么恶趣味还戏弄我吧？"

"也是。您说什么都对。"白星将最后一瓣橘子塞进了嘴，"今天周末，我就不陪你了。走了啊。对了，姨妈说你在工作室住了一周了，叫你抽空回家吃饭。"

最后这句才是白星今天真正的任务。见唐绉点头答应，他赶紧走人。

沙城旧城改造后，新建了一处文化街区。大部分壶艺公司与工作室都集中开设在这里。配合沙城紫砂壶文化特色，街区建筑属于中西合璧风格——中式的风火墙搭配西式的大幅落地玻璃门脸，水磨青砖地面搭配现代灯光。商铺与茶厅咖啡厅鳞次栉比，休闲与文化完美结合，使这里成为沙城的城市新名片之一。

云霄壶艺位于街区拐角处单独的一栋楼,拥有独立庭院和单独的地下停车场。唐缈远远看见门口络绎不绝的游客,心里发酸嘀咕着:"又不是他家自己做的壶。借李大师名气罢了。"

即将近距离观摩李玉壶,又令她兴奋,一时间忘了会撞见章霄宇的忐忑不安。

唐缈开进了车库又傻了眼。周末来看展览的人太多,她转悠了两圈也没找到停车位。她看了眼手机,已经下午三点了。一般展览都会在五六点闭馆。留给她观摩学习的时间不多了。唐缈心里着急,突然瞟到车库一处角落。

两根柱子之间有一个小车位,贴纸上写着:清洁车专用。她高兴地拍了记方向盘:"清洁车不在,我临停两小时呗。"

她毫不犹豫将车小心停了进去。

午后的阳光从落地窗照进来,在地上印下明亮的光影。章霄宇站在窗前,整个人都沐浴在阳光下。

苏念竹端着咖啡坐在一旁的沙发上,不由自主想起了墓地初见时的章霄宇。阳光下的他生机勃勃,可她在看过所有资料后,却对他心生怜悯。这丝怜意让章霄宇在她眼中换了模样,令她有种冲动,想放下咖啡走过去轻轻将他抱在怀里。她多么希望如此炽热的阳光能驱散他心里的阴影。然而她的性情却让她做不到。她只能坐在离他极近的地方,将温柔藏在眼底,默默地看着他。

"五点半展览就结束了。"章霄宇突然开口。

苏念竹回过神,低头喝着咖啡用一贯清冷的语气回应着他:"美人鱼也是有脾气的。她可是唐氏企业的千金大小姐,唯一的继承人。你把人气得半死。她再喜欢李玉大师的壶,也犯不着来捧场。反正打交道的时间还多。不愁没有接近的机会。"

"是我心急了。"章霄宇在阳光下叹气。

阳光将他的眉峰鼻梁勾勒得挺拔,让苏念竹从他身上看到了某种坚毅。她的目光下移落在他的腿上。心疼与酸涩在她心里蔓延。他怎么可能把被人砸断腿那样痛苦残忍的事情讲得如同一个笑话?

苏念竹脱口而出:"你别站得太久了。"

话一出口她就愣住了。她苏念竹几时这么关心过人?她不自在地转移话题:"我不懂紫砂壶,也不太懂茶。紫砂壶泡出的茶和普通瓷壶玻璃杯泡出来的能有多大不同?"

章霄宇笑着走过来坐在她对面,烧水沏茶:"茶道静心。赏脸喝杯我泡的茶?"

她看着他那双漂亮的手优美地在眼前挥动,一时有些移不开眼去。

"就像你喜欢咖啡。咖啡豆烘焙出来的味道,你一喝就知道是哪里产的咖啡豆,有什么特色。喝得多了,慢慢就能区别了。不同的茶通过不同的壶泡出来的味道也不一样。赏壶品茗是茶道不可缺少的内容。用白瓷盖碗和玻璃杯泡茶方便赏茶色茶形。紫砂赏的是壶,品的是茶之味。紫砂有独特的双气状结构,会呼吸,是有生命的,比瓷和玻璃更保温存香。老壶泡的茶,夸张点说能盛暑越宿不馊。"

苏念竹一点就通:"就像用砂锅煲汤,味道总比铁锅炖汤强?"

章霄宇大笑:"可以这样理解。我国紫砂追本溯源能上至春秋战国时期,盛于明清。两千多年历史沉淀的文化是玻璃杯泡不出来的。要不要我教你怎么选紫砂泡茶?"

"算了。我还是喜欢咖啡。"苏念竹举了举咖啡杯,"习惯了。"

正说着,韩休敲了敲门进来了:"老板,她来了。"

一簇火星从章霄宇眼中迸出,他扬起了眉,脸上终于露出属于二十几岁年轻人的飞扬与跳脱："有好戏看了。"

他迫不及待起身,和韩休出去了。

水汽从烙梅生铁水壶的壶嘴里袅袅吐出。阳光依旧,却显得这里异常安静。章霄宇迫不及待地离开让苏念竹突然感到一丝失落。

紫砂壶中已放好了茶叶,只待注水冲泡。他泡的茶她终究没有喝着。

第6章 / 被认出来了

监控中,乔装打扮的唐缈出现在章霄宇眼中。他捏着拳头堵住了快要溢出嘴边的笑声："棒球帽、墨镜、口罩……她怎么把自己收拾得像个贼?!"

看到唐缈凑近玻璃箱推起墨镜冲着紫砂壶嘟嘴亲吻,还不忘四处偷窥,活像一只偷吃东西的小老鼠。章霄宇一拳捶在韩休肩头："哈哈!她是在防着我吗?"

韩休的面部神经似乎早已瘫痪,只有嘴角往上翘了翘。他按了个键,示意老板："她把车停这里了。"

章霄宇毫无形象地用脚一蹬,椅子慢悠悠地旋转起来："让我想想……"

苏念竹伸出的手缩了回去。章霄宇肆无忌惮的大笑声和韩休无奈的声音冲击着她的耳朵。门里的章霄宇是她不熟悉的,陌生的。接触大半年,她从来没有听到过他这样开怀地笑过。她慢慢转过身缓步离开。走着走着,她唇边也涌出了笑容。只要他开心,想怎么玩就怎么玩吧。

"高8.4厘米,口径2.8厘米,材质为紫红泥调砂,最后偏黄色,其质地湿润细腻。造型扁平光滑,壶身作八瓣南瓜形,腹部圆鼓,向上渐收敛而成小圆口形成南瓜蔓,壶身有南瓜藤……这根南瓜藤画龙点睛生动自然。太美了。"唐绡用手机围着壶三百六十度无死角拍摄,不时嘟起嘴隔空亲吻着。

该死的章霄宇!混蛋!他都有这样的好壶了还抢走李大师所有的壶。

展厅一层是李玉大师专场。二楼是云霄公司展出所收藏的其他壶品。唐绡决定先苦后甜,探探云霄壶艺的底。先到了二楼,没想到这里展出的壶品并不比李玉壶差。她恨不得卷个铺盖卷搬展厅里住着。

年底,沙城紫砂协会要举办每年一度的壶品交流评选活动。唐绡选择制作的就是南瓜壶。她的构思和眼前的壶品一比较,高下立分。

"这一趟没白来。"这把壶像一把钥匙,开启了灵感之门。唐绡兴奋地想到了该如何重新创作修改自己的作品。

拍摄完一看时间,她竟然在二楼待了一个半小时,已经五点了。唐绡着急地下楼,李大师的壶她还没有仔细看过呢。半小时怎么够?

"各位来宾,今天是展览最后一天,应大家要求,闭馆时间将延长到六点。谢谢。"

扩音器的声音如此美妙动人。唐绡欢喜地捏紧了拳头。一个小时,她先拍了再看,时间就够了。

来来回回将李玉老师的每一件作品仔细研究品味了一番,直到一位身材高挑的服务人员细声提醒她闭馆时间到了,唐绡才恋恋不舍地离开。

进了地下车库,唐绡就愣住了。

一辆漆着清洁车字样的三轮摩托车拦在了她的跑车前面。

她抬头四顾,观展的人都走了,车库显得空空荡荡,只停放着三辆车,应该是云霄公司工作人员的车辆。

"又不差车位了,干吗非要停在这里?我怎么离开?"唐绡东张西望没瞧着人,为难地嘀咕着。

这时,她看到车窗上贴着一张纸条:"挪车请扫码付款!"

"我去。人才啊!"唐绡乐了,"也怪我先占了你的车位。行吧,我付!"

唐绡干脆地扫码,付了十元车费。

付费成功后,她坐在车里翻看拍的视频照片等对方来挪车。等她脖子看得酸了,抬头一看时间,已经过去了快一小时。

"不是吧?收了停车费还不来挪车?再不来我找人挪车去。"唐绡急了。

她下车一看,叉着腰无语了。这辆三轮车轮子上还拴了根铁链,一头锁在石柱上。

找不到开清洁车的保洁员,她真挪不了车。唐绡无奈,只得又坐电梯上楼。

展厅已经关闭。她径直上了三楼。空荡荡的走廊上一个人也看不见。她有些急了。云霄公司的人该不会都下班走了吧?她把车扔这儿明天再来吗?不行,她绝不能让章霄宇知道她来看过展会。

"有没有人啊?云霄公司有活人吗?"唐绡扯开嗓门开喊。

走廊尽头一扇门打开了。章霄宇从里面走了出来。一套西装搭配白色衬衣,领扣一丝不苟地扣到了喉结最下方,干练且优雅,而那头墨黑的短发下,俊美的脸上,那双迷人的眼眸,看起来带着一丝"求知"欲,诧异地看着唐绡。

求知欲,我呸!他要认出来就被他看笑话了!唐绡转身就走。

"你好。我是云霄公司的。请问有什么事情?"

听出章霄宇的声音,唐绡瓮声瓮气地回答:"没什么事。再见。"

该死的电梯是蜗牛吗?怎么又到负一楼去了?唐绡急得额头冒汗,终于在电梯门开时抢了进去。

没等门合上,又开了。章霄宇长腿一迈就站了进来,目光掠过楼层,不动了。

糟糕,这混蛋也是去负一楼开车吧?唐绡眼疾手快按下了一楼。

咦?怎么没反应?

秀气的手指头在按键上猛戳。章霄宇都替电梯按键心疼,只得开口提醒她:"展厅关闭后,电梯一楼就不停了。"

为了他的好戏,怎么能轻易放这丫头离开呢?

唐绡憋屈极了,低头含糊反问:"我是来看展会的。那我要怎么离开?只能走停车场出口吗?"

"抱歉。是我们的失误。我载你出去吧。这是我的名片。"章霄宇一本正经地道歉,装着不认得她,递过一张名片。

唐绡高傲地扭过脸背对着他,低声嘀咕着:"不用了。我和你不熟,谁知道有没有危险!"

章霄宇好脾气地听着:"总之是我们的失误,给你添麻烦了。"

这几句话的工夫,电梯停在了负一楼。唐绡快步走了出去,头也不回就往出口走。

走快点,赶紧离开!大不了明天让白星来开车。唐绡恨不得脚下踩着滑板车哧溜就滑出章霄宇的视线。她看到了韩休,却没有放在心上。

韩休擦拭着一尘不染的车窗玻璃,在唐绡经过身边时突然开口:"这不是唐小姐吗?"

第7章 / 戏弄

唐缈的心脏病差点被吓出来。她按着扑通直跳的胸口,恨恨地瞪了韩休一眼。拍卖会结束时,苏念竹按下车窗玻璃,她看清楚了开车的韩休。一个司机眼神这么毒?她打扮得只露出一双眼睛还能被认出来?这墨镜、这口罩,还有这身背带裤都白打扮了?

"唐小姐?幸会。"章霄宇惊喜地接过了话。

韩休完成了任务,又默默地继续擦拭着一尘不染的车窗玻璃。

唐缈气结,转过身一把将口罩取下,恶人先告状:"章总,我看你们公司失误的地方不止一处。你能不能先把你们的保洁员找来,把他的清洁车挪开?"

章霄宇顺着她的目光看去,恍然大悟:"唐小姐占用了清洁车位啊。"

"这个问题重要吗?"唐缈恼羞成怒,快步走到清洁车旁,指着那张付款的二维码气得不行,"我已经转了十块钱停车费给他了。等了足足一个小时!有这样干的吗?"

章霄宇皱了皱眉头,看向韩休:"保洁员呢?就算唐小姐占用了清洁车位,也不能一直堵着她的车。"

韩休看了眼手表:"这个点估计吃饭去了。"

"哦,这样啊。你赶紧联系,让他马上过来挪车。"章霄宇缓和了语气,和唐绹商量,"你稍等一会儿。"

"找到人赶紧来挪车就行了。不耽搁章总的行程,我自己在这里等着就行。"唐绹恨不得一脚把他踹走。

章霄宇偏不如她愿:"公司的员工都下班了。怎么能让你一个人待在地下车库?聊聊天时间过得快一点。对了,唐小姐今天看了展会,可有收获?我记得唐小姐非常喜欢李玉老师的壶。"

"没有,我陪朋友来街区喝茶,附近没有停车位了,我也不知怎么开到这里来的。正巧看到一个车位。当时也没有清洁车停放,就停在这里了。我也不知道这是你们云霄公司的专用停车场。碰巧了。"开什么玩笑,她才不要承认她是来看李玉壶展的。

"哦。真巧。可惜了,李玉大师的壶我们只展示三天。唐小姐错过就没机会了。"章霄宇不动声色地戳着唐绹的痛处。

这个混蛋!唐绹气得头顶冒烟,脸上偏要装得云淡风轻:"没什么,一时心血来潮罢了。世上的好壶多,制壶大师也不止李玉一个。转过身,我就对他的壶没兴趣了。"

喜欢得隔着玻璃都送飞吻,眼珠子都快嵌进玻璃罩子了,还说没兴趣?章霄宇嗯嗯哦哦地点头,眼睛一亮:"保洁员来了。"

救星啊!赶紧挪车让我走,我再扫码付你十块钱!唐绹松了口气。

消防门被推开,保洁大姐扯着大嗓门进来了:"韩助理呀,那个车主回来了吗?可急死我了。清洁车停在外面,公司可不能扣我奖金哦。"

看到她的瞬间,唐绹呼吸差点停止。

同款棒球帽,同款口罩,同款加大加宽的背带牛仔裤!这……是她的吹气放大版吗?她在看哈哈镜吗?

"哎哟喂!"保洁大姐一拍大腿,笑得车库回音震荡,"这姑娘和我一模一样啊！哈哈哈哈,姑娘,咱俩撞衫了呀！就是开的车不一样哦。"

我哪点和你一样?！你腰围怕是有三尺二,本姑娘才二尺三！你年纪少说有四十二,我才二十三！唐绯血流加速直涌上头,整个人都懵了。

章霄宇心情舒畅,也不怕被唐绯看出端倪,笑得见牙不见眼的:"真是巧啊！你俩居然一样的打扮。您赶紧减减肥,也能像唐小姐一样漂亮。赶紧挪车去吧！"

"好咧！姑娘,不是我非得收你停车费,你这车实在不能乱停,晓得不？俺要是不堵着你让你开走了,公司会以为我乱停乱放扣我奖金呢。"

"我以后会注意的。"丢脸不说还被人站在道德高度上训斥一顿,偏偏唐绯不占半个字的理。

唐绯不是傻子。天底下就没有这么巧的事！为什么会延长闭馆时间,为什么拦着她的车让她等？不就是为了恶整自己？她千防万防,却还是被章霄宇发现了。他不仅看到她来参观展会,还挖空心思拖时间好恶整她一把。唐绯观摩壶品的好心情被破坏得一丝不剩。

她咬牙切齿地对章霄宇说:"贵公司保洁员上班不用穿工作服吗？"

"现在七点四十,已经是下班时间了。"章霄宇语气里带着些许讽刺,"怎么,唐小姐的同款衣裳,保洁大姐穿了就掉份丢脸了？唐小姐是这样肤浅的人吗？"

唐绯大怒:"我是怎样的人,轮不到你来评价！章先生,别以为我傻。不就是想看我出糗丢脸？她哪怕和我长得一模一样我都不介意！我只觉得你蠢。用这种方式搭讪太幼稚太俗气,土得掉渣！"

她气呼呼地上车。跑车油门轰响,嗖地从章霄宇身边急驰而过。

胖大姐"嗖"的一声从三轮车上跳下来,面对章霄宇一个劲地谄媚道:"章总,俺表现还可以吗？"

"谢谢。月底会额外结算加班费的。"章霄宇双眼微眯,送走了胖大姐。

他站在空旷的停车场,耳边似乎还回荡着跑车的轰鸣声。过了许久,他摇了摇头上了车。

车开出地库,外面已经一片灯火夜色。

"大韩。我做得有这么明显?念竹一眼看穿我故意接近唐绵。唐绵也一眼看穿我,还说这种方法太俗气?"

韩休沉稳地开着车,良久才开口:"老板,如果我费尽心思去捉弄一个刚认识的小姑娘,你会怎么看?"

"要不喜欢她,要不有目的。"

韩休转过脸看了他一眼:"您说的都对。"

章霄宇沉默了一会儿,突然展颜大笑:"是我太心急了。等了二十年,一朝回到沙城,我似乎已经等不及了。"

二十年。车窗外的街景飞速后退着,将章霄宇带回二十年前。那年才八岁的他一夜之间经历了母亲失踪,父亲畏罪自焚的惨事。

章霄宇冷漠地看着窗外。二十年里,义父找到一些零碎线索。那些散碎线索如同散开的拼图,他相信自己一定能将其还原,找出母亲失踪的真相,令他家破人亡的真相!

第8章 / 讨厌的未婚夫

唐绵窝了一肚子气离开,半路又接到了母亲的电话。妈妈的碎碎叨叨中透着关心。唐绵突然不想回工作室了。她开车回了家。

拎包进门,唐绵扯开嗓门就喊:"妈,我饿了。还没吃晚饭呢。"

"绺绺。"

听到江柯的声音，唐绺马上反应过来。老妈口口声声说想她，其实是骗她回家见江柯。被章霄宇一波让人窒息的把戏搞得崩溃，回家还要顾着唐家与江家长辈的面子忍耐这个没经自己同意的"未婚夫"？今天这是什么日子？糟心事接踵而至。

用世人的眼光看，江柯简直就是金龟婿。海外游了一圈的双料学士，毕业后进江氏工艺美术公司打理生意。不到三年，江爸就全权放手。他长得也不赖，堪称英俊，典型的财貌双全。江唐两家又是世交，两人青梅竹马知根知底。江柯喜欢唐绺，待她温柔体贴。不知是在上幼儿园还是小学时，哪家父母开了个玩笑后，江柯就成了唐家正式的女婿，唐绺的未婚夫。

双方父母满意，江柯满意，唯独唐绺反感这桩未经自己同意的婚事。

不喜欢一个人时，他做什么都会令人厌恶。

唐绺对江柯避之如蛇蝎。对他的厌烦已经发展到家里只要一提婚事，她就想离家出走，永远不回这个家。大学毕业后不进自家公司，选择做一名陶艺师，或多或少也与此有关。至少专注于捏泥做壶，她的世界才变得清静，她才能忘记这些烦恼。

江柯体贴地伸手去接唐绺的手袋。唐绺手一甩，包包甩上了肩。江柯尴尬地缩回了手。尽管脸上仍保持着笑容，轻轻攥紧的拳头却暴露了他在克制自己的怒气。不是第一次了，他应该早就习惯唐绺对自己的态度，但是他不喜欢这种习惯。江柯对自己说着忍字，依然被忍字头上这把刀刺得心脏抽痛不已。

唐绺当没听到，绕过江柯对着母亲撒娇："妈，我想吃你煮的西红柿煎蛋面。"

"去去去，这么晚了还要你妈下厨。"厨艺被女儿夸，朱玉玲心里高兴得不得了,但她看了眼江柯,便嫌弃地拒绝,"让小柯陪你出去吃。"

江柯体贴温柔地接过话茬:"唐叔朱姨,我陪缈缈出去吃点东西。"

"谢啦。最近长了二两肉,我突然想减肥。我不吃了。爸妈,我回房间了。"唐缈转身就走。

唐国之睨了眼努力维持微笑的江柯。别的不说,江柯的耐心就令他欣赏。放下杂志,唐国之板起了脸:"缈缈,怎么对你江大哥说话的?太不礼貌了!"

能得到唐国之的维护,他还能说什么?江柯马上说道:"缈缈累了,让她休息吧。时间也不早了,改天我再来看唐叔和朱姨。"

每每看到江柯这般懂事,唐国之看女儿就越发不顺眼:"看看小柯,再看看你。大学毕业不进公司上班不务正业……"

"什么叫不务正业?不进公司上班就叫不务正业了?我自己创业不啃老怎么了?"唐缈的怒火瞬间被父亲的话激得熊熊燃烧,一口气将心里话倒了出来,"江柯,我不会嫁给你的。我对你没感觉。你也不必向我爸妈献殷勤。没用!"

唐国之大怒:"反了你了!婚事是我和你江伯伯定下的。"

唐缈当耳旁风吹过,只盯着江柯:"我话说到这份儿上了。上赶子不是买卖,你自己看着办!"

说罢,噔噔噔跑上楼去了。朱玉玲急得伸脖子叫她:"哎,缈缈!"她有些无措地向唐国之解释:"缈缈才大学毕业,还小呢。"

"她二十三了,还小?"唐国之冷冷看她一眼,"你也知道她是你惯的!她要自力更生去创业,就让她去!从现在起,一分钱都不准给她!"

朱玉玲微张着嘴,想替唐缈替自己辩解又碍于江柯在场,一双美目渐渐红了起来。

他的声音不小,足够让刚上二楼的唐缈听见。她探出头来大声说:

"您放心！我大学毕业了。我自己挣钱，不啃老！我现在就收拾东西搬到工作室去住！那房子是我自己打工挣钱付的租金，住着自在！"

楼上传来砰的一声。唐缈关上了卧室门。

"混账！"唐国之大怒。

江柯满意了，笑容也不僵硬了："唐叔，您别气。缈缈还小呢。她性子直，我就喜欢她这样。"他停了停，试探着说道，"缈缈实在不喜欢我的话，这门婚事……"

唐国之沉着脸打断了他的话："这门婚事是两家长辈定下的。你只要还喜欢她，就绝无更改。"

"谢谢唐叔，我会努力的。"江柯突然想起来了，拿起一只盒子，"我知道缈缈喜欢紫砂，特意给她买了一把壶。"

唐国之往楼上瞟了眼："你自己给她吧。我还有公事要处理。"

唐国之去了书房。江柯拿起盒子朝朱玉玲笑了笑，上楼去了。

偌大的客厅里只剩下朱玉玲一个人。她怔怔地看着书房紧闭的房门，一低头眼泪就落了下来。

听到敲门声，唐缈打开了门。

江柯的目光越过她看向里面。床上沙发上堆满了被唐缈翻找出来的衣物。箱子打开着，她正在收拾行李。江柯不由苦笑："你爸妈就你一个女儿。你出去住，他们会担心的。"

"这是我的家事。不用你管。"唐缈堵着门，并不打算请他进来坐。

"给你买的。"江柯拉过唐缈的手，将盒子放在她手里。

盒子里的紫砂壶钮盖呈现镂空花纹，这种具有独特菱形美感的花纹，如果她没猜错，应该是李玉老师早年的作品。唐缈拿起紫砂壶，翻过来一看壶底，上面果然是李玉的落款。

"我知道你喜欢李玉壶，前些日子参加拍卖会也没有买到，就特意去收了一只。喜欢吗？"江柯看到她小心翼翼的动作，就知道自己买对了礼物。

合上盖子，唐缈将盒子塞回了江柯手里："太贵重了，我不能收。"

江柯不由苦笑："缈缈，以我们的关系还用得着这么客气？"

"我们之间的关系？"唐缈仿佛听到了什么不得了的笑话，冷笑一声，"江柯你是不是误会了？我们的婚约是小时候你爸和我爸随口开了个娃娃亲的玩笑而已。你该不会真以为这年头还有什么父母之命媒妁之言吧？刚才我已经说得很清楚了，我不喜欢你，你何必死缠烂打呢？"

江柯脸上的笑容渐渐退却："我们从小一起长大。我自问还配得上你。能告诉我为什么吗？只是因为两家父母定下婚事，你有逆反心理，还是因为，你心里有喜欢的人了？"

唐缈冷冷看着他："从小一起长大的除了你我，还有顾辉。"

江柯脱口而出："你喜欢顾辉？"

他的声音并不大，语气中却带着一股狠厉。

唐缈呵呵笑了起来："不。我和顾辉是青梅是竹马，我当他是哥哥是好朋友。小时候我们三个去顾家的厂子玩，顾辉从小学的就是制壶，泥坯自然做得比我俩好，讨了长辈们夸奖也很正常。他把做好的泥坯送给我们一人一个。我的还在，你的呢？"

原来他踩烂顾辉送的泥坯壶时被她看见了。江柯恍然，叹息一声："那时太小。我一直都是最优秀的那个，突然被他比下去，不服气是有的。这不过是小事。谁小的时候没有淘气过？"

"不止一件小事。"唐缈认真看着他，"江柯，小时候争强好胜没事。可你执掌江氏后，宁肯不赚钱，也要截走顾家的生意。你别给我说两家抢市场很正常。是你无法接受顾辉制壶的天分，报复罢了。你的心胸太窄，我住不进去。"

唐绱冲他一笑,转身继续收拾行李。

望着她苗条纤细的背影,江柯紧咬着牙,就因为自己打压顾辉,她就彻底否定了他的人品?放弃吗?可这样的情形,偏偏激起了他的好胜心。江柯深吸了口气:"绱绱,我做得不够好的地方我会改。婚事是两家长辈定的。我不想让长辈们难过。"

他将手里的盒子放在门边的柜子上,转身离开。

听到下楼的脚步声,唐绱泄愤似的将衣裳扔开:"牛皮广告似的!烦死了!"

第9章 / 青梅与竹马

回到家已经很晚了。江柯看到书房的灯还亮着,想了想走了进去:"爸,我回来了。"

江城点了点头,继续看着电脑:"今天和绱绱处得咋样?"

"这婚约……我看算了吧。"江柯烦躁地松开了领带,毫不顾忌形象地倒在一旁的沙发上,"她长得漂亮,也很有个性。我是很喜欢她。但成天在她面前做小伏低的,太累。我给你娶个爱你儿子的温柔漂亮的不行吗?"

江城摘下眼镜扔在了桌上,发出不轻的声响:"你三十岁的人了,说什么混话!"

"她有什么了不起?她凭什么看不上我?从她十八岁起到现在,我等了她整整六年!为了给唐家好印象,我这六年没有在外面玩过一个女人!我等来什么了?我在她眼中就是只癞蛤蟆罢了。她跩得跟二五八万似的,不就是唐家独生女,唯一的继承人嘛,权力还没落到她手里就这么狂。娶了她,将来她还不得上天？我是娶老婆,不是请尊菩萨回来跪着敬着！"

等儿子发泄完,江城又把眼镜戴上了,平静得像是没听见似的:"你也知道她是唐氏唯一的继承人？你不和唐绱结婚,那就便宜了顾家了。"

江柯笃定地挥了挥手:"她不喜欢顾辉。"

"喜欢？你是要爱情还是要事业？"江城讥讽儿子的天真,"你与顾辉,注定有一个人要娶唐绱。这门亲事是你老子压了顾辉一头给你挣来的。你不要,顾老二定会登门提亲,唐国之也肯定会答应。你也不想想,沙城做紫砂的,江顾两家不分伯仲各有特色。谁得了唐国之的支持,谁就是沙城壶业的老大。世界紫砂看中国,中国紫砂在沙城。不蒸馒头争口气。这婚事不能退。"

听父亲这么一说,江柯觉得奇怪:"为什么唐绱就非得嫁我和顾辉当中的一个？她要是喜欢上别的男人,唐叔拦得住她？"

"这是长辈的事,你甭管。你只要记住。想压下顾家,坐稳沙城头一把交椅,就得成为唐家女婿。"

江柯不服气:"我帮着家里打理公司,这几年业绩一直压顾家一头。没有唐家支持,我难道就会输给顾辉？"

江城烦了,低吼道:"你脑子进水了？还要我说多少次？咱们卖杯壶能有多大利润？江顾两家紫砂壶做得再好,年年囤原料时资金都捉襟见肘。好泥料可遇不可求,价格炒上天了。唐国之现在一碗水端平,给谁都融资。将来呢？唐绱是唐氏唯一的继承人！她又无心生意,只想做陶艺师。娶了她,将来唐氏还不是你做主？别说她是尊菩萨,就是根木头,你也先娶进门再说。"

江柯仰着头望着天花板,心里堵得难受:"我知道了。"

见儿子听话知晓轻重,江城放缓了语气:"从小你就不喜欢做紫砂壶,爸爸都知道。难道你就不想成为唐氏集团的掌权人?"

江柯脑海中浮现出唐氏集团在沙城的地标式建筑,唐氏在国外上市的股票。唐氏财富的吸引力渐渐驱散了他对这门婚事的抵触感,他的眼神变得灼热:"我花了七十万送了唐绻一把李玉壶,您得给我报销才是。"

"唐绻收下了?"江城反问儿子,"真收了,我就给你报销。"

"我离开时给她留下了。"

刚说完,书房外响起保姆的声音:"江先生,刚才唐家的司机送了样东西来。我放在客厅茶几上了。"

江柯的脸色瞬间变了。

"这么贵的东西,即使唐绻收了,唐国之也会送回来,否则他给江氏的礼物会更贵重。别看他答应了婚事,一天没有成为他的女婿,就还是外人。自己琢磨吧。"江城不再多训儿子,继续专注地看着电脑。

唐绻的工作室不大,一室一厅的格局。客厅没有电视,放着工作台和制壶用品。她专注地在手稿上绘着新构思的南瓜壶,浑然不觉时间的流逝。

展会上那把南瓜壶给了她灵感。专注工作让她将烦心事悉数抛在了脑后。

绘完最后一根线条,唐绻仰起脸转动着发酸的脖子,闭着眼舒服地吐了口气。这时,她才听到门被敲响的声音。

"该不是我妈找来了吧?随便怎么说,我也绝对不回去。"唐绻嘀咕着去开了门。

来人是顾辉。他无奈地看着唐绻,秀气的眉都快拧成结了:"我敲门足足有一分多钟。你也太专注了吧。吃饭没?"

自然是没有的。唐绱不好意思地笑了,伸手从顾辉手里拿过了快餐袋:"哇,小笼灌汤包!你怎么知道我饿了?快进来!"

进了屋,唐绱去了厨房,又探出头来:"我新设计的南瓜壶,你帮我看看。"

顾辉从工作台上拿起唐绱新画的手稿,忍不住眼睛亮了:"绱绱,比起你上次设计的有灵气多了。还画了三张?嗯,这三张都不错。"

唐绱端着包子进来,得意地坐在沙发上开吃。包子没有新出堂那么烫,她提起一只喂到嘴边,上下牙一磕,汁水爆出,她滋溜咽了,将包子全塞进了嘴里,口齿含糊地指向电脑:"受它启发。"

只瞟了一眼,顾辉就认出来了:"云霄壶艺二楼展厅的那只南瓜壶。你看展会去了?没遇见章霄宇吧?"

听到章霄宇的名字,唐绱一激动差点噎着。她用力捶着胸口把包子咽下去,气呼呼地告状:"甭提了!我生怕遇到他,还乔装打扮一番。那个混蛋!"

找了个保洁阿姨打扮得和唐绱一模一样?顾辉听完事情的经过笑得前仰后合:"你嘴里的章霄宇像个自以为是的高中生啊。我怎么不觉得?我觉得他很成熟,不像二十来岁的年轻人。"

"那是因为他在人前装得道貌岸然。他可会装了。你别被他骗了。这种整人的事都干得出来,我和他很熟吗?"唐绱翻了个白眼,"别再提他,听到他的名字我后脖子的汗毛都能竖起来。"

"好,不说他。对了,我还给你拿了些泥料过来。"顾辉从包里拿出一块块包好的泥料,熟练地归置好,"厂里最近囤了些泥料。我每种给你拿了一点。紫泥、清水泥、红棕泥、红泥、朱泥、老红泥……看你还有没有别的想要的?"

唐绱感动得不行,又往嘴里填了只包子:"顾哥哥,你就是我的救命恩人！我从家里搬出来了，正想去买点泥料窝在家里做几把壶呢。"

一声"顾哥哥"让顾辉身体僵直了下："唐叔又叫你回公司上班？"

"不是！是江柯！我当我爸妈的面说我不会嫁他，我压根儿不喜欢他。我爸生气了呗。"

顾辉背对着唐缈整理着泥料，神情有些黯然："江柯双料学士海归，长得帅又能干。唐叔从小就喜欢他。你怎么就不喜欢他呢？"

"哎呀，不喜欢就是不喜欢嘛。你不是不知道，江柯根本就和我不合适。从小到大小肚鸡肠，优越感还特别强。对有钱人和穷人就是两张脸。他区分人的高低贵贱就一个标准：钱！我特烦他这点。"

顾辉转过身笑："不喜欢就不喜欢。看着你长大，将来你嫁人总要嫁个你喜欢的。"

唐缈上前挽着他撒娇："还是顾哥哥好。不过，顾哥哥泥料也送了，包子也送了，可以走了吧？我知道要按时吃饭，需要你送餐我会点你微信预约的。"

顾辉宠溺地看着她："行吧，都叫得这么甜了。我还能赖着不走？知道你想做壶了。我这就走。答应我按时吃饭，可别耍赖！"

"知道啦。"唐缈送走顾辉，直奔堆泥料的地方，拣了块朱泥出来。

第10章 / 从前的家

在唐缈脑中，这块朱泥将变成一只暖色调的南瓜，拥有胖胖的壶身，藤蔓为柄，与壶钮相连，一截藤正好位于壶嘴的位置。

"开工！加油！"唐缈为自己打着气，打算把手机也关掉，静心制坯。

她的手还没碰到手机，沙城紫砂协会的李会长就打来了电话。

寒暄后，李会长笑着直入主题："小唐，协会有个任务想交给你去办。"

李会长像她的长辈，经常耐心指点她制壶，唐缈对他素来尊重："您说。"

原来云霄壶艺在展览李玉壶时，章霄宇在开幕式上发言，谈起现在紫砂壶艺师的现状处境，提到设立紫砂壶基金，赞助推广紫砂陶艺。紫砂壶协会觉得这主意不错，有意促成这件事。李会长的意思是让唐缈去找章霄宇谈一谈以协会名义设立基金的事。

让她去？为什么？唐缈不太明白："李老师您是会长，和云霄公司谈，身份正合适啊。"

李会长有点尴尬："小唐啊。那天你和章总不是一起共进午餐聊得不错吗？开壶展的时候章总还向我问起你怎么没来。你们都是年轻人，好说话嘛。你先联系下章总，谈谈协会的想法。如果他真的愿意以咱们协会的名义设立基金，具体事宜协会再出面商议。"

唐缈明白了。八字还没一撇。协会这是听者有意，让自己先去探口风的。

可是她也不想再见到章霄宇那个混蛋啊！

电话里李会长的声音低落下去："咱们协会只是爱好者的民间组织，每次搞活动都四处拉赞助。现在工艺壶太多，手工壶成名大师的还好，普通制壶师的壶也卖不起价。不少有手艺的人都转行做别的去了。如果能拉到这笔钱设立基金，能资助更多的制壶匠师是再好不过的事。"

想想那些热爱手工制壶却贫困潦倒的制壶师，唐缈咽回了推辞的话。他敢说设立基金，她为什么不敢登门要？能从那混蛋手里拉到一笔钱为众多手工匠人谋福利，也当为他的行为赎罪了。唐缈反过来一想，不仅气平了,还充满了战斗力:"好嘞!您等着听好消息吧。我用尽三寸不烂之舌也要把这事落实了。"

"哈哈,好。我等你的好消息。办成了协会给你庆功!"李会长高高兴兴地挂了电话。

挂掉电话唐绵却不知所措了:"我上次骂了他,这次又巴巴地主动找他,有点拉不下脸啊。怎么办?不对。协会里年轻人也多,李会长找到我是因为觉得我和章霄宇熟。也不对,是章霄宇开壶展时向李会长刻意提到了我。他为什么要问我去不去看壶展呢?他该不是在拍卖会时对我一见钟情吧?他等了我整整三天,才等到机会恶整我啊。我和他没仇吧?这人真是奇怪。不行,我得弄清楚。"

南屏山笼罩在夜色中。苏念竹从二楼阳台望下去。章霄宇和韩休正在院子里烤肉喝酒。回头看到她,章霄宇摇了摇酒瓶:"念竹,不下来喝两杯?"

犹豫了下,苏念竹下了楼。

她不是话多的人。韩休也不是。喝酒吃烤肉各自沉默地倾听章霄宇带着醉意的声音。

"我从前的家,就在这里。"章霄宇望着云层阴影中的南屏山,脑中回忆翻江倒海地涌现,"这儿叫南山村。全村只有四十八户人家。我家住在村头,和村里人家隔得远。院坝里堆放了树根。我爸是做根雕的。西厢房是我妈的陶艺工作室。我小时候贪玩,常把泥料当成普通泥巴,几种料混在一起。我妈气哭了。我爸狠揍了我一顿。我妈又护着我,教我辨认泥料,捏泥坯做壶。屋后有座窑,照古法建的。烧的炭都是请当地的烧炭好手特意做的。"

苏念竹环顾四周。这里已经看不到半点村落的痕迹。西式的别墅群掩映在绿化带的朦胧灯光中。

"二十年,南山村变成了南山别墅小区。"

那场记忆中的大火被时光,被新建的别墅小区彻底覆盖,找不到半点痕迹了。

章霄宇自嘲地笑了笑:"当年我妈离家出走,再也没有回来。也无人知道她的行踪。有村民听到当晚我爸和她吵架。我爸就成了犯罪嫌疑人。他受不了就自杀了,一把火将房子烧了个干净。他真是自私。我才不到八岁,无亲无故的。他就没想过我怎么生活。"

"好在后来章老先生收养了你。"明明资料上都有,可亲口听到章霄宇说出来,苏念竹仍然心疼。

说起义父,章霄宇无限感激。没有义父,他大概就是个残了双腿无法接受教育的废人:"我被送去了福利院。一个月后被人拐走,砸断了双腿。醒来时,我已经躺在医院里。不知道救我的人是谁。后来,义父就来了,接我离开了沙城,抚养我长大。"

苏念竹细长的眉拧得紧了:"为什么要这样对一个不知情的孩子?"

章霄宇冷笑:"那时候我虽然还小,没全听明白我爸妈吵架的内容,但后来反复回忆,我记得母亲提到了曼生壶。然而失踪案里,却没有曼生壶的存在。所以,曼生壶是寻找我母亲失踪的唯一线索。想弄死我的人肯定和我妈失踪有关系,和这曼生壶有关系。"

苏念竹对紫砂壶毫无了解,不由好奇地问他:"曼生壶是什么样的壶?比李玉壶更好?"

章霄宇仰头将剩下的啤酒一口喝完,指着苏念竹认真地说:"我要扣你的薪水!你不务正业!"

她第一次看到这样孩子气的章霄宇,心底的柔软再一次被触动:"我会做好功课。你醉了。回去睡吧。"

"我没醉!"章霄宇的眼睛亮得很,脸颊浮着酡红的酒色,"曼生壶是紫砂壶最璀璨的明珠。我要收集所有的曼生壶!"

章霄宇毫无预警地倒下。韩休突然起身。他一伸手刚好扶住。

"老板最多三瓶啤酒的量。今天喝了四瓶。"韩休难得地开口解释了一句,扶着章霄宇回去了。

"是因为这里曾是他从前的家。难怪他要指定买下这里的别墅。"苏念竹喃喃说了句。她的目光望向一个方向,心蓦地被刺了一下。她摇了摇头,像是这样就能把她心里的那丝痛抛开。

第11章 / 唯一线索

拿出了手机,苏念竹输入了"曼生壶"开始查询。

曼生壶是清代陈曼生所创,因而被称为曼生壶。他邀请了杨彭年及杨的弟妹等人共同制壶,自己在壶上刻铭。曼生壶集书法、绘画、篆刻及壶艺于一身,文化价值和艺术价值极高。曼生壶以其独特的文人壶风格备受藏家喜爱。2017年,杨彭年制、陈曼生铭刻的一把香蘅款紫泥粉彩泥百衲壶以1449万元成交,创下曼生壶在全世界拍卖的最新纪录。

"曼生壶称十八式,其实至少有四十种壶样,做出来的壶又远不止四十把,都散落民间。章霄宇母亲是因为哪一把曼生壶失踪的呢?或者那把曼生壶在火灾中被林风毁掉了?"

掠过手机上查到的曼生壶资料,苏念竹没有对曼生壶本身进行关注,反而想到了章霄宇刻意接近唐缈的意图:"唐氏集团非常有钱。作为沙城本地人,唐国之喜爱紫砂壶,收藏曼生壶再正常不过。犯得着从接近唐绲入手吗？难不成定要成为唐家女婿才能让唐国之打开保险柜拿出曼生壶给他看？"

苏念竹百思不得其解。

"确切说,唐国之手里至少有三把曼生壶。"

苏念竹被韩休的声音吓了一跳,说:"你走路不出声啊？"

韩休在苏念竹身边坐下,将炭火拨得旺了些:"这些年国内拍卖过很多曼生壶。国外的拍卖行也公开拍卖过很多。但自老板母亲失踪之后,国外拍卖过三把曼生壶,买家都是唐国之。而他从未在国内买过曼生壶。"

"人家愿意买国外的壶,有什么好奇怪的？章总母亲失踪时唐国之还没有如今的财富,之后有钱了才去买壶也很正常。资料上说曼生壶堪称国宝。让国宝回家不是很多爱国商人都喜欢做的事？"苏念竹出于律师的职业本能找寻着韩休话里的漏洞。

韩休轻声说:"以前章老先生只调查国内拍出的曼生壶。数年来一无所获。两年前才把视线转移到国外。那三把曼生壶都是章老先生辗转在国外购得,又交给国外拍卖行拍卖,恰巧就被唐国之买下了。而他又是沙城人。如此多的巧合,难道没有疑点？目前也只有这么一个线索,老板当然要追。"

"就没有别的办法接近唐国之？非得从小姑娘身上下手？"苏念竹认为方式有很多,不包括祸害人家小姑娘。

韩休睃了她一眼:"如果唐国之与失踪案有关,老板接近他,一提曼生壶就会引起他的警觉。"

"可惜呀,你们把人家小姑娘得罪了。"苏念竹想起在监控中看到的地下车库里的场景,禁不住摇头。

"老板又撒了饵。钓鱼嘛,一次不行再钓就是。"

苏念竹偏过脸,这又是她不知道的事情:"又撒了饵?我怎么不知道?是什么香饵能让唐绱主动找章总?"

韩休卖了个关子:"鱼上钩的时候,你自然就知道了。"

苏念竹觉得今晚的韩休与平时不一样:"今晚你说的话很多。"

"老板交代的。当年老板母亲失踪案需要苏律师从法律角度帮忙,那么卷宗之外的一些线索你也需要知情。夜深风寒,早点休息。"

韩休回了别墅。苏念竹用披风裹紧了自己。深夜的凉意让她的头脑越发清醒,细长的眉习惯性地挑起。被自己发现他在有意识地接近唐绱,便挤牙膏似的扔出了唐国之买海外曼生壶的线索,醉得一头栽倒还如此谨慎,他终究对她不是全然的信任。苏念竹的心隐隐作痛。

一些线索?这件事情肯定还有别的线索。比如八岁的孩子已经记事了。他是被什么人拐出福利院的?他就没看清楚那人的高矮胖瘦体形特征?他为什么没有告诉警方,父母吵架时提到了曼生壶?

案情很简单。沈佳在与丈夫林风吵架后搬到制陶工作间所在的厢房睡觉。早晨林风醒来,沈佳已经不辞而别。第二天林风照常去老鹰山寻找树根制作根雕,晚上九点回家后沈佳仍没有回去。直到五天后,林风才去派出所报案。夫妻双方吵架,妻子离家出走,因为不够立案时间标准,派出所没有立案。但是听到有村民反映两口子剧烈争吵,警方对林风没有及时报案产生了怀疑,找林风询问,没问出什么情况,只得放林风回家。结果当晚林风就选择了自杀,一把火烧了房子。

章霄宇亲眼看到父亲往家里四处浇菜油,问父亲要做什么。林风一把将他拎起扔出院子锁了门。火就起来了。等到章霄宇去村里叫人来,火已无法扑灭。林风死后,众人都说他性格孤僻,平时除了闷在家里做根雕,少有和人来往,脾气也不好,经常听到他在家骂沈佳。虽然警方没有证据,但村民们都认为林风是畏罪自尽。

因为林风纵火自焚,沈佳一直没有出现,警方立了案。但立案之后就成了悬案。很多年前章老先生通过律师去警方咨询过,案卷中没有别的线索。当年关于章霄宇父母的新闻报道也大都把焦点集中在林风自焚的事件上。

章霄宇无人抚养,只得被送到福利院。后来被章老爷子收养。名字也从林景玉改成了章霄宇。

最大的疑点是究竟是什么人要对才八岁的章霄宇下手。仅仅是普通拐卖儿童还是想杀人灭口?如果杀人灭口,为什么只砸断了他的双腿,没有直接砸死他?

苏念竹没有因为今晚的聊天消除心里的种种疑虑,反而觉得二十年前的失踪案越发扑朔迷离。

"他给的高薪果然不好拿啊。"

苏念竹感叹着,却又暗暗问自己。如今她是为了那份高额的报酬为章霄宇工作,还是在心里同情着怜惜着他,想要替那个男人抚平隐藏在心底的痛楚?她知道答案,却不想正视这个答案。

清冷的夜里,她拢紧了披肩,仿佛如此便能将心事掩藏得更好。

收拢了情绪,她平静地回了别墅。

韩休正坐在客厅沙发上玩手机。苏念竹随口问他:"还没睡?"

韩休嗯了一声。

"晚安。"苏念竹上楼去了。

身后传来韩休关门的声音。苏念竹想,原来是等自己回来后方便检查门窗是否关好。也不知道章霄宇从哪儿雇来的保镖,挺忠心尽责的。

第12章 / 穿着礼服吃火锅

买衣服、做造型、化妆,唐绯铆足了劲,将自己打扮得焕然一新。她站在镜子面前,发了个视频通话给白星。

"我这身打扮怎么样?"

白星看着视频中的唐绯哇了声:"啧啧,优雅的天鹅颈配这身银色露肩长裙,如此的性感,必须一百分!今天化的女神妆简直动人心魄。你不要太过分了,当心出门被劫色。不过,你打扮得这么漂亮做什么?别告诉我你现在打算去接受江柯的求婚。"

"我呸!告诉你吧,我准备去见章霄宇。上次他整了个保洁阿姨和我撞衫。这回他要能再把保洁阿姨打扮得跟我一样,我就服气认输!"

白星一个鲤鱼打挺,从沙发上弹了起来:"我去,这个消息太劲爆了。姐,你战斗力爆表啊。主动上门去报仇?要弟弟我前来两肋插刀不?"

"我找他是有正事。和他约了三次,那混蛋才有时间。今天约了一起吃晚饭谈事呢。我就问你,我今晚欲施美人计的话,成功率高吗?"

"没有失败的可能!不过弟弟我担心你有危险。餐厅地址在哪儿?我要来护花!"

唐绯满意地点头:"华庭大酒店西餐厅。我要喝酒不能开车。吃过饭我给你微信,你来接我。"

白星大力地摇头:"不不,我要提前埋伏好。免得姓章的又整什么幺蛾子。"

唐缈噗嗤笑了:"这次吃饭地点是我定的。五星酒店的西餐厅里他敢对我做什么?那个混蛋在外面装得可道貌岸然了。好了,不和你说了,我叫的车到了,我先去了。"

离预定时间提前了二十分钟到,唐缈坐在落地窗前,从三十层楼往下看,傍晚时分,沙城已经亮起了灯。璀璨的灯火星星点点,城市的夜景如梦如幻。

唐缈从包包里拿出化妆镜。镜里的少女如此美丽,肌肤泛着柔和的光,像粉色的珍珠。唐缈满意地合上镜子:"灯光下的皮肤就是比白天更柔嫩。投建基金是他提出来的,只要他还是个男人,他能不答应我吗?"

隔了一张桌子,白星用菜单遮挡着脸,鬼鬼祟祟地偷看着。

时间一分分过去。唐缈看了下时间,这个混蛋连提前五分钟等女士都做不到吗?非要掐着点来?

韩休就在唐缈倒计时的最后一分钟走进了餐厅。他一眼就看见坐在窗边的唐缈。韩休微微一怔,平静地走了过去:"唐小姐。"

"我们见过。两次。你是章总的司机。他人呢?不会是公司临时有要务不能来赴约了吧?"唐缈冷着脸讥讽起来。章霄宇这个混蛋临到约定的时间不来,又要她啊?

"不是。老板已经到了酒店。只是突然想吃火锅。吩咐我来问唐小姐愿不愿意去。"韩休的目光落在唐缈礼服的白纱裙摆上。

唐缈大吃一惊:"他现在想吃火锅?!"

韩休脸上看不出神情变化:"是的。老板想吃火锅。请问唐小姐是否愿意？如果不愿意的话可以另改时间再约。"

她约他吃这个饭就约了三次！

那混蛋怕是猜到来西餐厅吃饭自己穿着打扮会正式一点吧？想用吃火锅逼她走人？门都没有！

"行啊！火锅我也很喜欢吃。走吧。"唐绲围好披肩，拿起小包包起身。她发现了邻桌的表弟。白星半张着嘴，脸上写满了惨不忍睹的字样。

哼！她会怕？穿着晚礼服吃火锅又怎么了？她还要大吃特吃，让那个混蛋眼珠子瞪掉！

唐绲傲娇地离开。

韩休默默跟在她身后，不经意时突然回头。

白星为唐绲点赞跷起的大拇指还没来得及收回去。他被韩休冰冷的目光吓了一跳，赶紧把脸埋在菜谱上。等他抬起脸，两人已经离开了。

"吓死小爷了。该不会把我姐拐去卖了吧？"

手机发出叮咚一声。白星拿起来一看，唐绲发了张火锅店的图，就在华庭大酒店一楼。他顿时松了口气："算你机灵！"

火锅店人声鼎沸。锅里飘着热辣气，长条凳子挤得人挨人。热闹喧嚣。唐绲走进火锅店时，不出意外吸引了所有人的目光。她一身银色打底，白纱为衬的晚礼服太突兀，甚至有客人拿出手机拍照，以为她是哪个小明星。

唐绲脸上保持着微笑，心里不停地念叨："章霄宇你就是个混蛋混蛋混蛋……"

被她骂成混蛋的章霄宇坐在大堂中间，穿着连帽灰色运动衫，很休闲。唐绲越发肯定，他就是故意的。

"抱歉啊，临时改了主意。在国外西餐吃得太多，到楼下闻着火锅味就馋了。辜负唐小姐这身打扮了。"章霄宇嘴里说着抱歉，目光却贼兮兮地掠过白色刺绣流苏的披肩和摇曳的裙摆，没有掩饰他吃惊的表情。

混蛋就是混蛋！她绝不让这个混蛋得逞！唐绱拿出死猪不怕开水烫的厚脸皮维持着脸上的笑容，从容坐下了："穿什么和吃什么没什么关系。我是来和章总商讨关于紫砂壶基金的事。章总愿意拿出一笔钱设立基金，能帮助到需要帮助的陶艺师这是大好事。这顿火锅我请了。"

章霄宇有点意外，仿佛壶展后唐绱轰着跑车油门大怒而去是上个世纪的事情。唐绱翻篇一样的操作和章霄宇潜意识中的千金小姐大不相同。

"唐小姐不介意就好。"章霄宇坐下后，体贴地将各种佐料端到唐绱手边。

就像拍卖会午餐时，他端茶送水的态度，可唐绱却恨得磨牙。他用这种表面的绅士风度骗得她团团转。这一回他休想让自己上当。

"服务员，拿条围裙。"

唐绱泰然自若地取下披肩扔进了旁边放衣物的藤编小筐里，穿上了印着火锅店字样的围裙。

不伦不类的打扮让章霄宇都有点看不下去了。

第13章 / 真不是故意的

唐绱机灵地捕捉到了他脸上一闪而过的诧异，暗暗得意起来。如果她介意穿晚礼服吃火锅，这混蛋肯定百般嘲讽。她越发没有顾忌，真当自己是来吃火锅的,想吃什么煮什么。

章霄宇倒是主动开口了:"唐小姐找我说设立基金的事?怎么,唐氏集团也有意参与进来?"

以为她代表唐氏?唐绵马上否认:"我是代表紫砂壶艺协会。虽然我们只是民间组织,但是希望能以协会的名义设立基金。毕竟全沙城从事手工制壶行业的百分之九十都是我们的会员,我们有最全面的会员资料,对于基金设立的初衷也能执行得更尽力到位。"

她又讽刺了章霄宇一句:"当然,章总如果只是想要个广告效应,就算我来错了。我们协会不打广告。"

章霄宇边吃边听,没有否定也没有同意,只一个劲劝唐绵多吃菜。

吃成猪头吧你!唐绵有些沮丧。她怎么就对李会长打了包票呢?还是她太年轻,把人想得太好。章霄宇就是说得漂亮,为自家打广告罢了。他一个唯利是图的商人,怎么可能真心热爱紫砂壶,想要将工匠精神和紫砂文化发扬光大呢?

唐绵越想越生气,放下筷子盯着章霄宇直截了当地问他:"章总,给个准话吧。想设立基金帮助从事手工制壶的陶艺师只是你想往脸上贴金给云霄壶艺打广告呢,还是真心的?"

这丫头,初生小牛犊不怕虎啊。哪有这样直来直往把人逼到墙角要答案的?

章霄宇也放下了筷子:"唐小姐对紫砂壶是发自内心的喜爱啊。听你说过,还开了个人工作室?不知道有没有这个荣幸能欣赏到唐小姐的作品?"

"章总是想说我手艺差做的壶不行吧?我今天来商谈的事情和我制壶手艺好不好一点关系都没有。您既然回避我的问题,我就明白了。章总不过是说得慷慨激昂在作秀罢了。再见。"

她还有必要和他多说?她是来认真谈事的,又被这混蛋当成了捉弄她的机会。她真是高估他了!唐缈扯下围裙,高傲地站了起来:"说好的,这顿火锅我请。"

她完全忘了自己穿的是礼服纱裙,走的时候裙摆钩到了长条凳子。唐缈身体失衡,尖叫了声摔了下去。

一瞬间,一刹那,都是形容时间飞逝如梭。从她绊倒到摔到地面,不过一呼一吸的时间。尖叫了声,唐缈下意识地闭上了眼睛。

完了。丢死人了!

她脑中只有这么一个念头。

胳膊被人大力握住。章霄宇用力一拉,唐缈因为惯性扑进了他怀里。

她在发抖。章霄宇眉头皱了皱。他低头看她,和唐缈惊吓失神的目光对上。章霄宇突然生出了歉意,轻轻松开手:"没事吧?"

换你来试试?!心脏都吓得骤停了好吗?

如果不是被火锅店里这么多人看着,唐缈真的很想浇他一身汤水。有这样的人吗?处处和她过不去,见一次就恶整她一回。她怎么招惹他了?

唐缈又委屈又愤怒,从失神回神到眼中盈泪不过两秒钟。她倔强地转过身,弯腰扯开被钩住的裙摆,眼泪沉沉地聚集如珠砸在了地上。她假装整理着裙子,不经意地抬手将面颊上的泪拭去。

章霄宇从地上捡起了她的手包。唐缈劈手抢过,恶狠狠地瞪了他一眼,然后转身就走。

她去柜台结了账,昂首挺胸地走出了火锅店,章霄宇眼前还闪动着她临走时含泪带火瞪着自己的眼眸。

这一次,他真不是故意的。他真的馋火锅了。

外面飘起了如雾的小雨，润物无声。风吹来，唐绱打了个寒战。她左顾右盼也没看到白星，一时火起，拿起手机给白星打电话："人呢？快点来接我。冻死我了！"

白星欲哭无泪："姐，我的车不知道被哪个混蛋堵住了。我正找人挪车呢。你等等啊。"

"我懒得等你了。打车回去了。回去再和你说。"唐绱挂了电话气咻咻地骂，"倒霉了喝凉水都塞牙。遇到那混蛋就没好事情！"

她正打算招网约车。韩休将车停在了她面前。唐绱装着看不见转开了脸。章霄宇不知何时来到了她身边，将她的披肩递给了她："我送你回去。"

唐绱拿过披肩围上，冷冷拒绝："不必了。我叫了车了。"

章霄宇没有上车，而是从车上拿了柄伞撑开，站在她身边挡住了绵绵飘落的雨。

他至少有一米八，在她身侧一站，给唐绱带来无形的压力。她很想有骨气地走开，转念一想，凭什么？他想撑伞随他去，她凭什么要淋雨感冒？

"这叫打一巴掌给颗甜枣？别以为你保持这种绅士风度，我就会对你印象改观。"唐绱懒得昂着头和他说话，低头看着手机。网约车还有四分钟到达。行！四分钟她等得起。

细密的雨飘过街灯，像一张银丝编织的网。伞下两人沉默着，谁也没有再开口。

四分钟一晃就过，网约车到了。唐绱抬腿就走。

章霄宇叫住了她："以紫砂壶艺协会的名义设立基金是个极好的主意。"

他说什么？唐缈诧异地回头。

章霄宇拿出了手机："加个联络方式，替我约下李会长。"

约李会长？这么说他是认真的了？唐缈又惊又喜，瞬间忘了所有对章霄宇的负面评价，匆匆对师傅说了声"稍等"，和章霄宇交换了微信。

她冲他扬了扬手机，笑靥如花："就这么说定了。再联络！再见！"

看到她惊喜的笑容，章霄宇也笑了。他心里像移开了一块石头，变得轻松起来。

他上了车吩咐韩休："跟着。"

雨夜里两辆车一前一后行驶着。唐缈盯着新加的微信开始怀疑自己出现了幻觉。她不经意地回头，看见章霄宇的车跟着自己。他要做什么？

她给章霄宇发了信息："？"

章霄宇很快回了："怕你被劫色。看你安全到家我就走。"

这句话让唐缈心里生出了一丝暖意。或许他真的不是那么混蛋的人，可是先前他分明还是想捉弄自己。

"他该不是人格分裂吧？"唐缈嘀咕了句。她的手指在手机屏幕上划来划去，最终还是敲下"谢谢"两字发送过去。

到家下车。唐缈回过头。章霄宇的车闪了闪车灯，像是在回应她，然后拐弯驶进了夜色中。

唐缈并不知道，在她回家之后，章霄宇的车停在了小区不远处。车上，章霄宇翻看着唐缈的朋友圈，大都与紫砂壶有关。她的微信名叫酿壶。

"人家酿酒，她酿壶。有点意思。"

韩休望着小区，有了发现："唐小姐所在小区是夹心饼干式高层，南北朝向。她进小区后两分钟内面对大门方向只有一栋的十七楼亮了灯。

百分之八十的概率是她家,还有百分之二十的概率是同时有人回家。而她的家在背对大门的另一面。我们运气不错。"

章霄宇还在看唐绬的朋友圈:"她的壶在设计上有点灵气,成品缺点一目了然,手艺还差了点。"

"据窗户和阳台结构来看,这个小区多半是挑高的LOFT公寓,面积不会大。她应该是独居。"韩休也继续说着自己的判断。

"她朋友圈晒了很多她参观过的紫砂壶。没有一把是真的曼生壶。唐国之宝贝得连闺女都不给看?"

"明天我就能查到具体的楼层门号。"

章霄宇不再看手机:"大韩,我认为接近唐绬的距离保持在小区门口就可以了。"

韩休面无表情:"老板和唐国之的距离也保持在唐氏大厦或唐家别墅小区门口?"

章霄宇想了想笑了:"有道理。"

第14章 / 商人亦有情怀

云霄壶艺有投资的意图。整个紫砂爱好者协会顿时沸腾了。像这样的民间组织能得到一大笔投资实属难得。唐绬主动揽下制作详尽的基金资助计划PPT的活儿。

李会长毕竟是长辈,唐绬不方便总是麻烦他。想要全方位地了解沙城的陶艺师,除了协会的会员资料,作为咨询的对象,唐绬选中了顾辉。江形顾色,顾家的紫砂陶艺在泥料配色上独树一帜,无人能仿。顾辉自幼学习制壶,沙城稍有名气的陶艺师他都熟悉。

自从云霄重金拍下全部李玉壶后,投资成立基金的手笔再一次让顾辉感到意外。他隐隐感觉沙城紫砂业再不会平静。唐绡的事就是他的事,顾辉也想知道基金的规模和操作方式,二话不说赶到了工作室。

同时来帮忙的还有白星。三个人熬到第二天上午才将计划做完。

白星打了个呵欠,有些不以为然:"姐,章霄宇想资助谁给他个名单不就完了?需要做这么详细的PPT?"

"人家的钱是大风刮来的?怎么用,用在谁身上,总得有个计划吧?又不是一次性买卖捐多少款就完事了。除了资助陶艺师,还有协会组织的活动什么的。将来或许还有别的人想投钱进来呢?目光放长远一点嘛。这份计划只是现阶段的初步构想,最终定规则还得看协会的意见和云霄壶艺的意见。"

白星怪叫起来:"我怎么听着你口风不对呢?姐,你不记恨他拍卖会口是心非逗你玩,弄个保洁阿姨和你撞衫恶搞你了?还有啊,上次明明吃西餐,非让你穿着晚礼服吃火锅。你都不记仇了?"

唐绡哼了声:"这些都是小事。他出钱设立基金多好的事啊。我先忙完这个,回头再和他算账。"

顾辉拉起了偏架:"小白,不是哥说你。你马上大学毕业了,不能成天玩。你看你姐,多努力。"

白星举手投降:"我知道,顾大哥肯定护着我姐。我一张嘴说不过你们俩。现在咱们能吃饭去不?我饿死了。"

唐绡伸出手来拍了一下白星的脑袋:"想吃什么尽管说。"

"焖锅!"白星欢呼起来。

"我没问你。"唐绡说着看向顾辉,"想吃什么,别和我客气。"

"那就焖锅吧,吃完了,你不是还要去送资料?焖锅就在小区外面,比较近。"

"好。"

一顿饭,三人吃得热热闹闹,气氛融洽。

白星偷偷对唐绷耳语:"姐,顾大哥为了帮你做PPT,也陪着你熬通宵。我越来越喜欢顾大哥了。而且我发现你们真的好有默契啊。兴趣爱好,各种契合,不要太配哦!"

"滚!"唐绷在桌子下踩了他一脚,低声威胁他,"闭嘴。否则,我就打电话告诉你爸你找枪手帮你写论文的事。"

"我错了。"白星干脆利落地认输,埋头吃东西。

声音再小,顾辉还是隐隐听见了。他装着没有听到,给唐绷夹了块鱼:"吃过饭我送你。你没睡好,不要开车。"

"不用了。你也没睡呢。我叫个车去。李会长对计划没意见,主要看云霄那边是否同意。趁热打铁,赶紧落实。"唐绷想着白星的话,拒绝了。

"送完就回家补觉。毕竟涉及一大笔钱,也不是一两天就能办好的事。"顾辉没有坚持,温和地劝她。

"嗯,我知道了。我这就和章霄宇约时间。"唐绷马上给章霄宇发去短信。

章霄宇回得很快,发了邮箱地址:"不用特意跑一趟。发我邮箱我先看看。熬通宵赶的吧?你先休息。"

唐绷嘀咕了句:"他怎么知道我熬了通宵?我不用去了,发他邮箱就好。吃完饭就散了吧。都回家补觉。"

他?前几天这个他在她嘴边还是个混蛋。顾辉没了胃口:"嗯,回家补觉。"

章霄宇浏览着唐缈发来的计划。他的目光落在第一批需要资助的陶艺师名单上，脑中情绪翻腾不休。这些陶艺师有新有旧，老一辈的在二十年前曾经有些名气，后来，或转行或偶尔制壶。在这些人当中，有没有和父母有过交往的老熟人呢？这一想法让他极想把名单上的老陶艺师都认真调查一遍。

苏念竹曲起手指敲了敲门。

章霄宇的思绪被打断："请进。"

"章总，您的美人鱼既然上了钩，您有的是办法和她熟悉，何必花这笔钱？一百万也不是小数目。"苏念竹将投资赞助设立紫砂壶艺基金的文件夹放在了章霄宇办公桌上。她双手撑着桌子凝视着章霄宇，"章老爷子留给你的遗产虽然很多，却也赶不上你往水里扔的速度。"

"遗产除了能继续赚钱，我还想用来做点慈善。"

苏念竹清冷的脸露出嘲讽之意："您别忘了来沙城开公司的目的。开办云霄壶业是为了在沙城有个正当身份。高价买下李玉壶，是因为它有投资收藏价值。设立赞助基金，不就是想用这个饵挽回唐缈对你的印象？这不是慈善，这是您的另一项投资。打水漂的投资！作为您的财产管理律所重要合伙人，我反对。"

章霄宇看着她，有点无奈："苏大律师，我给您的资料上写得很明白。我母亲曾经也是位制壶的陶艺师，紫砂壶是她一生的热爱与追求。我本人不仅喜爱紫砂壶，而且为了母亲的心愿，我非常乐意为紫砂制壶的文化传承尽一份心。紫砂文化在我国有两千多年历史。紫砂与茶道密不可分。紫砂与篆刻书画紧密相连。但是，工厂机器制壶做杯冲击着这个市场。出名的如李玉大师，一把壶能拍上几百万的高价。不出名的陶艺师可能连饭都吃不起，无心钻研制壶技艺。有了我的资助，就会有更多的陶艺师专注紫砂技艺，做一个相对纯粹的匠师。在我看来，这笔投资很值。"

　　苏念竹脑中又响起了母亲尖锐质问父亲的声音:"那些泥能吃吗?能吃吗?!"

　　她眉尖微蹙,像是在说服自己,声音又显得那样无力:"从商业角度看,您的这笔投资注定没有利润。"

　　"我是商人,也有情怀。"章霄宇冷静地回她,"我回沙城是想寻找母亲当年失踪案的真相。我成立云霄壶艺公司也是真心想要涉足紫砂壶领域,创作紫砂珍品,让更多人了解紫砂壶传承的文化。用这笔钱帮助有才华的陶艺师建立工作室,对公司涉足制壶业走精品路线也算是一个战略投资。它的回报现阶段不能用钱来衡量。"

　　收拾好情绪,苏念竹释然:"这个理由我接受。"

第15章 / 登门拜访

　　说服了苏念竹,章霄宇心情愉快:"我刚拿到了紫砂协会发来的基金执行计划PPT,已经发到你邮箱里了,需要尽快拟出合同。另外,公司业务拓展还需要招聘员工。你现在兼着人事这块,尽快招聘一个人事部主管。"

　　苏念竹在他对面坐下了:"老板,我希望您对您的私人律师能更坦诚一点。这样我才能更好地帮到你。我以为我只负责对您调查二十年前您母亲的失踪案提供法律援助与法律意见。大半年了,我才知道您是认真创办云霄壶艺,还准备全身心投入到将紫砂传承发扬光大的事业中。业务量的增加也将会增加我的工作量。现在您告诉我,还有什么是我不知道而将来却必须要干的活儿?"

看似调侃的语气,章霄宇却从她如冰一样的眼神中看出,苏念竹很生气。"我会给你加薪。"

她是想多拿报酬吗?苏念竹眼神里淬着火。

她一贯冷静,少有发火,只是对这个比自己小两岁的男人动心罢了,而他却不信任她。正因为把自己的心看得透彻,苏念竹越发愤怒,一张脸冷若冰霜。

"我并没有故意隐瞒。"章霄宇平静地回她,"咱们签的合同也包括了我个人以及我所成立公司的所有法务。当然,云霄刚成立,人员不足,所以人事方面的事情暂时由你兼着。这个超出了合同约定。所以,我有必要给你加薪。"

是她误会了他成立云霄的初衷,还是她陷入个人情绪太深?不,是他隐瞒线索在先,总让她生疑。苏念竹尽量将自己一分为二,将情绪化的自己隐藏起来:"老板,我的意思是不希望再出现我发现了什么,您再挤牙膏一样告诉我线索的情况。"

章霄宇手指轻叩着桌面:"有件事我一直没说,是觉得对案情没有影响。我母亲曾经跟着我义父学了两年画。后来她放弃画画,从事陶艺制壶。因为这段师徒感情,义父才收养了我。其他的,你都知道了。"

这件事的确对调查沈佳失踪没多大影响。章霄宇坦诚的目光让苏念竹的怒意渐渐褪去。她沉默了下,提出了自己想要的另一份材料:"虽然你祖父外公一辈都不在了,人活在世间,总是有朋友熟人的。我需要你父母的人际关系名单。章老爷子查了二十年,总不会连这个都查不出来吧?"

章霄宇摇了摇头:"当年我母亲失踪时,警方对熟悉她的人都进行了询问调查。我父母没有特别要好的朋友,生活中打过交道的人就太多了。整个南山村的村民都是。卖根雕壶品过日子,我父母交往的生意人也很多。没办法查。沙城不大,我母亲既然制壶,必定和一些制壶师有过交流。二十年了,或许重新接触这些人能得到一些别的线索。"

苏念竹习惯性地挑起了眉,明白了章霄宇的真实意图:"我会仔细研究这份投资计划。"

见她快速反应过来,章霄宇便笑了,意味深长地说道:"受资助的对象,我都会亲自去登门拜访。"

苏念竹走后,章霄宇的目光重新落在屏幕上的名单上。他没有叫韩休,自己开车离开了公司。

穿着碎花睡衣打着呵欠,唐绵睡眼蒙眬地把门开了条缝:"你俩把什么东西落我这儿了?"

她以为是白星或者顾辉落了东西回来拿。章霄宇的脸在她眼前慢慢变得清晰。唐绵揉了揉眼睛,突然尖叫一声,砰地把门关上了。

章霄宇吓了一跳。他苦笑着想自己又心急了,中午才让唐绵补觉,不到三小时,他就把她从床上叫醒。

唐绵飞快地将头发捋平,顺手又往身上披了件外衣,这才又把门打开:"您怎么知道我住这儿?"

章霄宇没有回答,说出了来意:"计划书我看过了……方便进去说吗?"

"啊,不好意思,您请进。"唐绵开了防盗锁请他进来,有点尴尬,"这里也是我的工作室,比较乱。您先坐会儿。我上楼去换件衣裳。"

她噔噔噔上了楼。章霄宇在客厅转悠着。

果然和韩休判断的一样。四五十平米大小的LOFT公寓,楼层六米挑高,下面一整间打通作为工作室,隔了一半楼层当卧室。唐绵一个人居住。

楼下正中摆着一张宽敞的木制工作台。工作台上摆放着电脑和一些画的手稿图纸以及制壶工具，整整占了三分之一的空间。墙上钉着成排的木制格子，放满了各种制好的壶。墙角木格中摆放着包好的泥料。

一只泥坯壶引起了他的兴趣。

第16章 / 顾家壶的色

唐缈换好衣裳洗漱好往楼下看，只见章霄宇站在大幅落地窗前，一只手高举着顾辉幼时送给自己的那只泥坯壶，迎着阳光细细看着。

这是只没有烧制的泥坯壶，呈现出泥料原来的色彩。

沙城有"江形顾色"之说。江家制壶以器形设计闻名，设计的壶形种类别致又不失美感。江氏制壶有两大类，一类是机器流水线制造的普通的紫砂茶杯茶壶。另一类是江氏申请专利设计的十五种器形壶。两大类都是量产。相对来说，机制杯壶价格极低，批发价几元一只。手工壶因量产价格也不高。江氏壶主打市场，并不走高端路线。厂里有国家级工艺美术师资质的制壶师成了监工，掌控手工壶的质量。

顾氏壶则相反。工厂不大，制壶师也不多，产量不高，做精品手工壶。顾言风有沙城壶王之称。他做出来的壶拥有一种独特的色感。不管是什么泥料，最终烧制出来的颜色都与众不同。价格是江氏壶的数倍。市场占有率远不如江氏壶，在手工壶市场的口碑却远胜江氏壶。

关于顾氏壶，市场上有不同意见。有的认为紫砂只能用单种泥料，呈现出泥料独特的色彩。也有人喜欢顾氏壶独特的颜色，认为在有些泥料日渐枯竭稀缺的现在,顾氏壶提供了新的思路。

烧制出来的顾氏壶,章霄宇见过不少。顾家父子管理严格,从未有独特的配色泥坯流落在外。顾家泥坯,他还是第一次看见。

阳光下,泥坯壶中隐隐能看到几点细碎的闪光,刺得章霄宇微微眯起了眼睛。

"这是我朋友十二岁时的作品。他很有天赋吧?我这里这么多壶,你独独看上了它。"唐缈边说边下了楼。

"看器形是想做一粒珠。十二岁,有天赋,就是有点不自量力。做一粒珠勉强了点。"章霄宇毫不客气地评价。

一粒珠是紫砂壶圆器中的一款,壶身滚圆,无颈,讲究像珍珠一样饱满,彰显豁达气度又不失细腻精致。壶嘴略弯,壶钮也是一颗滚圆珠子造型。

唐缈有点尴尬:"一粒珠是很考手艺。但是他才十二岁,能做成这样就很不错了好吗?不要太苛刻了。"

章霄宇手中的泥坯壶换个通俗易懂的话点评,就如同写毛笔字。框架笔画分布都合理,但笔力不足。一粒珠讲究整体协调感。如果不细究做工,那么制作者的确很有天赋。

她又补了一句:"不然这么多紫砂壶,你怎么独独就看中了它?"

"那些都是成品。唯有它是泥坯。"章霄宇说着将泥坯壶放回了木格上,"你那位朋友在制壶方面很有灵性啊。能否介绍给我认识?我们公司下一步会签一些陶艺师成立个人工作室。"

"他才不会被你签呢。"唐缈很为顾辉骄傲,"沙城制壶'江形顾色'听说过吧?他就是沙城壶王顾言风的儿子顾辉。"

章霄宇不动声色地"哦"了声:"就算签不到,冲着'江形顾色'的名气,如果有机会我也想认识。"

唐缈豪爽地说道:"有机会给你介绍。"

章霄宇目光一转,指着木架上的紫砂壶说:"这些都是你做的壶?"

"对。我制壶还在学习阶段,入不了章总的眼。"

唐缈谦虚,章霄宇却很是赞扬:"你也很有天赋啊。我们公司将来会签一批有潜力的陶艺师开设个人工作室。唐小姐有兴趣吗?"

"我?"唐缈吃惊地指着自己的鼻子,"我大学毕业才真正开始学制壶,不到两年时间。你真看出我有潜力?章总,你不是逗我玩吧?"

她好奇地眨了眨眼睛,长睫毛一扇一扇的,很是可爱。

章霄宇一本正经地点头:"我是认真的。设立的基金中有一部分是资助有潜力的陶艺师开设个人工作室。云霄壶艺会负责包装销售。"

"那么我得好好表现一番。能得到金主的大力支持,说不定将来我就是知名壶艺大师了。我去泡壶茶。工作台上是我正在做的壶。每年年末我们协会都会举办壶品交流大会,我打算拿去参展。您给指点指点。"

唐缈将沙发收拾出来,用茶匙量好了茶倒进一只西施壶,熟练地上水冲泡,一系列泡茶功夫练得无比流畅。

看她的动作就是种享受。

唐缈明艳动人。美人泡茶,喝茶已经是其次的了。

章霄宇嗅着茶香,寻思着唐缈和顾辉的关系,这算不算又是一点巧合呢?

设计稿铺在宽敞的木桌上,旁边有一只还未成形的南瓜壶泥坯壶身。对比着设计图,章霄宇有些诧异:"那天隔着玻璃罩观摩完那只南瓜壶,给了你这么多灵感?"

"灵气很重要。手艺好的匠工很多。想要脱颖而出,就看个人修行了。从设计图和捏得饱满的壶身中,章霄宇看到了唐缈不经意间流露出来的灵性。

"提点意见呗!"

顾辉夸了她,如果再得到章霄宇的肯定,那么唐绷对年底的交流赛又多了几分信心。

"设计感不错。用一截断藤做壶嘴,藤蔓自壶钮而下形成壶柄。器形设计不错。"章霄宇拿起泥坯掂了掂,"厚薄不均。这是致命缺陷。光有好的设计是不够的。"

唐绷的开心还没维持多久就化为了沮丧:"你一伸手就掂出壶身厚薄不均?真的假的?我打泥片时很用心,感觉厚薄差不多。"

紫砂壶制作壶身时需要将泥料捶打成厚薄均匀的泥片,再围合成壶身,进而继续下一步造型制作。制作中的每一步都考究制作者的手艺。

"我做这行,至少要练点眼力出来吧?"章霄宇看向木架上的各种壶,"这里大概有四五十把壶。你学制壶两年时间里做的?"

唐绷的声音低了下去:"好的,不好的,加起来,也有一两百了。"

"我不是说做得少,而是做得太多。你每次都想快速做完烧制然后看效果。心急就不容易心静。做得快做得多,不见得就是好事。"

唐绷"啊"了声,不好意思极了:"看到成品有成就感。"

"好的紫砂壶不用上手,看上去就顺眼。如同一幅画,哪怕你不会画,也能感觉到画带来的美感。普通人尚能如此赏画,你是学美术的,自然知道这个道理。"

"可是画画和捏泥坯不一样。"唐绷挥舞着手,突然反应过来,"章总说得头头是道,眼力也不错。难道你也会做紫砂壶?"

第17章 / 说实话的后果

童年遥远的记忆跳了出来。章霄宇想起母亲教他做壶的情景,有些感慨:"小时候做过。"

后来他跟着章老爷子一直学的是绘画。

小时候做过?说得头头是道,没准还不如她呢。大道理谁不会说呀?唐缈起了争强好胜的心:"章总做一个试试?让我学习学习。"

她的心思完全写在了脸上。这是被自己训得不服气呢。他跟着母亲学做紫砂壶时年纪太小,真上手的确不如她。章霄宇正要拒绝,心里又闪过另一个念头:"那就,试试。"

唐缈捋起袖子去拿泥料。

章霄宇轻声说:"不用太好,免得浪费。有你朋友顾辉捏泥坯的那种泥料吗?"

唐缈愣了愣:"那是顾家特有的泥料。我这里可没有。"

章霄宇的眼神闪烁起来:"他是你男朋友?"

"胡说什么呢。我和他从小一起长大的,他是我哥!"

"哦。青梅竹马。就没有给你俩定个娃娃亲什么的?"

唐缈就想起了江柯:"你还真说准了,家里还真给我定了娃娃亲。没经我同意的。"

盛传江唐联姻的那位?"江形顾色"都与唐家关系匪浅。章霄宇在唐缈嘴里得到了证实,又起了好奇心:"你不喜欢?"

"不关你的事。"唐缈随口说着,"我想成为陶艺制壶师,这是我的梦想,才不想浪费时间去谈恋爱。"

唐绱的回答让章霄宇相当意外,他微眯着好看的双眼看了她一眼,看出了唐绱眼中的认真。

"怎么了?"唐绱微微有些不解。

"你这个年纪的年轻女孩不想谈恋爱的很少,让我意外。"

"章总也很年轻啊。有女朋友吗?"

轮到章霄宇尴尬了:"遇到喜欢的自然会有,这不是没遇着嘛。"

唐绱选了块普通的朱红泥料,放在盆里递给他。

他并不是真的想做壶。章霄宇望着唐绱干脆说了实话:"我也就小时候捏过,手艺不行。"

是不会吧!装模作样地讨泥料。纸糊的灯笼,一戳就燃。唐绱腹诽着,嘲讽他:"原来章总也就是纸上谈兵罢了。"

怎么能被这个小丫头看不起?章霄宇一本正经地反驳她:"这怎么叫纸上谈兵呢?厨师做好饭菜,去点评的叫美食家吧?古玩专业鉴赏师不见得人人都能制作吧?我虽然捏过泥坯,谈不上制壶。但是我会欣赏鉴定。怎么就成了纸上谈兵?"

死鸭子只剩下嘴壳子硬是吧?唐绱指向木架上的壶:"那你说说,我做的这些壶缺陷在哪里?"

"打盆水来。"

还知道简单的水验法。唐绱乐了:"好咧!"

打满一盆水放在工作台上。章霄宇从木架上取下一只扁形壶。用壶装满了水,一手执壶,另一只手的拇指堵住了壶嘴,将装满水的壶翻转过来。壶盖瞬间掉下,水哗啦啦地从壶里倒出,"密封性不好。否则就算装满水,壶盖也不会脱落。"

这知识哪个制壶的人不晓得?唐绱要看他还有什么秘制鉴定法:

"继续。"

又取了一柄圆壶。这次装了一半的水。章霄宇用布巾将壶身水渍擦干,看了眼唐绡,提起壶柄往盆里倒水。水从壶嘴里倒出,形成一股浑圆的水流:"壶嘴捏得不错。"他说罢右手拇指压住了壶钮上的气孔,壶嘴仍然往外出水,只是水流小了些。

"还是密封不够,否则按住气孔,一把好壶就不会出水。"

他在架子上选壶,在手里掂了掂,过目看上两眼,终于选定了一柄竹节壶,照上面两种方法试了。翻转壶时壶盖不掉,按压气孔时壶嘴不出水。

唐绡早就试过了,这是她自认为做得最好的一把壶,抢着开口:"密闭性很好。壶嘴壶钮壶柄都在一条直线上,这把壶还行吧。"

"这三把壶中最差的就是这把。"章霄宇淡然反驳。

他该不是故意打击自己吧?她真是好了伤疤忘了痛,每一次见到他都被他捉弄。她就不长记性!唐绡双眼喷火:"你会不会赏壶啊?连李会长都说这把壶是我做得最好的壶!"

"是吗?"章霄宇倒空竹节壶,将空壶放在了水面上,"看仔细了!"

"壶的重量远远超过水的重量,根本不可能浮起。"

竹节壶一歪,翻倒在水盆中。这本是意料之中的事。然而壶盖掉下,撞在盆底的瞬间,壶盖上捏成竹节做成壶钮的那一截竹子啪地断掉了。

"你就不能轻点!"唐绡看到竹节从壶盖上断掉的瞬间,心疼地叫出了声。

这样的壶还值得心疼?章霄宇忍不住毒舌道:"有水的浮力,轻轻一撞,壶钮就断掉。幸亏壶嘴壶柄还接得结实,否则泡茶冲水,啪叽一声断了,啧啧……"

唐绱从盆里拿起断掉的竹节壶钮，被他说得怒火填胸："我知道我做得还不够好！如果我做的壶都是完美无缺，我早就是制壶大师了！"

她气冲冲地端着盆进了厨房，看着自己最满意最喜欢的竹节壶眼睛就红了。她做的壶在密闭性上有瑕疵。她努力练习，这把竹节壶是她在密闭性上做得最好的一只。李会长也指出竹节做成的壶钮显得有点不协调，但是没有这样试过。她当然知道自己的壶艺还不够好，可再次也是她的宝贝。就这么给毁了。她做的壶哪怕缺陷明显，她都想收藏着，将来都是美好的回忆啊。

"混蛋！"唐绱小声骂着，气得踢了橱柜一脚。

章霄宇正站在厨房门口，见她这么伤心，有些尴尬地将手抄进了裤兜。女人真是不可理喻，明明是她让自己点评鉴赏："要不我帮你用胶粘一粘？反正也不能拿出去见人待客。"

用胶粘一粘？不能拿出去见人？唐绱火冒三丈。看在他真心投资设立基金的分上，才对他有所改观。她就是太心善总把人往好处想。从遇到他开始就没好事！谦虚请他评点自己做的壶吧，他倒不客气趁机毒舌羞辱她。忍无可忍了！唐绱下定决心，再不和章霄宇打交道。

第18章 / 哄女孩子是技术活

打定主意后唐绱摆出拒人千里之外的冷淡脸色："章总今天来找我是为了基金的事吧？说吧，还差什么资料？"

说完就赶紧滚蛋！

唐绱横眉冷对让章霄宇懊恼不已。明明关系已经缓和了，转眼间又变得剑拔弩张。

他哪知道她做的竹节壶这么脆弱？轻轻在盆里一磕壶钮就断了。然而让他点评她做的紫砂壶，他也不能睁着眼睛说瞎话吧？

女人真是神奇的动物啊。喜怒源于瞬间的心情。章霄宇不明白女孩的细腻心思，认定唐绉是恼羞成怒。腹诽归腹诽，关系还是要想办法缓和挽回的。

"计划分两部分，一部分是资助陶艺师，一部分是资助协会活动。协会首次活动需要更详细的说明。特别是首批受资助陶艺师，需要更详尽全面的资料。我们给资金是为了让他们继续陶艺创作，而不是拿着钱贴补生活做别的事情。"章霄宇慢吞吞地说着，眼神游走在室内，寻找着挽回关系的话题。

"章总的意见很合理。还有吗？"

听出唐绉语气不善，章霄宇想叹气。她怎么就这么经不住打击呢？他只是说了几句实话罢了。真要认真评价她的作品，这丫头气疯了会提刀来砍他吧？

章霄宇继续慢吞吞地说意见："基金成立会发放第一批资金，扩大社会效应，让更多的有志于发展紫砂壶艺的人关注到我们的基金。齐心协力，才能让基金获得长久发展。我需要亲自考察受资助的人。"

"好。我会向协会反映。还有吗？"

连续两个"还有吗"与冷淡的神色，想赶他走的意思已经很明显了。难道今天就这么弄巧成拙被扫地出门？章霄宇果断地打了个埋伏："我初来乍到对沙城不熟悉，希望你能陪我一起拜访那些老陶艺师。"

这次又搞砸了，一起去拜访老陶艺师还有接触挽回的机会。

"章总的要求合理，我想协会一定会请人陪同的。"唐绉边说边走向门口。

这是要开门让他马上滚蛋？连下一次机会都不给他？

紫砂协会是民间组织，李会长也没权力要求唐绵陪同。不行，今天被她扫地出门，再找机会挽回关系就难了。无论如何，今天他都要把这丫头哄好才行。

章霄宇脑子转得极快，眼神掠过了工作台。他灵机一动，指着设计图说："我学了几年绘画，看到你画的设计稿突然来了点灵感。我帮你修改一下。"

不等唐绵同意，他飞快地走到桌旁拿起了毛笔。

那是她参加年底壶展的设计图啊！已经走到门口的唐绵吓得高声尖叫起来："混蛋！别动我的设计图！"

她离桌子大概有一米左右的距离，唐绵伸开双手朝着章霄宇扑了过去。准确说，是朝着他拿笔的手扑了过去。

章霄宇吓了一跳，下意识地后退了一步。

唐绵没抓到他的手，扑到了桌子上，老母鸡护崽似的护住了自己的设计稿。她仰起脸望着章霄宇发作："别人的设计稿你说改就改?!"

章霄宇左手拿着张空白画纸，右手拿着一管构线图用的羊毫笔。他又往后退了一步解释："我是想重新画一幅。"

"那你也得经我同意才能用我的东西！你让我误会就是你的错！"

就算她误会了也是他的错！

"是我没说清楚。现在我能借用你的纸笔画一幅设计稿吗？灵感来了，心急了。"章霄宇睃了眼唐绵脸上那一撇墨痕，决定暂时不提醒她，免得火上浇油。

她倒要看看，这个只会吹大牛的灵感有多么惊人！唐绵愤愤地将自己的设计稿整理好放在一边："画呗。不让灵感如泉涌的章总画设计图，显得我小气。不过，章总，您不会又是小时候学过两天绘画吧？"

她说话的时候,半拉胡子似的墨痕灵活地动了起来。章霄宇心虚地低下头作画。

不让这睚眦必报的丫头开开眼,将来她定会门缝里瞧人——将他看扁了!

落笔如风,寥寥几笔线条勾勒出一只南瓜壶。

唐缈是学工艺美术的,素描底子也不弱,哼哼了声:"还行。"

岂止还行,这张素描南瓜壶她都想裱起来当画作了。她为什么要让章霄宇得意?唐缈斜乜着设计图满脸的不以为然:"达·芬奇画鸡蛋还每只不同。你的设计和我的设计有不同很正常啊。"

章霄宇将自己画的和唐缈的设计图摆在一起:"我想表达的是,你是想做一只嫩南瓜,成熟南瓜还是老南瓜?"

唐缈还真没想过这个问题:"关你什么事?"

"你看。你原来的设计,壶嘴是一截老藤。那么你想做的至少是一只成熟的南瓜。这点从饱满的壶身设计可以看出。如果是这样设计,你的壶身与壶盖设计是嫩枝叶细藤,就显得不太合适。做出来整体感觉必然不太协调。"

唐缈迷恋制壶,对比两张设计图,马上发现章霄宇说的很有道理。这样看,她设计制作的南瓜壶的确存在问题。她思考着,怎样才能改好。

总算找到敲门砖了。章霄宇松了口气:"你见过新鲜的南瓜吗?"

唐缈摇头:"又不是对着南瓜写生画素描,做壶只是取其形似而已。"

章霄宇极自然地在沙发上坐下了。没哄好唐缈,他不打算离开她家:"你看看我搜索出来的各种新鲜南瓜。"

他把手机放在茶几上翻阅给唐缈看:"不同生长阶段,南瓜的藤蔓叶子与形状都不同。紫砂壶取南瓜形状为壶,又有艺术加工。壶形别致,也有趣味。观察不同的南瓜,对做出一把好南瓜壶帮助极大。你学美术的,应该懂这个道理。"

唐绺参观赏玩过很多南瓜壶,唯独没有研究过新鲜南瓜。她的目光随着章霄宇的手指移动。看到各种南瓜图片后有了新的领悟:"还真是这样。"

章霄宇自然地接下话题:"自曼生壶后,文人壶深受收藏者喜爱。你还可以琢磨在壶身上雕刻几句有意思的字句。多观摩曼生壶这类好壶,会有收获。"

他盯着唐绺的表情,一丝细微的变化都不想错过。

唐绺撇了撇嘴:"你当曼生壶是大白菜啊?随便就能看到一把?我还没见过实物的曼生壶呢。图片看过不少,和实物一样吗?"

这丫头如果知道自家就有三只,会不会去撬家里的保险柜?唐国之将自己在国外买了三把曼生壶的消息藏得严实,连爱壶成痴的亲生女儿也不知道。那三把曼生壶有什么特别之处?

第19章 / 害羞了

那三把曼生壶是章老爷子在国外购得,又托付给国外拍卖行,落入唐国之手中的。章霄宇曾经把玩过,还拍下了详细的图片与录像资料,没有发现有什么特别之处。

或许只有等接近了唐国之,他才能得到答案。

"我平时也喜欢泡茶。尝尝我的手艺。"章霄宇按下了电炉开关烧水。泡壶茶喝,又能拖延点时间了。

用她的笔墨画设计图,毫不客气用她的茶具请她喝茶。他还真够自来熟的。

唐绑故作恍然状:"原来章总今天来我家是为了展示才艺。"

能把你哄高兴,就当我卖艺好了。章霄宇抬头看到唐绑脸上半拉胡子,握壶的手在空中停滞了下。他有些后悔。一开始没有说,现在反倒没机会说了:"唐小姐赏脸观赏,是我的荣幸。"

见他泡茶姿势熟练优美,唐绑有些期待了。

章霄宇绞尽脑汁寻找着和唐绑的共同话题:"除了李玉壶,我个人也很喜欢顾元大师和林东大师的作品。"

这两位在壶艺界的地位不输给李玉。爱壶之人谁不喜欢呢?

唐绑"啊"了声:"我也喜欢他们的壶。"

茶飘出香气,章霄宇分出茶,拿起一杯嗅了嗅:"是滇红。我还喜欢小青柑普洱的味道。"

他眼尖,在桌子下发现一盒普洱小青柑。

"我也是!"唐绑惊叹。

章霄宇在心里默默地说,好茶,我都喜欢。

两人对视着,突然同时笑了。唐绑又忘了先前的气恼,惊奇地发现和章霄宇居然有这样的共同爱好。章霄宇则看着唐绑脸上那一撇活灵活现的胡子,终于没忍住笑意。

"你等着。"唐绑跑上楼,飞快拿来了一只盒子,"我新收了一把顾老师的梅花诗纹紫砂壶。你帮我看看,是不是真的?"

章霄宇接过壶慢慢欣赏:"这把壶有股扑面而来的旧壶之感。有些像是清中期的作品。壶形看着普通,却很大气。是顾老擅长的旧壶风格。你看壶底落款,顾老的字体最后一笔如竹叶飘逸。不是赝品。这把壶不错,结合现代技艺,不显违和,相反极其富有感染力,是真正的集大成之作。恭喜你,收了一把好壶。"

"我也是这样认为的！"唐绉笑得合不拢嘴。

见好就收吧，别又再惹怒了这丫头前功尽弃。他起身告辞："我们公司办壶展时你来过。我还有一些收藏的好壶放在家里没有展出。有空的话你可以来看看。"

"真的吗？李玉大师的壶也能借给我看？"唐绉激动得恨不得现在就去。

"我们是朋友,将来还是一起做事的伙伴。收藏好壶就是要给人欣赏的不是？"

"章总，你太大方了。谢谢啊。"

找到哄好唐绉的诀窍，章霄宇一块石头落了地。他笑着进一步拉近两人的关系："又不是在公司上班，叫我名字就好了。我也不客气，以后也直接叫你的名字。"

"好啊。"他能借那么多好壶给自己欣赏，称呼这点小事唐绉自然不放在心上。

"那么，等基金的事定下来，我们就一起去拜访老陶艺师？"

"没问题。我还想向老师们多学习呢。"

生气的时候她一口拒绝，一高兴又答应陪他做访问了。成功达到诓哄好唐绉的目的，章霄宇满意地告辞。走到门口，他觉得自己有点不太地道："唐绉，其实在制壶的设计上你很有灵气。"

被他夸了，唐绉反而不好意思了："可惜做出来的壶都有瑕疵。"

"就算是大师，也不是每把壶都做得完美。才学了两年，很不错。"

"我会努力的。"

章霄宇迟疑着。

唐绉觉得奇怪："还有什么事吗？"

深吸了口气，章霄宇努力让自己露出一个亲切的笑容："刚才你冲过来抢设计稿……"

"一场误会嘛。我还想谢你指点呢。"唐绱大度地打断了他的话。

说还是不说呢？不说被她发现，说不定又惹恼了。章霄宇甚是烦恼。

唐绱睁着一双水汪汪的眼睛疑惑地看着他。从唇上直拉到脸颊的半撇墨痕让章霄宇想起可爱的布偶猫："怎么了？"

与其让她看见，不如自己毁灭证据。章霄宇从兜里拿出包湿纸巾抽出了一张："别动。"

唐绱怔了怔。

章霄宇一手扶住了她的脸。

他的气息瞬间包围了唐绱。湿纸巾从她脸上擦过，带起一片凉意。

唐绱呆愣地看着他。章霄宇有点不好意思，躲开了她的眼神。

"刚才不小心，手里的毛笔画到你脸上了。已经擦干净了。再见。"章霄宇快速说完，将湿纸巾揉成一团放进兜里，转身就走。

他的脚步太快，眨眼工夫就消失在楼道拐角处。

唐绱摸了摸自己的脸，关门转身，以百米冲刺的速度跑进了卫生间。

鼻子下面还有一点点淡淡的墨痕没有擦干净。她看着镜子里的自己，手指摸了摸湿润的肌肤，想象那撇墨画在脸上的位置："竟然看我笑话看了这么久临走才说！章霄宇你这个混蛋！"

难怪章霄宇眼神飘忽不敢正眼看她，跑得比兔子还快。

唐绱噗嗤笑了，手指点着镜子里的自己说："章霄宇呀章霄宇，我看到你脸红了。你居然这么容易害羞。"

她没有注意到，镜中的自己双颊也泛起了红晕，盈盈笑意直达眼底。

阳光从窗户照进来。苏念竹眼前一片模糊。是电脑屏幕反光让她看不清楚，还是基金计划书PPT上那个名字太过刺眼？

她关了电脑，拿了外套离开了办公室。走廊上她遇到了韩休。苏念竹冷淡地点了点头便走了。

韩休停住了脚步。他没看错吧？苏念竹的眼睛有点红，像是哭过一样。

第20章 / 苏念竹的秘密

沙市深秋的黄昏是美丽的。湛蓝的夜渐渐变得深邃，夕阳浮在遥远的天际。橙色的光从高楼林立的缝隙间投下，形成一片片明暗交织的光影。车水马龙的城市在太阳最后的余光灿烂中显得柔和明媚，繁华动人。

黄昏是时间与故事的分割点。上班工作外出办事的人在黄昏时离开公共场合，回到壳一样的家。又是另一出悲欢离合，各家事各家知的剧了。

苏念竹熟悉地穿街过巷，在巷子与街道的交叉路口停了下来。她选的位置很好，正好是画线的停车位，只要她愿意付足够的停车费，就可以一直停在这里。

街道的另一侧属于繁荣的城市。一街之隔就是另一个世界。

巷口是一片20世纪90年代初期修建的多层建筑。不少一楼住户违规破墙开店。楼顶的用户用彩钢板搭出一间间蓝色的棚户阁楼。年代久远，墙面的涂料在多年雨水的侵蚀下变成了一幅幅斑驳的抽象画。阳台被各种防盗网封着，密密麻麻像一只大型的鸽子笼。

相邻生活多年，进出小区的人见着都会乐呵呵地打声招呼。和高档新楼邻居互不认识的情形比，这里充满了市井生活气息。

王春竹佝偻着腰，拎着一瓶简装白酒，一袋卤菜回家。

门卫大爷笑呵呵地招呼："王大爷，又去买酒了？哟，老远就闻到一身酒气，还喝啊？"

"喝？我知道你馋我的酒吧！得，晚上我来门卫室和你一起喝！"王春竹大着舌头回他，摇摇晃晃进了小区。

她不止一次来过这里，十次有九次都能看到王春竹喝得半醉蹒跚回家的身影。不知不觉间，苏念竹握着方向盘的手背因为用力爆出了淡淡的青筋。

花白了头发，蹒跚的脚步。门卫大爷叫他王大爷。他今年才五十五岁，看上去却和七十岁的门卫张大爷差不多的年纪。

他的日子显然过得并不好。苏念竹清楚看到他脚上的皮鞋已经穿变了形，裤脚磨破了边。他拎的是最便宜的白酒，几块钱一瓶那种。他落魄穷酸，成天酗酒。她应该高兴才对。可是她为什么这样难过？

难过到她感觉冰凉的液体从脸颊上滑过，直滑进她的嘴里。苦涩微咸。

手机响了。苏念竹飞快抹去脸上的泪，接起了电话，声音平静："好的章总。我八点准时到。"

与沙城紫砂壶艺协会衔接设立基金一事进展顺利。今天上午举行了签约仪式。晚上云霄公司做东，宴请协会方。苏念竹没有参加宴请，她控制不住自己的情绪，又一次在傍晚时分驱车来到了这里。

时间能湮灭一切。章霄宇曾经的家南山村被拆迁改建成了南山别墅。二十年后,她童年的家仍然停留在二十年前,被时间凝固在从前。

闭上眼睛,苏念竹仿佛还能嗅到小区左手第一家小馄饨的香气。第二家卤菜店里有她最爱吃的卤猪尾。门卫室右边是家杂货铺子……家里少了酱油醋盐,她噔噔地从七楼跑下,喘着气买了,又噔噔噔地跑上楼。门卫大爷还是那个张大爷,总是叫她:"小竹竿跑慢点!莫摔了跟头!"

那时候似乎不知道穷字怎么写。饭桌上能有一小碗梅干菜碎肉臊子,她就能开心地拌着吃两大碗饭。那时候,她对贫穷最直观的感受是母亲发脾气的可怕模样。母亲像一楼住户养的两只相斗的鸡,声音高亢尖锐:"家里一个月吃不上一回鸡,小竹长身体你知不知道?成天就知道买泥做壶!那些泥能吃吗?能吗?!"

父亲总是嗫嚅着争辩:"等我出名了……"

"等你饿死我们母女俩就出名了!我怎么就跟了你这个没出息的!离婚!"

"小竹还小……"

"离婚!"

那些声音是时间刻下的纹路,深印在她心上。深深浅浅,生出无尽的痛楚。

苏念竹仰倒在座位上。她回来了。二十年后她终于回到了沙城。她是名校毕业的精英律师,开着名车戴着名表,喝品质好的葡萄酒,品最香醇的咖啡。她的生活已经和这里的世界泾渭分明。她完全可以用衣锦还乡的姿态出现在他面前,看他悔恨交加,再淡漠地扬长而去。

她恨他。恨他没有尽到一个父亲的责任。恨他令母亲抑郁发疯。

恨意成为她努力学习拼命打拼的所有动力。

第一次从基金资助人名单上看见他的名字,一口气开车冲到这里,她咬牙切齿。可当回到曾经的家,她却想让时光倒流,回到二十年前。回到那间充满烟火气的房子里,那个成天充斥着父母争吵声的家里。

每当母亲发飙吵闹,父亲总是带着她躲到楼顶搭建的彩钢板棚屋里,用那些能做出漂亮紫砂壶的泥给她捏白雪公主和七个小矮子,捏人鱼公主和美丽王子,摆在一起讲故事给她听。那些在母亲眼中一钱不值的陶泥,在父亲手中充满了生命。她的童年贫穷而快乐。

被母亲带离这个家以后,她也被母亲拖进了地狱。

"你既然抛弃我们,不要我。你为什么活得这么不争气!"苏念竹眨着眼睛,将酸涩再一次憋了回去。

她不想再看下去,不想再回忆下去。她开着车掉头离开了她心底留恋而伤心的地方,迎着夜色驶向高楼大厦深处的灯红酒绿。

欧途KTV包间。

江柯喝着闷酒。

狐朋狗友中,为首的男子推了推旁边的女人:"陪江少喝酒去。"

"好啊。"身着黑色紧身衣,显得有些暴露的女人凑近了江柯,"江少,怎么了?出来玩就别想那些烦心事了嘛。我陪你喝酒。"

"走开,别来烦我。"江柯心情不好。

女人撇撇嘴,不甘心地走了。

"怎么了江少,该不会是被你们家那位唐大美人甩了吧?"

这一句话成功激怒了江柯。江柯站起身来,一把抓住他的衣服道:"你小子再他妈乱说话,别怪我不客气。"

"我怎么乱说了?顾辉最近可是常和唐绱在一起。你们三个青梅竹马长大。别看江唐两家联姻的事传得热闹,谁能娶到唐家大小姐还不一定呢。你俩都是我朋友,谁能抱得美人归我都高兴。"

江柯一听这话,再也忍不住,一拳头砸了过去。

"找死!"

抹了把嘴角沁出的血,对方大怒,朝着江柯扑了过去。

包间里一片混乱,夹杂着女人的尖叫声。其他人见状赶紧上前把两人拉开。

江柯指着说话惹怒自己的人发狠:"别在我面前提顾辉和唐缈,否则我还揍你!"

他拿起外套,摇摇晃晃拉开门出去。

第21章 / 老桥段

苏念竹走进了大厅。

看到她,韩休迎了上来:"老板和李会长他们在楼上。"

"走吧。"

两人并肩上楼。韩休睃了她一眼,拿出了袋解酒糖丸递给了她:"协会那几位酒量不错。宴席上没有尽兴。"

"谢谢。"苏念竹撕开包装取出解酒丸扔进嘴里咽了。

韩休递出去的矿泉水停在了半空。

苏念竹随口解释道:"以前吃药时没水习惯了。谢谢。"

为什么以前吃药时没有水?韩休没有问,拧开瓶盖把水递给她:"晚饭吃了吗?"

"吃过了。"苏念竹接过水喝了一口,撒了谎,"章总酒量不好,你不看着他点?"

"老板很自律。还有四个公司员工作陪。"

苏念竹皱了皱眉:"摊子铺开了,还得多招聘一点员工才行。走吧,去救场。"

她昂首挺胸仿佛要进战场。

韩休看了她一眼终于没忍住:"给你解酒丸不是让你去拼酒。"

苏念竹细细的眉微扬:"今天,我挺想喝点酒的。"

她说罢笑了笑,径直往前走了。

今天又是个什么特别的日子?韩休又一次把疑问压在心里,沉默地跟了上去。

这些人也太能喝了!章霄宇胃里翻江倒海,知道再待下去自己就该倒了。他刚应付完一位前来敬酒的协会会员,趁机捞住了唐缈:"唐缈,这里太吵了,你跟我出去下。我有事和你说。"

自己一个人躲出去不方便,找个协会的人陪着就好了。

唐缈猝不及防被他捏着胳膊带了出去。

关上门,将嘈杂的歌声关在了门后。章霄宇靠着墙长长地吐了口气:"你们协会的人喝酒太恐怖了。李会长快五十了吧?能喝会唱。佩服!"

想到那天章霄宇脸红的害羞模样,唐缈就忍不住想笑。剥下那层看似沉稳的外壳,他比她只大几岁而已。

唐缈揶揄道:"原来章总不是有事,是拉我陪着躲酒啊?你们公司的员工也不错啊?才来了四个,个顶个的酒量好。"

从吃饭到现在,唐缈也喝了不少酒。脸颊泛着一层红晕,眼眸里含着一汪笑意。笑声像银铃似的,脆脆地落在耳边。章霄宇情不自禁地放松了心态:"我们公司四个人,你们协会来了八个。无酒不成席,真是没办法的事。我再不躲一躲,带头牺牲了,今晚没人埋单可就尴尬了。"

唐缈不由大笑,故意去拉他:"放心,我来付账,章总放心大胆地醉吧。"

"别别。饶了我吧。哪有做东的人先喝醉的道理。"

章霄宇吓了一跳,死活不肯再进去被灌酒。唐缈也是半开玩笑地扯着他。这时,章霄宇"哎呀"一声:"我的救星来了!"

唐缈回头,看到苏念竹和韩休,戏谑地说:"要脸不要?让苏小姐帮你挡酒?你也太不怜香惜玉了!"

章霄宇斜乜着她:"要不,你帮我挡酒,怜惜我一回?"

他的眉眼中多了几分痞样。唐缈竟然一时看愣住了。

"章总。"

苏念竹的声音惊醒了唐缈,她迅速回过头:"嗨!苏小姐!你们老板等你救场呢!"

章霄宇一巴掌轻轻拍在唐缈头上:"别听她胡说。念竹,进去打个招呼吧。合同具体是你谈的,李会长和协会几位理事今天都问起你。"

什么时候他和唐缈这样熟稔?章霄宇轻拍唐缈头顶的小动作像一根刺扎了苏念竹一下。她睃了他一眼:"今晚喝了几瓶酒?"

章霄宇伸出了三根手指头。

她记得韩休说过,最多三瓶。那天晚上他喝了四瓶,在说话间就像截木头倒下去了。

"我来迟了,先去打声招呼。"苏念竹冲唐缈点了点头,推门进去了。

章霄宇笑吟吟地吩咐韩休:"大韩,保护好苏总哦。"

韩休跟了进去。

唐缈"哇"了声:"你还真舍得让苏小姐那样的美人替你冲锋陷阵。你这个黑心BOSS。"

章霄宇抬起手曲起了拇指和食指,认真地告诉她:"三瓶。我的酒量是三瓶啤酒。我已经喝了三瓶了,再喝肯定倒。只是缓兵之计而已,我醒会儿酒又能再喝三瓶。"

　　"这是求我?"唐绷促狭地反问他。

　　他个头高,所以她微昂起了脸。从包间里出来打算离开的江柯只看到两人似要亲吻。一股血直冲脑门,江柯大喝一声:"干什么你们?!"

　　两人吓了一跳。

　　江柯跌跌撞撞走过去,伸手就去拉唐绷:"他是谁?"

　　章霄宇动作敏捷,拽着唐绷将她拉到了身后。

　　他的背影充满了力量,整个人气场全开。唐绷乖乖地躲在他身后,莫名地生出一种安全感。

　　章霄宇直视着江柯,低声问唐绷:"你认识?"

　　唐绷万万没想到会在这里见到江柯。见他衣衫凌乱,双眼通红,酒气扑面而来,她知道他喝醉了。

　　"唔,一个熟人。他喝醉了。"不知道为什么,唐绷非常不愿意告诉章霄宇,江柯就是家里给她指定的那位未婚夫,"甭理他。我们出来有一会儿了,进去吧。"

　　"不说清楚……不准走!"江柯大着舌头又扑过来。

　　章霄宇轻轻一推,江柯踉跄着退到了墙边上。他红着眼睛瞪着两人:"好啊,绷绷。你是为了这个男人拒绝我?你不肯嫁给我是因为他是不是?"

　　被江柯一语道破关系,唐绷气急败坏,心思一动大方地承认了:"对啊。我早说过了我不喜欢你。家里订的婚事我从来就没同意过。正式介绍下,我男朋友,章霄宇。"

　　她用力拧了章霄宇胳膊一把。

"这桥段很烂。"章霄宇压低了声音。

"我知道。先把他打发走。和醉鬼讲什么道理？闹腾起来协会的人都跑出来看热闹，我嫌丢人。"

章霄宇耸了耸肩："理解。那你欠我一个人情。"

唐缈马上反驳他："上次你在我脸上画了撇胡子看我半天笑话，扯平了。"

"成交。"章霄宇呆了呆，抬头对江柯说道，"她是我女朋友。再会。"说完拉住唐缈的手，推开门进了包间。

"不准走！"酒精让江柯的反应慢了几拍，他再次扑向对面关上的包间门。

包间门开了，韩休闪身而出，一只手铁钳般拽住了江柯的胳膊："先生，你喝醉了。"

"滚开！"江柯怒吼着想要解除他的钳制，眼前一黑瘫软下去。

韩休左右打量了下，挟扶着江柯推开一间无人的包间，将他扔在了沙发上。

第22章 / 忐忑的心情

"你们俩终于回来了！有情况啊这是！"看到两人进来，协会的人笑着起哄。

只有苏念竹注意到进门时两人交握着刚分开的手。明知道章霄宇是有意接近唐缈，可那一幕太刺眼，让她突然间像变了个人似的："罚酒罚唱歌！老板选一个！"

苏念竹一改清冷的活泼吓了章霄宇一跳。他双手合十道歉："酒量有限，我罚唱！罚唱好了！"

"我陪老板！"苏念竹活泼地点了首歌，分了支话筒给他。

她选的是电影《这个杀手不太冷》的主题曲。

唐缈听得如痴如醉。她撑着下巴看章霄宇，她不知道原来他唱歌这样好听。

两人对唱莫名的默契和谐。冷艳的苏念竹站在章霄宇身边出奇的相配。李会长看着，便问唐缈："他俩是一对？"

唐缈随口否认："不是。"

话一出口她就后悔了。她又不了解。她怎么否认呢？唐缈马上解释："没听章总说过。"

谁知李会长那么大年纪竟然会开她的玩笑："刚才你俩进门时牵着手，我老头子眼尖可都看见了。你和章总发展到哪一步了？"

"李老师！不是那样的！"唐缈急了，一急越发不知道该如何解释遇到江柯的事情。

"章总人不错。别看年轻，做事沉稳。他对紫砂很有见地。小唐，可以考虑考虑。"

唐缈娇嗔道："李老师！"

"哈哈。"李会长不再说，带头为刚唱完歌的两人鼓掌，"小唐，你也去唱首歌。"

正想摆脱他的玩笑，唐缈马上站了起来去点歌。神使鬼差地，她也点了首英文歌。是阿黛尔的 Hello。阿黛尔连续拿下了几次格莱美奖项，低沉而充满感情的吟唱让人着迷，唐缈的声线非常适合这首歌曲，将这首恋人之间期待再次会面又忐忑不安的歌曲演绎得极好。

唱歌的时候，她不经意地想起和章霄宇认识的经过。她脑中闪过灯光下他那双极富艺术感的手。想起火锅店外他撑着伞站在她身边。她想起他用湿纸巾给自己擦墨痕,不好意思看她的模样。想起江柯扑过来时,他挡在身前宽厚的背。

明明他捉弄她的时候更多,可她记住的却总是他的好。唐缈在歌声里忐忑不安。

"唐小姐多才多艺,歌也唱得这么好。"苏念竹没有劝章霄宇喝酒,自己喝着,调侃着,"别真动心了哦。"

章霄宇笑了笑:"念竹,今晚你和平时不一样。"

她是那种越醉眼睛越亮的人。苏念竹的眼眸像一片浮冰,闪动着清亮的光:"我又不是韩休那种万年石头脸。现在也不是工作时间。我就不能活泼好动了?"

"嗯,从前是冰山。现在是火山爆发了冰山融化了。"

"那你喜欢哪种?"

章霄宇从她手里取下酒杯,低声在她耳边说:"再喝你真醉了。傻啊,这是应酬。你想喝酒我们私底下喝,你想怎么醉都行。"

他是关心她,还是关心公司的形象?苏念竹夺过酒杯:"放心吧。我爸号称酒仙。我千杯不醉。"

她说了什么?无意中说起父亲,苏念竹心如刀绞。那个男人配吗?他懦弱了几十年,最终却是他提出的离婚。那时候他凶狠地将她推开,指着她骂她累赘的时候怎么就变得坚决果断了?

他嫌她是累赘,说养她迟早把她卖了去换他爱的紫砂矿。

苏念竹一饮而尽。

"行行,你千杯不醉。我去陪李会长聊天。"章霄宇给韩休使了个眼色,换了座位,坐到李会长身边,玩起了猜骰子的游戏。

唐缈唱完,也参与其中。一时间包间里热闹起来。

喧嚣才会衬得心越孤独啊。苏念竹看着那边一群人热闹地玩着游戏，看着唐绡写满了青春快活的脸，她生出了羡慕的情绪。

韩休沉默地看着她眼角闪烁的水光，突然倒了杯酒，轻轻和她碰了碰杯，一饮而尽："今晚叫了代驾，我不用开车。"

苏念竹怔了怔，笑了起来："难得啊，必须喝一杯。"

终于宾主尽欢，曲终人散。

白星赶到KTV门口，协会的人都走了。唐绡正红着脸靠着章霄宇的胳膊，神态娇憨。他心里咯噔一声，快步上前从章霄宇手中接过了唐绡："我姐喝醉了，我送她回去。"

"去去去，我没醉。Bye！"唐绡倒在白星身上，挥手告别。酒精冲进她脑袋，她冲着章霄宇喊，"章霄宇，记得啊，你是我的男朋友！见着江柯别否认啊。"

妈呀，他听到了什么？白星呆愣着，被唐绡拽着衣裳拉向车："回家！"

白星被她拉扯着上车。他回过头，那个男人站在台阶上，眉眼含笑，眼神清明。把他姐灌醉他却清醒依旧？白星瞬间觉得有什么地方不对劲了。他也想不明白，下意识地想带着唐绡离章霄宇远一点。

章霄宇、苏念竹、韩休并肩站着，目送唐绡的跑车消失在车河之中。

苏念竹仿佛没有喝过酒，言语清醒："恭喜你呀。这么快就赢得了唐小姐芳心。只是，你的目的并不是她，莫要伤了小姑娘的心。"

"你误会了。我只是帮了她一个忙而已。"章霄宇内心涌动着一丝复杂的情绪。听到唐绡口中的"男朋友"三个字后，那种宛如羽毛轻飘在空中的欣喜是怎么一回事？或许，苏念竹提醒得对，他不能为了接近唐国之而去利用一个小姑娘的感情。他在胡思乱想什么呢？唐绡对他哪来的感情？不过是利用他，把那个她讨厌的未婚夫给拍死罢了。

"代驾来了,走吧。"

章霄宇下了台阶上车。

苏念竹身体摇晃了下,手肘被韩休扶住。

"小心。"

看,一个保镖都比他关心自己。她喜欢上一个不喜欢自己的男人。真是可悲。苏念竹对韩休笑了笑:"谢谢。"

一如平时优雅镇定。

第23章 / 沉沉心思如夜

车窗外,城市灯火辉煌。风吹乱了唐绉的头发,也吹淡了酒意。

"白星,你说章霄宇做我男朋友怎么样?我好像喜欢上他了。"

白星脚一软,差点踩不住油门:"姐,你对他的态度……拐弯太急,弟弟我还没反应过来呢。让他做你男朋友?什么时候喜欢他了?我怎么不知道?"

"今天在KTV遇到江柯喝醉了。他看到我和章霄宇在一起,恶狠狠地像是要吃了我一样。我就说章霄宇是我男朋友。不过,说完后我觉得他当我男朋友也不错啊。"唐绉看向自己的手。这只手被他握过。他的手温暖干燥,很好看,被他握着很舒服。

白星长长地叹了口气:"等你酒醒了再说好吗?你别因为江柯,随便看哪个男人都觉得好。"

"酒醉心明白啊。我喜欢他画的画,喜欢他有一双漂亮的手,喜欢他唱歌唱得好听。他还细心,还很害羞。一个害羞的男人多可爱啊。"唐绉半闭着眼睛念叨,恍惚地笑着,挥起拳头揍向空中,"反正我已经说了。江柯再来缠我,他就要当我男朋友替我灭了他!"

白星又长长地叹了口气:"被姨父知道,不等那姓章的灭了江柯,他就出手把姓章的灭了。你才认识他多久啊?"

"我不管!我讨厌江柯!讨厌我爸!我困了,我要睡觉……"

白星从后视镜里看着唐绡瞬间入睡,不由苦笑。

这个夜晚注定不平静。

别墅太安静,以至于苏念竹呕吐的声音和冲水声清晰入耳。

这是第几次了?韩休和衣躺在床上,沉默地望着天花板。

别墅三层。章霄宇住了三层一整层楼。他和苏念竹住在二楼。隔壁的声音搅得韩休久久无法入睡。

终于停了。别墅寂静无声。韩休闭上了眼睛。

就在他快要入睡时,敏锐的神经让他瞬间清醒。

苏念竹又一次在卫生间呕吐。

快天亮了吧?韩休忍无可忍,下床打开了房门。他迟疑了下,顺着楼梯上了三楼。

章霄宇睡眼蒙眬开了门:"怎么了?"

"苏小姐吐了一晚上了,有些不妥,去医院输点葡萄糖比较好。"

"行。你送她去吧。"

韩休"嗯"了声,话说的和章霄宇不一样:"好,我先去开车。老板带苏小姐下来。"

他没有走电梯,脚步声顺着楼梯噔噔噔地消失了。章霄宇仍在发懵:"哦,那我也去。我换件衣服去接她。"

叩门声有节奏地响了一会儿。苏念竹痛苦地从床上爬起来,趔趄着开门。看到章霄宇的瞬间,她笑了笑:"有事明天说行吗?"

她没有卸妆,只脱了外套。衬衫从西服裙里扯了一半出来,头发凌乱,脸色苍白,酒气扑面而来。

见她醉成这样,章霄宇有点内疚:"我送你去医院。"

"不用了。睡一觉就好。"苏念竹连眼睛都睁不开了,用尽了力气才扒着门没让自己倒下去。

章霄宇脱下外套搭在她肩上,二话不说扶着她就往外走。

手离开了门,苏念竹腿一软就往下滑。一双胳膊抱起了她。她半睁着眼看见章霄宇的下巴,放松地窝在他怀里疲倦地睡了。

车奔驰在寂静的夜色中。韩休从后视镜里看了眼。苏念竹裹着章霄宇的外套靠在他肩上沉睡,脸苍白而羸弱。

苏念竹醒来时,明亮的阳光让她抬手想遮挡。

"别动。"章霄宇握住了她的手,"点滴还没完。"

她的手背上粘着针头,在他的手中苍白纤细。苏念竹想起来了。昨晚章霄宇敲开了房门,抱着她来了医院。她移开了目光,低声说道:"现在没事了。谢谢老板。"

小心将她的手放下,看了眼药瓶,章霄宇安慰她:"还有十来分钟就好。大韩买粥去了。你再睡会儿。"

苏念竹不想睡。她喜欢他这样守着自己,令她觉得温暖安全:"不想睡了。"

章霄宇正要说话,韩休左手提着只保温盒,右手提着大包小包进来了:"老板,这是你让我煮的桂花糖粥。这是你吩咐给苏小姐新买的衣裳,还有鞋。"

苏念竹心中一股暖流涌过,眼神盈满了笑意:"老板,你真细心。还知道我的衣码鞋码。谢谢啊。"

他什么时候吩咐的？还煮的是桂花糖粥？章霄宇吃惊地望着韩休。韩休冷峻地看着他，将保温盒递到了他面前。只有章霄宇知道，韩休那是威胁的眼神。

这什么情况？章霄宇眉毛扬起，笑着接了过来。他亲手倒了一碗糖粥，还故意凑近闻了闻："好香！我家大韩的手艺无人能及。念竹，趁热吃。"

章霄宇笑眯眯地舀了一勺要喂她。苏念竹颇不自在地避开了："我自己可以。"

韩休已经将床摇了起来。苏念竹感激地看了他一眼。韩休转过身，从鞋盒里取出鞋放在了床边："点滴快完了，我去叫护士。"

韩休离开了。章霄宇不再坚持，将粥碗递给了苏念竹："你慢慢吃。我去问医生能否开点养胃的药。"

糖粥里浮着新鲜的桂花，暖暖的粥带着甜香，咽下，仿佛一颗心都浸在了温柔的水里。苏念竹一勺勺吃着，眼睛渐渐湿润，又忍不住笑了。

离开病房，章霄宇看到站在走廊尽头的韩休。他大步走了过去："什么意思啊你？"

韩休淡淡地答他："外面的粥不如自己煮的好。"

章霄宇气笑了："那也不是我叫你去煮的吧？还有衣裳鞋子，怎么是我吩咐你去买的？"

韩休神色不变："那让我告诉苏小姐，我主动回家煮粥，做主给你买了衣裳鞋子。我只是助理兼保镖司机，越过老板自作主张办这样的事不是显得很奇怪？"

"奇怪吗？"

"不奇怪吗？"

"那你为什么要主动回家煮粥,主动给她买衣服和鞋?"

"让她喝外面的稀粥裹着你的外套光着脚狼狈出院?像话吗?"

两人对视了一会儿,章霄宇仰天冷笑:"对,你说的都对。你做好事不留名。"

韩休瞥了他一眼:"她是伙伴。她是因为工作应酬才喝成这样,老板不应该关心她吗?"

章霄宇有点抓狂,这块石头真的不懂自己的意思?"点滴应该打完了,你找护士去。"

韩休点了点头,走了。

望着他的背影,章霄宇将手抄进了裤兜忍不住想笑:"怪事年年有,今年到我家。千年老铁树开花了。啧啧!"

第24章 / 童年记忆

苏念竹弯下腰从床边拿起鞋。平底浅口,白色镶钻装饰,款式简洁优雅。

在女孩子中,身高一米七的她个头不算矮,但她平时还是喜欢穿高跟鞋。鞋跟增加的高度能让她和大部分男人等高,甚至比一些男人显得个头更高一点,因为她从不喜欢仰起脸去看人。

他更喜欢女孩子娇小玲珑?不,他让韩休买平底鞋应该只是为了照顾她。在他心里,她有那么虚弱?不过是喝醉酒而已。

猜测着章霄宇的心意,苏念竹觉得偶尔穿穿平底鞋也不错。

她穿上鞋走了两步。鞋子很合脚,走路很舒服。一抹笑就浮上了脸颊。

她拆开衣袋。细长的眉不由拧紧了。

她平时几乎只穿黑白二色。衣袋里装着一套娇嫩的鹅黄色小西服套裙。一件白色卷荷叶立领衬衫,有着长长的蕾丝小喇叭袖。她犹豫着拿起来比画了一下。她穿这款式这颜色合适吗?

昨晚没有换衣裳,衬衫与裙子像揉成一团的纸,皱皱巴巴的,染透了酒气。她没有别的选择。

换好衣服,苏念竹看了眼遮住手背的半透明蕾丝衣袖有点不太适应。她都三十岁了,合适吗?她深深吸了口气,开门走了出去。

办完手续站在走廊等待的章霄宇和韩休同时看到了她。

亭亭玉立,像一朵黄色郁金香,优雅美丽。

章霄宇悄悄用胳膊肘撞了韩休一下:"衣品不错嘛。"

韩休不理他,过去从苏念竹手里接过了保温盒和装衣裳的袋子。

"念竹,今天你真漂亮!看来以后可以多试试除了黑白两色的衣服。"章霄宇毫不掩饰自己的欣赏。

她心里投进了一缕阳光,心情明媚。她生怕被他看出来,尽量让自己看起来像平时一样:"谢谢老板。"

此时苏念竹又想起了与章霄宇初见时破开乌云的那道阳光。她在心里默默说,是他把阳光带到了自己身上。

她目光闪烁着:"老板不太喜欢我平时的穿衣风格?"

章霄宇脱口而出:"不是。这身衣裳……"

站在苏念竹身后的韩休冷冷地睃了他一眼。这是要杀人的眼神啊!章霄宇马上改口:"你这一醉吧,精神不太好,换种色系的衣裳也换种心情不是?"

顶着韩休杀人的目光,章霄宇笑眯眯地补充道:"你该谢大韩。煮粥买衣裳来回跑。"

"辛苦你了。谢谢。"苏念竹笑意盈盈地转身向韩休道谢。

"应该的。"韩休淡淡地答了句,快步走开,按下了电梯按键。

章霄宇想笑又不敢,憋得难受。

上车时,韩休顺手将手里拎着的东西放在了副驾驶座位上,拉开了后排的车门。章霄宇又顶着韩休要吃人的目光上了车。苏念竹犹豫了下,看了眼放在副驾驶座位上的大包东西,也坐在了后面。

这块冥顽不灵的石头是因为害羞才想保持和苏念竹的距离吗?章霄宇揉着眉心,心里叹息着。车刚开出医院,他心思动了动吩咐道:"停车。大韩,你送念竹回去休息。今天给她做点养胃的菜。我打车去公司。"

韩休把车停下了。

下了车,章霄宇浑身都舒展开来,高兴地朝两人挥手:"念竹,回家好好休息!"

"好。"苏念竹微笑着点了点头。

望着车开远,章霄宇站在路边得意地笑:"还得兄弟我出马给你制造机会呀!"

他突然不想去公司了,坐上出租车去了另一个地方。

章霄宇对沙城有两个记忆深刻的地方。一个是曾经的南山村,他童年的家。一个是父母离开后曾经待了一个多月的沙城福利院。

沙城福利院在城市东郊。出租车师傅是老沙城人,到了地方告诉章霄宇:"原来这儿是有座福利院,可十年前就拆迁了。我知道这地方,没错。"

下了车之后,章霄宇环顾四周,有点发愣。

福利院早已不见了踪影,取而代之的是一片电梯公寓。

"二十年了。变化太大了。"章霄宇苦笑。

时间抹去了南山村,也抹去了原来的沙城福利院。

他记忆中的福利院有着破旧的大院子,一长排平房。院外是一大片菜田,田边有一条只能过一辆车的小道。如今变成了一条宽敞笔直的八车道公路,横贯沙城东西。路边的绿道鲜花怒放。

章霄宇围着原址慢吞吞地走着,走回到二十年前那个夜晚。

眼前的阳光明媚变成了漆黑的雨夜。八岁的林景玉不想待在福利院,想跑回家。阿姨无奈,只好把他一个人拎到小房间关着。

他不喜欢这样的小房间,蜷在床上用被子蒙着头,这样就看不到从窗户透进来的闪电。

哭得累了,他迷迷糊糊地睡着了,隐约听到窗户被风吹开,雨声雷声蓦然放大。

那个晚上,有人用帕子捂住了他的口鼻。醒来时,外面雨过天晴,他嗅到了泥土与青草香。而他被绑住了手脚,眼睛看不见,嘴也被胶布封了。手触到了湿润的地面,摸到了草叶。

"八岁了,能记住事了……打断一条腿扔山里去。男娃,还是有人要的。"

没过一会儿是剧烈的痛苦。痛到极致时他脑中一片空白,却清楚地听到石头被扔到地上的声音。后来,他再醒来时已经躺在医院里了,看到的是章老爷子的脸。

在沈林二人相继出事后才一个多月,有人潜入福利院掳走章霄宇砸断他的腿。怎么看都不像是普通的拐卖。

福利院简陋破旧。低矮的围墙让人能轻松地翻进去。没有监控,大雨冲刷掉了所有的痕迹。章霄宇也没看到掳走他的人长什么模样。好在他平安,此事不了了之。

　　章老爷子担忧他的安全,在办妥收养手续后迅速带他离开了沙城,二十年不曾回来。

　　但是章霄宇从来没有忘记过那句话。那个人的声音深刻在他脑中,在二十年里如同复读机一样一遍遍回放。想得久了,他甚至能在梦里如同第三人在场一样,站在旁边,清楚地看到那个人搬起一块大石头砸断自己的腿。

　　章霄宇肯定,如果再见到那个人,他一定能认出他。

　　茫茫人海。谈何容易。

　　或许,找到母亲失踪的真相,就能找到那个人,揭开掳走他的真相。

　　头砰地撞到了行道树。章霄宇捂着头从回忆中惊醒。他揉着额头,发现自己走到了一处陌生的地方。

　　旁边正在大兴土木。打围的墙上贴着施工公告。他随意看了眼,转身离开。正拿出手机打车,章霄宇又退了回去,用手机拍下了施工公告。

　　沙城日报社正在这里新建一栋综合办公大楼。

第25章 / 旧新闻新线索

　　江氏从事制壶业,办公室是中式的装修风格。靠墙一整排漆成黑色的酸枝木博古架,摆放着琳琅满目的紫砂壶样品。

　　江柯站在博古架旁,看似在打量自家出品的紫砂壶,心思却完全没放在上面。身后他的助理正在汇报对云霄壶艺的调查。

"云霄壶艺旗下并没有实体制壶厂。从他们在文化街区租下的办公区布置来看,他们的主业是从事工艺品买卖。除了紫砂,他们的展区中还有国内知名陶瓷师的瓷器以及一些画作。通过李玉壶及其他藏品展示,获得了极好的宣传口碑。从业务类型看,目前和我们公司没有冲突,有合作的可能。如果能让云霄展示我们公司的紫砂,能取得一定的市场好评效应……"

身后助理的话让江柯愤怒:"我们公司的紫砂壶摆进云霄的展厅,还要感谢它的包装与赏识?云霄壶艺才来沙城就能有这么好的口碑,很不错。"

助理看不到上司的神色,以为江柯很赞同与云霄合作。他扶了扶眼镜,继续认真阅读市场营销部送来的资料:"从云霄目前已经举办的数场展览看,他们展出的紫砂都是精品。从市场定位来看,云霄是走精品路线……"

江柯竭力控制住自己的脾气,没有叫助理滚出去:"云霄除了办展览,还有没有别的动作?"

"有。这是今天的沙城日报。第一版下面有条短新闻。云霄壶艺与紫砂壶爱好者协会联合成立了一个基金,资助有天赋的陶艺师开办个人工作室。云霄会和有意向的工作室签约,负责包括名师培训以及成品的宣传销售。从新闻上看,云霄有进入制壶业的意图。我会让市场部盯紧这块,重新研究评估云霄壶艺和我们公司在市场和业务方面的竞争力度。"

江柯转过身,从助理手中拿走了沙城日报:"临时签几家个人工作室搞培训能做几把壶?竞争?全沙城做紫砂壶的都是我们的对手。轮得到他章霄宇?"

助理这才察觉到老板对云霄壶艺的态度,赶紧补救:"老板说的是。

他一个外地人,不过是公鸡拉屎头节硬……"

"粗俗!"江柯打断了助理的话,脸色却明显好看了许多,"你是我的助理,说话行事要注意形象。"

"是是。"助理知道过了关,暗松了口气,"云霄壶艺和紫砂协会周末在华庭大酒店有一个签约仪式酒会,给我们公司送了份请柬。"

"当然要去。人家做的是慈善,资助的是混不走的陶艺师。不去岂不是显得咱们小气?"江柯瞬间想到了一门心思扑在紫砂壶上的唐缈,她不就是协会的会员吗?"以公司名义准备一个花篮提前送去。"

"好的。"

助理离开后,江柯仔细将云霄壶艺的资料又细看了一遍。报纸铺在面前,他的手指敲打着那条短新闻,不屑地自语着:"先是拍下李玉壶,又大张旗鼓设立基金。章霄宇,你想在沙城露脸,我却很想打你的脸。"

客厅的光被窗帘遮挡严实,投影在幕布上的画面很清楚。南山别墅的大客厅里只有章霄宇、苏念竹和韩休三人。

"二十年前,沙城日报新闻部主任周梅还只是一个初入行的小记者。她详细报导了我母亲失踪,父亲纵火自焚的新闻。一整版完整报导。"章霄宇望着放大在幕布上的旧报纸,那些字句仿佛又将他拉回那个恐怖的夜晚。

他仿佛又看到幼小的自己拍着院门放声哭喊着,回应他的是父亲的狂笑与染红夜色的大火。

"我清楚记得那天发生的事。父亲从派出所回来时,天已经黑了。我在村长家吃完晚饭,就跑回家坐在院门口等他。他回来时都不看我一眼,拿了瓶酒坐在院子里喝。他脾气不好,我不敢说话,就在房里做作业。大概九点多,我听到他笑,就跑到门口看。我父亲提着一桶菜油到处洒。"

章霄宇平静地讲述着深刻在记忆中的往事。他呆愣地看着父亲边笑边哭边泼洒着菜油,神色狰狞:"你再也不会回来了……要家干什么?我烧了它!烧了它!"

章霄宇重复着父亲林风的话:"他嘴里翻来覆去就这句话。我吓坏了,去拉他。他恶狠狠地看着我,打了我一耳光,然后扯着我的胳膊将我扔到了门外喊我滚远点,随后点着了房子。"

他哭喊着拍门,然后哭着跑去村里喊人,却无济于事。

"浇了菜油,家里做根雕木头也多。火根本没办法救。等消防和警察赶来,整个院子烧成了一片废墟。我父亲就这样葬身火海。唯一幸运的是,他把我扔出了院子,没把我一起烧死。"

苏念竹看着章霄宇。他语气平静,她却有些受不了:"老板,你像在说别人家的事。你……"

她也不知道怎么形容自己的心情。她想安慰他,却不知道说什么好。

"有时候,我也觉得是别人家的事。我像个旁观者。"章霄宇自嘲地笑了笑,"时间太长。二十年已经将记忆磨得没有了感觉。毕竟那时候我才八岁。义父经常说,逝者已逝,生者要更幸福乐观地生活。回到沙城,我只想找个答案。对我自己而言,最真实的……是找到那个砸断我腿的人贩子。或许直接来自身体的疼痛让我印象更深刻吧。我接着说。"

章霄宇手中的激光笔落在屏幕中的旧报纸上:"发生了纵火自焚这样的事件,沙城各大媒体记者也来了。当年采访我的就是周梅。我年纪小,哭着重复父亲的话。就是她报道中的这句。"

苏念竹顺着激光笔所指看过去。报纸上写着:"据林风儿子讲述,林风当晚从派出所接受询问回家后念叨着：'你再也不会回来了。'这句话似乎透露出林风知道沈佳的下落。然而随着林风纵火自焚，沈佳的下落也成了一个谜。有村民怀疑林风是被传唤后畏罪自杀，警方却没有确实证据证实林风与沈佳失踪案有关。因林风死亡，此案的真相也湮没在了这场大火中。"

"这篇报道通篇来看只是讲述事件，然而也有意指向你父亲是畏罪自杀。周末老板特意邀请周梅来参加酒会，是想正面质问她在这篇报道上的过失？"苏念竹认真研究周梅写的新闻后，察觉到了报道中带有周梅个人的一些倾向。对家属来说，章霄宇当然会愤慨。

"周梅的确加了点个人的猜测。毕竟当年她只是个刚入行的年轻记者，有些个人情绪也可以理解。但是义父很快就带我离开了沙城，人们的议论对我没什么影响。我并不想拿这篇她在二十年前写的新闻去质问她。"

这个态度让苏念竹生出了好奇："但是你有意邀请她来参加酒会，为什么？不会是看到熟人，重温记忆中那段惨烈往事吧？"

"当然不是。二十年前的这篇报道中藏着一条很重要的线索。"

第26章 / 隐藏的目击者

苏念竹坐直了："什么重要线索？"

"那天我无意中经过沙城日报社新建综合楼工地。突然想起了当年被周梅采访的事。"章霄宇的激光笔移向了报纸的前半段："周梅不仅报道了事件本身，还走访了认识我父母的熟人，对我母亲有过一段形容。"

报纸上写着:"……据多位陶艺师介绍,沈佳在年轻一代陶艺师中出类拔萃,得益于她有极好的美术功底。认识她的人都说沈佳性格开朗,痴迷紫砂。她不仅热爱制壶,还喜欢用紫砂制作首饰。记者看到一枚她制作的小鸭子耳环,充满了童趣。与沈佳相熟的人都感到疑惑,热爱生活热爱陶艺的沈佳怎么会和丈夫吵完架就抛下年幼的儿子离家出走,认为她的失踪另有隐情。"

照片上的沈佳三十来岁,穿着长过膝的黑色裙子,戴着一串漆成彩色的陶珠项链,手腕上戴着一只木镯,披肩的长卷发,有一种不羁的艺术女郎气质。

"你和你父母都长得不像。"苏念竹仔细看过沈佳与林风的照片后得出了结论。

"我长得像我早就过世的外公。我妈说过。"章霄宇按下按钮。窗帘缓缓移动,光明洒进了屋内,"我想说的重点是,我爸妈吵架那天上午,我妈正好开窑,将她教我捏的一对小鸭子烧成了陶。我做了一对耳环送给她。我妈很开心,拿着就戴上了,还高兴地说我是她的小情人。"

苏念竹"哦"了声。

章霄宇笑了笑,坐下喝茶:"还没反应过来?"

"你送了你妈一对耳环,是你捏的小鸭子,你妈帮你烧制的。"苏念竹重复说着,倒吸了口凉气,"就在你妈离家出走失踪那天?!后来周梅在采访中看到了陶鸭耳环,意味着向周梅展示耳环的这个人,一定见到过伯母。在她离家之后见过她!"

章霄宇扭头看向屏幕上旧照片中的母亲:"我小时候做的陶鸭耳环并不精致,我妈不可能将这副耳环送给别人。为什么会出现在这个人手里?只有周梅知道这个人是谁。这个人……是我妈离家之后,目前能找到的,唯一见过她的人。"

这才是拐弯抹角将周梅请来酒会的真实目的。这个计划他策划了多长时间?是从再次想接近唐缈开始,还是他早有预谋?这个周末举办签约仪式酒会,邀请了周梅,所以他才透露给自己知道?

苏念竹想起章霄宇上次说过对她再无隐瞒,那种不被信任的感觉又出现了。既然不信任她,为什么对她还那么体贴关心?她很难过:"章总,我记得你说过,你没有再隐瞒什么。"

韩休走向厨房:"到饭点了,我去做饭。"

章霄宇叹了口气:"念竹,如果我说是看到沙城日报社工地,翻出了从前的报道才想起来的,你信吗?我当年才八岁而已,不可能将记得的所有事情都当成线索。以后可能还会有这种临时被新挖出来的线索。我也需要你的信任。你这样敏感怀疑……唉!"

不等苏念竹反应,章霄宇也起身走向厨房,边走边捋袖子:"我去煎牛排,你喜欢几成熟?哦,六成熟,差点忘了。"

倒打一耙,谁先不信任谁呀?苏念竹看着他的背影,听着厨房里传来两人的交谈声,气急败坏地拿起抱枕使劲揉进了怀里。也就气了一会儿,苏念竹就笑了。他记得她穿多大码的衣裳多少码的鞋,还记得她爱吃几成熟的牛排。是她太敏感了。

她站起身走向餐厅:"我去开瓶酒!"

章霄宇往外看了眼,继续拿着木槌锤打着牛排:"大韩,你可以啊,看到念竹发火就往厨房躲。你不是我的保镖吗?当心我扣你薪水。"

韩休调着蛋液。他从不用电动打蛋器,一双手仿佛通了电似的,稳定有频率地转动着手动打蛋器:"今晚做舒芙蕾。"

这是章霄宇最喜欢的甜点。出乎意料的是章霄宇并不打算放过他:"哟,收买我啊?知道亏心了?"

韩休啪地放下打蛋器,板着脸看他:"苏小姐生气是有道理的。你想让她帮你,一开始就不该瞒着她,瞒不过了才说。一会儿又冒出个线索来,让她怎么相信你?"

"大韩,你第一次在墓地见到念竹,在查实她身份之前都不肯让她靠近我。现在你一个劲帮她说话。"章霄宇压低了声音,"又是煮桂花糖粥又是买衣裳,连她穿什么码的鞋都清楚。你说实话,对她动心了吧?"

韩休不理他,将蛋白液倒进面糊中,专心致志地调制。

"哎,不承认就算了。大韩,你该不会是想守着我过一辈子吧?那太好了,等你老了,就当我的专属大厨。我有口福喽。"章霄宇太了解韩休,也没指望他能回答,自言自语着,愉快地煎着牛排。

牛排被黄油煎得滋啦作响,肉香四溢。

韩休将模具送进烤箱,设好时间,拌起了沙拉。

牛排已经煎好铲进了盘子里。章霄宇吹着口哨端着牛排去餐厅。

"她喜欢你,你看不出来?"

章霄宇差点因为韩休这句话将盘子摔了:"你肯定看错了!"

"什么看错了?"苏念竹走过来正好听见。

韩休埋头拌沙拉不再开口。章霄宇端着盘子往外走:"大韩说我牛排煎老了。他肯定看错了。等会儿你尝尝。"

他说罢去了餐厅。苏念竹微笑着说:"老板有时候像小孩似的。"

韩休"嗯"了声将沙拉递给她:"今晚烤舒芙蕾。老板爱吃。"

"哇哦。我也喜欢。"苏念竹高兴地端着沙拉走了。

韩休默默地在心里说:"我知道。"

第27章 / 父亲的关注

手机响了,是家里的座机号码。唐缈像是盯着怪物似的看着手机。这不是老妈的电话。有了手机之后,老妈再也没用过家里的座机给她打电话。是老爸?唐缈看了下时间,不早不晚,下午两点四十。

自从她上次和父亲不欢而散,搬到工作室后,这是老爸第一次给她打电话。唐缈犹豫了下,接了。

"喂?"

电话那边果然传来父亲的声音:"缈缈,今晚是不是在华庭大酒店有个酒会?"

唐缈"嗯"了声,摸不清父亲的心思:"怎么,爸你也要去?这是紫砂协会和云霄壶艺成立基金的签约仪式酒会。您不会也对紫砂壶感兴趣了吧?"

她的音调有点高,毫不掩饰的夸张。

"家里有公司你不管,非要做什么陶艺师。你还有理了?"唐国之训斥了她一句,不等唐缈反驳迅速说道,"资助陶艺师是好事。我打算去看看,合适的话我也可以提供赞助。"

"真的?太阳打西边出来了?"父亲的话让唐缈异常吃惊。

"怎么,连爸爸做慈善也不欢迎?"

"哪有的事啊。当然欢迎了。"

在唐缈看来,云霄壶艺再有钱,也比不上父亲。资助基金如果没有商业运作,用一笔就会少一笔。父亲愿意每年给一笔钱,沙城受惠的陶艺师就更多了。

唐缈心思转得那叫一个快,"您不反对我做陶艺师了?"

"现在爸爸还能工作。将来呢?我老了怎么办?我还是反对你把制壶当成终身事业。玩一玩就收心回来接我的班。"

父亲的话也不无道理。他年纪大了,只有她一个女儿。自然是盼着她能回唐氏接过管理权。但是唐缈对管理企业毫无兴趣,赶紧拍父亲马屁:"您正值壮年,再为企业服务二十年绝对没问题。就算哪天您想退休,找职业经理人也比找我强啊。您不怕我把集团给您败光了呀?"

"是晚上七点的酒会吧?你回家吃晚饭,饭后陪我去。"

在这个问题上,父女俩已经言语交锋数个回合,谁也没说服谁。

想着父亲也许真能给基金一笔钱。唐缈兴冲冲地回家了。

如同其他城市一样,沙城也分老城区和开发的新区。唐家大宅在老城区,是唐氏涉足房地产后开发的第一个别墅区。唐家选了其中一栋居住。

比起新开发的南山别墅,沙园别墅显得老旧,小区布局也不行。以唐家的资产完全可以选择其他更好的房产,但是这里位于老城区,生活方便,唐国之也习惯了这里,一直没有搬迁。

唐缈开车回家,蓦然发现院子里已经停了两辆车,只好把车停在小区路边。她骂自己蠢,父亲去出席酒会,肯定会让公司的司机开车。她就不该开车回家。

下了车,唐绡进了院子。专门给父亲开车的陈师傅正在擦着车,乐呵呵地招呼她:"绡绡回来了。"

"陈叔。"唐绡喊了他一声,用眼神询问旁边那辆新车,"有客人?"

"大江总来了。"

熟人都称呼江城为大江总,喊江柯小江总。唐绡心里咯噔了下,转念又想,父亲总不至于为了婚事,用资助基金当借口哄自己回家,心又定了。

今天的签约仪式请了市里相关领导,沙城制壶业界的人士。江家与顾家也接到了请柬。她躲是躲不过的。不过,她要不要当着江城的面退婚呢?唐绡马上否定了这个打算。惹怒了父亲,赞助基金的钱就没了。

"哎哟,正说起呢,绡绡就回来了。"江城笑眯眯地,目光和蔼可亲。

唐绡礼貌地招呼:"江叔好。"

她对坐在江城旁边的江柯只点了点头,便坐在了父亲身边。

唐国之一反常态,主动问起了基金的事:"听说云霄壶艺拿了一百万和你们协会共同设立资助基金?"

唐绡点了点头。

江城笑了:"一百万能做什么?这家公司倒是鬼机灵。虽说花大价钱拍下李玉壶,但毕竟是李玉的珍藏壶品,有保值升值空间,同时做了回广告,全国媒体都在报道。如今花一百万就轰动了整个沙城制壶圈,在沙城注册才半年时间,就成了市里的知名企业。后生可畏啊。"

如果是江柯,唐绡就呛声了。江城是长辈,她没有吭声。

"绡绡,听说基金资助计划是你做的。你和云霄壶艺接触比较多,他们是在花钱作秀吗?"唐国之没有一个字提起章霄宇。

唐绡心里已经完全明白,那天在KTV说章霄宇是她男朋友的事情江柯肯定告诉了两家长辈。不过,父亲突然关注基金设立,是他想看看章霄宇吗？

"云霄壶艺是真心实意想资助一些陶艺师，特别是那些因为生活转行的陶艺师。帮着重建工作室，作品由他们包销，也有他们公司想挖人才进军制壶业的打算吧。不过，总体来说也是件好事。一百万只是第一笔资金，也能帮不少人了。"唐绵也不提章霄宇，客观地讲事实。

她心里很是瞧不起江城，嫌一百万少，你在沙城制壶业这么多年，给过几个一百万资助过陶艺师？

想归想，话却不能当着江家父子的面说。

唐绵开了口，江柯就接话了："云霄壶艺真正进入大家视线还是从一个月前拍下所有李玉壶开始。这家公司现在是铆足了劲想在沙城站稳脚跟。前期虽然投了一百万，将来是否真的会持续投资，还是未知。或许，只是现在的营销手段。"

说的不无道理。唐绵偏就想和他对着干："小江总可以投两百万建个资助基金。翻一倍，新闻广告效应更好。"

江柯一口气堵在嗓子眼。他是生意人，哪可能被唐绵一激就随便掏两百万出来。

"呵呵，这事吧，整个沙城制壶业都看着呢。绵绵，你热心是对的。小柯是怕你上当受骗。那个章霄宇初来乍到，以前做什么的，家世如何，还是需要了解的。"江城打了圆场，终于把章霄宇说了出来。

她本来不想提退婚的事。江城的话激起了唐绵的逆反心理。自己喜欢哪个男人关江家什么事，父子俩跑来家里兴师问罪吗？唐绵脸色一沉就想开口退婚。

第28章 / 了解他吗

"先吃饭。吃过饭一起去酒会看看。"唐国之恰在这时站了起来,打断了唐缈的话。

唐国之招呼江家父子一起去餐厅。唐缈不可避免地和江柯走在了一起。

"那天我喝高了。看到章霄宇和你在一起误会了。对不起啊,缈缈,那天晚上我太失态了。"江柯诚恳地道歉。

"你没有看错。我确实和章霄宇在一起。我早说过对你没意思。我喜欢和谁在一起,你也管不着。"唐缈半点希望也不给,硬生生地回了他几句。

"如果章霄宇真是个好男人,我就算想和你在一起,也总得尊重你的心意。"江柯停住了脚步。

前面,唐国之与江城并肩消失在走廊拐角处进了餐厅。很显然,长辈们想给两个年轻人留点说悄悄话的时间。

唐缈毫不退缩地看着江柯。他逆光站着,一双眼睛显得很有神,双瞳闪烁,配合他微翘的嘴角,有点高深莫测的意思。她的心跳了跳:"他怎么不是个好男人了?"

"那晚你和章霄宇进去唱歌,他的助理出来拦了我,准确地说是他打晕了我,将我扔到一间空的包房里,下手干净利索。缈缈,普通人是不会有这样身手的。"

"他有钱找个保镖很正常。你借酒发疯,打晕你又没伤到你,处理得蛮不错啊。"

唐缈的不以为然让江柯苦笑不已:"缈缈,你家也有钱,你爸给你配保镖了吗?"

唐缈还真的不以为然:"他愿意雇保镖,就不是好人?"

江柯叹了口气:"我问过小白了。从拍卖会开始,你不觉得他是有意在接近你吗?"

唐缈把脸转到了旁边:"他又不知道我会去小香山拍卖会。再说拍卖会那天是我主动找上他的。"

"然后呢?你去云霄看展览,他为什么故意找个保洁阿姨和你撞衫?你别告诉我是巧合!"江柯太熟悉唐缈了,根本不给她反驳的机会,"我还向李会长打听过。听说章霄宇有意投钱建资助基金,李会长很高兴,展览会时和章霄宇聊起。章霄宇故意提到了你。李会长心领神会,才让你去和他联系。"

"你也说是心领神会,如果李会长理解错了,岂不是白费心机了?"唐缈心里存疑,对章霄宇的好感却让她不愿江柯这般说他,"你别把所有人都看成和你一样心机深重好吗?"

江柯有备而来,只是笑了笑:"既然如此,不如打个赌。如果你还有我这位未婚夫在,章霄宇还想尽办法接近你,他就是另有企图。你别告诉我他对你一见钟情,你信?"

那晚章霄宇和苏念竹对唱英文歌的场景清楚地在唐缈脑中出现。是她主动让章霄宇做自己男朋友,他对她有没有意思呢?

"原来章霄宇只是个挡箭牌。你想用和他在一起好让我死心？绺绺,我们是从小一起长大的。你对我用这招只能应付那晚醉酒的我罢了。"江柯轻松试探出来,发出一声叹息。

"看来不说清楚你真不会死心。"唐绺抱着双臂冷笑,"是我对他有意思。是我主动追求他。不说啦,别让我爸和江叔等久了。"

唐绺走向餐厅,心里一片坦然。话说出口她才发现,她对章霄宇真的有好感。她主动追他好了。

江柯大步跟上她:"那更有必要让你向他介绍我这位前未婚夫了。"

唐绺愣了愣。前未婚夫？

瞅着她美丽的眼睛骤然爆出的光彩,江柯的心又一次被嫉恨噬咬着:"怎么说我们都是一起长大的。你实在不愿意,先把你嫁出去,唐叔和我爸也无话可说。走吧,别让我爸和唐叔等久了。"

吃过饭,四人分坐两辆车去参加酒会。唐绺再没有找到和江柯私下说话的机会。他真的放弃了？江柯的转变让唐绺觉得不太真实。她不由得提高了警觉。以她对江柯的了解,没准他是以退为进想使坏呢？

倒是唐国之在车上与女儿独处时开口问起:"听小柯说,你和章霄宇好上了？认识才一个月,了解他多少？"

唐绺眼珠转了转:"他,学过画。和我有共同语言。挺聊得来的。长得也不错。还不是个穷光蛋。"

"他是哪里人？哪个大学毕业的？今年多少岁了？有无婚史？家里父母做什么的？为什么只身一人来沙城开公司？"唐国之轻松看穿唐绺,"我们做父母的,最想了解的是这些基本情况。"

唐绺又开始抬杠:"那你去问他呀。过会儿不就见着了？这不才刚开始嘛,你让我盘问户口似的问这些？俗不俗啊？"

唐国之淡淡地说:"如果不是因为你,我会去参加这个毛头小子弄的酒会?"

唐绱顿时眉开眼笑:"爸,你也觉得我不是非江柯不嫁吧?"

"没有足够的理由和比江柯更优秀的人选,爸爸怎么好意思和你江叔说婚事作罢?我们两家几十年的老交情了。"

"可是我从来没同意过。"

唐国之认真地看着女儿:"江柯是爸爸从小看着长大的,知根知底。他有欺负过你吗?从小到大他总是让着你。或许在你这个年纪以为喜欢就行了。在爸爸看来,喜欢一个人并不是婚姻的全部,所以不愿意轻易取消这门亲事。如果你喜欢上的男孩子比江柯更优秀,让爸爸能信任他,爸爸不反对。现在,不行。你能理解爸爸吗?"

"我理解啊。可是我真的不喜欢江柯!从小到大我就没喜欢过他。不是每一个您觉得优秀的,我就可以嫁。您能理解我吗?"唐绱明白父亲的意思,甚至有些感动,但这无论如何也不能让她改变主意。

唐国之想了想:"顾辉呢?你总不讨厌他吧?"

唐绱瞠目结舌:"不是江柯就是顾辉。我对他俩都没感觉好吗?就因为他们两个都是您看着长大的,知根知底?"

"对一个父亲而言,自然这种是最放心的。"

唐绱赌气地说道:"那您就再瞧瞧章霄宇呗。瞧久了,也能放心。"

唐国之沉默了下,态度愈发温和:"能在这么短时间让你喜欢,我相信章霄宇自有过人之处。你给爸爸说说,他是个什么样的人?为什么会选择来人生地不熟的沙城开公司?"

章霄宇是什么样的人?唐绱张了张嘴,突然发现自己如同父亲所说,对章霄宇并不了解。喝酒的时候他像极了普通的年轻人。做事时又像极了父亲的稳重。他捉弄过她,方式简单直白让人一眼就看穿。如同顾辉所说,犯了"中二病"似的。他又格外体贴细心,连她坐网约车回家都不放心。

她想了想，坦白地告诉父亲："他是我遇到的，目前唯一让我有点心动的男人。我想和他交往。多接触我就会了解他。"

"不是因为江柯一时赌气？"

"不是。"

这一次唐绱肯定地回答。

唐国之不再问了。

第29章 / 目光的交锋

云霄壶艺是新公司，因拍下全部李玉壶在沙城名声大振。此次再与紫砂爱好者协会签约合作设立资助基金，除了本市行业分管领导、各大媒体，还惊动了整个沙城壶艺圈。

唐国之的到来引起了小小的骚动。他几乎从不参与这类酒会。看到挽着他胳膊的唐绱，众人释然了。父母总是拗不过子女。唐国之再怎么不喜欢女儿做陶艺，也得对唐绱低头。

苏念竹一眼就认出了唐国之："老板，曲线救国这计划不错嘛。这么快唐国之就出现了。说不定今晚是特意来相看未来女婿的。"

看到陪在唐国之身边的唐绱，章霄宇的心情有点沉重："念竹，你提醒得很及时。我需要和唐绱保持距离。"

他不想伤害她。

苏念竹说不清楚自己的感觉。章霄宇不想和唐绱发展成恋人关系，她应该高兴才是。可是她的第六感让她敏感地察觉到章霄宇对唐绱的异样关心。他分明在乎着唐绡的感受，不仅仅是因为唐绡无辜被利用。苏念竹转开了话题："不过去打声招呼？"

"不是时候。"章霄宇远远看着。隔着人群，他冷静地观察着唐国之。

他见过唐国之的照片。看到本人，章霄宇仍然觉得和照片差别很大。

五十出头的唐国之很瘦，本人比照片上的气质更儒雅，比实际年龄显得更年轻。他发家源于90年代末期的一次棚户区改造工程，从此赶上了房地产大开发的高速列车。财富迅速累积后又成功搭上了高速发展的互联网。二十年时间，唐国之的财富呈几何倍数增长。而在跨界进入房地产业之前，唐国之只是一个茶楼老板。

章霄宇的财富来自义父的馈赠。他清楚地知道章老爷子的财富来自于时间累积的艺术品收藏以及委托专业机构打理产业，和生意人赚取财富的方式截然不同。

在过去的几十年中，只有少数人把握住了各种机遇成为富豪。唐国之成为沙城的传奇人物，注定了他并不简单。

章霄宇对当年茶楼老板突然跨行介入到房地产行业的经历格外好奇。时间点太巧，唐国之参与到棚户区改造，正是母亲沈佳失踪的那年。

寒暄中的唐国之似有感觉，看了过来。

宴会厅很大，两人之间隔了七八张大圆桌，目光碰到了一起。

唐国之毫不怀疑，穿黑色西服的年轻男人就是让女儿心动的章霄宇。

男人身上散发出的气场有种很玄妙的感觉。唐国之白手起家到攒下丰厚的身家，眼力自是不俗。和江柯、顾辉差不多的年纪，或许还更年轻，同样都是企业的管理者，章霄宇散发的气场却压过了两人。唐国之直接忽略了他身边的其他人，一眼就认出了他。

唐国之静静地看着章霄宇。令他吃惊的是,章霄宇似乎也在观察着自己。

从他走进宴会厅,被众人追捧的刹那,唐国之相信,章霄宇就知道了自己的身份。目光对视之间,章霄宇没有露出丝毫恭敬的神色,更像是两只争夺地盘的雄狮在打架前的相互审视,彼此眼神中都释放出警惕、试探、观察之意。

一个胆大且无礼的年轻人。且,他对自己很感兴趣。是因为自己是唐绱的父亲,还是因为自己是唐氏集团的董事长?

儒雅风度是唐国之流露在外的东西。他打量自己的眼神冷静锐利。唐国之会是母亲失踪的知情者吗?这个问题在章霄宇看到唐国之之后在他脑中不停盘旋。

这一刻,他希望自己能长得像父亲或者母亲。出现在众人面前时,他就能准确捕捉到各种各样的反应。真是可惜。

正常情况下,当唐国之看向自己时,他应该过去打招呼,顺理成章地自我介绍。心思打了个转,章霄宇放弃了。他看到了挽着唐国之胳膊的唐绱。

因为唐绱,唐国之才会准确地从人群中找到自己吧?此时过去,在唐国之眼中自己算是他女儿的追求者?这和利用唐绱的感情有什么区别?这是他最不想要的身份。

朝唐国之礼貌地含笑颔首,章霄宇转过了身。

唐国之见过太多对自己趋之若鹜的人。章霄宇是个例外。

这是一个不在乎唐氏集团财富,也不在乎女儿的年轻人。

唐绱一直观察着父亲,小心地问他:"怎么样?我眼光不差吧?"

唐国之平静看着女儿:"绱绱,眼光倒是不差,不过……"

"打住。您什么都别说。我自己的事自己做主。我找协会的人玩去了。"唐缈不想听父亲泼自己凉水,果断扔下他走了。

　　市领导和李会长邀请他坐主桌。唐国之客气地以自己只是以家长名义前来推辞了。他和江城坐在一起,安静地观察着章霄宇。
　　灯光骤然黯淡,亮出了前方的观礼台。
　　"各位领导,来宾……"司仪淳厚的声音响起。
　　签约仪式很简单。李会长代表沙城紫砂爱好者协会登台,与章霄宇同时签署资助基金协议。双方都做了简短发言。
　　"顾言风呢?"
　　江城胖胖的脸上闪过一丝鄙夷:"您又不是不知道。让顾老二西装革履来参加酒会,他拘束得连手脚都不知道放哪里。"
　　唐国之微微一笑:"艺术家嘛,都这样。顾家对外的应酬都是小辉在打理。小辉不错。"
　　"我老了。公司也交给了江柯。"听到唐国之对顾辉不加掩饰的欣赏,江城自然地替儿子说好话。
　　"我们都老了。云霄壶业的章总也很年轻。这是他们的世界了。"
　　江城凑近了他:"听说章霄宇是东海人。只带了两个人过来创业。一个助理,一个法律顾问。最近聘了很多人,看来是想在沙城大展宏图。"
　　"买李玉壶、开壶展打响名声,投了一百万就搅动了沙城制壶圈,每一步云霄壶艺都走得不错。"唐国之提点着江城,"顾家有顾言风这个沙城壶王撑着,顾辉有他七八成功底。江家制壶走的是工厂产业化,量是上去了,少了精品支撑门面。现在爱好紫砂壶的,都愿意花大价钱买好壶。你聘的那些国家级工艺美术师在厂里当技术顾问,不做点精品壶出来很浪费人才。"

江城并不赞同这个观点："普通人花千把块钱买把壶就觉得极好了。能上万的紫砂壶市场都小。受众最广的还是几百块一套的壶品。家里摆出一套价格适中又好看的杯壶待客，品味和面子都有了。"

"工业量产，模仿的人太多，你的市场会不断被挤压。"大概是听着台上李会长的发言，唐国之难得这样开口说意见。

江城却想到了其他事情："老唐，今年能不能帮江氏再多融点资？泥料一年一个价，谁家存的泥料多，谁就是市场老大。没有泥料，给他生产线，他也没法产啊。顾老二走精品路线，只想要稀缺泥料。我家不一样啊，普通泥料需要大量囤货。"

"你有足够的抵押品，唐氏可以给你担保。"唐国之一副公事公办的模样。

如果他有足够的抵押品，何必开这个口？江城推了推眼镜，笑眯眯地商量："那算我私人找您借？"

贪得无厌。唐国之心里冒出了这四个字。

此时，台上发言完了，掌声响起，酒会也在悠扬的钢琴演奏中开始。

唐国之没有正面回答江城："李会长陪着市里的领导过来了。"

江城眼中飘过一丝阴霾，不再提借钱的事，满脸堆笑开始应酬。

第30章 / 主动表白

今晚的酒会对章霄宇极其重要。除了唐国之与周梅，他还想认识顾辉。协议签完，章霄宇被李会长拉着和市领导应酬，又四处认识协会的人，一时间有些分身乏术。

他想了想，分了下轻重缓急。唐国之既然来了，将来会有恰当的时间与机会接触。顾辉打交道的机会也不会少。周梅是沙城日报社新闻部主任，想和她认识今晚是最好的机会。

八岁时被年轻的周梅采访过，二十年过去，再面对周梅，章霄宇不可避免地又想起了父亲自焚的那一幕。

"念竹。"

不等章霄宇开口，苏念竹已经明白他的意思："我去和周梅聊聊。"

章霄宇笑了："念竹，你总是这么善解人意。"

苏念竹挑起了眉，他的欣赏令她愉悦："我最合适。如果我了解不到实情。老板再出马也不迟。"

章霄宇诚恳地道谢："谢谢。"

为了你，我愿意。苏念竹嫣然一笑，拿了一杯酒走向周梅。

酒会开始，熟悉的人三三两两聚在一处聊天。章霄宇和李会长寒暄着，打算请李会长搭桥，正式认识唐国之。

李会长红光满面，神情兴奋："章总，希望我们有一个好的开始，也有一个好的未来。"

章霄宇与之碰杯，眼角余光不离唐国之。令他诧异的是，唐国之竟然离开了。难道他真的是为了唐绱才出席酒会？他察觉到在唐国之心目中，云霄壶艺和自己都不够分量。如何才能走近唐国之，成为其座上宾，打听到他在海外收购曼生壶的事呢？章霄宇有种牛吃南瓜，找不到下手之处的苦恼。

"绱绱，酒会开始有一会儿了，章霄宇都没来找你，也没去和唐叔打招呼。你在他心里的分量不够啊。"江柯毫不掩饰地挑拨着，"要不要用我这个'未婚夫'去刺激他一下？"

"江柯,别打歪主意了。我有时候迷糊,但对你实在太了解。你甭想着以退为进,和我缓和关系后或许能找到什么机会。"唐缈讥讽地笑着,"不过,你说的也没错。山不过来,我过去好了。"

她挽着顾辉的胳膊:"顾哥哥,我介绍章霄宇给你认识。那天他在家里看到你送我的泥坯壶,还想签你到他公司开个人工作室呢。"

顾辉温和一笑:"巧了,我也很想认识他。"

望着两人走向章霄宇的身影,江柯冷下了脸,喃喃低语:"唐缈,你太嚣张了。"

想着唐氏集团的财富,江柯暗下决心。唐缈对他的羞辱,将来都会被他得到的唐家财富一一抹平。他笑了笑,跟了上去。

"李会长,章……霄宇。"唐缈差一点又叫他章总。她把顾辉先介绍给他,"这是顾辉,我和你说过的,我青梅竹马的哥哥。"

李会长识趣地离开了:"你们年轻人聊。"

两个男人同时伸出手握了握。

顾辉注视着章霄宇。章霄宇看他的眼神很奇怪。是因为唐缈吗?顾辉下意识地解释:"我和缈缈一起长大,她待我像大哥一样。"

章霄宇笑了:"听她说起过。"

一旁的江柯满脸不屑。当他不知道顾辉的心事?明明喜欢唐缈,在外却总以唐缈兄长自居。掩耳盗铃,比自己卑鄙多了。他主动向章霄宇伸出了手:"章总,上次在KTV不打不相识啊。江柯,我也是缈缈的青梅竹马,还是和她定过娃娃亲的未婚夫。"

唐缈突然想知道章霄宇的反应,头一回没有反驳江柯的话。

"幸会。"章霄宇也伸出手。

两手交握的瞬间,江柯用了点力。章霄宇用力地回握。

不为人知的一次小小交锋,让江柯意识到章霄宇并不是那种任人欺负不还手的性格。

章霄宇举起了酒杯:"能有幸认识'江形顾色'的继承人,章某先干为敬。"

喝酒的时候,他心里涌出了种种想法。

苏念竹提醒他不要伤害唐缈的话在耳边响起。顾辉那只泥坯壶在阳光上反射出的璀璨光点刺激着他的神经。唐国之转身离开的背影在嘲笑他还不够分量。

继续冒充唐缈男朋友似乎成了最佳选择。继续下去,他真的能保证不伤害唐缈这个单纯的小丫头吗?

章霄宇想起了义父章老爷子。想起幼时自己的叛逆,二十年中故意要坐轮椅的偏激性子。

逝者已逝。生者要幸福。

父母的悲剧是无法挽回的事实。他不能因一己之私令无辜者伤心。

拿定主意,心里生出轻松的感觉。

做一个心无愧意的人,让他觉得自己浑身上下都充满了力量。章霄宇按照自己的心意选择了另一个突破口:顾辉。

"云霄壶艺成立不久,将来也会有制壶业务,正想向两位沙城制壶业的大佬取经。江氏十五种器形是市场经典畅销款。顾氏制壶之色是秘方调配。两位都是我学习的对象。有机会我想参观一下两位的制壶厂,不知两位是否能答应。"

顾辉当即点了头:"章总随时可以来我家制壶厂。"

"章总与紫砂壶爱好者协会共同设立基金,是打着资助之名为自家公司挖人吧?"江柯瞟着唐缈,心想你睁大眼睛看清楚,章霄宇是商人,别以为他花钱不求回报。

"沙城市场就这么大,好的人才早被两位请去了,能让云霄捡点漏就不错了。"章霄宇并不隐瞒公司的计划,"有潜力的人才云霄壶艺都可以签约培养,帮扶开设个人工作室。说不定他们当中会出现未来知名的制壶师。"

章霄宇对江家制壶厂兴趣不大。能得到顾辉同意,他的目的就达到了。

"章霄宇,那天你问我想不想和你签约个人工作室。我答应了。"

三个男人同时看向唐绐。

"绐绐,你差什么说一声就是了,签什么个人工作室。签约后……不太自由。"江柯首先反对。

顾辉也反对:"把个人工作室签给制壶公司的人都是极需资源的人。你没必要签。"

两个笨蛋!唐绐腹诽着。章霄宇今晚对她冷淡得很呢。明明约定当着江柯的面冒充她男朋友,这混蛋张口闭口谈业务,把和她的约定扔到爪哇国去了。当她察觉不到吗?是因为父亲的出现让他打了退堂鼓?还是今晚发现江氏企业在沙城势大,不想得罪江柯?

人就是这么奇怪。章霄宇不经意流露出的冷淡反而激起了唐绐的征服欲。

"怎么,签下女朋友的个人工作室会让你公私不分吗?"唐绐搂住了章霄宇的胳膊,仰着脸撒娇。

第31章 / 不约而同的拒绝

三个男人同时暗暗吸气。

顾辉心里闪过一丝疼痛,但平静得最快。他自嘲地想,没有江柯,唐缈也不会选择他。大概他的身份永远都只是守护她的哥哥吧。

当着业界这么多人的面对别的男人献媚。江柯刹那间恨极了唐缈和章霄宇。为了做唐氏财富的主人,他忍!

一遍遍告诫自己忍耐,不可在大庭广众下失了风度,然而江柯也维持不了脸上的笑容,沉着脸看着两人。

章霄宇想签个人工作室挖制壶师。那好,以江氏的招牌,吸引力比云霄壶艺强。江柯下定决心要让章霄宇挖不到一个有用之人。

对章霄宇来说,唐缈再一次主动让自己扮演她的男朋友,差点击溃他防筑好的大坝。原来只是计划接近唐缈成为她的朋友,借此机会认识唐国之。

唐缈的确引来了唐国之。可以继续做朋友,但他绝不能让这件事变成假戏真做。

这个混蛋!不给她面子啊?让她怎么下台?唐缈暗暗使劲掐了章霄宇一把。

不是自己的胳膊掐着不疼?章霄宇疼得暗吸凉气。低头看过去,唐缈仰着脸看他,用眼神威胁着。是他想多了吧?他就是她拒绝江柯的挡箭牌而已。但这个挡箭牌,他也不想当了。章霄宇半开玩笑地拒绝:"我已经能预见自己公私不分了。唐缈,你看你的两位青梅竹马异口同声反对。你又不差资源,不签为好。"

"是啊,我不差买泥料的钱也不差资源!我想签工作室是想和你在一起的时间多一点。我喜欢你,你看不出来吗?笨蛋!"唐缈笑容璀璨,眼神认真。

章霄宇还是头一回遇到当众对他表白的姑娘,被唐缈抱着的胳膊哆嗦了下。唐缈见他耳根子红透,靠在他的胳膊上忍俊不禁。她特别喜欢章霄宇害羞的样子,又纯情又可爱。

韩休在这时蓦然出现在他身边,有如天籁之音:"老板,沙城日报的周主任想和您谈谈个人专访的事。"

章霄宇忙不迭地将唐绺从自己胳膊上捋了下来,不忘给她一个台阶下:"别胡闹了!我先失陪。"

他快步跟着韩休往外走,头也不回。

她当众向他表白,他居然当逃兵?他该不是真以为自己在开玩笑吧?还是他以为又拿他当挡箭牌使了?唐绺也是要面子的,接过章霄宇的话故意生气道:"大庭广众之下就不能秀恩爱啊?小老头一样。"

江柯讥讽地看着唐绺。这丫头从小被自己和顾辉捧在手心当公主般伺候,也有被男人冷落无视的时候?犯贱!

顾辉心里又一阵叹息,拢着唐绺的肩哄她:"改天你陪章总来我厂里参观。"

"好啊。我正想向顾叔请教制壶的技术呢。你可得帮我在你爸面前多说几句好话。"唐绺下定决心,一定要拿下章霄宇!

离开宴会厅,章霄宇松了松领带透气,朝韩休竖起了大拇指:"干得漂亮!加薪。"

"苏小姐这事才叫办得漂亮。"

章霄宇双手叉腰,忍不住发作了:"大韩,你是媒婆吗?你要把自己喜欢的女人硬推给我,你有病吧?"

韩休板着脸看不出情绪:"我认为唐小姐对老板表白不是在开玩笑。有必要让她知难而退。"

看着左右无人,章霄宇凑近他咬牙切齿地说道:"你的意思是让我因此去利用念竹。她就能随意被伤害吗?"

"她喜欢你。你可以试试和她……交往。"

"念竹是很好,但她不是我喜欢的类型啊兄弟!"章霄宇抚额叹气,摆了摆手,"现在不谈这事好吗?重要的是周梅为什么想对我做个人专访。"

"你问错人了。"

苏念竹躲在大理石柱子后面。她看到两人出来,高兴地走过去,便听到了最后那句话:"念竹是很好,但她不是我喜欢的类型啊兄弟!"

心瞬间刺痛。她仓惶地左顾右盼,幸运地看到宴会厅的另一道门离自己不远。她快步进去,再走向前面。

从宴会厅出来,苏念竹脸上已挂着淡淡的笑容。她叫住了两人:"我到处找你们。跟我来,别让周主任等久了。"

两人回过头,韩休的目光扫视了下四周的环境,最后落到苏念竹脸上。

她走过来,神情和声音淡定自然:"章总,报社正好有个沙城故事专栏。周主任认为借云霄资助陶艺师的新闻,可以做您的人物专访。当然,公司会在沙城日报上打一年广告。没征求您的意见,您不会怪我自作主张吧?"

章霄宇欣赏地看着她:"好主意!一举两得。谢谢你,念竹。"

苏念竹抿唇笑了笑:"只是这样的专访不可能劳周主任的大驾。她会另找记者来采访您。不过,您现在可以和她聊一聊。我在酒店开了房间。"

两人低声谈着与周梅有关的事情。韩休沉默地跟在后面,经过宴会厅另一道门时,他的脚步停了停,怀疑地看着这道门,浓眉不经意地蹙紧了。

酒店走廊上铺着花地毯,吸走了脚步的声音。章霄宇站在门口,表面平静,心里波涛汹涌。二十年将一个男孩变成了大男人。周梅,应该不认识自己了吧?

周梅开了门。二十年后,章霄宇又一次看到了她。

尽管岁月在她脸上留下了痕迹,见面的瞬间她却和他脑中的形象合二为一。

"周主任,这是我们公司的章总。"苏念竹轻声介绍着。

收拾好情绪,章霄宇礼貌地打招呼:"周主任好,我是章霄宇。"

"章总年轻有为啊。进来谈吧。"周梅点了点头,进去了。

"章总,我和大韩在隔壁房间。"苏念竹没有跟进去,细心将房门关上了。

她拿出房卡打开隔壁房间的门:"估计章总会和周梅聊一会儿。酒会只有公司员工在,也不太好。我去酒会看看。大韩,你在这里边休息边等章总吧。"

她细心周到,甚至也为他单独开了一间房。

"后勤这块是我在负责。我去酒会,你歇着。有事打我电话。"

不等苏念竹拒绝,韩休转身离开了。

关上房门,苏念竹卸下了伪装在脸上的平静。她走进卫生间,看着镜子里的自己一字一句地说:"苏念竹,你蠢得可以!你都快没脸见人了知道吗?!"

想着章霄宇的话,推测着前面两人谈话的内容,苏念竹无地自容。

她退后一步看着镜中的自己。她庆幸因为礼仪而选择了黑色的一字领长裙,放弃了那件梦幻般美丽的浅蓝色蕾丝绣花晚礼服,庆幸自己因为羞涩将那套娇嫩的鹅黄色西装裙藏在了柜子里。

抹去脸上滑落的泪,苏念竹洗干净脸,拿出化妆盒重新化妆。

闭了闭眼,再睁开。镜中的女子妆容精致,眼神清冷。

苏念竹对自己说,忘记听到的对话。她再也不会让人窥见她的心。

第32章 / 一个名字

周梅穿着件深色的羊毛长裙,戴了条琉璃毛衣项链,身材保持得不错,一看就是讲究生活品质的人,已经不是当年那个穿着牛仔裤T恤的小记者了。

"章总,这里就我们两人。我就打开天窗说亮话了。"周梅端着茶微笑着说。

她现在是新闻部的主任,见多了官员与大企业家。对章霄宇这样的小公司老板,且还是个二十多岁的年轻人,周梅居高临下的态度极其自然。

章霄宇微微欠了欠身:"您说。"

"现在报社广告量下滑,报社的日子并不好过。贵公司的苏总说可以在报社做一年广告,但是希望我们能对章总做些宣传。章总资助制壶师的善举是极好的切入点,但是您要明白,新闻是新闻,是不能以新闻的方式打广告的。软广告也不行。"

章霄宇笑了:"周主任放心。我们并不想用广告投入换取不正当的新闻报道。"

周梅的眉眼舒展开来:"章总这样说,我便放心了。沙城日报社会版有沙城人物的专栏。章总对沙城陶艺师的帮助是绝对可以做一期人物专访的。"

这不是他的目的。章霄宇摇了摇头:"可能苏总没有说得太明白,所以我想和周主任沟通一下。我个人并不想做人物专访。"

"哦？可是沙城日报能为您个人做的宣传只有这个专栏最合适。"想上新闻那是不可能的，周梅不想触碰新闻底线。

"您误会了。沙城以紫砂壶闻名于世，在沙城不知道有多少陶艺师专注于制壶业。紫砂传承，匠作精神，都是值得宣传的内容。我在想，那些曾经的老陶艺师们，现在年轻的陶艺师们，他们的故事才值得上这个人物专栏。我们公司在报社投放一年的广告，想换取十期专门做陶艺师的人物故事。您看可以吗？"

周梅有些诧异。放弃个人专访，换成做其他陶艺师的人物故事。这本来就是沙城宣传的重点，压根无需用一整年的广告投放换取。

"章总是想宣传自己公司的陶艺师？"

只有这样解释才说得过去。

"不不，具体做哪些陶艺师的人物专访，由报社来定。我只是觉得这些追求艺术与传承的陶艺师比我本人更值得宣传而已。"

认真地打量着章霄宇好一会儿，周梅确认眼前这个年轻人是真诚的。她轻舒一口气，露出了欣赏的目光："和章总这番交谈，倒让我觉得你值得做专访啊。"

"不不，真不用了。我能为陶艺师们做点事，就很满足了。就这么说定了。周一我就让人去报社签广告合同。"章霄宇感觉到周梅释放出的善意。铺垫的事情都做到这步了，他顺理成章聊起了往事，"说到对陶艺师的关注，听协会李会长说起，周主任年轻时就专门采访紫砂制壶，应该认识非常多的老陶艺师吧？"

周梅笑了起来："是的。沙城有名的陶艺师我基本都采访过。"

"一些老陶艺师有手艺，但是迫于生活压力转行不做了。年轻的陶艺师没有名气，也很难。"

"是啊。我认识的一些老陶艺师都转行或者弃了制壶。非常可惜。社会发展嘛,大浪淘沙,也是没有办法的事情。"

章霄宇成功引起了周梅的共鸣。两人对紫砂壶的前景见解都很一致,一聊就快一个小时。

"我记得周主任年轻时还做过一篇专访,好像是一名叫沈佳的陶艺师失踪案件的报道。"

周梅已经和章霄宇聊熟了,用手指了指他摇头直笑:"章总今天是有备而来啊。"

章霄宇心头一跳,说了这么久的话,他才小心地抛出这个话题。难道被周梅看出什么端倪了?

"是不是来见我之前,章总把我这几十年所有的报道都看过了?"能被人关注且尊重,周梅异常高兴。

章霄宇顺势又恭维了一句:"您是知名大记者嘛。拜读您的新闻报道,受益匪浅。"

周梅笑声朗朗:"章总不必担心被我拒绝。你投放一年的广告,只提出这么一点要求,而且是完全不过分的要求。"

她认为自己研究她的报道是为了做通她的工作。就让她误会下去吧。章霄宇不再否认,继续引导着周梅走近自己的目标。

"出于对新闻好奇,我翻阅了一些当年的报道,就属您对沈佳这个人采访最全。您连她喜欢用紫砂矿做首饰都了如指掌。不知道的,还以为您和她特别熟。"

"沈佳吧,可惜了。活到现在,定会是个极有名的制壶大师。"周梅来了兴趣,不觉感慨起来,"我那时候大学刚毕业进报社,跑的又是陶艺的口。我本打算去采访她的,结果她就失踪了。家里……也惨得很。她老公放火自焚的事件闹得沸沸扬扬。我就做了一个整版报道。"

章霄宇心跳得很快。周梅的话音一声声如擂鼓般敲击着耳膜。他咬紧了牙,努力让自己平静下来,问出了他最想知道的事情:"我看报道中有写您看到沈佳的小鸭子耳环。您连这个细节都注意到了,其他媒体可没您报道得这么详细。"

"这是沈佳本人的特点嘛。"周梅丝毫没有起疑,"当年我去找认识沈佳的陶艺师想更了解她,看到沈佳做的小鸭子耳环。我那时候还年轻,对这些小玩意儿也很喜欢,所以印象特别深。"

究竟是谁拿出的小鸭子耳环?章霄宇告诫自己不能着急:"应该是和沈佳相熟的女陶艺师吧?闺蜜好友之类的。"

"不不,是一位叫李正的陶艺师私下告诉我的。"周梅陷入了回忆中,若有所思,"当年我还有些疑虑。沈佳的耳环怎么会在他手里?两人是不是有什么暧昧关系?毕竟耳环是女人比较私密的东西。"

听到李正这个名字,章霄宇绷紧的神经终于松懈下来,所有的交谈只为了这一个名字,而他终于不动声色打听到了。他"哎呀"了声:"您一说,我也觉得奇怪。您亲眼看到那副小鸭子耳环了?"

"不是一对,准确说应该是一只耳环的坠子。李正说是捡到的,本想还给沈佳,放兜里就给忘了,直到林风自焚后我去采访,他才想起这事。"

"那李正和沈佳真没什么特殊关系?"

周梅噗嗤笑了:"看来八卦新闻才是大家都关心的。还真没有关系。李正也怕惹人非议,本来没说这事。是我看他犹豫,总觉得他想说点什么,求了他半天,好话说尽,他才拿出那只坠子来。他再三拜托我,千万别说出去。那时候林风虽然自焚,沈佳却只是失踪。陶艺师都不想和沈佳沾上关系,也可以理解。"

"那也是您亲和力强。换个人去采访,他就懒得说了。多一事不如少一事嘛。"

他奉承得很自然。周梅对章霄宇的好感度刷刷上涨："将来章总这边有什么新闻，都可以告诉我。能报道的，一定支持。"

"太感谢了！"

这是意外的惊喜。将来也许他真会拜托她再报道一次当年母亲失踪的悬案真相。

看到周梅看了看手表，章霄宇识趣地告辞："和周主任聊天特别愉快。一聊就忘了时间。耽搁您休息了。房间已经订了，您可以在这里休息。"

"叫我梅姐好了。你放着酒会来宾不管和我聊了这么久，再不去酒会扫尾，你这个主人可就失职了。"

章霄宇还真把楼下的酒会忘了。酒会早就安排妥当，他是否一直在场并没有多大关系。但是周梅这句拉近关系的话，他上心了："梅姐不说，我还真给忘了。我先去了。"

他离开房间，露出如释重负的笑容。想起韩休和苏念竹在隔壁房间，章霄宇走过去按响了门铃。

第33章 / 巧遇

苏念竹打开门，章霄宇一脸阳光出现在她面前。他笑得如此灿烂，衬得她的心越发冰凉。她转身走进房间："看章总的神情，成功了？"

"念竹，我们干一杯！"章霄宇关上房门，大步走了进去。

他不喜欢自己，可她仍为他感到高兴。房间里只有他们两人，苏念竹有些不自在："大韩去酒会陪客人了。应该等他一起庆祝。"

章霄宇激动地在屋里走了两步:"一高兴都忘了楼下还有酒会。走吧,念竹。"

苏念竹脱口而出:"章总把唐小姐扔在酒会,不怕她生气?"

他可以解释。他不打算要唐绵男朋友这个头衔,然而韩休曾经说过的话令章霄宇保持了沉默。如果苏念竹误会自己对唐绵有意思,那就这样吧。

长长的走廊因为沉默变得异常安静。直到进了电梯,苏念竹才轻声道歉:"对不起啊章总,这是你的私生活。我不应该随意和你开这样的玩笑。"

越描越黑就是形容眼下这样的状况。换作以前,他或许会哄一哄苏念竹,让她别这么敏感。如今,他又担心苏念竹误会。章霄宇"嗯"了声,简单回答她:"我会公私分明的。"

在苏念竹看来,章霄宇是承认了对唐绵生情。她站在他身后,光可鉴人的电梯门照出一个表情清冷的自己。只是她握着手包的手很用力,不经意泄露了她的心情。

章霄宇从来没感觉到电梯速度如此缓慢。他在心里暗骂着韩休。这层窗户纸被自己捅破,大韩恐怕会掐死他吧!

终于,电梯到了二层。门一开,章霄宇就看到门口正等着离去的宾客。他松了口气,堆满笑容站在电梯口送客。

苏念竹也松了口气。她终于不用咬紧牙紧绷着脸了。她走到了韩休身边,陪着章霄宇送客人。她悄声对韩休说:"章总有收获了,刚才还找你,高兴得想喝酒庆祝。"

"是值得庆贺。"韩休想起过去漫长的时间里这件事都得不到任何进展,嘴角扯了扯,淡淡地笑了。

最后将李会长送走,云霄壶艺公司全体员工才撤离酒店。

"今天大家都辛苦了。我请宵夜!"

章霄宇的话赢得了员工们集体爆发的欢呼声:"老板太帅了!"

深秋时节,露重风寒。烤吧的生意与气温的下降成反比,与时间的早晚成反比。夜深生意正好。店外拼起的长桌上小龙虾红艳诱人,爆炒花甲汁香浓郁。大方铁盘中烤鱼用小火煨着。烤扇贝生蚝垒得层层叠叠。挂炉铁签烤羊肉配烤馕滋味绝佳。一盘盘各种荤素烤菜飘香。

没有比一顿丰盛的宵夜更能安慰为了签约仪式酒会忙活的员工了。

章霄宇端了杯啤酒站了起来:"今晚的酒会,估计大家和我一样,除了喝几口酒,连块糕点都没顾上吃。云霄壶艺还在起步阶段,我们的人手不够,经验也不够。但是,云霄壶艺会成长发展。将来一定会更好!大家放心吃好喝好,明天上午放假半天!"

员工们齐声高喊:"老板好帅!"

苏念竹笑道:"千万别敬章总酒。他醉了没人埋单。"

又引来一阵大笑声。

食物拉近了新员工们之间的距离,也拉近了和章霄宇、苏念竹的距离。公司员工轮番上前向两人敬酒。

"苏总都说过啦。我酒量不好。一喝就倒。倒了没人埋单。"章霄宇被一个员工缠着敬酒,迭声讨饶。

韩休撕着一块烤馕嚼着,没有上前挡酒。他很多年没看到章霄宇这么放肆地高兴了,看来今晚从周梅处的收获很不错。

苏念竹正在和旁边的员工聊天。韩休注意到她每次喝酒只会喝一口。如同她的性格,相当自制。他想,估计她再也不会有喝醉酒的时候了。

章霄宇正在左躲右闪拒绝喝酒,一只手伸过来,抢走了他手里的酒杯:"这杯酒我替他喝了。"

章霄宇吓了一跳,眼睁睁看着唐缈咕嘟一口气干掉了整杯啤酒:"唐缈？你怎么在这儿？"

"这家店又不是你家的厨房,我为什么不能来吃宵夜？"唐缈将空酒杯塞回他手里,得意地笑了起来。

章霄宇往她身后看去,没有人和她一起来:"你一个人大晚上的来吃烤串？"

"这样的巧遇,惊不惊喜？意不意外？"唐缈夸张地说着,大眼睛水汪汪的,"咱俩真是有缘啊！"

章霄宇都不知道说什么好了:"你该不会是从酒店跟来的吧？"

唐缈扯了扯身上的休闲装:"你也太多疑了吧？我都回家换了身衣裳了。"

章霄宇当然记得,酒会时唐缈穿的是件套裙:"你说你都回家了,这么晚了还一个人跑出来吃宵夜？"

这家烤吧离唐缈工作室一东一西,穿城的距离,就算饿了,也犯不着跑这么远。章霄宇怀疑唐缈是奔着自己来的。

唐缈故意重重叹气:"我在酒会上没吃什么东西,饿得我挠心挠肺睡不着。既然遇见了,你不会让我一个人单独坐张桌子吃吧？可以和你们拼桌吗？"

他能说不吗？章霄宇只得亲自拉开椅子:"能让唐小姐一个人坐吗？请坐。"

"谢谢！"唐缈高高兴兴地坐下。朝左手边的苏念竹打声招呼,朝对面的韩休也打了声招呼,自来熟地伸手,"给我副手套。"

章霄宇在她身边坐下,递给她一次性手套,自己也戴上手套开始剥小龙虾:"年轻女孩儿一个人半夜跑出来。不怕遇到坏人啊？"

"不怕。我带着防狼喷雾呢。"

唐绺剥小龙虾手法娴熟,几秒钟就剥完一只。她放在了章霄宇碟子里:"吃吧。一看你就不会剥小龙虾。我帮你剥好了。"

员工们胆子大了,挤眉弄眼露出心照不宣的神色。

章霄宇手指一用力,小龙虾断成了两截:"剥着剥着就熟练了。"

"张嘴!"唐绺已剥好第二只虾用手托着送到了他嘴边。

章霄宇瞠目结舌:"不用……"

张口说话间,被十三香浸润过的小龙虾喂进了他嘴里。他想说的话和小龙虾一起被咽进了肚子里。

员工们同时发出了嘘声:"这狗粮也太甜了!"

苏念竹往这边看了一眼,神色不变地转过脸继续和身边的员工聊天。

韩休若有所思地看着她,慢条斯理地继续吃着他的烤馕。

扯了张纸巾擦了嘴,章霄宇凑近唐绺压低声音说道:"给我点面子好吗?唐大小姐。我公司员工都看着呢。"

唐绺也压低了声音:"说好扮我男朋友。我老爸亲自来看你了。当我爸的面,当江柯的面你撂挑子不仗义在先。"

"KTV那次是应急对吧?但当你爸的面,那不就成假戏真做了?"章霄宇苦笑不已。

唐绺淡定地剥着小龙虾,剥好一只,用筷子夹着沾饱了汤汁放进他碟子里:"酒会上我向你表白了呀。你不会当我是在说笑话吧?"

章霄宇脑袋轰的一声就大了:"我真以为你是当江柯的面才那样说的。"

唐绺微微提高了声音:"那我现在告诉你!"

章霄宇恼怒地提醒她:"小点声!"

唐缈用只有他才能听到的声音说道:"我喜欢你。做我男朋友吧。"

声音震耳欲聋。章霄宇脱了一次性手套,一把将唐缈拽了起来,拉着她就往外走。

"哎哎,我两手是油!"唐缈着急地将手套脱了,还不忘朝员工们打招呼,"你们慢慢吃哦。"

章霄宇一言不发,将她拉了出去。

第34章 / 告白

烤吧外的僻静墙角,章霄宇正和唐缈对峙着。

唐缈嘟着嘴,揉着被他捏得有点疼的胳膊委屈得不行。倒也不是很疼,只是这力道分明在告诉她,章霄宇在生气,还是在听自己表白后才生的气。

"有你这样的吗?"

"大小姐,你开什么玩笑?"

两人异口同声同时开了口。

唐缈眉开眼笑:"你以为我开玩笑呀?我认真的!章霄宇,我们交往吧!"

她扎着马尾,穿着套头厚T恤,眼睛明亮,青春气息扑面而来。她大大方方地向他表白,想和他交往。她单纯地认定喜欢就可以了。

娇养的花朵,唐氏的千金大小姐眼里的世界太简单了。

看着唐缈纯粹的笑脸,章霄宇叹了口气:"唐缈,你刚从大学毕业,还小……"

唐缈一挺胸反驳他:"我哪里小了?"

章霄宇后退一步,砰地撞到了墙上。

唐缈忍着笑又逼近了一步,双手撑在了墙上,仰着脸看他:"传说中的'壁咚'原来是这样的啊。"

她说着说着就笑了起来,笑得浑身直抖。

章霄宇居高临下看着她。唐缈的个子最多到他的肩。她双手撑在他腰间摆出一副霸凌弱女的模样,说不出的滑稽。他被她那句"壁咚"给气乐了。拎着她的胳膊转了个圈,两人就换了角色:"好笑吗?"

他比她高那么多,挡住了大部分的光源。他的手往墙上一撑,唐缈就生出被禁锢的感觉。她眨了眨眼睛,伸出手去钩他的脖子。

章霄宇吓坏了,手一撑墙就往后退。他退得太急,险些摔倒,狼狈的样子又逗得唐缈笑了起来。

他气急败坏指着她说道:"你是女孩子,矜持点好吗?"

唐缈不屑地说道:"女孩子就不能主动追男人了?被追求很被动,明白吗?被动地去了解接触,然后再看是否喜欢。主动向男人表白就不同了,证明自己清楚自己的心意。有的放矢。这就不矜持了?什么道理?"

"行行行,你的道理最大。"唐缈脆生生的一连串道理说得章霄宇头晕脑涨,"我记得在你工作室,你说,你现在只想专心制壶,做一个优秀的陶艺师。你不想把时间浪费在找男朋友谈恋爱上。说变就变啊?你的理想就不要啦?不过是一时心血来潮……"

唐缈再一次打断了他的话:"当时我烦江柯呢。谁想和他恋爱呀?遇到你就不一样了。再说了,你懂紫砂。和你聊紫砂聊设计我很开心。和你交往吧,恋爱制壶两不误。"

"沙城年轻的陶艺师多着呢。我又不会制壶。你不如去找个年轻的陶艺师,更有共同话题,还能共同进步。"

"将来还能双剑合璧呢!"唐绋没好气地接口说道,"我听出来了,章霄宇,你是想毁约赖账!"

章霄宇觉得自己脑子清醒得很:"KTV我替你挡江柯是吧?你自己说的,我在你家不小心给你画了撇胡子,扯平了。"

"是,那件事是扯平了,可是你让我喜欢上了,又不答应和我交往。这事扯不平。"

她固执地站在他面前,美丽的脸一片认真。章霄宇鬼使神差地问出一句:"你喜欢我什么?"

"有句话说得好。喜欢就是喜欢,没有为什么。非要问个为什么,我只好数给你听了。"唐绋认真地掰着手指头说给他听,"喜欢你画的画。喜欢你害羞的样子。喜欢你的手,特别喜欢。今晚你上台发言,是整个酒会最靓的仔!我眼里就只有你一个人。还有啊,你唱歌很好听。你在KTV将江柯一把推开太有气势了,你肯定能保护我……"

她喋喋不休说着,数落着小香山拍卖会他挖坑害她,看展览时故意恶整她,不吃西餐吃火锅害她出丑。

"你说,你如果对我没意思,你费尽心思地恶整我干吗?像初中男生一样幼稚!章霄宇,你还不承认?有意思吗?"唐绋瞪圆眼睛时像极了布偶猫,可爱极了。

这句话让章霄宇再一次确定,他不能将这个才走出大学校门不久的单纯女孩子拖进泥淖之中。他无法想象如果唐绋知道他最初接近她的目的只是为了她的父亲,更无法想象成了唐绋男朋友后却查出唐国之与母亲失踪有关,他如何才有勇气将"我只是利用你"这句话说出口。

"那天临时改主意吃火锅真不是为了整你。我也不知道你会穿那么正式的晚礼服。"章霄宇果断地选择了唯一能说大实话的事情。他不想再和她聊下去了。章霄宇从她身边走过,头也不回:"我对你没意思。也不想和你交往做你男朋友。抱歉。"

唐缈伸手扯住了他的衣袖。

章霄宇无奈得很:"大小姐,我已经拒绝你了。"

"我知道。"唐缈瘪了瘪嘴,"今晚我帮你喝了一杯酒。"

"明白明白。我欠你一杯酒,不,三杯!下次你有难,我帮你喝回来!"

唐缈噗嗤笑了:"小心眼儿,谁和你算这么清楚。我是说,今晚我喝了酒不方便开车回去。叫代驾吧……这么晚了,我怕不安全。"

大气爽朗得可爱。章霄宇反而内疚起来:"车明天再开。等会儿坐我的车,先送你回家。"

唐缈开开心心地道谢,半点看不出来才被章霄宇拒绝过:"谢啦。对了,我还饿着呢,能再回去蹭点吃的吗?"

"走啊。说得我那么小气,饭都不让你吃了。"章霄宇也笑了,这丫头还真是万事不走心,不记仇,瓢泼大雨转眼就雨过天晴,相处起来倒是轻松。

走回烤吧,韩休正站在门口抽烟。

章霄宇不用回头看也知道。韩休站的地方能看到自己和唐缈。他对韩休说了句:"唐小姐喝酒了,过会儿坐我们的车。"

韩休点了点头。

里面热闹依旧。韩休站在门口面对着夜的寂静。外面安静,他隐隐听到了两人聊天的全部内容。

他没有想到,唐缈对章霄宇这样主动。想想两人一起回去吃喝的场面,他脑中又浮现出苏念竹水光闪烁的眼眸。今晚,她一定很难过吧?

韩休灭了烟,不知不觉又抽了根烟。两根烟抽完,他下意识地抖了抖烟盒,又抽出一根。他盯着手里的烟,放了回去。

回去的路上车里的气氛有点诡异。唐缈跟充电机器猫似的,话说个不停。章霄宇"嗯啊哦哦"应付着。苏念竹坐在副驾驶座位上,闭着眼疲倦欲睡。韩休机械地开着车,如同隐形人。

到了唐缈家。看着唐缈走进小区,车上三个人突然就"活"了。

第35章 / 开天眼

章霄宇长吁短叹:"这丫头惹不起。真要做她男朋友,将来反目成仇,她杀了我的心都有。"

韩休平静地汇报:"唐国之虽然没有和老板交谈,但他一直在观察老板,直到离开。他今晚来酒会是冲着老板来的,但不知是不是因为唐缈才这样关注老板。"

苏念竹睁开了眼睛:"周梅说出那个人了?"

章霄宇的精神又一次亢奋:"周梅说了。而且这个人就在我们首批资助的老陶艺师名单里面。"

苏念竹想到了名单中看到的父亲名字,紧张地握紧了拳,声音飘忽:"是……谁?"

终于有了查找母亲失踪的具体线索,章霄宇一时间竟有些舍不得马上说出这个名字。他卖了个关子:"前期投入一百万和紫砂协会合作成立紫砂壶艺基金。唐缈前期做出了计划报给我们和协会,具体分成三块。一是资助生活有困难的老陶艺师。第二部分是重点,帮助有才华的陶艺师成立工作室,公司签约、负责培训宣传以及将来成品壶的包装销售,解决他们的后顾之忧,让他们专注地投入到紫砂壶艺的创作中去。第三部分是赞助协会每年年底举办的紫砂壶交流比赛。这个人就在第一期资助名单里,属于目前生活困难的老陶艺师。"

到底是不是父亲王春竹?!苏念竹盯着章霄宇的嘴唇,感觉他一张嘴,就有只怪兽会飞出来扑向自己。这一刻她忘记了对父亲的恨意,唯有恐惧。

"他叫李正……"

苏念竹绷紧的背垮了下去,无力地倚着道:"是李正啊。"

正在开车的韩休诧异地看了她一眼。苏念竹的变化没有逃过他的眼睛。他将疑惑埋在了心里。

章霄宇也敏感察觉到了:"怎么,你认识啊?"

"我怎么会认识?名单上是有这么个人。资料上说他十几岁就开始学制壶,二十多年前开过一家卖壶的小店。本来生意还好,后来妻子生病就把店铺卖了。妻子过世之后儿子又不争气。为了赚钱就放弃制壶,现在六十多岁了,靠当门房赚点微薄工资度日。"苏念竹为掩饰情绪,随口将李正的资料说了出来。

"厉害。律师的眼睛比刀子还厉害。念竹,你该不会把名单上那七八个人的资料全都记下来了吧?"章霄宇记得名单上的人名,对资料却记不全。他由衷佩服苏念竹。

她不过是想掩饰自己对王春竹的熟悉罢了。

"拿了章总的高薪,这是应该做的。"

苏念竹公事公办的语气和初认识时一样。章霄宇松了口气。他很怕苏念竹对自己亲近。

相处半年多,她又回到了从前。韩休心里气恼,一脚踩下油门,车飞速奔驰。

后坐力将章霄宇推回到座椅上,安全带绷紧了,差点让他喘不过气。

"太晚了,早点回去休息。有事明天再说。"韩休淡淡地给了句解释,风驰电掣般开向别墅。

寻访李正是章霄宇最迫切的工作。第二天起来,韩休先送苏念竹去公司,再回别墅接他。章霄宇在书房里熟悉李正的资料。门铃声响了起来。

他放下资料走到三楼阳台上。居高临下一看,唐绵那辆明黄色的跑车正停在家门口。

抬头看到他,唐绵笑嘻嘻地朝他挥手:"章霄宇,我来接你!快点出来!"

她怎么知道自己住在这里?章霄宇无可奈何地下楼开了门:"唐大小姐。今天我有事,不能陪你了。"

唐绵才不信他:"你连公司都没去,能有什么事啊?不请我进去喝杯茶?我可记得你说过家里还收藏着不少好壶,欢迎我随时来赏玩的。"

"今天真不行。一会儿大韩就回来接我了。这样,我挑几把壶借你,你赏玩够了完璧归赵?"他当初怎么就答应了这件事呢?唐绵缠上他天天登门造访,他怎么应付?章霄宇悔得肠子都青了。

"真有事啊?那好吧。你不用借我啊,我来你家看壶就行了。好壶太贵重了,借给我摔碎一只我可赔不起。"

章霄宇松了口气,巴不得她赶紧上车,一脚油门速度离开。

唐绵上了车却没有走:"你不是想让我陪你去拜访资助名单上的老陶艺师吗?哪天去?"

他今天就要去找李正。早打消主意不让唐绵作陪了,于是敷衍地回答她:"改天吧。"

"好嘞！改天你提前和我约时间。对了，我又复核了下资料，有几位搬家了，比如李正老师，他已经回老家了。我走了。"

唐绉说走就走。眼看跑车发动，章霄宇从门口冲了出去："等等。"

唐绉停下车，落下车窗："还有事？"

昨晚才从周梅处得到李正的消息，章霄宇打算去李正当门房的小区。计划赶不上变化，唐绉竟然带来李正搬回老家的信息。不通过唐绉去查，又要耽搁几天。他等不及了。

"既然来了，不进去喝杯茶再走？大韩还没回来呢，还有时间。"

"好啊。"

唐绉爽快地停好车，走进了院子东张西望："这院子布置得不错啊。"

院子是日式庭院风格。草坪用的是高尔夫球场上常用的果岭草，平展如毯。绿植低矮。院里做了水循环，清澈见底的浅池中养着一尾尾锦鲤。

章霄宇跟在她身后很好奇："你怎么知道我没去公司？你去公司找过我？"

唐绉蓦然转过身，脸凑到了他眼皮底下。两根手指对着自己的眼睛洋洋得意："我开了天眼，定睛一看，你在家待着呢。"

见他满脸怀疑，唐绉也不解释，背着双手转身就走。摇头晃脑间，长长的马尾辫一甩一甩的，活像只翘尾巴的猫。

章霄宇做了个扯尾巴的动作。有求于人，不得不做小伏低。他堆满了笑容跟了过去。

第36章 / 单独出游

  他煮茶的样子很迷人。唐缈撑着下巴目不转睛地看着他。她记得在小香山拍卖会上,他端了杯茶给自己。他的手真的极好看,让那杯茶都显得更香浓。可惜,他还不是她男朋友,否则她真想摸一摸他的手。

  "唐缈,昨晚咱俩可说好了。我和你做朋友没问题。男朋友就免了。你再这样盯着我看,我只能躲着你了。"章霄宇倒了杯茶放在唐缈面前。

  "我只是觉得你的手长得很好看。多看了两眼。这绝不是色,是对美的欣赏。"唐缈抿了口茶,赞了句,"香!"

  她端着茶走到落地玻璃前,欣赏着院中景致:"我只是表达了我的爱慕之心,又没强迫你接受。朋友就朋友呗。没准哪天等你喜欢上我,我还对你没兴趣了呢。"

  她和苏念竹如此不同。和她相处,哪怕她明明白白地在追求自己,章霄宇也觉得轻松。他活得太不轻松了,所以很喜欢活泼开朗的唐缈。换个身份,或许他真的愿意和她交往。但现在他不能。

  章霄宇强迫自己转移注意力,看似随意地打探着唐国之的情况:"你父亲爱喝茶吗?家里用的是什么好壶啊?"

  唐缈回头看着他直笑:"你是关心我爸还是好奇我家的茶壶啊?告

诉你吧,我爸喜欢泡参片泡枸杞,不喝茶。他年轻时开过茶楼,那时候经常喝茶。现在他年龄大了,喝茶晚上睡不着,注重养生了。参片枸杞养气。他天天用保温壶泡着喝。所以啊,我家待客也不用紫砂壶。来了客人,阿姨就泡杯盖碗茶。"

"那你爸也不收藏紫砂壶?沙城紫砂壶这么有名,他不喝茶也不收藏吗?"章霄宇套着唐绡的话。见她对自己全然不设防,越发坚定要和她保持距离。

才这样想着,唐绡坐了回来,又开始撩他:"你这么关心我爸,是不是担心他不接受你呀?因为这个才不答应和我交往?其实你对我还是蛮有感觉的,是不是啊?"

章霄宇手一抖,水冲到了杯子外面:"大小姐,你这样子像极了恨不得将我拐回家的花痴!女孩子是珍珠做的,这样主动自降身价,将来要吃亏的。"

"逗逗你嘛。说得人家像女土匪抢亲,还非你不嫁似的。"唐绡就爱看他害羞的模样,半点也不恼。

章霄宇彻底拿她没辙。就在这时,韩休回来了。

唐绡透过玻璃窗看到韩休,干脆利落地起身:"韩休回来接你了。喝茶时间到。我走了。你哪天想去拜访老陶艺师,提前约我。"

没套出李正现在的地址。章霄宇当然不肯放唐绡走。他马上做了决定:"择日不如撞日。今天就去。"

"那你坐我的车呗。别让他跟着了。那张冰块脸冻得人话都不想说。章霄宇,你该不是做了什么坏事怕人报复吧?走哪儿都带着保镖。"

只要今天能见到李正,章霄宇什么条件都肯答应:"行。没问题。你去车上等我,我吩咐他办点公司的事。"

唐绡兴冲冲地去了。

听章霄宇说要单独和唐绺去找李正。韩休习惯性地叮嘱他:"开着手机让我知道你的位置。"

章霄宇一拍脑门恍然大悟:"我知道那丫头是怎么找到我的了。我没关微信定位。今早起床站阳台上拍了张南屏山日出,发了条朋友圈。"

韩休蹙了蹙眉:"上次请紫砂协会的人吃饭唱歌,她应该和公司员工互加了微信。昨晚定是看员工拍宵夜发朋友圈才找来的。老板,随时带条尾巴可不行。"

章霄宇"嗯"了声低头摆弄着手机。关了定位功能,他笑着说:"还想找到我,你真的要开天眼才行了。走了。你记得去接念竹。"

"好。"

唐绺的出现令章霄宇快活。韩休又一次想到了苏念竹,不觉黯然。

出城后上了高速,唐绺瞬间提速。

章霄宇不得不提醒她:"开慢一点。我可不想变成什么豪车超速撞翻护栏新闻的男主角。"

唐绺开心地笑着:"放心吧。我没超速。我喜欢开快车,飞一样的感觉。"

她开车开得像个糙汉子,和她偏娇小玲珑的身材完全不协调。章霄宇调侃道:"以你家的环境,你应该是那种娇养的小女生。要么温温柔柔,要么刁蛮任性。咋长歪了呢?"

"咋说话的这是?我咋就叫长歪了呢?不行,我必须和你认真讨论讨论。你是不是对我有什么偏见啊?还是说,你喜欢温柔乖乖女,或者是刁蛮任性野蛮女友?对我现在这性子很不适应?章总,角色扮演我完全没问题啊。为了追求你,我可以迎合你的口味。"唐绺随口胡诌开着玩笑。

章霄宇渐渐适应了她的性子,也开起了玩笑:"服务这么周到。我不提点要求也不好是吧?我呢,喜欢温柔贤惠的,要有一手好厨艺,热爱收拾房间洗衣干活儿,对我唯命是从,我说什么就什么。"

唐绡瞬间懂了:"直男霸道总裁型啊?你这要求很便宜嘛。"

"便宜?"章霄宇不太明白。

"保姆啊。沙城市价月薪五千就能满足你。专心给你下厨做饭搞卫生收拾房间。你再加两千工资肯定温柔可亲,对你唯命是从。"

章霄宇故作恍然大悟状:"行。你的意见很中肯。我绝对不需要女朋友。找保姆就行。"

"不行!"唐绡瞪他一眼,"保姆能陪你聊天喝茶谈人生谈理想满足心理和生理的需要?"

"和你没法聊下去了。"章霄宇窘迫得耳根子再一次红透,转头看向车窗外。

耳边响起唐绡快活的大笑声。她按下播放键,音乐在车内响起。唐绡开心地跟着唱:"在一个清晨,有阳光的呼吸里。带着试探的样子,开始了一个尝试……在眼前的剧本里,自由是迎风的主题。张开翅膀飞行,冲向天空!"

她的快活与美丽的歌声像春天到来,万物苏醒,百花绽放。章霄宇情不自禁被感染,心情犹如洒满大地的秋日暖阳。他知道这首歌的名字叫《自由生长》。他由衷地希望身边的这个女孩子自由自在。

不知不觉间,他已经看了她很久。

唐绡知道,笑容悄悄爬上了脸。她得意地学他:"你这样目不转睛看着我。我会误会的。"

章霄宇"喊"了声:"皮厚。"说着也笑了起来。

第37章 / 小短腿和奸商

气氛如此融洽,下了高速拐进镇上,他才注意到唐缈开了近两小时的车。

"先找地方吃饭?带你吃腊肉煲。猪脚炖腊肉,本地特色菜。"唐缈将车开到一家餐馆旁停下了,"先说好。我点菜你请客。"

"我可没有让女士埋单的习惯。"章霄宇下了车,打量起眼前的小镇。青瓦白墙,看得出重新修整过。

唐缈马上反驳他:"上次火锅我请的。"

"你含着眼泪抢着埋单。我要上前拦你,没准一大耳刮子就抽过来了。"

唐缈一想到裙子被凳子钩住差点摔倒,就忍不住怼他:"你为什么要拉着我啊。让我摔个四脚朝天,我肯定给你一耳光。"

章霄宇双手捂脸瑟瑟发抖,话却说得毒:"你得先去练练跳高。"

等唐缈反应过来,章霄宇已经迈开长腿进了饭店。她又气又想笑,跺脚咬牙:"嫌我长得矮?!"

苏念竹的身影突然闯进了她脑中。难道他喜欢苏念竹那样的?唐缈撇撇嘴。她凭什么要在意这些?这世上比她貌美比她身材好的女人多了去了。她都要在意吗？她就是她，不是别人。一念至此，她又高兴起来。

两人坐在店里，唐绥利索地点了菜，倒了两杯老荫茶。

章霄宇望着窗外，对依山而建的小镇很感兴趣，"这里修整成了古镇景点？"

"对。以沙城为中心，开车距离两小时内，适合做周边游。李正老师的老家就在这里。他年纪大了，老家有房，改成民宿的话比他在城里做物业公司的看门大爷强多了。说不定随着游客增多，他现在还能在自家民宿做紫砂壶呢。对了，这里也属于南屏山脉。以前附近有好几处紫砂矿，不过都渐渐枯竭了。用料不大的话，还能上山淘一点。有兴趣的话，下次带上背包，我们淘矿去。"

她的话让章霄宇无法拒绝。这也是他喜欢的。想象两人上山背包旅游欣赏淘找紫砂矿的情景，都觉得好玩。拒绝的念头伴随着浓浓的遗憾。章霄宇转开了话题。

"我看资料上说李正儿子不争气。什么情况？"

唐绥喝着茶，又像发现了什么似的，招手叫老板："等会儿告诉你。这家的老荫茶味道特别好。"

杯子里的茶水呈红褐色，章霄宇闻了闻，茶水有股清香味。喝了一口，茶味醇厚，回味甘香。喝了极为解渴，他很好奇："什么是老荫茶？"

唐绥像看白痴一样看着他："你不知道老荫茶吗？也对，章总平时喝的茶都是知名品种，就像皇帝没吃过野菜一样。"

"我这不是虚心求教吗？唐大小姐能给在下科普下吗？"

"交学费！"

章霄宇二话不说拿起微信转账：4块1毛7分。

唐绥开心收了红包："老板来了，等会儿唐老师再讲课。"

老板走了过来,用围裙擦着手,不由自主地看了眼店外停放着的跑车:"有什么事?"

唐绱大大方方地说:"老板,你家这老荫茶是自己做的?想买一点。"

老板又瞟了眼外面的跑车:"这老荫茶也不是什么贵重玩意儿。自己做的费了点工夫。您要多少?"

章霄宇以为唐绱不问价钱就直接说要买多少。没想到唐绱很认真地询价:"多少钱一斤?"

他看着老板的目光又瞟向外面的跑车,心想骚包开辆跑车来这里,不挨宰才怪。

老板搓了搓手,挂着憨厚的笑容:"一百块一斤。"

没宰人。这么便宜?!章霄宇随口就说:"买五斤。"

老板眉开眼笑:"好,你们吃过饭给你们包好带走。"

唐绱狠狠踢了他一下,这一脚踢在他的小腿胫骨上,章霄宇疼得弯下腰揉腿。

"老板,我经常来这儿的。一百块也太贵了。你别看我朋友是外地人,我可是土生土长的沙城人。说实价!"唐绱笑眯眯地和老板砍价。

老板愣了愣,有些不好意思地笑了:"您都开口说了,能不优惠么?四十块一斤,您看行不?"

"老板爽气!回头我还带朋友来您这儿吃饭。谢啦!"

老板一走,唐绱拿着筷子就训上了:"章总章大老板,您有钱也不带这样霍霍的!你不是要虚心求教么?这老荫茶就不是正儿八经的茶树。山上樟木科的树叶子摘下洗洗晒晒。在山里除了人工没什么成本的。四十块一斤是因为他家做得好。你先答应人家一百块,我都不好意思再砍价了。十几块一斤随便买。"

章霄宇揉着腿嘟囔:"温柔点行吗?给我留点面子行吗?我好歹比

你大几岁。尊老懂吗?"

唐绺哼了声:"一脚便宜了三百块钱!值了!"

她翻看手机,看到刚才收的红包,又奇怪了:"为什么给我封四块一毛七的红包啊?这数字有什么讲究吗?"

章霄宇站起身,拿着碗筷挪到了圆桌的对面:"417,谐音就是——死要钱!"

唐绺大怒,一脚想踹,可圆桌太大,她够不着。

看着她脸上丰富的神情变化,章霄宇哈哈大笑:"小短腿。"

"我不生气。我记仇着呢!"

话虽这样说,她却没有生气的意思。正好服务员端着菜上桌。大砂锅盖子揭开,一股浓香扑面而来。

唐绺站起身挑了根胖猪蹄递到他盘子里:"我馋这个很久了。给你选了只最优秀的前蹄。赶紧吃。"

猪蹄煨得红亮酥烂。焖熟的腊肉肥而不腻,带着山中柴火熏出来的异香。黄豆吸满了汤汁,入口即化。

这是章霄宇吃得最豪放的一餐。双手并用,满嘴是油。他坐了二十年轮椅,他的生活向来是优雅的安静的。如今唐绺打破了屏障,人间烟火气息扑面而来。

吃过饭,老板打包了茶叶。

拎着茶叶盒子,章霄宇左右看了看:"为什么要分成三份?"

唐绺一边开车一边答他:"你打算两手空空去拜访李正老师?"

"我打算买点水果什么的。"

"你该不会想再买一束花吧?"唐绺开了一截又停下了,从车窗探出头去,冲旁边猪肉铺子喊,"老板,切两斤里脊五斤排骨!"

"送老荫茶就算了。送猪肉?"章霄宇感觉三观又被唐绺洗刷了一遍。

"你也太不食人间烟火了。李正老师生活不容易才回的老家。六十多岁的老人,水果太凉吃多了不好。送花有意思吗?他拿着又没用。还不如送猪肉实在。"

章霄宇默默接过猪肉:"那意思是我今天带了一万块钱也没用?"

唐绵高兴地捶了他一记:"当然有用啦。不对啊,难道不是拜访之后开会研究决定再拨款吗?"

"轻一点好吗?今天这才多大会儿工夫就挨了你一拳一脚。再这样下去我非残废不可!"唐绵的高兴感染了章霄宇。他半开玩笑抱怨着,极自然地告诉唐绵自己的想法,"基金资助主要是应急。家里有实际困难的老陶艺师,基金将他们纳入应急资助名单,酌情资助。就算这批老陶艺师不再开工作室制壶,我也打算聘请他们当云霄壶艺的顾问,对紫砂壶把关提意见。你想给钱资助,这些老工艺师们还无功不受禄呢。这一万块钱是公司给的一年的顾问工资,不从资助基金里出。"

这是她喜欢的男人。唐绵再一次确定,睨着他说道:"一举两得是吧?我还得夸你。真是个奸商!"

她在巷口找了个空地停车。下了车指着往山上的一条石阶小道:"他家就在上面。走吧。"

第38章 / 唐大侠

小镇的主要街道和两边的房子都重新整修过了。眼前这条石阶在原来的基础上简单修了一下。老石阶覆盖着浅浅的青苔,两旁植被茂盛。顺着石阶往上走了一会儿,两人已有远离城市的感觉。

今天阳光不错。从树梢洒下的阳光让这片山林充满了生机。

章霄宇一手提肉和排骨,一手拎着茶叶,走得汗流浃背。他抬头望着不见尽头的路喘气:"你能不能不要像只猴子似的?蹦跶得我眼花。"

唐绋从前面噔噔跳了下来:"一米八几的大个儿,绣花枕头中看不中用!拿来!"

章霄宇赶紧将七斤重的猪肉排骨递了过去:"唐大侠仗义相助,在下感激不尽!"

盯着那袋猪肉排骨,唐绋美目圆瞪,气得无语:"章霄宇,你好意思吗?让我这么娇小玲珑的弱女子提这么重的东西?"

章霄宇叹了口气,将装着两斤老荫茶的茶叶盒递了过去:"我还以为唐大侠天生神力。我想多了。"

唐绋"哼"了声,将茶叶拿了过来。她看了看台阶,还算干净,便坐下了:"歇会儿。章霄宇,你真浪费了你这大个头。该加强锻炼了。"

"长这么大,这是我爬过最高的山。"章霄宇在她身边坐了,将夹克脱了,拿了只袖子扇着风,颇有些后悔,"该泡壶老荫茶带着。"

"你说你,这座山海拔才几百米。"唐绋真是服了他了,这年头哪个年轻人没有每天五千步以上?还甭说坚持每天健身的人。"我爸每天都用跑步机锻炼。你这样不行啊。"

他以前偏激,腿好了也不肯走路。天天在家坐着轮椅画画。义父一直纵容着他胡闹。他丢掉了轮椅,却没有时间系统锻炼。如今爬个小山连唐绋都不如。章霄宇惭愧得很:"我知道我知道。我回头加强锻炼好了吧?还有多远啊?"

唐绋站起身伸手将他拉了起来:"走了一大半了。"

她顺手将七斤肉和排骨提在了手里,将茶叶留给了他:"跟着我,不要停。一鼓作气!"

说罢唐缈噔噔噔往前走了,瞬间上了几十阶台阶再回头大喊:"章霄宇!你属蜗牛的?快点走!"

看着她手里提着的东西,章霄宇心里一暖。他知道,唐缈不吭声地拿走了重的,是不想让自己觉得不好意思。他提起茶盒,大声说道:"先前是想看看风景。你真当我爬不动啊?"

"哟哟,死鸭子嘴硬!来追我呀!追得上么?"

她一手将肉和排骨反钩着搭在背上,一手叉腰,轻蔑地摇头。

"小短腿!你给我等着!"章霄宇长腿迈开,一步迈过两级台阶。

唐缈哈哈大笑,转身就跑。

她的笑声在山林间久久回荡,脆脆的,撩得章霄宇一时热血上头,埋头就往上冲。

唐缈娇小的身影总在前面不远处。章霄宇想起了吊在驴前面的胡萝卜,明明就在眼前,可他就是追不上。他舍不得放弃,一路跟着唐缈埋头爬山,一时忘了双腿的酸痛。

二十分钟后,登上最后一级台阶。眼前豁然开朗。十几栋房舍错落有致分布在一大片山坡上,静谧祥和。

阳光已经消失在层云之后。山风带着深秋的寒意。章霄宇捶着腿感慨:"养老的好地方啊。"

唐缈放下猪肉袋子,手被塑料袋勒得发紫,又酸又疼。她甩着手,坐在旁边一块刻着村名的石头上:"李家村,就这儿了。你歇着。我去打听下李正老师家在哪儿。"

她朝不远处的小卖部走去。章霄宇拿出手机给韩休发短信:"大韩,我被唐缈那小丫头照顾得妥妥的。她拎七斤重的东西爬山比我还快。伤自尊了。"再配一行落泪图。

韩休回得很快:"今天你那边晚上会有雨。山上湿气重。我现在开车过来背你下山。"

下山让韩休背他?唐绉看见还不得笑死。章霄宇赶紧拒绝:"山不高。上山走得快一点四十分钟就到了。下山不费劲。不用来了。"

回了信息,唐绉端着一只搪瓷缸过来:"你缓过劲没有啊?喝点热茶。"

还是老荫茶。章霄宇一口气喝完,整个人都熨帖了:"谢谢。"

"不容易啊。章总对我说谢谢。感动不?我这么细心体贴,上哪儿找去?"唐绉又开始撩他了。

章霄宇就不让她如意:"找个保姆一样的好。问到了?"

"问到啦。走吧!女追男真掉身价!等我追到手再虐你千百遍!"唐绉伸手去提猪肉和排骨。

章霄宇抢先提在了手里:"爬山我不行。现在没问题了。"

唐绉睥睨着他哼哼:"总算有个男人样了。"

他和她并肩走着:"不行不行,和唐大侠一比,我就是个废物。看到我如此懦弱的一面,你可以转移目标了。"

唐绉呵呵冷笑:"我这人吧,特有老母鸡情怀,天生有保护欲。我会待你更温柔体贴的。"

章霄宇马上把猪肉茶叶塞给她:"你来!"

唐绉背着手往前走:"做梦!"

两人说说笑笑间,走到了一间院子外。

这间院子看起来建成有些时日了。虽然经过修补,却依然能看出被岁月侵蚀的痕迹。矮石墙上长满了苔藓。木门漆面斑驳。

院墙不高。站在墙外能看到院子里。正房是两层楼的木楼。木质的柱子下有雕刻成圆鼓形的石杵。这种石杵防水,以免湿气毁坏了木柱。木柱与屋檐之间有三角斜撑,雕刻着花纹。散发着古朴的气息。

檐下悬挂着几只放东西的篮子。挂着成串风干的玉米和老腊肉。正房两侧各有一间厢房。其中一间的墙根下堆着成垛的木柴。房顶上有烟囱,应该是厨房。

章霄宇便对唐缈说:"收拾得很整洁。这地方改成民宿确实不错。"

他上前叩了叩木门上的铁环:"有人吗?"

屋内走出一个男人:"谁啊?"

他大约六十来岁,身材消瘦、矮小,一双眼睛灰暗无神,皮肤长满褶皱,穿着一身蓝布衣裳,形容憔悴。

章霄宇心里有了底:"请问您是李正老师吗?"

看见身形高大的章霄宇,李正眼神充满警惕,又有些气愤:"李云生欠的赌债找他去!我没这个儿子!滚!"

第39章 / 梅壶

李正激动的态度吓了两人一跳。这是把他们当成登门要债的了。

唐缈赶紧越过章霄宇上前:"李正老师,我叫唐缈,是沙城紫砂壶爱好者协会的。"

听到她的话,李正明显松了口气,又有些不解:"紫砂协会的啊。找我什么事?我很多年前就不做紫砂壶了。进来坐吧。"

他转身进了堂屋。

章霄宇和唐缈跟了进去,将带来的东西放在了方桌上:"李正老师,初次登门,也不知道您喜欢什么,就随便买了点茶叶和猪肉。您别嫌弃。"

"不嫌弃不嫌弃,你们太客气了。"李正有些窘迫地看着桌上的一大堆东西,"我给你们泡茶去。"

隔了一会儿,他端着一套茶具进来,倒了三碗茶:"你们尝尝。自己家做的老荫茶。家里也没有别的好茶待客。见笑了。"

茶是老荫茶。章霄宇和唐绌却盯着茶具两眼放光。这是一套提梁壶。用的时间长了,壶身与茶杯起了包浆,一眼看去就有种温润之感。

"这壶是李老师自己做的吧?好手艺啊。"章霄宇托着茶杯啧啧称赞。

李正笑了笑:"手艺一般。用了二十几年,养熟了而已。"

章霄宇喝了口茶,看了眼唐绌。心想这茶的味道不比山下那家餐馆的差,还好意思买老荫茶来送人?

唐绌看懂了,也不掩饰:"在山下吃饭的时候喝的老荫茶味道好,就给您带了一点。没想到李老师自家做的老荫茶这么好喝。我这礼送得一点都不好。"

她的坦白让李正高兴起来:"一样好一样好。喜欢就带点回去。小姑娘,你做了几年紫砂壶了?"

他明显对唐绌有了好感,拉着她聊了起来。章霄宇突然觉得和唐绌一起来或许是件好事。

"这是云霄壶艺和协会设立基金的情况。您看看。"唐绌说完来意,将一份基金的宣传简报放在了李正面前。

李正看完,这才对章霄宇露出了笑脸:"好事情。是好事情啊。不过,我们家现在吧,政府重新打造了古镇。李家村家家都开办民宿农家乐。经济条件改善了。来,带你们参观一下我家的民宿。"

两人跟着李正从一侧的窄木楼梯上了楼。

楼上有两间房和一个平台，被布置成两个单间。平台上有洗漱的地方，隔出了单独的卫生间。

"真漂亮，天气好的时候在平台上做壶太舒服了。"唐缈看中了平台上的长木桌。上面还搁着制壶的工具。

四周的木架上摆着做好的紫砂壶。三十平米大小的平台被修饰得很艺术。

"这些都是给前来住民宿的客人准备的，满足下客人的好奇心。"李正慈祥地看着唐缈说道。

章霄宇笑道："李老师。我看您得空的时候也可以做点紫砂壶出来。"

李正摇了摇头："我老了。几十年没做手生了。"

"您的经验还在。是这样的，我的公司打算签一批有才华的陶艺师专注创作紫砂壶，想聘请您这样有丰富经验的老师做顾问。您不需要坐班，大概一个季度抽一到两天时间去沙城集中看看做出来的壶，指点指点。每年钱不多，一万块咨询费。您看行吗？"

靠家里这两间民宿过日子没问题。但是想到城里的儿子，李正有些心动。

"李老师，您做了几十年的壶，经验丰富。原来都是师徒相授，如今年轻人没有师傅指点，学制壶想提升特别难。您也不希望手工制壶的传承被机车壶取代吧？像我，我虽然喜欢制壶，却是到处拜师学艺，零零散散的，特别想有您这样的师傅教导。"

唐缈诚恳的态度让李正下定了决心："好吧。章总不嫌弃的话，我就试试。"

"太好了！"唐缈不好意思地提出了请求，"李老师，能不能给我们看看您的收藏开开眼啊？"

李正心里高兴,带着两人下了楼,打开了东厢的门:"我最难的时候都没舍得卖掉我收的壶。你们随便看。"

东厢的木架上放着十来套壶,都泛着厚厚包浆的光泽。

唐绡如获至宝,瞬间就看入了迷。

李正请章霄宇在东厢坐了,将茶拿了进来:"章总,喝茶。"

章霄宇喝着茶和他聊上了:"李老师,家里有困难尽管说。我听说您是为了躲债才离开了沙城。"

"别提了。我爱人过世得早。我那时候沉迷制壶,也没什么时间管教儿子。他迷上了赌博。钱输光了,就找我要。我也挣不了几个钱,连门卫的工作也因此丢了。没办法,听说政府打造古镇,老家至少还有一栋老房子。就回来了。回来也蛮好。李家村家家户户办民宿农家乐形成了气候,倒比我在城里收入还高。这里也清静。蛮好。"

章霄宇从背包里拿出了聘书和装钱的信封:"这是您的专家咨询费,还有聘书。"

李正大概是很久没有看到这么多钱了,拿着钱的手微微颤抖:"谢谢。"

章霄宇就提起了从前:"李老师,听说你二十年前在城里开过店。那时候和一批专注制壶的陶艺师都有交道。是这样的,基金是用于长期资助生活有困难的老陶艺师的,希望您还能提供一些他们的信息。我们公司还打算聘请一些像您这样有经验的老师傅指导年轻的陶艺师。"

"这是好事。让我想想。"

李正说了几个熟人的名字,简单介绍了下情况。他站起身,指着木架上的紫砂壶说道:"这把扁壶就是王春竹做的。当年他也是极有才华的。后来紫砂壶市场低迷过一段时间,他也转行了。"

"王春竹啊。我们有他的情况介绍。"章霄宇看着木架上的紫砂壶。

目光落在了一把方形提梁梅花壶上。这把壶看起来很新,属于没有用过的壶。

"这把壶有点曼生壶的感觉。"唐缈凑过来啧啧称赞。她很有礼貌,一直看着屋子里的壶却没有动过。

章霄宇仔细地看着梅壶。

壶身雕刻的梅花枝叶虬扎苍劲,看得出制壶师有着极好的美术功底。他太熟悉这幅梅图的特点了。章霄宇在心里轻轻喊了声:"妈妈。"

第40章 / 壶里旧物

章老爷子画梅图有一个特点,主干上会用上一点皴笔,画出老梅枝的意境。他是左撇子,所以皴笔所画的方向与右手持笔的笔锋略有不同。巧合的是母亲沈佳也是左撇子,学画时正合了章老爷子的走笔特点。哪怕其他人画梅时也会用上皴擦笔法,但和章老爷子相比也有不同。

章霄宇从这幅梅图上一眼认出,这只方形梅壶是母亲沈佳所制。看来李正和母亲当年的确很熟悉。

"我看您这里的壶都是用过的老壶。这只壶却是新壶,从来没有用过。从形制上看,有点曼生壶的感觉。它是哪位制壶大师做的?"

来到沙城,他的运气极好。不仅从旧新闻上找到了线索,来到李正家里,还看到了母亲亲手做的壶。章霄宇有种预感,自己正在一点点接近母亲失踪的真相。

"这把壶啊。"李正叹了口气,"可惜了。如果这位制壶师还在,肯定会是一位制壶名家。"

"过世了吗？是谁呀？"唐绶生出了好奇。

李正又叹了口气："倒也不是过世了。二十年前她失踪了。生死不知，至今都是个悬案。"

章霄宇顾不得不礼貌，将壶从架子上拿了下来。他按着壶盖翻过来，壶里传来一声轻响，似乎放有东西。

"你怎么随便动别人的东西？"唐绶大急，低声说了他一句，目光扫到了壶底的钤记："沈佳？看名字倒像是位女陶艺师。对吗？李老师？"

"没关系。喜欢就拿下来看。"李正心情好，没有在意。

唐绶毫无心机的问题无形中帮了章霄宇。他附和道："沈佳是不是二十年前失踪的那位陶艺师？当年她的事各大媒体都在报道。"

"是啊。二十年前的事了。"李正随口答了句，招呼两人坐下喝茶。

章霄宇顺手将梅壶也拿了过去。

唐绶也想起来了："我听李会长介绍沙城壶艺界有名的陶艺师，就曾经说起过她。说她做的壶得了曼生壶的精髓。今天见到，果然如此。"

"沈佳在二十年前的沙城制壶界小有名气。她本人从小学画，美术功底不错，特别喜欢曼生壶，所以她做的壶上或多或少都有画有诗文。你们看这只青色方形提梁梅壶，上面刻了这幅梅图，整只壶就有了灵气。虽然是只新壶，却能嗅到苍茫古朴的气息。那时候我开店，她信任我，就把她做的壶放在我店里寄卖。后来她失踪，丈夫又纵火自焚，儿子被人领养，沈佳这个名字便在沙城壶艺界渐渐被人淡忘了。正巧当年还有只壶没有卖出去，我就留下来当纪念了。"

"您怎么知道她儿子被人领养了？"章霄宇不经大脑脱口而出。

出面从沙城警方处备案带走他的人并不是章老爷子，是林风在外省老家的一个远房叔叔，十六年前就过世了。章老爷子的领养手续也是在东海市重新办的。这样做也是为了保护他。

李正就算知道情况,最多只能知道当年的林景玉是被远房叔伯带回了老家,不可能知道他被其他人领养。

李正眼神飘忽,似在掩饰着什么:"听说的。"

章霄宇觉得唐绱是自己的救星。他正不方便问下去,唐绱已经脑补着故事,将话题移开了:"哦,所以您留着这把梅壶。万一将来沈佳儿子找来,还能给他留个纪念?"

"是啊。如果还能再见到那孩子。我就把这把壶送给他。"李正笑道,"一晃二十年,那孩子今年也二十八岁了。不知道身体养好了没有。"

或许是年纪大了,李正的话泄露出太多的信息。

章霄宇的腿隐隐生出疼痛。他下意识地敲打着腿,心里的疑惑更重。当年的自己除了被绑匪砸断双腿,身体并没有任何问题。听李正话里的意思,他似乎知道自己被砸断了腿。

他将疑惑埋在心里,除非李正能敞开胸襟说实话,他若再追问下去,就显得多疑了。他揭开了壶盖,心不受控制地一阵急跳。

壶里放着一只指头大小的鸭子。只一眼,章霄宇就认出这是当年自己亲手做的那只。他故作吃惊,将小鸭子倒在了掌心:"还有只小鸭子。"

李正微微一怔,从他手里将小鸭子拿了过去:"这么多年了,都差点忘了。它是沈佳的一只耳环坠子。顺手把它放在了这只梅壶里了。"

"真好玩。回头我也捏点小动物烧成饰品。"唐绱如同所有的年轻女孩儿一样,瞬间喜欢上了。这让章霄宇有些理解周梅为何对这个小玩意印象深刻。

"她的耳环坠子怎么在您这儿?"

问这个问题时,章霄宇充满了希望。只要李正开口,他就会离失踪的母亲更进一步。这是他最关心的问题,以至于他顾不得会让李正起疑,依然问出了这个问题。

唐缈嘿嘿笑着:"李老师,您年轻时该不会和沈佳有过一段特别的交情吧?"

李正大笑:"你这小姑娘啊乱想什么呢。说起来,沈佳对我有恩。我当时虽然开着店,但沙城开店卖壶的太多了。我也没什么名气,铺子生意不太好。沈佳比我有名啊,很多人都等着买她做的壶。她把壶交给我来寄卖,也是帮我一把的意思。有天她来我店里,走了之后,我就捡到了这个。本想着等她下次来再还给她,结果她就失踪了。"

这个回答在章霄宇意料之中。当年周梅去采访,李正也是这样说的。

这个回答同时又令章霄宇得到了新的线索。李正的意思是某次母亲去他店里送壶,无意中掉落了耳坠。李正打算下次母亲再去时还给她。

而母亲是在离开家的那天第一次戴上的这副耳环。

李正在撒谎。

他为什么撒谎呢?他说得这样自然。如果不是章霄宇记得幼年的事情,也许永远不会有人怀疑他。

当然,还有另一个可能。

当天母亲和父亲吵架时大概是晚上九点多。母亲一气之下独自去了工作间睡。她离开家的时间应该是在父亲林风睡熟了之后,至少也是十二点以后了。

她在深夜时分悄悄离开家,离开南山村后进了城,去了李正的店铺。李正才能在店铺里捡到她掉落的小鸭子耳坠。

如果李正没有撒谎,那那么晚了,母亲去他店里做什么呢?

第41章 / 大雨留客

章霄宇斟酌着，以酒会被周梅专访引导着话题："昨天我们公司和紫砂协会签约成功，办了个酒会。正好沙城日报的周梅周主任约我做专访，聊天时听她说起过沈佳，原来她在报道中提到的小鸭子耳环就是这只啊。"

李正捏着小鸭子耳坠，无奈地笑了笑："是啊。当年我请周记者替我保密，不要在报道里说起我的名字。过了二十年，我今年都六十四了，不存在保密了。当年那情形，我也不想被牵涉进去。毕竟……我还开着店，我爱人身体不好没有工作，一家三口全靠那间小店铺养活，惹了是非生意更难做。"

章霄宇轻松地笑着："看您这么谨慎。沈佳掉落耳坠的那天不会就是她失踪那天吧？"

李正否认了："如果是她失踪那天来找我，我就该向警察提供线索了。不是那天。但是我也记不清是哪天了，可能是她送这只梅壶的时候，也可能是别的什么时间。我看周记者调查很认真，忍不住就说了。我爱人当时还怪我多事。"

这时，章霄宇完全可以肯定，李正在撒谎。

他笑道:"她的失踪和您又没关系。多一事不如少一事。"

李正感叹道:"就是这个理。"

李正不拿出这只小鸭子耳坠给周梅看,没有人知道他捡到过沈佳的耳环坠子。他既然要拿出来,为什么又要撒谎呢?

章霄宇心里浮着这个疑团,一时间想不明白李正的真实意图。如果当着唐绡的面质问李正,他就需要坦诚自己是沈佳儿子的秘密。在弄清楚李正在母亲失踪一事中的角色之前,他不能让李正知道自己的身份。

真相似乎触手可及,却无法挥开挡在眼前的迷雾。急切和烦躁让他难以平静面对李正,他端起茶起身走到了屋外,告诫自己要冷静。

房间里不仅收藏着各种壶,还放着不少照片。唐绡拿起一张合影递给李正看:"这位就是沈佳吧?"

"我看看。"李正拿过照片看了眼,"对,我们以前的合影。"

"她好漂亮好文艺啊。这个是您吧?"

李正笑着点头,和唐绡说起合影中其他几位陶艺师。

门外的天色暗了下去。天空不知不觉间飘起了雨丝。

李正和唐绡说着话,眼神却盯着站在门口的章霄宇。

他不止一次注意到章霄宇时不时地敲打着腿。这个动作触动着李正的神经。他收回了目光,看似随意地问唐绡:"章总看起来不到三十吧?"

唐绡笑道:"他今年二十八岁,只比我大五岁。"

"二十八岁啊。年轻有为。"李正心情复杂,再没了聊天的兴趣。他起身出去,看到院子地面已经湿了,"哟,下雨了。章总,唐绡,我就不留你们了。趁雨不大赶紧下山吧。"

山里气温低湿气重。章霄宇很多年没有感受过的疼痛再一次发作。他需要回去好好想一想下一步怎么办。他同时感觉到李正似乎不想再聊下去了。

他顺水推舟打算离开:"李老师,您留一个联系方式给我。需要您来公司时我会提前和您联系,派公司的车来接您。"

"好好。"李正的目光落在他腿上,"章总腿疼?"

"不是。"章霄宇这才发现自己又习惯性地敲打着腿,"习惯性的小动作而已。"

他对李正起了戒心。章霄宇麻利地伸了伸腿:"我的腿好着呢,一点毛病都没有,爬山利索得很。"

唐绵正好出来,马上戳穿了他:"李老师,他白长这么大个儿了。爬山还不如我呢。拎点东西柔弱得直喊累。"

"我不爱出门嘛,锻炼得少。真要比力气,一只手对付你。"

两人斗嘴开掐,李正便去了堂屋:"我给你俩拿点茶叶。"

过了会儿他提着两只袋子出来:"一人一袋,不要嫌弃。"

"谢谢李老师。那我们走了。"章霄宇接过茶叶,对唐绵说,"走吧。"

两人出了院子,唐绵伸出双手仰起脸转了个圈:"这会儿的雨只能沾湿脸,真舒服。不用打伞。山间雨中陪美女漫个步,你有没有觉得特别浪漫?"

章霄宇脑中塞满了疑问,没有心情:"说不定走到半路就被淋成落汤鸡。"

唐绵冲他翻了个白眼:"乌鸦嘴!"

天色昏暗阴沉如墨。瓢泼大雨自天而落,冲刷着整座城市。

别墅里亮着灯,苏念竹抱着双臂望着外面的雨。章霄宇和唐绵去了山上小镇找李正。这个时间应该在回来的路上了吧?脑中不受控制地想象着两人有说有笑的场景,苏念竹心情黯然。谁不喜欢阳光与温暖?

他不喜欢自己也很正常。回想着从小到大的生活，苏念竹自嘲地想，十岁以后的二十年，快乐开朗对她而言，是精神上的奢侈品。她努力奋斗的层面还停留在物质基础上。

贫穷的时候渴望有钱。满足了生活所需，她想让自己重新拥有一个温暖的家，拥有被爱的幸福。

人就是这样不知足。求不得，也是一种痛苦。

韩休将饭菜摆上桌，沉默地望着她的背影。

射灯的光勾勒出苏念竹消瘦的身影。院子里的地灯亮着，将雨丝照得根根分明。她的侧脸半掩在灯光中，浑身上下都透出一种叫做孤寂的味道。

韩休无法控制自己的脚步走到了她身边："想什么呢？叫你吃饭也没听见。"

苏念竹回过头，唇边挂着抱歉的笑容："哦，在看雨呢。一层秋雨一层凉。转眼就入冬了。"

"吃饭吧，快凉了。"

"好。"

两人沉默地用着饭。苏念竹吃了小半碗饭就放下了筷子。

韩休头也没抬："我吃完收拾。"

"那我先回房了。"苏念竹也不想坐在这里看韩休吃饭，说完就上楼去了。

她没吃多少，尽管这些菜都是平时她爱吃的。韩休停下筷子看着桌上的菜，伸手将菜盘拿到面前，将碗里的饭倒进了菜盘，大口吃了起来。两盘菜很快光盘。他拿起汤盅，一口饮尽。伸手又将苏念竹没动过的那盅鸡皮酸笋汤拿过来，一口喝干。

打了个饱嗝，韩休两手撑着餐桌很满意地看着空空的碗碟。

收拾好从厨房出来,他抬手看了看表。七点半。

韩休拿起手机看了眼章霄宇的定位,浓眉紧皱,马上打了个电话过去:"怎么还在古镇?"

此时章霄宇正和唐绡在李正家堂屋吃晚饭:"下午刚准备下山,暴雨就来了。只好回李正老师家里躲雨。如果雨一直不停,恐怕会在李老师家住一宿。"

韩休眼里浮起了浓浓的担忧:"我来接你。"

"好。"

下着瓢泼大雨,如果不是腿疼,章霄宇不会让自己从沙城赶过去。韩休挂断电话,上楼敲开了苏念竹的房门。

苏念竹拢着披肩开了门。她有些诧异:"你现在要去山里接他?他不是坐唐小姐的车?"

韩休分明看到了她眼里的担忧:"老板和唐小姐被暴雨拦在山上了。平时倒没什么,山里气温低湿气重,他的腿会很难受。可能唐小姐会和他一起回来,家里需要收拾一下。"

"放心。"

朝苏念竹点了点头,韩休转身下楼。

苏念竹又叫住了他:"大韩,雨太大了。你开车注意安全。"

韩休唇边就涌出了笑意:"知道了。"

第42章 / 一点好处

晚饭后也不见大雨有丝毫减弱的迹象。章霄宇和唐绡没办法下山。

李正便招呼两人在堂屋里喝茶聊天。

长年独居,家里来了两个能和他聊天的年轻人,李正仿佛年轻了十几岁,话也多了起来,他说起年轻时沙城制壶界的一些趣事,提到了早已绝迹的天青矿。

"南屏山产紫砂矿。李家村后面山上有一座小型的天青矿,后来矿脉资源渐渐枯竭了。不过,前几年有人在山上意外挖到过十几斤天青矿。"

"真的吗?"唐缈兴奋得不行,"那我有空也去山上转转。万一也被我挖到天青矿呢?章霄宇,你知道天青矿有多珍贵不?"

章霄宇笑道:"我怎么会不知道?就算我不明白,我花钱买壶,钞票也会让我明白。天青泥是很有意思的一种泥料,做出来的壶在常温下是偏暗的猪肝色,高温下泛着一层青色,远看像是在表面镀了一层青,而近看壶的颜色又不一样了。现在只有制壶界一些大佬手里可能还存着一点泥料。一斤泥料能卖一两万,有钱都不见得能买到。壶就不用说了,如果是名师所制,价格就翻上天了。"

"我天生运气好。要不要找个时间上山碰碰运气?"

一回生二回熟。一次机会不够,多几次机会,他喜欢上自己的概率不是很大?她也正好多了解他。唐缈笑眯眯地邀请章霄宇同行。

"唐大小姐,你是差钱的人吗?就算你不是冲着钱去,你得了天青矿,也千万不要烧制成壶,会暴殄天物的。"

唐缈气结道:"谁说我不差钱的?我现在是自力更生不啃老好吗?我现在制壶水平低,我可以攒着啊。将来成名了,我做的天青壶也能卖上天价。"

章霄宇"喊"了声,讥讽道:"好像你已经找到了天青矿似的。哪儿来的自信?"

唐缈一时说不过他,就向李正撒娇:"李老师,他欺负我。"

李正多少感觉到两人之间的情愫,乐呵呵地当起了和事佬:"只要努力呀,小唐将来肯定能成为知名制壶大师。"

"就是。等我成名了。我一把壶都不卖给你。"

和她斗嘴,分散了注意力,腿似乎也没那么疼了。章霄宇想起唐缈工作室里那一堆有各种缺陷的紫砂壶就想笑:"白送我都不要。未来唐大师的成品还不如泥料值钱。"

竟当着李正的面嘲笑她!嘴臭得真想揍他!唐缈计上心来:"要不要和我打赌?我这次做出来的南瓜壶参加协会年底举办的壶品交流评比,肯定能评奖。"

"这么自信?赌什么?"

见他上钩,唐缈开心极了:"你输了就陪我上山找矿。"

章霄宇敲着腿:"那得找到什么时候去了?一天找不到就不下山?我对当野人没兴趣。"

"找三天!这个可以吧?"

"行!"

唐缈马上拉李正做证人:"李老师作证。"

两人的斗嘴让李正感觉到生活仿佛有了滋味:"好啊。到时候你们就住我家。"

他目光又落在章霄宇腿上:"章总要好好锻炼才行啊,上山体力得够。"

章霄宇看见了李正的眼神。他用力拍着大腿:"我会输给小短腿?没问题!"

李正倒茶,暖壶空了:"哟,没水了。我去烧点开水。"

章霄宇马上站起身:"我去搭把手。唐缈,外面雨大,你别过来了。"

看着他出门,唐绡心里又甜了起来:"还知道体贴人,不和你计较了。"

李正从大缸里往铁皮壶里盛着水,一边和坐在灶前的章霄宇聊天:"山上水好,比城里的矿泉水还甜。原来不想回来,怕一个人住着孤单。真回来了,毕竟是自家的房子,哪哪都好。"

往灶膛里塞着木柴,章霄宇想起了幼年时南山村的家:"俗话说得好,金窝银窝不如自家的狗窝嘛。"

李正将铁皮壶搁在灶上,拿了几根红薯放在灶膛边上烤着:"听章总口音,不是沙城本地人?"

他是在试探自己吗?章霄宇笑着说:"我老家在东海,来沙城创业,您叫我小章就行了。"

东海?李正拿了小板凳也坐下了:"怎么想到来沙城开公司?"

"沙城是紫砂故里。想做紫砂壶生意,肯定要来沙城。"

章霄宇跟到厨房本想单独试探李正。然而他摸不准李正的底细,又将问题咽了回去。他仍然有些不死心,问题在心里来回倒腾了几遍,章霄宇想到了另一种方案:"我是做高档工艺品买卖的,以瓷器绘画为主。紫砂壶是其中一个品种。刚来沙城正巧遇到李玉大师拍卖紫砂壶。他的壶市场价值逐年递增。我全部买下了。"

"哟!章总财力雄厚啊。"李正对李玉壶并不陌生,顺嘴就聊了起来,"现在人们生活水平提高了。紫砂壶的价格也逐年攀升。名师做的壶都极有限。现在买下来,不会吃亏。"

"我也是这样想的。我最想收藏购买的还是曼生壶,民间赝品仿品多,拍卖会可遇不可求。"

他紧张地观察着李正。如果李正和母亲失踪有关,听到曼生壶总会有些反应。

李正弯腰用铁钳将烤红薯翻着面："曼生壶大都散落在民间收藏者手中,有些连踪迹下落都找不到,或许早就因为各种历史原因毁掉了,的确是可遇不可求。它是紫砂壶里的明珠啊。沙城紫砂博物馆是国内馆藏曼生壶最多的地方,一共也只有三件,堪称镇馆之宝。"

他低着头避开了章霄宇的目光。这是有意的回避还是正好他要翻动烤红薯呢？章霄宇无法确定。

"是啊,还有不少流落到了海外。我家老爷子花了几十年时间,只得了几把壶。回头我打算将家里收藏的曼生壶捐给沙城博物馆。让沙城制壶师们有更多观摩学习的机会。"

章霄宇的志愿让李正大吃一惊,他重新审视着眼前的年轻人："没想到章总这么大气。"

"紫砂是国粹,传承了两千多年的文化。收藏在家里只能独自欣赏,不如捐出去。"

在屋里无聊,唐缈也跟来了厨房,正好听到这句话。这么好的男人是她的！唐缈在心里暗暗为自己加油。她笑嘻嘻地靠着门插嘴道："近水楼台先得月。你捐出去前能不能先让我上手看看？"

见唐缈来了,李正就站了起来,拎着铁皮壶去了堂屋："我去倒水再泡点热茶。山里阴冷,你们在灶屋烤烤火吃点烤红薯。"

他一离开,唐缈就坐了过来,扬起笑脸求章霄宇："博物馆隔着玻璃不能上手。我去看了无数次,就想亲手摸摸。借我上手看看好不好？"

李正一走,章霄宇就捶起了疼痛不已的腿："有足够好处的话可以考虑考虑。"

话音才落,脸颊微凉。

摸着被唐缈亲过的脸,章霄宇瞠目结舌。他居然被她亲了？被一个比他小几岁的小女生主动亲了一口？

他呆呆的模样让唐缈噗地笑了。她快速说道："给你的好处。"说完就跑了。

章霄宇目送着唐缈双手遮着头，灵活地跑进堂屋，一颗心仍在狂跳不已。

第43章 / 韩休到来

撩完章霄宇，唐缈就待在堂屋再没出来。

李正招呼章霄宇过去喝茶。他被迫装出一副城里人没见过灶膛烤红薯的新鲜样，大声拒绝："我烤红薯呢！"

架在火堆上烤的不是红薯，是自己啊！章霄宇摸了摸被亲过的脸颊，感觉被人在脸上盖了个章戳了个印。唐缈嘴唇相触的感觉搓都搓不掉，一直印在脸上。

章霄宇惆怅地望着灶膛里跳跃的火苗，如果不是唐国之与母亲的失踪有关，他何至于如此被动。灶房安静，风雨里隐隐传来唐缈和李正聊天的声音。他竖直了耳朵也没听清楚在聊什么，只记住了她的声音。

腿很疼。山里入夜之后在大雨中温度更低，靠着灶火传来的温暖也没能让那股酸疼减弱半分。他一拳砸在腿上，恨不得将腿骨砸开，将像蛇一样游走在骨头筋络里的疼痛揪出来。

手机终于传来韩休的信息："上山了。离你的位置还有一百米。"

韩休来了，他再不用独自面对唐缈，也不用再纠结怎么套李正的话。章霄宇面对的两大难题因为韩休的到来被无形中化解掉了，浑身一阵轻松。

不到两分钟,院门口响起了敲门声。门环大力地撞击着木门。

"谁啊?"李正听到声响,从堂屋里走了出来。

"李老师,是我的司机!"章霄宇大声说着,三步并作两步去开了门。

韩休穿着连体雨衣,戴着户外头顶灯,话都没顾上说,拉着章霄宇的胳膊就跑向了堂屋。

进了屋,韩休关掉了头顶灯,将帽子取下来,扫了章霄宇一眼。

章霄宇拍着衣服上的雨水笑道:"几步路,没怎么淋着。大韩,我以为你最早也要十点左右才能到。"

"高速跑了四十分钟。"

听到韩休的话,唐绶吓了一跳:"你开飞机来的吧?沙城到这里的高速路一百四十多公里呢。雨这么大,你不怕翻车啊?"

她开车过来接近两小时。当然,她有意开得慢,为了方便和章霄宇独处。但是下着这么大的雨,韩休居然才用四十分钟。唐绶瞬间想起江柯说起被韩休轻松打晕没留下丝毫伤痕的事情,对保镖的身手有了点新认识。

韩休出于礼貌,只好解释了句:"车底盘重。路上没车。"

李正看着外面的雨担忧地说道:"雨太大了,下山路滑,开车也危险。不如住一晚吧。房间是双人间布置。章总和你的司机住一间没问题。"

"不了,李老师。明天上午的会议太重要,没办法缺席。"自从进了屋,章霄宇就没看唐绶一眼,和她说话时眼睛也看着别处,"唐绶,要不你在李老师家里住一晚?明天雨停了再开车回去?"

他居然让她一个人留在这里?现在连正眼都不看自己!偷袭亲了他一下,他生气了?

李正老师再好,也是今天才见面认识的男人。不管章霄宇是否生气,唐绶也不愿意一个人留在李正家里借宿。再说,她没准备在外过夜,也不太方便:"放心。这种天气我开车一点问题都没有。不过,回去的时候别开太快了。安全第一。"

见两人坚持要走,李正赶紧去找家里的伞。

"不用了。我带了雨衣。"韩休打开背包,拿了两件连帽雨衣,递了一件给唐绵,"穿这个比打伞方便。"

雨衣是女式的,唐绵披好拉上拉链感觉不错:"雨大,伞不如这个管用。可以啊,韩休,你太细心了吧?连我的这份都备好了。"

韩休接下来的细心让唐绵叹为观止。

他拿了两只户外头顶灯,两只手提便携式户外防水强光手电,给了唐绵和章霄宇。

"有手电就好,下山没问题了。我就不留你们了。"李正看到韩休拿出来的装备放了心。

唐绵半开玩笑地往桌上的背包瞧:"你背包里不会还有什么装备吧?"

韩休默不作声又从包里拿出几包东西放在桌上。

"痛经贴?'姨妈'巾?"唐绵眼珠子都快掉出来了,"他也来'姨妈'啊?!"

"胡扯!"章霄宇的脸唰地红了。韩休瞪了唐绵一眼,每种拿了一样:"李老师,借用下房间。"

李正也不明所以,指了指旁边的卧室。章霄宇看了眼韩休,进去了。

"唐小姐。雨太大,鞋容易进水。'姨妈'巾垫在袜子底下。外面罩一层保鲜袋,扎好皮筋。就算进了水,脚也不会感觉特别冷。来得急,经过一家药店就买了痛经贴。和暖宝宝一样的效果。隔衣贴着,不怕冷。"韩休得了章霄宇的提示,耐心地教唐绵。

"哦。"唐绵吐了吐舌头,"韩休,你懂得真多。谢谢啊。"

她拿着东西去楼上房间换上了。暖意从背心和肚子传来。唐缈感觉舒服了许多。披上雨衣,戴好头灯!冒雨下山好像变成了极简单的事情。她自言自语地反驳着江柯:"这样的保镖谁不乐意带着啊?你才不是好人!"

三人收拾好行装就告辞了。李正撑着伞送他们出了院门。直到看不见人影,这才返身回去。

他没有回堂屋,而是进了东厢房。

从架子上拿下沈佳那只梅壶,李正将小鸭子坠饰取了出来。

灯光照着桌子上孤零零的小鸭子和李正苍老的脸。

章霄宇和唐缈走了,热闹也随之远离。他拿起和沈佳一起的合影摆在桌上,倒了两杯梅子酒。一杯放在了相框前。

"敬你。"他拿起一杯轻轻和相框前的酒杯碰了碰,喃喃说道,"二十年了,终于有人又问起了你。问你的人二十八岁,你儿子现在也是二十八岁。看到他就想起你儿子林景玉。你放心吧,你儿子好好的。"

他一杯接一杯喝着,苍老的脸上露出苦涩的笑。二十年前那天晚上的事情在他眼前不停晃动。李正喃喃自语:"我对不住你,对不住啊……"

浓浓的愧疚放大了酒精的影响力。风雨声中,李正醉倒在桌上。

第44章 / 怦然而动的心

头顶灯和手中的电筒将下山的石阶照得很清楚。

章霄宇下石阶时,腿就有点受不住力。韩休看得分明,扶住了他的胳膊。

唐绺跟在两人身后,随着脑袋的摆动,身边的山林黑黢黢的。雨声打在树叶上沙沙作响。她总觉得林中随时都会跳出来一个人似的。

石阶并排走三个人有点勉强,唐绺望着前面携手相扶下山的两人羡慕得很:"喂!能说说话吗?说着话就快了嘛。"

章霄宇停住脚步转过身,唐绺咬着嘴唇,可怜兮兮的。他突然想到她说的你也来姨妈的话。这才意识到唐绺今天在生理期。然而上山时她提着七斤重的猪肉,一路开车,丝毫没有表现出不适。唐绺露出的柔弱瞬间让他的心软得一塌糊涂:"走在后面害怕?"

唐绺重重地点头,不经意就流露出委屈:"我总觉得身后有人跟着我一样。"

"有我们两个大男人在,不用怕。"章霄宇说着侧过身,让开一条道来,"这样,你走前面。我和大韩在你身后。就不怕了。"

这种情况下难道他不应该伸出手牵着她?这是多少男人梦寐以求的机会呀。他居然都不想拉拉小手?他该不会和韩休是……唐绺服气了。

她鄙夷地看了章霄宇一眼,气宇轩昂地越过两人走到了前面。她心里暗暗发誓,将来把章霄宇追到手,他只准牵她一个人的手。保镖什么的,一边凉快去吧!

唐绺走在前面。没有人从后面盯着,章霄宇放松地靠在韩休胳膊上。

下山不比上山好走。每下一步台阶,腿上传来的酸痛感令他咬紧了牙。他用力握紧了韩休的手,靠说话分神:"今天拜访李正收获颇多。他这些年不再做紫砂壶。儿子欠下一屁股债,讨债的人让他把门卫的工作丢了,他都没舍得卖掉多年收藏的紫砂壶。"

唐绉就接过话去:"除了沈佳那把新梅壶。每把壶他都一直养着。虽然他收藏的不是名家做的壶。养了几十年的老壶也很值钱。大概他儿子也没想到那些壶现在值点钱了,不然早偷去卖了。"

韩休听到"沈佳"二字,和章霄宇飞快交换了下眼神。

唐绉的话让章霄宇想到打动李正的办法了:"你知道他儿子的下落吗?李正老师最需要帮助的不是每年的顾问咨询费和基金的扶贫资助,而是让他儿子戒掉赌瘾。我们公司可以给他提供工作机会。"

"这个主意好。"唐绉高兴地回头,就看到章霄宇靠在韩休身上。雨从上面淋下来,浇在她脸上。她觉得心都凉了。如果章霄宇是个"断臂",那她追求他就成了个大笑话!

唐绉是急性子直脾气,脱口就问了:"章霄宇,你该不会是喜欢男人吧?"

如果不是腿不给力,章霄宇真想两步跑到唐绉面前摇醒她。就在这时,韩休握着他的手用了点力。

只要承认,唐绉就不会再纠缠自己,执着地追求他了。章霄宇有点啼笑皆非。看似最直接的办法让他内心充满了抗拒。

韩休又在手上加了点力。

章霄宇脱口而出:"我喜欢男人婆!"

唐绉哈哈大笑:"真枉费了你这身板!"

笑过后,她的心情和脚步都变得轻快了。迎着大雨,走得如履平地,几步便和两人拉开了小小的距离。

韩休小声地说道:"欲拒还迎。把小姑娘勾得神魂颠倒,你良心不痛吗?"

章霄宇恼羞成怒:"难道要我在你脸上亲一口才作罢?"

说出这句话,脸颊上被唐绉亲着的地方又热了起来。他哼了声:"我腿痛死了。你咋不多关心关心这个！"

韩休停住了脚步，一矮身将他扛在了肩上："手电拿好了。"

"我……"章霄宇羞愤欲绝，闭上眼睛装死。

韩休快速越过了唐绯。

看到他肩上的章霄宇，唐绯做了个合下巴的动作："哎妈呀，啥情况啊？"

韩休没有说话，沉稳快速地下着台阶。章霄宇装死不答。唐绯瞬间就慌了，跟着韩休的脚步往下走："他怎么突然晕倒了？"

她紧张地替韩休照着路，都忘记了一个晕倒的人怎么拿得住手电。

两人脚程快，不到半小时就到了山脚。

唐绯帮着开了车门。韩休将章霄宇扔进了后座，倒是对唐绯另眼相看："我开前面，你跟着我。"

"好。"唐绯没有拒绝这份好意。韩休在前面，跟着他走省心很多。

两辆车在大雨中朝沙城开去，一路顺畅。

进了城，韩休对章霄宇说道："别装死了。打声招呼让唐小姐放心。"

章霄宇摇下车窗冲唐绯笑："我没事了。有点低血糖。"

没想到唐绯打开车门下来，塞给他一袋东西："李老师给的烤红薯。凉是凉了，你先啃两口对付着。"

雨瞬间淋湿了她的头发。她转身跑进了车里，闪了闪车灯，跑车消失在了雨里。

车一直没有动。韩休从后视镜里看着章霄宇。

"大韩，李正应该知道更确切的线索。找到他儿子，就能撬开他的嘴。"

塑料袋里的烤红薯已经凉了。章霄宇的心却火热起来。他急切地想证明唐国之与母亲失踪毫无关系。他再不想这样犹豫矛盾地对待唐绡。

韩休应了声:"嗯。"

从小一起长大,不需要解释,韩休已经明白了章霄宇的心意。他想,他可能做错了,不该将苏念竹推给章霄宇。

连续几天大雨后,气温骤降,冬天挟裹着寒风呼啸而至。章霄宇一出门,腿就不得劲,干脆歇在了家里。

寻找李正儿子和拜访资助名单上陶艺师的事情交给了韩休和苏念竹。

他相信,只要解决了让李正最头痛的问题,他一定会说出当年捡到耳坠的真相。

第45章 / 艰难的决定

风寒天冷,正适合喝酒。

午饭时王春竹下厨炒了盘豆干肉丝,一盘花生米。从柜子里拎出一瓶老白干,独自坐在饭桌前喝上了。

他从前不会做饭,离婚后独身一个人,渐渐也学会做了。炒花生米是他的拿手菜。花生米炒得冒出焦香味时,撒上两小勺晶莹的盐粒拌得均匀。滋溜啜一口老白干,嚼上两颗,满嘴生香。这是他仅有的能感觉到幸福满足味道的时刻。

两盘菜下去三分之一。一瓶老白干喝掉了一半。

他珍惜地倒了最后一杯,将剩下半瓶酒放回了柜子里。省一省,晚上还能再喝一顿。

手机在这时候响起。王春竹看了看,接通电话笑了:"李老头,想找我喝酒了?"他端起小瓷杯,滋溜抿了口,又夹了颗炒花生米扔进了嘴里嚼着,"花生下酒,神仙不留。山上待着寂寞了?这大冬天的,你那民宿也没什么客人,不如进城找我喝酒。"

李正一听就知道他在家又喝上了:"老王,你没醉糊涂吧?"

"我?千杯不醉!"

"那好,我上来了。"

李正挂了电话。王春竹看了看杯里的残酒,一口饮了。转身又把柜子里剩下的酒拿了出来:"留不住了呀。"

没过一会儿,李正就上了楼。王春竹开了门,一眼瞅着他手里拎着的药酒,高兴地接了过来:"好东西。比我那老白干强多了!"

李正另一只手提着五六样打包的菜,熟门熟路进了厨房用碗盘装了,端到了桌上。

酒已经倒上了。王春竹举起了杯:"老哥哥,走一个!"

一杯酒下肚。李正还没吃午饭,赶紧夹了几口菜:"好事情!"

王春竹扫了眼桌上丰盛的菜笑了:"你儿子赌赢一把大的,孝敬你的?"

"去去。别提那败家子!"李正吃菜垫了肚子,端起酒杯说,"正事。少喝一点。醉了没法和你说。"

"行。少喝。"王春竹啜了一小口,好奇心被勾上来了,"什么好事?"

李正把云霄壶艺与紫砂爱好者协会联合设立资助基金的事说了:"一万块!一年的顾问工资提前给了。我估摸着啊,这几天就该来找你了。"

"哟,咨询指点不坐班。的确是好事情!恭喜!走一个!"王春竹滋溜一声将酒干了,抹了把嘴角的酒渍笑道,"还是老哥哥想着我啊。谢了。再来一个。"

他又倒了两杯酒。李正赶紧拦着他喝："你可别喝醉了。我还有事和你说。"

"还有什么事啊？"王春竹心里高兴，只想喝酒。

李正松开手，犹豫再三，还是说了："有人问起了沈佳。"

王春竹手一抖，酒杯掉在了桌子上。

"酒洒了！"李正看着酒往桌下淌，赶紧伸手扶起杯子。

王春竹一惊回神，忙不迭地往后退。凳子往后倒下，发出砰的一声巨响，他整个人摔到了地上。

他抬起头。两人的目光在这一刹那交汇。王春竹便知道，李正说的是真的。真有人问起了沈佳。

埋了二十年的心事在这瞬间涌现。王春竹胃里一阵翻江倒海，他踉跄着爬起来，冲到卫生间吐了。

吐了之后，他打开水龙头随手洗了把脸，清醒了不少。王春竹洗了手，有点虚脱地走回饭厅。李正已经将凳子扶好，擦干净了桌子。

王春竹的声音异常疲惫，语气充满了讽刺："向你打听沈佳？想买你收藏的那把提梁梅壶？江郎才尽又想起她来了！"

"不不，不是找我买提梁梅壶。前几天云霄壶艺的章总和协会的唐小姐来家里找我。就是谈这个顾问的事。看到了沈佳的梅壶，就问起了她。"

两个人无意中看到了沈佳的壶问起而已。王春竹不由失笑："见着随口一问，也值得你当成件事来说？"

李正叹了口气："这几天我老是梦见沈佳。就想找你聊聊。顺便还要再去一趟云霄壶艺。聘书和咨询费收了，还需要签一个聘用合同。"

"都过去二十年了，还想那些陈年旧事做什么。先喝酒，签合同的事又不急在这一时。"王春竹重新倒了杯酒喝了。

"喝酒喝酒。"李正也不想说了,和王春竹推杯换盏,从中午喝到下午,双双醉倒。

章霄宇认为云霄壶艺在沙城没有根基。这些从前的老陶艺师哪怕再也不制壶,他们的经验也是宝贵的财富。他将基金首批八名资助对象全部聘成了公司顾问。

随着云霄壶艺招聘人员到位,苏念竹浑身轻松,只管公司法务。章霄宇在家养腿。接触李正收获太大,和其他老陶艺师接触或许能找到更多与母亲失踪的线索。这件事情又只能交给苏念竹。

苏念竹便带着人事部经理一起登门拜访。

聘书与咨询费顺利发出去六份。这些老陶艺师们高兴地接受了云霄壶艺公司的聘请。

她把王春竹留到了最后。

人事部经理敲了敲门。

"请进。王经理有事吗?"

人事部王经理将整理好的六份聘用合同放在桌上:"苏总,这是陶艺师的专家聘用合同。已经通知了李正。本来说好公司派车去接他,但是他坚持自己过来签合同。大概就这两天吧。另外,名单上还有一位王春竹。章总吩咐过也要家访。您看什么时间有空,我陪您一起去。"

从职务设立上来说,苏念竹法务部总监的身份和王经理是平级,但是王经理知道,苏念竹是老板带来的人,也是当初招聘自己的人,态度和语气便格外尊敬。

"李正来了公司,你马上通知章总。"苏念竹知道章霄宇也想借机再次和李正接触。她低下头翻看着合同,避开了王经理的目光,"王春竹家我自己去就行了。"

这两位陶艺师看来极得老板重视啊。王经理也知道公司建立时间短,一时无法和沙城的制壶大户相比,对人才的看重也在情理之中。他没有放在心上,又提起了另一件事情:"这些天章总都在家休养。有件事……"

只要和王春竹无关,苏念竹都极淡定:"急事可以向韩总助汇报,不急就等章总回公司上班再说。我这里是法务部,与法务无关的,不归我管。"

章霄宇出任了总经理。韩休是总经理助理。章霄宇不在公司,日常事务都由韩休处理。苏念竹不打算越界。

老板带的两个人在公司各立山头也很正常。王经理马上反应过来。自己想拍苏念竹马屁极可能得罪韩休,他便不再提是什么事:"谢谢苏总提点。我走了。"

独自在办公室里坐着,外面天色昏暗。苏念竹拉开抽屉,里面放着已经写上王春竹名字的聘书合同还有装着一万块现金的信封。

她可以说王春竹拒绝聘用。这样就再不会在公司见到他了。

可是纸终究包不住火。王春竹穷困潦倒,极有可能听说这件事情后,为了每年一万块的顾问咨询费找到公司来。

回家。回家去问问他。他还有没有脸再见自己!这样,她就再不用看到他了。不,她还要带上聘书合同和那一万块钱。如果他为了这点钱厚颜无耻。她就再没有半点牵挂了。

像是给了自己一个登门的理由。苏念竹独自去了。

第46章 / 回家了

冬天的黄昏留不住人。行人贪恋着家的温暖,行色匆匆。

老小区外的巷子也比平时更清静。苏念竹依旧把车停在巷子口。视线所及,张大爷尽职地坐在门房的窗口处,一边吃饭一边看门。

她依稀瞧见桌上放着黄色的塑料保温盒。从前张大爷总是用一只大号铝饭盒,一半菜一半饭。时间过去,张大爷也终于有了变化。

苏念竹突然看到张大爷偷偷摸摸拿了瓶二两装的二锅头送到嘴里啜了口,又认认真真地吃饭。那小心谨慎的模样令她忍俊不禁。她记得小区进出的人在下班时间会相对多一点。张大爷很尽责,这个时间点从不喝酒。

老小区没有物业公司。

小区以前是没有铁栅门的,因为被小偷光顾过几次,居民就均摊费用安装了一道铁栅门。张大爷退休后自愿做了门卫。他守小区大门没有工资。晚上过了十二点锁了大门后有人回来,张大爷开一次门会收一块钱开门费,权当工资了。

苏念竹在车里坐到天黑,也没看到王春竹提着酒菜回家。一口气顶在胸口,让她独自前来。到了家门口,她又生出近乡情更怯的感觉,迈不出脚。没有见到王春竹回来,苏念竹好像又给自己找到了离开的理由。

她发动车时下意识地望向三单元的顶楼,准确地找到了从前的家。亮起的灯光让她愣了愣。显然王春竹在家。

迟早总是要见的。苏念竹拿起包下了车。

她镇定地走了过去。经过门卫室时,苏念竹下意识地加快了脚步偏过了脸,没让张大爷看到自己的脸。

"哎,姑娘,你找谁?"

走进小区的女子穿着一件白色的薄大衣,细细的高跟鞋,提着只精致的手袋。尽管没有过多华丽的装饰,张大爷仍然看出她不是小区的住户。

这里有条件的人家早就搬走了。留下的人都是都市贫民。张大爷年纪大了,眼睛还挺好使。他轻易分辨出苏念竹的气质不属于这个老旧小区。

"我找三幢一单元十三号王春竹。和他约好的。"

苏念竹没有回头,准确报出了王春竹的门牌号。

"他在家呢。去吧。"张大爷看人有自己的经验。他并不疑心苏念竹是坏人。知道她去王春竹家后,还很热心地指点她,"姑娘,上楼的时候楼道感应灯如果不亮,你就用力跺跺脚啊。"

"谢谢。"

楼道的感应灯在她小时候就是这样。二十年过去,还是这样。

苏念竹走进单元门。这里的变化一目了然。楼道里比二十年前多了几只宽带盒。白色的PVC管顺着墙爬行,将光纤线拉进了住户家里。新电表安装在每层楼的楼梯间里。

在实行一户一表前,每单元只有一个总表。每个月的水电费都是平摊的,由各单元的住户每月轮着登门收取,收完了再集中去水电局交费。苏念竹七岁时就被母亲使唤着上门去收水电费。

经过六楼时,她停了停。防盗门里传来男主人的大嗓门。他家还没有搬走啊。苏念竹小时候最讨厌楼下的这户邻居。每次收水电费时,男人总要让她叫上好几声"涂哥哥"才磨叽地交钱。有一次气呼呼地说她是小讨债鬼,不情愿地把钱拍在她手里。几枚钢镚滚到了楼下,害得她跑下楼找了好久。

停得太久,感应灯熄了。苏念竹习惯性地将包砸在了扶手上。随着声响,感应灯又亮了。从前她都是用钥匙去敲打铁扶手唤醒感应灯。回到家,她又回到了过去的岁月。那些习惯刻在了骨子里,忘不了。

上了七楼。苏念竹愣了愣。家里的防盗门换了。以前是褐红色的,如今换成了铁青色。门上还有门铃的按钮。想想也该换了,二十年前防盗门就已经锈了。

她迟疑了下,按响了门铃。

"谁呀!"屋里传来王春竹的声音。

苏念竹闭了闭眼,深吸了口气,背挺得更直。

门开了。王春竹看到了苏念竹。

苏念竹的个子随了母亲。王春竹和母亲一样高。她穿上高跟鞋后,比王春竹还高。

王春竹的目光从她身上移到了脸上。隔了二十年,他仍然在最短的时间里认出了苏念竹。他的脸皮不受控制地抖动了下,嘴张了张又合上。满脸震惊。

苏念竹一步迈进了门。王春竹仿佛才从梦里醒来。他紧张地在身上搓了搓手,突然想起了什么,几步走到鞋柜前,弯下腰急切地翻找着。他记得前两天去超市,绒面拖鞋买一送一。自己穿了一双,还有一双新的。

　　终于找到了。王春竹松了口气,将崭新的绒面拖鞋递到了苏念竹面前:"新的。没穿过!"

　　"我马上就走,不换鞋了。"

　　王春竹似乎又回到了过去的时光,异常坚持:"换鞋干净,省得你妈又数落你!"

　　眼泪瞬间从苏念竹眼里涌了出来。积累了二十年的怨如同火山爆发。她拿起包砸向王春竹:"你还有脸提我妈!她死了!她再也不会念叨了!"

　　王春竹硬生生受着,一动不动。包砸在身上时他才有了真实感。这是他的女儿。他的小竹回家了。

　　苏念竹打了他几下,重重地喘着气停了手。她飞快地抹去脸上的泪,下巴高高昂着,两步就进了屋,冷冷地审视着这个家。

　　二十年了,还是老样子。唯一换掉的是客厅的电视。

　　"小竹,你妈怎么去的?"身后传来王春竹弱弱的询问声。

　　苏念竹没有转身看他。平静下来后,她觉得自己的心一点热度都没有了。

　　她说起过世的母亲时声音平静,不带半点情绪波动:"她才三十六岁,模特般的身材,长得也不错。她以为离开你会遇到个有钱人过得更好。直到她撞了几次南墙才意识到带着我这么个拖油瓶,条件好的男人最多找她玩玩,不会娶她。拖了几年,我读初中住校。她如愿以偿嫁了个开建材铺子的二婚男人。后来……她得了癌。查出来不到两个月就走了。"

　　王春竹望着她的背影喃喃问道:"他对你还好吧?"

　　"他?我妈嫁的那个二婚男人?"苏念竹终于回过头。

第47章 / 一个人也过得好

她不止一次咬牙切齿地想,再出现在王春竹面前,她一定要让他知道自己过得有多好,狠狠地羞辱他,令他悔不当初。和父亲面对面,苏念竹涌到嘴边的话却变了:"我见过他三次。一次是他和我妈结婚。我躲在酒楼对面的超市里,看着他和我妈进去。婚礼挺热闹,我妈那天很高兴。一次是高中毕业考上大学,我妈硬塞给我一万块钱。钱都是那个男人管着。他养我妈。这钱我妈攒得不容易。我拿着钱去建材铺子想还给她,看到那个男人正在和我妈吵架,说她扔下儿子和铺子不管,不知道跑哪儿浪去了。"

铺子开在建材一条街上。附近经过的人和商铺的小老板都围着看热闹。她看着那个男人打了妈妈一耳光。她忍不住挤进人群想要帮妈妈。正要和那个男人撕打的母亲看到了她,眼神里全是哀求。然后做小伏低向男人服软。男人的自尊心得到了极大的满足。警告了母亲几句便罢了手。母亲赶紧去哄旁边一直哭的小男孩。

她被母亲的眼神打败了。母亲和那个男人有了新的家,还生了个儿子。她知道,自己出现就是火上浇油,或许会让母亲再次变得没有依靠。

"他不知道你?"王春竹无比震惊。

苏念竹淡然说着："我大学快毕业那年,我妈病危前给我打了个电话。我赶回国在殡仪馆看到了他。我妈临死前应该告诉他了。我就见了他三次。彼此都是陌生人。做过公证了。他和他的儿子从此和我没有半点关系。我也不会分他的财产。"

王春竹眼泪奔涌而出："那你那么些年是怎么过的？啊？她为了自己嫁人让你一直住校？学校放假了你住哪儿在哪儿吃饭啊？她还像个当妈的人吗？！她怎么可以这样对你！"

他带着哭音的声音一声比一声高。他像只愤怒的狮子。脸憋成了猪肝色,双手捏成拳头浑身都哆嗦着。

"我妈比你好！"他的话又激起苏念竹的暴怒。她拎起手里的包重重地砸在了沙发上,"你要和她离婚。你不要我！我妈好歹没有把我扔掉！她一个女人,一个四十岁的女人,她想再婚想再有个家怎么就不行了？！她嫁人之前在学校旁边给我买了间小公寓,写的是我的名字！落的是我一个人的户口！"

她红着眼睛不顾一切地嘶吼着："我有家！她哭着求我,求我理解她。她一有空就偷偷跑来家里给我做饭洗衣裳！她把所有钱都攒来给我！我有家的！我只是……只是户口本上没有爸妈而已。"

王春竹一拳接一拳捶打着自己痛得快要炸裂的胸膛。他万万没有想到,妻子为了嫁人隐瞒了女儿的存在。女儿从初中起就一直一个人生活。

他蹒跚着走向她。想要抱抱她,像小时候她哭的时候一样抱着她哄着她。

往事将苏念竹心底里最厚重的伤疤揭开,血淋淋地痛。她猛地推开了他："我妈刀子嘴豆腐心你不知道吗？她天天在家里骂你不挣钱没出息。她还是每天下厨做饭洗衣裳收拾屋子。你坚决离婚时她哭着求你。

求你看在我的面上不要离。你说什么？你一把拽过我推给她说我是累赘，让她带着我一起走！你听好了，我跟我妈姓，我姓苏不姓王！我妈死的时候和我打电话说，让我不要怪你。是她的错。她脾气不好天天骂你让你烦她了。你给了她那么大一笔钱。你心里是顾念她的。你借钱都要让离了婚的她带着我过好日子。背了那么大一笔债，都不晓得你会不会还不上！我叫苏念竹。我妈报户口时改的名字。跟着她姓，还念着你。那个男人对她……太凶了。"

王春竹蹲在地上痛苦地抱住了头："她天天骂我没出息。说家里连吃只鸡都舍不得花钱。我以为她不想和我过了。我以为那笔钱就能让她带着你过上好日子。"

苏念竹发泄完，整个人都空了。她提着包恍惚惚地往外走："我现在过得很好。我身上的大衣是今年冬季的新品。人民币要两万多一件。我穿的鞋五千多块一双。房价上涨前我就在东海城郊买了套小别墅。哦，还有辆不错的车。我合伙的律所生意不错。我的新老板很大方，做他的私人律师单独给我六十六万的年薪，律所不抽成。我一个人……我也过得比绝大多数女人都好。"

这话总算让王春竹得到了一些安慰："好好，小竹，你过得好爸爸就安心了。你还能来看爸爸一眼，比什么都好。"

她不是来看他的。苏念竹机械地走了出去。

是她命不好。天要下雨，爹要离婚，娘要嫁人，都由不得她。她体谅了母亲。他穷困潦倒，她也体谅他。只是，他们都和她没关系了。

苏念竹就这样平静地走了。

王春竹不敢留她。他走到门外，顺着铁栏杆的缝隙往下看。看着楼道的灯光一层层亮起，又一层层暗下去。看到一楼灯光熄灭，他踉跄地跑回家，跑到阳台上往下看，看着女儿的身影走出小区，直到被浓浓的夜色淹没。

他抹了把脸上的泪,突然笑了起来:"我家小竹回来了。我家小竹长得真漂亮。她过得好。真好。"

尽管苏念竹没有叫过他一声爸爸。王春竹依然满足幸福。他搓着手在家里转悠着,一瞬间,他脑中冒出了无数的念头:"家里要重新装修一下。房顶有点漏,防水要重新做。小竹回来住,要换张大床。厨具要重新买,她肯定不会做饭。我要给她做饭。她最爱吃梅菜肉末……"

他语无伦次地念叨着,突然着急地跑进房间,将抽屉的存折拿了出来。望着上面的数字,王春竹呆住了。他狠狠扇了自己一巴掌。离婚后他一直在江氏制壶厂里打工。每个月工资都花在吃喝上,没有攒下几个钱。

现在不同了。他的小竹回来了。她有钱是她的事。她将来嫁人,他总要给她攒笔嫁妆。王春竹看了眼四周。这间老房子也卖不出钱。小竹能回来,这房子他也绝不能卖掉。他需要一笔钱,一笔能让他照顾好女儿的钱。

女儿今年三十岁了,还是一个人。王春竹的心又揪紧了。都是他的错。让女儿那么小就一个人生活。他不知道女儿经历了什么才有今天的出人头地。他满脑子想的都是从此以后要如何对苏念竹好。

第48章 / 韩休的工作

雨淋淋漓漓又下了起来。庭院里的地灯映出绵绵不绝的雨丝。

韩休看着窗外出神。

章霄宇叫了韩休两声,见他还没听见,顺手从果盘里拿了颗大枣朝他扔了过来。

韩休身手敏捷地抄在了手里,终于回头看他。

章霄宇被烫得直吸气,指着腿上烧着的艾条忿忿地说道:"猪皮快烫熟了!"

韩休走过去,调整了下。

章霄宇舒服地哼哼:"不好意思打电话,可以发条信息。问问她什么时候回来。允许你借用我的名义。"

韩休言简意赅地回他:"我不需要问。"

"行啦,别装酷了。你以为你也开了天眼?苏念竹可没有随时把行踪发到朋友圈的爱好。老板关心员工很正常。这么晚了又下着雨还不回来。我打电话问她。"章霄宇拿起手机给苏念竹打电话。

电话一直响着,没有人接。章霄宇有点担心了:"暂时无法接通。奇怪,手机没有关机。念竹怎么不接我的电话?不像她的风格啊。就算她是去拜访王春竹,也不会待这么晚吧?她究竟去哪儿了?"

"我看看。"

"你看什么?说了她没发朋友圈。"

韩休在他身边坐了,拿出了自己的手机。

章霄宇凑过去看了眼,吓了一跳:"大韩,念竹的车你手机能追踪定位?不道德吧?难怪你说不需要问。"

看着车已经开进了南山别墅。韩休将手机揣在兜里,走向厨房:"公司在沙城新买的车,我都装了定位系统。这是我的工作。怎么,你有意见?"

"当我没说。"章霄宇拿起游戏机继续玩游戏。

厨房里叮当响起了声音。章霄宇突然想到一件事,又喊了起来:"大韩！艾条烧完了，你该帮我取针了！"

"等会儿。我先把煮面用的肉臊子炒好。"

"没关系，你认真炒。一定要炒得脆香！给我也来一碗。我不介意念竹回来看见我白花花的两条大腿！"

有韵律的剁肉声瞬间消音。韩休围着围裙从厨房大步走出来。

"喂！你不洗个手？"章霄宇怒目而视。

韩休取了块酒精棉，出手如风。

"你轻点！"

韩休已将扎在他腿上的银针取完了，顺手将毯子拉来盖在了章霄宇腿上："给你五秒钟穿裤子。"

说完又去了厨房。

章霄宇拿过睡裤穿上，用毯子盖好腿，没好气地说道："被看光光吃亏的应该是我吧？"

韩休回头看着他宣布："以后公共区域不做针灸。"

"我想在客厅打游戏。我穿了平脚短裤，又不是没穿。"

"明天我在三楼再装一套投影。"

章霄宇眉开眼笑："你出钱可以啊。"

韩休"嗯"了声："可以。明天你还可以请个厨师来家里做饭。"

厨房里又响起了有节奏的剁肉声。章霄宇狠狠地按着游戏按键，咬牙切齿："我出钱！你继续做饭！"

苏念竹终于回来了。短发被雨水淋湿了几缕沾在了脸颊上，衬得她肤色如雪。

"大韩，拿毛巾来。念竹没打伞。"章霄宇冲厨房吼了一嗓子，自己却没有动。

他不希望自己的关心被苏念竹误会，但是他很乐意为韩休多创造点体贴佳人的机会。

苏念竹拒绝了:"进院子几步路,没淋着。章总,我先回房了。"

章霄宇赶紧说道:"还没吃饭吧?赶紧换了衣裳下来。大韩刚炒了肉臊子。吃手擀面。"

韩休从厨房出来,两手沾满了面粉:"马上就好。天冷吃碗热汤面舒服。"

拒绝的话就堵在了嘴里。苏念竹点了点头:"麻烦你了,大韩。"

这态度……章霄宇扭过头不忍直视韩休的表情。

目送着她上楼,韩休分明感觉到一股冰雪之气扑面而来。他什么也没说,回厨房继续做面。

等苏念竹换了家居服下楼,面条正好起锅端上了桌。

雪白的面条上撒了厚厚一层炸得晶莹的肉末,卧了一只煎得焦黄的鸡蛋,摆上焯过水的青菜,色香味俱全。

韩休煮了三碗,也坐上了餐桌。

如果他没有记错,韩休只要吃了晚饭,就不会宵夜。章霄宇想,为了能近距离坐在苏念竹对面,韩休连不吃宵夜的习惯都改了。他可以预见到地下室的健身器材今晚肯定又会被韩休狠操一遍。

肉末被面条一卷,轻盈地沾在上面,入口时嚼着脆香可口。苏念竹大口吃着。她吃得生猛,呼噜呼噜,完然没有平时的斯文优雅。

对面两个男人同时看傻眼了。

"真的……很好吃?"

她的表现太异常。韩休反而飘到天上没着落了。

苏念竹连汤喝完:"还有吗?没吃晚饭有点饿。"

韩休看了眼章霄宇。他懂!章霄宇将自己还没动的面条推了过去:"我吃过晚饭的,不饿。怕你一个人吃寂寞,才让大韩多煮一碗。你吃。"

苏念竹没有客气,拿过来继续大口大口地吃。

章霄宇看得心惊肉跳:"吃慢一点。你不会是连午饭也没吃吧?"

"嗯。午饭时没胃口就没吃。"

在韩休的记忆里,苏念竹从来没有过这样好的胃口。她今天太反常了。

热热的汤面填满了胃,连心里的空洞都填没了。

苏念竹想,休息一会儿再去泡个热水澡,好好睡一觉。明天就是全新的一天了。

章霄宇关心另一件事情:"王经理说,你去拜访王春竹了?聊这么晚有什么发现吗?"

"下午去了趟档案馆,查了下唐氏集团最早开发棚户区的资料。实地去看了看。"苏念竹发现聘书合同和一万钱还在包里,就撒了个谎。

她不想在公司看到王春竹,也不想让章霄宇和韩休知道自己的秘密。她相信王春竹一定会听自己的话,拒绝聘用。

章霄宇笑道:"王经理打电话来,说个人工作室的签约遇到了点麻烦,说你打算自己去拜访王春竹。行吧,你早点休息。改个时间再去拜访。"

"好。今天有点累。我先回房了。"

看她上了楼,章霄宇又听到呼噜呼噜吃面的声音。他转过脸看着韩休正在大口吃面。他咽了咽口水悻悻地诅咒他:"吃多少锻炼多久。累不死你!"

韩休呼噜噜吃着面:"味道真不错,但也没好到能让她像饿死鬼投胎。"

章霄宇表示赞同。他压低了声音:"大韩,她今天究竟去哪儿了?你肯定私下早看过她行程了吧?"

韩休知道,但是他不想告诉章霄宇:"唐小姐明天约你去顾家的制壶厂参观。你究竟关心哪一个?"

章霄宇闭上了嘴,不再问苏念竹的事。

他相信韩休。

第49章 / 机会的小尾巴

韩休开车载着章霄宇驶向城郊。

难得的暖阳天气,腿连续艾灸之后恢复正常。章霄宇心情大好。他按下了车里音乐的播放键。

CD里阿黛尔的歌声传了出来。韩休一听就知道是上次唐渺在KTV唱过的那首歌。他瞥了章霄宇一眼,没有说话。

Hello, it's me
你好吗　是我
I was wondering if after all these years you'd like to meet
我犹豫着要不要给你来电　我不确定多年之后的今日你是否还愿意见我
To go over everything
是否愿意来闲聊寒暄　细数从前
They say that time's supposed to heal ya but I ain't done much healing
人们都说时间能治愈一切　但似乎这说法不怎么适合我
Hello, can you hear me

嘿　你在听吗
I'm in California dreaming about who we used to be
我会梦到从前　美好的加州　美好的我们
When we were younger and free
当时那么年轻　向往自由的我们
……

　　章霄宇跟着歌声哼唱着,随手翻看着唐绡的朋友圈。从古镇回去,唐绡应该都窝在工作室做她的南瓜壶。朋友圈发的都是她制壶的照片。正翻看着,唐绡发了条新消息。

　　她发了两张照片。一张是阳光照耀下空旷的街道,一张是她在车里自拍的照片。她戴了顶黑色绒线帽,笑容甜美。

　　配的文字是:"牢牢攥住机会的小尾巴！出发！"

　　章霄宇完全明白唐绡的意思。陪他去顾家制壶厂是她接触他的机会,是她追求他的机会。他嘴角一翘,想象着唐绡今天又会怎么来撩自己。

　　"你知道你一路笑得像地主家的傻儿子吗？"韩休直接将音乐按停,"老板,我再次郑重提醒你,没查清唐国之和你母亲失踪是否有关之前,你最好和唐小姐保持距离,否则将上演一场罗密欧与朱丽叶的悲剧。"

　　章霄宇关了手机,一脸严肃:"我就不能在私底下保持点思想上的自由？放飞下自我？"

　　韩休已经看到了顾氏壶厂的牌子,慢悠悠地说道:"可以。不过我担心你冰火两重天里待久了迟早人格分裂。"

　　章霄宇毫不示弱:"这句话我也送给你。你对苏念竹表现出来的极端两面让我很担忧啊,兄弟！"

"她至少把主动权交给了我。"韩休开进厂区大门,停在了唐绂的跑车旁边。望着走过来的唐绂,韩休笑了笑,"而你,完全处于被动。"

章霄宇"哼"了声:"大韩,最近你的话越来越多了。和冷峻霸酷保镖的形象离得越来越远。是被爱情融化了?"

"刚开始你在苏律师面前时而沉默高冷忧郁伤感,时而活泼可爱逗趣。是在玩欲擒故纵吗?"

"我明白了,你怼我就是羡慕嫉妒打击报复。活脱脱掉进醋缸了你!难为你忍了这么久,今天才吐露心声。"

顾辉陪着唐绂一起过来,打断了两人的斗嘴。几乎瞬间,韩休又变成了冰块脸。章霄宇则在自己脸上刷上了一层"我是认真工作的公司老板"的保护色。下了车彬彬有礼地和顾辉打招呼:"谢谢顾总给我这个观摩学习的机会。"

"章总客气了。您发来的云霄壶艺举办沙城精品壶展的商业计划书。我很感兴趣。"

"期待合作。"

唐绂和顾辉太熟,也没把这次参观当成纯商业活动,插嘴道:"你们俩不该谢我吗?是我一力促成你们两家交流合作的机会欸。"

"我请你吃大餐。想吃什么随你点。"顾辉马上说道。

唐绂开心地笑了:"这个谢礼我喜欢。你呢?章霄宇,你打算请我吃什么?"

吃饭相处创造机会让她来揪小尾巴?章霄宇拒绝:"上次不是请你吃了烧烤?提前谢你了。"

"小气!"唐绂嘀咕了句,马上又计上心来,"你说过要请我去你家赏壶。什么时候?"

正以为自己聪明地拒绝了唐绂,没想到她直接把手伸到他家里来了。章霄宇再一次后悔当初为了接近她许下的承诺。

"等有空吧。"

他想含混过去,唐绻自然不肯。别说撩他了,她早就眼馋他收藏的壶了:"还有曼生壶哦。我都没见过实物。"

"章总还收藏有曼生壶?"顾辉也来了兴趣。他从小学制壶,对好壶的热爱完全不输给唐绻,厚着脸皮就提出了要求,"不知道能不能让我也看看?"

顾辉这一开口,章霄宇反而不好意思拒绝了:"好啊,找个时间专门请小顾总来看。"

唐绻刚在心里埋怨顾辉当千瓦灯泡,转眼又觉得他是自己的神助攻,开心地伸出了手掌。

两人青梅竹马,顾辉不假思索地伸手和她击掌庆祝。

很默契啊,章霄宇瞟了眼两人,心里不知怎的,有点不舒服。

唐绻笑靥如花:"章霄宇,这是你早答应的。你还欠我这次的谢礼呢。"

章霄宇敷衍着她,将话题带开了:"行行,先欠着。小顾总,你家壶厂园林设计很不错。工作环境一流。"

顾家壶厂不大,院子里三栋建筑呈品字形错落排列,边上有敞着的两座小窑,站在门口一望到底。

"我们厂主要生产手工壶。那栋是电子温控的窑。那边是办公区和泥料库房,就不带章总参观了。我们去制壶区看看。"

顾辉领着几人去制壶区,边走边介绍道:"我们厂走精品路线。产量也不高,每年只有三千多套壶。总产值不到千万,和大的制壶厂没办法比。"

章霄宇很给面子:"你说的总产值不包括沙城壶王亲手制的壶吧?"

顾言风有沙城壶王的雅号,在全国也是极有名的制壶大师。他亲手制作的壶品市场价赶不上李玉,但是最贵的一把壶曾被拍到七十八万。属于国内紫砂市场上的高端藏品了。

"您也知道,物以稀为贵。家父每年制壶其实不超过三套。真正流向市场的,几年才会有一套。"

这个道理章霄宇明白。壶王的产品多了,就没那么值钱了。

制壶区设计是现代风格。壶品大量陈列作为装饰,巧妙分割成相对半独立的工作间。

一进门,章霄宇就被顾言风的制壶艺术照吸引了。

第50章 / 又被撩了

这是年轻时的顾言风。人清瘦,留着一头及肩长发。他手里捧着一只壶,眼神忧郁。整个人充满了艺术家的气质。

他手中的那把壶用的有点像龙血泥,又带了点原矿紫泥的色感,暗红壶身上另用了青泥勾勒出几竿翠竹,混搭泥料显现出协调的感觉。这是顾家壶最具特色的一种制壶法。

光打在壶身上,半明半暗,勾勒出优美的线条。壶身上的翠竹竹身异常夺目,不似光源的原因,而是竹竿自身在闪烁发光。

这种光又一次刺激着章霄宇。紫砂能烧出瓷感,是顾家壶独有的特点。

这把半月圆器壶取名为君子竹,曾获得国家级金奖,被人以七十八万买去收藏,是顾言风最早成名的壶。

顾家壶以色扬名,烧制出的紫砂壶让人分辨不出是哪种泥料,但是整体色感又出奇和谐。这种配搭业界褒贬不一。传统保守派认为几种泥料混搭破坏了紫砂原有的自然色感,而新派陶艺师认为在紫砂矿源稀缺的情况下是改革创新。

令章霄宇好奇的就是顾言风的这种改革创新。很巧,顾言风也是在二十年前他母亲失踪之后尝试混合泥料制壶,从而在制壶界闯出了顾家色的名声。

更巧的是,在章霄宇记忆中,母亲研究混合泥料制壶是因为他小时候调皮,好几次将母亲的泥料混在一起捏东西玩。为了不浪费泥料,母亲将他混合的泥制成壶,烧出来后就成了章家壶的新色感。

最最重要的是这种瓷感。这是章霄宇最深刻的对母亲制壶的记忆。

市场上仿制顾家壶的有很多,但能把泥料混合配搭出协调甚至极美丽色彩的基本没有。顾家壶都不用打假。和仿制壶放在一起就是最好的宣传。

照片上这个艺术家风范十足的男人和母亲又是什么关系呢?

唐绡不止一次见过这张照片:"顾叔叔年轻时真帅!太有明星范了。"

"你和你父亲年轻时长得不像啊。"章霄宇为自己久久关注照片随口找了个理由。

"我更像我妈。"顾辉脸圆,笑起来很阳光,颊边还有一个小小的酒窝,"我们进去看看。"

大概时不时就有客户前来参观。几人进来没有影响到陶艺师的工作。

章霄宇的目光落在一位陶艺师正在制作的泥料上,明显他手里的泥料也是几种混合而成:"这些都是用顾家秘方配制好的?"

顾辉大方地说道："对。我家制壶的泥料是家父亲自配料制作。连我都不让碰。估计老爷子哪天身体不行了，才会把泥料配比的秘方传给我。"

章霄宇很想拿块泥料做分析研究。此时，却只能忍住自己的冲动。

章霄宇环顾四周，看到角落里有间专门用透明玻璃隔出来的独立工作间。

"那位是刘工，国家级工艺大师。他创作的十二生肖壶曾获得我国壶艺大赛的金奖，也是厂里的技术总监。他从来不用我家的泥料。顾氏紫砂也分两种，一种是我家秘方配料制壶。一种是传统紫砂壶。"顾辉没有过去，放低声音介绍。

刘工正值盛年，正专心地制壶。

"章总，这边请。"顾辉带他和唐绡上楼。

楼梯设在正中，是旋转的镂空扶梯。唐绡走在章霄宇前面。她正想回头和他说话，突然看到韩休还在楼下。他站在一名陶艺师身边看他捏壶。

顺着唐绡的视线看过去，章霄宇心里一急，迅速踏上了台阶，挡住了唐绡的视线："你想要什么谢礼？"

他的瞳仁很亮，眼里像噙着闪亮的小星星。唇边恰到好处的笑容显得温柔多情。

头一回见章霄宇这样主动。唐绡心花怒放："我想要你，给吗？"

"当我没问。"章霄宇抱头鼠窜，几步就追上了顾辉。

望着他红透了的耳朵，唐绡闷笑出声。他真是害羞，不经撩。

"唐小姐？"

韩休的声音打断了唐绡的遐思。她发现自己拦住了路，笑着快步上了楼。

韩休跟在她身后,慢悠悠地观察着。

参观完,章霄宇借口公司还有事,没有留下来吃饭,和韩休一起离开了。

车驶离顾家壶厂,章霄宇长长地松了口气:"你去偷泥料差点被唐缈从楼梯上看见。我挺身而出结果又被她撩了一回。我牺牲可大了。"

韩休淡淡说道:"你没说偷顾家的泥料。我也没想过今天还需要做贼。"

"不偷泥料你在楼下溜达那么久做什么?咱俩的默契呢?大韩,我对你太失望了!陷进爱情的男人都变蠢了!"章霄宇痛苦地抚额,"机会就这一次啊。我总不能又想办法去顾家厂里参观吧?"

"蠢的是你。"韩休不客气地说道,"工作台上有电子秤,也就是说每天发了多少泥料,做了多少壶,剩余多少,都是有数的。误差应该有个比例,不会大。制壶间的监控无死角。我想也是防止厂里的人偷泥料才安装得这么严密。这种情况下,让我当贼。你怎么不让我去抢呢?"

章霄宇和韩休说起了小时候的事情:"小时候我特别淘气。紫砂泥对我来说和普通的泥巴没什么两样。我有次把几种泥料混在了一起。我爸脾气暴躁拎起我打。我妈拦了他,哄着我说,这样的泥也能烧成壶,说不定还很好看。我妈不仅烧成了壶,还对混合泥烧壶产生了兴趣。有次还磨了点玛瑙粉混在泥里,想烧制出带光感的开片壶。后来觉得花哨放弃了。不拿到泥料,我怎么知道里面有没有混有玛瑙和瓷粉?除了顾家壶,我从没在别的紫砂壶上见到过。顾言风那把成名的君子竹壶上就有瓷感。"

"老板,有现成的泥坯壶可以供你研究,还需要从安保严密的顾家厂房冒险偷泥料?"

章霄宇如醍醐灌顶，反应过来："顾辉送给唐绡的泥坯壶。"

韩休又一次提醒他："这次老板你主动送上门。当心别被唐小姐生吞了。"

他平稳地开着车，迟疑了下问章霄宇："这件事你没告诉她？"

这个她当然指的是苏念竹。章霄宇苦笑："我真的是看到顾辉那把泥坯壶才想起来的。我要说了，念竹敏感，又会以为我是故意隐瞒。拖了些时间，反而不好说了。"

"不用告诉她了。她在查唐氏集团的事情，一直忙。顾家这条线，我来跟。顾言风可能和你母亲有交情，和她失踪不一定有关系。可以不告诉她。"

"好。对了，大韩。你有没有觉得最近念竹很奇怪啊？"

章霄宇将苏念竹的变化看在眼里，顺口问韩休。

"再奇怪也和你没关系。"

韩休冷冷看他一眼。章霄宇哑然失笑："行啊，你的女人轮不到我关心。"

"她不是。"

"什么意思？"

"她是独立的，不是我的所有物。"

章霄宇恍然大悟状："啧啧啧啧。"

第51章 / 一百万退休金

制壶厂厂房宽敞，楼层空间很高。一整面都是玻璃窗，保证了足够的光线。

王春竹走进自己所在的二车间。能进二车间的陶艺师都有极强的制壶功底。所有的制壶师都有一张独立的工作台。宽敞的台面上摆放着制壶工具。已经加工好的泥片一盘盘垒在旁边的架子上。

二车间主要是生产江氏的精品手工壶系列。这个系列十六种独特的紫砂壶器形让江氏壶名扬业界。车间的陶艺师每人专注只做一种器形。泥料则是由厂区提供成品泥片。这种半流水线作业大大提高了产量。

陶艺师的收入是底薪加提成。多劳多得,从经济上也刺激着陶艺师们去制作更多的壶品。

系上围裙,戴好袖套,王春竹熟练地取出一块泥片开始制作。做了二十年一模一样的壶,他完全可以一心二用。

对面的陶艺师和他一样。两人经常边做壶边聊天。

"老李,小江总虽说接管了公司。大江总也没全放手啊。上周我在厂里都见着他两回了。"王春竹手很快,说话间一只扁壶的壶身已初具雏形。

李师傅捏着壶和他聊天:"大江总还不到六十岁。公司交给了儿子,他不操心闲得也难受啊。小江总年轻,跑销售跑宣传就够忙了。厂里进料,壶品质量,还得大江总把关。今天他也来了,在厂长办公室里和程工一块喝茶呢。"

他嘴里的程工是江城高薪聘请的国家级工艺师,壶厂的厂长。程工主要管手工制壶。另外还有一个副厂长管着机车壶的生产线。

听说江城来了,王春竹加快了速度。不到半小时,就做好了一只扁壶放在了单独的盘子里晾着。

"我出去抽支烟。"王春竹找了个借口,溜达出了车间。

二车间后面有个小花园。花园往前是一排平房。这里是办公区。王春竹站在花园里一棵小叶榕下抽起了烟。

厂长办公室没有拉窗帘,江城正和程工煮茶聊天。王春竹耐心地等着。程工有前列腺炎,茶水喝着,跑卫生间的频率很高。

一支烟抽完。程工果然出了办公室,直奔过道尽头的卫生间。王春竹趁着这个空隙走进了厂长办公室:"江总,您来了。"

抬头看到王春竹,江城心一跳,堆了满脸笑:"老王啊,好久没看到你了,最近过得咋样?"

他没有招呼王春竹坐下喝茶。

王春竹不在乎江城对自己的轻视。他叹了口气:"您知道我手散。又爱喝酒。厂里的工资奖金基本上月月光。最近家里急着花钱,正犯愁呢。正巧看到您,想找您想想办法。"

江城端起一杯茶,慢条斯理地从闻香开始,品茶的步骤一步不错。等到茶水入口,回了会儿味,目光瞥到程工回来的身影才开口道:"厂里要囤料,公司也缺周转资金。我是爱莫能助啊。"

见王春竹脸上失去了笑容,江城放下了茶杯:"不过,你来厂里也有二十年了。老员工有困难,我肯定要帮一帮的。"

程工进来时,正看到江城从手包里拿出一万块钱放在了桌上。

"老王,我包里正好带着这一万块钱。你先拿去用着。少喝点酒,也能存点钱养老不是?"

程工性子直,看王春竹打江城的秋风,对他印象更差:"王春竹,每个月别人能拿超额奖金,你做的壶量全车间垫底。你的收入能高吗?还有,你该戒酒了!你每天都带着一身酒气来上班。像话吗?!"

一万块就想打发他?王春竹心里冷笑。他看也没看桌子上的一万块钱:"谢谢江总关心。谢谢程工教诲。我回车间干活了。"

看着他离开,程工恨铁不成钢:"这个王春竹啊。也是做了几十年壶的老陶工了。人家卖油翁还能唯手熟耳。他呢,二十年就做一款扁壶。还越做越差。江总,你把钱收好,别给他了,您给了他,他还不是转身就拿去买酒。酒喝多了,你瞧他那手抖得像得了帕金森病似的,再喝下去,他就吃不了这碗饭了。"

"行行,听你的。"江城将钱收好,也有些无奈,"他是厂里的老员工。这日子过得还不如机车车间的工人。他见我来,特意来和我打招呼。我就看不来他那副落魄模样。不说他了,来,喝茶。"

手机收到一条短信。江城马上抬头看向窗外。王春竹站在不远处的对面冲他晃了晃手机。他看清楚王春竹脸上的表情,一颗心沉了下去。

五点半,车间里的陶艺师们准点下班。车间主任负责检查锁门。

李师傅离开车间发现王春竹骑上了电瓶车,有些奇怪:"老王,你今天不坐公交回去?"

厂区外就有公交站,有路公交车能直接到王春竹家门口。比他骑电瓶车方便。

"我要去买点东西。骑车方便。"王春竹扬了扬手,骑上电瓶车走了。

他走过两个路口。往左边是回家的路。他拐进了右边的街。顺着街一直往前,是一片围墙围起来的地。不知道是哪家地产商拿的地,几年了还没有开工修建。时间一长,就成了个谁都能开车进去临时停车的好地方。

王春竹骑着电瓶车进去,看到了熟悉的车停在一处空地上。他骑着车就过去了。

车窗无声落下,露出江城的脸。

司机站在车旁,朝他伸出了手:"手机。"

王春竹讥讽地笑了笑,摸出自己那款老年手机递给了司机:"放心。我没打算录音什么的。"

司机仍尽责地上下摸了一圈,确定他身上没有带危险物品。这才替他拉开了车门。

王春竹坐在副驾驶座位上,扭过头看着后排坐着的江城:"江总好。"

车里只有他们两个人。江城取下眼镜,拿着软布轻轻擦着,脸上没有半点笑容:"说吧,你要多少?"

"一百万。"

江城擦眼镜的手顿了顿:"家里出什么事了吗?你需要这么多钱?"

王春竹显然已想好了说辞:"日复一日做同一款扁壶,做得我想吐了。我为江氏做了二十年的壶。我老了,也不想做了。有了一百万。我回家养老。"

江城叠在腿上的手拇指转动着,只思考了一会就答应了他:"这二十年你为江氏工作没有功劳也有苦劳。一百万也是你该得的。不过,公司囤泥料流水紧张。你给我几天时间。准备好了我通知你。"

"谢谢江总。那我走了。"王春竹推开车门。临下车时又回过头笑了笑,"您别觉得我贪。江氏紫砂是靠着沈佳独创的十六种器形才有今天。这二十年它为您赚来的名声和财富不低于一个亿。区区一百万,对江总来说,九牛一毛而已。放心,拿了这笔钱,您发您的财,我养我的老。大路朝天,各走一边。"

他关上车门。守在外面的司机将手机递给了他。王春竹哼着歌走了。

司机上了车轻声说道:"手机检查过了。短信记录已经删掉了。他没有用微信。"

江城沉着脸坐在车里，望着王春竹骑着电瓶车消失在视线中。

第52章 / 父亲的来电

云霄壶艺新招了不少人，公司渐渐走上正轨。苏念竹把日常事务交给部门下属，单独调查唐氏集团。

她能走到今天，对工作全力以赴已经成了习惯。直到人事部王经理再次到来，苏念竹才反应过来，这几天她下意识地回避王春竹并不是解决事情的好办法。

"苏总，您看公司聘请顾问这事吧，就差王春竹一个了。您上次不是说去拜访他？是不是不太顺啊？"王经理委婉地说道。

他偷瞥了眼苏念竹。

办公室暖气很足，桌上放着的加湿器袅袅吐着白色的水雾。苏念竹穿着件黑色紧身一字领羊毛衫，细细的锁骨链贴在白瓷般的肌肤上，冷中带艳。

王经理一时间口干舌燥。

清冷的目光从王经理脸上扫过。王经理不知道从哪儿吹来一阵风，后脖子有点发凉。他赶紧移开视线，急急说道："苏经理，不是我急。章总来公司了，我得向他汇报嘛。"

苏念竹嫣然一笑："看我这记性，一忙起来忘了告诉王经理了。王春竹在江氏壶厂工作。不方便接受我们公司的聘请。"

"也是，我们公司要开发制壶业务，和江氏就有竞争关系，是不太方便。"她一笑，似冰河解冻。王经理如沐春风，整个人都轻快起来，"那行。那我就这样向章总汇报了。对了,这是三份个人工作室签好的合同。"

苏念竹看了眼他放在办公桌上的文件夹,有点吃惊:"这么长时间,一共就签了六个人?公司给的条件很优渥啊。不比他们自己单打独斗强。"

王经理苦笑:"这也是我今天要向章总汇报的重点。江氏在和咱们拼着挖人呢。他们是沙城老牌大公司,比咱们有优势啊。我可不是诉苦喊累,实在是公司成立时间太短,也没有实体厂。人家一比较,宁肯条件差一点,也愿意相信江氏。求稳嘛。而且江氏吃相也太狠了,我们才接触,都还没考察陶艺师是否达到了章总提的要求,他们就直接下手先付一年订金。"

苏念竹听明白了,抢签陶艺师个人工作室,肯定是江柯干的。不过她对江柯的手段也瞧不上。

江顾两家一个走流量,一个走精品收藏。

江氏想走精品路线,培养陶艺师创作精品壶,直接的竞争对手是顾氏壶,而不是刚成立不久,还没制作出一把壶的云霄壶艺。

有才华的陶艺师又不是地里的大白菜,一畦一畦地长。

云霄壶艺设立资助基金,是打算在沙城各大壶厂手中捡点漏。整合下市场上的散兵游勇。江柯如今不问青红皂白,只要云霄壶艺去接触过的陶艺师就抢着签下。除非资本雄厚,愿意花时间培养,否则迟早会后悔签下大量的陶艺师。

"王经理放心。章总不是不讲道理的人。不会怪你工作没做好。"

他要的就是这句话。王经理笑着直点头:"得苏总一句话,我这心里就踏实了。我就不打扰了,还得向章总汇报情况。"

王经理脚步轻快离开。

苏念竹翻看着文件夹里的合同,鄙夷地嘀咕了句:"人家的未婚妻没抢到手,惹一身骚!算你运气好。遇到江柯这种为了女人头脑发热的蠢货!"

说完她又愣住。从认识章霄宇开始,他的阳光和相处时的温暖感觉一直令她贪恋。他童年的遭遇让她怜惜心疼。公司遇到江氏抢人竞争,她不帮着他想办法,竟然在幸灾乐祸?

她从来不是这样小肚鸡肠的人,却生出这样的心思。苏念竹想想都觉得羞愧。

是因为听到他说不喜欢自己,心里不忿?

因为他先认识她,却对唐绡生出了异样情愫,所以意难平?

"你再这样,就不是苏念竹了。"苏念竹闭上眼睛仰倒在大班椅上喃喃自语。平静了会儿,她猛地睁开眼睛,深吸口气,为自己打气加油:"先把那件事办了。"

既然她已经告诉王经理,在江氏制壶厂工作的王春竹不方便被云霄壶艺聘用,那么这事就只能是这个结果。她拿起手机准备给王春竹打电话。这应该是她和他最后一次接触了。

手机在她手里嗡嗡作响。没有备注姓名,王春竹的手机号码她已经牢记在心。苏念竹接了电话,平静地问道:"找我什么事?"

电话里王春竹的声音小心翼翼的,带着丝讨好:"小竹啊,明天是周末。爸爸给你做饭。你回家来吃好不好?"

凭什么他当年抛弃她,现在想当好父亲她就要成全他?苏念竹心里的不忿又冒了出来。她沉默了下,决定先说公事:"我现在的公司是云霄壶艺。公司和沙城紫砂协会共同设立了一个资助陶艺师的基金。"

"我知道我知道。我有个老朋友李正被云霄壶艺聘成顾问了。他前几天来我这儿说起过。小竹,没想到你就在云霄壶艺工作……爸爸支持你。爸爸好歹也做了几十年的紫砂壶,可以给你们做顾问。"王春竹急切地想和女儿找到共同话题,竹筒倒豆子将李正说的聘为顾问的事说了。生怕女儿不知道他的心意,他赶紧又补充了一句,"爸爸不是想要顾问费。就,就想支持你的工作。"

他早干什么去了?在她最孤单的时候,他怎么没想过来她身边当一个好爸爸?

他现在越想当一个好父亲,苏念竹心里就越发难受。她的声音蓦然提高:"公司又不是我开的。你支持什么呀?"

听出尖锐声音背后的愤怒,隔了一会儿,王春竹才轻声说:"你想让爸爸怎么做,爸爸都支持。"

只要她过得好。让他做什么他都愿意。他的小竹就是他的全部。

换成苏念竹沉默了。她深深吸了口气,冷冷说道:"你在江氏制壶厂上班,不方便接受我们公司的聘用,毕竟有业务竞争。当年家里没那么多钱,老房子卖了一分为二,我妈当年能分到的钱不会超过十万。你给了她四十万。顾问咨询费……我补给你。"

"不不,小竹。爸爸不要你的钱。我,我马上就能赚到一大笔钱。爸爸不在江氏制壶厂干了。你不要担心。爸爸来你公司当顾问,不影响的。"

他以为自己担心影响他在江氏制壶厂的工作?笑话!她只是不想再看到他了。苏念竹正要说话,韩休敲了敲门。

苏念竹一惊,低声说道:"我还有事。"

王春竹满含希望:"那明天晚上回家吃饭?爸爸白天去买菜。你喜欢吃臭鳜鱼,今天我就腌上。还有蛋肉饺子,八宝鸭……"

"好。"苏念竹直接挂断了电话,挂断了父亲的喋喋不休。她脸上没有半点异样,平静地看向韩休,"有事?"

韩休走了进来:"明天周末,老板请了小顾总和唐小姐来家里赏壶。"

"哦,需要我回避吗?公司事多,我可以来公司加班。"

她的目光没有回避他,平静如水。

韩休被她看得隐隐有些狼狈:"不是。是……老板把车开走了,你能陪我去趟超市吗?买点菜,还有日常用品。"

三人飞到沙城开公司。为了方便,以公司名义买了两辆车。一辆韩休和章霄宇用。一辆苏念竹用。章霄宇把车开走了,韩休来蹭她的车很正常。

又不正常。

这是韩休第一次单独蹭她的车。以往章霄宇单独把车开走,韩休也没来蹭过她的车。

不过,可能是买的东西多,有车更方便吧。正好她也想去趟超市。

苏念竹看了看表,到下班时间了:"走吧。"

第53章 / 当车变成了还车

下班时间,张大爷坐在门卫室喝着茶,见王春竹提着菜匆匆回家。张大爷捧着不锈钢茶杯直笑:"哟,今天太阳打西边出来了,手里没拎酒。买这么多菜,家里来客人了?"

王春竹两手不空,冲他得意地笑:"明天给您送点菜下酒。"

"那我就等着你的好菜了!"张大爷高兴地笑了。

天刚擦黑,张大爷看着电视烤着小太阳,隐隐看到王春竹又出去了。他心里了然:"这老王,一天不买酒喝就不自在。"

典当行门口停好车，唐绉爱怜地抚摸着方向盘，心痛地又念叨起来："小宝贝儿啊，妈妈没本事，养不起你了。乖乖地听话。好好侍候你的新主人。"

白星挪了挪屁股："姐，我好饿啊。你舍不得卖车就别卖了。上次你去拍卖会，不是还有一百三十万吗？"

"有一百万是妈妈赞助的私房钱。我爸一声令下，她怕得跟鹌鹑似的，早收回去了。以前每个月还给我五千块零花。也没了。"他不说还好，一说唐绉就苦着脸算账给他听，"工作室房租一年六万六，每月吃饭水电气物管宽带手机费五千不高吧？一年也要六万。养这辆车一年小十万。以前是家里给钱保养买保险。我还要买泥料。两年了，我一把壶还没卖出去过。宝贝欸，妈妈养不起你了……"

白星听得头痛，干脆下了车，走过去拉开车门："你再不去找我爸，他就下班回家了。这车今天当不了。"

唐绉嘟起嘴对着车内一圈猛亲："宝贝儿，再见。祝你找个好主人。"

她飞快拿了包下车，叮嘱白星："记得帮我在你爸面前说好话。让他瞒着别告诉我爸。要不，我还是开车行拿去卖了算了。"

"别呀。我爸不知道经手了多少辆二手车买卖。他帮着你卖不吃亏。"白星跟在她身后嘀咕，眼珠直转，"再说，这也算我给公司带来的生意。我还有一笔提成呢。姐，这个你得给我爸说说。好歹让我也攒点私房钱。"

"自家墙角都挖！你可真能干！"

两人说着进了白家典当行，上二楼直奔白天翔办公室。白星进父亲办公室从来不敲门，推门才叫了声"爸"，就看到唐国之坐在沙发上。两人连躲的地方都没有，只能硬着头皮上前打招呼。

白天翔笑道:"好久没见绱绱,越发漂亮了。今天怎么想起来看小叔了?"

唐绱就扯了白星当幌子:"周末去沙大接了白星,顺便送他回家。经过公司,听白星说小叔还没下班就进来了。我也很久没见到小叔了。"

唐国之冷冷地看着她:"来找你小叔当车的吧?"

一语揭破。唐绱强撑着撒谎:"爸,你胡说什么呀。"

唐国之重重地拍了记沙发扶手:"撒谎都写在你脸上了!"

"绱绱怎么会来当车呢? 就是来看看我。绱绱,走,小叔带你吃饭去。"白天翔打起了圆场,看了看表说道,"正好到饭点了。白星回家过周末,咱们吃顿好的去!"

偏偏今天唐国之心情不好,伸手挡住了他:"自力更生靠自己,不靠家里? 靠你自己,你连那辆车的轮胎都买不起。毕业两年了。你赚到过一块钱吗? 人最重要的不是有没有能力,而是能看清楚自己有几斤几两!"

唐绱气得俏脸煞白,从包包里拿出准备好的车辆有关证件公证委托书,一股脑儿塞到唐国之手里,忍着眼泪说:"对,我现在挣不到钱养不起这车,就是来当车的! 你买的车,我还给你!"

扬了扬手里的东西,唐国之更生气:"被我说中还恼羞成怒了?"

唐绱扭头就走,脚步飞快,转眼就出了门。

"臭小子,还不跟上你姐!"白天翔一巴掌扇醒了看呆的白星。

白星赶紧追了出去。

"大哥,绱绱是大姑娘了。姑娘家自尊心强,你这样说她,她怎么下得了台?"白天翔叹着气埋怨着唐国之。

唐国之面无表情将手里的东西递给了他:"把她的车卖了。她养不起,另外给她买辆十万左右的车,就说你送她的。不当家不知柴米油盐贵。玩了两年泥巴就以为自己捏出来的是金疙瘩。就她做的壶,拿给我泡枸杞我都嫌丑!"

白天翔乐了:"大哥,纱纱还是有艺术天赋的,不然也考不上美院。哪有你说的那么不堪。"

"不准给她钱。"

"女孩子要富养。你对纱纱也太抠门了。连我当叔叔的都不能给她点零花钱了?"

唐国之发了一通火,心火渐消,叹了口气道:"她想要李玉壶。那是上百万的壶。她钱不够就找她妈拿了一百万去竞拍。她知道一百万是什么概念?多少人工作几十年都攒不下一百万。花钱半点不心疼,是因为她不知道赚钱不易。让她自己去蹦跶,知道自己不是那块料,才会老老实实回公司上班。"

白天翔并不完全赞同唐国之的观点:"纱纱是女孩子。她不喜欢经商。大哥何苦非逼着她管理公司?将来交给江柯……"

"纱纱不喜欢江柯。强扭的瓜不甜。当年是当年……现在还能包办婚姻不成?白星明年大四就实习了,让他来做我的助理。他还年轻,跟着我好好锻炼锻炼。我当他是自己儿子一样。女儿终究是人家的。"唐国之闭着眼睛轻揉着眉心。

白天翔笑得眼不见牙:"白星交给大哥,我就放心了。"

唐国之站起身:"行了。我走了。不用送我。"

临走时,他想了想又回过头:"天翔,在商言商。他找你拆借有多少担保品,就借多少钱。这次就算了。江城为人太贪……少打交道。"

白天翔愣了愣,赶紧应下。

第54章 / 登门赏壶

周五的这个傍晚,苏念竹和韩休正在超市里买东西。

走到水产区,苏念竹看着玻璃箱里游动的鱼,突然问韩休:"你会做臭鳜鱼吗?"

两人单独待在一起,韩休的话少,苏念竹的话更少。

在超市里走了一圈,推车堆得满满当当,说过的话翻来覆去就这么几句:"这个牛排不错,买点?"

"行。"

"买只鸡炖汤?"

"可以。"

要不就是苏念竹开口:"家里一次性擦手的纸快没了。"

韩休便从货架上拿下一提擦手纸,连"嗯"字都省了,但他很享受这种感觉,好像和她并肩走在阳光下静谧的林中小道。不用聊什么,就这样静静地感受着岁月静好。

她低头选菜品时,漆黑的短发落在洁白的腮边。不经意间流露出平时难得一见的温柔。韩休就有种冲动,想开口问她喜欢吃什么。

自从那个雨夜苏念竹一口气吃了两大碗脆臊手擀面后,韩休才发现自己的判断出现了偏差。她喜欢吃甜品舒芙蕾,是因为他常给章霄宇做。他以为她喜欢吃的那几样菜也是他经常做的。

他找了个借口和她一起来超市买菜,想观察她的挑选,以便找出她真正爱吃的。

推车里装满了各种菜,韩休还是没有找到答案。她好像什么都喜欢吃,并不挑食。韩休有点沮丧。

突然听到苏念竹问他会不会做臭鳜鱼,韩休很吃惊。

他并不会做,甚至没有吃过这道菜。韩休脸上没有露出丝毫惊诧的表情,让超市服务员捞了两条鱼称重:"会。"

苏念竹反倒笑了起来,话一下子就多了:"大韩,你以前做什么的?怎么感觉你什么都会。保镖,助理,大厨,还能帮章总做针灸。章总上哪儿找到你这样的人才?"

她终于对他感兴趣了?或者只是正常的好奇?韩休想,他做过的工作的确不少,一气说给她听是否显得话太多?他最终选择回答她最后一个问题:"我是老板同学,在佛罗伦萨美术学院认识的。他学油画,我学雕塑。"

苏念竹目瞪口呆。

她素来冷静自持,此时也有点理解困难,呆愣愣的表情很可爱,难得一见。

韩休装着没注意,推着手推车进了付款区,背对着苏念竹忍不住笑了。

无论如何,苏念竹也无法把韩休是章霄宇同学,专业是雕塑联系在一起。她嘟囔了句:"专业都是爱捉弄人吧?"

开车回家,她没有再问韩休的经历。韩休也没提。

只是晚饭时韩休炒白萝卜丝时,雕了一大两小三只白兔蹲在盘子里,苏念竹便知道他是想对自己说,他没撒谎。想着韩休平时的冰块脸,苏念竹低头吃饭时怎么也忍不住笑意。

吃过饭,她抢着洗碗。

韩休没有阻拦。

和平时一样,吃过饭歇了一会儿,苏念竹就上楼回房了。

她前脚一走,章霄宇就看到韩休兔子似的从沙发上跳了起来,窜进了厨房。

章霄宇蹑手蹑脚过去,倚在门口看韩休翻垃圾筒。他倚着门冷不丁地冒出一句:"干吗呢?"

韩休恼火地回过头:"你装鬼啊?走路不出声的?"

"是你太专心没听见吧?你干吗呢?"

韩休用力束好垃圾袋,洗了个手:"明天唐小姐和小顾总来,我收拾下。健身去了。"

他面无表情越过章霄宇,脸冷得让章霄宇故意打了个寒战。

章霄宇看着厨房窗台笑了:"没想到念竹也有像小女孩的时候,把你雕的小兔子摆窗台上了。"

韩休蓦地回头。

厨房窗台上放着一只小黑盘子,一大两小三只白兔子乖乖蹲着。

"少见多怪。"韩休说罢转身去了地下室。

背对着章霄宇,笑容无声地在他脸上绽放。

周六上午十点半,唐纱和顾辉一前一后来了。

难得的艳阳天,章霄宇把赏壶的地点放在了阳光房里。

玻璃屋透满了阳光,长桌上铺着亚麻桌垫,黄色跳舞兰妖娆怒放。

唐纱坐在软软的沙发上,摆出瘫倒的慵懒姿势:"喝茶晒太阳,真舒服。"

玻璃窗外,苏念竹正在给园子里的绿植浇水。她穿着件宽大的厚毛衣外套,装扮很休闲。顾辉好奇地问唐绑:"苏总也住这里?"

唐绑挺身坐直了,撑着下巴看苏念竹,越看越觉得她像极了别墅的女主人,心里的醋意就泛了起来。她还真不知道苏念竹和章霄宇住在一起:"章霄宇带了两个人来沙城办公室,最早的注册地点就是这间别墅。初来乍到,让苏小姐单独出去租房,不太安全。这地方宽敞,住这里怎么了?又不是他们两个人住,还有一个韩休呢。你别乱想。"

他不过提了一句,就惹来唐绑一堆话。顾辉笑了笑顺着她的话说:"也是。"

"聊什么呢?"章霄宇端着茶具托盘走了进来,韩休跟在他身后。

他把托盘放在桌上。煮水泡茶。

韩休将手里的两只盒子放在长桌上,没有进去。他看向园子里。苏念竹的身影占据了他全部的注意力。

顾辉和唐绑的注意力瞬间落在了章霄宇手上。

唐绑尖叫起来:"章霄宇!你太过分了!你居然用曼生壶喝茶!"

这是一把匏壶。匏是葫芦科的一种植物。古时常对半劈开,晒干当成舀水的瓢,又称为瓢葫芦,因此这把壶的壶形长得像葫芦,形制古雅,配了同色紫砂圆杯。

"我打算捐给紫砂博物馆。现在不用,就再也喝不到它泡的茶了。你确定不喝?"章霄宇反问道。

"我来泡茶!"唐绑和顾辉异口同声。

唐绑瞪了顾辉一眼,讨好地走到章霄宇身边:"我来!"

章霄宇笑着让她。

谁知唐绑坐下捧起壶,再也不泡茶了。

"饮之吉,匏瓜无匹。"她念着壶身铭文,稍稍将壶拿得远了些。镌刻在壶身上的字古朴苍劲,铁画银钩,和壶形相得益彰。唐绡瞬间就想起了自己正在做的那只南瓜壶。她是不是也可以镌刻点壶铭增加壶的文化内涵呢?

(注:文中曼生壶之匏瓜壶如今收藏在杭州名人馆。系唐云先生藏品之一。)

第55章 / 陌生来电

唐绡出神的时候,顾辉走到了她身边低头看壶:"这句壶铭来自曹植《洛神赋》'叹匏瓜之无匹兮,咏牵牛之独处',七夕牛郎织女相会,匏瓜星孤独遥望。不少文人以匏瓜隐喻自己报国无门难觅伯乐的孤寂,所以有匏瓜无匹的说法。曼生壶诗文与壶相融,不单只有紫砂壶文化。"

"真好。"唐绡恋恋不舍地放下壶,让顾辉上手观摩。她迟疑了下说道,"章霄宇,还是别用它泡茶了。我心疼。"

"紫砂壶不泡茶,也可惜。试试吧。"

唐绡猛摇头:"我不行。我手抖。"

顾辉也笑着摇头:"这么珍贵的壶,我都不会用了。"

章霄宇就接过壶,行云流水地泡了一壶茶。倒茶时,唐顾两人盯着壶嘴出现的圆润水流,见收壶时滴水不漏,干净利落。两人又一阵感叹。

喝茶时唐绡抿了口,满脸陶醉:"都舍不得一口喝完了。"

章霄宇将韩休带来的两只盒子打开,里面是另外两只壶:"曼生壶只有一把。这两把壶也可以看看。"

两把壶都是南瓜壶。唐缈一眼认出其中一把是云霄壶艺开李玉壶专场时展出过的。是因为她在做南瓜壶,所以今天他特意拿出来供她赏玩?甜蜜不可自抑从心底蔓延。他对她其实也有感觉的。这种不再是自己单方面的钟情让唐缈惊喜万分。

"特意为我准备的?"

"嗯。"章霄宇承认了,"我怕年底壶展你打赌输了赖没有好壶借鉴。我可不想陪你上山去虚无缥缈的天青泥。"

顾辉也笑了:"天青泥早绝迹了。哪有那么容易找到。"

唐缈哼了声道:"我不管。反正你输了就要陪我上山找三天!顾哥哥,我做好壶你亲自帮我烧制好不好?"

顾辉满口答应:"没问题。"

想起那只唐缈家中顾辉捏的泥坯壶,章霄宇笑道:"我能去看看你做的南瓜壶吗?虽然我不希望打赌输给你,但是我也想让你做出一把好壶。"

他主动提出要去她的工作室。是自己精诚所至金石为开?章霄宇终于要主动追求自己了?唐缈笑眯眯地想,只要你主动,就休想再把爪子收回去了:"行啊,今天天气好,吃过午饭下午去我工作室?"

"好。"

赏壶品茶,时间过得很快,韩休已经做好了午饭。

中午吃的是西餐。

章霄宇进厨房端菜时悄声对韩休说道:"你真会偷懒。昨晚我还看见你腌鱼了。"

韩休盛着汤回他:"我没在外面点一桌菜就对得起你了。真当我是你的厨师?"

章霄宇哼哼:"看在你知道我喜欢吃臭鳜鱼学着做的分儿上,我原谅你的懒惰。"

"等等。"韩休将汤碗放在托盘里,若有所思,"你什么时候也喜欢吃臭鳜鱼?"

"你不知道这道菜是我爸老家的名菜?小时候吃过,后来一直没机会吃。"章霄宇说完端着牛排出去了。

苏念竹心细。她知道章霄宇喜欢吃,才提起这道菜?而他却误以为是她喜欢吃的。

泡在腌料里的鱼上蒙着保鲜膜。韩休望着灶台上的鱼心情低落下去。他把汤端出去,默默坐在了长桌尽头。

苏念竹没有参加赏壶喝茶,午餐时才下楼。室内温暖,她一改往日职业系打扮,穿着很休闲的黑色套头毛衣,没有化妆。

"念竹。一上午都没看见你。"章霄宇有点抱歉。以往周末,苏念竹都喜欢坐在客厅或者阳光房里用笔记本上网或者看书。他在家里招待客人,占用了苏念竹的空间,害她不得不在房间里待了一上午。

"我不懂紫砂壶,怕打扰你们赏壶。"苏念竹跟唐顾二人打了声招呼。章霄宇绅士地替她拉开了椅子。

他们喝茶的时候,她在院子里浇水修剪绿植,但是章霄宇却说没有看见自己。没有在意过她罢了。苏念竹发现自己并不伤心。她自嘲地想,被忽略久了,都成习惯了。

韩休左右一看。一边一对。唯有自己是多出来的那个。他埋头狠狠切着牛排。早知道他就说不会做臭鳜鱼了!

望着对面的章霄宇和苏念竹,唐缈又生出她是这里女主人的感觉,心里顿时不舒服:"苏小姐是哪里人?"

苏念竹喝着罗宋汤:"东海。"

"苏小姐……"

苏念竹放在桌上的手机响了起来,打断了唐绉的话。她抱歉地对唐绉说道:"对不起,我接个电话。"

她拿起电话离了座,往餐厅外走去。

电话里传来一个陌生的声音:"你是苏念竹?"

"我是。"

"我是东城公安分局……"

电话里的声音在耳边继续说着。苏念竹机械地回过头,餐厅里的人浮在阳光里。唐绉笑起来时露出洁白的糯米小牙。章霄宇看向唐绉的眼神专注而温柔。顾辉似正在说着紫砂壶,双手比画着。背对着她的韩休正埋头大吃。他们离她不过两步之遥,却又似极远的地方,远到她听不见他们在说些什么。

"苏念竹?喂喂!"

电话里的声音催促地喊了她几声,她才反应过来:"我现在过来。"

挂断电话,苏念竹很诧异自己的冷静。她走过去对众人说:"我有个律所的朋友来了沙城。你们慢慢吃,我失陪了。"

她从门厅盘子里拿了车钥匙,开门出去了。

从餐厅看出去,能看到苏念竹的背影。

韩休在苏念竹说话时就看向了她。她的声音平静,但是她的眼神却直愣愣的。她说话时,眼里没有焦点,在看向极远的地方。她紧紧握着手机,太用力以至于手指甲的颜色显得更为嫣红。

餐桌上章霄宇没有注意到苏念竹的异样。继续和唐顾二人聊着天。韩休转过脸又朝外面看了眼。苏念竹没有穿外套,没有拿包。是什么事情让她急成这样?他蹙了蹙眉说道:"我吃好了。失陪。"

韩休疾步走出院子,只看到苏念竹的车消失在车道拐角处。他迟疑了下,进了车库开车跟了出去。

第56章 / 醉酒溺水

连绵阴雨后,阳光乍现。长街上的绿植花卉生机勃勃。出门晒太阳逛街的人络绎不绝。路边商场外搭着舞台,促销活动的音乐声响彻云霄。

苏念竹觉得自己像一条鱼,游进了一条静寂的河。

她忘记了自己开着车。一切动作都出于本能。接到电话时她听不太清楚电话里说了些什么。此时电话内容却奇妙地在脑中响起,一字不差。

"你母亲是苏红,王春竹是你父亲对吧?今天清晨在饮马湖公园发现了你父亲的尸体,请你尽快来一趟东城公安分局。"

她记得昨天快下班时,父亲还打电话说要给她做饭。不过睡了一觉,人就不在了。是真的吗?

她想起了饮马湖公园。那时城市没有扩建,饮马湖在城边上。湖边有不少偏僻的芦苇滩。去饮马湖玩要坐很久的公交车,他们周末才有时间去郊游。捉蝌蚪抠蚌壳挖螺蛳捉小螃蟹,回忆里都是快乐。

纷乱的思绪没有影响她顺利抵达东城公安分局。车停在停车场里,苏念竹仍有点恍惚。她怎么把车开过来的?

推开车门,寒风透过毛衣。苏念竹打了个寒战。阳光毫无温度,冬天冷冽的风骤然让她清醒了。

她顺手想拿包,这才发现出门不仅没有拿包,连大衣也忘记穿了。她沉默地拿起手机走进了办公楼。

公安局外的路上,韩休停了车。他跟着手机导航跟上了苏念竹。他没有进去,远远地看着苏念竹进了办公区。

路上不能停车,韩休慢悠悠地发动车,开进了旁边的小街。

"是你父亲王春竹吗?"

"是他。"

警察诧异地看了她一眼。苏念竹面容平静,没有见到尸体时的害怕,也没有因为父亲去世的悲恸。

"警方初步判断是酒后失足落水溺亡,属于意外身故。如果家属要求,可以尸检。"

苏念竹转过身,和警察一起出去:"我同意尸检。希望尽快拿到尸检报告。另外,方便说说现场情况吗?"

她的冷静引起了警察的好奇。回到办公室,警察给苏念竹倒了杯茶。她捧着薄薄的纸杯,热茶散发的温暖渐渐让她的思维变得清楚。

"今早去饮马湖晨跑的人发现的。现场有人认出了你父亲,所以调查比较顺利。你父亲昨天辞职,壶厂的厂长和同事请他吃饭。吃饭的地点就在饮马湖公园里的饮马湖居。你父亲喝了不少酒。十点左右吃完饭,他说要散步醒醒酒,独自沿着湖边绿道离开。小区门卫证实,昨天你父亲买菜回家后,晚上七点左右出门,应该是去赴宴。公园里的那段绿道正好临水,有踩滑的痕迹。绿道监控视频里能看到你父亲一个人的图像。很清楚。"

"我明白。如果尸检报告没有别的疑点,就不属于刑事案件。你们的工作效率很高。从发现他的尸体到现在才半天时间。非常感谢。"苏念竹喝了口热茶,整理着思绪,"昨天下午五点二十,他给我打电话,让我今晚回家吃饭。之后他有没有别的异常的通话记录?"

警察笑了:"你是做什么工作的?"

苏念竹下意识地想拿包里的名片,再一次想起自己出门忘记带包了:"我是律师。我只是想排除掉一切可能,证实他的死亡只是意外。"

她的职业让警察顿时理解了她的冷静。

"在给你打电话之后,他只接了一个电话,是江氏制壶厂厂长打的,约他吃饭。通信记录这些我们都查过了。目前没有发现什么疑点。"

"谢谢。尸检报告出来请尽快通知我。另外,我想回家看看。能把他的钥匙给我吗?我没有和他住在一起。"

"可以。我们今天早上已经去家里看过了。家里一切如常。"

警察将她送出了大门:"苏律师,如果你发现别的线索,请和我联系。你穿的有点少啊,当心感冒。"

"出门急,忘了穿外套了。谢谢。"苏念竹下了台阶,开车走了。

站在台阶上,目送她离开。警察这才摇头嘀咕了句:"出门急得忘了穿外套……我还真以为半点感情都没有呢。"

苏念竹开车回了家。下午太阳好,小区门口坐着好几个晒太阳的人,围着张大爷议论着。

她走过去,张大爷正和居民们说着父亲,没有看到她。

"唉,王大爷还说今天做了好菜给我送点来下酒。他喝醉了大晚上的散什么步嘛。"

"你们记不记得,去年还是前年,老王喝醉酒过街时就被电瓶车给挂倒了。"

"何止啊。有次他喝醉了,坐出租车回来。上车就睡死,人家师傅没辙,只好把他拉派出所去了。"

"可不是。这次真是被这酒给害死了。"

"王春竹无亲无故的。张大爷,能联系到他家苏红不?虽说离了婚,好歹也让他家小竹回来一趟嘛。"

"离了二十年,早不在沙城了。上哪儿找去?"

"咱们找不到,警察总能找到吧?"

"当了几十年街坊,要不咱们凑点钱把灵堂给搭起来吧?"

她快步走进小区,将议论声扔在了身后。

她回来了。早就回来了。

苏念竹进了楼道,噌噌噌一口气爬上了七楼。她哆嗦着手拧开了锁,一步迈进去将门关上。

家里和上次来没有任何变化,安安静静。连窗户透进来的阳光都沉默无声。

一双崭新的绒面拖鞋摆在鞋柜前,旁边摆着一双穿过的。两双鞋,码得整整齐齐。

她又想起父亲佝偻着腰急切找出新鞋递给她的模样。

苏念竹沉默地换上了拖鞋。绒面拖鞋很软,她像踩在棉花堆里。

夕阳的光从窗户照进来。沙发的皮面已经旧了,褶皱处有些地方已经破了。二十年前很流行这种皮质沙发。她的手从沙发上抚过,冰凉的感觉。

站在客厅就能看到不大的厨房。冰箱还是二十年前的。白色的冰箱门已经泛了黄。门上贴着塑料贴纸。一只蓝色的海豚。小时候逛公园时在小摊上买的。这么多年了,还贴在原来的位置。她突然看到贴纸的一角翘了起来。

苏念竹走进厨房,用手指摁着贴纸翘起的一角。手指松开,贴纸又翘了起来。转过头,她看到橱柜上放着两提兜菜,还没收捡出来。但是旁边的不锈钢盆里腌着两条打理好的鱼,上面蒙着一层保鲜膜。

他买菜回家,急不可耐地先打理好鱼腌上了。

这个念头冒出来的瞬间,苏念竹的眼泪如同溃堤的河水,哗啦啦地奔泄了一脸。她撑着橱柜台面,眼泪啪嗒落在保鲜膜上。

到晚饭时间了。她回家了,可是他再不能做给她吃了。

她蹲了下去,抱着双膝在无人的家里嚎啕大哭。

第57章 / 心房之门

韩休站在小区门口。他靠着墙根抽着烟,沉默地听着小区住户们的议论。

他此时已经明白过来,王春竹的女儿小竹就是苏念竹。

他想起和紫砂协会联谊那晚,她匆匆从这里赶到KTV歌城。那天晚上,她说想喝酒,结果吐了一晚去了医院。还有下雨的那个晚上,她撒谎去查唐氏集团。她的车在这里停了很久。

他早就知道她不止一次来过这里。这个地址和王春竹有关。他从来没有问过。他更没有告诉过章霄宇。这是她的隐私。他希望有天她会愿意告诉自己。

然而现在王春竹死了。她一个人回到了从前的家里。

他想出现在她面前,想要陪伴她,给她安慰。然而,她需要吗?他的出现是否会令她难堪?韩休突然失去了判断,心乱如麻。

夜色在他的等待中无声无息地弥漫开来。小区住户们已经散了。

家家户户的厨房响起了炒菜声。一盏盏灯光亮起,照耀着不同家庭的故事。

韩休抬起头看过去,七楼王春竹家漆黑一片。所有人家的故事都在夜晚的灯光下发生,不论悲喜。只有苏念竹,她的悲伤被黑暗吞噬。只要一想到她平时的冷漠坚强,韩休就越发心疼。

门卫室里,桌子上多摆了只瓷酒杯。张大爷自言自语:"王大爷,来,再喝一杯!唉,你家小竹要是能回来看你一眼就好了。"

韩休听到这句话再不犹豫走进了铁门。悼念着王春竹的张大爷没有看见,轻易让韩休混进了小区。

径直上了七楼,韩休正打算敲门,好像又听到了哭声。他贴近防盗门,苏念竹的哭声清晰入耳。急于出现在她面前,想给她安慰的冲动因门里的哭声冷却。她在外有多么坚强冷静,就有多么不愿意被人看到她此时的软弱。

时间沉默地逝去。楼道的感应灯终于熄灭。韩休默默地站在黑暗中,仿佛苏念竹就在他身边。

苏念竹哭累了,情绪随着痛哭一场悉数发泄。她心里空荡荡的,全身无力。她在厨房地上坐着,看着家被黑暗淹没。

黑暗让她觉得安全。她记得小时候放寒暑假,母亲再婚后晚上都不会来家里陪她。刚开始她一个人总是害怕,躺床上稍有一点动静就惊醒。她拿了床毯子,爬到了床底下。床底很窄,她躺进去,连翻身都不行。她想,就算家里进了贼,他也不会发现睡在床底下的自己。她一觉睡到了天亮。

后来习惯了一个人,她就不再害怕了。

她想起章霄宇曾经说过的话:"愿逝者安息,生者幸福。"

很多年前,她就对自己说,她一定要让自己幸福,让自己过得更好。

再孤独再寂寞……再伤心,她也要好好走自己的路。

等到眼里再没了泪,苏念竹平静了。她起身打开了厨房的灯,拧开水龙头用冷水洗干净脸。她将菜拣出来,该放冰箱的放进了冰箱,包括那盆腌着的鱼。

她想,她还可以自己做给自己吃。

收拾好厨房,她拿起手机、钥匙,关了灯准备离开。

韩休被屋里传来的声音惊醒,飞快地朝楼下跑去。

苏念竹出来时,听到楼下传来咚咚咚的脚步声。她没有在意。感应灯亮着,省了她用钥匙敲楼梯扶手。

走到门卫室时,苏念竹停住了脚步。

张大爷正半闭着眼睛打瞌睡。桌子上有两只酒杯。

眼睛又湿润了。苏念竹知道另一只酒杯是给父亲的。她没有叫醒张大爷,拉开小门出去,又细心地将门拉拢。

韩休看见苏念竹把车开走。他远远跟在后面,确定她是回南山别墅。韩休变了道,抄近路赶回去。

见到韩休回来,章霄宇便关了游戏:"怎样?"

他下午和韩休联系过,韩休回了他一句去找李正的儿子。

韩休换了鞋往厨房走:"你怎样?拿到那把泥坯壶没有?"

章霄宇跟到厨房门口,看他和面:"还没吃饭?"

"嗯。"

"今天失策了。曼生壶吸引力太强。吃过饭,唐缈和顾辉硬赖着不走,结果赏了一下午壶,喝了一下午茶。她是真的喜欢制壶。下午拉着顾辉和我帮她想南瓜壶上刻什么壶铭。最后想了个种瓜得瓜,打算给她的南瓜壶增加点野趣。这想法倒是不错,就是不知道她做出来的成品是什么样子。"章霄宇说起唐绡话就多了起来。

"有顾辉在,她没撩你,都不习惯了吧?"

"怎么说话的?谁说我想她撩我了?不过,你还真说错了。有顾辉在,她反而变本加厉了。你知道她说什么?"章霄宇学唐绡说话,"我记得你说过,如果我是你女朋友,你把李玉壶送我都成。我做你女朋友吧。我当然不能如她愿了。抱歉,我舍不得李玉壶。"

"当顾辉面这样说,没把她气走?"

"那你就太小看她了。她皮厚得就不像个女孩子。她说,放心,总有一天你会更舍不得我。"章霄宇搓了搓手臂,"我鸡皮疙瘩一下子就起来了。大韩,没有你在身边保护我。我真害怕和她单独相处被她吃得骨头都不剩。"

韩休用力揉着面,头也不抬:"我看你高兴得很,享受得很。老板,你还是从了吧。反正你是被追求的,成了她男朋友,去接近了解唐国之,也不算利用她。"

章霄宇反而正经起来:"大韩,我不想和女孩子交往时掺杂别的东西,不清爽。搞清楚唐国之买曼生壶和我母亲失踪前提到的曼生壶是否有关系,再说吧。"

正说着,苏念竹回来了。

"吃饭没有?没有的话我多煮一碗。"韩休揉着面,顺溜地问出了口。他只瞥了一眼,就看出她在车里化过妆了,将哭过的痕迹掩饰得极好。

"我不饿。今天应酬有点累,我回房休息了。"

韩休的牙顿时有点发痒。如果不是一直跟着她,他恐怕也会被她蒙过去。父亲醉酒溺水,她在家里哭得死去活来,回来后就成了一句应酬得有点累?她的心房外装的不是普通防盗门,是银行金库的安全门吧?相处这么久,她不仅瞒着家里的事,看来她还打算自己一个人处理她父亲的后事。她并不信任他和章霄宇。

"没良心的！"

章霄宇看着他将手里的面一块块揪下来，很高兴："做揪面片啊？给我来一碗。"

韩休白了他一眼，重新将面揉在了一起扔回了面盆，扯了保鲜膜盖好，放回了冰箱："不想做了。"

他从冰箱里拿了听啤酒："明天再找李正的儿子。累了，回房间了。"

看着他上楼。章霄宇立马懂了。韩休巴巴跑回来想给苏念竹做面，结果人家不领情。

"他怎么知道苏念竹这时候回来？眼睛一直盯着手机看她行车路线？快十点了，他怎么会认为她没有吃晚饭？哼，今天没找李正的儿子，盯梢去了！"章霄宇摇头叹气。

第58章 / 揍一顿就好了

苏念竹一直在做梦。一刻不停。

"念竹，醒醒。"

她迷迷糊糊地睁开眼睛，床头柜上的台灯温暖地映出章霄宇的脸。

他扶起她，声音温柔低沉："吃过药再继续睡。"

她顺从地张开嘴，吃药喝水，靠在他胸口，感觉到阵阵暖意。苏念竹揪住了他的毛衣呢喃出声："你说，我不是你喜欢的类型。为什么还要这样？不要再抱我睡了，我舍不得……"

章霄宇想辩解,苏念竹的手无力地滑落,歪着头又昏睡过去。他扶着她躺下,给她理好被子,黑着脸离开了她的卧室。

　　厨房里韩休正在熬中药。

　　"你出来。我在地下室等你。"章霄宇扔下一句话下楼去了地下室。

　　隔了一会儿,韩休下来了。看着章霄宇戴上拳套,他也拿了一副戴着:"今天怎么想练拳了?"

　　章霄宇一拳揍了过去:"我想揍你!"

　　他出拳凶狠,韩休不得不打起十二分精神应付:"看你这两天没去找唐小姐。她也没来找你。害相思病了?"

　　结果一时不察挨了章霄宇一拳。韩休火了,迅速还击。两人越打越猛,最终倒在地上纠缠在一起。

　　"我算是知道你为什么对念竹有意却总把我推出去了。你要脸不要?"章霄宇喘着气骂,"刚到沙城时,念竹有天出门回来感冒发烧,也是烧得糊涂。是谁抱着她睡了一晚?敢做不敢当,让她误会。你是不是男人?!"

　　韩休今晚被他狠揍了几拳,也怒了。和他较着劲低吼道:"她睡醒过来,压根儿就没想到是我。眼睛里就只有你。你让我怎么办?!觍着脸对她说,昨晚你眼泪鼻涕糊了我一身抱着我不肯撒手?让你感动的人是我?你喜欢错人了?"

　　"你搞出来的事情你自己收拾!"

　　"我他×想收拾,她给我机会了吗?"

　　两人终于斗得没了力气,躺在地下室的软垫上大口喘气。

　　章霄宇狠捶了下地:"酒会那天她出来找咱俩,听到我说的话了。"

　　韩休闭上了眼睛:"我知道。"

　　"现在怎么办?"

"我要是知道就好了。"

章霄宇转过头,用腿踢了踢韩休:"是不是害怕被她知道你的心意,拒绝你?你称霸街区时的狠劲上哪儿去了?"

韩休一脚踢回去:"给我管好你的嘴!欲擒故纵懂不懂?"

"听着我就想笑。"章霄宇摘了拳套扔了,坐起身说道:"反正从现在起,你忙不过来也别叫我去照顾她了。念竹心思太细腻,又太敏感。误会越深,她越难过。"

"滚回你房间去。楼下喊救命你都别下来。"

"我帮你付学费生活费时,你怎么不叫我滚?"

韩休挺身坐了起来,摘着拳套不屑地说道:"被人抢劫,摇着轮椅追。那滑稽样我能笑一辈子。我追了两条街才把你的包抢回来。不该让你付点报酬?"

章霄宇想起往事忍俊不禁。他扔下韩休上楼,边走边笑:"所以我成了你的老板。现在老板命令你照顾好念竹。照顾不好扣你报酬!"

想起读书时,韩休眼里涌出暖意。

手机的铃声惊醒了苏念竹。

是警方的电话。尸检报告出来了。没有外伤和其他疑点。警方以酒后失足溺水亡故结束了调查。

"我尽快过来办手续。谢谢。"

拿着手机,苏念竹出了会儿神。

父亲走了,照当地风俗,至少要停灵三天才能火化下葬。父亲在老小区住了一辈子。街坊邻居,他的朋友同事都会来灵堂祭拜。

她需要去公安分局办手续,在老小区搭灵堂,联系殡仪馆火化,买公墓下葬。

一堆事情在等着她。苏念竹穿衣下床,床头柜放着药和清水。她真切地感觉到身体的虚弱。又觉得自己精神很不错。吃过药,她拿起手机看了下时间。她不知不觉睡了整整两天？她终于想起来,这两天迷迷糊糊时,似乎是章霄宇一直在照顾她。

然而他亲口说过,他对她没有那种感情。是她太贪恋被人照顾的温暖。

"苏念竹,只是朋友伙伴的照顾。你记住了。"

她的骄傲不允许她流露出半分眷恋。

洗完澡换好衣裳,苏念竹拿起包出了房间。她已经想好了理由,打算向章霄宇请几天假处理父亲的后事。然而走下楼梯,她便愣住了。

章霄宇和韩休穿着白衬衫黑西装,站在客厅里。一个冷峻一个儒雅,静静地看着她。

一看两人的穿着,苏念竹就明白,他们已经知道了。

"李正和你父亲王春竹是老朋友。他去公安局询问情况,这才知道你是王春竹的女儿。"章霄宇没有说出韩休跟踪苏念竹的事,温和地看着她说道,"念竹,我们是伙伴。怎么可能让你一个人去处理伯父的后事？"

苏念竹有点尴尬:"想着也不是多麻烦的事,就没说。"

"说什么呢？见外了啊。你再客气当心我和大韩真生你的气了。"章霄宇说着把胳膊搭在了韩休肩上,冲她微笑,"念竹,今天带我和大韩出门有没有被护花的感觉？"

他是故意的,为了逗她高兴。章霄宇的话缓解了苏念竹的尴尬。她心里暖暖的:"哼哈二将。"

见她还能开玩笑,韩休破天荒地主动开口:"我煮了鸡丝粥。吃完再走。"

粥熬得黏稠,鸡丝嫩滑,姜丝切得很细。配了两盘小菜。

章霄宇吃得豪放,吃了三碗:"大韩,你不当厨师真的可惜了。念竹,你说呢?"

　　知道他是故意引自己说话,苏念竹很配合地递过了碗:"我能再多吃半碗。"

　　韩休给她添了一碗:"多吃一点。"

　　苏念竹没有拒绝。暖暖的粥喝下去,精神又好了几分。她偷偷看对面的两人。章霄宇和韩休身高差不多。韩休更壮实一点。迷糊中任她倚靠的宽厚温暖的胸膛究竟是谁?苏念竹突然生出了怀疑。照顾自己的人究竟是韩休还是章霄宇?

　　"念竹。等会儿大韩开车陪你去公安局。公司人事部已经去你父亲小区联系搭建灵堂的事。殡仪馆也联系好了。另外,沙城有三处公墓。资料已经送来了。你选一处,我去找风水师看看。你看还有什么需要办的?"章霄宇尽量说得平和自然。

　　韩休不想出头,只能他来安排。谁叫他是老板呢?章霄宇想到这里又恨不得揍韩休一顿。

　　"就选老鹰山公墓吧。那里风景不错。谢谢。三天后就火化下葬。一切从简吧。"

　　都为她考虑到了。她还能说什么呢?苏念竹敏感察觉到章霄宇和韩休小心翼翼的态度。他们没有说一句节哀顺变,也没有劝她一句别伤心难过。他们尽心尽力地把事情都处理好了,不让她累着。

　　"我没事。那天出门忘记穿外套受了凉而已。我不是泥捏的,没那么脆。"苏念竹放下筷子,正视着两人,"但是我还是要说声谢谢。我是病人,我不抢着洗碗了。收拾好我们就走吧。"

　　她这样的态度,瞬间让章霄宇和韩休都松了口气。

　　"你歇着。我和大韩收拾。"

两人麻利地收拾起餐桌去了厨房。望着他俩的背影,苏念竹微微笑了起来。

她是幸运的。没有了亲人,她还有同伴。

第59章 / 负气离开

江氏制壶厂的办公室里,江城和程工喝着茶聊天。

李师傅急匆匆地进来了:"江总,程工,王春竹女儿回来了。我们去的时候,小区已经搭好灵堂了。我只好把咱们厂订的花圈摆上,其他的都用不上了。"

江城一惊:"王春竹的女儿?他前妻不是带着他女儿走了?有二十年了吧?"

程工解释道:"警方联系的。他家里有亲属来办后事也好,不然还得厂里出面。李师傅,王春竹是你们二车间的人,你去问问,有想去看看的,一会儿都坐厂里的车去。"

李师傅应了声去了。

江城放下茶杯:"程工,你代表厂里去。毕竟是在告别宴上喝高了,没有负责安全送回家,厂里也有责任。我和江柯也去。只要家属没有提过分的要求,都答应下来。"

"江总放心。我知道我知道。"程工迭声应下,心里也有点担心家属会趁机闹事,把责任推到当晚参加告别宴一同劝酒的人身上。

离开制壶厂,江城给江柯打完电话。车驶向王春竹家时特意绕了一圈,经过饮马湖公园。

司机减了车速,轻声说道:"吃告别宴时,我约王春竹宴后在这里见面。去卫生间时说的,没有人听见。这里是原来的纸厂,湖边建了绿道,纸厂还没有拆完,因此没有装监控探头。车停在路上,我看到王春竹走到湖边,没有人跟踪才走过去的。把装钱的包给了他,叮嘱他拿钱办事别胡说八道我就走了。"

江城往车窗外看过去,待拆的纸厂被低矮的围墙围着。公路与湖边被踩出数条小道。他闭上了双眼:"那装有一百万的包去哪儿了?湖边的水并不深。他失足滑下去溺水,一百万不是几张纸,要么落在岸上,要么落在他身边浅水里。怎么会没被人发现?"

"江总,你说会不会是有人发现他溺水,先把包拎走了?要不我在这附近查一查?"

江城蓦然睁开眼睛:"不。不要查。不能让人把王春竹和我扯上关系。我肯被他勒索一百万,为的就是保住江氏制壶的秘密!"

司机迟疑起来:"可毕竟是一百万啊。肯定是有人拿走了。哪天这一百万又冒出来……"

江城的眼神冰冷:"没有人知道我给了王春竹一百万。你是最后见过他的人。你难道想让这起意外变成杀人灭口?"

司机打了个寒战:"是。我吃过饭就走了,没有再见过他。"

江城满意地点了点头:"走吧,先去公司接小柯。"

车飞速离开饮马湖公园驶向江氏公司。

苏念竹和韩休还没有过来。章霄宇带着公司员工守在灵堂里。

紫砂协会得到了消息,来了不少人。李会长亲自来了。唐缈也跟着一起来了。

章霄宇迎了上去:"李会长。您怎么来了?"

李会长轻叹了口气:"王春竹也是我们紫砂协会的老会员了。协会里认识他的老朋友也不少。都来送送他。咦,怎么没看见苏总?没想到啊,她竟然是王春竹的女儿。"

"念竹办手续去了。您先上香吧。"章霄宇招呼李会长一行人进去上香。

唐绡站在他身边扯了扯他的衣袖:"怎么,几天没见,不认识我了?"

章霄宇压低了声音:"今天场合不同,不许乱开玩笑。"

"知道。当我不懂事啊?"唐绡睃了他一眼。西装衬得章霄宇身材挺拔,胸袋上插着一朵黄菊,她的手就忍不住伸了出去,替他整理了下那朵黄菊,"你穿西服很帅。我喜欢。"

还是忍不住撩了他一句,唐绡粲然一笑,快步进灵堂上香去了。

章霄宇低头看了眼那朵黄菊,嘴角轻轻翘了起来。

正陪着李会长说话,江氏制壶厂由程工带队,呼啦啦来了几十人。一时间连坐的凳子都不够。

李会长通情达理:"章总,你先忙。不用陪我们。"

唐绡就站了起来:"你忙去吧。协会的人交给我接待就行了。"

"那行。麻烦你了。"章霄宇实在忙不过来,只得交给唐绡。

江氏出了人命,江柯一定会来。唐绡凑近他低声说道:"说不定一会儿我就要麻烦你了。"

章霄宇没听懂她的意思。唐绡将他推了出去:"行啦行啦,忙去吧。"

他摇了摇头,走向了程工。

"你好,我是王春竹的家属。"

正在灵堂棚内送茶水的唐绡蓦然回头。他说他是王春竹的家属?那他和苏念竹是什么关系?她这才发现,章霄宇今天不仅穿着白衬衫黑西装佩着黄菊,他衣袖上还戴着一截黑纱。不是亲属怎么可能戴这个?

难怪他总是拒绝自己。一股酸涩直冲唐缈鼻腔。

她低着头把茶水端给协会会员,恨不得冲出去问个清楚明白。她强行按捺着自己的冲动,想趁着人多悄悄离开。望着章霄宇的背影,她又舍不得,一赌气就坐到角落里嗑瓜子,听协会会员们聊天。

唐缈缩在角落里,看章霄宇陪着程工和江氏制壶厂的员工们上香,他在旁边代替苏念竹回礼,气得直磨牙。

他明明和苏念竹是那种关系,干吗不直接说一直吊着她?她才不信他不知道自己在追求他。这个脚踩两条船的混蛋!唐缈越想越觉得自己窝囊。她实在待不下去了,趁着人多,猫身就溜出了灵堂。

她对着外面清爽的空气狠狠地吁了口气,正打算走,苏念竹和韩休回来了。唐缈远远站在人群外,对自己说,再看一眼就走。

云霄壶艺,紫砂协会,江氏制壶厂和小区住户们送的花圈直摆到了大门口。苏念竹从踏进小区起,心里就被暖暖的情绪包裹着。

她低声对韩休说:"太铺张了。"

韩休轻声回她:"是伯父人缘好。"

苏念竹感激地看了他一眼,走了过去。

"是小竹啊!小竹长这么漂亮了!"

"二十年没见了。哟,这身高随了她妈!"

"小竹子,还记得张大爷不?"

热情的邻居瞬间围住了苏念竹。

章霄宇陪着程工出来。苏念竹一眼看到他衣襟上的黄菊和戴着的黑纱,知道自己不在的时候他一直在替自己向来悼念的人还礼,眼睛就湿了:"谢谢。"

章霄宇看了眼韩休,亲手将一朵黄菊别在她胸口:"应该的。你来了,让大韩陪你,我歇会儿去。"

唐绶看在眼里,只觉得自己就像个傻子,一时间恨自己看错了人,又恨章霄宇脚踩两条船。眼睛酸胀得厉害,她强忍着眼泪,掉头就走了。

第60章 / 盘问

正打算离开的程工和厂里的师傅们被苏念竹堵了个正着。想起江城说过的话,程工主动开口说道:"你是王工的女儿吧?我是制壶厂厂长,我姓程。今天和厂里同事来给王工上炷香。来之前江总交代过,有什么困难尽管提。厂里能解决的都尽量给你解决。"

普通人会提什么要求呢?如果留下孤儿寡母,不外是解决孩子工作,要一笔补偿金罢了。她都不需要。

"这么说,江氏的老板和程厂长都清楚,在我父亲去世这件事上,是存在过失的?"

苏念竹一开口,正打算去找唐绶的章霄宇停住了脚步。他飞快和韩休交换了个眼神,有些纳闷苏念竹有意追究责任的话。

程工愣了。他没想到王春竹的女儿这么厉害,不提要求,直接指责制壶厂的过失。他嗫嚅着,情不自禁地转头朝小区门口看去。江总怎么还没有来呢?

苏念竹二十年没有回来,但在小区住户们心里,她还是小区的一员。听她问出这么句话,马上嚷嚷起来:"就是。人好好的出门赴宴,他怎么就栽水里去了?你们要负责!"

"既然是厂里叫王春竹去喝的酒。他出了事,厂里就该负责嘛!"

"小竹说的没错。人没了,厂里就该给个说法!"

被小区居民围着,程工心里更慌:"刚才我说过了。有什么困难和要求尽管提。厂里没有推脱的意思。"

苏念竹提高了声音:"谢谢大家了。既然程厂长都这样说了,想来是会给我一个交代的。程厂长,我想单独和你谈谈。"

被人围着的感觉让程工在大冬天热得额头见汗。能单独谈,他求之不得:"好好。"

灵堂人太多,苏念竹想了想说道:"去家里坐坐吧。"

章霄宇马上说道:"你们回家谈吧。这里有我。"

程工点了李师傅还有几个与王春竹交情不错的师傅跟着,随苏念竹回家去了。韩休拍了拍章霄宇的肩,也跟了上去。

上了楼,苏念竹招呼众人坐了:"我去烧点水泡茶。"

韩休主动去了厨房:"我去吧。"

苏念竹便在客厅里坐了,一改先前的尖锐态度,语气和缓下来:"我父亲在江氏制壶厂工作了那么多年。我该叫各位一声'叔叔'。"

气氛一下子就轻快起来。李师傅眼睛就红了:"小苏啊,说实在的。老王出事谁都想不到。你也别太难过了。"

"我知道,是意外。谁叫他喝醉酒还在湖边走……"

苏念竹这样说,程工的心情顿时轻松起来:"那天王工辞职。厂里相处一二十年了,就说还是要吃顿告别饭。厂里来了十几号人。大家都挺舍不得的,都喝高了。也怪我,我要是没醉倒,能提前安排妥当,不让他一个人回家就好了。"

"程工,那天谁没喝高啊?照我看,老王还算好的,走的时候他神志清醒得很。"

"是啊,谁能想到会出这样的事呢?"

师傅们议论起来,苏念竹一直沉默地听着。

厨房里,韩休支着耳朵听着客厅里的谈话,随手打开了冰箱。他看到不锈钢盆里腌着的鱼。韩休沉默了。

他想起上周末晚上在超市,她突然问他会不会做臭鳜鱼。想起章霄宇说他也喜欢吃臭鳜鱼时自己冒火生气。

看到冰箱里腌着的鱼,他既高兴,又难过,更多的却是心疼。

想到她嘴里不说,心里却期待着父亲给她做喜欢吃的臭鳜鱼,结果却等来了父亲意外落水的消息,韩休就心疼得不行。

电热水壶跳了闸。韩休泡好茶端了出去。他没有在客厅里停留。灵堂搭三天,反正要吃饭不是?他给她做。

"我父亲怎么突然想辞职?事先没有和我说起。程工,他辞职时有说什么吗?"苏念竹轻声问道。

她知道的。周五那天父亲打电话来说,他要辞职。她以为父亲是为了来云霄壶艺当顾问才说要辞职,可是厂里给他办告别宴,他接了电话才出门。很显然,在打电话之前,父亲就已经辞职了。

程工苦笑道:"上周三他来我办公室,交了份辞职报告,说不干了。我当时还问他,辞了职还没到领社保退休金的年龄,还不如在厂里混到退休再走。他说做烦了,不想干了,当天就把手续办完了。看在他是厂里老员工的分儿上,今年的年终奖也一块儿给他了。本来是要再等两个月,春节前才发的。哦,连同多发的一个月工资,一共有两万多块钱。"

时间过去没几天,苏念竹也记得很清楚。她是周一晚上来家里的。这么说,是见到她之后父亲就做出了辞职的打算。

他辞职,是想着她回来了,想在家给她做饭照顾她?

心里微微一刺。她根本没想过再回到这个家。他真敢想啊。她回到了沙城,就该回家做他的好女儿?

她不想再问下去了。她知道,如果自己想追究,提起民事诉讼,可以让一起去吃告别宴的所有人都对父亲醉后溺水承担一部分责任。然后呢?协商调解拿到一笔赔偿。

有什么意义?

要怪,就怪他自己贪杯。

苏念竹的目光从他们脸上掠过。看到他们花白的头发,忐忑不安的神情,自然流露出的伤感,她不想追究了。

逝者已逝。她过得很好。

"其实,父亲辞职,大家给他办告别宴,他也高兴。还是在饮马湖居那种高档酒楼。他出意外谁也不想看到。所以,我并不想追究责任,也不想要什么赔偿。如果方便,可不可以送我一套父亲亲手做的壶?"

听苏念竹这样说,所有人都露出如释重负的表情。

程工马上表态:"小苏啊,谢谢你理解。确实也是我这个厂长没考虑周到,没照顾好王工。你的要求是应该的。王工亲手做的壶你该收藏纪念。回头我就送过来。"

这一刻,程工的眼圈红了:"说来也惭愧。以我们厂的餐饮标准哪能吃得起饮马湖居。上周五大江总来厂里,听说王工辞职,马上让助理去饮马湖居订了包间。我当时觉得饮马湖居太贵。大江总是念旧的人,说王工为江氏做了二十年壶。这顿饭他私人出钱。我才赶着给王工打了电话,让他来赴宴。没想到……"

江氏上千员工,江城为什么对父亲这么好?那天苏念竹从公安分局出来就去了饮马湖。饮马湖居古色古香,一桌席至少几千块钱,是唯一临湖的酒楼。他为什么要在饮马湖居办告别宴?为什么父亲吃完饭不和大家一起走,要单独去湖边散步?

苏念竹脑中乱成一团乱麻。

程工哽咽起来:"小苏,你不追究我的责任,我实在太感激你了。"

苏念竹回过神,轻扶着他的胳膊:"您别太难受了。我不是不讲理的人。您早些回去歇着。我就不送你们下楼了。"

目送着程工和厂里师傅下楼,苏念竹怔怔地站着,连韩休何时来到身边都不知道。

"你去睡会儿。这里有我……和老板在。"韩休想扶她,手始终没有伸出去。

苏念竹转过身看他,苍白的脸,眼神迷茫:"好。"

她机械地走到儿时的房间门口,推门进去了。

韩休回到厨房,菜都准备好了,只等下锅。他走到门口从门厅盘子里拿了钥匙关门下了楼。

第61章 / 有一个人知道答案

江氏大厦总经理办公室里,江城坐在沙发上拿着软布,亲手擦拭着一件件紫砂壶。他擦得很认真。每次来这里,他都会亲自擦拭这十六种器形的精品手作紫砂。

江柯觉得奇怪。每逢公司有大事发生,父亲就会将这些紫砂壶取下来认真擦拭。今天有什么大事呢?

制壶厂一个老技工意外去世,对公司也没什么影响。制壶厂的厂长程工已经带着厂里的人去了。自己和父亲能去是表示对公司员工的重视。不去,也没人能说什么。

他给父亲泡了壶铁观音,试探地开口问道:"爸,你不是说要去王春竹家看看？什么时候去？"

江城"嗯"了声："等等。"

下午来了办公室，一等就是两三小时。江柯不明白。

江城擦完最后一件壶品，亲手放回到木架上。他退后两步，看着这些精美的紫砂壶，心里生出一种满足。他回到沙发上坐着品茶，耐心地教育儿子："有过这样的案例。几个朋友一起吃饭，席间劝酒，有人喝多了猝死，家属将朋友全送上了被告席。所以我让程工带厂里的人先去，探探家属的口风。王春竹是厂里的技工，如果家属难缠，程工搞不定，我们再出面。"

江柯明白了："您是担心王春竹虽然是意外身亡，家属会闹出点事来？就算家属闹上法庭，也不外是想多拿点赔偿。王春竹是散席后独自离开才出事的。就算厂里赴宴的人有责任，也不是全部责任。"

"事无大小。如果遇到有人煽风点火，影响企业形象，会得不偿失。我说这些不为别的。小柯，这点时间你都等得不耐烦，沉不住气。将来遇到真正的大事发生，你就会乱了阵脚。"

"是。您喝茶。"江柯看了眼渐暗的天色，心里不是很服气。

知子莫若父。江城叹了口气说道："小柯，我知道因为唐纱，你对云霄壶艺的章霄宇有心结，最近动用资金和云霄壶艺抢陶艺师。"

江柯正要辩解。江城摆手止住了他："从公司情况来看，发展精品手作紫砂的想法并没有错。人才始终是最重要的，所以我并没有阻拦你。你知道王春竹的女儿是谁吗？"

"谁？"

"云霄壶艺的法务部总监苏念竹。"

江柯瞳孔微缩，彻底明白了父亲的意思："就算咱们对王春竹有酒后照顾不周的责任，哪怕责任再小，章霄宇极可能借题发挥？"

江城认真教育儿子:"做任何事,都要做好应对最坏局面的准备。"

这时,程工的电话来了。江城接完电话后松了口气:"程工说苏念竹不准备追究。我们可以去了。把钱带上。"

牛皮信封里装着十万块钱。江柯觉得有点多:"程工不是已经送了一万块慰问金?说实话,王春竹出意外,跟公司真没多大关系。"

"态度。程工铺垫了一步。咱们再送十万块。就算将来她反悔想再折腾,咱们也能站得住理不是?能把这事抹平,不起波澜,花十万算得了什么?走吧。"

江城终究还是没有告诉儿子,这十万块不过是一次试探。

王春竹勒索一百万。他死了,那一百万奇怪地不翼而飞。苏念竹如果知道那件事,必定会瞧不上这十万块钱。

对江城而言,王春竹的死让他放下了多年的包袱,再没有人知道那件事了。然而他又疑心王春竹将事情告诉了女儿。难得的轻快中又多了一重不踏实。

韩休和苏念竹陪同制壶厂的人上楼时,章霄宇找了一圈,没看见唐缈,以为她已经和紫砂协会的人一起走了。他忙着接待前来悼念的客人,压根儿不知道唐缈是被气走的。

眼看到了晚饭时间,前来祭奠的人也走得差不多了,留在灵堂帮忙的几乎都是小区住户。章霄宇吩咐人事部王经理在旁边的酒楼包了席,让他和员工请街坊邻居们去用餐。等韩休下楼时,灵堂里只剩下他一个人守着。

"念竹是想追究责任?"章霄宇还记得苏念竹那句肯定是对方过失的话。

韩休见左右无人,就将听到的苏念竹和程工的对话告诉了章霄宇:

"我听着觉得江城和王春竹之间不像是普通老板和员工的关系,但是程厂长和厂里的老师傅似乎并不知道个中内情。"

章霄宇望着灵堂里王春竹放大的照片,心里闪过另一个念头:"大韩,你觉不觉得又很巧?王春竹是二十年前离的婚,离婚之前他独立制壶,离婚后就进了江氏制壶厂。怎么又是二十年前?顾言风研究紫砂混合泥色是二十年前开始的。江氏壶业打响名号拥有独特紫砂壶器形也是二十年前。那一年发生的事情真多。"

他的话点醒了韩休:"的确太巧。"

"或许,有一个人能解开这些谜。说曹操曹操就到了。"

一老一少两个人刚走进小区。看到来人,章霄宇又想起了母亲制作的那只提梁梅壶,壶中那只小小的陶鸭耳坠。今天,他能得到答案吗?

章霄宇快步走出了灵堂,微笑地招呼着来人,"李正老师,您来了。"

李正是和儿子李灿一起来的。他看着灵堂两侧长长的花圈,眼睛就红了:"老王他……怎么会出这种事啊!"

他甩开了儿子的搀扶,快步进了灵堂,望着王春竹的照片落了泪:"半个月前咱俩喝酒还好好的呀。你这酒啊,你咋就不听劝啊!"

章霄宇上前扶住了他:"李老师,您节哀。"

李正用手掌抹了把泪:"哎,人老了。看到老朋友就这么走了心里受不住。李灿,给你王叔上炷香吧。"

两人上了香,章霄宇和韩休同时鞠躬还礼。

李正不由吃惊:"章总,你是老王的什么人啊?"

"王工的女儿苏念竹是我们公司的法务部总监。她前两天伤风感冒,这才刚好一点,在家里休息呢。我们代她还礼。"

"苏总是老王的女儿?"李正吓了一跳。他是见过苏念竹的,怎么也无法把精致美丽的苏念竹和邋遢潦倒的王春竹联系到一起,"真没想到。

她就是小竹。小时候见过一两次,长大了,真没认出来。老王还是有福气的。女儿争气。他最疼小竹了。这些年他最放心不下的就是女儿……"

苏念竹的声音静静地在他身后响起:"他最疼我吗?他怎么放心不下的?"

几人闻声回头。

她穿着黑色的高领毛衣长裙,黑色的大衣,身后是长长的花圈。夜将黑未黑,只有一张脸素白如纸。她平平静静地站在那里,离他们不过几米远,却像站在极远的天边。

韩休突然害怕起来,害怕她转身就消失得无影无踪。

他正想走向她,苏念竹已走了过来。

她越来越近,距离的缩短让韩休又觉得,或许是他想多了。

第62章 / 各取所需

"你是……小竹?"李正看着苏念竹,多看了几眼就感慨起来,"你像你妈妈,个头高。你还记得我吗?"

她已经不记得李正了。苏念竹没有说破:"李叔,谢谢您来。您坐。"

她扶着李正坐下,倒了杯茶给他:"李叔,您知道的。当年我父母离婚后,我妈就带着我离开了沙城。他当年……好像并不在意我。"

李正叹了口气:"傻孩子,他这么些年酗酒,也是觉得日子没盼头。他怎么会不在意你?你没回家看看?你的房间一样东西都没动过。我去你家找你爸喝酒,经常看他进屋打扫。二十年啊,收拾得干干净净的。"

她看到了。她的床上还铺着印有小棕熊的床单。墙上还贴着课程表,她喜欢的卡通画。窗户关着,窗玻璃一角还贴着她上课时学的剪纸。房间和她当年离开家时一模一样。

父亲是怎样想念着她,她心里的怨恨就有多重。她从前常想,如果父母离婚时,他要她就好了。她就不会成为母亲的拖累,也不会一个人长大。

苏念竹轻声说道:"如果他写日记就好了。我刚回来,也不知道这么多年他是怎么过的。"

李正笑了:"你爸没有写日记的习惯,只有记账本的习惯。每个月工资不记账,喝了酒啊,饭都吃不起。我有次看到过,一毛钱他都记。"

父亲的账本。苏念竹记在了心里:"李叔,你们还没有吃饭吧?"

韩休接口说道:"回家里坐吧?这里有公司的人守着,正好一起吃饭。"

他马上给人事部王经理打了电话。没过多久,王经理和办公室的员工就回来了。几人就上楼回了王春竹家。

韩休早就准备好了菜。下锅炒菜,没多久饭菜就上了桌。

看到桌上那道臭鳜鱼,苏念竹眉心蹙了蹙,很快就将情绪压了下去。她夹了块鱼给李正:"李叔,尝尝。"

韩休埋头吃饭,却注意苏念竹根本就没有吃鱼。是令她想起了父亲?他突然后悔,不该做臭鳜鱼。

章霄宇不明白,夹了一块鱼肉吃了大赞:"味道不错啊。大韩,你什么时候把家里腌的鱼拿过来的?"

韩休恨不得拿东西堵他的嘴,懒得理他,直接问李灿:"工作还适应吧?"

三十多岁的李灿和父亲一样个子不高,常年在赌桌上混,不分日夜,身体已经发了福,挺着啤酒肚。他最早是做泥料生意的。迷上赌博后做生意赚来的钱全扔进了无底洞。钱输光了就去当掮客,靠着对泥料的熟悉帮别的泥料老板,赚点生活费,转过身又拿去赌。这样的日子持续了七八年。

韩休出面替他还清了所有赌债。条件很简单,李灿和云霄壶艺签下五年工作约,归属在材料部,依旧做泥料。五年中若工作勤勉,再无赌博行为,替他还的钱就作为公司奖金抵扣掉。五年中若参与赌博,将连本带息还给云霄公司。

韩休找到李灿时,他刚被讨债的揍了一顿,听到这样的条件,千肯万肯。

李灿不好意思地挠了挠头:"其实我早就厌恶打牌了。就是欠的钱太多,总想着赢点还债。谢谢章总和韩总给我机会。"

对李正而言,章霄宇让儿子远离赌博,就是恩人了。他感激地对章霄宇说:"章总,等公司开始制作紫砂时,我一定尽心尽力。"

公司聘用了七名顾问,章霄宇对他们的工作并不担心。他笑着把话题转到了王春竹身上,"李老师,你和王工是老朋友了。他和江氏集团的大江总关系很好吗?"

李正摇了摇头:"没听他说过。"

本以为李正多少知道一点情况,见他摇头,章霄宇心凉了半截。

苏念竹看了眼韩休,知道他肯定把自己和程工的对话告诉了章霄宇。章霄宇问的,也是她想了解的:"李叔,我记得他以前是独立陶艺师?怎么后来去了江氏制壶厂工作?"

李正叹了口气道:"老王以前和沈佳一样,紫砂壶做好后就放在我店里寄卖。我和他也是这样交上朋友的。后来我的店不是转手卖了?那时候紫砂壶市场不景气,一个月也不见得能卖出一套壶。我记得当时他刚离了婚,整个人颓废得很,做壶也没有感觉,再这样下去,吃饭都成问题。制壶厂需要熟练技工,虽说少了个人创作,但计件干活儿,每个月都能拿工资,也不用愁怎么卖壶。他就进了江氏制壶厂,一干就是二十年。"

看来李正对父亲的事情并不十分了解。苏念竹仍抱着一线希望:"那他想辞职,和你说过吗?"

"上次我来沙城,也是这个月。没听他说过。大概是你回来了,他想多陪陪你,才辞的职吧。"

苏念竹没有想问的了,沉默地吃着饭。

饭后,李正父子告辞离开。章霄宇终于叫住了他:"李老师,有件事情,我想和你单独聊聊。"

李灿很有眼色地说道:"爸,你和章总聊。我去灵堂搭把手帮帮忙。"

苏念竹和韩休都知道章霄宇想问什么,把家留给了两人,和李灿一起出门下楼去了。

连他儿子都要避开,李正心里咯噔了下,隐隐猜到了什么。屋里只有他和章霄宇两人,茶几上的热茶飘着袅袅水汽。一时间静默异常。

"李老师,沈佳离家出走的那天晚上去找过你,对吗?"

二十年了,终于瞒不住了。李正心里叹息着。他的目光落在章霄宇腿上,又看到他习惯性的敲打动作。是他吧?是当年的那个孩子。李正涌出一种激动。他急切地看着章霄宇,想从他的眉眼中看出是否有自己熟悉的影子。

他看的时间太长。章霄宇再也控制不住自己急迫的心情:"李老师,请你一定告诉我实情。"

李正嘴唇动了动,埋在心里多年的事情早已沉淀变成一块石头,压在心底最深处。很多时候他想起那晚,都会愧疚。

"上次你和小唐来家里找我。我就在想,那个孩子今年也该和你一般年纪。你的腿……受过伤吧?"

脑袋嗡的一声响。章霄宇看着李正,他知道的比自己猜想的更多。他要不要告诉他自己的身份?李正知道他就是当年的林景玉——沈佳和林风的儿子。他还会说出实情吗?

他等了二十年!章霄宇用最大的克制力控制自己的冲动:"我的腿没有受过伤。"

李正自嘲地笑了笑:"哦,上次你说过。我忘了。你怎么知道沈佳那天晚上来找过我?"

章霄宇早想好了借口,然而李正不打算听:"算了,你不用告诉我。章总,你聘我当顾问,又帮着我家李灿还债给了他工作。我实在感激。这件事情在我心里埋了二十年。我告诉你。"

Vol. 2

第二卷

第1章 / 一己之私

夜色悄悄,屋里灯光朦胧。岁月刻在李正脸上的皱褶如刀凿斧刻。他捧着茶杯,吹一口气。水汽飘荡开,将他带进心底深处,第一次撬动了凝结了二十年的巨石。

章霄宇一口大气也不敢出,生怕惊散了眼前老人的回忆。

"我记得那天很晚了。我已经睡下了……"

愧疚让他不止一次回忆着那个夜晚,以至于隔了这么多年开口讲起,仿若昨日。

沙城刚入了秋,李正的生活却提前进入了寒冬。妻子的病像旋涡,在不到一年的时间里将多年的积蓄与他的精力消耗得干干净净。

睡到半夜,妻子又痛醒了。他熟练地给她做着按摩。他闭着眼睛机械地做着,不知道做了多长时间,妻子才慢慢入睡。

他感觉到了,正松了口气打算关灯,店铺的卷帘门被拍响了。

"这么晚了,是谁呀?"妻子疲倦地睁开眼睛问他。

"你睡。我去看看。"

店铺是挑高六米的空间格局,中间隔断,楼下是店,楼上住人。店铺后门有个十来平米的小院子,搭了厨房和卫生间。一家三口就生活在这局促的空间里。

李正披了衣裳从楼梯上下来,打开了灯。他瞅了瞅墙上的挂钟,凌晨一点二十。他走到卷帘门处,隔着门问:"谁啊?"

"是我,老李。沈佳。"

李正听到沈佳的声音,赶紧开了小门。

秋风从门口吹进来,带着股凉意。

"进来说。"

沈佳进来后,李正将小门关上了,请她在品茶的茶台旁坐下:"这么晚,你怎么来了?"

沈佳穿着牛仔裤,上身穿着件深蓝色的毛衣,黑色休闲外套,背着只双肩背包,一副远行的打扮。她把长发梳成了马尾,刷成彩色的小鸭子耳环很显眼。

她往楼上看了一眼,压低了声音:"老李,我手里有点紧,急需用钱。你看能不能尽快把那五万块钱凑给我?实在对不住。我知道嫂子看病要用钱。我先拿来周转一下,回头我再凑钱给你。"

妻子刚生病时需要动手术,沈佳二话不说借了五万块。钱已经借了大半年。她急着用钱催他还,也是应该的。

"什么时候要?"李正的目光往店里睃了一眼,把店里的货全部盘出去,应该能凑齐还给她。

沈佳很不好意思:"就现在,急用。如果没有用出去,我再拿给你。"

现在……李正苦笑:"咱俩多年交情,我也不瞒你。我把店里的货都盘了,肯定能凑够钱还给你。但是别说现在,就是几天时间,也不好找能盘下我店里所有货的人。你这么着急,是家里出什么事了吗?"

沈佳犹豫了下说道:"我要去买曼生壶。现在还没看到货。如果是真的,我肯定倾尽全力买下。如果是假的,这钱我就用不上,回头再借给你。"

"曼生壶?!"李正吓了一跳,"哪儿来的消息?可靠吗?是真壶那一定得买下,只赚不亏啊。"

见李正也支持买曼生壶,沈佳也轻松了起来:"我倒不是想买了壶转手卖掉赚钱。你知道我的,我哪里舍得。"

"消息是真是假啊?"

"是真的。就是不知道壶是不是真的。得亲眼看了,上了手才知道。"沈佳肯定地说道,"只是您手里如果没有现钱,盘了货凑钱给我肯定来不及。卖家不等人。"

她想了想,还是放弃了,背着包站了起来:"算了。老李,我知道你现在困难。我也就是来碰碰运气。我去找找其他人。"

这么晚来找他。沈佳肯定一晚上都在找人想办法凑钱。李正叫住了她:"你等等。我能给你凑点是点。"

他匆匆上了楼。正好妻子明天又要去医院,他才把所有存款取了出来。

李正将八千块钱给了沈佳:"家里只有八千块了。凑点是点吧。你先拿着。"

沈佳没有推辞:"成。我先拿着。如果是假壶,用不了我再给你。先走了。"

李正将她送出门外,看着她骑着电动车走了。他回店锁好门,看到地上掉了一只小鸭子耳坠。他随手捡起来揣进了兜里。

那天晚上,母亲既然没有从李正处拿到更多的钱,她肯定还去找了别的人。母亲在失踪路上遇到的下一个人会是谁呢?

听到这里,章霄宇这才开口问李正:"她有没有说卖曼生壶的是谁?"

李正摇了摇头:"没说。这事吧,得了消息都不会告诉别人。曼生壶有几十件，都散落民间，从来没有完整凑齐过。知道有人要出手曼生壶，所有爱紫砂壶的人都趋之若鹜。我懂得，自然也不会问她。她说消息是真的，肯定是她信任的人告诉她的。沙城制壶的人太多，沈佳认识的陶艺师也不少。也不知道这个人是谁。"

告诉母亲曼生壶消息的人。母亲离开李正家去找的其他人。所有人都不约而同隐瞒了这件事情，冷眼旁观警方传唤父亲，冷眼看着父亲受人指点议论悲愤交加纵火自焚。

章霄宇的心凉透了。他盯着李正一字一句地问："为什么你不告诉警方她来找过你呢？她只是失踪。哪怕失踪了几天，你知道的这一点线索，说不定都能救她的命啊。"

如果李正告诉了警方，父亲就不会被人怀疑，也不会万念俱灰纵火烧房子自焚。

他的话像刀子一样刺进了李正的心。他的质疑也是纠缠了李正二十年的噩梦！

李正用手捶着胸口，仿佛这样能让自己好受一点。他嘴皮哆嗦着，半晌才哽咽着说道："我爱人第二天进了医院，病情加重。我不得已把店卖了，天天守在医院里。根本不知道沈佳失踪的事情。过了几天，她丈夫林风在家纵火自焚。事情闹得满城风雨，我才知道沈佳失踪了。那时候我恨不得一块钱掰成两半花。如果林风没有自焚，我肯定会告诉警察沈佳那晚来找我的事情。林风死了，沈佳失踪了。我知道的线索也不多。我就起了私心。"

那时候他店铺外没有装监控探头。没有人知道沈佳深夜来找过他。

沈佳借钱给他的时候也说过，这是她攒的私房钱，林风都不知道。两人关系不错，连借条都没写。

妻子的病让李正低价卖掉了店铺。他已经没有钱了。家里儿子马上高中毕业。生活巨大的压力让李正起了贪念。他想着将来等日子好了,他一定会把钱还给沈佳的儿子。

世间的事情就这么巧。如果李正妻子当时不是病重住院,也许李正还会打听母亲是否买到了曼生壶,说出母亲深夜找他的事。

然而就算李正是在父亲自焚后才知道母亲失踪,他若肯说出母亲深夜找他的线索,警方就有可能找到母亲。他为了一己之私,也许耽搁的却是母亲的生命!

章霄宇直愣愣地瞪着李正,猛地攥紧了拳头,胸口塞满了愤怒。

第2章 / 宽恕

李正没有看到他的表情,沉浸在自己的痛苦中:"我当时真是被钱蒙了心。我不止一次想,如果我告诉了警方沈佳来找我的事,会不会就已经找到她了?刚开始没有说,后来就更加不敢说。我内疚得整晚整晚睡不着。周记者来采访时,我实在受不了,就给她看了捡到的小鸭子耳坠,和她说起了我印象中的沈佳。我打听到沈佳的儿子林景玉被送到了福利院,我想把那孩子接到我家里来,当自己的孩子照顾。我爱人已经不行了,听说后也支持我。我天不亮从医院骑着自行车去福利院,特意抄了个近道。没想到正看到有人拿石头砸向一个孩子,我一急就叫出了声。那人马上就跑了。"

章霄宇的腿抽搐了下。疼痛是有记忆的。时间也不曾让这个记忆褪色。

他攥紧的拳头慢慢地放松,手情不自禁地抚摸着自己的腿。

命运太调皮。让他恨着李正的自私隐瞒,又让他知道李正是自己的救命恩人。没有李正那一声,他就该变成瘸子被卖到山里缺儿子的人家,过着另一种人生。

他克制着情绪,轻声问道:"那个人,长什么样?"

李正摇头:"天蒙蒙亮,隔着有二十多米远吧。他举着石头时胳膊挡住了脸。我喊叫的时候,那石头已经砸下去了。我吓得从自行车上摔了下来。抬头再看,人已经跑进坡上那片矮松林里没影了。他戴了顶绒线帽子,拉下来能遮住脸的那种。只记得是中等个儿,别的记不清了。"

他跑过去一看。那孩子虽然蒙着眼睛堵了嘴,李正一眼就认出他是林景玉,已经痛晕过去了。他抱着孩子送到了医院急诊室,打了电话报警。

李正说到这里突然紧张起来,一双浑浊的眼睛睁得老大:"有什么人会去福利院绑架沈佳的儿子?会不会和沈佳失踪有关?我惊走了那个人,万一被他发现是我,他会不会杀我灭口?我爱人还躺在医院里,我儿子才十几岁。我打公用电话报的警,警察来了我就没敢露面。一边照顾我爱人,一边悄悄看着那孩子。我又想啊,那个人没杀得了那孩子,会不会趁警方不注意又下手?思来想去,还是觉得该把看到的事情告诉警方。谁曾想,我第二天看到了一个名人,收藏家章明芝先生。他居然来看林景玉。紧接着林风的远房叔叔来了,当天就办了手续把孩子接走了。孩子安全,我也就放心了。"

说到这里,李正看向了章霄宇:"李叔胆小,没用。你恨我是应该的。那天你和小唐来山上,我瞅着你老捶你的腿。你姓章,又和那孩子一般年纪。我收的壶那么多,你只关心沈佳提梁梅壶,问起了她的耳坠……我琢磨着你可能一直跟着章先生。"

他从旁边拿起自己带来的包,从里面拿出了一只盒子。

"你不想说,我也不问。这把壶,你留着做个纪念吧。"

章霄宇打开盒子。母亲做的那把青泥提梁梅壶出现在他眼前。他轻轻抚摸着这把壶。梅图的刻痕深深浅浅,似心情纵横交错,起伏不定。

李正站起身:"章总,你帮我儿子还了债给他找了工作。我知道,你签下他五年,是为了不让他再去赌。我也知道,您这么做,就为了我一句实话。我这辈子也没有别的念想了。我这就去公安局自首,说出当年的事情,重新调查你母亲失踪的案子!叔对不起你!能再见到你,说出当年的事,我没有遗憾了!"

他朝章霄宇深深弯下了腰。

眼前的李正已是风烛残年,瘦弱谦卑。

他去自首,母亲就能重新出现,父亲能活过来吗?

章霄宇不知道自己该恨李正,还是该谢谢他救了自己。冷静下来,他便明白,李正隐瞒的事情并不是揭穿母亲失踪真相最关键的线索。

他起身扶住了李正:"不要去。至少现在不是时候。"

李正惊诧地看着他,不明白他的意思。

章霄宇望向窗外沉沉的夜:"我回到沙城,是想查明真相。这座城市里还有人知道得比您更多。如果您愧疚,那么请您替我守住秘密。帮我一起找到那些保持缄默的人,找到那个对我下毒手的人。"

李正重重地点头:"我听你的。"

那个隐藏在浓重夜色中的人,这二十年一定也不会好过,一定紧盯着自己的出现,所以他不能轻易暴露自己是沈佳林风的儿子。

"我今天才明白,为什么有人要对一个孩子下手。他害怕我知道母亲离家出走是去买曼生壶。其实当年我还小,根本没有注意到这个。后来慢慢回忆,才想起父母吵架时提到过曼生壶。也是你小心,不然说不定你也会遭遇毒手。所以,不能说。在没有找到那个人之前。"

李正阵阵后怕："你放心。我没有告诉过第二个人。"

心情平复下来，章霄宇重新给李正倒了杯热茶："叔，谢谢你。义父一直说，让我有机会找到那个送我去医院的人。"

李正手足无措："应该的应该的。你肯原谅叔，叔就……"

"是你救了我。该谢的。谢谢叔告诉我当年的事情，您帮我大忙了。"章霄宇打断了他的话。

宽恕比怨恨更难，但是章霄宇愿意原谅李正，因为他良心未泯。

离开小区时，李灿发现父亲脸上一直挂着笑，好奇地问："爸，章总和你聊什么？谈这么久。"

"谈制壶的事情。你好好工作，好好报答人家。爸从来没有像今天这么高兴过。"

"以前是我混蛋。无债一身轻。我会努力工作，攒点钱娶媳妇，让您早日抱上孙子。"

送走李正父子，章霄宇回到灵堂。苏念竹正和帮忙守灵的邻居聊着天，她不时轻轻咳嗽着。和平时冷漠的模样不同，她温柔和顺，轻言细语。

韩休走到章霄宇身边低声说道："江城和江柯刚才来过了，送了十万块钱，说多少也有没照顾好的责任。江城还说起从前，他开壶厂的时候，就认识王工了。说起倒是念旧情的模样，还担心念竹嫌少，说有什么要求尽管提。念竹收了钱，很客气。不想追究责任。"

章霄宇懂了："江氏父子松了口气吧？"

"嗯。"韩休心细。他想了想说道："我听着江城有句话不太对。他说'比起王工的性命，苏小姐哪怕要十倍的赔偿都是应该的'，江柯当时都愣了,直瞅着他父亲,很吃惊。念竹说厂里给了一万,你们又送来十万。我爸在天有灵,定不会责怪江总的。念竹说这话时,我总觉得她的眼神冷飕飕的。又说不上来为什么会有这样的感觉。"

"十倍的赔偿。一百万。厂里赴宴的人对王春竹酒后溺水有责任,上法院打官司也判不了这么多。而且和江城没有丝毫关系,他为什么要出这笔钱?江城和王春竹之间肯定有什么关系。我看念竹恐怕也察觉到了。"章霄宇说着,睃着韩休就笑了,"你平时不是叫她苏律师苏小姐?看我叫她念竹叫得亲切,心里老早就不痛快了吧?"

韩休懒得理他,直接转开了话题:"李正开口了?"

"或许,我已经离真相很近了。"章霄宇常和韩休玩跳棋,打了个比方,"我扔了个吉利数字,得以越城五座。"

这么顺利?韩休精神一振。

第3章 / 神秘来电

老鹰山离沙城八十公里,属于南屏山脉,风景秀美。公墓所在的山麓常青,远处山峰的峰顶覆盖着点点积雪,山势如鹰首。下葬这天阳光不错,站在公墓远眺,老鹰山从云雾后露出了真容。

"南屏山产紫砂矿。父亲以前为了省下买泥料的钱,常来这里捡矿。他常说老鹰山风景好。葬在这里,他是喜欢的。"

章霄宇还是那句话:"逝者已逝,生者要幸福。念竹,你别太难过了。"

苏念竹淡淡地说道:"我想和他单独待一会儿。"

章霄宇和韩休离开了。站在坡上,苏念竹看着两人走远。这里如此安静,她低头看向父亲的墓,将手按在了墓碑上,终于喊了他一声:"爸。"

　　她以为自己永远都不会再这样叫他。是她错了。苏念竹无比后悔那个周五下午没有好好和父亲说话。如果当时她能喊他一声"爸",该有多好。

　　过去的只能过去了。时光无法逆转。苏念竹朝墓碑上父亲的遗照笑了笑:"我会好好过。您安心。"

　　她正打算离开,手机响了。是个陌生号码。

　　"喂,哪位?"

　　对方的声音低沉喑哑:"王春竹那晚去湖边不是散步。"

　　苏念竹头皮一麻,下意识地问道:"你说什么?"

　　"王春竹是为了一百万去的。"

　　苏念竹的心怦怦直跳。父亲为了一百万,在酒宴后独自踏上了湖边绿道。她张了张嘴,太紧张一时之间竟没能发出声音来。

　　嘟嘟嘟——

　　"你是谁?!"

　　等她终于逼出声音来时,对方已经挂断了电话。

　　苏念竹按住了自己的胸口,握着手机惶恐地环顾着四周。位于山坡上的墓地视野空旷,四顾无人。她看着父亲的照片,浑身都在颤抖:"一百万?什么一百万?"

　　江城父子来灵堂悼念时说的话像一支箭,扎在了她心里,此时又清楚地在她耳边响起:"这十万块钱是我们公司的一点心意。不管怎样,都是厂里的人没有照顾好王工。比起王工的性命,苏小姐哪怕要十倍的赔偿都是应该的。"

　　苏念竹喃喃自语:"十倍的赔偿,刚好是一百万。"

打电话的人是谁？

是江城吗？还是神秘的知情者？

是谁要给父亲一百万？父亲去湖边是为了见谁？他是真的踩滑溺水吗？

疑问如雨后春笋，疯狂地从她脑中出现。

苏念竹从包里拿出一个笔记本，硬而挺括的纸被她翻得哗哗作响。手指一疼，竟被纸页割出一道细细的口子，疼痛令她清醒过来。

这是倒数第三页。上面密密记着各种事项。

屋顶防水：一万七。

刷墙：六千。

窗户：一万三。

家具：两万。

……

小竹嫁妆：八十八万。

苏念竹盯着这些数字，合在一起，正好是一百万左右的开销。她看到这笔账时，以为这是父亲的想法，接到电话后，她才明白，这是父亲对即将拿到的一百万做的规划。

她又想起那个周五下午父亲在电话里说的话："不不，小竹。爸爸不要你的钱。我，我马上就能赚到一大笔钱。爸爸不在江氏制壶厂干了。你不要担心。爸爸来你公司当顾问，不影响的。"

"一百万。你用什么赚一百万？"苏念竹问长眠地下的父亲，"还有当年你和我妈离婚时，你给的四十万。你哪儿来的钱？"

王春竹的照片带着微笑，却永远无法再回答她。

苏念竹咬紧了牙:"我一定会查清楚。"

烧制好的壶摆在办公桌上,顾辉递给了唐缈:"恭喜。这把南瓜壶做得很不错。比起上次看到的设计图,藤蔓的改动非常好。我试过壶了,密封性也做得不错。原本壶身捏得不够对称浑圆,但是瓜叶和藤蔓弥补了这个缺陷,还以为是特意做得不够对称。缈缈,你在制壶上进步非常大。"

唐缈用的朱泥,壶身饱满色彩鲜艳,壶钮是片精雕的瓜叶,壶嘴短而肥,壶柄是瓜藤。壶铭篆刻的"种瓜得瓜"四个字,字体选择了动漫卡通风。整只壶的特点就是可爱。

"……你是想做一只嫩南瓜、成熟南瓜还是老南瓜?"

章霄宇改的设计图。她去抢设计稿时,他手里的毛笔在她脸上画了一撇胡子。

他走的时候扳起她的脸,用湿纸巾"毁尸灭迹"后,仓惶逃走。

在他家赏曼生壶时,她得到启发,想在壶身刻"种瓜得瓜"四个字。他低着头拿笔写下好几种字体,和她讨论用哪种字体更好。

……

她的南瓜壶终于做好了,可是她喜欢的那个人却是个脚踩两条船的混蛋! 唐缈抚摸着南瓜壶,一时间悲从中来,瘪瘪嘴就哭了。

"怎么了?!"顾辉吓得从椅子上跳了起来,快步走过去,低头看她,"缈缈,怎么哭了?"

"我,我爸他看不起我! 我把跑车还给他了! 我再也不用他的钱了! 我今年冬天一件新衣服都没舍得买!"

她不好意思说是因为章霄宇。可是一开口,想到去当车时被父亲戳穿时的无地自容,想到自己生怕当陶艺师赚不到钱精打细算,唐缈越说越委屈,伤心得不行。

顾辉啼笑皆非，又心疼她："这把南瓜壶做得真好，证明我们缈缈当陶艺师肯定能养活自己。等将来有名气了，一壶难求的时候，好车自己买！为了庆祝制壶成功，我请你吃大餐，再送你一件新衣服好不好？"

唐缈哭过心情就好了，脸上还挂着泪珠，已经想好吃什么大餐了："听说城南有家新开的网红店，到饭点去排队都要一两小时，环境味道都好。我还没吃过。"

"我知道那家。我们现在去拿号，然后逛商场。买了新衣裳正好吃饭。"顾辉将壶从她手里拿过来，装进锦盒里，"现在就去！"

"衣服就不用你送了。你帮我参考下就行了。我自己奖励自己。"唐缈抢过锦盒，宝贝似的抱着："顾辉哥哥，你说今年的壶品交流赛，我这只南瓜壶能评上奖不？"

顾辉这时哪敢打击她，这只壶确实有新意："肯定能，必须能！"

唐缈眉开眼笑："我也觉得能。"

等她得奖了，他想践约陪她上山找三天的天青泥，她就恶狠狠地拒绝他！不，高傲地拒绝他！

想脚踩两条船，她一脚踹他落水！

第4章 / 口是心非

唐缈穿着一套剪裁特别的带花边的短大衣从更衣室里走了出来："怎样？这件外套好看吗？"

她里面穿着毛衣配短裙，扎了个丸子头。

章霄宇出现在穿衣镜里："大衣穿短款的显个儿。花边很可爱。

不错。"

这个混蛋怎么会在这里?他穿着一件大衣外套,围着一条围巾,内里是一套深色西装,身高一米八几,天生的衣架子。他的声音一如既往,如大提琴般动听有磁性,从镜子里看她的眼神好像一直带着笑意。唐绍心弦一颤,盯着镜子里的章霄宇差点移不开眼去。

啊呸!她就是被他的美色迷倒了。人不可貌相。不是亲眼所见,她还不知道自己成了他的备胎呢!

唐绍沉下脸回头,顾辉正站在旁边打电话,看到她时指了指电话,背过身又继续打电话去了。

唐绍脱下外套给了售姐:"不太喜欢。真巧啊,章总怎么有空来逛商场?"

"正在附近,看到朋友圈发照片在这里,一进来就看到你俩了。"章霄宇解释了句,有些诧异,"这大衣你穿着不错,怎么不要了?"

唐绍呛声道:"我需要穿它才能显个儿吗?我有那么矮吗?你有那么闲吗?没事盯着我朋友圈看我行踪,跟踪狂呀你?!"

几天不见就变呛辣椒了?章霄宇偏还喜欢和她斗嘴:"你发朋友圈了吗?我没看啊。我正巧看到顾辉的朋友圈,来打声招呼。"

和李正聊过之后,章霄宇认为顾言风极可能会是母亲当年继李正之后,去找过的人之一。他打算正面接触顾言风。翻看顾辉朋友圈正好看到他今天发了张在商场门口的照片,说"偷得浮生半日闲",他就跟过来了。走到商场门口,隔着大幅落地玻璃窗,一眼就看到顾辉和唐绍正在店里选衣裳。

再看唐绍的朋友圈。她发的是和顾辉一起的合影,吃饭逛街庆祝新壶出窑。章霄宇明白了,唐绍的壶做好托顾辉烧制成功,两人顺便一起吃饭庆祝。

他心里有点不舒服了。从设计图到壶铭,他也提了不少意见。烧制成功竟然不告诉自己。不对,今天唐绡对自己的态度很怪异啊。

他连她的朋友圈都不在意。唐绡心里窝火,正巧顾辉打完电话过来,她没好气地说道:"章总找你呢。"

这丫头一口一个章总,前几天还厚着脸皮想当他女朋友,难道是想演一出欲擒故纵?章霄宇腹诽着,和顾辉打了声招呼:"正巧在外面喝咖啡。看见你就进来打声招呼。"

不仅是个混蛋,还是个骗子!刚才还说是看到顾辉朋友圈,现在就变成偶遇了?唐绡哼了声,转过身继续看衣服,竖直了耳朵听两人谈话。

"快到饭点了,楼上新开了一家网红店,我打算去尝尝鲜,一起吧!"章霄宇想起唐绡朋友圈里提起的那家网红店,面不改色地拿来用了。

他今天也要去吃那家店?唐绡气呼呼地扒拉着衣裳嘀咕:"见鬼了!"

顾辉根本没有生疑,笑了起来:"好巧。我和绡绡正打算今晚去那家店吃饭。"

唐绡想拒绝,转念又忿忿不平。她和顾辉提前拿了号的,到饭点排队一两个小时呢,凭什么因为那个混蛋就放弃犒劳自己的美食?不吃白不吃!吃完让他埋单滚蛋!

"绡绡,刚才那件大衣不错。"顾辉说罢又问唐绡,"我打电话时看到了。"

唐绡一脸纠结全写在了脸上。章霄宇看在眼里,给了她一个台阶下:"是我刚才说错话了。其实你个子虽然不高,身材比例却很协调。穿那件很好看。买了吧。"

不等唐绡开口,顾辉就对售姐说:"就刚才她试的那件,包起来。"

售姐高兴地应了:"好的,先生。"

顾辉给她买衣服？青梅竹马的关系非比寻常啊。江形顾色,明显唐绉和顾辉关系更好。为什么唐国之选了江柯？章霄宇有点好奇。

"说好的。我自己买。"唐绉其实也很喜欢那件短大衣,见售姐已经在开票了,赶紧抢着付账。

顾辉没有和她争,低声笑道:"晚饭我请。"

"别！"唐绉朝章霄宇那边撇撇嘴,也压低了声音,"他要请,咱俩只管吃。"

这句"咱俩"让顾辉心里熨帖。不过,他怎么觉得今天唐绉对章霄宇态度不对呢？

网红店外排队就餐的人很多。三人刚到,唐绉就听到里面叫号,高兴地看着手里的小票:"正好到咱们了。"

"三位请跟我来。"服务生彬彬有礼地领他们进去。

唐绉突然反应过来。章霄宇说打算来吃这家店,他根本就没有来排队拿号,临时起意而已。他肯定看过自己的朋友圈了。她说得清清楚楚,逛街吃这家网红店！满嘴谎话的混蛋！

她气呼呼地想,都是苏念竹的家属了,还不要脸地看她的朋友圈,跟着她来蹭饭。他简直就是个渣男！

气归气,饭还是要吃的。

服生务将一盘盘新鲜牛肉、鱼肉、猪五花等摆上桌。肉全部切成薄薄一片,热热闹闹,看起来非常新鲜。

"只需要涮七秒钟,就可以吃了。这是本店特色肉酱蘸料、传统清芥末酱油、小米辣、韩式酱。请随意配用。"

听完服务生介绍,唐绉迫不及待夹了片嫩牛肉下锅开涮。

见她连蘸料碟子都没有做,章霄宇便问她:"试试店里的特色肉酱蘸料?"

"好啊!当然要吃店里特色了。"

唐绱说完就想给自己一嘴巴。本来不想搭理他的,可这能怪她吗?能说她不吃那种蘸料吗?不,是她没反应过来。她可以说自己调蘸料的。也不对,他也没说要帮她调蘸料。她怎么拒绝?

她心思百转千回时,章霄宇做了蘸碟放在自己面前,还提醒她:"你涮了半分钟了。"

都怪你!唐绱怒目而视:"七秒钟我担心不熟,多涮些时间安全。"

肉酱蘸料咸香可口,牛肉是老了一点,可入口就诱出了她的口水,她顾不得和章霄宇呛声,连声招呼:"顾辉哥哥,快吃。好好吃啊!"

盯着顾辉夹菜下锅,唐绱连声提醒他:"可以了可以了,别涮太久了。时间长了肉不够嫩。你多蘸点肉酱。"

顾辉照做,颊旁的小酒窝因为笑容就没有消失过。

"好吃。绱绱,你多吃点。"

"牛肉太嫩了!"

"我更喜欢吃罗非鱼。"

"就是分量太少,一盘才十片。切这么薄,暴利!"

两人边吃边聊,吃得兴高采烈。

当他不存在吗?她该不会是故意和顾辉亲近,刺激自己吧?这也太幼稚了吧?他会吃醋?!

章霄宇心里冷笑,面带微笑,从容不迫,优雅地开涮,坚决不让这丫头得逞!

见唐绱喜欢吃腌制好的麻辣牛肉,顾辉则更爱鱼肉,章霄宇拿了漏勺一捞,盘子里剩下的麻辣牛肉全进了勺,搭在锅里一起涮。

唐绱吃完碗里的一抬头,麻辣牛肉光盘了。一愣神,七秒钟已过。

章霄宇拿起漏勺，里面满满一勺麻辣牛肉片："过瘾！"

撑死你！唐缈正想叫服务生再上两盘，章霄宇已将那勺牛肉片全倒在了她盘子里："这样吃才过瘾。"

渣男！有女朋友了还向她献殷勤！唐缈心里大骂。饿死不吃嗟来之食！她将盘子递给章霄宇："章总你自己吃吧。我不爱吃麻辣味的。"

"哦。好。"

章霄宇一股脑儿全夹进了自己碗里："麻辣味配着店里的特色肉酱，太好吃了！"

唐缈口是心非，他心里阵阵好笑，又叫服务员上了两盘麻辣牛肉。

食言会不会长肥？唐缈看着麻辣牛肉全进了章霄宇的嘴，觉得自己就要心梗而亡了。可偏在这时候顾辉提起了她做好的壶。

"章总，缈缈的南瓜壶做好了，很有特色。缈缈，你拿给章总看看。"

他早就迫不及待想看了。章霄宇看向唐缈："恭喜。"

唐缈用筷子捣着碗里的肉酱，头也不抬："章总先别看了。壶艺交流会上再看吧。"

想给他惊喜？每年年底举办的壶艺交流大赛下周末举行。云霄壶艺提供赞助，地点就在云霄公司的展厅。他不着急："这里也不是赏壶的地方。展会上再欣赏唐小姐的作品。"

唐小姐？果然在他心里亲疏有别。他叫苏念竹从来都亲昵地叫念竹。唐缈没吃痛快，心里也不痛快。

是她主动追求他。可是他已经和苏念竹是一对，干吗不明说？唐缈放下筷子："你们慢慢吃。我晚上约了白星。我先走了。"

她拿起东西，头也不回地走了，留下两个男人面面相觑。

章霄宇也放下筷子，从包里拿出一只盒子："顾辉，我有只壶，想请你父亲帮忙看看。"

有了新话题,顾辉马上接了过来:"哦,是什么壶啊?"

这是章霄宇特意请了一名制壶高手,在陶泥中加了玛瑙粉烧制的。他在市场上购买的顾氏壶中都没有加玛瑙粉。很显然,二十年时间,顾言风也如同母亲一样淘汰了往陶泥里加玛瑙粉的念头。但是章霄宇相信,顾言风一定能看出这把壶的不同。

店堂里灯光并不明亮,顾辉只粗略打开盒子看了一眼,见是一只青泥提梁壶。他以为是章霄宇的收藏,没有留意。

"行。我请父亲看看。"

见顾辉收下壶,章霄宇和他聊起了紫砂壶。两人聊得投机。吃过饭,顾辉已经不再叫他章总,而是直呼他名字了。

第5章 / 捐壶

沙城紫砂会协会每年年底举办的壶艺交流大赛吸引了全国各地的制壶师。今年有云霄壶艺基金提供赞助,壶品展区就设在云霄公司。

一楼展出的是陶艺师们制作的紫砂壶,可以购买。二楼展出的名家珍品是由收藏者们主动提供,只赏不卖。

在展厅外的院子里特意设立了专家品壶区,免费为收藏者们鉴壶。

为期三天的壶艺交流大赛将评出今年的优秀壶作,还将举办一个捐赠仪式。章霄宇会将收藏的鲍瓜曼生壶正式捐赠给沙城紫砂博物馆。

正逢周末,前来品壶鉴壶观摩学习的人络绎不绝。

紫砂壶是沙城名片,开幕式热烈隆重。

唐绬和白星挤在人群里。她看向展厅门口。苏念竹站在章霄宇身后,一身白色西装,优雅如鹤,亭亭玉立。

怎么看他俩都是一对璧人。

她可真傻。

李玉壶拍卖会上看到他俩就有这种感觉。KTV里两人对唱还是这种感觉。她却鲁莽地一头撞进了别人的世界。现在回想,她半夜跑去蹭烧烤向他表白,苏念竹一声不吭坐在旁边。她看着自己在章霄宇面前活蹦乱跳,是因为怜悯才不开口的吧?

章霄宇目光往下面溜了一圈,看到了唐绺。他对她笑了笑。唐绺眼睛微酸,别开脸和白星热热闹闹地聊天。

"姐,刚才章霄宇冲你笑呢。我眼尖看见了。"白星挤眉弄眼地想调侃她几句。

唐绺脸一板:"一头猪冲你笑呢,你看见了吗?"

"西装革履的猪也很帅啊。"白星突然想到唐绺对章霄宇的情绪变化,笑得直抖,"开始是混蛋,然后喜欢上了,现在变成宝贝猪了?"

"我宝贝你,好不好?"唐绺皮笑肉不笑地一巴掌将他凑过来的脑袋拍开,"来打个赌,你说姐姐做的南瓜壶能评上奖不?"

白星顿时得意起来,神神秘秘地说道:"我打赌,肯定能评奖。奖品我都给你备好了。"

失个恋算什么?她还有喜欢的制壶事业。唐绺又高兴起来:"评上奖你送我什么?"

"居家旅行必备,泡妞追帅哥不可或缺之利器。等着惊喜吧。"

看他说得言之凿凿的,唐绺失笑:"还真准备了礼物?"

"必须的!"

两人说话间,彩纸砰地喷上了天。开幕式结束了。

章霄宇作为赞助方,要陪着来宾。他遗憾地发现唐绺没有进展厅,她的身影出现在鉴壶活动区。最近唐绵像是在躲着自己。说她想欲擒故纵吧,这个纵字最后一捺,离上次吃涮肉已经有了七八天的距离,纵得太远了。她就不怕放风筝断了线?

"章总,请。"李会长见他站着出神,提醒了他一声。

章霄宇抱歉地笑了笑:"李会长,请。"

他正陪着市领导、沙城紫砂博物馆馆长以及国家级工艺大师们赏壶,韩休走了过来,低声对章霄宇说道:"老板,唐国之来了,直接到的办公室。"

唐国之避开众人悄悄来他办公室?章霄宇分外诧异。

"李会长,公司有点事,我先失陪下。"章霄宇悄悄和李会长打了声招呼,退出了人群。

云霄壶艺联合主办,在沙城各界大佬眼中分量并不重。他的离开,并没有引起众人的注意。

离开展厅上楼,章霄宇这才问韩休:"谁陪着唐国之?"

"你脱不开身,我就请念竹去了。"

章霄宇轻笑出声:"你请念竹时,喊的是苏总,还是念竹?"

韩休板起了脸:"老板,你应该关心唐国之来做什么。"

刚到沙城,唐国之是唯一和母亲沈佳失踪有联系的线索,因而他在李玉拍卖会上看见唐绵时选择了主动接近。如今,唐国之却主动登门造访。

章霄宇想起酒会上两人彼此用眼神的试探,心里已升起浓浓的戒备:"监控开了吗?"

"嗯。"

到了总经理办公室门口,章霄宇和韩休同时回归了人前的角色:老板和助理。一个如沐春风,一个严肃恭谨。

见到两人,苏念竹站了起来。

"唐董事长好。"章霄宇满脸堆笑主动伸出了手。

唐国之着装休闲,还带了两个人。他伸手与章霄宇轻轻一握,直视着他的眼睛:"常听人说起章总,沙城壶业后起之秀。"

章霄宇笑道:"您谬赞了。请坐。"

苏念竹给唐国之上茶。章霄宇想起唐绡说过的话。她说唐国之现在只喝参片枸杞,不喝茶了。然而唐国之坐下后,很自然地端起了茶杯。

"这是水金龟。武夷岩茶四大茗丛之一。好茶。"

"听唐绡说您近年来已经不喝茶了。"

唐国之放下茶杯笑道:"是啊,保温壶泡枸杞,老年人标配。"

章霄宇听出他在开玩笑,顺着他的话说道:"您说笑了。"

"遇到好茶,还是忍不住品一品。今天不请自来,是有事相托。耽搁章总一点时间。"唐国之并没有想和他长谈的想法,寒暄两句就直入主题。

他身后的人拿出了三只锦盒放在茶几上。

看到这三只锦盒,章霄宇心中生出浓浓的预感:"您说。"

"听说这次壶品交流大会,章总打算将收藏的一把曼生壶捐给沙城紫砂博物馆。"唐国之亲手将锦盒打开,"唐某这些年也收了三把曼生壶,想请章总代我一起捐出去,也算是唐某作为沙城人对紫砂壶艺的一点心意。"

章霄宇只看了一眼,就知道是义父委托拍卖行拍出的那三把曼生壶。

母亲沈佳失踪之后的二十年里,所有买下曼生壶的藏家中只有唐国之是沙城人。

曼生壶。

沙城人氏。

唐国之才成为当初唯一的线索。

而他隐瞒自己收藏曼生壶的事情,连酷爱紫砂制壶的女儿都不知道,又加重了章霄宇的疑心。

可是今天,唐国之却悄悄到来,请他代为捐出这三把曼生壶。为什么?

"章总以前见过这三把曼生壶?"

曼生壶对于酷爱紫砂壶的人犹如蜜糖与蚂蚁。章霄宇对这三把壶的平静态度令唐国之好奇。

同上次隔着酒会他感受到的目光一样,章霄宇又生出被唐国之看穿的感觉。这是年龄与阅历带来的差别。从前以为通过唐缈认识唐国之后,自己就能从他身上找出破绽,找到他与母亲失踪有关的线索。可真正近距离接触,章霄宇才明白,几无可能。

第6章　再次吞饵的鱼

唐国之收藏曼生壶从不示人,可今天不仅拿出来,还要通过自己捐出去。他是知道自己的来历想试探自己?还是有别的目的?

如果是前者,那么唐国之定和母亲沈佳失踪有关。如果是后者,他沉不住气就会暴露自己的身份,查找母亲失踪真相的可能性就会更低。

章霄宇迅速做出了判断。他不再掩饰自己的吃惊和疑惑:"我听唐缈说过。您反对她制壶,而且现在也不爱喝茶。家里从没有收藏过紫砂壶。没想到您不仅收藏紫砂壶,还收藏了三把曼生壶。"

"我没有广而告之的习惯。而且……"唐国之满脸无奈,自嘲道,"我是希望绵绵能来公司接我的班,让她知道我还收藏有曼生壶。我的话在她面前更没有说服力了。我个人对紫砂壶并不偏爱,但是也知道曼生壶是紫砂中的明珠,是紫砂文化里的珍宝,不该流失海外。它也不应该藏在我的保险柜里,应该在紫砂博物馆。"

章霄宇直接问他:"既然如此,唐董事长为何不直接捐给博物馆?却要我代为捐赠?"

唐国之望着茶几上的三把壶轻叹道:"这三把壶陆续在我手里有十年时间了。唐氏是上市公司。我不想上新闻。正巧听说你要捐曼生壶……是谁捐的不重要。只要曼生壶能有个妥善的归宿,能让更多紫砂壶艺师看到就行了。"

唐国之的话出乎章霄宇的意料,是他没想到的第三种答案。这让章霄宇觉得从前的判断都是草木皆兵。

"鉴定证明、公证委托书都在盒子里。这件事就拜托你了。"唐国之说完,起身准备离开。

章霄宇赶紧站了起来:"唐董,您真的不打算出席捐赠仪式吗?"

"不要提是我捐的,就帮我大忙了。"唐国之停了下来,沉吟了下说道,"听说绵绵做了把南瓜壶参加交流赛,做得好不好?"

一上午忙开幕式到现在,他还没看到。章霄宇实话实说:"听顾辉说还不错。我还没有看到。"

唐国之感叹道:"她喜欢制壶也没错,也算有自己的追求。我就担心她没有制壶的天分。不过,年轻人还是需要多鼓励才好。我这个做父亲的,总是泼她冷水。这孩子如今连家都不回了。拿她真没办法……不说了,告辞。"

将他送进电梯后,章霄宇又折回了办公室。

茶几上放着的三把曼生壶让他有了点真实的感觉。

"你们说,唐国之究竟为什么要这样做?"

苏念竹淡淡说道:"你们有没有觉得,他走之前说的话是故意说的,在暗示章总。"

章霄宇顿时想岔了:"唐国之服软了,又不好拉下脸对自己女儿说,想让我劝唐缈回家?"

韩休听懂了苏念竹的意思,讥讽道:"你以为他拿你当未来女婿看?老板,你也想得太美了点吧?唐国之是在暗示让唐缈拿个奖。"

"不是吧?这能作弊吗?做得好不好,一目了然啊。"章霄宇吓了一跳。

唐缈的壶就摆在一楼展厅里。评奖分两部分。一部分是参观者投票。一张门票可以投一次。参评的壶旁边都有只箱子,大会最后一天开箱计票,取票数最高的前十把壶。

三天的门票通过网络订票和现场预售早就卖完了。一张身份证最多只能买五张票。当然,唐国之有钱有人,可以发动整个集团的员工砸钱囤票全投给唐缈。但从云霄壶艺掌握的售票情况看,不太可能。

第二轮评选最为关键,是由五位国家级工艺美术师投票评选。淘汰一半,选出五把壶获得本年度的优秀奖。之后会召开一次壶艺鉴赏会,工艺大师们公开对获奖的五把紫砂壶进行点评。

这五位国家级工艺美术大师在业界德高望重,极看重匠作精神。唐国之如果去贿赂他们,极可能没脸。说不定这些大师一气之下能在现场把事给抖搂出来。

从评选过程看,基本杜绝了作弊的可能。

"可是唐国之匿名捐了三把曼生壶。他说是请你代为捐赠,但是你不公开说,难道不会告诉博物馆馆长?沙城博物馆馆长和请来的嘉宾都是好朋友。这个面子总要给嘛。每年一度举办的壶品交流赛只是民间组织办的赛事,又不是官方大赛,含金量没那么足。鼓励下年轻人有什么不可以?"

韩休笑了笑:"念竹说的有道理。"

他第一次叫她"念竹",叫得顺口之极。苏念竹并没有觉得突兀或陌生,继续说道:"先前因为唐国之是沙城人,又买了曼生壶。章总觉得或许和伯母失踪有关系。但是,正因为唐国之是沙城人,哪怕不喜欢收藏紫砂壶,见到曼生壶流落海外,想买回来捐赠给博物馆也在情理之中。再说,他那么有钱,买的好东西不止曼生壶吧?总不能他买个好物件就非得公诸于世?我看,从周梅和李正手里得到的线索比唐国之的这个线索更现实可靠。"

章霄宇望着茶几上的曼生壶出神:"大韩,你也这么认为?"

韩休同意苏念竹的分析:"至少没有找到唐国之别的疑点。"

苏念竹又补充了一句:"唐国之当年参与棚户区改造,分包了棚户区的拆迁和沙石供货。他走的是裙带关系,承包了棚户区改建工程的人是他老婆朱玉玲的亲叔叔。"

章霄宇喃喃说道:"所以,你们认为义父和我怀疑错了人?我也希望如此。"

"法律都讲疑罪从无。章总,既然目前有李正提供的最可靠的线索,唐国之又解释清楚了购买曼生壶的由来,你何必纠结?"

苏念竹的话令章霄宇豁然开朗。他看向她,看到她眼里的戏谑笑意。章霄宇张开双臂抱住了她:"念竹,有你真好。"

她唇边轻漾着微笑。这么多天,韩休第一次看到她真心的笑容。如冬阳般温暖,令她冷艳的面容也变得温柔起来。他的心就有了钝钝的痛楚。

他将茶几上的盒子抱起,沉默地打开保险柜放了进去,转身看到苏念竹还怔怔地站着。她在回味章霄宇的那个拥抱吗?

发现韩休在看自己,苏念竹淡淡说道:"我去展场看看。"

她脚步轻快地离开,留下韩休一个人待在办公室里。他手指相交,听到骨节发出噼啪的轻响声。他想,许久没有练拳了,手有点痒。

第7章 / 争议

已经过了闭馆时间,一楼展厅灯火通明,角落里拼起了一溜长桌,紫砂协会和云霄壶艺的工作人员正在一起统计当天的票数。

终于得了闲,章霄宇静下心来,在展厅里溜达了两圈,心里对这次参加壶展评选的壶大致有了数。这才来到唐缈的南瓜壶前。

他想起曾经问过唐缈,是想做只老南瓜还是嫩南瓜。当时唐缈受他收藏的南瓜壶影响,设计图上的南瓜有沧桑感。她又犯了小女孩心思,添了嫩瓜蔓,多少显得不太和谐。

这只成品南瓜壶选用了朱泥。朱泥烧制出来的壶颜色偏亮。很明显,她做的是只嫩南瓜。瓜叶为壶盖,叶柄为壶钮,短而肥的壶嘴像极了她嘟起的小嘴。章霄宇想到这里唇角就翘了起来。

整体而言,这只南瓜壶造型别致,添上动漫风的"种瓜得瓜"四个字后,如画龙点睛,放在这一排参展壶中异常醒目。

章霄宇拿起壶细看,眉就轻轻蹙拢了。顾辉曾说这把壶不错,显然他已经试过了壶的功能性。基础的壶嘴、壶钮到壶把三点一线是没有问题的,估计密闭性也还可以。章霄宇发现壶捏成的瓜瓣不太完美,但是藤蔓与壶铭弥补了瓜瓣的不对称,勉强过得去,但是细节的处理一眼就能看出她手艺不够精湛。

"进前五,有点悬哪。"

这时,当天的票据已经统计完了,工作人员将清空的投票箱重新摆上了。

"我看看。"章霄宇拿过打印出来的统计数据,意外发现唐纱的票数竟然排在了第三。他随口问自己公司的员工,"这把南瓜壶你觉得咋样?"

女员工看也没看就回答他:"好可爱啊。我都想买回家泡茶。"

原来如此。章霄宇知道公司的员工至少有一半不懂紫砂壶,外行看热闹,唐纱赢在造型设计上。他将数据还给了她:"早点回去休息。"

离开展厅,章霄宇和韩休、苏念竹开车回家。他在车上给唐纱发了个消息:"壶做得不错。今天的票数已经统计出来了。"

从公司开车到家,唐纱依然没有回他信息。

章霄宇纳闷了。她很重视这次比赛,听到第一时间的内幕消息竟然没动静?难道手机不在身边,没看见?

吃晚饭时,他也把手机放在桌上,时不时就瞄两眼。

苏念竹夹了一块鱼放他碟子里:"再不吃就凉啦。"

章霄宇想,吃过饭给她打电话去吧。他赶紧吃饭,连声夸韩休:"大韩,你做臭鳜鱼的手艺越来越好了。"

韩休恨恨地刨了一大口白饭,面无表情:"腌鱼的味道几天不散,以后不做了。"

苏念竹筷子停了停,若无其事地继续吃。

吃过饭,章霄宇直奔三楼,拿出手机打电话。

只响了一声唐纱就接了。章霄宇开口抱怨:"手机在你身边啊。没看到我发的消息？也不回我。"

唐绑的声音淡淡的："这样的消息你还是别发了。能不能评上奖两天以后才知道。"

章霄宇笑了起来："怕失望？开头不错，也算是个好消息。"

"我还有事。挂了。"

电话直接挂断。章霄宇握着手机愣了愣，磨起了牙："故意吊着我冷着我，你赢了！看你能撑多久！"

反正心结已去，他有的是机会。

唐绑挂断电话也对着手机骂："渣男！还想来骗我，没门儿！"

骂完之后她忙不迭地给顾辉打电话："顾辉哥哥，今天投票我排第三！第三欸！"

她得了好消息就和自己分享，顾辉为此哈哈大笑："我们绑绑肯定能进前十！"

两天后，壶艺交流大赛正式闭幕。唐绑票选进了前十。

云霄壶艺的会议室里，票选靠前的前十把壶一字排开放在了办公桌正中。组委会和五位专家正在商定前五名优秀奖得主。

前四名优秀奖都没有异议，最后一个名额产生了争执。

五位嘉宾一人弃权。两票对两票，选出了两把壶。

其中一把是唐绑的南瓜壶，另一把是一粒珠。

从制壶工艺上来说，一粒珠非常考究，做工细腻。这把一粒珠用的是紫泥。酱色的壶身，珍珠一样浑圆饱满。壶嘴如水滴珠形，壶钮的圆珠小巧玲珑。

嘉宾同时选出了两把壶，商量后决定让组委会来最终决定最后一名优秀奖得主。

江柯和顾辉都是协会理事,也是组委会成员。云霄壶艺是赞助方,章霄宇也进了组委会。

李会长照例没有说话,让大家先提意见。

做一粒珠的陶艺师是江氏今年签下工作室的人,江柯当然希望他能得奖。唐缈,谁叫她背叛自己呢?得不了奖活该!江柯抢先开口:"这把南瓜壶相信能得到两位大师青睐,是因为它的造型很有特色,非常可爱。然而我观赏这把壶发现,它的细节处理得不够好,就制壶技艺来看,它不如一粒珠。另两位大师投了一粒珠也是有着这方面考虑。"

嘉宾们笑了起来。投票给一粒珠的嘉宾说道:"参加壶品交流赛的都是从来没有得过奖的陶艺师。这把一粒珠做得非常不错,制壶手艺比那把南瓜壶好。"

江柯马上说道:"是的。我觉得南瓜壶造型虽然胜过中规中矩的一粒珠,但是紫砂壶艺重在做工。南瓜壶做工不如一粒珠,我认为它不够资格评优秀。"

在场的所有人都能看出两把壶的优劣。顾辉自己也制壶,听江柯这么一说,倒不好为唐缈说话了。

江柯见绝大多数人都点头赞同自己,顾辉也哑口无言,心里便有些得意,说话也有些不太客气:"我知道两位大师是出于对新人的鼓励,认为这把南瓜壶做工虽然不足,却有新意。不过,如果只重外形,就失了紫砂文化精益求精的匠作精神。"

投票给唐缈的嘉宾面露不悦,淡淡说道:"最后一名优秀奖交给组委会决定。不论选哪一把,我们都没有意见。"

李会长有心偏向唐缈,却被江柯这句"精益求精的匠作精神"堵了回去。

什么匠作精神,当他不知道制作一粒珠的陶艺师签进了江氏?章霄宇笑了起来:"说到精益求精的匠作精神,我想说说两位陶艺师的情况。制作一粒珠的陶艺师有着十二年的制壶经历,一直没有名气,而制作南瓜壶的陶艺师学习制壶才两年时间。"

刚才面露不悦的嘉宾眼睛一亮:"只做了两年壶?"

"是的。"章霄宇微笑道,"她在细节上的处理确实不如一粒珠的作者,但是我认为南瓜壶之所以在票选中得到前三的好成绩,评选时也能得到两位大师的投票,最根本的原因是这把南瓜壶生机盎然,有灵气。而一粒珠虽然技艺更佳,匠气更浓,却灵气不足。紫砂壶每年的产量少吗?不少,精品珍品多吗?不多。区别就在于优秀陶艺师创作一把壶时赋予它的生命力。否则,不如去买机制壶了。机器画个圆总比人手画更精准吧?"

顾辉热血沸腾。他羡慕地看着章霄宇,心里多了些明悟。或许唐绺喜欢的就是他身上洋溢的激情与活力。不像自己,做事总是畏手畏脚,拘泥于成规。

"说得好!"嘉宾大笑,"所以我们俩明明看到了这把南瓜壶的缺点,却还是将票投给了它。"

李会长笑道:"章总的意见好。江总的意见也很对。要不,就多增加一名优秀奖?并列第五?"

什么事他都要来插一腿。江柯恨毒了章霄宇,更不想让唐绺得这个奖:"今年增加一个并列破了往年的规矩,不知道的还以为评奖有什么猫腻。"

章霄宇针锋相对:"既然小江总这样说,的确不好并列优秀奖。不如这样,增加一个现场制壶环节,让十位选手都参加。现场制作也能让更多的人了解紫砂壶的制作工艺,宣传咱们的紫砂文化。李会长,几位大师,你们觉得呢？"

"这个提议好,既能现场宣传,又能让我们看看陶艺师的创作。"

散了会,江柯故意留在了后面。章霄宇知道他想说什么："我很奇怪,小江总不是口口声声以缈缈未婚夫自居吗？不怕她知道生气？"

江柯冷冷地看着他："我是为了她好。你这样对她,叫捧杀。章总,紫砂壶有紫砂壶的方圆规矩,不是为了吸引人眼球捏个奇特造型就有创造力的玩意儿。"

他眼神里有着浓浓的轻蔑。章霄宇反唇相讥："可惜呀。小江总抢着签下的陶艺师制壶十二年,太墨守成规,从来没得到过任何奖。"

江柯大怒："听说云霄壶艺也签下不少陶艺师准备制壶。江某拭目以待。"

不知何时,苏念竹来到了章霄宇身边,冷漠地接了句话："小江总签下一百多位陶艺师,不知道江氏有没有这么多钱养他们五年？"

"江氏不差钱。"

江柯拂袖而去。

苏念竹冷冷地看着他。不差钱？那她就想办法让江氏拿点钱好了。

第8章 / 冷脸相对

唐缈接到了组委会电话,通知她到云霄壶艺展厅参加现场制壶环节比赛。

"我入围了。"唐缈高兴地在沙发上打了个滚儿。

兴奋之下,她给白星打了电话。

白星替她高兴:"恭喜你啊,姐。评上优秀奖,记得请我吃饭,然后收礼物!"

"还只是入围,离大奖还差得远呢。"

"哎,你可别妄自菲薄。你想想看,一百多人送壶参赛呢。能够杀进前十入围,已经非常了不起了。"

"你小子嘴甜,等我拿奖后请你吃饭。"唐缈挂断电话,又给顾辉打去电话。

顾辉见到是唐缈的电话,马上放下了手中的文件。听到电话里唐缈快活如小鸟,他由衷地笑了:"我没说错吧?你做的那把壶真的不错。缈缈,你真的很有天分,也有灵气,将来肯定比我强。"

唐缈心里美滋滋的,被顾辉这样夸奖就有点不好意思了:"顾辉哥哥,我学制壶不过两年,你帮我选泥料,帮我找师傅,还帮我整理出这些年赏壶大赛的获奖作品,我要向你学的地方多着呢。对了,不是选出前十就由大师评出五名优秀奖么?为什么这次要增加一个现场制壶比赛啊?你知道原因吗?李会长没给我打电话,我猜他可能想避嫌吧。"

她当然可以问章霄宇,他每天都把票数统计结果告诉她,但是唐缈一听到他的声音就心痛难过。为了不见他,她连展厅都没有去,让白星拍了视频拿回家看。

顾辉是协会理事之一,当然知道原因。他迟疑了下开口道:"评奖时有点争议,就增加了这个环节。缈缈,章霄宇对你……"

"顾辉哥哥,你的意思是我入围是章霄宇开后门?"唐缈的声音突然提高,"如果是这样,我放弃!"

顾辉吓了一跳,赶紧否认:"不是。你别听一半。我是说他很欣赏你做的南瓜壶。"

唐缈哼了声说道:"不是最好。你别骗我。骗我朋友都没得做!"

"顾辉哥哥怎么会骗你呢？这次比赛的题目是掇球壶。你打算怎么做？"

唐绥想了想说道："我要做六方掇球壶,可不许告诉那个人渣！"

顾辉挂了电话,反倒纳闷了："现在又喊他人渣了？比混蛋还高一级？"

现场制壶大赛设在云霄壶艺的一楼展厅,展厅正中摆了十张工作台,隔离栏杆外的四周是嘉宾席位。

沙城各大媒体来到了现场。

沙城电视台在演播室里进行同步直播,邀请了沙城博物馆馆长和沙城壶王顾言风做直播嘉宾。展厅正中的大屏幕也调到了直播节目。

唐绥坐在属于自己的工作台前,心怦怦直跳。她低着头翻看手机,受邀而来的五位嘉宾评委在百度上轻易就能搜到。每一位都是在国内外拿奖拿到手软的国家级工艺美术大师。这是她学习制壶后第一次参加的正式比赛。这些德高望重的大师要评点她做壶,还有摄影记者正在拍摄,电视会直播。她会不会是这十个人里面最差的呀？唐绥紧张得不行,总觉得四面八方的眼睛都盯着自己一个人看。

章霄宇进了展厅选了个离唐绥最近的座位坐下了,离她不到两米距离。

展厅温暖,她穿了一套流行的工装裤,头发扎成马尾,没有化妆,显得精神干练。可是她从进场起就没抬过头,恨不得把脸埋进工作台里,竟然没发现自己就坐在她身边。主动追求他的时候,她怎么不会低头装鸵鸟害羞了？

他印象中的唐绥一直是朝气蓬勃,无所畏惧。她能轰鸣着跑车一路飞驰,可以拎着七八斤重的猪肉健步如飞。她的热情活泼与开朗对于长年坐在轮椅上的他有着致命的诱惑。他轻易就被她吸引,可惜一直以来,他都因为母亲失踪一事顾忌着靠近她。念竹说得对,疑罪从无。他不能因为唐国之买了曼生壶就非要怀疑他。

她是她,唐国之是唐国之。苏念竹点醒了章霄宇。他觉得所有围绕着他与唐绱的阴影都消散了。他豁然开朗,急切地想向她示好。

情人眼里出西施。他越接近她,就越觉得她好,怎么看都觉得她美丽可爱。

章霄宇站起身,走到了隔离栏旁边,低声说道:"别管评委现场的评点和电视直播情况,毛毛躁躁的,南瓜壶的壶嘴做得九曲十八弯。认真点!"

听到他的声音唐绱吓了一跳。她抬起脸瞪他。他是来打击她的?她的南瓜壶壶嘴做得那么差吗?哼,反正她在一百多把壶里能进前十,能来参加现场制壶大赛,她一点都不差!等她做把好壶,气死他!

唐绱哼了声,低下头认真检查起泥料,试着手工拉坯机。

不说她两句,她还在东张西望。章霄宇收敛起唇边涌出的笑容,回到了座位。

刚坐下,他就发现身边竟然坐着顾辉和江柯。很明显,他们俩也是来看唐绱制壶的。他和顾辉打了声招呼,对江柯只点了点头。

江柯将唐绱不搭理章霄宇的事看在眼里,幸灾乐祸地挖苦道:"看来某些人也失宠了。"

章霄宇自然知道江柯这也是在讽刺他,不急不躁地接过话来:"失宠也总好过某些人从来不被待见的好。"

江柯眼睛微眯,又想发作,碍着场面,压着脾气冷笑:"鹿死谁手还不一定呢。"

从今天开始,他不会再畏手畏脚,他会抓住机会好好守护她,绝对不会把她让给像江柯这种令人生厌的人。章霄宇气定神闲地倒了杯茶喝着，看着唐绡的背影微笑："小江总的好胜心也太强了。只是这感情的事嘛，是强求不来的。"

"你……"唐绡的感情是江柯心里一根刺，他低声说道，"你放心，江唐两家的联姻不会轻易就解除的。"

章霄宇想起唐国之托自己捐赠的壶，他有点奇怪江柯哪儿来的自信。他看向一旁的大屏幕。主持人和两位直播嘉宾已经聊上了。他看了看身边，几位大师和组委会的人都盯着电视在看。这场直播以宣传紫砂文化为由顺理成章地举办。章霄宇从中看到了唐国之的身影。

苏念竹说得不错，自己代唐国之捐壶，隐瞒了公众，但一定会告诉沙城紫砂博物馆，馆长定会记住唐国之的人情。顾言风本就和唐国之有交情，两人肯定会偏向唐绡。

章霄宇喝着茶不由感叹，姜还是老的辣。

只是，江柯为何笃定不会解除婚约？江城和王春竹之间又有什么交情？

章霄宇将疑问藏在心底，笑着接话："现在都什么年代了，还联姻。利益的捆绑，不能换来幸福的。以唐家的财富还需要和江氏联姻？小江总誓不放手，该不会真的很缺钱，才急着当唐家女婿吧？"

江柯握紧了拳头，牙齿咬得咯吱作响。

顾辉担心两人闹起来影响唐绡，打起圆场："江柯，恭喜你呀。前十里面有三位都是江氏工作室的陶艺师。"

江柯露出了得意之色："紫砂唯精品难得。江氏大力培养陶艺师就是为了做出更多的精品壶……"

江柯和顾辉聊了起来。章霄宇的注意力又放在了唐绡身上。

唐绡不经意一抬头，就能看到他关注的目光。

脚踏两条船的渣男！大庭广众下，当着苏念竹的面还好意思用这样的眼神看自己。她真同情苏念竹，总不会因为章霄宇有钱就这样容忍他吧？

"各位来宾……"

司仪的声音通过话筒响了起来。

唐缈抛开了脑中的杂念。

第9章 / 壶王的选择

司仪介绍了特邀嘉宾与比赛规则。

十位陶艺师中会选出前五名获得本届壶品交流大赛的优秀奖。由五名嘉宾颁发荣誉证书和奖杯，以及一万至五万元奖金。参加比赛的这十位陶艺师如果愿意，都可以和云霄壶艺签约创办独立工作室。

不过是云霄壶艺出资赞助而已。江柯轻声对章霄宇说道："可惜这十人中，有三位都签了江氏，没办法和章总签约了。如果江氏开的条件好，章总也不能勉强别人吧？"

还有七个人。除唐缈外，江柯打算拿出比云霄壶艺更好的条件抢人。

章霄宇笑道："他们愿意去江氏，我当然不会勉强。"

嘴里说得轻松，心里不知道多气。想到这里，江柯的气就顺了。

唐缈听在耳里，只觉得心酸讽刺。之前她想离他近一点，撒娇缠着他想签云霄壶艺的工作室。那时她以为在他心里，自己是特别的存在。如今想起来，不过是自己自作多情罢了。他拒绝她，不过是怕她进了公司,不好向苏念竹交代吧。或者,他也看不上她制的壶。在她家,他一把壶都没看上过。

他算你什么人？你需要让他看得上吗？喜欢紫砂壶又不是因为他！唐缈负气地想着。

比赛铃声一响起,现场制壶比赛开始了。

唐缈用拉坯机制作好了泥料,全神贯注制壶。

比赛的主题是手工掇球壶。

掇球壶,是紫砂圆器中的经典器形。掇有拾取、获得等意,通"缀"字。形如其名,从上到下多球相连接,环环相扣,看起来很简单,制作却很难。掇球壶讲究协调的比例,节奏的呼应,连贯的线条,平衡的对比,需要极高的美学修养。

对美术专业出身的唐缈而言,壶体的均衡比例之美,壶嘴与壶把呈现的虚实之美以及壶身的比例之美与她所学绘画的道理是相通的。这是她制作的南瓜壶显得生动的原因。

工作台上的工具整齐地放着。唐缈不时换取着工具。

划泥片,切身筒,再继续围身筒,打身筒,修身筒。

每一个步骤唐缈都乐在其中。从一开始的紧张到渐渐找到状态,两个小时的自由发挥时间,她只用了一个半小时就完成了塑形。

制作一把壶至少需要几个小时。电视直播节目中除了对现场制作的点评外,还回顾了沙城紫砂的历史,不时插播紫砂壶的知识短片以及有名的紫砂制壶工艺大师人物纪录片。

五个小时过去,十位参赛者都交出了作品。

直播节目也回到了比赛现场。

展台上放着十把掇球壶,九把都是圆形掇球壶,只有唐缈制作的是六方掇球壶。一样的器形放在一起很容易就评出了高低。评委们选出了四把壶。第五把壶的选择又出现争议,焦点仍然是唐缈的壶。她的器形亮眼,颇有新意,但还是制壶技艺上差了火候。

五位嘉宾相视而笑。今天的比赛结果和当天选壶的结果一模一样。

电视上主持人开口问道:"田馆长,顾老师,看来现场对第五名优秀奖的选择出现了争议。这把六方掇球壶与众不同,但是听大师们介绍,制壶技艺欠缺。另一把壶技艺更好,但是灵气又不够。如果让两位嘉宾来选,会选哪一把壶?"

章霄宇听到这个问题,忍不住就笑了。答案毫无悬念。

直播节目也吸引了评委们的注意。

沙城紫砂博物馆田馆长笑道:"让我选,我一把也不会选,因为能作为馆藏品的,都是珍品。"

主持人笑了起来:"田馆长很风趣。"

田馆长接着说:"但是如果二选一,非要选一把,我选六方掇球壶,因为有句话叫物以稀为贵!"

主持人点头道:"好一个物以稀为贵。这是田馆长选择六方掇球壶的理由。顾老师呢?"

顾言风轻声说道:"今天来节目,我带了一把壶。"

他拿出一把紫砂壶放在桌上。主持人示意摄像师拍壶的特写。

章霄宇的眼神变得深沉。这把壶正是他托顾辉拿给顾言风看的壶。顾辉也发现了,看了章霄宇一眼。

顾言风拿起壶从不同角度转动着,镜头拍得更清晰:"大家能看到随着光线变化,这把壶上有细微的闪光。这是传统紫砂壶所没有的。这把壶的紫砂泥中加入了玛瑙粉。"

展厅里响起了议论声。

"有些瓷器烧制时会添加玛瑙粉。这是二十多年前,我还年轻时,和一位友人聊起紫砂壶,心血来潮想试试紫砂壶与瓷器结合,于是就有了这样的壶。但是添加之后会破坏紫砂泥独有的双层气孔功能,就放弃了。然而从二十年前起,由于紫砂矿的渐渐稀缺,我尝试混合地道的紫砂矿泥调制不同的色。这才有了顾色一说。"顾言风放下壶,认真说道,"当年陈曼生制曼生壶,开创了新的紫砂器形。曼生壶成了紫砂壶里的明珠,保留传统又不忘创新。我认为,这才是紫砂文化能传承几千年的原因。所以,虽然这位制作六方掇球壶的作者技艺差点,但我仍然选她。"

展厅里收看节目的众人响起了掌声。

顾言风就这样将他送去的壶带到了电视直播里。他是想证明自己在母亲沈佳失踪一事里的坦荡?还是撇清嫌疑?章霄宇难以判断。

顾辉低声对章霄宇说道:"家父请你有空去家里喝茶。你从哪里弄到那把壶的?我爸把自己关在工作间研究了一整天,问了很多你的事情。"

顾言风肯定有话要对自己说。想着离失踪的母亲又近了一步,章霄宇有点激动。他轻声回道:"意外所得。有时间我登门拜访壶王。"

看着舆论一边倒,形势已不可逆转,江柯马上做出了选择与决定。他打算先抑后扬:"这次比赛唐缈在器形上加上了自己的设计调整。她的这把六方手工掇球壶的缺点非常明显,球形不够圆润,壶身修整略显毛躁……"

第10章 / 闭门羹

"缺点很明显,制壶技艺还需提升。但是,诚如顾言风老师所说,贵在创新,且这把壶融入了现代美学,器形与众不同。我认为唐绺的这把六方手工掇球壶可以评为优秀。各位觉得呢?"

唐绺的心情就像坐过山车,听到评委们说她制壶的缺点时落到谷底,听到直播中两位嘉宾选择自己的壶赢得现场一片掌声又兴奋不已。谁知道江柯在这节骨眼上跳出来贬低她做的壶,又忐忑不安。没想到紧接着章霄宇不仅反驳江柯的话,还提议评为优秀。

她手心渗出了汗,涌起一股复杂的感情。

先前他在她工作室的时候,不是说她做壶缺点多多,这不对那也不对,现在这是什么意思?拍她马屁?

他都在苏念竹父亲灵堂以女婿身份还礼了,她才不会感动上当。

江柯一口老血差点吐出来。章霄宇竟然抢先一步说出了他想说的话!唐国之肯定在家里看电视,听自己说了一半都是在贬低唐绺,会怎么看自己?

先不管唐国之,江柯看到现场的评委都用异样的眼神看着自己。他心里一万头羊驼呼啸奔踏,心都在淌血。电视直播两位嘉宾都选择了唐绡做的六方掇球壶,现场一片掌声。他开口贬低唐绡做的壶,他有这么蠢吗?他的话还没说完就被章霄宇抢走了!

章霄宇的话就像根楔子,扎在江柯最痛的地方。

唐绡在台下低头闷笑。章霄宇是很渣,可是能把江柯整得这般狼狈,她真是解气。

众目睽睽下,江柯当然不能发作。他强行忍耐着,挤出了一个笑容:"章总说的,就是我刚才没有说完的话。缺点明显,更重要的是紫砂壶作者的创作意图。墨守成规,只能原地踏步。紫砂文化不仅要延续千年传承,还要发扬光大。"

"说得对!"

"就这么定了?"

"一致通过!"

李会长对唐绡的六方手工掇球壶也相当欣赏。看起来缺点明显,贵在创新可爱。他和评委们简单商量了下,见没有人再反对,就对着话筒宣布:"唐绡这把壶具有创新精神,更能迎合现代的审美,评委们一致认为,这把六方掇球壶获得本届壶品交流大赛优秀奖。"

尘埃落定,一锤定音。唐绡高兴得蹦了起来。

白星直接跑到她身边:"姐!你获奖了!"

唐绡揽住他的肩直笑:"想吃什么?姐请你!"

远远看着唐绡灿烂的笑容,章霄宇的心如沐浴在暖阳之中。他希望她一直这样快乐着。

唐绡和白星有说有笑地离开了展厅,才下台阶,就看到江柯抱着一束鲜花过来。

白星礼貌地打了声招呼:"江大哥……"

身体一个趔趄,唐缈扯着他的胳膊将他拉开了。

江柯将花递给她:"恭喜你获奖。缈缈,刚才我话还没说完就被……"

他的话又被章霄宇打断了:"缈缈,小江总送花你呢。希望你下次做出没有缺点的紫砂壶。"

"章霄宇!你说话给我注意点。"人已经走得差不多了,江柯四顾无人,再也没有了顾忌,冷笑起来,"你别忘记了,这是沙城。是条龙也得给我盘着。"

章霄宇突然问道:"王春竹和江家有什么关系?"

"你说什么?"江柯一脸茫然。

江柯的反应让章霄宇断定,他并不知道。江城没有告诉他。章霄宇来了招打草惊蛇:"回去问问你父亲。"

他回头招呼唐缈:"缈缈,今晚给你庆功……"

一回头,唐缈早就拉着白星走远了。

江柯心里一阵痛快,讥讽地说道:"章霄宇,看起来你在缈缈心中的地位也不过如此。"

"我和她之间的事,与你无关。"章霄宇冲他笑了笑,转身离开。

江柯看了眼手里的花,狠狠地塞进了旁边的垃圾筒。

回了公司,章宵宇想着唐缈连招呼都不打就走了,恨得牙痒痒:"和我玩故擒欲纵玩得也忒上瘾了。"

韩休还记恨着他拥抱苏念竹,一时间有些幸灾乐祸:"虐妻一时爽,追妻火葬场。"

"大韩!你站哪边的?"章霄宇差点将手里的茶杯朝他扔过去,又舍不得毁了一整套壶,悻悻地磨牙。

韩休没有听到他的抱怨。他倚在窗边,目光所及之处,苏念竹正和江柯站在一起说话。她找江柯做什么呢?

"我找她去!这段时间古古怪怪的,我哪儿惹到她了?"章霄宇嘀咕着,拿了车钥匙走了,"我把车开走了。你坐念竹的车回去。机会难得哦。"

苏念竹和江柯分别上了车,一前一后走了。韩休迅速回过头,章霄宇早走了。他拿出了手机,看着苏念竹行驶的路线,浓眉又蹙紧了:"她去江氏大厦?"

下雨了。唐缈推开车门,仰起脸感受雨丝洒在脸上的凉意。

"我送你上去吧。"

"不用。我没醉。"

白星不放心,下车扶住她的胳膊,一只手在她面前晃动:"这是几?"

唐缈一巴掌将他的手打下去,笑骂道:"你这个二!"

白星无语了:"你家住几楼?电梯不会按错吧?算了算了,我送你上去。"

"行啦。"唐缈将他推开,"把车开走。这车……告诉小叔,我不要。他的钱,我一分都不要!"

"这是我爸送给你的,不是舅舅……"

"嘘!"唐缈竖起一根手指头挡在了嘴边,轻轻摇头。她醉眼蒙眬看着白星傻笑:"要回送我的跑车,换辆便宜的车。嫌我养不起……我不要!开走!走啊!你走不走?"

她拿起优秀奖的奖杯作势要砸白星。

"行行,我开走。你不要我要。"

白星看着唐缈进了电梯,回到车里嘀咕着:"父女哪有隔夜仇的。不

305

要算了,便宜我了。"

他喜滋滋地摸着簇新的方向盘,开走了。

电梯到了。唐缈认真确认了楼层,摇摇晃晃地走了出去。

在楼梯间听到动静,终于等到唐缈回家,章霄宇高兴地走了过去。

唐缈机械地按着密码锁,一低头突然发现身边好像多了个人。酒精和恐惧刺激之下,唐缈发出一声尖叫,拿起包和奖杯拼命地砸过去:"救命啊——"

章霄宇肩膀被砸了两下,左躲右闪见唐缈闭着眼睛喊救命,情急之下擒着她的手腕将她抵在了墙上,一手捂住了她的嘴,急道:"是我!章霄宇!"

邻居这时开了门,手里还拿着扫帚大吼出声:"出什么事了?"

章霄宇迅速放开唐缈:"没事没事,我女朋友喝高了。"

他还穿着白天的衣裳,西装笔挺,气宇轩昂。

邻居"哦"了声,正要关门回家。唐缈拿起奖杯借着酒劲又砸了过去:"谁是你女朋友?章霄宇,你不要脸!"

章霄宇无奈之极,将她的脑袋按在了怀里,尴尬地对又探出头来的邻居解释:"喝高了,发酒疯呢,呵呵。"

砰!

邻居关上了房门。

唐缈还不到他肩高,脸压在他怀里憋得难受,一脚踹在他腿上。章霄宇疼得直抽凉气,松开了她。

唐缈也在喘气,眼泪不知不觉在眼睛里打转:"你还来做什么?"

章霄宇估计被踢青了,揉着腿抱怨道:"我等你吃晚饭等一晚上了。打电话也不接。"

酒已经醒了大半,唐缈按着密码开了门,回头看跟上来的章霄宇:

"你打电话我就要接?你想等我吃晚饭我就该答应?章霄宇,你已经有女朋友了,你当我是备胎啊?"

什么女朋友?章霄宇上前一步正想问个清楚。唐缈把他关在了门外:"你再在我家门口赖着不走,我就报警!"

难怪这丫头最近奇奇怪怪的。认为他有女朋友了?女朋友是谁?章霄宇一头雾水。他看了看时间,已经十点多了。

章霄宇隔着门说道:"明天我再找你谈……女朋友的事。"

明天……她再收拾他!贴在门口隐隐听到外面没有动静,唐缈晃了晃脑袋。明天的事明天再说吧。她摇晃着上楼,将自己摔到床上,闭上眼睛就睡着了。

第11章 / 醋飘香

雨过天晴,难得的碧空如洗,暖阳高照。唐缈抱着被子打了个滚,想起了昨天晚上的事。

"奇怪。和苏念竹的关系那么明显,还来勾引我,难道是我误会了?"她嘀咕了句,突然想起包里的南瓜壶。昨天晚上拿包砸章霄宇,没把壶砸坏吧?

唐缈一激灵醒了。她翻身起床,从床下捞起了包。

锦盒结实,壶好好的没摔坏。唐缈拿出壶亲了口:"宝贝儿!"

手机响了,唐缈放下壶看到是妈妈的电话,开心地接了。

"缈缈啊,昨天我和你爸看电视直播,你爸高兴得不得了。"

唐国之就是朱玉玲的全部世界。父女俩因为做紫砂壶一事闹得像断绝关系一样,她夹在中间难受,唐绯上了电视,还得了奖,唐国之没有不屑一顾,反而很高兴,蒙在家庭上空的阴霾瞬间就消散了。朱玉玲赶紧给女儿打电话,想让她回家。

"是不是啊?妈,你没哄我吧?我爸会因为我做紫砂壶高兴得不得了?"唐绯嘴里怀疑着,笑容早就在脸上绽开。

"妈妈还能骗你?你很久没回家了,妈妈想你了。哦,你爸要和你说话。"

电话里传来了父亲的声音,仿佛从来没有骂过她:"周末回家吃饭。把得奖的南瓜壶拿回来,爸爸看看。"

老爸要看她做的壶?是不是意味着他松口了,不再逼她回公司上班?唐绯欣喜若狂:"我送给爸爸。你不嫌弃就行。"

唐国之大笑:"周末在家给你开庆功宴。打扮漂亮点。"

唐绯不好意思:"庆功宴就算了吧。人家评委都说了,我制壶的技术还不够好,也就是设计强了那么一点点。"

"我唐国之的女儿,做什么都会比人强那么一点点。记得周末回家。"

唐绯倒在床上,将手机按在了胸口,久久回味着父亲话语里透出的骄傲。

手机再一次响起,唐绯以为是母亲还有嘱咐,接起电话就撒娇:"妈,有什么话回家再说……"

"是我。章霄宇。"

唐绯霍地坐了起来,半天没吭声。

章霄宇急了:"绯绯,在听吗?"

唐绯慢吞吞地回道:"章总,我的小名是你随便叫的吗?你喊这么亲热不怕苏小姐吃醋?"

果然是误会他和念竹了。是什么时候起让这丫头误会的？章霄宇一时也想不起来。烦恼了一整晚终于知道原因，章霄宇心定了："我在你楼下，给你半小时。"

唐绡呵呵冷笑："我答应要见你吗？"

"总得见面把话说清楚吧。你难道想我每天来敲门骚扰你？"

也是，见面说清楚让这个渣男死心！

唐绡挂了电话只用了十分钟就收拾好。出门时她看了眼那件章霄宇夸过的花边大衣，冷笑一声换上了旧棉服。

隔着老远，唐绡就看到站在车外等她的章霄宇。

他穿着驼色的大衣，手插在裤兜里，靠着黑色的车，挺拔潇洒。上午的阳光温暖地透过梧桐斑驳的树叶落在他身上，如果用镜头取景，是一幅极有味道的怀旧照片。

唐绡又想起他那双近乎完美的手。她不争气地想，就算他是个渣男，也是个赏心悦目的。

发现了她，章霄宇站直了，亲手拉开了车门。

他怎么可以还笑得这么自然？看到他脸上的笑容，一股怒气直冲脑门。她大步走了过去，拉开了后排车门，坐了进去。

章霄宇耸了耸肩，关了副驾驶的车门，绕过去上了车。他从后视镜看她。唐绡一直望着车窗外。

"恭喜，得奖了。"

唐绡回过头来："谢谢章总替我说话。"

知道她的心结，章霄宇一点也不急："想送你件礼物庆贺。"

唐绡计上心来："礼物？我喜欢。可以自己去选吗？我担心你送的不合我心意。"

她自己选礼物,他就送双份吧。章霄宇笑道:"行啊。你随便选,我付账。"

两人去了市里最好的商场。

唐绁直奔一楼珠宝首饰专柜。章霄宇跟在她身后,拍了拍自己脑门。他真是蠢了,女孩子嘛,肯定喜欢珠宝首饰,果然还得她自己来选才更合心意。

灯光将柜台里的珠宝映得宝光璀璨,熠熠生辉。

唐绁嘴角翘起,笑得像个小恶魔。她自以为还比较了解他,却挨了当头一棒。他了解她吗?他以为她学工艺美术,学制壶,就该文艺清高?就该不恋俗物?

苏念竹优雅冷艳。苏念竹身材如模特。她偏偏要俗气到底!

两名营业员看了唐绁一眼,殷勤劲全给了章霄宇。

唐绁心里明镜似的。她的棉服千把块钱买的,还是去年的旧款。牛仔裤上除非镶真钻的国际大牌,也不过几千块。何况她的牛仔裤普通得很,几百块而已。可章霄宇不一样。他的大衣没有一万块买不到,脚上的鞋就值几千,最值钱的还是他腕间的手表。卖珠宝首饰的售姐眼毒得很,能瞧不出谁才是金主?

"她选首饰。"章霄宇在高凳上坐下了,随手将手包放在柜台上。

这随意的态度,压根儿没把店里的珠宝价格当回事。售姐速度转变态度,向唐绁献殷勤:"女士想看什么首饰?我们店里新到了一款大红宝。请知名设计师设计,款式仅此一套。"

唐绁点了点头:"看看。"

售姐用钥匙打开柜台,小心翼翼地从里面拿出一套镶嵌华丽钻石的双层钻石项链搭配近二十颗炽热娇贵的红宝石套链:"这套首饰制作用了两年半时间。一共46.13克拉无烧鸽血红红宝石,每一颗都配有Aigs

国际证书。最大的一颗是5.09克拉。两颗3克拉以上，6颗2克拉以上。其余17颗红宝均在一克拉以上。克拉宝石才有收藏升值价值。配搭了同款流苏红宝石耳坠。"

红宝石艳丽浓郁又火彩熠熠，能挑出这么多颗颜色火彩形状相同的难能可贵。

"女士您看，这套红宝最难得的是精致。您如果穿晚礼服的话，会非常衬您的气质。价格也很不错，十二万多一点。"

唐缈出身豪富，并不觉得价格是问题。她烦的是这套首饰太优雅了，不足以打击章霄宇。

"你皮肤白，这套红宝设计精巧。虽然有这么多颗石头，却并不显得累赘。"章霄宇凑过来看了一眼，仅从欣赏角度提出了意见。

唐缈推开红宝项链，淡淡一笑："我觉得这套红宝和苏小姐一样精致，更适合她。"

章霄宇闻到了满店醋飘香，想笑又强行忍住。

第12章 / 他的礼物

售姐马上说道："我们店还有克拉钻石套，女士可以看看。"

唐缈已经走到了黄金专柜，指着一套纯金首饰两眼放光："那个，拿来我看看。"

不仅是纯金，还是很夸张的纯金首饰。金灿灿地挂在模型上面，足以耀花人的眼睛。

售姐笑了："女士是要结婚用吗？这是本店特意打造的新娘金饰。"

大朵金花缀成的项链,同款金花耳环,半寸宽的金镯。土豪气息扑面而来。

除了结婚用,估计平时没有人能戴得出去。

章霄宇低声问唐绱:"你确定?"

"金子好啊!黄金最好了!我最喜欢黄金了!再说了,比那套红宝贵几十万呢。"唐绱露出财迷样,"这套够分量!戴出去一看就是有钱人。"

章霄宇满头黑线:"你不如买块金砖得了。这套黄金首饰也太俗气了,你确定你戴得出去?"

好给你一板砖!唐绱昂起下巴:"我就这么俗气,和苏小姐没法比啊。算了,收你几十万的礼物有点过分。谁叫我和你不太熟呢。吃饭去,我饿了。"

唐绱毫不留恋地离开了柜台。

每句话都不离苏念竹,故意硌应他?小丫头片子!章霄宇瞥了眼那套土豪金,转身跟了出去。

"想吃什么?"

唐绱看了眼他的衣裳,笑眯眯地说道:"西餐。不吃西餐浪费您这身打扮了。"

章霄宇哭笑不得:"你穿这么休闲,是不是该去吃火锅?"

当初她精心打扮,穿着晚礼服准备吃西餐,被他叫去了火锅店。今天她穿着牛仔裤,休闲棉服,反倒要吃西餐了。

章霄宇明白了,唐绱今天就是小心眼,故意要报复他。

"不吃我就走了。放心,今天的事我不会告诉苏小姐的,也请章总不要再来找我。脚踩两条船是要翻船的。"唐绱一口气说完心里话,有点难过。她再不想看到章霄宇,觉得今天自己特别傻。她真不该再见他。

"最后的晚餐,也是西餐!"章霄宇忍住笑,帮她找台阶。

对哦,最后的晚餐,纪念她傻不拉叽地爱上一个渣男!唐绵怀着风萧萧兮易水寒,壮士一去不复返的悲壮心情走进了西餐厅。

她找到了窗边曾经坐过的座位,望着窗外的城市出神。

章霄宇把菜单给她:"想吃什么?"

唐绵咬牙切齿:"最贵的!"

"不能喝酒,我开车。你也不能喝,喝了撒酒疯。"章霄宇一边点菜一边说。

"大半夜的无声无息走到我身后,我能不把你当贼打一顿?什么叫撒酒疯?"

他现在说什么,唐绵都像刺猬一样。章霄宇拿起包起身:"我去洗手间。"

他去洗手间久久不回,牛排已经端上来了。唐绵泄愤似的切着牛排:"我晕头了真是,和他吃什么最后的晚餐。"

章霄宇回来时,唐绵已经将自己盘里的牛排切得七零八落。他笑了笑:"看起来味道应该不错。餐后有道你特别喜欢的甜点。"

唐渺被他这一笑击中了心扉,他这种有意无意的撩人笑容,让她跟着心跳微微加速。她埋头吃东西,恨自己不争气。

唉……

吃吧,吃完这顿散伙饭,她以后就真的要离他远远的了。

特调的牛排汁液搭配鲜嫩小肋排,非常美味。炙烤的鱼入口嫩滑。菜式的味道越好,她越生气,越生气她吃得越多。唐绵摸着微鼓的肚子恨恨地想,再塞一道餐后甜点进去,最后的晚餐就结束了。

服务生端着餐盘过来。银色的餐具被盖子盖住,服务生没有帮忙揭开盖子。

"你知道我喜欢吃什么甜点？在我印象中,我从来没提过我喜欢吃什么甜点。章总记住的应该是苏小姐喜欢吃的甜点吧?"唐缈扯下餐布重重地扔在桌上,怒气达到了顶点,"我再说一遍,以前是我眼瞎看错了人。章霄宇,你已经以女婿的身份在苏小姐父亲葬礼上还礼,你当我是傻子吗？还是你也和江柯一样,接近我只为了唐氏的财富?"

原来是在王春竹葬礼上引起的误会。章霄宇终于弄清楚了缘由。

唐缈见章霄宇愣愣地看着自己,以为他哑口无言无话可说,冷笑了声,拿起包就走。

"缈缈,我喜欢你。"

"晚了,章先生。"

他也喜欢她。他喜欢她！唐缈怕章霄宇看到自己的眼泪,飞快地跑走了。

章霄宇站起身,揭开餐盘的盖子,拿起东西追了出去。

出了西餐厅,章霄宇眼睁睁看着唐缈进了直达电梯。他无奈地顺着楼梯下去。追到商场门口,唐缈刚上车。章霄宇赶紧跑过去,拦住了车:"大小姐,你知道我爬山不行,跑步也不行。要老命了!"

"活该!"唐缈骂了声,"我说得很清楚很明白了。你要点脸就别拦着车!"

"我不拦。我快累死了!"章霄宇扶着腿直喘,隔着车窗将盒子递了进去,"送你的礼物。我走了。"

"喂!这是什么？我不要!"

章霄宇没有回头,冲身后摆了摆手。他走回商场,拉松了领带,解开衬衣领口喘着气,一边给韩休打电话:"大韩,我今天才知道,为什么都说找女朋友叫'追'女孩。她坐电梯,我走楼梯跑了六层楼,争分夺秒赶在车开走前追到。大韩,我累死了。这年头女孩儿都和电视剧里一样不讲理吗?一开口就是你不用说了,我不想听。再一开口,人跑得比兔子还快。大韩,求求你赶紧追念竹吧。她腿比唐缈长,肯定跑得更快。你追得肯定比我辛苦……"

章霄宇硬塞给她的盒子放在茶几上。唐缈撑着脸颊看了许久。

不管他送的是什么,她都不会要。

唐缈打开了盒子。

锦盒中放着一把壶。李玉的提梁追月壶,李玉异形壶中的代表作品,拍卖会上被章霄宇以三百三十万从她手里抢走的那把壶。

盒子里还有张小卡片。白色的硬底纸,一手漂亮的毛笔字:"半轮皓月,与君共赏。小香山上,我的话你可还记得?"

秋天小香山拍卖会结束时,她气愤地质问他。他说:"如果你是我的女朋友,我可以把李玉壶当礼物都送你。"

他居然把这把壶送给了她。

章霄宇打电话来了。唐缈接了:"还有什么事?"

难道她没有看到李玉壶?章霄宇敲了敲门:"我在你家门口。"

正好还给他。唐缈啪地关上盒盖,拿起盒子去开了门。

不等他开口,她把锦盒塞到他手里,横眉冷对:"我说了那么多次苏念竹,你还说喜欢我,还送我女朋友壶。难道你们分手了?分手也不行。分手也是在脚踩两条船以后才分的!"

她狠狠地关上了门。

章霄宇捧着锦盒哭笑不得。他拿出手机又给韩休打电话:"大韩,我听你的趁热打铁追到她家……你能不能听我的,来给她解释下,我和念竹清清白白苍天可鉴?"

电话里韩休淡淡答道:"你抱了念竹,我亲眼看到的。你先给我解释清楚再说。"

说完干净利落地挂断了电话。

章霄宇欲哭无泪。

第13章 / 鱼饵下对了

南山别墅内灯光温暖,章霄宇和韩休的脸色如同寒风中蔫儿掉的树叶。

横躺在沙发上,枕着胳膊望着天花板,章霄宇感叹着从前的好日子:"那时候她追我,半夜都能穿城跑来假装巧遇蹭宵夜。给她个笑脸,就逼着我以身相许。现在呢?喂我吃闭门羹,一顿不够喂两餐。多说句话都嫌我啰嗦。从前是香饽饽,如今是牛皮小广告,我站她面前都叫影响环境破坏风景。你说怎么办吧?死缠烂打太没面子了,伤自尊哪。"

韩休坐在旁边的单人沙发上,目光紧盯着院门。

"和你说话呢。大韩,身为助理就得替老板分忧。你说咋办?"

韩休喃喃开口:"她最看重的是什么?最想要的是什么?"

章霄宇脑中灵光一闪。对啊,唐缈最看重的是什么?最想要的是什么?鱼要吞饵,那也得饵料够香够吸引人。

壶艺交流大赛,不管是唐缈的南瓜壶,还是现场制作的六方掇球壶都存在同样的手法问题。

她大学毕业开始学习制壶,不到两年时间,对紫砂泥的可塑性不是特别熟悉。

他噌地坐起来,走到韩休面前:"大韩,唐缈最想要的是提升制壶技艺。她需要一个好老师！"

他的声音太大，惊醒了沉思中的韩休。看着章霄宇兴奋的模样，他讥讽道："恋爱中的男人都是蠢货。"

"我蠢得清楚明白。你呢？现在还躲躲藏藏不敢表白。哎，大哥，做好事不留名的时代已经过去了。时间多宝贵啊，猜来猜去捉迷藏的游戏纯属浪费。"章霄宇说着，一脸坏笑地看着他，"我明白你的心情，怕被拒绝。当年好歹也是称霸街区的狠人，如今……啧啧！"

手机里苏念竹的车还停在江氏大厦一动不动。她有什么事情从来都是自己扛，一次都不曾想到找他帮忙。韩休心情越发恶劣，他站起身，捏响了手指："我看你是想练练了。"

"怕你？走啊！"

两人在地下室又打了起来。

门被推开，撞响了风铃。

韩休一怔，她回来了？章霄宇一拳狠狠揍在他肚子上。

"胜利！"章霄宇哈哈大笑。

苏念竹听到动静从楼梯口探出头来，正看到韩休捧着肚子弯成了虾米状。她笑道："没想到章总打拳这么厉害。有空教我两招防狼术。"

他不过是一时不察被章霄宇偷袭了。这一拳揍得韩休胸闷心塞。教她防狼术？防哪头狼？

"念竹，吃饭没有？没吃叫大韩……"

话没说完，韩休一个扫堂腿将他绊倒在地。苏念竹一惊之下"哇"了声。韩休满意地摘了拳套："想吃什么？"

他边说边上楼，经过苏念竹身边时，韩休停下来看了她一眼："我教你几招简单的。"

苏念竹愣了愣："我开玩笑的。"

韩休面无表情:"我会认真教你。想吃什么?"

苏念竹被他的认真吓了一跳:"随,随……便。"

韩休上楼去厨房了。

章霄宇从地上爬起来,心想太不要脸了,都打完了还用扫堂腿偷袭。他当然要报仇,朝苏念竹招了招手。

苏念竹下了楼,章霄宇轻声说道:"我悄悄教你三招。程咬金的三板斧管用得很。对大韩用,保证他不会再想给你上第二次课。"

他附耳给苏念竹说完。苏念竹噗地笑了:"管用?"

章霄宇一脸坏笑:"试试不就知道了?"

一大早,章霄宇直奔唐绡家,敲门敲得理直气壮。

"有病?"唐绡被敲门声惊醒,穿着睡衣打着呵欠来开门。她见到章霄宇就来气,"现在是早晨六点。章霄宇,我再警告你一次。真不相信我会报警?"

"想提高制壶技艺,十五分钟后下楼。机会只有一次。两天集中学习时间,想多学一小时求神都没用。你拖一分钟就少学一分钟。信不信由你。"章霄宇根本不给她拒绝的机会,说完转身就走。

唐绡呆呆地看着他的背影。真的假的?如果他说的是真的,她当然不能放过学习机会。假的……呵,他再敢出现在她面前,她马上报警告他骚扰!

两天时间?唐绡关了门迅速洗漱换衣裳准备外出物品。十五分钟后准时走出小区。

她将背包扔进车,还是坐在了后排。

"早点!"章霄宇递给她一袋包子一杯豆浆,"我家大韩做的三鲜包子,小石磨现磨豆浆,给你带了一份。"

唐绡不吭声接过来就吃。雪白的皮蓬松回甜,口蘑鸡蛋虾仁鲜嫩流油。豆浆散发着浓郁的豆香,绝非一般早点铺加多了水的豆浆可比。唐绡胃口好,吃掉了两个大包子喝完了豆浆。

"谢谢都不说一声?"

"替我谢谢韩休。"

章霄宇往城外开去,清晨路上几乎没有车,他顺利地出了城,有意地开始添料:"念竹很喜欢用小石磨磨的豆浆,说小时候她爸就是这样煮豆浆的。大韩就特意去买了小石磨,每天晚上泡豆子,清早起来现磨。只要念竹喜欢吃的,哪怕不会,大韩都学着做。这年头追女孩子太辛苦了。"

他想表达什么?韩休和他抢苏念竹吗?

"所以,我还是喜欢你主动追我。要不,我再给你一次机会?"

后视镜里,唐绡怒目而视。杏眼瞪圆了,像极了可爱的布偶猫。章霄宇大笑:"开个玩笑,别介意啊。今天带你去找杨柳老师。"

唐绡的注意力瞬间被转移了:"谁?杨柳老师?你诓我吧?杨老师早就不收学生了。老爷子年纪大了,在郊区种花种果颐养天年呢。这几年都不曾做壶。"

"要不要和我打个赌?你输了,你主动追我。我输了,我主动追你。"

"呸!"

唐绡转开脸望着车外闪过的风景,再也不理他了。

半小时后章霄宇转进了村道,往前开了一截,在果园外停下来了:"来过吗?"

她没来过。沙城制壶大师很多。唐绡对杨柳大师只闻其名却不曾见面。两人背着背包从小路进了果园。

"喂,你怎么说服杨柳老师教学生的?"冬天的清晨很冷,乡村气温更低。唐绡走得急没戴手套,说话时将手放在嘴边哈着气搓着。

章霄宇伸手握住了她的手,一起揣进了自己的裤兜里。

唐绵挣扎了下没有挣脱。果林安静,她怕两人吵起来被杨柳老师听见,只得愤怒地压低了声音:"耍流氓啊?"

"你以为随便哪个人杨柳老师都会教?进门就要考你。手冻僵了不方便操作。"

"厚颜无耻!"

唐绵被他死握着手拖着往前走。她挣脱不得,只得由着他。

果园很大,占了大片山坡。两人朝山上走去。沉默中,唐绵感受到他手上传来的温暖,满脑子都是对章霄宇那双手的印象。她从前就想握着他的手,没想到现在她想离他远一点,他却与她十指相扣。

"这里真美。"

晨雾涌出,两人站在稍开阔的地方看到山脚的村落浮在雾中。白墙黑瓦,一株株挂着沉沉橘红柿子的老树,在雾里若隐若现。

"真想画下来!"

两人同时说道。

章霄宇看向唐绵,黑漆深眸明亮。

唐绵的脸噌地红了,她用力从他兜里抽出了手,装作若无其事的模样说道:"先找杨柳老师。"

拐过弯,唐绵看到了一栋房子。房屋搭建在坡上,有一半露台凌空,下方流淌着浅浅山溪。院子四周数株梅花怒放,火红的梅烧成了一片红云。院子四周种满了绣球,粉色、蓝色一簇簇怒放。院墙低矮,爬满了蔷薇、月季和三角梅。溪边浅石间零星绽放的浅蓝色花朵娇俏可爱。

"太美了。真没想到杨柳老师的家像童话里的花园。"

唐绵看直了眼睛。

章霄宇捶了捶腿,走了半小时山道,腿又酸了。他指着来时的山丘:

"开车五分钟就能上省道,进城半小时。云霄壶艺来沙城,同时在这里租了三百亩地,正在建壶艺工作室和宿舍,过完年就完工了。到时候看山看水制壶品茶赏花,相信大家做的壶都比在城里工作间更有灵气。"

"真好。"唐绂想想就心向往之。

"等杨柳老师上完课,我带你去看看?"

想拒绝,却又挡不住诱惑。唐绂"嗯"了声。

章霄宇低头看她,心里阵阵喜悦。鱼饵下对了:"走吧。"

唐绂背着包走在前面。她还穿着那件白色的旧棉服,牛仔裤。戴着顶黑色的绒线帽。她走到院门口时发现章霄宇没有跟来,便回头看他。

回头的瞬间,章霄宇拍了好几张照片。

他扬了扬手机走了过来:"顺手拍了几张,这个不会骂我吧?你看看,不喜欢删掉就是。"

唐绂一把夺过手机。他会美颜吗?拍丑了她绝对要删掉!

他连续拍了好多张。她的背影。她张着双手走向这一片花海。身影瘦长,乍眼一看,以为她个子极高。她回头的瞬间,眼睛大大的,下巴尖尖的,发丝飘起。她特别喜欢其中一张,几缕发丝拂在脸颊,身后的蔷薇花或实或虚,拍得像化妆后的写真照。

"还行吧?"

唐绂白他一眼,将照片全发给自己,将手机塞回他手中:"给苏小姐拍照训练出来的吧?"

怎么又扯到苏念竹身上?章霄宇叹气:"我和念竹是伙伴是朋友,绝对不是男女朋友!"

"要脸吗?我亲眼看到她父亲灵前,你以家属身份还礼。你当我眼瞎了?!"唐绂竖起了全身的刺。

这地方,她总不可能不听完他的话又逃跑吧?章霄宇认真地解释:

"念竹小时候父母离异,她跟着母亲离开了沙城。回来不久,王春竹就出了意外。她在沙城没有别的亲人。那天大韩陪她去公安局办手续,灵堂里来了那么多悼念的人,她又不在。我以家属的身份还礼,也是因为韩休和我亲如兄弟,他喜欢的女人,我当是我姐呢。"

原来是这样啊。苏念竹是韩休喜欢的人?章霄宇心里当她是姐姐一样的亲人。唐缈歪着头看他:"真的?"

章霄宇重重点头:"不能再真了。缈缈,你说你这醋吃得是不是没道理?"

唐缈哼了声:"明明是你做出那些让人误会的事情,你还反过来怪我?谁吃醋了?我这不是吃醋,是看清楚你是个渣男!"

"我哪里是什么渣男了?说清楚了,不能再随便撒气了。我的心意都在李玉那把提梁追月壶里了。你必须收下,收下就是我女朋友了!"

唐缈使劲绷着脸。一句解释清楚就可以抵消掉她痛苦的时间?章霄宇你也太天真了!当初她追他时,他多傲娇啊。她也要享受一把。

她仰起脸走进了院子:"先找杨柳大师。迟到一分钟,我的学习时间就少一分钟。"

章霄宇在她身后作势挥起了拳头。小恶魔!还跩上了?当初谁厚脸皮让他以身相许的?

第14章 / 泥人杨

平台上,一身白色练功服的杨柳大师正在打太极拳。他长发落肩,头发花白,精神矍铄。老爷子一板一眼比画得极为认真。

两人没敢打扰。章霄宇将两人的包放在院子里的长凳上,轻声说道:"杨叔在练拳,你自己转转。我烧水煮茶。"

他熟悉地进了厨房烧水。

"他居然和杨老师这么熟?他不是外地人吗?"唐缈嘀咕了句,好奇地透过大幅落地玻璃窗往里面看。

宽大的工作台放在客厅里,一旁是喝茶的茶台。四周的木架上摆放着琳琅满目的泥人和紫砂壶。鲜艳娇美的蝴蝶兰与大盆惠兰将屋子点缀得生机勃勃。这样的房子,她也喜欢。有机会她也弄个院子,照自己的心意布置。

好好学习,努力成名!然后赚钱满足自己的心愿!唐缈对未来有了新的目标。

院子里到处都摆着各式盆景和花。唐缈从花盆里拿起一只钻洞的小鼹鼠托在掌心,点了点它的头,又放了回去。

杨柳大师的泥人作品随处可见。京剧变脸娃娃站在窗台上。宫崎骏的龙猫系列摆在树根茶桌上。美丽的爱莎公主坐在花间。每个泥人都表情生动,特别可爱。

唐缈若有所悟。她所差的是制壶技艺。能将泥人捏得栩栩如生,细节的处理与制壶的原理是相通的。难怪章霄宇一定要带她来这里学习。

章霄宇泡好茶放在桌上,招手让她过去,压低声音说道:"你看到了?杨叔在做紫砂壶之前是捏泥人的。从捏泥人转行制壶,他有很多心得体会。他的泥人作品意趣横生。他以前捏的黄泥唱歌娃娃,跳舞的迈克尔·杰克逊,生动传神,网上一度卖到脱销断货。那种灵动和神韵,将泥土的可塑性发挥到了极致。如果你能够得到他的指点,技艺肯定提升得很快。不过,老爷子做饭菜的手艺不太好。以前我贿赂他是带了韩休这个大厨过来。这两天的饭菜得你做了。"

"我？我不会！"唐缈慌了，"我最多能做个西红柿炒鸡蛋！"

章霄宇神秘地说道："我也不行。但是大韩给了我秘密武器！给点好处，我就教你。杨叔吃得高兴了，肯定能收你当学生。"

知道他在要挟自己，唐缈鼓起了腮帮子，好一阵才不情愿地妥协："你想要什么？"

"我只想要你。"

他的声音轻如风，柔若羽，拂乱了唐缈的心。她红了脸猛地转过身："不要脸！"

章霄宇自顾自地倒着茶喝着："怪了。当初在顾家工厂参观时，我问你要什么谢礼。你要我以身相许。我可没骂你不要脸。"

这能一样吗？唐缈气急败坏："你说就是耍流氓！"

"嘘！杨老师打完拳了。"

唐缈赶紧起身。

"坐！"杨柳走过来，接过章霄宇递来的茶抿了口，笑了，"哟，这茶有点年头了吧？真舍得啊。"

章霄宇笑道："整整二十年。当年还是父亲带着我一起做的茶饼。每年做二十饼，没有一年落下过。父亲走了，这茶喝一点少一点。十五年开始轮流启封，给您带了五饼二十年的。"

他父亲过世了？为了帮她学艺，他把和父亲一起制的老茶都送了。唐缈有点感动。

杨柳瞅着唐缈说道："收了你的好茶。我都不好不教这丫头了。唐缈是吧？"

唐缈恭恭敬敬地说道："杨大师好。我是唐缈。学制壶才两年。我刚在手机上看了您做的壶，还参观了您园中的各种泥塑作品，非常佩服您的手上功夫。您有一双巧手一双慧眼，作品特别传神。向您学习完了,可以和您合影留念,问您要签名吗?"

"别跟他学着拍马屁!还合影留念要签名,别跟他学坏了!"

话是这样说,杨柳一脸受用的神情让唐缈直乐:"您是大师啊。我合影留念也跟着涨身价呢。"

她不拘束,活泼开朗,杨柳喜欢得很:"小宇啊,你这小女友和叔特别投缘。"

什么时候成他女朋友了?她还没点头答应呢。唐缈腹诽着,当着杨柳的面不敢造次,只能在心里记下一笔账。

章霄宇殷勤地给杨柳倒茶:"杨叔,缈缈听说要向你学习,天不亮就吵着出城。您可不能藏私。"

杨柳哈哈大笑:"缈缈啊,你别叫我大师。你是小宇的女朋友,跟他一起叫我叔。他父亲是我的老兄弟。就是走得早了……唉,不提老章头了。小宇把你做的六方掇球壶泥坯送来给我看了。你做的南瓜壶他拍得也很仔细,画面细节都拍给我看了。你对泥土塑形这块儿手艺不过关。不过你这小姑娘心眼灵活,两把壶都很有新意,我很喜欢。"

唐缈马上改口:"叔,您教教我呗,怎样才能提高制壶技艺。"

"这样,缈缈,你进屋去捏只小兔子。"

"是!"考她等于教她。唐缈兴冲冲地进屋去了。

透过玻璃窗,看到杨柳和章霄宇聊得开心,唐缈静下心捏小兔子。

她做得专心,不知道两人已经将茶移进了屋。

"缈缈。"

听到杨柳叫她,唐缈抬起头:"叔,您说。"

这声叔叫得亲昵,杨柳高兴了:"做紫砂壶要从泥、形、工、款、功、名六个字着眼去考虑。塑形是基础。你心思灵活,壶形有创新是好事,但是基础不牢,壶形出不来,就算一把壶再有新意再特别也终究经不起时间的考验。"

唐缈大方地应道："我记住了！"

"小宇，你也过来。"杨柳站起身，走到工作台前，"过两天我要去外地。这次时间不多，关于紫砂壶，我先讲第一步拍泥片。泥片不均匀，韧性不够，就难以成形。"

杨柳挽起衣袖亲自动手教如何拍泥片："反复拍打，才能使得泥土更具有韧性。这个回去你慢慢练，记住我教的手法和小技巧。"

唐缈看得认真，突然想起自己应该拍下来才是，又担心杨柳不肯被自己拍，抬头一看，章霄宇拍得正认真。

只有心里有了对方，才会处处为对方着想。

他对她应该是认真的吧？

唐缈抿嘴笑了。

杨柳示范完放下了工具："现在只有两天时间。我不要你们做壶。我要你们按照我的方法，做你们两个彼此的肖像。这是考验你们的观察力，对泥土的手感。"

关他什么事？章霄宇苦笑道："叔啊，我又不会做紫砂壶，更没捏过泥人。您主要是教她。"

杨柳侧身避开唐缈，低声说道："叔给你创造机会让你陪着人家小姑娘呢。谁要教你？"

章霄宇茅塞顿开："叔说得对。我捏着玩。说不定我捏的人像比她强呢。"

"缈缈啊，叔看看你捏的兔子。"

"还没捏完。"

唐缈不太好意思地将捏的兔子递给他。章霄宇瞅了一眼，想笑不敢笑。

杨柳掌心托着兔子叹气："丫头,这是兔子还是耗子?"

"肯定是兔子。耗子尾巴长。"

章霄宇忍不住插话："对,这是长着兔子脸的耗子!"

唐绺气结。

"我给你说,捏壶和捏泥人是相通的。今明两天,你把小宇的泥人捏出来。不求惟妙惟肖,只要能看得出是他,就算成了。你要记住,泥土也是有生命力的。要用心去观察。叔以前捏泥人,后来做紫砂壶的时候,塑形这块上手就特别快。小宇把你带到我这里来,也是看出你在塑形和细节处理上的不足。"

他说得对,唐绺虚心接受,挑衅地看着章霄宇说道："叔,我保证完成任务,保证捏出来一只耗子都能看得出是章霄宇。"

杨柳哈哈大笑："对对,就是这个理。捏一只耗子都像他。"

一老一小居然合伙对付他了?章霄宇也不示弱："叔,我保证捏只虾都长得像她。"

杨柳很好奇："为什么捏只虾像她?"

章霄宇一本正经："她张牙舞爪的样子可不和小龙虾像嘛!"

唐绺不好意思当杨柳的面发威,只好暗中又在账本上记下了一笔。

"行了,日头上房顶了。做饭去。我教绺绺捏泥人。"

不用她做饭!唐绺大喜,学着杨柳大师的手势赶章霄宇出去："做饭去!"

这丫头,嘴里说还要考察,心思全写脸上了。她的心结早就解开了,不肯承认罢了。章霄宇达到目的,高高兴兴地做饭去了。

第15章 / 摸摸小手不用负责

章霄宇摆好饭菜叫两人用饭。

桌上放着一只陶锅,只有一道菜。

唐绉怀疑地看着他:"这就是你的秘密武器?"

杨柳洗完手过来,看到陶锅大喜:"好久没吃焖锅烩菜了!开饭!"

揭开盖子,菜香四溢。章霄宇得意地说道:"没吃过吧?著名的焖炖烩菜!"

唐绉明白了:"大杂烩呗!有本事你炒两个菜试试?"

"大冬天的,吃这个暖和。炒菜一上桌就凉了。是吧,叔?"章霄宇拿起勺给两人一人舀了一勺菜,教育唐绉,"别看这锅乱炖。是有讲究的。哪些食材相配味道更好。哪些食材相冲不能一锅烩了。我说我有秘密武器,你以为我空口白牙胡诌啊?尝尝看。"

很想和他对着干,却抵抗不住美食的诱惑。冬天吃着热乎乎的炖菜,胃暖洋洋的舒服极了。满满一陶锅菜被三人吃得只剩下汤汁。

杨柳拍着肚皮,享受着饭后解腻的茶:"小宇啊,今晚和明天总不能还是乱炖吧?"

"哪能呢。两天四顿饭菜绝不重样,包管叔吃得满意。"

"行,老头子要歇个午觉。房间你俩自己选。下午开工。"

他前脚一走,章霄宇就勒索起唐缈来:"今晚一顿饭,明早一顿饭,还有明天中午的午饭。你选做饭,还是洗碗?"

"洗碗。"唐缈捋起衣袖收拾饭桌,生怕他反悔。

倚在厨房门口看她忙碌,章霄宇抄着手逗她:"没想到唐大小姐还能干家务活儿。"

"我高中起住校,大学四年住校,毕业在外租房子,我还没娇气到连碗也不会洗的地步。"唐缈洗着碗,转头看他,"章霄宇,你对我是有成见吧?我家有钱,我就应该是个娇包?还有啊,我得奖了,说好陪我上山挖三天天青泥。什么时候兑现啊?"

"冬天上山太冷。过完年春暖花开就去。"

他求之不得呢。

章霄宇想到唐国之捐曼生壶,暗中替唐缈铺路的事,犹豫了下说道:"这都快过年了,你还不打算回家?"

"周末我就回家。我爸对我能评上奖可高兴了。虽然他还是希望我能接手公司,但是我能得奖,他可有面子了。我看他呀,知道我不是做生意的料,就是怕我没出息,别人说起笑话他。只要我争气,将来能评上工艺大师,有名气,他才不会反对我制壶呢。"

章霄宇走近厨房靠近了她:"什么时候带男朋友回家?"

唐缈往后一缩,困在水槽和他之间。她仍嘴硬:"八字没一撇呢。我还没调查清楚……"

章霄宇扶起了她的脸,眼若星辰:"你还想查什么?"

他呼出的气息扑在她脸上,染红了她的脸颊。唐缈心跳加快,他该不是想吻她吧?以前她追他的时候,他害羞得紧。现在他主动起来,怎么没见他害羞了?

"谁知道你过去是什么人?我爸问我,我都不知道怎么回答。户口当然要调查了。你的家世学历兴趣爱好,通通都要查。"

她的话不无道理。章霄宇放开她,退后一步笑道:"要不要来我身边,慢慢调查?"

"谁要和你住一起啊?不要脸。"

章霄宇忍俊不禁:"你想哪里去了?我说的是要不要签云霄壶艺工作室?"

唐绯拿起手上的盘子就想砸过去。

章霄宇两步窜到了厨房门口:"你这样东学一点西学一点,提升速度很慢。签工作室,可以和其他陶艺师一起学习交流。有保底工资。当然,你不缺钱。我只是觉得这样对你有帮助。"

谁说她不缺钱的?唐绯继续洗碗:"我只签两年可以吗?"

"学完就把我一脚蹬了是吧?"章霄宇并不把她和其他陶艺师一起看待,想了想道,"这也是种灵活的办法。你可以只签一年,但是签约期满后的一年,你要做五把精品壶,版权都归云霄壶艺。当然,卖出之后公司会和你分成。其他陶艺师也可以这样选择,不用五年那么长。"

公司也不必负担陶艺师五年的保底工资。签约时间不长,会有更多的陶艺师弃江氏那样的大公司选择云霄壶艺。

章霄宇瞬间得到了启发。

只签一年,解决保底工资,还能得到公司系统培训。一年后,五把精品壶作为回报,也是应当的。

唐绯狡黠地没有一口答应:"行吧,看你捏我的人像捏得好不好。好呢,我就签了。"

"得寸进尺!洗完碗比试!"

——

阳光不错的下午,两人坐在院子里临摹对方的肖像。

章霄宇目不转睛看她,发现唐绗的嘴角有着天然往上翘的弧度,难怪感觉她随时都在笑似的。

唐绗观察着他,把他一笔笔勾勒在画纸上。她再次发现章霄宇真的很帅。

他眉弓略高,鼻梁挺直,显得眼睛深邃明亮。

她发现章霄宇耳垂厚厚的,像小小的元宝。她舔了舔嘴唇,咬上去的感觉应该像中午吃的五花肉片吧?

章霄宇被她的动作臊红了脸,压低声音说道:"当心我把你咽口水的模样画上去。"

"对啊,我就冲你流口水了。你做好准备让我吃了吗?"唐绗心结一去,胆子又肥了,尽情地撩拨起他来。

她一主动,章霄宇就不好意思了,转了个方向背对着她:"不看你我也能把你色迷迷的样子画得惟妙惟肖,再捏成泥人让杨叔好好看看。"

唐绗满意地看着画稿上的肖像:"我画好了,捏泥人去了。"

章霄宇赶紧合上画板:"休息会儿。下午阳光好,四处转转?"

"行啊,走吧。"

两人离开院子,沿着溪边散步。

章霄宇眼疾手快一把擒住她的手,一起揣兜里了:"虽然有太阳,还是冷。"

他偷眼看她,以为她又害羞。谁知道手掌心被她的手指挠了挠,章霄宇下意识地松开了手。唐绗手指一扣,握住了:"甭以为牵你的手我就答应做你女朋友。"

章霄宇气结:"手都牵了,还不认账?"

他生气,她就高兴,偏不给他准确回答:"你的手漂亮啊。爱美之心人皆有之。我一直想摸一摸,总算如愿以偿。摸摸手就要当你女朋友?我还没考察完呢。"

"意思是吃干抹净了都不想负责?"

"负什么责?"

见她装傻,章霄宇一用劲将她拉到了身边,吻住了她。

她的眼睛瞪得溜圆,他不得不伸手盖住了。

唐缈想到了很多,想起和他初次见面,想起和他一起上山去找李正,想起他在壶艺交流赛上他抢江柯的话。她想了很多,唯独没有想到他正在亲吻着自己。

头顶传来一声轻咳。两人迅速分开。

杨柳不好意思打扰到了两人,板起脸喊道:"今天不捏出雏形不准吃饭!跑我这里谈情说爱来的?"

"耽误我学习!"唐缈红着脸骂了章霄宇一句,飞快地跑上山坡,奔院子里去了。

章霄宇抬起头,和杨柳大师互相瞪着对方。他认输,上坡回院子,心想今天晚上吃面,简单方便还不重样!

第16章 / 永不凋零

晚饭前,唐缈先交了功课。

杨柳拿着她捏的泥像仔细看着。

她很认真。泥人西装革履,气宇轩昂,脸上带着笑。章霄宇高兴地对唐缈说:"在你心里我这么帅啊?"

杨柳也很满意:"大体的泥形是不错的,整体看没问题,但是它不够精致,就像你画一幅超写实的画,画和照片要看起来没什么区别。捏泥人和制壶是相通的。比如这个泥人像的衣裳要有质感,立体感,头发发丝的轻盈都要表现出来。你做壶的时候,壶的厚薄也是靠你的手去感觉。让你做泥人就是想告诉你,做紫砂壶一定要细腻,不能急于求成。眼里有壶,心里有壶,手里才会有壶。"

是啊,她总是急着捏一把壶烧制出来。烧好的成品壶带给她极大的成就感。心太急,不管细节处理是否到位,就烧制出来。

她做南瓜壶的瓜瓣时,就不够对称均匀,靠着设计感让人以为是故意做得不够对称,其实是她做得不够完美。

"我知道了。我明天就细雕慢刻这个泥人像。"唐绱很高兴。

"悟性和灵气,是制壶大师和普通制壶匠人的区别。你还年轻,要耐得住性子。泥人像不用做了。技巧基础你都是学过的,关键在于练习。你要把壶坯做到自己挑不出毛病,再烧制。否则,就是浪费泥料。"

唐绱被说得头也不敢抬:"知道了。"

见她被骂,章霄宇马上拿出了自己捏的泥像:"叔,看看我的。"

"这是什么?冬瓜脑袋豆芽菜?胡闹!"

章霄宇挨的骂比她还狠?唐绱抬起头,气得口齿不清:"杨叔!他故意丑化我!"

他捏的唐绱肖像细身体小短腿,夸张的大头,一根手指抠着嘴唇,下巴还挂着两滴圆滚滚的口水。

杨柳手指一碰,肖像的细脖子没撑住大脑袋,断掉了:"小宇,亏你还是学画画的。唉!今晚我去做揪面片。看到你捏的泥人,你做的饭叔没胃口吃。"

摇头叹气,故意将房间留给了两个人,杨柳走出门,回头一看,两人斗鸡式地掐起来了。

"章霄宇,你告诉我,我在你心里就是个小短腿猪脑袋是吧?"

"我做的是卡通版的绵绵啊。"

唐绵逼近了章霄宇:"卡通版?"

章霄宇往后一靠,被桌子挡住了。他后仰着,迅速拉起唐绵的双手往桌子两边一按。抬头看着俯身的唐绵笑:"绵绵,我让你摸,不生气了?"

"流氓!"唐绵一脚踩在他脚背上,挣开了他的手,转身就走,"章霄宇,对你的考察首轮零分!"

看着她气呼呼地离开,章霄宇禁不住抚额:"小气,不经逗!"

第二天清晨,唐绵才打开房门,一枝蓝色的绣球花就挡住了她的脸。

"早安。看到这枝清美的蓝色绣球有没有神清气爽,烦恼顿消?"

花移开,露出章霄宇的脸。他穿着套头毛衣,黑色的羽绒服,笑容干净得像邻家大男孩。

唐绵高高地昂起头:"好狗不挡道!拦着我洗脸刷牙!当心我脸黑嘴臭!"

章霄宇听话让开,唐绵走进院子,拧开水龙头洗漱。冰凉的水刺激得脸上皮肤微微发红,清晨初升的朝阳下,她脸上覆着的细软小绒毛都在发光。

伺候在侧的章霄宇由衷地赞美:"绵绵,你真漂亮!不用化妆都好看极了。"

"印象中,苏小姐才叫漂亮。"

章霄宇愁眉苦脸地拿着绣球花:"念竹再漂亮,那也不关我的事啊。还要我说多少遍?要不,我把心掏出来给你看看?"

"厨房刀多,你自己选一把剖吧!"唐绵收拾好洗漱用具,转身回房。

章霄宇瞅了眼在平台上打拳的杨柳,见他没注意,一个健步跟进屋,迅速把门关了:"杨叔在打拳,看不到咱们。"

"这是杨柳大师家里,你别乱来!赶紧拿刀剜心去!"

想起被杨柳打断的那个吻,看到章霄宇关门的瞬间,唐绡心跳加速。

章霄宇一把抓过她的手按在胸口:"你亲自来,用你的小爪子挖出来。"

唐绡啐他一口:"嬉皮笑脸。还是零分!"

她在桌旁坐下,从化妆包里拿出护肤品护肤:"绣球花?人家都是送玫瑰。第一次见到送绣球花追女生的。"

章霄宇振振有词:"玫瑰象征着浪漫。绣球圆满。表示第二轮考察我肯定是满分。"

唐绡擦着脸不屑地说道:"玫瑰易谢,浪漫会散。绣球易凋零,圆满变残缺。"

"打个赌。我会让它永不凋零。"

唐绡盯着化妆镜中的章霄宇,他满脸自信。唐绡干笑:"呵呵。"

"闭上眼睛。"

唐绡睁圆了双眼。

章霄宇苦笑:"你眼睛再瞪大一点,惊喜就没了。"

"好吧。"唐绡决定再相信他一次,"你敢趁我闭眼对我使坏,什么画撇胡子啊,趁机亲我呀……对你不用考察了,直接咔嚓。"

她闭着眼睛,睫毛像蝴蝶翅膀一样轻颤着。

"有感觉也不准乱动睁眼睛哦。"章霄宇警告着她,手指轻轻托住了她的耳垂。

耳朵太敏感,唐绡身体轻颤了下:"趁机耍流氓啊?"

"很快。"

他在给她戴耳环?感觉到了章霄宇的动作,唐绡马上反应过来。

他的动作很快很轻:"好了。"

睁开眼睛,唐绡看到自己戴上了一副长流苏耳环。细细的链子下坠着两片蓝色的绣球花瓣,被晶莹的胶凝固着,像浮在露水中。

她小心地用手指头碰了碰,腮边的花瓣坠子轻轻晃动起来:"是真花啊。"

"永不凋零。"

他的声音那样真挚。唐绡有种酒后的微醺感。

章霄宇微笑看着她:"可以打个满分了?"

"早饭吃什么?小宇!还没起床?半夜不睡觉,早晨起不来……"

听到杨柳的声音,唐绡红了脸:"一会儿我引开叔,你偷偷出去,别让他看见你在我房间。"

被杨柳老师看见,没准还以为章霄宇半夜到她房间来了。她说完打开门就跑了出去:"叔!你教我做揪面片吧。好好吃。"

"这个小宇,说好的两天四顿饭。现在还没起床,等着吃现成呢!"杨柳嘀咕着,眼神从唐绡的鲜花耳坠上扫过,"走,杨叔教你做去。"

进了厨房,唐绡心不在焉看杨叔做揪面片,偷瞄着章霄宇溜出了自己的房间,这松了口气。

"这耳环是小宇给你做的吧?"

杨柳一句话就让唐绡耳朵烧了起来:"您怎么知道?"

杨柳揪着面片下锅,哼了声:"他用我的家伙什做东西讨你欢心,忙活了一晚上,我能不知道?"

"您这里还有做耳环的东西啊?"唐绡赶紧引开话题。

"我这儿种的花多,我给我孙女儿做,小姑娘特别喜欢。吃过饭,你让小宇教你,去采点喜欢的花,做点手链啊、吊坠什么的。"

唐绻不好意思了:"我是来向您学习制壶的。怎么今天一天就变成玩了。"

杨柳盖上锅盖看她:"绻绻啊,功夫在壶外。谁说玩的时候就不是学习了?你看看我院子里长的花,每一种不用看,你也能准确画出它的模样吗?"

唐绻又想起章霄宇说过的关于老南瓜嫩南瓜的话。她用力地点头:"我知道了!谢谢叔!"

"面片熟了,去叫那臭小子起床!"

章霄宇窜出房直奔院门,又折回来,装出一副才从院子外回来的模样:"好香啊,杨叔,你做早饭了?怎么不等我来做啊?"

"等你来做,老头子要饿死去!"

唐绻忍着笑,端着碗进了院子:"吃完你洗碗!叔让我今天学习怎么做鲜花耳饰。过会儿陪我去采点花。"

"我只想采身边这朵。"章霄宇低声说完,趁唐绻不备,在她脸颊亲了口。

杨柳出来时,他已经在大口吃面片,边吃边夸人间美味。

第17章 / 抱负

午饭后,章霄宇和唐绻开车离开。章霄宇开车驶向村道另一边,几分钟后就停了下来。

两人下了车,章霄宇指给唐绻看:"公司的制壶基地和杨叔家只隔了一座山丘,现在施工已经到收尾阶段了。过了春节,明年三月就能交付使用。"

他们站的地方地势高，能清楚看见不远处围墙圈起的基地。丘陵低矮处建有两栋高层楼房，十几栋别墅型建筑分散建在山坡上。卡车拖着大树绿植停在基地里，一辆吊车正在将大树吊起准备移栽。

隆冬季节，园区怒放着应季的鲜花，溪流流经山谷，原生态的改建和山景结合，看上去更像是一处高档楼盘。

唐缈怀疑地说道："你不是在做地产开发吧？"

章霄宇大笑："怎么，制壶基地一定要像工厂？你看到的别墅和院型建筑将来都是制壶工作室和宿舍。我不仅想把这里建成云霄壶艺的制壶基地，还打算做成景观游览休闲度假的地方。那两栋楼一栋会建成酒店。另一栋有别的用处。不过，所有的规划都需要踏踏实实一步步来。"

唐缈很好奇："什么用处？"

章霄宇犹豫了下，轻声说："你记得帮我保密。将来，我想在这里办培训班。只要愿意学习制作紫砂壶的人，都可以来学习。村里有山有水，果林成片。三月桃花四月樱桃，现在已经有不少农家乐了。将来沙城新建的高速高铁将在这里有站口，交通会非常方便。我们的基地将来也能成为游客们参观短途游的好去处。"

"你还要办学校？"唐缈真正地吃惊了。

"紫砂从来都是世家传承，师傅传帮带。师傅择徒受众面太窄。我不打算收学费。从其他地方赚的钱每年都会划拨一部分用于教学传艺。这样，能让更多的人了解学习紫砂制壶。学制壶的人多了，紫砂事业才能更蓬勃发展。这些只是我的构想，还不够完善。现在这里只能先做签约工作室的制壶基地。"

从前她只觉得他帅气有才华，今天唐缈真切感受到对他的仰慕。

唐缈脱口说道："我什么时候可以签约工作室？"

章霄宇微怔："缈缈,你可以不用签的,我会给你找最好的老师指点你。"

"不。"唐缈摇头,"工作是工作,私事是私事。我要找老师,顾辉哥哥就能帮我,李会长也能帮我。"

她愿意和云霄壶艺所有签约工作室的陶艺师们一起奋斗。章霄宇的话让唐缈在瞬间找到了人生的奋斗方向。如果可以,她愿意陪着章霄宇一起做这件事,将个人制壶与传承紫砂文化结合在一起。

"公事回公司办。私事……答应做我女朋友了?"章霄宇趁机问道。

"想得美!考察至少三轮,现在一比一平。最后一轮分数为负的话,门都没有!"唐缈转身上车,"走了。下午回你公司把合同签了。明年基地能用了我就搬过来。"

城里的房子可以不租了,一年省六万块钱。这里肯定还有食堂。吃饭也省了。公司提供泥料,还能再省一笔。合同还可以只签一年,不算卖身契。唐缈怎么想怎么觉得划算。

章霄宇想了半天都没想明白,到这程度,她居然还不肯给他吃定心丸!想当初,她追他的时候,给点阳光就灿烂。风水轮流转,轮到他主动,怎么就"矜持"成这样了?

章霄宇忿忿不平:"我不急,一点也不着急。"

转眼到了周末,天公作美,阳光灿烂。唐家在花园的玻璃花房和草坪上举办自助餐会。

唐缈很长时间没有回家了,今天回来看到餐会特意请了城里西餐厅的师傅和服务生,颇有点受宠若惊:"妈,你掐我一把。你说爸以前因为我想做陶艺师和我吵得不可开交。今天居然能为我举办庆功宴,我怎么觉得像是在做梦啊?"

朱玉玲拧了把女儿的腮帮子,父女俩和好,她才是最高兴的:"今天乖一点啊。你爸脾气倔,在公司当董事长当久了,天天训下属习惯了。你别和他计较。"

唐缈拿了一颗阳光葡萄丢进嘴里,杏眼圆瞪:"又脆又甜。好久没吃过了。"

"在外面不知道天天吃些什么垃圾食品。"朱玉玲心疼地叨叨着,提醒她,"你赶紧回房把衣裳换了,打扮漂亮点。今天你小叔,江叔叔顾叔叔还有紫砂协会的李会长都会来。"

"知道了,怪难为情的。我那把壶又不是得了全国金奖。爸爸这样隆重,我都不好意思了。"

朱玉玲推着她上楼:"你爸肯点头让你做紫砂壶,你就知足吧。今天对小柯和江叔叔也客气点。这么多客人在,别落人家面子。"

"知道了知道了。我忍!"唐缈嘴里答应着母亲,想起马上要见到江柯父子,觉得刚吃的葡萄泛起了一股酸味,"妈,那他们今天又提婚事呢?我可不能忍着答应啊。"

朱玉玲悄声告诉她:"你爸还邀请了云霄壶艺的章霄宇。缈缈,妈妈也想见见他。快去换衣裳。"

唐缈眼睛一亮:"我爸邀请了章霄宇?"

朱玉玲点了点头,眼神意味深长。

"我换衣裳去了。"唐缈快活得像小鸟一样,轻盈地飞上了楼。

"那个章霄宇把你的魂都勾走了。"朱玉玲嘟囔着。她摸了摸头发,突然觉得自己的衣裳好像不够端庄大方,赶紧回房换去了。

梳妆台前摆着章霄宇亲手做的那对流苏蓝色绣球花瓣耳环。那天上午她特意又做了一枚花瓣坠子,串成项链,正好配成一套。

唐绅打开衣柜，发现自己原来的衣裙都是极嫩的颜色。

她找了半天，为了衬出耳环，选了件黑色的一字肩羊毛衫，搭配烟灰色的长纱裙。将头发梳成了丸子头。

最近流行的日落橙眼影搭配正宫色口红，气色顿时明媚了几分。镜中的自己可爱不失柔媚，她满意地笑了。

挽起的头发和黑色的毛衣突出了耳环和项链。她的手指轻轻碰了碰花瓣耳坠，低声自语道："章霄宇，今天来见我爸妈，你会不会紧张啊？"

她冲自己笑了笑，拿起条兔毛披肩快活地出去了。

刚下楼，唐绅听见书房里隐隐传来父亲和江城的声音。她吃过早饭回的家，现在还不到十点，江城就来了。他有什么事要和父亲说呢？唐绅蹑手蹑脚走到墙边偷听。

第18章 / 偷听

"老唐，这个年没法过了。小柯他……哎，年轻人做事太冲动。他为了绅绅和云霄壶艺的章霄宇打擂台，一口气签了一百多个陶艺师工作室，预付了一年的底薪。上个月你让老白借给我七百万，这臭小子给花了个七七八八。"江城摘下眼镜，痛苦地用手指揉着眉心叹气，"上次酒会上你劝我做精品，小柯签下陶艺师也是放眼将来，只是眼下他挪用了那笔钱，公司囤泥料的钱就不够了。马上过春节，要给员工发工资奖金，我这里就是一个大窟窿。今天我提前过来，就是想和你说说，再借给我七百万。等明年货销出去，我连本带息还给你。"

唐国之喝着枸杞水，脸色平静异常："老江，虽说唐氏今年有利润。

你我做企业的都知道,地主家也没有余粮啊。"

江城戴上眼镜,唐国之冷漠的表情清楚映在眼中。他心里不由生出些许怒气,七百万对他唐国之来说,九牛一毛而已。如果唐缈没有和那个章霄宇搅和在一起,儿子或许不会这样冒进。他赔着笑脸说道:"无论如何您都帮忙想想办法。"

唐国之沉吟了下道:"这样,我和几位行长还算有点交情。你拿抵押品,我给你做担保。"

如果他能拿得出抵押品,还用得着低声下气求他?江城苦笑道:"江氏建新的办公楼,是把厂子的地皮抵押给银行贷的款。建房的贷款还没还完。公司要运转,流水一直紧张。每年都是找您帮忙拆借囤泥料,来年货销出去了再还上。前些日子还是用家里的房产证押给白天翔才借了七百万。我现在没有什么能抵押的,所以只能找你。要不,您再给他说说,再借一笔给我。"

唐缈知道,不止江家,顾家也曾找过父亲做担保拆借融资。偷听到江城的话,她对江柯的行为嗤之以鼻。为了和章霄宇赌气,高价抢签那么多陶艺师,连今年囤泥料的钱都挪去花了,害得江城到处想办法借钱。

生意上的事情她不感兴趣,照以往她早就不再偷听离开,不过此时,唐缈却希望父亲拒绝江城,让江柯记住做事不顾后果的教训。

"天翔借给你七百万,我看他也是捉襟见肘。这样吧,我私人借给你一百万。"

一百万,打发叫花子吗?江城眼神微寒:"老唐,你这是不想帮兄弟一把了?"

唐缈听到这话,气得不行。年年拆借,用别人的钱赚钱。借少了,还觉得你不仗义。真是升米恩斗米仇!小叔已经借了七百万。父亲借给他一百万,他居然嫌弃?她凝神屏气继续偷听。

"江城,你做壶品生意,要卖多少杯壶才赚得回一百万?既然你瞧不上。那就算了。"

江城愣住了。这些年,不论是担保融资还是私人借钱,唐国之从来有求必应。江柯预付那些陶艺师一年的薪水只花了三百多万。他付给王春竹一百万。他今天来,是希望能从唐国之手里弄到一笔钱,把这两笔钱给对冲了。

"瞧您说的。一百万也能救急嘛。"江城态度一变,决定把这一百万拿到手再说。

唐国之喝着水,淡淡说道:"你既然来了,有件事我想和你谈谈。"

江城心里微惊,又想起王春竹不翼而飞的一百万。唐国之借给他的钱也是一百万。这个数字是巧合吗?

"你说。"

"缈缈和小柯订婚的事,算了吧。"

什么?江城惊得霍然站起,声音也提高了:"算了?!"

唐缈没料到自己竟然偷听到父亲和江城说婚事,赶紧竖直了耳朵。

唐国之不紧不慢地说道:"缈缈成年了,有自己的想法和主见。她实在不喜欢小柯,我也不好勉强。说起来这本来是年轻人的事情。小柯追不到缈缈,又能怨得了谁?"

江城最大的念想就是让儿子江柯做唐家的女婿。唐缈想做紫砂壶,江家能供她做一辈子的壶。将来唐国之退休,唐氏集团的掌权人顺理成章就成了江柯。如今唐国之居然要毁了婚约。这让江城心里的愤怒达到了顶点。

他死死看着唐国之:"老唐,你若悔婚也太伤小柯的心了。这么多年,他怎么对缈缈的?你难道不知道?"

"是啊,对小柯是不太公平。但反过来说,坚持婚约,对缈缈又公平吗?"唐国之长长地叹了口气,"这样吧,这一百万就当是我给小柯的补偿。"

一百万和整个唐氏集团比算得了什么?!江城笑了起来,声音压得低了:"老唐,你年纪大了,或许记忆力也不够好了。需要我提醒你,别忘了当年那件事。"

"当年……谁年轻时没有荒唐过?"唐国之淡然一笑,"江城,你以为我同意两家婚事是在和你做交易?你错了。我是看着小柯长大的。你我两家知根知底。小柯好学上进,对缈缈百依百顺,我这才同意两家结亲。"

是啊,已经过了二十年。唐国之早就不是当年的唐国之了。当年极为重要的事情,在二十年后,已经不值一提了。唐国之态度的转变让江城有些措手不及。

江城想提醒爸爸别忘记什么事情,就像是爸爸有什么把柄在他手里一样,而父亲却又不在意。唐缈听得迷糊。

"缈缈。"

朱玉玲收拾打扮好从楼上下来,奇怪地看见女儿站在楼梯口,便叫了她一声。

唐缈吓了一跳,迅速折回去,挽住了她:"妈,我看你从房里出来,就站在这儿等你。妈,这是新买的衣裳吧?以前没见你穿过。真好看!"

朱玉玲乐得合不拢嘴:"真的?好看就行。"

母女俩的声音惊动了书房里的唐国之和江城。

江城突然放轻松下来:"要怪就怪我家小柯不争气,不讨缈缈喜欢。一百万买不了我儿子这么多年的付出和努力。你留着吧。"

他扭头走出了书房。

"江叔叔好。"唐缈笑眯眯地打了声招呼。

江城冷冷看着她。当初江柯在唐家受了气回家说的话又在他脑中响起。江城心如刀绞。唐国之过河拆桥。唐绱这丫头丝毫不珍惜儿子对她的付出。一家人都不是好东西！他一句话也不想说，径直离开了。

朱玉玲诧异不已："老江今天这是怎么了？"

唐国之从书房里走了出来："生意上不太顺。客人都快来了，你们俩怎么还没过去？"

父亲的眼神太锐利，唐绱下意识地挽紧了母亲，不敢让他知道自己偷听："妈让我好好打扮的。没想到她也回房间重新打扮了。女人打扮就是花时间嘛。"

"走吧。别让客人等久了。"

唐国之没多说什么，陪着母女俩去了后花园。

第19章 / 要一个答案

已经有客人陆续到了。唐国之夫妇迎了上去。

唐绱朝后花园门口张望着。章霄宇什么时候来呢？

"姐，等谁呢？"

唐绱吓了一跳，回头看到白星正站在自己身后："吓死我了。我，我在看顾辉什么时候来。"

"顾大哥早来了，和顾叔叔在阳光房陪章霄宇聊天呢。"

章霄宇已经来了？唐绱下意识地看向阳光房。

"姐，我给你说件事。"白星将她拉到旁边，低声说道，"刚才江叔叔过来，我偷听到说婚约取消什么的。他让江大哥跟他一起走，江大哥不肯。

江叔叔脸色很不好看。真的假的?"

偷听到江城和父亲的话,唐缈一下就明白了。她有些无语。江城生气了想让江柯走。他居然还能厚着脸皮留下?他就不怕章霄宇来了,更没面子?

白星这时看到江柯走了过来:"江大哥来了。我闪了。"

唐缈死死拽住了他,低声威胁道:"你敢走,我打断你的腿!"

"不嫌弃我当电灯泡,我没意见。"白星整理下了衣裳,笑嘻嘻地招呼江柯,"江大哥,今天这身好帅气!"

江柯穿着一身白色西装,很是显眼。

他的目光落在唐缈身上:"缈缈,今天打扮得很漂亮。听说你搬出去住,决定不用家里一分钱。怎么,连首饰都只能买便宜手工货了?"

难怪他姐不喜欢江柯,张嘴就不说人话。白星护姐心切,马上说道:"别致好看就行,跟值不值钱有什么关系?照你这么说,我姐非得佩戴值钱的珠宝才叫日子过得好?"

"哇,我家白星长大了欸。说得真好。"唐缈夸完白星,对江柯脸色就没那么好看了,"江柯,你说话这么难听,不怕我当着客人的面赶你走?"

江柯攥紧了拳:"我爸早叫我离开。我刻意留下来就是想当面问你一句。唐缈,你真的要悔婚?"

唐缈正视着他的眼睛:"首先,我和你从来没有订过婚。两家父母口头上开开玩笑罢了。最重要的是,从始至终,我从来没给过你任何承诺。我一再提醒你,这桩口头婚约,我唐缈从来没有承认过。"

"这么多年,我对你还算好吧?你从来没有半点放在心上?"

他固执地想要她亲口说出来。他在她身上耗费的耐心、金钱与时间,让江柯充满了深深的挫败感。

唐缈想了想,认真地告诉他:"江柯,我们从小一起长大。你对我是不错,都是你在迁就我。这和恋爱是两码事。顾辉对我也很好啊,我对他也没有男女感情。我在你面前脾气一直不好。我也不喜欢你的性格。我也不知道你究竟是因为唐氏喜欢我,还是真的对我有感情。不过,这些都不重要了。你去找一个喜欢你的女孩吧。两情相悦才是最好的。"

"如果没有章霄宇呢?"

"那就可能会有一个王霄宇李霄宇,总之不会是你,也不会是顾辉。"

江柯手插进了裤兜,看向了阳光玻璃房。绿植掩映间,顾家父子正和章霄宇聊着天。顾辉起身走了出来。

"唐缈,章霄宇在你眼中无所不能。做生意厉害,聊艺术有共同语言。就这么巧,你就遇到了他。我不相信一见钟情,也不相信有这么巧的事。选择他,你会后悔的。"江柯笑了笑,凑近她轻声说道,"再多说一句,如果不是你爸托章霄宇匿名捐了三把曼生壶。你以为就你做的那把南瓜壶能评上奖?田馆长和顾言风在电视直播节目里卖你家人情罢了。"

"你说什么?"唐缈惊呆了。

江柯不屑地看她一眼,转身离开。

"姐,你甭听他胡说。你的壶虽然做得不够完美,胜在创意设计有灵气。"

今天的宴会是为了庆祝唐缈的南瓜壶评奖。被江柯这么一说,白星知道,唐缈肯定要问个清楚。

顾辉走过来,见江柯理也不理径直走了,还有些奇怪:"今天江柯这是怎么了?"

唐缈看着他,眼神惶急:"顾辉哥哥,他说我爸托章霄宇捐了三把曼生壶。我爸怎么可能有曼生壶。他说我得奖是因为大家卖我家人情面子。"

她虽然没把一个民间组织评个优秀奖当回事儿，但这也是对她制壶成绩的肯定。如果真是这样，这个庆功宴就太讽刺了。唐绱无法接受。

当时章霄宇只告诉了紫砂壶博物馆的田馆长。沙城不是什么一线大城市，纸包不住火，事后行业资深人士还是从田馆长口中隐约探听到了曼生壶的来历。

"别听他胡说。现场几位嘉宾评委都是国家级工艺大师，能看不出好坏来？他们的人品操守也是能被人贿赂收买的？江柯就是看见章霄宇来了，心里不舒服，所以才说这种混账话呢。你的努力，顾大哥都看在眼里。那把南瓜壶还是我亲手帮你烧制的。当时我就说这把壶做得不错。绱绱，你要相信自己。"

是，她没必要因为江柯的话就全盘否定自己。她的南瓜壶优缺点都很明显。她继续努力提升技艺就是了。顾辉的安慰让唐绱心里好受了点。她仍然觉得奇怪："可是我爸居然有曼生壶？他从来没给我说过。"

白星"唉"了声："叔叔以前不是一心想让你回公司上班嘛。让你知道了，你肯定天天抱着壶研究，对紫砂壶更痴迷了。"

"我爸还真是用心良苦啊。"唐绱半信半疑。从来不收藏紫砂壶的父亲居然收了三把曼生壶。她还是觉得怪怪的。

"走，咱们烤东西去。"顾辉和白星一左一右拉着唐绱烤东西去了。

透过落地玻璃看着草坪上烤东西笑闹着的三人，章霄宇微笑道："绱绱和顾辉、白星感情真好。"

今天是个小规模的自助餐会，客人并不多。唐国之夫妇在草坪上搭起的棚子里和客人们寒暄。顾言风看了看四周。他们俩坐在角落里，无人打扰。他顺着章霄宇的话题说道："我年轻时和他们一样，也有一些要好的朋友，有空就聚在一起吃饭喝酒聊紫砂聊茶。"

章霄宇心中一动，没有接话。

"那时候唐董事长还是茶楼老板。他那间茶楼在沙城陶艺师圈里很有名。大家空了常去喝茶聊天。混熟悉了,大家也不客气。嫌外头馆子吵,气氛不够好。经常买了菜去茶楼后院自己做。院子里摆一桌,两三个人吃着吃着就变成了一大桌人,喝酒唱歌闹腾到深夜。"唏嘘风云从顾言风眼中飘过,"那时候圈子里的人都没有多大的名气。江城在郊区租了个农民的院子买了台制坯机开了制壶厂。王春竹、我还有沈佳都是在家里制壶,卖一把壶赚几百几把块钱过日子。"

母亲的姓名就这样轻松被顾言风提到,章霄宇心里的弦立时就绷得紧了,不敢错过顾言风说过的每一句话。

第20章 / 话里有话

顾言风一副聊家常的模样。他像是看到了唐绺几人的笑闹想起了自己年轻的时候,轻松聊起了沈佳:"沈佳两口子住在村里,地方方便,建了座小窑,方便了我们这些没条件的。不过她丈夫比较在意她和男性朋友往来,所以我们也不方便常去,都是做好一批壶集中送过去烧制。她在制壶上很有灵性,当年在沙城算是小有名气,总有很多奇思妙想。"

说到这里,他看向了章霄宇:"你托小辉送来鉴赏的那把壶里加了玛瑙粉。当年沈佳也有这样的想法。她和我讨论过,后来觉得还是要尊重传统。我受到启发,才开始研究混合泥色。"

他和母亲的关系只是这样吗?顾言风究竟是不是母亲离开李正店铺之后,寻找的下一个人呢?章霄宇的心突突直跳。

顾言风像是知道他的心思,又像是简单聊往事随口说起。章霄宇想直接问,又怕打草惊蛇。他只得按捺住性子,尽量用极自然的口气说道:"说起这个沈佳,我倒是在李正家里看到她做的一把青泥提梁梅壶,有曼生壶的神韵。听说二十年前她失踪了。"

顾言风没有继续接着聊沈佳失踪的话题,而是话锋一转提到了江城:"江城很有生意头脑。那时候沙城大小制壶厂加在一起有上千家,他硬生生地闯出了一条道来。"

他对母亲失踪避而不说,却说起了江城?他是什么意思呢?是故意回避,还是意有所指?章霄宇小心翼翼地答道:"江形顾色嘛。您与江总如今都闯出了自己的声名。"

"江城比我聪明。他知道机车壶求的是量,他那点资本根本不足以和制壶大厂比。他另辟蹊径,一口气突然推出了十六种独特器形的精工手作壶。靠这个,江氏壶迅速闯出了名气。"

一次性推出十六种独特器形,还很突然。

章霄宇敏感地察觉到顾言风是想告诉自己,江氏壶的器形来历有蹊跷。他笑了起来:"看来江总找了位非常厉害的设计师。"

"这你就说错了。江城说,这是他自己亲手设计出来的。我记得他说的时候,王春竹还为他作了证。他亲眼看过江城画的手稿。"顾言风哈哈大笑,"顾某不得不佩服啊。哟,唐董事长来了。"

唐国之夫妇与客人进了阳光房,顾言风马上中断了聊天,站起身迎了上去。

王春竹为江城作证。难道王春竹之死是和江氏十六种独特器形有关?顾言风是在暗示自己,这十六种独特器形难道是母亲沈佳绘制的?章霄宇将满腹疑问藏在了心里,跟在了顾言风身后。

唐绑的南瓜壶摆在阳光房正中的小巧展台上。唐国之招呼客人们赏壶,嘴里谦虚着,神色中带足了对女儿的骄傲。

顾言风笑道:"虎父无犬女,缈缈在制壶上确实有天分。两年时间能做到这样,我年轻时都比不上她。"

"你别再夸她了。如果不是你和田馆长给面子帮着说好话,她这手艺哪能评得上奖?言风,你好好教教她。别让这丫头尾巴翘上天了。"

唐国之大笑起来,目光落在章霄宇身上。

章霄宇已经换了称呼:"唐先生好。"

没有叫他董事长,这个称呼显然合了唐国之的意。他笑着将章霄宇介绍给妻子:"云霄壶艺的章总。这是我太太。"

"伯母好。"

论长相,章霄宇不如江柯俊美。他气质儒雅,一双眼睛明亮有神。他个子比江柯高,西装衬托下更显得气宇轩昂。朱玉玲暗赞了声女儿的好眼光,马上起意打探他家里的情况:"小章老家是哪里呀?父母是做哪一行的?"

"我今年二十八岁。东海人。母亲走得早,父亲去年秋天走了。我专业学的是油画。不抽烟,酒量不够好,平时也喝得少。没有别的不良嗜好。"

朱玉玲只问了两个问题。章霄宇一口气回答了一串。在场的客人都笑了起来。

未来女婿憨笨一点好。不像丈夫那样精明掌控力强……朱玉玲越看他越喜欢:"和我家缈缈一样啊,都是学美术的,说得上话。"

端着烧烤进来的唐缈三人正好听见章霄宇的自我介绍。白星笑得直哆嗦,低声对唐缈说:"姐,他是不是太紧张了?打征婚广告似的。"

唐缈也忍不住笑:"傻样!"

有些人注定是没有缘分的。像江柯,像自己。顾辉心里失落,却也不纠结。或许将来他会遇到属于自己的缘分。

唐国之想到与章霄宇在酒会初见时的相互打量,想起他平时沉稳的表现。今天章霄宇表现出来的笨拙,令他微微诧异,又觉得极好。

"小章,田馆长李会长你都认识了。言风刚才和你喝茶聊天,想必你俩也熟悉了。我给你介绍一下,这位是我表弟白天翔。他在城里开了家典当行。"

章霄宇伸出了手:"白叔叔好。"

白天翔重重地握住了他的手,笑着说:"小章,绵绵是我看着长大的,你随她喊我小叔就好了。"

章霄宇马上改了口:"小叔。"

白天翔哈哈大笑:"走,咱们喝一杯去!"

唐绵不干了:"小叔,他最多三瓶啤酒就倒,别灌他酒。"

"男人喝酒,你甭管!"白天翔揽着章霄宇将他带走了。

唐国之夫妇对章霄宇的态度、章霄宇的反应让在场众人心照不宣笑了起来。没有人会在这时提起江城父子与曾经的唐江联姻。江城父子的缺席离场像一阵风吹过,没有留下丝毫存在过的痕迹。

因是自助餐会,客人们取了餐,三三两两各自聊天去了。唐国之拿了杯酒递给了顾言风:"言风,刚才和章霄宇聊什么了,看起来聊得还不错。你觉得他这个人怎样?"

这是唐国之的未来女婿,他不过是外人罢了。顾言风避重就轻答道:"他对紫砂壶倒是很了解。如果不是小辉说起过他,我还以为章霄宇也是做紫砂壶的陶艺师。"

"是啊,绵绵喜欢他。两个人学的专业相同,有共同语言。"

"江城心里不痛快吧? 我刚到就看到他走了。"

唐国之苦笑:"年轻人的感情,我们这些做长辈的也不好一味勉强。江城……心太大了。不如你。"

顾言风客气道:"您说笑了。这些年没少麻烦您。"

"咱们多少年的老朋友了,说这个就客气了。对了,你让小辉把今年想要拆借资金的材料报给集团信贷部。下周审核过就可以放款了。"

唐国之主动借钱给他令顾言风颇为意外:"这怎么好意思?今年本想凑一凑就不借钱了。"

"现在好泥料一天一个价。每年过了春节就是泥料展销会。遇到好泥料,不要错过。巧妇还难为无米之炊呢。你这个壶王没有好泥料,浪费手艺啊。有空多指点下绺绺。我也想明白了。她对生意不感兴趣就由着她去吧。指望她接我的班,不如从现在起培养白星。你有个好儿子啊。我没有你这样的好福气。"唐国之拍了拍他的肩,应酬去了。

整个自助餐会过程中,唐绺居然没找到机会和章霄宇单独相处。餐会结束时,章霄宇喝得只知道傻笑了。她和白星将章霄宇扶到门口,恼怒地埋怨他:"不能喝就别喝嘛。"

"两瓶……半。"不顾白星在场,章霄宇捏着唐绺的腮帮子扯了扯,"你爸妈都承认我了,你还不认账?"

唐绺一巴掌拍掉他的手,将他塞给了韩休:"赶紧带他走,别在这儿丢人现眼。"

话是这样说,她却没忍住笑。

韩休将章霄宇塞进车,开着车走了。

白星站在唐绺身边直笑:"姐,你千万别怪我爸。他肯定喜欢章大哥,才和他喝这么高兴。"

唐绺白他一眼:"没听见吗?两瓶半。还有半瓶,他就能像截木头似的倒在宴会上了。成笑话了。"

白星重重地叹了口气:"你和章霄宇好上,江柯才成笑话了呢。"

唐缈压根儿没放在心上:"谁叫他们把什么婚约宣扬得天下皆知的。早该知道会有今天。"

第21章 / 反应

离开唐家大宅,章霄宇拿起保温壶一口气灌了大半壶蜂蜜茶,瘫在后排座位上夸韩休:"幸亏提前吃了醒酒丸,幸亏我意志力坚强,喝了两瓶啤酒就装醉,否则再和白天翔喝下去,就现场直播倒地了。"

韩休沉默地开着车,没有接话。

缓过酒劲,章霄宇坐直身拍了拍前排座位:"大韩,怎么不问我见丈母娘感觉如何?"

韩休从后视镜里看他:"今天不是唐家的家宴吧?我看到李会长和田馆长还有几位唐氏集团的高层。这种场合,白天翔拉你猛喝酒,不怕你当众出糗?"

章霄宇很熟悉韩休这种眼神。他眼神中有嗅到异样的警觉与隐隐的不安。他想了想说道:"可能他没有想过我酒量浅,很热情。他是套我话来着,都是问家里的情况。毕竟我是外地人,唐氏家大业大,总要摸清底细,总不能随便将女儿嫁给一个不了解家世的人。"

"老爷子和你母亲的关系,沙城会有人知道吗?"

"他们那个年代很保守的。义父比我妈大二十多岁,师生恋是要被口诛笔伐的。我妈和义父分手后,只身一人来了沙城。当年他俩谈恋爱就偷偷摸摸的。这种关系她肯定埋在心里谁都不会说。我打赌我父亲也不知道。"

所以唐家就算知道章老爷子是他父亲,也绝对想不到他是沈佳和林风的儿子。

"今天你去自助餐会,唐家的司机也拉着我去吃饭了。"韩休简单说道。

章霄宇没觉得有什么:"总不能让你饿着肚子等我吧?有什么问题吗?"

韩休也说不上来,只是习惯性的警惕:"我当过两年兵,给唐国之开车的司机陈叔并不是普通的司机,他应该也当过兵。"

"唐国之聘个退伍军人当司机不是很正常?"

"吃饭时他有意无意地套我的话。你和唐纱恋爱,他家的确要弄清楚你的底细。我也说不上来,就是感觉陈叔不简单,是个见过血的主。条件反射吧,我比较防备。"

"如果我有个独生女儿,我肯定把她男朋友祖宗三代都查遍,也正常。"章霄宇没把唐家人的盘查当回事,"今天倒是有新情况。顾言风主动和我聊起了我母亲,还暗示江家的紫砂壶器形或许出自我母亲的手。我不太明白他为什么会告诉我这个。我长得像我外公,他应该不会认出我。"

章霄宇将顾言风的话一字不漏告诉了韩休。

韩休冷静地说道:"你在局中,所以你想的是你母亲和你的身份。我在局外,我一听就明白。他是因为念竹的关系。他不仅提到了沈佳,还提到他和王春竹从前也是朋友。顾言风怀疑王春竹酒后溺水与江城有关。如果是这样,事情就能说得通了。"

"对啊,我怎么糊涂了!"如当头棒喝,章霄宇瞬间清醒。他兴奋地说道,"江城来吊唁。当时咱们就觉得他和王春竹关系匪浅。顾言风说王春竹替江城作证,那十六种独特器形是江城所创,他还见过江城绘的手稿。如果紫砂器形是我母亲所绘,王春竹知道。这就是他和江城的秘密。走,回去告诉念竹。"

苏念竹早就怀疑江城和她父亲溺水有关。韩休想起了苏念竹单独与江柯见面的情景。

江柯回到家,沉着脸进了书房。

很意外,父亲正在喝酒。

"爸,你别这样。"江柯上前拿开了酒瓶。

江城笑了起来:"小柯啊,爸爸不是借酒浇愁,只是想喝一杯而已。"

不是吗?难道不是因为唐家悔婚,父亲面上过不去才喝酒的?

在沙发上坐下,江柯给自己倒了杯酒,一饮而尽。他捏着酒杯重重地吐出一口气:"爸,今天你怎么和唐国之谈崩的?"

"他提出来的,说缈缈不喜欢你,他这个做父亲的也不好勉强。婚约作罢。"

"唐家也太欺负人了!"

"欺负人?"江城看着儿子,眼神嘲讽之极,"你和唐缈举行过订婚仪式吗?没有。给过唐家彩礼吗?也没有。不过是和我在口头上约定,等唐缈大学毕业,到了结婚年纪,就让你俩结婚。现在是什么年代?结了婚还能离婚,口头婚约罢了,说出去都是你不争气,追不到唐缈。"

江柯不服气:"我等唐缈的六年算什么?我在她面前做小伏低,忍气吞声,他轻飘飘一句婚约作罢就完了?"

"还能怎样?这事你还能公诸于众找唐家讨说法?自取其辱。没有人会认为你受了委屈。只能说,是你江柯无能!"江城毫不留情地说道,"当然,唐国之说给一百万补偿你。我没要。"

拿一百万补偿他?他就只值一百万?简直是奇耻大辱!江柯紧咬

着牙,齿缝间挤出话来:"欺人太甚!"

见儿子气得浑身发抖,江城缓和了语气:"君子报仇十年不晚。现在咱们斗不过唐国之,忍着吧。不仅取消婚约,他现在也不肯再借钱给我们了。小柯,节前发了工资年终奖,公司账上还有多少钱?"

江柯迟疑了下说道:"六百多万。"

江城松了口气:"能轻松过年了。"

"爸,你不用担心,我心里有数。三月份起就有回款陆续到账。唐国之不借就算了,反正咱们每年找他借钱主要是省利息。"江柯安慰地说道。

江城心疼得很:"每年七八百万的利息也不是小数目。你看看别的企业,三分息都咬牙借。没有唐国之这笔钱,每年就少上百万的利息。"

"白天翔给咱们的钱只收一分息。借给别家企业,转手就能赚两分。这笔钱有抵押品,唐国之总不会从明年起让白天翔收咱们三分息吧?他不会做这么绝。"

江城"嗯"了声,还是提醒了他一句:"小柯,你签陶艺师个人工作室,爸爸不反对。唐国之说的没错,精品壶市场咱们不能放弃,但是量力而行。这些陶艺师打名气是需要时间和宣传费的。一百多个工作室啊,一个人提供十斤免费泥料,都是一千多斤。泥料一年一个价,原矿泥价格更是难料。开春囤泥料,要把这一笔费用算进去。"

提起泥料,江柯轻松了许多:"我做了预算。"

"行吧,你心里有数,我就不管了。"江城有点累了,摆了摆手让江柯离开。

江柯本想告诉父亲泥料的来源,看到父亲疲倦的模样,便没有再多说下去。

儿子离开后,江城关上了书房的门,打了一个电话:"帮我找一个人。

资料我发你邮箱里了。"

打完电话,江城给自己倒了一杯酒,遥举向半空:"沈佳,二十年前你帮我成就了江氏。没想到二十年后我需要你再帮我一次。敬你。"

第22章 / 关于他父亲的记忆

餐会后,只剩下了白天翔一家与唐家人。都是自家人,气氛融洽随意多了。晚饭后白星帮着唐纱回房收拾东西。朱玉玲和白天翔太太在客厅闲聊。唐国之和白天翔去了地下室的酒窖喝酒。

书房离客厅太近,白天翔明白,唐国之有话想单独和自己说。

"我真没想到,章霄宇的父亲竟然是他。"唐国之轻晃着杯里的酒,红色的酒液在玻璃杯壁上滑出浅浅的痕迹,缓缓滑落,脑中的记忆也一点点浮现。

白天翔却不知道:"他父亲很有名吗?"

"章明芝过去在收藏圈极有名,后来去了国外,就没什么消息了。"唐国之轻嗅着红酒的香,抿了一口回味着,"我和他不熟。但是这个人给我印象极深。那时候房地产是最赚钱的行业之一。有了钱我也一样是暴富心理,被人撺掇着带了五百万去缅甸公盘赌石。去了才知道我以为的有钱,在那里根本不算什么。当年公盘里有一块石王,原石标价四千万。在那个年代,四千万是笔巨款。买下石王的人当场解石。我去看热闹。别的都算了,唯独里面出了一块稀有的紫翡翠。老坑玻璃种的紫翡翠几十年难遇,能解出两副手镯。就这块极品紫翡翠,现场就炒到了三千多万,差不多回本了。我当时和别的人一样也懊恼得很。如果我咬咬牙用全部的钱买下这块石王,转个手就能赚一倍。二十年前啊,沙城的房价才一千多。四千万要卖多少房?"

白天翔反应过来:"那个买石王的人不会就是章明芝吧?"

"不是他。"唐国之摇了摇头,不胜唏嘘,"他买下了那块紫翡翠。他的朋友就笑话他说,章明芝,你花三千多万买它还不如直接买石王。他回答说,买原石是赌博,辛苦赚来的钱就为了赌能否赚得更多?明料虽然贵,将来稳赚不赔。做人还是踏实一点好。如当头棒喝。我立时清醒了。我开地产公司踏踏实实做企业辛苦赚的钱,就为了来这里赌博?和去赌场赌大小有什么区别?于是我拿着五百万,只花了十万块钱去赌。开出来的原石价值不过一两万。陪我去的朋友撺掇着我继续赌,说肯定能赚回来。我没有继续。这十万块买来的教训让我后来做事情一直谨慎,绝不轻易去赌。这才有了唐氏的今天。"

"听哥说起来,章霄宇的父亲在二十年前身家就过亿了!他家还真是有钱。"白天翔想的和唐国之截然不同,"缈缈眼光不错啊。江柯比起章霄宇那就差远了。"

唐国之平静地喝着酒:"只要公司正常运转,我的钱够缈缈花一辈子。不是钱的问题,而是江城的心太大了。今天他又找我借钱,我没有答应。我虽然没有儿子,还有亲外甥。想当唐家女婿一口吃掉我所有的财富,他未免太自负了。"

说到这里,唐国之的眼神变得极冷。

白天翔也冷笑起来:"给脸不要脸!哥,明年起,我也不再借钱给江家了。一分利,满世界打听去,就没有这个价!"

说完他下意识地看向酒窖门口,压低了声音:"江城会不会恼羞成怒说出当年那件事……"

"当年他说出来,免不了麻烦。现在我还怕他说?他也不会说,他一直以为是他的底牌,让他捏着好了。我忍了他这么多年,是看在江柯对绯绯好的分儿上。白星马上毕业,唐氏会有继承人。江柯和章霄宇斗气抢签陶艺师,简直就是自大愚蠢。我既然决定换掉这个女婿,我当然不用再忍。"

白天翔难掩心中的欢喜:"哥,您放心,白星是您从小看着长大的,和绯绯亲如姐弟。虽然不是您亲生的,他也比江柯靠得住。"

唐国之眼神变得落寞:"一家人,不说两家话。我这辈子最遗憾的就是没有儿子。喝酒。"

转眼到了春节。朱玉玲趁着父女俩重修于好,早早订了机票,计划和白天翔一家一起出门旅游。

唐绯想着章霄宇今年没有家人独自过年,有些不忍。白星早就念着这次旅游,敲边鼓出主意:"姐,你说你追他的时候,他揣着明白装糊涂。你冷他那段时间,他马上就改变态度。就让他春节一个人过呗。答应得太快,没准他又傲娇了呢?再说,叔叔难得春节有时间,你多久没和他们一起出去玩了?"

离家几个月,唐绯对母亲颇有些愧疚。见朱玉玲欢欢喜喜筹备出游,自己不去的话,母亲肯定失望。

章霄宇会想她吧?会有多想她呢?唐绯也很期待。

发了张机场照在朋友圈,唐绯潇洒和全家出游了。

章霄宇本以为能趁热打铁,春节期间登门造访,敲定和唐绯的关系。看到唐绯的出游图顿时气不打一处来,拿着手机向韩休抱怨:"看看,大韩,她连一个电话都没打给我就跑了。她什么意思?"

过年了,苏念竹单独去了老鹰山公墓看王春竹,拒绝了韩休的陪伴。韩休闷头处理食材准备年夜饭,心情一点也不好,不想安慰章霄宇:"那天去唐家吃饭,她正式宣布你是她男朋友了吗?"

"瞎子都能看出来好吗?白天翔还让我跟着她一样叫他小叔呢。她妈妈看我的眼神又亲切又慈祥。绝对是丈母娘的眼神,假不了!"

"那也是没有正式当众宣布。"韩休拿着面团雕刻,专心致志,"签合同前谁不是好好说话?有用吗?"

章霄宇气结,一屁股坐上了料理台:"大韩,我们来说说念竹吧?你说咱们打听到江城和王春竹之间或许存在利害关系,这么重要的消息,念竹反应怎么那么平静?"

"警方都没找到他杀的线索。你要她怎样?因为两人之间有关系,王春竹就不是醉酒溺水?她就该激动地去质问江城,是不是我爸知道你的秘密,你杀他灭口?"韩休手中的面团渐成苏念竹的模样。他似说给章霄宇听,又似说给自己听,"江城和王春竹之间的联系,居然和你母亲有关。她那么喜欢你,恐怕只会对你……挺抱歉的。"

"胡说什么?念竹如果还喜欢我,她就不会对我说疑罪从无鼓励我追唐缈了。"

韩休呆了呆:"你说什么?她让你去追的唐缈?"

送了个白眼给他,章霄宇总算把上次开心拥抱苏念竹的事解释清楚了:"你呢,是身在局中。你好好想想,这段时间念竹对我像是暗恋对象那种感情吗?"

苏念竹的心思都放在父亲王春竹溺水事件上了。在知道江城和王春竹之间的联系与沈佳有关之前,她就在暗中和江柯联系。韩休知道,苏念竹一定知道点什么,但是她不肯说出来。他突然冒出了一个想法,手中快成形的面人重新被他捏成了面团。

自从王春竹过世后,苏念竹就开始暗中和江柯联系。如果章霄宇和自己不在公司,苏念竹行事会更方便。

"老板,过了春节,日本有个赏壶交流活动。你可以带工作室的陶艺师去参加。"

春天到了,樱花也开了。烂漫时节,观壶赏樱。唐缈正好签了工作室。这个理由正大光明。

"好机会啊。"章霄宇大笑。

这次他一定要让唐缈亲口承认确定关系。

韩休慢吞吞补充了一句:"拿了你的薪水,照理说我应该跟着你。"

章霄宇勾着他的脖子大方地准了假:"除了保护我,你还是公司的总经理助理,公司需要你。"

嗯,你也可以利用这个机会追苏念竹。

谁知韩休拒绝了:"我留下来,暗中查一查江城。这事别让念竹知道,毕竟和你母亲有关。"

章霄宇明白了:"念竹心思重。你查清楚这件事也好。"

她一个人在大年三十去了老鹰山公墓。韩休脱掉围裙:"我出去一趟。"

"喂!年夜饭还没做完呢!"

"你先做着!"

章霄宇神色古怪地看着料理台上的食材,捋起了袖子:"神秘武器再用一回,今晚吃乱炖!"

第23章 / 他的温暖

山风吹过,摆在王春竹墓前的白菊瑟瑟颤动。苏念竹拿出手机,放出一段录音。

电话录音里的声音是江城和另一个陌生男人。

"你去饮马湖酒楼订两桌席。吃过饭约王春竹去湖边交易。别让人看见。"

"我知道怎么做。"

她反复放了两遍。

第一次她来老鹰山公墓安葬父亲时,神秘人来电说,父亲是为了一百万独自去了饮马湖边的绿道。

这一次,她来看望父亲,寂静的公墓里再次响起了神秘人的来电。他没有说话,只发来了一段录音。

是谁打来的电话?肯定不是江城的人。这个人神通广大,竟然窃听了江城的手机。他为什么要告诉她这些?父亲溺水,这个人看到了吗?

望着墓碑上父亲的照片,苏念竹轻声问他:"所以你吃过饭独自走湖边绿道,就为了见江城的人。他要给你一百万,对吗?"

"这次是为了一百万。你和妈妈离婚时给她的四十万,也是找江城拿的吧？"

二十年前，拿到四十万，他以为一直埋怨生活的母亲有了这笔钱就能带着她去过好日子。二十年后，她回来了，他又找江城拿一百万，以为可以给她攒笔嫁妆。

苏念竹已经完全明白了整件事情。

她坐在冰凉的墓前，看着风里轻颤的花瓣，说不出的难过："我只想在你身边长大，被你疼爱着保护着。你找江城拿钱干什么呀？你多给我做两顿饭不好吗？"

"沈佳以前还是你的朋友。江城为什么会有她绘的器形谱？你替江城隐瞒了这件事，找他拿了四十万。你拿钱的时候对得起沈佳吗？你知不知道，章霄宇有多可怜？我还有妈妈。他才八岁就成了孤儿，还被人绑架砸断了腿。听到这件事情和他母亲有关，我真是恨你。"

父亲已经死了。苏念竹一想到账本上父亲对一百万的规划又心疼万分。她亲眼看到父亲落魄的模样，他两次勒索江城都是为了母亲和她，让她如何还恨得下去？

她把头轻轻靠在墓碑上："沈佳究竟怎么失踪的？是江城为了器形谱杀她埋尸？你究竟看到了什么？你也是帮凶吗？现场警方没有找到一百万。你的银行卡里也没有转账记录。是不是你勒索江城一百万，他杀你灭口？你不是意外醉酒溺水？"

眼泪不知不觉滑落，苏念竹闭上了眼睛："爸，你怎么舍得抛下我一个人呢？"

父亲没有留下任何指认江城的证据就走了。她只能用自己的办法去逼江城说出一切。

对着章霄宇和韩休，她没法说出父亲拿沈佳手绘器形图谱的事勒索江城。她不知道父亲在沈佳失踪案里扮演的角色，是凶手还是帮凶。

他们待她如家人一样,她害怕看到他们陌生仇恨的眼光,她害怕连最后这点温暖也从她身边消失。

山上寒冷,苏念竹冻得牙齿发颤。她紧紧地环抱着自己,孤零零地偎依在父亲的墓碑前。

她知道,南山别墅里温暖如春,韩休和章霄宇正等着她回去吃年夜饭热闹过年。此刻,她却害怕回到那个给她温暖的家。

风吹来,夹杂着雪粒子。苏念竹把脸埋进了膝盖。她想起母亲改嫁后的第一个春节,她答应母亲会照顾好自己。年三十傍晚,她还是忍不住偷偷跑去了那个男人的家。

他家住在临街的三楼。她就站在对面公交站台里假装等车,偷看着他家的灯光。公交车走了一班又一班。她冻得直跺脚。

年三十晚上,街上空寂无人,她渐渐害怕起来。来了辆巡逻的警车。警察见她一个小姑娘独自在站台上,就下车问她怎么还不回家。她当时撒了个谎说忘带钱了。警察送她回的家。她坐在车上,回头看着那个灯火通明的窗户,眼泪就下来了。

警察教育她说这么晚了家里人指不定多担心,又是大年三十。

眼泪就像擦不干似的,她抹去又淌了下来。她想,她已经没有家人了。

"念竹。"一只手搭在了苏念竹肩上。

她抬起脸,泪眼朦朦看着出现在眼前的韩休。

韩休惊惧地用手掌盖住了她的眼睛,感觉到泪水瞬间沾湿了自己的手。就算她哭,那天也隔着一道房门。苏念竹此时的柔弱将韩休的理智击得粉碎。他下意识地蹲下身,将她揽进了怀里。

她哆嗦着,语无伦次在他怀里说着神秘人的电话,父亲对江城的勒索。

"我帮你查。我不告诉老板。相信我。"

抱着她就像抱着一只颤抖的小兔子。苏念竹突如其来的坦白与信任让韩休下定了决心。不管王春竹在沈佳失踪案里扮演着什么角色,他都会陪她查个水落石出。

他敏锐地扫视着四周。那个给苏念竹电话的神秘人又会是谁?

他的怀抱像极了那个年三十深夜到来的巡逻警车,给了苏念竹安全与温暖,又那样熟悉。让她突然想起生病烧迷糊时抱着她整夜不放的那个人。

苏念竹一时羞恼起来,一把推开了他,迅速站了起来:"我没事。就是……这里有点冷。我们走吧。"

她坐得太久,一步迈出跟跄了下。韩休迅速伸手扶住了她。

她低着头揉着腿,小声解释着:"坐久了。腿有点僵。活动一下就好。"

韩休蹲在了她身前:"上来。"

苏念竹心乱如麻,连看也不敢看他:"不,不用……"

他蹲在她身前一动不动。

他是不是生气了?或者他觉得没有面子?苏念竹腹诽着,他像一只山里蹲台阶上拦道的癞蛤蟆……她的手迟疑着搭上了他的肩。

韩休嘴角微翘,背起了她。

"老板还在家等我们吃年夜饭。我让他下厨。你猜他会做什么?"

"牛排。"

"我猜是乱炖。我给过他混合调料让他应付杨柳大师。他肯定拿调料兑一锅汤,把食材往里一扔,大功告成。"

他是怕她难堪吧?他的话显得比平时多,说的都是轻松的事情。苏念竹轻轻把脸靠在他肩上。

"今天我穿得很多,不会冻着。"

她想说自己很重吧？韩休愣了愣,脚下稳稳踩着湿滑的台阶:"我在葡萄园帮人摘葡萄,一筐至少二百斤,轻松扛走。"

"你不是美院学雕刻的吗?"

"葡萄成熟的季节,像我这样的熟练工,一个月包吃住能赚一千六百欧。披萨店打工我比别人一天能多赚十欧,因为我能烤出最好吃的披萨,薄脆香嫩。赚了钱才有学费生活费,才能泡妞。"

话说完正好走下了最后一级台阶,韩休放了苏念竹下来。

平时冷傲的苏念竹又回来了:"谢谢。走吧。"

韩休陪她走向停车场:"怎么不问我泡了多少妞?"

苏念竹拉开车门,转身时细眉挑起:"我为什么要问?"

韩休慢吞吞地说道:"我想知道你吃醋是什么样子。"

苏念竹转身坐进车,关上车门系好安全带。她摇下车窗,冲仍站在车外的韩休骄傲地说道:"我在国外读书的时候靠奖学金付学费生活费。那时候,都是男人排着队来泡我。"

车径直从韩休身边驶过。倒后镜里,看到韩休挥起了拳头,苏念竹噗地笑了出来。

第24章 / 你们的壶王不怎么样

阳光晴朗的春日,云霄壶艺由章霄宇带队,浩浩荡荡地向日本出发了。

飞机上,章霄宇殷勤备至,大到存放行李箱,小到飞机上咖啡饮料及饭食的关照。唐绾不由想起初见时,他扮着绅士给自己挖坑的事,牙又开始痒了。她忍不住嘲笑他:"对我这么殷勤,是不是这次去日本又有什么小心思?"

这次去日本,我一定让你亲口承认你是我的!章霄宇笑得灿烂:"暖男嘛,当然要把女友照顾好了。"

唐绾意味深长地说道:"哦,暖男啊。想当中央空调?"

章霄宇对这类词不太明白:"中央空调是什么意思?"

"就是对所有的女孩都好,好到让所有人都误会你喜欢她。"唐绾拖着长长话头提示他,"比如,苏小姐呀。"

这锅他要背一辈子吗?章霄宇哭笑不得:"你说话得负责任。我家大韩正在追念竹。如果你让我们兄弟反目,我和你没完!"

"哟,那你准备咋办?要动手不成?"

"君子动口不动手,我要吃你……"

飞机上呢,唐绾脸一红,担心被人听见了,压低了声音说道:"公众场合,说话注意点!"

章霄宇伸手将她餐盒里的水果拿了过来:"吃你的水果!"

他靠近她轻声撩拨着:"你想的话,我一定满足你。"

唐绾掐着他的胳膊使劲拧了一把,脸扭向旁边,看着舷窗外湛蓝的碧空偷偷笑了。

到达日本的第一晚,日本壶艺交流会的代表三人,日本制壶公司的相田会长带着助理美沙,日本壶文化博物收藏馆莹山馆长,表示了对云霄壶艺一行人的热烈欢迎。

日方在居酒屋设宴,十来个人盘腿围着长桌坐着甚是热闹。

美沙是翻译,能说一口流利的汉语。

相田会长感叹道:"当初和你父亲认识时,你还是孩子。你的腿疾已经好了,真是可喜可贺。"

唐缈好奇地看向章霄宇的腿。他有腿疾？上次去李正家,好像李正也问过他的腿。难怪他爬山像蜗牛一样。

章霄宇微笑着道谢:"岁月如梭,时光却没能在相田会长你的身上留下一点痕迹,您还是像当年一样。我父亲一直很遗憾没有机会参观您的制壶公司,如今我代表他前来,算是替他了结心愿。"

"明天上午安排参观壶文化博物馆,下午是到我的公司现场交流。我们公司的制壶师都期待能向中国的技师学习。"

"虽说中国是紫砂壶发源地,中国紫砂闻名于世,但我们公司的制壶师还很年轻,也期待着能向贵方多学习。"

莹山馆长看了看客人,心里涌现出一股骄傲。他的博物馆里收藏有日本顶级制壶师制作的手工壶。他一定要让这些中国人见识见识日本的优秀壶艺。

他看向章霄宇说道:"日本壶同样世界闻名,备受世界各国壶文化爱好者喜欢,我们馆内收藏的壶都是大师级别,欢迎你们来参观学习。博物馆最好的讲解员会为您详细讲解我们日本壶的严谨工艺。希望对你们的制壶能有所帮助。"

宴后回酒店的路上,唐缈噘着嘴说道:"那位莹山馆长太傲慢了。话里话外意思是咱们的紫砂壶没落了。"

同行的陶艺师也有同感:"还拿茶道举例,嘲笑咱们不思进取。如今将这些文化发扬光大的可不是咱们。"

签约云霄壶艺的陶艺师都很年轻,章霄宇看中的是他们的创造力和表现出来的制壶灵气。知道他们不见得特别了解日本壶艺,想了想说道:"咱们的文化,结果在人家手中发扬光大,比咱们更有名气。这说明什么呢？说明咱们需要向别人学习。但是抱着固有思想来看咱们，是他们目光短浅。明天交流会，学习是一方面，但也绝不能让他们瞧不起。对日本壶的历史特点还有不熟悉的，回去赶紧把功课做扎实了。今晚早点休息。"

章霄宇的话极大地鼓舞了士气。

莹山博物馆馆长所在的博物馆设立在一所古建筑里。这里曾是日本江户时代越后地区一位有名的大地主府邸，是二战后日本第一家民间博物馆，半私人化属性。这里展示着书画、陶瓷、漆器等工艺品及考古资料。莹山馆长收藏了大量的紫砂壶，所以这里又被称作壶文化博物馆。

"日本茶壶的种类有：横手急须、宝瓶、绞出、后手急须、上手急须、土瓶等。现在我们要介绍经典的横手急须，急须原意为'煮茶、暖酒器皿'，横手急须是最典型的日本茶壶风格。"

讲解员解说的同时，章霄宇也低声向团员们介绍："横手急须的壶把和壶身有成略小于九十度的角，壶把和壶嘴间也成略小于九十度的角，方便右手持握。壶把和壶身有一定距离，持壶时不容易被烫伤。壶的尺寸比中国紫砂壶的平均尺寸大很多。"

唐绉有些惊讶，这个家伙竟然如此精通日本壶理论知识。她悄声问章霄宇："你研究过？"

"我父亲喜欢收藏。我当然要深入了解。"章霄宇小声地又夸了回自己，"不会制壶，还不能鉴赏？允许你崇拜我。"

傲娇样真讨揍！如果不是人多，唐绉很想再拧他一把出气。

莹山馆长接着说道："用横手急须，可以冲泡任何种类的茶。绿茶、乌龙茶、红茶、普洱茶都行。这是我们日本壶的特点。不比你们的紫砂，讲究一壶一茶。当然,我们也有紫砂壶。这边请。"

他亲自引着众人到了紫砂壶展区,得意地介绍起来:"这两把壶为山田上衫大师制作的朱泥细密刻三十六歌仙侧把急须和朱泥细密刻兰亭序侧把急须。朱泥细密刻兰亭序侧把急须在国际壶品交流会上获得过金奖。那届交流会上,来自沙城壶王顾言风的黑泥铭竹方形壶获得的是铜奖。请欣赏。"

言里言外都带着一丝轻视。他们的壶得了金奖。有沙城壶王之称的顾言风得了铜奖。意思是你们的壶王比我们的大师差太远了。

最气人的是旁边还特意摆着一幅顾言风壶的清晰照片做对比。团员们心里立时不舒服起来。

第25章 / 君子不器

技不如人,被人奚落,但是将来未必就一直不如人家。章霄宇看了眼大家,轻声说道:"我们来学习的,一定要多看对方的优点。能得金奖,自有过人之处。认识到不足,将来才能超越。人家独孤求败,总要给人机会不是?"

他的声音极低,相田会长和莹山馆长都没有听清楚。

团员们连连点头,认真观赏起来。

这两把壶达到了日本美学的巅峰。壶铭上刻的诗词赋予壶浓烈的艺术气息。壶形与把手浑然一体。

一眼,便被牢牢吸引住。

再看,忍不住想要上手把玩。

唐绡不自觉地拿出手机拍照,她也明白了莹山馆长为何如此自豪,因为这两把壶的确是充满了压倒性的美感。

日本美学给人的震撼让人心绪久久难以平静。

莹山馆长看到众人目不转睛地赏壶,得意地笑了起来:"你们的紫砂壶有比它更好的吗?当然,古时大师的作品就不用提了。我们说的是现在的壶。"

很显然,李玉壶也比不过这把得过国际金奖的壶,但是莹山馆长的话实在是太气人了!唐绡紧抿着嘴,想狠狠反驳,一时间又不知道该把哪位现代制壶大师抬出来打擂台,只得用眼神向章霄宇求助。

章霄宇看见唐绡的表情,差点笑起来。虽说是意气之争,还是要争一争的。他侃侃而谈:"贵馆的这两把壶的确是好壶,用的是沙城出口的顶级朱泥。这壶上的兰亭序,也是中国晋代书法家王羲之所作,有'天下第一行书'之称。壶铭的诗文行书,仿得不错。中国唐代传来贵国的壶文化,在融入贵国的美学之后,演变至今天,非常不错。贵国海纳百川,融于己身,这是我们传统的紫砂需要学习的。"

他的意思所有人都听明白了。得金奖的壶灵感来自中国曼生壶。壶铭仿兰亭序行书。说到底,还是中国的文化。

随着美沙将章霄宇的话一字一句地翻译出来,莹山馆长的脸色渐渐难看了起来。

他想说些什么,旁边的相田会长摇了摇头。莹山馆长这才压下火气。

唐绡聪明地补了一句:"君子不器,海纳百川。章总,你的意思是我们也要不拘泥于传统?"

章霄宇笑道:"对,君子不器。咱们来参观学习,就要有海纳百川的度量。希望莹山馆长也为我们今天下午要展示的沙城紫砂壶多提意见。"

说他小气吗？莹山馆长脸色难看之极。相田会长微笑道："展馆内还有银壶、陶壶、铁壶。我们继续参观吧。"

唐绶跟在章霄宇身后，偷偷对他竖起了大拇指。

章霄宇偷眼看见，笑了笑，跟上了相田会长。

日本的铁壶与银壶反而让众人心生敬意。

铁壶传入日本后，在江户时期（1603—1867）被广泛地使用；到了明治时代（1868—1912）已成为百姓的必备之物。日本银制的杯、盘、壶等茶道具在江户中后期出现，铁壶与银壶文化一直延续至今。

日本手工银壶至今还沿袭着较为原始的加工方法和技艺，工序十分复杂，除了较为常用的工艺，加工过程中还保留了古老的铜走银、银走金、炸珠、錾金、鎏金、掐丝、镂空、拉丝等传统工艺。

博物馆展出的壶，工艺精美，每一把都充满了艺术感。

她突然开口对美沙说道："你们的工艺严谨，追求细节到了一分一毫的地步。看到这些壶，我很感动里面透出的匠作精神。"

美沙高兴地翻译出来。

莹山馆长愣了愣，向唐绶鞠躬："谢谢您的夸奖。"

他的态度明显有些转变。

章霄宇趁机对陶艺师们说道："我们学习的不仅仅是制壶的技艺。这些壶里不仅有工艺和匠心，最主要是传承的精神。起源于中国，但是人家保护并将其传承发扬光大。我们自己的东西，应该做得更好。"

自由观摩时间里，团员们征得同意，各自找寻心仪的壶品拍照。

相田会长和莹山馆长请章霄宇单独去休息区。相田会长感慨道："当年我收得一把鲍瓜曼生壶。你父亲硬是说服我转给了他。期待下一届国际壶品交流大赛上能看到你们的壶品获得好成绩。"

"谢谢你。我一定会努力培养更多的制壶师。"章霄宇礼貌地说道。这次来日本,他还有一个疑问想要亲自问相田会长,"父亲曾说过。您买下匏瓜曼生壶时,当时并不止这一把曼生壶对吗?"

"是啊,一共是五把曼生壶。"相田会长记得非常清楚,"我的能力仅仅让我得到了它。听说你父亲后来又找到了三把。"

"是的。从您这里得到消息后,父亲想找齐这五把壶。目前仅有一把半瓢壶下落不明。如果您得到消息,请务必告诉我。我希望能收集更多的曼生壶归于博物馆,让更多的陶艺师观摩学习。"

相田会长有些好奇:"曼生壶流落民间。数目并不清楚一共有多少。为什么你和你父亲都特别执着寻找这五把壶的下落?"

在唐国之买到那三把壶之后,章明芝告诉章霄宇,这是唯一和他母亲有交集的线索。或许这五把壶就是当年他母亲急于凑钱想买的。

章霄宇不方便说实情,想了想道:"正因为曼生壶现世少,所以一旦有了相对确切的消息,就想收集全了。对父亲也是种安慰。"

相田会长接受了这个理由:"出于和你父亲的友谊,我会尽力。"

"谢谢。"

第26章 / 春光乍现

参观交流活动结束后,章霄宇带着团队踏上了赏樱之旅。

透过日本美学设计的各种窗户看出去,一枝樱花悬挂于窗前,美丽姿态仿佛一幅天然形成的画图。

横的、圆的、方形……窗户如同画框。每一扇窗都如同一幅浑然天成的图画。有樱花花瓣落下之景,有繁花盛开之景,或交错凌乱,或一枝独秀。

宣布自由活动之后,章霄宇自然与唐绋走在了一起。

行走在轰轰烈烈怒放的樱花林里,两人难得地没有斗嘴掐架,静静地欣赏着。

走到一处安静的地方,章霄宇停住了脚步:"你自己玩吧,我要画画。"

韩休说,他认真作画的时候,是他最有魅力的时候。章霄宇期待着唐绋撑着下巴对自己流口水。

唐绋撇了撇嘴,走到旁边空地席地而坐,从背包里也拿出了素描本:"别打扰我。"

难道她也想让自己望着她流口水?

心思一乱,他的目光便穿过娇柔绽放的樱花停留在她身上。他的笔下意识地将她画进了画里。

他喜欢她,喜欢她的生机勃勃,火辣热情。和她在一起,没有阴霾。仿佛每次在一起,都有说不完的话题。

她热爱的,是他也喜欢的。

他想做的,是她热爱的。

风吹着花枝摇动,阳光将斑驳的花影印在她脸上。章霄宇停下了笔,心里涌出一个模糊的想法。

满意地看了眼素描本上的樱花图。唐绋合上了本子:"喂,你画完没有? 集合时间到了。"

收拾好东西,章霄宇站起身笑:"你画完了吗? 给我看看。"

"交换。"唐绋朝他伸出了手。

"时间到了。走吧。"

居然不给她看?唐绉的好奇心被勾了起来,背着包走在他身边嘀咕:"你画的是我吧?"

章霄宇斜乜着她:"你又不是我女朋友,我画你做什么?"

她偏不给他准信儿!唐绉一本正经地说道:"也是,我画的也不是我男朋友。想不想看?"

她画的什么?章霄宇心痒难耐,偏偏只能绷着脸摇头:"不感兴趣。"

说话间已到了集合地。章霄宇抛下唐绉清点人数,招呼所有人:"人齐了,今天我们品尝著名的怀石料理。"

怀石料理起源于禅道。为了在长久听禅中抵制饥饿,抱一块石头听禅,被称为怀石。后来发展成为精致料理。它的主旨是取四季之物入菜,将贴近自然与享受人间美食的道理发挥得淋漓尽致。

章霄宇不是随便安排的这顿饭,他的想法已经渐渐清晰。

"大家都还年轻,并不是知名的大师级别。国际壶品交流大赛可能大家都觉得现在获奖希望不大,但是每届大赛都有一个专门颁给新人的奖项。我们可以奔着这个奖项去。日本壶与茶道,包括今天这道怀石料理,希望能带给大家一些灵感。"

他的话让唐绉眼睛一亮,想到了。两人坐在一起,唐绉一激动,手就按住了章霄宇的手。几乎瞬间,唐绉意识到了。她想收回手,却被章霄宇轻轻握住了。

"今晚自由活动。回酒店在群里报个到。超过时间我会打电话来确认。"

大好机会就握在他手里。章霄宇再不肯放手。

夜色降临,章霄宇牵着唐绉的手走进了酒店。

"去我房间还是去你房间?"

唐绉顿时听到了自己的心跳声,一抹红晕染上了双颊。她深深埋下了头,鸵鸟似的躲了起来:"嗯。"

"嗯"的意思就是让他选择。章霄宇带她去了他的房间,表白还是单独的空间比较好。

她的掌心渐渐沁出薄汗。

房间关上发出一声轻响,像是提醒唐绡,她已经走不出去了。

他握着她的手走进了房间。看到房间里那张大床,唐绡想,还矫情什么呢?反正他是她的人,与其被动被他看出她的羞涩,不如主动看他怎么狼狈。

章霄宇转头看她:"想喝点什么?"

唐绡用力一推,章霄宇猝不及防倒在了床上。他震惊地看着她。唐绡的脸离他越来越近,章霄宇瞠目结舌。他带她回房只是想单独表白,不是想……

她一只手撑在床上,一只手搭在了他衣领上,手指轻轻拨动着衬衫的纽扣。

"绡,绡绡……"章霄宇一把握住了她的手。他没有看她,迅速看向窗外。他记得,他住的这间房离另一栋楼不远。

"我是你的第一个女人?"唐绡大胆地撩拨着他。

窗帘大敞,房里灯光明亮……

章霄宇轻轻一用力,就翻了个身。他忙不迭地跳起来,走到窗边,刷地拉上了窗帘。早知道就不住这家酒店了,和对楼看得清清楚楚。他回过头,心跳瞬间加速。

唐绡一只手撑着脸,斜躺在床上,露出曲线玲珑的腰肢。她看着他笑,脸上写满了戏谑之意。

"该害羞的人应该是我吧?"他手足无措的样子让她噗地笑出声来。还好,她主动。不然被嘲笑的就该是自己了。唐绡庆幸着自己的选择,越发大胆,"敢带我回房间,害什么羞嘛?"

他的羞涩,不就证明在她之前,他没有别的女人?唐缈笑得更甜。

他要不知道她的意思,他就是个蠢货!

然而,他却不想在这间酒店,和对面楼能隔空相望的地方要她。可是机会如此难得,章霄宇口干舌燥,难以拒绝。

"过来!"

他听话地走了过去,小心地坐在离她一尺远的地方。他有点呼吸紧张,伸手解开了衬衫的纽扣。

唐缈的手搭在了他腿上,手指轻轻划弄着:"章霄宇,你以后可再不能对别的女孩……"

想说的正事被他抛到了脑后,他俯身吻住了她。

唐缈被他的气息迷得忘记身在何处,直到手腕微凉。她微微偏过脸。他的吻就移到了她的腕间。

雪白皓腕间多了一抹醉人的紫色。

章霄宇抬眼看她,眼里带着微羞的笑:"父亲说,将来给儿媳的,还有一只。不过现在戴一对镯子的少。这样好看。"

唐缈抬起手腕,灯光下,紫玉镯晶莹剔透。

"是翡翠吗?"

"嗯。极品老坑玻璃种。很难得,紫翡翠能遇到玻璃种。"

"太贵重了,我怕摔了。"

章霄宇按住了她的手,不让她摘下来:"不是还有一只?摔碎了戴那只。两只都摔了,就用金镶起来。这是父亲的心意,也是我的心意。缈缈,我想和你在一起。一生一世。"

唐缈的胳膊揽上了他的脖子,主动亲吻着他。

这世上能有一个人是你喜欢的,而且又同时深爱着你,肯许诺你一生一世。她心里充满了感激。他的怀抱将会是她终身的依靠与第二个家。

她的手毫无顾忌地扯开了他的衬衫,看着光洁的肌肤坏笑起来:"哇,春光乍泄……"

就在这瞬间,章霄宇握住了她的手:"缈缈,我想到了。我们创作一套壶,就叫春光系列壶好不好?"

他兴奋极了:"看日本壶交流,赏樱花吃怀石料理的时候,我总在想,这些美好的元素都能融进壶里。我一直想不到什么好名字。春光系列,花能入壶,菜也能入壶。一壶写春秋,壶里融乾坤。今年参加世界壶品交流大赛,就用这个创意!"

此时,此刻,在床上……他衣衫凌乱,胸襟大敞。他居然和她正儿八经地说制壶?唐缈一时间哭笑不得,抚额倒下了:"章霄宇,你真的很坏气氛知不知道?!"

章霄宇反应过来,俯身过去:"我错了,我现在弥补!"

唐缈动作敏捷地闪开,跳下了床。她整理了下头发白了他一眼:"你一个人面床思过吧!春光系列,好名字。日本料理是用美好的心情入菜,我要把美好的春光融入紫砂壶。我的灵感来了,我要回去画图了。"

她轻盈地离开,贴心地关上了房门。

章霄宇呆了呆,一拳捶在床上,拿起手机就给韩休打电话:"大韩!"

听他说完,韩休发出长长的叹息:"老板,我建议你回国后做个体检。"

"体检?韩休!我没毛病!"

"蠢也是种病!另外,江氏出事了。不出意外,或许你能找到你母亲失踪的答案了。"

章霄宇忘记了韩休的嘲讽,认真起来:"真和江城有关?"

"你回来正好可以亲自问他。"

第二天晚上,章霄宇带着团队飞回了国内。

第27章 / 冒进

章霄宇带领团队外出的一周,沙城每年一度的泥料暨紫砂壶展销会落下了帷幕。

顾辉难得来一回江氏大厦总经理办公室。江柯也有些意外。

办公室里常备茶具,江柯没有用。他用白瓷茶壶泡了一壶红茶,站在咖啡机旁煮咖啡:"换换口味尝尝红茶。我喝咖啡。"

顾辉不介意喝什么茶,开门见山:"小柯,你买的那批泥料有问题。"

咖啡机滴落点点浓香。江柯看着深褐色的咖啡一点点盛满白瓷杯,嘴角翘了起来。他端起咖啡喝了一口,转过身问顾辉:"这次买的咖啡豆不错,你要不要尝尝?"

"小柯!我俩一起长大,我不会害你的!"顾辉有些无奈,也有些着急,"我听到消息就赶来了。"

江柯在他旁边坐下,笑道:"顾辉,你家专做精品壶,需要的是稀缺泥料。江氏今年压根就没进好泥料。我走的是量。虽然我签了大批个人工作室打算扩展精品壶路线,但这不是短时间的事情。至少目前和顾氏井水不犯河水。你又何必着急呢?"

"小柯!我说的是真的。"

"哦,你怎么知道这批泥料有问题?"

"价格!我听市场上的人议论才知道,这批泥料比市场价低了三成。

一分价钱一分货。低了三成的价格,这批泥料肯定有问题。"

他就不能买便宜货了?顾辉着急的是他得了便宜吧?江柯喝着咖啡一点也不着急:"你就是凭这个价格怀疑我买的泥料有问题?顾辉,你是不是这里有问题?"

他的手指轻轻敲了敲脑门。

顾辉犹豫了下,还是说了:"云霄壶艺的李灿以前是做泥料生意的。他告诉我说,这批货绝对有问题。"

"那就绝对没问题,因为这批货是我从云霄壶艺手里抢来的!"江柯放下咖啡杯,鄙夷地说道,"抢不过我就说这批货有问题。你居然也信?实话告诉你吧。在开展销会之前,我就知道了南屏山王家坑有座小矿的矿脉枯竭了。矿主急着处理掉所有的泥料,打包降价出售。之前我就已经和矿主谈妥了。不过是在展销会上签合同走过场。这批泥料早就投入生产了,没有问题。"

原来是这样啊。顾辉松了口气,喝了杯茶就起身告辞:"是我误会了。泥料没有问题就好。恭喜你了。"

看到顾辉的尴尬,江柯有些得意:"不客气。虽然只是座小矿,产的料也不咋样。但是江氏还能用得上。我还不知道你这么关心我。谢了。"

他又不是傻子,听得出江柯话里浓浓的讽刺。是他多管闲事了。顾辉想起上次在唐家江家父子先后失意离去,心里多少有些不忍:"其实……我们三个一起长大。我也很喜欢纱纱。但是她的幸福才最重要,你说是吧?"

"我顶着她未婚夫的头衔六年。唐家说悔婚就悔婚。想来私底下大家都在笑我江柯没本事,追不到唐家大小姐。"江柯盯着顾辉冷冷说道,"你这么关心我是否买到了假泥料,原来是想当面来嘲笑我?顾辉,你真让我恶心。喜欢唐缈偏要做出一副好哥哥的模样。她的幸福,和我有关系吗?你想和她兄妹情深,是方便继续从唐国之手里拆借资金吧?我听说今年唐国之主动借了一大笔钱给顾氏。我没说错吧?"

"小柯……"

"顾辉!"江柯打断了他的话,"别叫我小柯。我俩在生意上是对手,私底下也不是朋友。别叫得这么亲热。去告诉唐缈,离了她我自由了。我他妈为了她守身如玉整整六年,我谢谢她放过我!"

顾辉叹了口气。知道这个结无论如何不是自己三言两语就能解开的。

他走后,江柯只觉得胸口堵得异常难受,拿起手包打算离开办公室找朋友约几个漂亮女孩出来吃饭。

江城来了。

看到父亲,江柯有些意外:"爸,这都快下班了,你怎么来了?"

江城关上了办公室的门,手里拿着一叠合同:"这是什么?"

拿过合同看了眼,江柯放下手包:"爸,你先坐,我给你解释!"

江城一耳光扇在了他脸上,平常总带着笑意的脸阴云密布,因为愤怒憋成了猪肝色:"我放心把公司交给你,你就这样干的?为了唐缈,你和章霄宇抢签陶艺师,我想着迟早咱们要走精品壶路线,这些个人工作室里出一个大师,投进去的几百万轻松就能赚回来。我不说什么。章霄宇在田家沟租三百亩坡地建制壶基地,你就在他旁边租了六百亩地也要建制壶基地。小柯,你知道你在做什么吗?"

"爸!"江柯从小到大听训长大,也没挨过打。他愤怒地说道,"对,我不仅签下一百多个陶艺师,我还租了六百亩坡地建制壶基地!云霄壶艺才十几个陶艺师。我手里的人是他的十倍。我多租了三百亩地怎么了?将来江氏的制壶基地将成为国内最大的精品壶制造基地!"

"年前我问过你,公司还有多少钱。六百多万。你瞒着我全投进去了是不是?!"

"是!租地一次性预付五年租金三百万。另外三百万付了基建首期,囤了泥料。公司账上还有六十多万。三月底外销的壶品陆续回款有八百多万。公司周转绝对没有问题。"

江城颓然地坐下:"绝对没有问题?只有六十多万。回款一旦出现问题,江氏连当月的员工工资都发不出去。小柯啊,你太冒进了。"

他看着这间办公室,疲倦地说道:"江氏大厦每年还要还银行的贷款。小柯,到处都要花钱,周转资金缺口越来越大。"

江柯揉了揉脸,没好气地说道:"爸,你老了。这年头谁不玩银行的钱?我投了四百多万租地建制壶基地,回头就能去银行贷两千万出来。基地建好,工作室入驻,打开精品壶市场。江氏才能做大。不然就守着程工那个厂子,两条机车杯生产线,那些手工壶,我们的产能已经到顶了。"

长长地吁了口气,江城两眼失神地望着天花板:"我是老了。几十年踏踏实实从一间小作坊做到今天。小柯,江氏是爸爸一生的心血啊。"

"我知道。"江柯不耐烦地说道,"我心里有数。"

"小柯。"江城欲言又止,抬头看到儿子脸上未褪的掌痕,心里又内疚起来,"算了,你不要因为唐缈和章霄宇赌气才做这件事就行。"

"也有点想和他拼一把的心思。"江柯不避讳父亲,"不过,租下这块地是听到苏念竹的话起的心思。"

江城吓了一跳,坐直了:"苏念竹?她和你说什么了?"

"爸,你别一惊一乍的好吗?苏念竹拿着两个陶艺师的合同来江氏找我。他们想改签云霄壶艺。她拿着合同和我谈赔偿,挑字眼说漏洞。她这个律师是真厉害,硬给她找出不用赔偿的条款来。我放过了那两个陶艺师,赶紧和其他人签了补充合同把漏洞补上。也算是件好事。我私下一打听才知道,云霄壶艺早在开业前就在田家沟租了三百亩地建制壶基地。我实地去看过了,这个月就交付使用。他们签的陶艺师工作室设在别墅里。环境非常好,所以那两个人就动心了。市政规划高速路和动车线都要经过田家沟,那块地是五十年租期。我不像云霄壶艺那样修建,主要是为了套银行贷款,回头修四十年的小产权别墅……"

江城听得眼睛都瞪大了:"等等,你不是要建制壶基地?"

"动车高速同时在田家沟有个站点,四十年的小产权别墅又便宜又好,不会卖不出去。江氏只能做紫砂壶吗?唐国之当年还不是靠拆迁建房发家的?拿一百亩地建基地足够了。"

父子俩目光对峙,江城渐渐败下阵来:"江氏交给了你。爸爸就不管了。你的计划都没问题。我就担心资金周转不过来。"

江柯再次打包票:"都是和咱们家合作多年的老客户,这个月底肯定能回款。我已经安排人开始催款了。"

想想也对,都是合作了很多年的老客户,每年这个时候就开始陆续回货款了。江城心想,大概是自己过于担心了。

第28章 / 事发

江城的预感很快变成了现实。两天后江柯接到了程工的电话,亲自去了趟工厂。

程工心急如焚,车间流水线已经停了下来:"小江总,这批泥料全部掺了假!不能生产!"

江柯额头青筋一跳:"是哪种情况？掺了化工原料？"

"不,还不是化工料。是掺进了类紫砂的陶土。"程工从麻袋中拿出一块压模成矿的泥料用力捏散,"我做了几十年的紫砂,一眼就能看出来。这批货上面一层是紫砂,下面全部都是掺了陶土压模成的假料!"

"那就好。"

好什么？程工没听明白。

望着堆满库房的泥料包,江柯恶狠狠地说道:"生产紫砂杯紫砂锅没有问题!"

"不行!"程工提高了声音,"掺了陶土,紫砂的双气层结构就荡然无存。"

"不生产,就只能停工! 订单完不成,是要赔偿的!"江柯压低了声音,"公司现在只有几十万现金,我现在把这笔钱全部拿去买泥料也来不及。撑过这个月,先把订单完成。我能买多少泥料就生产多少。正品次货一起出。"

程工目瞪口呆:"这,这怎么行……如果被发现,是要砸招牌的呀!"

"等到发现,就说是进泥料的人出了纰漏已经被开除了,部分次品全部重新换。公司现在缺钱,我需要打时间差。就一个月。程工,你是公司老人了。公司给了你股份。你想想,咱们出货运货,等货到对方仓库,还来不及上市,正品新货就已经生产出来了。这时候我们主动打电话要求换掉那部分次品,客户只会认为我们诚信,不会介意。"

江柯越想脑子越清楚:"发货时间也缓上两天。这样就绝对没有问题。你说呢？"

"公司资金怎么会紧张成这样？"为了让程工全心全意管理好工厂,江城给了他百分之五的股份。程工对公司也十分关心。

"你是公司股东,我也不瞒你。公司租了六百亩地建制壶基地,还有别的投资。唐国之今年没有再借钱给我们,所以资金相对紧张。不过,月底,公司的经销商就能回款。这你是知道的,所以,我们需要的只是时间。"

"行吧,好在只是陶土掺假。若是有毒化工料,我是真不敢用。"江柯说的事程工都比较清楚,终于妥协了。

江柯想了想吩咐他:"这件事不要告诉我爸,他有高血压。车间你亲自盯着。二车间手作壶用的泥料不是这批,可以不用管。"

"好。"程工答应下来,又紧张地叮嘱江柯,"好泥料还得赶紧买。各大小矿的泥料基本都在展销会上订了合同,一时半会儿挤不出咱们厂要的量。"

"我知道,放心吧。"

事与愿违。半个月后江柯意外接到了客户的电话。他的解释被对方呛了回来:"小江总,我们订购的紫砂锅是要与其他配件一起销售的。退换货的时间推迟一个月,市场会等我们的电紫砂锅一个月吗?我们还听说,江氏早就知道泥料有问题……不,你不用再解释了。不管是你们公司哪个人买了掺假泥料,事实是你们将这批假货发给我们!一旦我们公司的产品上市将给我们带来灭顶之灾。品牌砸了你赔得起吗?我们现在已经向别的厂家重新签了订购合同。律师函已经发给你了,照合同赔偿吧!"

江柯将手机砸了。

是谁泄漏了消息?江柯不会怀疑程工。他只想到了两个人:"章霄宇!顾辉!你们背后暗箭伤人,落井下石!"

"田家沟那六百亩地,是江柯见利起心,主动租下的。我出面只是起了个引子的作用,还特意帮他把合同的漏洞堵了。不过,他签补充合同套住那些陶艺师,也套住了自己。一年时间很快就会过去,他又要付第二年的三百多万工资。"苏念竹淡淡说道,"泥料消息是李灿拿到的。他当时觉得价钱太低,怀疑泥料有问题。他正与矿主周旋想验货,江柯知道消息后,又抢先下手全部买下了。加上之前他大手笔签下那么多陶艺师预付了一年工资,江氏的流水应该所剩无几。"

章霄宇听完过程,沉下了脸:"明知泥料有问题,还让江柯得了,生产出的产品最终会害了消费者。念竹,不能这样办事。"

韩休嗤笑一声:"咱们也没验过货,李灿也是凭经验觉得有问题。顾辉已经去提醒他了。江氏制壶厂的程工一眼就能看出来。发现泥料掺假,江氏只能选择损失这批泥料,可是江柯继续指使制壶厂生产,只能怪他自己利欲熏心。你怼错人了吧?"

哟,这么明显护着了啊?看来自己带团去日本时,他们俩有发展了?章霄宇白了韩休一眼:"江氏回款顺利,赔偿可以解决。唐国之和江城解除婚约,江城如果登门求助,唐国之应该会帮他。江城不被逼到绝境,不会说出秘密。"

苏念竹笑了笑:"章总,你的运气不错,江氏回款并不顺利,因为今天是江氏发工资的时间,江氏发内部通告说要缓几天。我估计江城现在正急着向唐国之借钱安定人心。"

章霄宇明白了:"希望你说的准,我正要去趟唐家接缈缈吃晚饭,看是否会遇到江城。"

章霄宇走后,苏念竹站在落地玻璃窗前出神。

一杯鲜榨果汁递到了她手中。

"谢谢。"

韩休陪她站着,开口问道:"事情走到这一步,只要江城陷入绝境,老板拿钱诱惑他,大概率会让江城说出真相。你在担心什么?"

果汁酸甜,苏念竹回味着,觉得心情也如手中的果汁一样,带着股微酸的感觉:"他和唐小姐如今正是蜜里调油,恨不得分分钟都黏在一起。中午才一起吃过饭,又约了晚餐。"

她心里难道还有章霄宇?他的心意对她来说算什么?韩休悄悄攥紧了拳,下意识地刺了她一句:"热恋中的人不都这样?"

除了他和她。不,她和他什么都没有。

苏念竹沉浸在自己的思考中,没有察觉到韩休的异样:"江氏的老客户,为什么会在这节骨眼上拖延付货款?老板真是自带幸运光环。我以为江氏经营多年,想要逼到绝境还要多花些工夫。"

她喝完果汁,拿着空杯子去洗。

韩休气恼地看着她的背影,冲动地想抓着她问个明白,又觉得太幼稚。

厨房里传出苏念竹的声音:"大韩,今晚咱们吃什么呀?"

韩休赌气地答道:"我减肥!"

"你减肥?!"苏念竹出现在厨房门口,吃惊地打量着他匀称的身材。她想起他厚实坚硬的胸,便有些不好意思,"行吧,我自己做。"

她素来心思细腻敏锐,却没看出他的不快。也许是不在意吧,谁会注意到心里不在意的人有什么异样呢?韩休沉默地去地下室:"我去健身。"

"哦,我买了披萨材料,要不你锻炼完教我烤吧?你不是说你会烤最好吃的薄脆披萨?我喜欢吃肉的。"

脚步硬生生地顿住。他说的话她都记得。上次他问她喜欢吃哪种味道,她没有回答。原来她喜欢吃肉多的。韩休抬头看她。

一抹羞涩飞快从她脸上闪过。苏念竹转身进了厨房:"其实你身材蛮好的,不需要减肥。"

他没有看错吧?韩休心跳加快,大步迈进了厨房:"教什么教?教得会吗？一边待着去。"

厨房里传出苏念竹的声音："多放肉！再多一点！芝士我也要双倍！"

"是你烤还是我烤？"

"是我吃啊。"

"行行行，够不够？苏小猪！"

"我这么瘦！"

"事实会证明。"

"什么证明？"

"你看到就知道了。"

第29章 / 当年情

唐家是别墅小区的楼王。后花园除了建有阳光房，还有一大片果岭草坪。樱花树在草坪上绽开一片朦胧的粉色。爬满围墙的粉龙红龙月季花争相怒放。这是唐家春天最美的角落。

唐国之和江城约了时间，提前让司机陈师傅开车送自己回了家。他喜欢在家里谈私事。

"很多年没喝过茶了。不过，这时候适合赏花品茗。让我想起从前开茶楼的日子。"唐国之用的是一把葫芦紫砂壶，他亲自给江城倒了茶，随口赞了声，"虽然我对紫砂收藏没什么兴趣，但是很喜欢你公司产的葫芦壶。"

有求于人，江城的圆脸上一直堆着谦卑的笑。唐国之想聊过去，他自然应和:"茶楼后院我记得种了葫芦。有一棵是大葫芦品种。"

"对对,当时结出了尺余高的葫芦。我亲自动手剖成了两把葫芦瓢,放在家里舀水用。结果有一把被你们拿去当烟灰缸了。"唐国之大笑。

江城也笑:"那时候都把你家后院当自家院子。"

唐国之看着围墙上开得热闹的月季感叹道:"一晃二三十年,我家园子里也不种葫芦了。渺渺她妈嫌土气。照我看哪,种点葫芦黄瓜更好。"

他的话题又转到了葫芦上。

江城有些听不懂了。唐国之应该知道自己的来意。聊往事可以说说过去的交情。他这是愿意借钱助自己渡过难关?但他的直觉却告诉他,不像。

唐国之端起葫芦壶细看:"沈佳是个有灵性的陶艺师。她创制的这种葫芦器形既有古朴之风,又很活泼。壶盖故意做得像是缺了一角。"

他知道这是沈佳创制的器形!江城手一抖,杯里的茶漾出一点溅在手背上。他迅速将茶一口喝尽,放下了杯子。

"她在茶楼后院看藤上结的葫芦,看得入神。"唐国之脸上的笑容一点点化为伤感,"她说紫砂以物入形,葫芦壶是其中的一种。她画了幅简单的素描。我是外行,但是壶盖的设计一直令我印象深刻。和你申请器形专利设计的这把葫芦壶,一模一样。"

他想起清晨站在朝阳里的那个女人。她有着少女的天真,成熟女人的魅力,以及决绝的眼神。每一次回忆,唐国之都觉得心痛。

"她研制紫砂器形多年的心血,成了你的专利。江城,这么多年我资助你,是不忍心看到她的才华被埋没!"

唐国之像一柄出鞘的刀,目光锐利冰冷。

"是她卖给我的!我花了三十万从她手里买下来的!"江城被刺得差点跳起来。脸上的肉颤抖了下,他控制着自己压低了声音解释,"是她缺钱,半夜主动找到我,求我买下来的。她说过卖给了我,这些器形就是我的专利。她一生也不会烧制一模一样的壶。三十万不是小数目!当年我开的不过是一间小作坊而已。是,十六种器形图谱成了我的专利,没有她这个设计师的名字。但是她创作的不过是图谱。我把它变成了实实在在的壶。销到了大江南北,销往了海外!"

他喘了口气,迅速回到了自己的目的:"你既然不忍心看到她的心血才华被埋没,你就该再帮我一把!江氏的员工这个月要发一百三十六万工资,赔偿客户三百六十万货款。你再借给我五百万。只用一个月。等我的货款回来我连本带息还给你。"

"这么多年,每年我借无息贷款给你。你扪心自问,你当这些钱是我唐国之在帮你,还是在被你勒索,理所当然该借给你?"

唐国之摩挲着葫芦壶,神色淡然,"那晚喝酒她醉了,你们都走了。她和我过了一晚。第二天清晨,你回来找你的钱包时看见了。后来她失踪,林风纵火自焚,闹得满城风雨。我没有告诉别人和她有过一夜情。在你看来,就成了我的把柄。"

他的话让江城狼狈恼怒,为了钱,他硬生生地压住了脾气:"老唐,我当你是最好的朋友,这么多年也一直感激你的帮助。当年警察调查沈佳失踪,我知道当时你正需要你太太家里帮忙,知道你和沈佳有过一段,家里关系会紧张,所以才帮着你瞒着。你真的误会我了。"

唐国之笑了笑:"误会啊,说开就行了。"

江城一喜:"是的是的,绝对是误会。再说,你和沈佳有那事的时候,你俩都还没结婚呢。我能当它是什么把柄啊?不过就是当年没说,少了被警察调查的麻烦而已。"

"你替我隐瞒这件事,是省了我很多麻烦。可是,我现在的确拿不出五百万借给你。"

江城愣了愣,低声下气求他:"老唐,没有这五百万,我真过不了这个坎了。"

江氏大厦是贷款修建的。一部分买地的钱是把制壶厂抵押给了银行。向白天翔借钱又抵押了家里的别墅。难道他真要卖手里的房产和收藏?业界都是跟红顶白的人,知道他连房产和收藏都卖了,拖欠的货款也许更收不回来。填上现在的窟窿,下个月他又面临贷款利息和员工工资的缺口。江城心里清楚,多少企业就差一笔周转资金,就倒在一根稻草下。

唐国之仍然拒绝了他:"不是我不借给你。我真的拿不出来。"

他看着他,目光里有着怜悯和江城分辨不出的信息。

再求他,有什么用?

既然不用求唐国之了,江城自然不用再做小伏低。他像是自言自语:"那天晚上她急着找我买她的图谱,甚至等不及天亮去银行取钱。我正好有三十万准备进泥料的现金,她就答应卖这个数。她骑着电瓶车,我怕不安全,于是开车送她去了老鹰山。没想到她上山后就失踪了。警察没来找我,我贪图她的器形图谱,又怕警察怀疑到我身上,就将她的电瓶车拆成零件埋了,没有告诉任何人。想想也挺对不住她的。所以,我一直在找她的儿子。对了,你知道沈佳儿子是谁吗?"

唐国之静静地看着他:"沈佳的儿子是谁我不关心。又不是我儿子。"

江城叹道:"是啊,她失踪那件事我知情不报。她的失踪和你又没有关系。你俩的事情都是在她结婚前的事了。那时候沈佳突然嫁了林风,结婚就怀孕。林风脾气不好,她儿子还是早产。老唐,那时候你还没认识朱玉玲吧?怎么就没娶沈佳呢?算了,都是过去的事了。二十年了,失踪案早过了追溯期了。如今能找到她儿子,告诉他当年我买图谱的事情,也算了我一桩心事。我先走了。你这里借不到钱,我还得上别家借去。"

目送着江城离开,唐国之怔怔地看着茶几上的葫芦壶。平静的表面已掀起滔天巨浪。

沈佳刚结婚就怀孕,还是早产。他记得那个时间。难道沈佳的儿子是他的?他有儿子?!

章霄宇来唐家时与江城的车擦肩而过。苏念竹说的没错,江城肯定是找唐国之借钱来了。那么,他借到了吗?

院子里停着唐国之的座驾,司机正拿着水龙头在冲洗着车。

章霄宇停车时看到陈叔,他下意识想起韩休曾经说过的话:"给唐国之开车的司机陈叔并不是普通的司机。他应该也当过兵……我也说不上来,就是感觉陈叔不简单,是个见过血的主。"

陈叔五十出头年纪,中等个子,体形敦实。他看了眼章霄宇,笑着朝他点了点头,又继续埋头洗车了。

从窗口看到章霄宇来了,唐绱飞奔下了楼。

章霄宇下车时,唐绱已经站在了他面前:"我快饿死了。上车,吃饭去。"

"你爸在家呢,总得去打声招呼吧?忍一忍,等会儿吃大餐。"

唐绱扯着他的胳膊不肯,撇了撇嘴低声说道:"他肯定留你吃饭。我想出去吃。"

章霄宇捏了捏她的腮帮子笑道:"不礼貌。打声招呼用不了多长时间。"

"行吧,二十五孝好女婿!"唐绱翻了个白眼,握着他的手进去。

身后手机响了,陈叔接了电话:"好的老板,我知道了。"

声音不大,只隔着十几步距离,章霄宇听得清清楚楚。他的腿突然疼痛起来,膝盖一软,差点跪了下去。还好唐绌挽着,他一手撑住了门框。

第30章 / 熟悉的声音

"你怎么了?"唐绌吓了一跳。

"绊着了,没事。"章霄宇踢了踢门槛,心不在焉地解释,"没注意。哦,差点忘了,我给你带了礼物。"

他转身走回院子,目光移向了陈叔。他似乎有事要开车出去,不再洗车了。

章霄宇打开后备箱,拿了一束花。本来打算送唐绌回来时给她的,他提前拿了出来。悄悄拿出手机打开录音功能,借着花束的遮挡握在了手中。

前方,唐绌倚靠着门,笑靥如花。章霄宇微笑着走向唐绌,经过陈叔身边时极自然地和他打了声招呼:"陈叔,车洗了一半,要出去啊?"

陈叔笑着说道:"老板让我去办点事。我先走了,章先生。"

章霄宇笑着颔首,径直走向了唐绌:"喜欢吗?"

"谢谢。"唐绌捧着花,唉声叹气,"这个月你送我了五次花,每次都是绣球。章霄宇,能换别的花送吗?"

身后传来陈叔开车离开的声音。章霄宇忍住回头去看的冲动,微笑着:"我希望咱们的春光系列壶里能有一只绣球花壶。让你观察仔细一点。"

痴迷制壶的唐绱果然就又被他的话吸引了,心有灵犀的感觉让她觉得甜蜜无比:"你怎么知道我想设计绣球花壶?我画了好几幅设计稿,带你去看。"

"不是饿了吗?"

"先看了再说。"

"先去和你爸妈打声招呼。"

两人进了客厅,唐绱瞪了他一眼,提高了几个音阶:"爸!妈!章霄宇来了。"

朱玉玲从厨房出来,看到章霄宇就笑了:"小章来了啊。我炖了玉米排骨汤,在家吃饭?"

"妈,我们要出去……"

章霄宇打断了她的话:"那我就不客气了。正好尝尝伯母的手艺。"

"好好。你们玩去吧。吃饭时我再喊你们下来。"朱玉玲眉开眼笑,转身去了厨房。

唐绱叹了口气:"看吧,我说来了就走不掉吧?"

他留下是想探唐国之的口风,章霄宇不能解释,只好安抚她:"你不是想让我看看你的设计稿?看完正好吃饭。我和你爸妈多接触多挣表现,给点机会嘛。"

唐绱瞪了他一眼,拉着他去了阳光房。

"家里的书房被我爸占用了。我就在阳光房工作。家里常有客人,还是工作室方便。我还是要和我妈说,平时住工作室去,周末我再回家住。"唐绱嘟囔着将设计图拿给他看。

透过落地玻璃,章霄宇看到唐国之一个人在修剪花枝:"我去和你爸打声招呼。"

"不用。"唐绱拦住了他,"今天江城来了。估计又是来找我爸借钱的。我爸肯定不高兴,想一个人待着。"

江家的事情并没有传开,唐绣怎么会知道?章霄宇讶异地问她:"你听到他和你爸说话了?"

唐绣撇嘴说道:"不借钱来我家干什么?上次我偷听到他和我爸在书房聊天,一开口就是几百万,我爸没借给他。"

那么这次,唐国之答应他了吗?章霄宇犹豫了下,还是问了唐绣:"你还偷听到什么?"

"我爸不仅没借钱给他,还退了婚。"唐绣满脸欢喜,"就是家里办宴会那天。我才知道我爸原来还是疼我的。江城找我小叔拆借了七百万,还找我爸借钱。真不知道他要那么多钱做什么。"

唐国之看到了阳光房里的两人,走了过来。

章霄宇主动迎上去打了招呼。

"嗯,晚上一起吃饭吧。"唐国之看着身姿挺拔的章霄宇,情不自禁地想,如果沈佳的儿子是他的,应该也是和章霄宇差不多年纪的小伙子。林景玉会长得像谁呢?林风和沈佳一直吵吵闹闹,是因为那个早产的孩子吗?他心情有些复杂,睒了眼唐绣手里的设计图,不知为何,今天他突然来了兴趣,"给爸爸看看你的设计。"

唐绣递给他看:"爸,我们打算设计一款新的器形。你看,这是我设计的绣球花壶。以一粒珠壶形为基础,唉,你也不懂,你就看看这图型好不好看吧。"

设计图上画着一柄圆壶,壶身浑圆,像一朵真的绣球花。

唐国之看了半晌问章霄宇:"小章觉得呢?"

唐绣不满地说道:"你说你的,干吗要先问他呀。"

唐国之叹了口气:"照你这设计,你捏个米老鼠、唐老鸭、变形金刚多有创意啊。"

章霄宇没忍住笑了起来:"伯父的意思是你这个壶设计得太写实了,少了意境。壶就是壶,不是看上去是一朵花。紫砂壶仿物造型很多,就拿你上次捏的南瓜壶来说,也不是捏了一个仿真南瓜出来。"

"就是小章这个意思。你再琢磨琢磨。江氏的葫芦壶还不错,你可以参考。你们聊一会儿就来吃饭。"

唐国之说完离开了。

"江氏的葫芦壶?"唐缈拿出手机翻存的照片查看。

章霄宇眼尖,看到了留在草坪茶几上的茶壶:"你看,伯父刚才喝茶用的就是葫芦壶。"

唐缈"啊"了声,很是吃惊。她快步出了阳光房,走到草坪从茶几上拿起了那把葫芦壶:"江叔叔刚送给我爸的吗?这把壶上手的感觉和图片感觉太不一样了。我真蠢,放在眼前的不学。江叔叔设计的十六款器形那么经典,我该买一套好好研究的。"

这是母亲设计的器形。没想到从不收藏紫砂的唐国之都能感觉到它的美。章霄宇感慨着母亲当年的才华,笑道:"我早就买了一整套。回头给你研究。江形顾色,不是浪得虚名。你不要总盯着那些名家手作。"

唐缈扮了个怪脸:"知道了。章总。"

吃饭时,她也没舍得放下那把葫芦壶。唐国之没说什么,朱玉玲嗔她:"好好吃饭。我看你要抱着壶睡觉了。"

唐缈放下壶好奇地问唐国之:"爸,这是江叔叔送你的?他以前从来不送壶给你,今天怎么送了套壶?"

朱玉玲接嘴说道:"你爸知道你喜欢做紫砂壶,特意让我陪着去逛了紫砂壶市场。他一眼就选中这套壶了。买回来说好多年没喝过茶了,还泡了茶给我喝呢。"

她看向唐国之的眼神充满了爱意。自从唐国之关了茶楼开始做地产生意,她就再没有喝过他泡的茶了。这次是沾了女儿的福气。朱玉玲回忆起年轻时,忍不住又说道:"你爸泡茶的功夫极好。"

唐绡朝母亲挤眉弄眼:"所以就把你迷倒了呗。"

"你这孩子,当小章的面胡说什么。"朱玉玲嗔着女儿,眉梢眼底都是甜蜜。

看起来夫妻俩感情很好。章霄宇见唐国之有些不自在,便把话题岔开了:"没想到大江总还是个特别优秀的设计师。"

唐绡连连点头:"对啊。江氏十六种独特器形都是江叔叔设计的。我应该向他学习。可是现在两家婚事作罢,不方便了。"

唐国之看了她一眼:"你也知道不方便啊?不要再去江家。"

唐绡没好气地说道:"知道了。我又不傻。爸,江叔叔今天是不是又找你借钱?"

没想到唐绡把他想知道的问题问了出来。章霄宇竖直了耳朵。

"你回唐氏上班,我就告诉你。你对生意不感兴趣,就别打听。"

唐绡根本不怕父亲,笑嘻嘻地死烂缠打:"您没借是吧?"

唐国之沉下了脸:"绡绡,生意上的事你不懂。你不在意的消息,对别人却很重要。小章,你也在沙城做壶业这一行,江城找我借钱的事情你知道就行了,不要说出去。"

"伯父放心,我知道轻重。"

很显然,江城没有借到钱。没有借钱给江城,却担心消息外泄对江城不好。唐国之的叮嘱令章霄宇对他好感倍增。

吃过饭章霄宇就告辞了。唐绡送他上车,章霄宇顺口问她:"陈叔也住在你家吗?"

"陈叔不住家里。他每天早晨来接我爸去公司。你问陈叔做什么?"

他找了个借口:"如果住在你家,下次我得给他也备份礼。"

原来是想着讨好她家里每一个人。唐缈心里泛起甜蜜,趁周围没人,踮起脚在他脸颊上亲了一口,手一挥赶蚊子似的赶他走:"回去吧。我明天做我妈的思想工作,平时去工作室住,周末再回家。"

"决定了,我来帮你搬行李。"

章霄宇开车离开,从后视镜里看到唐缈还站在原地目送着他。这一瞬的凝视让他生出不舍。

她娇美的容颜像浮在暮色里的花,美得不可思议。

也许,只是声音太像了。陈叔怎么可能是当年绑架他的人?

第31章 / 真相可以交易

"陈叔,车洗了一半,要出去啊?"

"老板让我去办点事。我先走了,章先生。"

……

这段手机录音被章霄宇反复播放了几遍。从唐家回来,他就将自己的发现告诉了韩休和苏念竹。

陈叔的声音对苏念竹和韩休来说没有任何特别,尤其是苏念竹。章霄宇放再多遍录音,她也听不出异常,但是每一次播放录音时,她都敏锐地发现章霄宇的腿会下意识地抖动。她就想起他八岁时的遭遇,生出一股怜意。

是了,是由怜生爱罢了。知道章霄宇的过往,她就想起了年少时的自己。在一起共事后,她生病时以为抱着自己整夜予她温暖的男人是他,所以才会对章霄宇生出感情。苏念竹的眼神渐渐变得清亮,终于看明白了自己的心。

她看向章霄宇的眼神温柔如水。韩休下意识地站起身,走到了章霄宇面前,挡住了苏念竹的视线:"声音相似也是有的。再说过了二十年。当初你也只听过绑匪说过一两句话,记忆也会有偏差的。"

如果绑匪是陈叔,那么唐国之是否知晓。他和唐纱的感情怎么办?苏念竹想想就揪心,声音柔和得不像她了:"是啊,录音里也只有陈叔的一句话。"

"我也希望不是他。"章霄宇叹了口气,"大韩,这么多年,我就只听到陈叔说话时才有这么大反应,当时腿一软差点就瘫下去了。上次你也觉得陈叔这个人不简单。还是查一查他的背景来历。李正曾经见过那个绑匪的身影。大韩,找机会陪我再去唐家,拍点陈叔的视频让李正看看。有机会我也和陈叔再多接触一下。"

韩休点了点头,顺势就坐在了苏念竹身边:"小宇,如果陈叔真的是那个人。如果唐国之……"

"我喜欢的是纱纱这个人。时代不同了,思想也不同了。她不是朱丽叶,我也不是罗密欧。我只想知道真相。"章霄宇看着对面沙发上并肩坐着的韩休和苏念竹,露出了真心的笑容,"念竹,江城没有从唐国之手里借到钱,正是从他嘴里得到真相的好时机。你去问他。钱不是问题。"

他让她去问?苏念竹吃惊地看着章霄宇。那双灿若星辰的眼睛里有着信任、真诚与鼓励。她的心软得一塌糊涂,脑子一热脱口说道:"可是我父亲或许会和你妈妈失踪有关。"

她终于说出来了。章霄宇给了韩休一个意味深长的眼神。

"所以,你更应该去问问江城,让他为你解惑。"章霄宇笑容灿烂,语气轻松,"念竹,你问出来也帮我解惑。我们都需要知道真相。我猜江城现在肯定愁得睡不着,你给他打电话吧。若是他想当面谈,让大韩陪你去。我上楼休息了。"

他打了个呵欠,径直上楼去了。

苏念竹一直看着他的背影,喃喃说道:"他不介意么?如果江城……我爸是帮凶,他也不介意吗?"

"都是过去的事了。老爷子对他极好的。他很幸福。人得往前看。过去的悲伤与仇恨不能成为总罩在头顶上的阴霾。难道你非要小宇摆出一副'苏念竹,我恨你爸我恨你'的态度你才觉得正常?那叫有病!"

苏念竹拿起沙发垫子砸了过去:"你才有病!客厅这么大你跑来和我抢沙发!"

怕被章霄宇看见不好意思?韩休心里又酸了,灵活地在沙发上一撑跳开了,板着脸说道:"赶紧给江城打电话。拖久了江城想出办法弄到钱就不肯吐实了。"

苏念竹哼了声,拿起电话给江城打了过去。

很快江城就接了:"哪位?"

手机开了录音和免提,韩休凑得近了,和苏念竹一起听。

"江总,我是苏念竹。"

"苏小姐?这么晚了找我有什么事吗?"

苏念竹轻轻笑着:"江总,您在家还是办公室?"

迟疑了下,江城回道:"办公室。江氏大厦办公室。"

江城没有回家。他独自待在江氏大厦总经理办公室里。江氏面临的困境只有他才能解决。他让江柯赶去了外省,亲自去拜访回款资金最大的两家客户。江柯向他保证,拿不到货款他就不回来。

办公桌上摆着财务报表和一个小本子。江城对电脑不太熟,对繁复的财务报表眼晕。他只相信一直陪伴着自己的这个小本子。上面的数字他反复算了又算,最终得出结论,如果有八百万,他可以坚持三个月。

三个月时间，江柯无论如何也会将去年的货款讨一部分回来。

办公桌上的座机铃声响了，寂静的夜里格外刺耳。是苏念竹打来的吧？她为什么不继续用手机和他通话？江城看着放在一旁的手机有点心惊肉跳。他迅速接起了电话。

"听说江氏遇到了麻烦。我希望能帮得上忙。"

"江氏有什么能麻烦到苏小姐的？说笑了，呵呵。"

很显然，江城并不愿意让外人知晓江氏的困境。或者他也怀疑苏念竹是否真的知情。

"江总这样说就见外了。我知道江氏需要一大笔钱，我恰好有，还愿意无息借给您。当然，我也有条件。我给您听段录音。您听完咱们再谈。"苏念竹调出神秘人发来的录音点开。

听筒里传来了江城和司机的对话。

"你去饮马湖酒楼定两桌席。吃过饭约王春竹去湖边交易。别让人看见。"

"我知道怎么做。"

江城的目光移向了自己的手机。圆脸上的肉哆嗦了下，眼神恐惧。他的手机竟然被人窃听了！他想起了王春竹溺水后不翼而飞的一百万，一时间胆战心寒，喉间阵阵干涩："苏小姐，你这么做是违法的！"

"江总，我是律师，我不会做违法的事情。如果是我，我就不会打你办公室的电话了。窃听你手机的人打电话告诉我的，我也不知道他是谁。用了变声器，分辨不出男女。江总，你该相信我的诚意。"苏念竹淡然地说道，"江氏出现几百万的资金缺口。当然，如果您卖房子卖收藏想来也是能凑得出来的。但是沙城就这么大，您也不想让业界的人看您笑话吧？我的条件很简单，我想知道那天晚上，您吩咐人约了我父亲在饮马湖边交易。交易什么？"

两个结果。一个是交易未成,王春竹失足溺水。一个是江城杀人灭口,造成王春竹失足溺水的假象。

苏念竹没有提一百万的事,也没有提沈佳。如果沈佳失踪和父亲王春竹溺水都是江城干的,他绝对不会承认,更不会和她做交易。

现在他还有什么不敢说的呢?顾言风早就怀疑江氏器形不是他设计的。唐国之早就看出来是出自沈佳之手。他为了瞒着这个消息,为了让江氏壶业扬名,苦苦隐瞒,还被王春竹两次勒索。就为了一个名声!江氏都快要破产了,他还要什么名声?!江城笑了起来。

"八百万。苏小姐,我需要八百万。当然,是借,无息。一年为期,我会还给你。"江城的商人脑袋让他迅速做出了决定。把那件事告诉苏念竹,换八百万无息周转资金。

"好。明天一早我就出借款合同。您来云霄壶艺签字,签完字就打款。"苏念竹干脆利落地答应了,"江总是否也应该把您的诚意告诉我?"

"我现在可以告诉你……一半。"江城已经想明白了,没有什么比江氏更重要。有了云霄壶艺的八百万,江氏的困境迎刃而解,"二十年前,我还是一个小小的制壶厂老板。我和你父亲王春竹是老熟人。我为了在沙城壶业界扬名,买下了一个人的设计图谱。交易完成后,我出于好心,开车送这个人去老鹰山,结果她上山后便失踪了。正巧你父亲去老鹰山挖紫砂矿看见。我需要名声,他就用这件事要挟我,从我这里拿了四十万封口费。王春竹把钱给了老婆,离了婚,过得穷困潦倒。他找到我,要我给他份工作。从此就在我江氏的制壶厂里做了二十年紫砂壶。二十年后,你回来了。王春竹决定退休,又勒索我一百万。说当是他的退休金,永远不会说出江氏的器形图谱并非出自我的手这件事情。我答应了他,安排司机宴后去湖边和他交易。"

"然后呢?"

听出苏念竹的急迫，江城笑了起来："苏小姐，您要的诚意我已经给你了。明天我拿到您的借款，再告诉你然后发生的事情。明天见。"

江城挂断了电话。然后，发生了王春竹溺水的事，一百万不翼而飞的事，以及……他看向自己的手机。窃听他手机的人，是否就是拿走一百万的人？王春竹究竟是自己失足溺水，还是被那个神秘人推进湖里，因醉酒无力爬上岸溺水？

窃听？江城心中微动，拿起手机给儿子打电话。

"爸，这么晚了你还没睡？我今天已经去了客户公司。约了明天见面谈货款的事。您别着急，早点休息。"

儿子再冒进，也是为了江氏，为了生意。江城不想再责备江柯。如果这件事情能让江柯受到教训，也值了。

"小柯，厂里掺假泥料的事情除了程工，你确定只有云霄壶艺和顾辉知道？"

"我是从云霄壶艺手里抢来的这批泥料。他们应该早知道了，故意让我买的。顾辉也是从云霄壶艺的人嘴里知道的。"

江城眼中闪烁着算计，窃听他的手机，那便让他多听听："看来顾家和云霄壶艺是联手想要榨干江氏的流动资金。小柯，这件事情你要吸取教训。做生意最怕冒进。"

"我知道了爸。等我们缓过来，我一定会让他们好看！"

"唐国之不肯再借钱给咱们。你的货款催不回来，江氏就要宣布破产了。你要记得，催款就三个字：不要脸。小柯，你从小到大环境优渥，大学一毕业就执掌公司。你要把自尊面子都抹下来才能催到款。生意场上，拖欠货款的事太常见了。催款的人永远是孙子。"

"我知道。我一定会把款要回来的！"

江城挂断了电话，得意地想，窃听电话的人只会以为他再无翻身之力。殊不知,明天他就能从云霄壶艺拿到八百万。

不论是掺假泥料还是城郊田家沟制壶基地,都是苏念竹这个女人布的局。她想知道王春竹是否是真的失足溺水。

明枪易躲,暗箭难防。知道她的目的,他还怕什么呢?拿到八百万无息借款,他明明白白告诉她就是。至于那个从王春竹手里拿走一百万,窃听他手机的人,有苏念竹帮他找出来,他还省了把力气。

事情已经解决了。江城悠闲地喝了一杯茶,将自己的小账本放进了手提包里,打算回家。

这时,电话又响了起来。江城瞄了眼,是个陌生的号码。

第32章 / 拼图渐成形

此时,挂掉江城的电话后,苏念竹和韩休仅一个眼神就看出了对方的判断。

韩休紧蹙着眉:"江城没有明说那个人是谁。但是我们都知道是沈佳。当年整个过程是他买了沈佳器形图后,送沈佳去了老鹰山,结果被你父亲看见。沈佳失踪,江城图名,要瞒下器形图一事,所以他给了你父亲四十万。你父亲帮他作证,证明江氏十六种独特器形是江城所绘。"

苏念竹补充道:"这四十万离婚时我爸全给了我妈。他过得潦倒,所以去江氏制壶厂工作。他在江城手下上班,江城也放心。我回来后,我爸贪心,于是又找江城勒索一百万。江城在沙城有了江形美名,骑虎难下,只得答应。于是让司机和我爸在饮马湖交易这一百万。"

"然而,你父亲溺水身亡被发现时,他身边却没有一百万。"

"江城不敢声张,只得在祭奠我爸时送了十万块钱试探我,看我是否知道这件事。当时我并不知道,江城就放心了。"

韩休画下了重点:"如果是江城杀人灭口,他在电话里吩咐司机时,就不会说交易,所以他一定让司机带去了一百万。"

苏念竹点了点头:"螳螂捕蝉黄雀在后。那个窃听江城手机的人更可能是抢走那一百万的人。所以,要么他抢走钱的时候,我爸摔倒在湖里,因为喝了酒反应慢,从而溺水。要么,就是他制造了失足溺水的假象。他打电话给我,是要借我的手对付江城。他要嫁祸!"

"看来江城想说的另一半情况,就是一百万不翼而飞的事情。"韩休笑了起来,"这八百万可以替老板省下了。"

苏念竹摇头:"省不了。别忘了是江城送沈佳去的老鹰山。他是否还知道点别的什么?或许那个神秘人想要对付江城和这件事有关呢?明天见到江城就知道了。这八百万,他是一定会找我们借的。"

韩休笑了起来:"咱们老板心也够大。电话让你来打,他居然就去睡了。也不关心这一通电话竟然知道了这么多消息。行吧,咱们也去睡吧。"

谁要和你睡?!苏念竹腹诽着,不由自主想起发高烧时抱着她整夜不松手的那个怀抱,再不敢多看一眼韩休,径直上了楼。

韩休呆了呆,嘀咕了句:"用完就扔。"

埋怨归埋怨,他仍尽责地检查了一遍门窗,这才上楼休息。

这一晚只有韩休睡得踏实。

章霄宇被各种记忆恍恍惚惚地纠缠了一整晚。他在凌晨醒来,在漆黑的夜里将录下的陈叔声音循环播放。

记忆里的声音带着凶狠的煞气。录音里的语气随和中多了两分恭敬。二十年过去,两个声音仍然熟悉地重合在了一起。

他无意识地敲打着腿,想着李正曾经描述过的那个绑匪:"……他戴了顶绒线帽子,拉下来能遮住脸的那种。只记得是中等个儿。"

章霄宇起床开灯,拿起笔快速地绘着素描。

天蒙蒙亮的时候,他已经画出了陈叔的整体肖像。

陈叔也是中等个头,肩很宽,衬衫绷着胳膊,显得很有力。

章霄宇退后一步端详着画板上的陈叔,拿起笔给他加上了一顶能遮住脸的绒线帽子。

脸被遮住了,陈叔的眼睛被章霄宇绘得很仔细。看着肖像,脑中那个声音就冒了出来。记忆中的剧痛紧随而至。他腿一软,坐在了地板上,心咚咚咚地急跳。

如果那个绑匪真的是陈叔,幕后指使他的人是谁?

唐国之的脸在章霄宇脑中浮现,儒雅斯文,怎么看也不像个心狠手辣的人。

凭空是想不出整个事件的。首先要确认陈叔是不是二十年前绑架自己的那个人。章霄宇将肖像素描拍了下来,见已经是早晨六点了,便给李正打去了电话:"李叔,我画了幅肖像图,你看看像不像当年你见到的那个绑匪。"

照片传了过去。他焦急地等待着。窗外天际慢慢被染上一层亮色。章霄宇想,或许真相就在眼前。

手机响了,李正声音传了过来:"就是这种绒线帽子!当时他的脸被挡着,眼睛也瞧不清楚。叔还是吃不准。"

"如果有视频,您看体型能不能认出来?"

"这个也不好说。毕竟二十年了。二十年前是个小伙子,现在也四五十岁了。身材也不见得和二十年前一样。"

章霄宇也明白他说的道理:"就感觉一下。"

李正一口答应:"行。章总啊,您找到怀疑对象了?"

"声音有点像。我不确定,所以也想请您帮忙看看。"

"好。随时找我都行。"

他洗漱好下楼,韩休和苏念竹已经起来了。

章霄宇随口问了句:"早饭吃什么?"

韩休答了句:"揪面片,我去煮。"

苏念竹便把昨晚和江城对话的录音放给章霄宇听了,俏皮地问道:"我一句话借了八百万出去,章总您不会心疼吧?"

"苏大律师,你知道我有多少钱。我就不装穷了。"起床就听到找到了新线索,章霄宇心情愉悦,"干得漂亮!再说,又不是给他八百万,是借。损失一年的利息而已。"

在他心里,母亲那晚走过的路又往前猛窜了一截。老鹰山!母亲出城去了老鹰山!那地方前不着村后不着店,深山老林,适合杀人越货。

在听到江城开车送带着钱的母亲去老鹰山时,章霄宇已经能肯定,这里就是母亲失踪的终点。卖曼生壶的人一定是约她在老鹰山交易。他为母亲的行为叹息。为了曼生壶,她胆子也太大了,一个人拿着几十万现金进山。

失踪?不,章霄宇可以肯定,母亲一定是遇害了。

他脑中灵光一闪,噌地站了起来。

"你想到什么了?"

章霄宇攥紧了拳头,一字一句地说道:"我妈绝对不是一个人上山。一定约了其他人!否则,为什么有人翻墙进福利院绑走我?因为这些人害怕我知道,想要斩草除根!"

童年的记忆突然像被揭开了盖子。章霄宇闭上眼睛回忆着:"我爸自焚后,警察来问过我情况,记者来问过我,四周还有村里的人,看热闹的人,问过我的人很多,我几乎见人就说。"

他不停地对每一个询问情况的人说母亲失踪前家里的情况。年幼时的他只能通过这种讲述减轻失去父母的恐惧。

早晨起床,母亲没有在家。他问父亲为什么妈妈不见了。父亲怎么回答他的?

"我爸说我妈进城买东西去了。"章霄宇猛地睁开眼睛,"我想起来了,有个男人问过我,知道你妈妈去买什么吗?我当时低着头,坐在墙角边随口答了句'万生壶'。我当年并不知道是曼生壶,说成了万生壶。警察和周梅都只问了我父母当晚是否吵架,只有这个男人问过我这个问题。我没有抬头看他,不知道是谁。后来我就被警察送到了福利院,他们说会联系我爸老家的亲戚看能不能收留我。现在回想,就是我说的这句话,他就认为我知道些什么,所以把我绑了,想斩草除根。"

"那个男人是不是唐国之?"苏念竹脱口而出,随即讪讪地解释道,"刚开始咱们不是冲着他来的么?"

"不是唐国之。"章霄宇笑了,"感觉。说话语气的感觉,是个性子急躁粗野的人。我知道你的意思,我仔细想过了,不是唐国之。"

苏念竹嗯了声:"最好不是他。虽然你不介意,但是万一……"

章霄宇坚定地回答她:"就算是唐国之,也与缈缈无关。"

但愿吧。苏念竹想到自己对父亲的感觉,如今没有发现唐国之和沈佳失踪有任何关系。如果有关系呢?那个陈叔就是绑匪呢?他该怎么办?唐缈该怎么办?

"吃面!"韩休这时端着揪面片过来,打断了两人的思索,"吃完早饭去公司。念竹,路上你再和江城联系一下。"

"嗯,好。"苏念竹说着拿起了筷子,低头的瞬间,耳朵烫了起来,恨不得把脸埋进面碗里。

他叫她苏小猪。他说你看到就知道了。

苏念竹碗里的面片是小猪仔形状。圆滚滚的身体,拱起的长嘴,耷拉下的尖耳朵。

她嚼着面片,脸渐渐红透了。

章霄宇眼尖,故意大声嚷嚷:"哟,做得真精致。念竹,小猪面片味道是不是特别好?"

苏念竹和韩休同时放下筷子瞪他。

"瞪什么瞪啊。我就想学习学习回头给我家缈缈也做。行行行,我一边吃去。"章霄宇端着碗去了客厅,将空间留给了两人。

回头正看到苏念竹埋头吃面,韩休宠溺地看着她的画面。

不知为何,这个清晨章霄宇特别想唐缈。

吃过早饭,三人出发去公司。苏念竹在车上给江城打电话。

电话通了,却是个陌生的声音。

"对,对,我昨天晚上给他打过电话。我知道了。"

挂掉电话,苏念竹紧张地看着两人,咽了咽口水,镇定了下才说道:"江城……跳楼自杀了。警方还在江氏大厦,让我过去。"

韩休一个急刹,扭过头看她:"跳楼自杀?"

章霄宇拍了拍韩休的肩:"去江氏大厦。江城不可能自杀。我们有证据。"

车拐弯,直奔江氏大厦。

第33章 / 重新立案

江氏大厦是栋十一层楼的高层建筑。江氏公司使用了八到十一楼四层，下面几层楼都租了出去。

凌晨六点大厦物业清洁工上班时在地上发现了江城,马上报了警。警方在大厦顶楼平台上发现了江城的脚印等痕迹,随后展开了调查。

章霄宇三人赶到时,江城的尸体已经被运走,进大楼时过往的人都在议论这件事情。三人上了十一楼。警方正在给赶来的江城太太以及江氏公司高管做调查笔录。

江城太太一眼认出了章霄宇,顿时疯了似的扑向了他,声音高亢:"就是因为你!你就是害死我老公的凶手!"

警察拉开了江太太,却很好奇她指认章霄宇的原因。

江城死了,江柯正在赶回来的飞机上。江氏公司的人都用仇恨的目光瞪着章霄宇。他有些后悔,应该去公安局而不是来江氏公司。章霄宇尽量保持着风度:"江城跳楼和我没有关系。我们来是协助警察办案的。"

江城的助理跳了出来:"小江总就是气不过你抢了他的未婚妻,才大手笔投资和你们云霄壶业竞争,导致公司资金紧张。江氏没钱要破产了,大江总才跳楼自杀。怎么和你没有关系?就是你逼死我们江总的。"

一句话惹得江城太太大声哀嚎起来。

"这里不欢迎你们,滚出去!"

"人都死了来干吗?人模狗样落井下石!"

江氏公司的人激动起来要赶三人走,场面混乱起来。

苏念竹提高了声量:"我是苏念竹。早晨打电话是哪位警官接的?"

很巧,现场来的一名警察正是东城公安分局办理王春竹溺水案的警官,一眼认出了她:"苏律师,又见面了。这里不方便,跟我回分局聊吧。"

三人跟着警察离开,身后江太太还在大声哭,边哭边骂章霄宇是凶手,骂唐绱是妖精。

章霄宇听得直皱眉,马上给唐绱发了条信息:"待在家里,一会儿我去找你。哪儿也不要去。"

唐绱回信很快:"和我爸语气一样。怎么,担心江柯找我撒气呀?"

章霄宇松了口气:"嗯。人在气头上不可理喻。听话,乖。"

唐绱再回的短信马上让他哭笑不得:"我听话,那你欠我一次。不能赖账!"

苏念竹坐的是警察的车,章霄宇和韩休开车跟着。唐绱的短信令他想到了另一件事:"大韩,唐家已经得到了消息。唐国之在家,或许陈叔也在。我们俩去趟唐家。你偷偷录下陈叔的视频。"

韩休"嗯"了声。

昨晚给江城打电话的人是苏念竹,警方需要了解电话内容。章霄宇便给她打了个电话,让警察接了。他和韩休不需要做笔录,便开车去了唐家。

到了东城公安分局。苏念竹原原本本将昨晚打电话的事情经过讲述了一遍。

听完她和江城的通话录音后,警察也生了疑:"苏律师,你怀疑你父亲王春竹不是失足溺水?"

"对,我要报案。我父亲宴后不是一个人去的饮马湖绿道。我怀疑我父亲死于谋杀!"苏念竹平静地说道,"在接到神秘人电话之前,我并不知道江城吩咐其司机和我父亲见面交易。所以他的司机应该是知情者,甚至是目击证人。另外,昨晚在电话里我们公司同意借八百万给江城。江城的公司不可能再出现因资金链断裂导致破产的情况。江城为什么还要跳楼自杀?动机不足。还有,在知道神秘人窃听了江城手机之后,我选择了座机与江城通话。那么我们借钱给江城的事情没有被窃听。而谋杀了江城的人是否继续认为江城资金链断裂,从而选择制造他自杀的假象呢?"

警察笑了起来:"苏律师,你应该当警察。"

苏念竹冷静地说道:"这些只是我的猜测。江城是否自杀,需要警方收集证据去证实。"

"谢谢你。这份通话录音对我们相当重要。今天说的情况还请保密。另外,苏律师,你要对王春竹溺水重新立案,还需要再做个登记。"

"好。"

去唐家的路上,韩休问章霄宇:"通话录音里还提到了你母亲,你为何不一口气把这个案子也翻出来重新立案?"

"我母亲是失踪案,已经过了二十年追溯期。没找到她的遗体前,报案只会打草惊蛇。现在最重要的是确定陈叔是不是当年的绑匪。自然接触他的机会并不多,要么一大早踩着时间趁他去接唐国之上班时,要么就等着他送唐国之下班。出了江城的事,唐国之在家,说不定会用车,所以陈叔留在唐家的时间也更多。是个好机会。"

韩休半开玩笑道:"好在你是唐缈的男朋友,出入唐家机会多。"

章霄宇想到唐缈打算搬到工作室去住,周末才回家。为了多接触陈叔,他还得想办法打消她的主意。他苦笑起来:"大韩,我怎么觉得我在利用缈缈?怎么这么别扭?"

"老板,如果陈叔是绑匪,身边藏着个穷凶极恶的人,你不担心她的安全?"

"你真会安慰人。"

话是这样说,章霄宇仍然担心将来唐缈知道会误会他。

车没有开进唐家院子。院子里已经停着两辆车了。韩休将车停在外面,拿着保温壶和章霄宇走了进去。

陈叔正坐在围墙边喝茶。

章霄宇和他打了声招呼:"陈叔,唐先生在家?"

陈叔笑呵呵地点头:"章先生来了。唐先生在家呢。白总也在。"

原来是白天翔的车,章霄宇点了点头进屋去了。

韩休走到陈叔旁边坐下:"陈叔。"

"小韩,坐。哟,带了茶啊?"

"我出门习惯泡一壶茶。"韩休拧开盖子,倒了一壶盖慢悠悠地喝着,"听说江氏的大江总跳了楼,老板就过来了。唐先生也是因为这件事没去上班吧?"

"是啊。几十年的老朋友了。生意上起起落落的正常得很,谁能想到大江总这么想不开。白总也过来了。"

司机聚在一处聊八卦是常态。韩休聊的是八卦,存着打探的心思:"陈叔跟着唐董事长这么多年,见惯了大风大浪啊。陈叔,你以前当过兵吧?"

陈叔上下打量着韩休:"你也当过兵?"

韩休马上满脸堆笑,给他敬了一支烟:"老班长。"

陈叔比他年纪大,是老兵是前辈,韩休当然得敬着。

同样的经历瞬间拉近了两人的距离。陈叔笑呵呵地接过了烟,两人在院子里抽着烟喝着茶,说话也随意了许多。

韩休大倒苦水:"江城跳楼,把我们老板害了。江柯买的掺假泥料是从我们公司抢去的。他建制壶基地,也是跟着我们学的。他把公司的钱花光了,坑了他爹。整不好还怨我们老板给他挖坑呢。老板担心唐小姐安全,马上就赶过来了。"

"恐怕江柯更恨我们董事长。唐小姐不喜欢他,董事长也难啊。江城找董事长借钱,每年都借,一开口就是几百万。董事长今年手里紧,没借,得,江城就跳了楼。江家肯定得把这笔账算在唐家头上。"陈叔说着就摇头,"今天董事长一接到消息,就让小姐住在家里,不准搬出去。父女俩又吵了一次。人年轻哪,不知道人心险恶。章先生来了劝劝也好。"

说到这里,陈叔打量了下韩休:"你还兼着保镖吧?看你这身材,保持得不错。以前哪个部队的?"

韩休不好意思地笑:"我以前在部队喂了两年猪。退伍又不好找工作,平时练着玩。章总招人那会儿就说自己身手还行。"

陈叔大笑:"跟着有钱的老板混,有钱赚就好。"

韩休拍了一记马屁:"可比不上您。唐氏比我们老板有钱,上市大公司!将来我想换工作,还得求着您帮忙推荐。"

"小事。对了小韩,听说章先生小时候出过车祸?"

韩休心里一咯噔,变得谨慎起来:"唐董事长查我们老板?"

陈叔笑了笑:"就这么一个独生女儿,你说会不会查?"

尽管前院就他们两人,韩休仍然压低了声音:"这事可不能当我们老板面提。我也是后来去了章家听说的。老板五岁吧,从幼儿园的校车下来,被突然窜出来的一辆摩托车给撞了。有一段时间坐轮椅,在学校被同学歧视。老板性子倔强,好多年一直故意坐轮椅。气得老爷子不行。去年老爷子过世,老板伤心,彻底不提年轻时犯倔的事。"

知道章明芝是章霄宇的父亲,很多事情就好查了。很多与章家有交情的人都知道章霄宇长期坐轮椅。章老爷子将车祸编得有模有样,时间提前了三年。韩休照本宣科。

"原来是这样啊。咱俩私下说说,董事长也是为了小姐……你懂得,呵呵。"陈叔拍了拍韩休的肩。

"我明白。老板当年胳膊腿骨折了内脏受损是很严重,小孩子养得快,早就好了。就是受了同学冷眼歧视犯倔,偏要坐轮椅。"

韩休加了条胳膊添了笔内脏,心里的警觉提到了最高。

陈叔显然很满意打听到的消息,从兜里摸了张购物卡塞给他:"拿去买点日用品。"

"那我就不客气了。"韩休喜滋滋地收了。

五千块的购物卡就如此满足。陈叔轻蔑地笑了笑,再不打听别的事情,和韩休闲聊起来。

第34章 / 唐家的反应

章霄宇走进客厅时有点惊诧。江城的事情对唐家影响这么大?不仅唐国之夫妇在,白天翔夫妇也在。除了在学校上课的白星,唐家所有人都在客厅坐着。

看到章霄宇,朱玉玲热情似火,招呼保姆去泡茶:"小章,过来坐。"

唐绺像看到救星似的，不玩手机了："中午我们出去吃饭。"

家里气氛太严肃了，唐绺早晨和父亲又吵了一次，只想离开家透透气。

章霄宇没有马上答应，打过招呼后在她身边坐了下来，安慰地拍了拍她，示意唐绺少安毋躁。

朱玉玲嗔怪地说道："你小叔和婶婶在，就在家里吃。"

"爸，我都答应不搬出去住了，总不能不让我出门吧？"唐绺不满地嘟囔着。

唐国之没有理她，对章霄宇说道："小章，绺绺那只镯子太贵重了，不合适。绺绺，去拿来还给小章。"

"伯父，这是我送给绺绺的。"章霄宇赶紧拦着唐绺，"是我父亲特意留给我……让我送给喜欢的女孩子。"

白太太有些好奇，打趣道："原来是老辈传下来的呀，绺绺，给小婶瞧瞧。"

唐绺便上楼拿去了。

唐国之笑了笑，话题扯到了章老爷子身上："你父亲以前在收藏界很有名，出国以后才生了你。你母亲是哪里人？"

章老爷子一生未婚，收养他之后父子俩相依为命。章霄宇马上反应过来，唐国之定然没有打听到，所以借玉镯问自己。幸亏老爷子出国早为人低调，唐国之再有钱也不是所有事情都能打听到的："家母是当地的华人，生我时难产过世。父亲愧疚一直没有再婚。"

说话时唐绺拿了玉镯下楼。白太太眼里就闪过一抹羡色，对朱玉玲说道："这紫罗兰翡翠品相真好。我还从没见过这么剔透的紫翡翠呢。"

章霄宇谦虚道："早年父亲的收藏。"

白天翔反应过来:"大哥,该不会是那个石王开出的料子吧?"

章霄宇诧异道:"小叔知道这镯子的来历?这镯子的确是我父亲在缅甸公盘上买的一块明料。"

白天翔哈哈大笑:"当年你父亲买这块翡翠明料时,我大哥也在旁边看热闹。绵绵,你知道这镯子值多少钱?少说四五百万,有钱也不见得能买到。"

唐绵吓着了,赶紧将玉镯还给章霄宇:"太贵重了。我可不敢戴。"

章霄宇握着她的手,将镯子给她戴上了:"放在保险柜里浪费。万一砸断了用金镶起来就是。"

他的态度马上赢得了唐家所有长辈的赞赏。能送女儿这么贵重的玉镯,肯定不是冒名顶替的骗子。紫翡翠又与当年他知晓的事情合上了,唐国之神色轻松了不少。他就怕女儿喜欢上一个大骗子,又一个苦心积虑冲着唐氏的财富来的。如果他有儿子,有继承人,该有多好。他这样想,看向章霄宇的目光又亲切了几分。

白天翔看在眼里,神色就有些不自然了。章霄宇比江柯更强,就算女婿是外人,将来的儿子也是唐国之的亲外孙,他还会考虑培养白星吗?

朱玉玲眉梢眼底都是喜色。她比唐国之还紧张这个未来女婿。一只价值几百万的玉镯如同定心丸似的,让她更加满意章霄宇:"话是这样说。砸断了还是可惜。绵绵,你要好好爱惜。"

两人靠近时,章霄宇声如蚊蚋:"我父亲给儿媳的,你敢不戴?"

"那你的定情信物呢?"

他真喜欢她的反应,自然不矫情,马上决定嘉赏唐绵:"你不是说住家里,需要去工作室搬东西?一会儿我陪你去。"

唐绵高兴极了:"对啊对啊,工具和泥料都要搬。"

唐国之听了就说:"小章,这几天你陪着绵绵。别让她单独一个人外出。"

唐绲翻了个白眼："爸,你是不是反应过度了?江柯又不是疯子,江叔叔跳楼他非要把账算咱们家头上,还报复我?看电视剧看多了吧?"

章霄宇马上说道："我刚去了江氏公司。江太太指着我骂我是凶手。绲绲,人在气头上不能以常理度之。还是谨慎一点好。"

"你去江氏做什么?"唐国之眼神微凛。

"是这样的。昨天晚上我公司的法务总监苏念竹给江城打了个电话。警方查通讯记录,要录个笔录什么,早晨上班的时候她正好坐我的车,就一起去了。"

唐国之有些诧异："你的法务总监和江城有交情?"

章霄宇不能说出通话的真实内容,另想了个理由："江家用掺假泥料被索赔的事情业界已经传开了。我让苏念竹去问江城,愿不愿意将陶艺师的合约转一批给我们。这块对他们来说是个包袱。到了年底,江氏又要支付第二年的工资,能转合约他们也轻松不是?结果江城狮子大开口,一名陶艺师索要十万,当时我就让念竹拒绝了。"

白天翔喊了声："江城真是穷疯了。他也不想想,江氏还有钱再支付那些陶艺师的工资吗?江家用了掺假泥料,砸了招牌,谁还肯和他签订货合同?一个人要十万人头费,他当别人都是傻的?狗急跳墙,他急了就只能跳楼喽。"

唐国之猛地喝住了他："天翔,怎么说话的?江城和咱们也是几十年的交情了。"

"大哥!他从我这里借了七百万!江氏现在的情况能还得起吗?我能不着急吗?"白天翔心火上涌,"冲着和他的关系,我还能去收房子让江柯母子俩搬走?"

"够了!亏的钱我给你补!你绝不能在这节骨眼上惦记你那笔钱!

江城尸骨未寒,丧事未办,你也不准去江家提房产抵押的事情。"唐国之发作完深深叹气,朝章霄宇说道,"小章,江柯想转手陶艺师合同你就接着。不想转手你也不要主动找他,免得江家认为你趁火打劫,在业界名声不好。"

他是唐缈的男朋友,唐国之才用吩咐的语气。章霄宇明白他的好意,马上表态:"我知道。其实想接手江氏签约的陶艺师,也是想着帮他们减少负担,大家都有利。江家不愿意,我也不勉强。"

"你明白就好。你和江家没有交情,江城的葬礼你和缈缈都不用去。好心去吊唁,江家人也不会领情,去了反而添堵。"

唐缈心里不忍:"爸,婚约取消是一回事。江叔叔也是从小看着我长大的,我该去江家给他上炷香的。"

唐国之今天心情不好,眉头一皱喝道:"你去火上浇油吗?!"

章霄宇拉住了唐缈:"这事听唐先生的。小叔小婶,伯母,你们聊着,我陪缈缈去她工作室,吃过饭我送她回家。"

"去吧。"有章霄宇陪着,唐国之很放心。

走出院子,唐缈望着湛蓝的天空满脸迷惑:"章霄宇,我怎么都觉得像在做梦一样?也不知道江柯怎样了?我挺想去看看他的。这些年虽然我讨厌他,但他对我确实很好。"

"你爸爸说的也不是没有道理。你现在去,江柯会领情吗?我猜你爸和你小叔用过午饭就会去江家。先缓缓,看看情况再说吧。"章霄宇握着她的手,低声说道,"你就当在家闭关,安心琢磨咱们的春光壶。上次你设计的绣球花壶实在是……惨不忍睹。"

他居然用惨不忍睹来形容她的设计?唐缈气得不行。

章霄宇不知死活地还拿唐国之的话举例:"没吃过猪肉也见过猪跑。你爸爸不懂紫砂壶,也瞧不上你的设计。"

唐绯的心被他的话引到了制壶上,顿时忘了江家的事情,和他斗起嘴来:"站着说话不腰疼,你给我画几幅设计图看看?!"

"那我来设计你来做,春光壶算咱俩的定情作品?获奖的话,我发布获奖感言时就向你求婚。"

他握着她的手,和她十指交握。

嗯,这个求婚很有创意,她喜欢。唐绯没有害羞,反而扬起了脸:"如果获奖,我也有个要求,你当我的裸模。"

章霄宇不由大窘,却故作镇定老成:"准奏。"

唐绯看得有趣,继续逗他:"别乱想哦,人家就想画幅素描而已。只看不吃。"

他马上就想到了日本游的那一夜,红晕从耳根直烧到脸颊。

"咦,你的脸怎么红了?"

"陈叔和大韩在,别闹!"章霄宇努力板起脸,生怕唐绯继续撩自己,扬声喊了声韩休:"大韩!去开车。"

韩休应了声,和陈叔打了声招呼,拿起保温壶开车去了。

"陈叔,下午回来给你带王大胖肉饼!"唐绯笑嘻嘻地说道。

陈叔眼神柔和:"好,称两斤。"

"知道啦!"唐绯挽着章霄宇往院子外走。

章霄宇朝他笑着点了点头。

两人视线碰撞的瞬间,不知道是否是心理作用,章霄宇的腿隐隐疼痛起来,他习惯性地用垂下的那只手轻轻敲打着。

陈叔看着两人出去,将烟头扔在地上,用力碾灭了。

第35章 / 蜕变

江柯两天两夜没有阖过眼了。俊美的脸上因冒出的胡楂多了几分沧桑感。他努力回忆着和父亲最后一通电话。作笔录的时候,他仍然觉得父亲电话里的话是对自己最后的叮嘱。

"你认为你父亲是因资金链断裂才走上了绝路?"

"是的。现在回想,昨晚他和我通话时分明就是在交代……后事。"

"也就是说,如果资金回笼,能解决江氏公司的资金问题,你父亲不会自杀?"

"警察同志,你这个问题……"江柯在心里暗骂对方是白痴,江氏如果不面临破产,父亲会自杀吗?可是他只能在心里骂,不情不愿地回答,"如果资金链不断裂,我父亲肯定不会自杀。"

"你父亲有没有什么仇人?"

江柯瞬间警觉:"什么意思?我父亲不是自杀?"

"这个还需要进一步调查。现场没有发现他杀痕迹。尸检报告也正常。"警察回答着江柯,想起了苏念竹和江城的通话录音。没有了动机,江城为什么还要选择跳楼?或许和王春竹失足溺水一样,又是一起没有他杀痕迹的案件?

和父亲有仇的人？不知道为什么，江柯想起了王春竹死亡时父亲的异样。如果有仇，那就是苏念竹了。然而这个前提必须是王春竹是非正常死亡。这件事又牵涉到江氏制壶厂。现在的江氏再也经不起任何风雨了。江柯沉默了下道："据我所知，没有什么特别的仇家。生意场上相互竞争是有的，不至于结仇。"

　　话说完，他又想起了顾辉。对顾氏的长期打压，顾家是否早视江氏为眼中钉了呢？父亲说章霄宇和顾家联手对付江氏。但是除了生意上的竞争，顾家父子也没有杀死父亲的动机。再说警方也没有找到他杀痕迹。

　　警察也觉得棘手，现场只提取到江城的指纹脚印，没有发现他杀痕迹。监控是装在走廊里的，只拍到江城晚上一个人从办公室出来后上了楼顶。楼顶没有装监控，无法知道江城跳楼的过程。苏念竹提供的电话录音证明江城没有自杀动机，但是要证实是他杀，又缺少证据。只能再排查当晚江氏大厦其他的监控，看看能否有所发现。

　　"因为你父亲是非正常死亡，所以我们还需要做进一步调查。有什么消息我们会通知你。"

　　从公安局回到家，江柯来到了公司。

　　他上了楼顶平台。平台边缘浅浅的灰上印下了江城的脚印，栏杆上发现了他手握过的指纹，警方设置的隔离胶带还在。江柯扯开胶带走到了栏杆处。

　　楼顶修建成了绿地小公园，方便员工来楼顶休息。四周的护栏是一圈玻璃护墙，外沿有三十五公分宽的台面。江柯走到护栏边，手轻轻搭在不锈钢栏杆上。自己只要用力一撑，就可以越过护栏跳下去。

　　他眼里渐渐蓄满了泪水。大厦围墙外街道车水马龙。父亲在寂静的夜里需要多大的勇气,才选择了跳楼自尽?

每个人都在经历过刻骨铭心的疼痛后才会蜕变。江城的死在瞬间磨去了江柯的浮躁。他的脑子从来没有像现在这样清醒。

他是中了什么邪,和云霄壶艺疯狂抢签大批陶艺师,不认真验货就抢到低价的掺假泥料,砸钱要建制壶基地想开发房地产?这座大厦贷款修建,以租养贷,正是良性循环的时候。他反而将公司的资金流水全砸进了新的领域。不,不是他中邪,是他们算计他!父亲最后的通话里提醒他云霄壶艺和顾言风联手榨干江氏的流水。此时回忆起来,江柯就有了被下套的感觉。

江柯抹了把脸上的泪水,一字一句地说道:"章霄宇苏念竹顾辉,是你们联手坑我,你们联手逼死我爸!"

他的助理瑟缩地站在几步开外。一双手伸出去又缩回来,两只脚一前一后摆出了冲刺式的姿势。助理纠结无比,他要是跳楼的话,我拼命跑过去抱住算不算见义勇为呢?

江柯回头就看到助理奇怪的姿势,禁不住皱眉:"你干什么?"

助理长长地松了口气,看样子小江总不会跳了:"啊,我,我想问公司是不是继续放……假?"

"放什么假?我不在公司时让两位副总主持工作。找人来把护栏用不锈钢全部加高三尺。楼顶也要装上监控。"

江氏将来就由他撑着了,这栋楼只能增值不能贬值。江柯不想再看到父亲辛苦建成的江氏大厦再出一起跳楼事件。

江城用死亡救了江氏。拖欠货款的老客户们不知道是良心过不去,还是念及交情,将拖欠的货款全付了。

有了钱,江柯第一件事情给员工发了工资。然后找到白天翔还完了借款,赎回了家里的房子。正在动工的田家沟制壶基地停了下来。江柯低价将地转手给了一家房地产开发公司。同时将江氏制壶厂产品的价格降到了同行业最低。所有产品任由客户抽样检查,假一赔十。

一系列操作让业界刮目相看。江氏在经历重创之后,又重新回到了市场。

江柯紧接着亲自去云霄壶艺找章霄宇。

"一共一百六十三位陶艺师。你看中哪个就办合同转移。当然,如果云霄壶艺和顾氏制壶都不愿意接手,我会和陶艺师们谈解约赔偿。江氏目前需要稳定现有市场。精品壶的研制,将来我还是会做。"

这是章霄宇和江柯第一次心平气和坐在一起。眼前的江柯比从前少了几分意气风发和自傲,多了沧桑与成熟感。

章霄宇也没想到江柯主动找上门谈转合约的事情。江柯的冷静和他从前要强易怒的性格大相径庭,章霄宇提醒自己,这样的人才是最危险的。

"在商言商。不是所有的陶艺师都有培养前途。我会让人事部整理出名单,如果你同意,就签转约合同。"

"好的,谢谢。"江柯办完事情没有马上离开。他认真地问章霄宇,"李灿去那家矿主买泥料是故意给我下套,还是他也不知情?现在可以告诉我实情吗?"

章霄宇反问他:"我说的话你会相信?"

江柯点了点头:"我相信唐绲的眼光。她是个真性情的人。事已至此,你说我就信。"

"你是真的喜欢唐绲还是……冲着唐家女婿的身份?"

"喜欢过。绲绲是很可爱也很有个性。后来我就不喜欢了。"江柯笑了笑,"总是去讨好她讨好唐国之夫妇,我也很累。父亲走后,我一直在想,如果不是我不服气不甘心,非要和你争,也不会让江氏走到今天这个地步。唐国之当年也不过是个茶楼小老板,踏踏实实的,我将来未必不会将江氏做大做强。"

江城能清醒地认识到这些,章霄宇就诚恳地告诉他实情:"李灿没有验货,只是凭经验觉得价格比市场低三成,可能会有猫腻。但是你下手太快。"

"我知道,这是我的问题。不过,章霄宇,我也不是傻子。掺假泥料低价打包出售的消息是李灿故意泄漏给我知道的。苏念竹拿陶艺师想转合约的事情找我,目的是为了让我发现你们建制壶基地的事情。如果我不上钩,你们还会想别的办法引我上套吧?我父亲最后在电话里说你和顾辉联手想要榨干江氏的流动资金。为什么?是因为唐缈吗?你已经得到她了。逼江氏资金链断裂,导致我父亲跳楼自杀,我不认为和你之间有这样的仇恨。就算有仇,也应该是我恨你才对。"

"不愧是唐国之曾经看中的女婿。撇开缈缈的喜恶爱好,江柯,你有你的优点。"章霄宇不紧不慢地分析给他听,"抢签陶艺师,抢买泥料,还有租地建制壶基地都是你冲动所致。单说买到掺假泥料,如果你不生产,损失不过几十万泥料钱。说起来真怪不得我。当然,你也可以把原因都算在我头上。不过,以你的聪明和悟性,你应该清楚。江氏最大的问题并不在于这几笔大的资金支出。而是在你挥霍完江氏的资金流水后,你们的货款没有及时到账。"

江柯此时才流泄出他的恨意:"没有之前你们的运作,货款不到账,江氏也不至于断了资金链。"

"你花钱的时候不是这样想的吧?你想的是货款马上就到账了,江氏的资金链不会断。"章霄宇冷静地反驳他。

父亲说的对,不能算得太满。弦绷得太紧。他笃信的货款偏偏没有及时到账。江柯的目光充满了恨意:"我的错我将来绝不会再犯。但是章霄宇,你扪心自问,你没有和顾家一起联手想要榨干江氏的流动资金?我们从来不是朋友,将来也定是对手。我就想知道原因。沙城不止江氏一家制壶企业。你为什么偏偏针对江氏?"

"用你的话说,我和你没这么大的仇。江柯,你不蠢。我有让你父亲非死不可的动机吗?或者,希望你父亲带着秘密消失的另有其人呢?"

答应了警方不透露电话录音的内容,章霄宇隐晦地提点着江柯。他想或许江城会在家里或者别的地方留下一些线索,能找到那个神秘人和让他跳楼的人。

江柯微张着嘴。秘密?父亲还有什么秘密?他想起父亲的司机已经被警方带走的事。司机是否知道什么呢?章霄宇话里有话。他在暗示什么?

警察曾经问过他,父亲是否有仇人。难道父亲跳楼还有别的隐情?江柯深深看了章霄宇一眼,离开了云霄壶艺。

他走后,韩休和苏念竹不约而同进了章霄宇办公室。

"大韩,我总觉得江城老谋深算,不会不留点东西给江柯。"

韩休点了点头:"我会盯着他。"

想起父亲也没有在现场发现他杀证据,苏念竹倒有些同情江柯了:"以为有了通话录音,江城没有自杀动机就能立案。没想到还没有找到他杀证据。没有证据,只能定性为自杀。这个凶手也太厉害了吧?"

"相信警方吧,会找到新的证据立案的。"章霄宇看了眼时间,准备走了,"我去唐家吃饭。"

他画了好几幅春光壶设计图,今天想带给唐绡。

"老板,视频我亲自拿给李正看了。他觉得陈叔和那个绑匪的身高差不多,别的无法肯定。"韩休说了下李正的辨认情况,再次问章霄宇,"这次录下的对话很多,你能听出陈叔和当年的绑匪是同一个人吗?"

他以为自己牢牢记住了那个绑匪的声音。听陈叔的声音听得多了，章霄宇却无法肯定了。

"没有声音比对，仅凭记忆……我无法肯定。我想办法试探一下陈叔。大韩，你用车方便。我打车去唐家。"

办公室里只有苏念竹和韩休两人。苏念竹轻声告诉韩休："办案的警察告诉我，江城的司机说他的确将一百万给了我父亲，然后就走了。后面的事情他也不知道。他还说发现我父亲时，没发现那一百万，当时他和江城都觉得另有人在他之后接触了我父亲。虽然重新立案调查，但是没有新的线索，可能也会变成一桩悬案。"

"我不这样认为。如果没有江城跳楼自杀的疑点和那个神秘人，就真的走进死胡同了。"

苏念竹重新燃起希望："行吧，从江城入手，可能会有新的发现。"

韩休看着她美丽的脸，忍不住伸手将她垂下的头发掖到了耳朵后面："我会盯紧江柯。相信我。"

他说完冲她笑了笑，离开了办公室。

苏念竹下意识地摸着耳际，心想，这个憨憨知道自己刚才做了什么吗？

门外韩休停住了脚步，他呆呆地看着自己的左手。刚才他做什么了？他心虚地往后面看了一眼，三步并作两步健步如飞逃也似的走了。

第36章 / 老街上的老朋友

每一座城市都有几条老街。也许就掩藏在某栋现代建筑的背后或新建高档楼盘小区的旁边，留存着一代人尚未被城市抹去的记忆。

与老街同时存在的还有一些年深久远的饭馆店铺,比如开了二三十年的王大胖肉饼店,五十年不熄灶火的李妈老卤。

老街狭窄。白天翔叫了辆出租在大马路边停了,夹着手包拐进了老街。

天色暗下来,各种折叠小方桌塑料凳子将人行道占得满满当当。味美价不贵,食客们还喜欢挤在一处的热闹。沙城的这条老街因此成了著名的夜摊美食街。再晚半小时,这些空着的座位都坐满下班后的饮食男女。

进了二叔冷锅鱼,睃了眼堂间差点满客的状态,白天翔熟门熟路地一掀蓝底白花的门帘,便进了后院。显然,知道后院还能坐人的客人并不多。门口人行道上的露天座位还没有到上客高峰。此时,后院也只有一桌客人。

白天翔走过去,将手包放在了一旁的凳子上,朝对面坐着的陈叔打了声招呼:"刚到吧?点菜没有?"

陈叔递给他一瓶啤酒:"刚点了。让老板去隔壁叫了两份你爱吃的烤脑花。"

白天翔用筷子轻松撬开瓶盖,倒了一杯。他举杯,陈叔拿着啤酒瓶和他碰了碰,各自啜了口。

一口气喝了半杯酒,白天翔找到了感觉:"挣再多钱,还是喜欢来这里吃饭喝酒,自在!"

这些年跟着唐国之,白天翔也攒下了一点身家。吃遍高档酒楼五星宾馆,喝遍中外名酒,最喜欢的还是坐在老街上吃大众馆子喝五块钱一瓶的普通啤酒。

喜欢的不是味道,是留存在脑中关于青春的记忆。

不多会儿,菜就端上了桌。不锈钢盆满满当当一盆冷锅鱼。雪白的鱼片漂浮在红红的汤料中,异香扑鼻。隔壁摊上的烤脑花也送了过来。打开锡箔纸,辣椒葱香腾地化为一股热汽,在空气中弥漫开来。

闻到熟悉的味道,白天翔的口水猛地窜了出来,拿起筷子就吃:"这么多年,他家的鱼味道从来没有变过。从前一锅一百二,现在才一百五。二十年,只涨了三十块钱。这么良心的商家也只有老街上才有了。"

陈叔吃得斯文,一瓶啤酒倒是很快见了底。他默默地看着白天翔好胃口地大块朵颐,等他消灭掉两份烤脑花才慢悠悠地开了口:"那件事真不打算让董事长知道?"

扯了两张餐巾纸擦了把额头冒出的汗,白天翔咕噜咕噜一气喝完一杯啤酒,眼神往左右一瞟,见后院还是只有他俩,这才压低声音说道:"他现在家大业大,能沾这种事?让他知道,他也只能装不知道。回头就想办法让你走人。"

陈叔唇边扯出一个嘲讽的笑来:"你怕脏了他的耳朵,还是想保着他就保住了你儿子,将来白星才能当上唐氏的总裁?"

"等我家白星当了唐氏总裁,我还能亏待你?山猴子,咱俩可是几十年的交情。你这辈子女人找了无数,生不出儿子没事,我让白星给你养老送终。"白天翔重新开了一瓶酒,"我大哥也没有儿子。唐缈又一心扑在做紫砂壶上。他早就该培养我家白星了。江城做事不盖脚背,瞎子都看得出他家江柯对缈缈好是为了得到唐氏。你当我大哥不知道?他不过是觉得江家知根知底,好拿捏,缈缈嫁给江柯吃不了亏。他也不想想,等到他老了,江柯执掌了唐氏羽翼丰满,他拿捏得住?江家父子谋划那么多年,会是省油的灯?"

"我看是你太傻。"陈叔鄙夷地看着他道,"走了一个江柯来了个章霄宇。唐国之将来退了休,他的位子是给章霄宇还是给白星?你怎么就认定非白星不可?就算他不想让女婿接手,他今年才五十出头,精力旺盛。

等他退休,外孙就长大了。"

这话着实戳到了白天翔的隐忧。他想起唐国之对章霄宇的欣赏,砰地放下杯子,气腾腾地说道:"唐氏未来的总裁只能是我儿子。再说,章霄宇这小子不差钱,折腾云霄壶艺图个兴趣爱好罢了。唐国之想让他接掌唐氏,章霄宇没准还不乐意呢。"

陈叔犹豫了下,说道:"我看到章霄宇就想到另一个人。"

"谁?"

"沈佳和林风的儿子林景玉!"

白天翔吓了一跳,低声说道:"怎么提起那孩子来了?"

陈叔慢吞吞地说道:"章霄宇今年也二十八岁。和那孩子同岁。"

他想起章霄宇出过车祸不良于行,想起他习惯性地敲打腿的动作。而林景玉……陈叔喝了一大口酒,算那孩子命大,节骨眼上被人撞见救走了。

白天翔不以为然地喊了声:"章霄宇的父亲是章明芝。二十年前咱俩吃一顿二叔冷锅鱼当打牙祭,人家的身家就过亿了。他送给纱纱的那只翡翠镯子至少值几百万。林景玉呢?收养他的林风远房亲戚是外省一个偏远小县城的人。同龄不同命啊!"

"我偷听江城的电话。江城托了人在找林景玉,可能已经找到他了。"

陈叔的话把白天翔吓了一跳,手一抖,将桌上的酒杯扫倒了。啤酒顺着桌子边沿滴滴答答往下淌着。他呆愣地看着陈叔。

将酒杯拿起来放好,陈叔给他倒了一杯酒。白天翔仰脖子一口干了,总算回过神,声音压得更低:"我们找了这么多年都没找到过,江城的人找到他了?江城对他说了什么?"

"你慌个屁啊!江城只是托人找他,人都没见到能说什么?就算他委托的人现在找到了林景玉,他还是什么都不知道。"陈叔看不来他这副慌张样子,"失踪嘛,只有二十年追溯期,已经过了。"

白天翔的情绪渐渐平静:"江城会不会告诉江柯?"

陈叔摇了摇头:"他被王春竹敲诈的事情都没告诉过他儿子。这是他的底牌,轻易不会说出去的。"

白天翔冷静下来,又追问了句:"那件事你确定没留下痕迹?"

"你忘了?江城前年修那栋大厦,用了你推荐的公司安装监控,留了个后门可以用电脑同步监看。他去你那儿借钱时,顺便把他的手机也植入了病毒加了个软件可以窃听。知道布置,避开外围监控很简单。我白天人多时就混进去了,藏在楼下公共卫生间里,晚上从消防楼梯上的楼顶。"

他在楼顶听完江城给江柯打电话,以唐国之的名义约江城在楼顶见面。江城上了天台站在栏杆旁,他从背后过去一把抬起江城的腿顺势将他掀下了楼。栏杆上留着江城手握过的痕迹。他穿着鞋套,没有留下自己的脚印。

"没证据只能以自杀结案。那一百万你可以踏实用了。"白天翔放了心,又打趣道,"你这些年不买房也不娶老婆,攒那么多钱干吗?"

"早些年都伺候我老娘花了。现在给自己攒点养老钱。"

江城走了,彻底没有知情人。两人放松下来喝酒吃鱼。

第37章 / 打草惊蛇

唐家的阳光房彻底改造成了唐绵的工作间。阔气的工作台摆放在房间中央。正对工作台的空地摆放着几十盆怒放的绣球花。粉白、粉红、粉蓝密密簇簇堆成了一座花山,煞是壮观。

章霄宇站在门口没看到唐绵,有些诧异。朱玉玲说唐绵就在阳光房。他往四周看了眼,随口喊了她一声:"绵绵?"

"我在这里。"

他闻声看去,唐绵双手托腮蹲在绣球花丛中调皮地对他眨眼睛,声音嗲得不行:"我是睡美人儿,有王子的亲吻才会醒。"

章霄宇走过去蹲在她面前:"人家睡美人是睡在玫瑰花丛里,场景不对吧?"

唐绵的胳膊绕上了他的脖子,闷声闷气地说道:"我不管,我想不出好的设计。不亲我我就继续颓废。"

章霄宇双手用力将她从花堆里挖了出来。

唐绵整个人挂在他身上:"亲一下嘛。就一下。"

他紧张地朝四周睃了眼,低下头飞快地亲了亲她的脸:"别灰心。急不来的。"

轻轻拍着她的背,章霄宇觉得此刻自己就是踩着彩云来救美的齐天大圣:"我画了两张设计图。你瞧瞧说不定就有灵感了。"

"没用的,我完蛋了!我变成废物了!嘤嘤嘤——"唐绱的脸在他胸前蹭来蹭去,薄薄衬衫下偾张的胸肌结实富有弹性,她蹭完左脸蹭右脸,舒服得不行。

章霄宇见着她借撒娇发泄着沮丧,耐着性子问她:"睡美人还没被王子吻醒?你说吧,怎样才能让你重新活泼乱跳充满活力?"

挂在他身上,唐绱扬起脸嘟起了嘴:"王子吻的是这里。"

粉色的唇饱满像花瓣,章霄宇心头一荡,低头飞快地啄了一口。

"就完了?我要法式!"

章霄宇一窘,把唐绱从身上摘了下来,低声骂道:"你这么色,我担心将来头顶会出现一片草原。"

"你要对自己有点信心嘛。"唐绱握着他的手又摸,"我真喜欢你的手。你的手怎么能长得这么好看呢?"

被她摸过的地方像淬了火,章霄宇嗖地收回了手:"这是在你家,不准调戏我。"

"那我调戏谁?"

好看的杏眼眨了一下,又眨了一下,亮晶晶的眼眸里盛满了戏谑与笑意。章霄宇无言以对,耳根不争气地又红了。

唐绱看到他害羞的模样满意了,伸手抱着他的腰闷声笑着,语气却认真起来:"章霄宇,我们一直这样好下去好不好?"

他紧张地瞟了眼外面。朱玉玲和保姆都没有来后院,外面园子里的欧月开满了整片围墙,阳光静谧地照拂着青草。这方小天地里只有他和她。

章霄宇伸手拢住了她。

他的下巴抵在她的头顶,嗅着淡淡的洗发水香气。在这个明媚的四月天,怀里的女孩儿娇俏可爱,认真向他邀约一生。章霄宇唇角染笑,轻声回她:"你若不离,我便不弃。"

唐缈迅速抬头:"我若离了呢?"

她瞪着他,用眼神威胁着他。

诗情画意瞬间被她破坏掉,章霄宇无奈之极:"你是天鹅在天上飞,我是蛤蟆在地上追。追到海枯石烂天荒地老,行了吧?"

唐缈踮起脚亲了亲他的下巴:"盖个章。你自己说的,别反悔。"

她笑得贼贼的,说不出的可爱。

章霄宇将她的脸按在怀里,也忍不住笑了。

朱玉玲站在茶室里,悄悄掀起轻纱一样的窗帘。从这个角落能看到后花园阳光房。锦绣堆似的绣球花丛中,唐缈和章霄宇偎依在一起,甜美如画。笑容在朱玉玲的眉梢唇角荡漾,她轻手轻脚放下窗帘,和身后的保姆阿姨交换着心照不宣的眼神,快活地重新回到厨房,决定用美食诠释未来丈母娘的地位。

保姆切着菜,抿着嘴直笑:"很久没见您这么高兴了。"

"丈母娘看女婿越看越有趣。"朱玉玲正在做菊花酥,忍不住和保姆八卦,"我家缈缈眼光真好。小章长得不如江柯俊美,但是气质好,越看越舒服。"

保姆补充道:"章先生和唐先生气质很相似哦。文质彬彬的。"

"咦,你这么一说我还真觉得他们两人气质差不多。"

保姆笑道:"这就叫不是一家人不进一家门。"

两人的说笑声让刚进门的唐国之停住了脚步,他往厨房看了一眼:"小章来了?没看到他的车。"

朱玉玲端着果盘出来,朝后院看去:"和缈缈在一起呢。他今天好像没有开车,是打车来的。"

唐国之随口说道:"吃过饭让老陈开车送他回去。今晚我没事就不出门了。"

章霄宇拿了两幅设计图出来。一幅是圆器西施壶造型。壶的下部分绣球花瓣层层叠叠,壶嘴如少女嘴唇般饱满可爱,壶柄如娉婷多姿的身腰。恰似一位少女穿着缀满花瓣的长裙。另一幅图的设计感更重。是一柄方形壶。壶身如老树虬扎的树桩根须,一小朵绣球花瓣娇怯怯地绽放。每一幅都是套壶设计,西施绣球壶的杯是绣球花瓣形的圆形杯。第二幅是绣球花瓣形的四方杯。

"我喜欢第二幅的创意。不过,改成樱花壶更合适。不一定非要是绣球花。春天落樱,意境也美。"

"如果不以绣球花做主题,我更喜欢这种创意。"章霄宇又拿出了第三幅图。

这是一款经典石瓢壶。壶身绘了一株油菜花,一只蚱蜢。农趣与春意扑面而来。

唐绂瞬间就被打通了任督二脉,有点明白他的意思了:"器形再繁复再独特最终还是要返璞归真。石瓢器形经典,这油菜花,这只小蚱蜢太有春天气息了。整只壶有了精气神,这才是春光壶的精髓。我好喜欢,就它了。从明天起我就练习制作!"

她握着他的手:"吃饭去!"

饭桌上朱玉玲和唐国之看着他俩眼神不时交流,不由会心而笑。饭后朱玉玲热情地将自己烤的菊花酥装了一盒硬要章霄宇带回去吃。

一看蓝色花瓣黄色花蕊的菊花酥,唐绂又叫了起来:"章霄宇,我们还能做菊花壶。你瞧妈妈烤的雏菊多漂亮啊。"

她此时正处于思维创作的亢奋阶段,章霄宇低声笑道:"你有一辈子的时间。"

我陪着你。

他的眼神深邃里含着笑,唐绡轻易看懂了眼神透出的意思,吐了吐舌头笑了。

这时唐国之说道:"小章,你没开车吧?我让老陈送你。"

正愁没机会和陈叔接触,章霄宇没有推辞。

离开唐家时,天色已经暗了下来。坐在后排,章霄宇凝视着前面开车的陈叔,随意攀谈起来:"陈叔是沙城本地人?"

"对。"

"您给唐先生开了多少年的车了?"

"有二十年了。"

又是二十年。明明真相触手可及,他却找不到任何突破口。章霄宇玩着手机,突然冒出一个大胆的想法:"陈叔对老鹰山熟吗?"

陈叔下意识地踩了下刹车。

章霄宇的眉扬了起来。老鹰山这个地方对陈叔来说很特别?

正巧前方是红灯,车缓缓地滑行过去停在了路口。陈叔转过脸看他:"老鹰山啊,本地人都还算熟吧?现在开发成风景区了。山上山下有很多民宿饭馆什么的。"

"还有紫砂矿脉。沙城有很多陶艺师为了省钱,常去山上捡矿。"章霄宇心里的计划已经成熟,他要打草惊蛇试探陈叔,"苏念竹的父亲王春竹当年就常去老鹰山捡散矿。"

他问起了自己,提起了老鹰山,提起了苏念竹。章霄宇想说什么?还是他知道了些什么?这一切和他有什么关系?陈叔感觉握方向盘的手心沁出了一层细汗。红灯变绿,车继续往前行驶着。

"陈叔,前面右拐。"

陈叔诧异问他:"您不回南山别墅?"

章霄宇平静地说道:"我想去一个地方看看。"

陈叔右拐,朝城市东面开去:"什么地方,我导航。"

"四海路。"

四海路是新建的城市往东的一条大道。四海路上是原来沙城福利院旧址所在。陈叔开着车,感觉到章霄宇的眼睛正盯着自己,后颈凉飕飕的。

他瞟了眼后视镜,章霄宇又习惯性地敲打着他的腿。

"我知道那条路。不用导航。有具体地点吗?"

陈叔对沙城的路很熟,没有用导航,熟悉地朝四海路开去。

章霄宇感慨起来:"听说原来的沙城福利院就在四海路,我想去看看。"

他紧盯着陈叔,想看看他有没有异常。

陈叔的语气没有丝毫变化:"沙城福利院因为修四海路征地早就搬走了。现在是一片居民区。您还去吗?"

"不知道变化有多大。我记得福利院背后是一片矮山丘,种满了松树。"

第38章 / 承认

晚上八点半左右,韩休正在厨房准备榨爱心果汁。

苏念竹笨拙地削着橙子皮,不满地嘟囔:"我榨果汁直接切成四瓣。

剥皮简单轻松。为什么非要削皮？"

不满归不满，手里动作却没有停。

"想知道原因？"

苏念竹挑起细细的眉，满脸挑衅："你有强迫症呗。"

韩休摇了摇头："你说错了。"

苏念竹一只手握着橙子，一只手拿着陶瓷水果刀，冲他比画："不是强迫症是什么？"

手腕瞬间被他攥住，她还没反应过来，水果刀就到了韩休手中："不给你找点事做，你不好意思站在这里盯着我看。"

苏念竹被他说中心思，尴尬地握着削得坑坑洼洼的橙子不知所措。呆了两秒钟，她恼怒地将橙子扔向韩休："你有什么好看的？我等着喝果汁而已！"

伸手抄住扔来的橙子，韩休手指一动，刀锋在指间漂亮地旋转，顷刻间就削完了。拎起长长的果皮放在一旁，橙子被削成小块放进了榨汁机。他操作着机器，面不改色地说情话："其实吧，我就是想你不会削橙子，在我旁边待的时间也长一点而已。"

话说完，他抬起头，苏念竹果然已经离开了厨房。

假装什么都没听见？韩休嘴角往上翘了翘，倒出两杯果汁走了出去。

苏念竹正坐在沙发上操作着笔记本电脑，一副正在工作的状态。

果汁放在茶几上。冷艳的脸上没有一丝表情，头也不抬地说了声："谢谢。"

韩休不客气地端着自己的果汁坐在了她身边，好笑地看着她。

苏念竹啪地合上电脑："我回房工作了。"

自始至终，她都没有看他。

韩休淡然地开口问她："念竹,你是在害怕吗?"

渴望被爱,又害怕爱上会受伤害。他都明白的。

苏念竹心跳得厉害,半响开不了口。

就在这时,韩休裤兜里的手机嗡嗡振动着。机会难得,他不想理会。然而客厅太安静,手机的嗡嗡声清晰入耳。

突然就找到了逃走的借口,苏念竹理直气壮地提醒他："你手机一直在响。老板可能有急事找你。"

韩休盯着她眼都不眨一下："让他去死!"

苏念竹想笑又使劲憋住,慌乱间脱口而出："见色忘义!"

说完她的脸就染上了一层胭脂色,低下头嗫嚅着："你接电话吧,一直在响。"

很久没和章霄宇打拳了,韩休觉得手在发痒。他拿出手机,是视频通话。接通后,画面显示出章霄宇在车里。

"陈叔,前面右拐。"

陈叔诧异问他："您不回南山别墅?"

章霄宇平静地说道："我想去一个地方看看。"

陈叔右拐,朝城市东面开去："什么地方,我导航。"

"四海路。"

……

韩休噌地站了起来。

苏念竹诧异地看着他,正要开口。韩休竖了根手指在唇间,对她摇了摇头。

他将手机放在茶几上,拿过她的笔记本打开。

苏念竹迅速输入密码。

韩休调出空白文档,十指如飞："老板在试探陈叔,可能会有危险。

我去接他。"

"要报警吗?"苏念竹接着打字。

"等我消息。"

韩休拿起手机去了地下室,一会儿背了个包出来。

苏念竹已经拿着车钥匙在等他。

见他摇头,苏念竹固执地也摇头,清亮的眼睛毫不退缩地和他对视着。

韩休无奈只得点头。苏念竹笑了,紧跟着他出了门。

四海路贯穿沙城东西,宽敞整洁。已经过了下班晚高峰堵车时间,路上的车明显少了。陈叔刻意将车开得缓慢,方便让章霄宇看仔细。

"完全变样了。从前这里是城乡接合处,到处能看到菜地。"章霄宇按下车窗,感慨万千。

陈叔将车停在了路边:"前面那片小区就是从前沙城福利院所在。章先生,要下车看看吗?"

他抛出了诱饵,只想看看陈叔的反应。除了提到老鹰山时陈叔提前踩了刹车,到现在一直很平静。

陈叔是个见过血的主。章霄宇脑中再一次想起韩休的提醒。提到老鹰山时陈叔猝不及防,所以下意识有了反应。之后的平静,可不可以理解为陈叔已经做好了心理建设,快速地调整好了心态呢?

既然他提出了建议,章霄宇从善如流:"好。"

他下了车,站在路边,望向那片住宅区。

这里他已经来过一回了,还围着居民小区走了一圈,看到了正在兴建的沙城日报社。

章霄宇有些无奈。陈叔不露端倪,继续保持着平静。他就拿他没有办法了。自己什么证据都没有,一切都只是猜测。

"章先生不是本地人,怎么会对沙城福利院印象深刻?"陈叔从车上拿了两瓶水,递了一瓶给他。

章霄宇说了声谢谢,拧开了瓶盖喝了一口。

他没有回答这个问题,反而问道:"小区背后是不是还保留着矮松林?"

陈叔愣了愣:"你是说松山公园吧?"

"哦,建成公园绿地了。现在能进去看看吗?"

"开放式公园,应该可以。不过,这么晚了,您确定要去?"

章霄宇看了看手表:"才九点,就当散步了。要不,陈叔你回去吧,我自己走一走,回头打车回去。"

这是他下的又一个诱饵。陈叔就此返回,打草惊了蛇就等着看后续有什么变化。陈叔继续跟着,他就继续试探。如果陈叔不是心里认定的那个绑匪,他也没什么损失。最多就是暴露自己是林景玉的身份。章霄宇想,再没有新线索的话,自己是林景玉就是新的诱饵,或许能钓出隐藏在暗中的人。

陈叔犹豫了下说道:"这边虽然建了些住宅小区,周围大片土地都还在开发,晚上比较荒凉。我陪您走走吧。"

两人弃车步行,绕过居民小区,经过一处建筑工地,就看到了建成公园的丘陵。

市政道路已经修好了。早过了饭后散步的时间,因旁边有建筑工地,上山的几条石径已经没有了行人。

章霄宇随意选了条石阶往上走。路灯昏暗,松林幽静。上了几十步台阶,回望时,居民小区已经在脚下了。

"差不多就是这里了,从前福利院背后的矮松林。"章霄宇没有回头。

他选了个背对昏暗灯光的地方,清楚地能看到陈叔的身影投射在身边,"当年就在这里,有人翻墙进福利院绑架了我。那时我只有八岁。"

陈叔的影子离他近了点:"章先生您把我说糊涂了。您不是东海人吗?怎么会在沙城福利院?"

"我已经八岁了,能记事了。绑匪怕我看到他,蒙了我的眼睛,绑了我的手脚。"章霄宇回过头,静静地看着陈叔,"就在这里,他接了个电话,然后搬起石头砸断了我的腿。可惜有人来了,他只好抛下我逃进了这片松树林。"

陈叔背对着灯光站着,脸上没了笑容,眼神冰冷:"是么?有这么残忍的人,拿石头砸一个八岁的孩子?"

敲打着自己的腿,章霄宇轻叹道:"是啊。二十年,其实我对童年大都记不太清了。唯独记得断腿时的剧烈疼痛……我记得那个绑匪的声音。他只说了一句话,我记住了。我生怕自己忘记,时不时就要想一想。陈叔,这二十年我遇见过太多的人。只有你。你开口说话时,我就想起了那个声音,我的腿就开始痛。"

"章先生,你是在和我开玩笑吧?"陈叔笑了起来,"你觉得我的声音和你二十年前遇到的绑匪一样?今天晚上你说的事情,我觉得你应该给我们董事长一个解释。一会儿说自己是东海人,一会儿又在沙城福利院。你不是章明芝先生的儿子吗?你难道是个骗子?"

能引起他反应的声音。提起老鹰山时提前踩下的刹车。不像一个司机的态度。还有他的直觉。章霄宇破釜沉舟抛出了另一件事情:"其实江城死的那天晚上,苏念竹换了座机和他通过电话。"

陈叔的脸抬了起来。

又一个下意识的动作。章霄宇心里默默说着。

"江城不可能自杀,因为我同意借八百万给他周转。条件是让他说出二十年前,他送沈佳上老鹰山的具体情况。"

警方一直没找到江城他杀的证据,仅凭通话录音只能怀疑江城自杀动机不足。那么,章霄宇想,不如他拿来用用,或许还能试探点什么出来。

听出章霄宇就是当年的林景玉,陈叔也不心慌,因为没有证据。

这么些年,江城一直没有说出他知道什么,却一直用沈佳和唐国之的旧情逼唐国之借钱。以为终于找到能让江城自然死亡的机会,他一死往事就埋进了尘埃。章霄宇的话终于让陈叔心乱了。

"他说了什么?"

直接暴露自己就是林景玉,将陈叔引到当年的矮松林,抛出和江城用座机通话的信息,就为了等陈叔问出这样的一句话。

章霄宇终于松了口气,以无比笃定的语气说道:"老鹰山。陈叔,你可以不承认当年绑架八岁的林景玉,砸断他的腿。你也不用承认和江城跳楼自杀有关系。因为没证据对吧?但是二十年前老鹰山发生的事情,我已经知道了。"

他说得含糊,但是知道真相的人,会认为自己已经知晓一切。

江城果然知道沈佳去老鹰山做什么。陈叔冷冷说道:"可惜,当年一时心软,没有直接把你掐死在福利院。"

章霄宇满足地叹息:"陈叔,我终于等到你承认。"

他拿出了手机晃了晃:"我都录下来了。"

苏念竹开着车,飞速驶向四海路。

韩休拿着手机,屏幕上从黑屏突然出现了陈叔的脸,瞬间陈叔冲了过来。他再也顾不得,开了声音大吼:"我看见你了!"

可惜章霄宇把声音调到了最低,听不到韩休的声音。

手机屏幕晃得厉害,两人像是在打斗。

苏念竹大气不敢出,紧张得手心冒汗。

章霄宇的手机砸到了地上,紧接着被挂断了。

韩休骂了一句:"章霄宇你这个白痴!说了他是见过血的主!"

车已经开到了四海路,苏念竹朝着居民区后那片松林公园驶去。她不熟悉路,车开到了建筑工地的围墙边。

"你待在车上。有事我打你电话。我都录下来了,发你手机上了。"韩休背上背包跳下了车。

苏念竹急得探出头叫他:"你怎么去啊?"

韩休一个助跑,轻松翻上了围墙,站在墙头看了看,顺着围墙朝前方窜了过去,转眼就消失在了夜色里。

他知道方向,选择走直线距离。

苏念竹呆了半晌,从包里翻找着东城公安分局那名警官给的名片,拿起手机拨打了他的电话。

第39章 / 同伙是谁

章霄宇摇了摇发懵的脑袋,眼前的景物渐渐清晰。他躺在一棵碗口大的松树下,陈叔的脸近在咫尺。他挪动了下,感觉大腿顶着了个尖锐的东西。

"一刀下去,股动脉就会被扎穿。"陈叔像在说今晚月色不错,语气颇为悠闲。

"我能坐起来说话吗?"

陈叔没有反对。

章霄宇撑着胳膊慢吞吞地坐了起来,靠在了树上,感觉到刀尖从裤子上划动,随着他移动:"能换个别的地方吗?别总挑我的腿行不行?一直这样握着刀你不累吗?"

陈叔讶异地看着他,似乎有点吃惊章霄宇的态度。

"你很厉害。我练了很多年的拳,还是被你两拳揍懵了。"知道不是陈叔对手,章霄宇很惜命,也没想着要反抗挣扎。还是等韩休来吧。专业的事交给专业的人比较合适。

大概是到了这个地步,陈叔也放开了:"我曾经拿过散打冠军,别看岁数比你大,功夫没丢。你引我来这里,我就知道躲不过去了。小孩子的记忆真好,二十年,你还记得我的声音。当年我就该在福利院掐死你,以绝后患。"

"我和你无冤无仇。你是受人指使的吧?为了多少钱,你肯对一个八岁的小孩下那种毒手?"

陈叔自嘲地笑了笑:"要怪只怪你当年耳朵太尖,听到了你父母吵架时提到了曼生壶。当年我们还年轻,害怕警方知道了更多的线索,所以想斩草除根。又不想背上人命,所以想把你的腿砸断了,卖到大山里缺男孩儿的人家。受不到良好的教育,时间长了,你也就忘了。"

他说到当年我们,他的同伙还有谁?章霄宇顺着心里当时母亲的路线图缓缓说道,"那天我妈得了消息,有人卖曼生壶。她爱壶成痴,想去买。我父亲不答应。于是她半夜离家。她身上没什么钱,先去找了李正,看看能不能要回借给他的五万块私房钱。结果李正妻子重病,需要医药费。她只拿了几千块。她找到了开制壶厂的江城。把自己绘制的紫砂器形图卖给了他,拿到了三十万现金。钱太多,老鹰山又太远。于是江城开车送她去了老鹰山。上山后,我母亲就死在了山上,埋进了深山老林,就此失踪。当年绑架我,是因为我无意中说出了曼生壶。江城没有自杀动机却跳楼身亡,是因为他送我妈上的山,我妈告诉过他去买曼生壶的事。两件事都是为了灭口。"

他的思路异常清晰:"卖壶的人是你,但是江城这么多年也不认识你。所以答案只有一个,他知道我妈不是一个人上山。需要灭口的,是与她同行的人。我说的对吗?"

陈叔没有回答,沉默地看着他。

章霄宇自顾自地继续说道:"陈叔,我真的很佩服你。作案不留丝毫痕迹。江城跳楼没有动机却找不到他杀痕迹。王春竹呢?江城给他的一百万是你拿走的吧?不论他是被你推下水,还是真的是意外失足,都做得天衣无缝。其实如果你不拿走那一百万,谁都想不到他是被谋杀的。为什么要多此一举?"

"因为我原本没想过要杀王春竹。他喝了酒,我从他身边走过,他没有注意。我很轻松抢走了他提在手里的包。他扑过来抢,我顺手推了他一把,他栽倒在湖里摔晕了溺死的。我拿走这一百万,本想当成江城的把柄。王春竹的死纯属意外,更没想到苏念竹是王春竹的女儿。正好就让你们两家斗一斗,让江氏出点事,江城知难而退。没想到江城竟然想拿当年送沈佳去老鹰山的事情要挟,所以他必须死。"

开了口,陈叔望向章霄宇的目光充满了怜悯:"章先生,你本来被章明芝那种大富豪收养,继承了大笔遗产,还能娶袅袅那么可爱的姑娘。你母亲人死不能复生,你何必要穷究到底呢?最终只能是害了你自己。当年我没杀了你,现在我不会再犯错。"

他握紧了手里的刀就要扎下去。

"等等。"章霄宇抬头望着夜空,四月天晴,空中无云,月亮旁边的金星异常明亮。真是个美好的夜晚,让他知道了这么多的线索。韩休应该已经找到他了吧?"杀我之前能不能告诉我,当年我母亲是怎么死的?她是为了什么样的曼生壶死的?"

陈叔的动作缓了缓:"你母亲是死于意外。她想抢曼生壶,结果头撞在了石头上。血淌了一头一脸,溅到了壶上。那五把曼生壶是我从一座墓里挖出来的。我老娘病了,我只想卖钱给她治病,没想伤人。但是事情已经出了,只好想办法掩藏过去。章先生,你选的地方不错。这个时间,你喊再大声也没有人来。股动脉被扎破,很快你就会失血性休克,十几分钟会死亡。没什么痛苦。"

"那你呢?开始逃亡吗?"

"等警方找到我,我想我已经离开这个国家了。"

章霄宇大声笑了起来:"你相信杀了我灭口后,你背后的人就会帮你。你不杀我,说出了他,结局却是坐牢。对吗?"

"你说的对。对不住了。"

陈叔说完,握刀的手用力往下刺。林中有风声响起,刹那间他惨叫出声,手腕被一支箭扎穿。章霄宇顺势翻了个身,裤子被刀划破了一条大口子。

"大韩,我快被你吓死了!"章霄宇捂着大腿跳开了两步。

陈叔反应更加迅速,捂着手窜进了树林,借着黑暗几个呼吸间就消失了。

韩休手里拿着一把复合弓出现在山坡上,猴子一样灵活攀着树下来了。

"出血了!你再慢点,没准我就保不住这条腿了!"章霄宇举起沾满血的手掌抱怨道。

"反正你早习惯坐轮椅当瘸子了。"韩休毒舌了一句,朝陈叔消失的方向看了一眼,取下背包,拿出白药纱布给他处理伤口,"划破了一道七八公分长的伤口,皮肉伤,没事。就你这种弱鸡和陈叔斗,你嫌命长了?"

"轻点!痛死了!"章霄宇坐在地上抱着大腿呼痛,"什么时候到的?"

"你被揍晕乎,他犹豫杀不杀你,抽烟那会儿到的。"

"你来得那么早,为什么不早点动手?"

韩休狠狠地将纱布打了个结。章霄宇哎哟叫出了声:"疼!"

"不想被他发现,我他×手足并用爬到山坡上的!活该!"韩休气咻咻地一巴掌拍他腿上,看着章霄宇捧着腿吸着凉气痛得直抖,心又软了,"幸亏这地方咱俩以前来过。否则等我找到你,你就没命了。"

他将弓收进背包整理好,背到了章霄宇身上,蹲在了他面前:"上来。"

章霄宇趴上他的背,舒服地搂住了他的脖子:"大韩,有你在,我才敢冒险的。不冒险,咱们什么证据都没有。他们只要按兵不动,咱们就拿他们没办法。"

"陈叔口风紧。老鹰山的事情说得含糊,还只字不提他的同伙是谁。"

"白天翔。"

韩休停住了脚步:"白天翔?你怎么知道?"

章霄宇敲了敲自己的脑袋:"监控江城,在王春竹死亡之前就进行了。陈叔说抢王春竹的一百万,想捏着当江城的把柄。打电话告诉念竹,是想让我们和江城斗,江氏垮了江城知难而退。知难而退,退什么?当然是退唐家的婚约。谁想拿捏江城呢?白天翔有动机。他想让自己的儿子白星将来继承唐氏集团。我问过袅袅,她说陈叔常和白天翔一起喝酒。陈叔说是他盗墓挖到了曼生壶。他和白天翔是朋友,通过白天翔牵线找到我母亲去买壶。不是很顺理成章的事?"

"你为什么不怀疑唐国之?"

"江城跳楼自杀,我去唐家。唐国之给我的感觉不像知道江城是死于谋杀。白天翔对江城的态度却很差,恨不得江城死。不过,还是我的猜测。等抓到陈叔一切就水落石出了。"

走出公园,警察刚到。

韩休放下章霄宇,扶着他说道:"应该是念竹报的警。"

看到两人,苏念竹松了口气,上上下下打量着韩休,扯着他的衣裳皱起眉:"怎么弄这么脏?"

边说边拍打着他身上的泥土。

韩休傻乎乎地站着由她拍打着。

章霄宇故意说道:"念竹,我受伤了!"

瞟了眼他大腿上扎着的纱布,苏念竹哦了声,又对韩休说道:"你练过走钢丝吗?围墙上那么窄,你跑得贼快呀。"

"我平衡感还不错。"韩休心情也不错,木头脸上绽开了花。

"摔下来怎么办?吓我一跳。"

"不会摔的。放心。"

章霄宇使劲搂住韩休胳膊,把脸靠在他肩上卖萌:"念竹,我家大韩还有更厉害的呢,像古代大侠一样,会玩弓。百发百中哦。"

韩休一巴掌推开他的脸:"警察过来了。向警察叔叔告状去。"

沈佳失踪案、江城跳楼案、王春竹溺水案,横跨二十年时间的三起案件引起了沙城警方高度重视。三人作完笔录,天已经亮了。

陈叔,本名陈山,绰号山猴子。涉嫌三起案件,被警方正式通缉。

第40章 / 江城要找的人

警方搜查了陈叔的家,查获了他家中的电脑,发现陈叔监看江氏大厦与江氏公司的证据。同时找到了陈叔偷录下的江城通话录音。王春竹溺水案和江城跳楼案有了突破性进展。警方以此通缉陈叔。

出于案情侦破需要,二十年前的沈佳失踪案并没有公诸于众。

对章霄宇来说再好不过,否则他真不知道如何向唐家人解释自己的前世今生。

大腿的刀伤缝了四针,章霄宇拍了拍轮椅的扶手,自嘲地对苏念竹说道:"又成瘸子了。"

"麻烦的不是你成了瘸子,而是你现在不方便去唐家会佳人。"苏念竹倚着门看着他。章霄宇沐浴在春天的阳光里,身影挺拔。她情不自禁想起初见他时的惊艳。那时她怎么就觉得这个年轻男人神秘深沉呢?分明就是个大男孩罢了。她抿唇微笑,看了看时间拎包走人,"大韩今天去盯白天翔了。我也要去公司。所以我给唐小姐打了电话,请她来照顾你。她应该快到了,别说漏嘴了哦,你的腿是旧疾复发。"

章霄宇眨了眨眼睛,推着轮椅飞快地回屋:"我头晕。"

苏念竹噗嗤笑了,潇洒离开。

他刚在沙发上摆好造型,唐绵就来了。

"章霄宇!"院门没有锁,她进来在客厅门口就叫嚷起来。

抬起一只手,章霄宇"虚弱"极了:"绵绵。"

唐绵快步进屋,看到他气若游丝地躺在沙发上,顿时急了:"不是说腿疼吗?怎么说话有气无力的?"

"疼得一晚上没睡。"

见他"努力地"想撑着坐起来,唐绵赶紧扶他。章霄宇心满意足地躺在她怀里,一脸伤感:"绵绵,万一将来我这腿废了……我们还是分手吧。"

唐绵笑眯眯地摸着他的脸,随口说道:"又不是第三条腿废了。"

这种情况下,难道她不该表忠心表决心,说点类似于你残废我给你当拐杖,我不在乎我对你不离不弃的话?章霄宇脸上阴晴不定:"那要是第三条腿废了呢?"

唐绵低头看着他哈哈大笑:"你就变成章太监了!哈哈!"

她笑得甚是愉快,气得章霄宇忘记装病,扯着她的胳膊一拉,翻身覆在了她身上,咬牙切齿道:"今天就让你知道撩拨我的下场!"

说着手就往她敏感的腰间挠去。唐绵痒得尖叫了声,在他身下扭得像麻花似的。她正准备撒娇求饶,谁知推他的手一用力,章霄宇轻松被她推到了沙发下。

她有些不可思议地看着他。

章霄宇扯到了伤口,疼得额头见汗,正尴尬地抬头看她。

四目相对,两人同时笑了起来。

章霄宇老实了,撑着坐了起来。

见他直着一条腿没怎么动,唐绵真心疼了,伸手就捶:"疼么?我给你捶捶腿……"

一拳正中伤处,章霄宇痛得叫出声来,握住了她的手:"姑奶奶,再用点力我这腿真就废了!"

他这是作了什么孽,没事去招惹她做什么?章霄宇又不能说是刀伤,欲哭无泪:"去给我倒杯水,茶几上止痛药给我。"

见他这么难受,唐缈赶紧端水递药。

"你坐我右边去。别碰我的左腿。"本想借装病博美人垂怜,如今美人如虎,章霄宇真是怕了。

唐缈挪了个方向坐着,手轻轻摸着他的胸:"不疼不疼。"

小心翼翼的模样可爱得很。章霄宇伸手揽她入怀:"缈缈,我们的春光壶做得怎样了?"

他说的是我们,唐缈甜蜜地靠着他:"杨柳叔教我捏泥人的方法真好,我这次感觉特别好,觉得泥料在我手里是有生命的。我相信这次我一定能做出特别有灵气的壶。"

"加油!"章霄宇犹豫着,轻声问她,"陈叔被通缉,家里是不是都很意外?"

唐缈叹了口气:"警方搜了他的住所后来家里找爸爸。爸爸都愣住了。怎么也想不到陈叔会杀了江城还有王春竹。爸爸很难过,警察做完笔录一走他就给江柯打了电话。"

唐国之的反应让章霄宇很是欣慰。他实在不愿意看到这些事情和唐国之有关系。他打起精神问唐缈:"安慰江柯吗?"

"不然怎样?陈叔跟了爸爸二十年,不知道的总会觉得是爸爸指使陈叔干的呢。我从来没看到过我爸对江柯说话这么客气。但是江柯不领情。他说你们唐家的人我们江家惹不起,真相总会水落石出,就把电话挂了。我爸气得坐在沙发上一言不发。"

"你小叔呢?他不是和陈叔平时常一起喝酒关系很好?"

唐缈又叹了口气:"不知道啊,我爸给我小叔打了电话。但是小叔的手机关机,没找到他人。反正我爸心情不好。正好苏姐姐说你病了,我就躲出来了。"

她抬起脸看他:"陈叔为什么要杀江城和王春竹?你是不是知道什么?是不是和我小叔有关?"

唐缈有些沮丧:"我不争气,也不喜欢生意上的事情。我爸说了会培养白星当他的继承人。以前,我爸看中了江柯……我总觉得陈叔这事和我小叔或许有关系。但是我又不想相信。"

他最害怕的事情来了。章霄宇不想撒谎骗唐缈,又不好说,只得敷衍她:"警察会查清楚的。"

白天翔失联。会不会和逃走的陈叔有关?两人现在是否在一起呢?

心有灵犀般,他的手机响了。是韩休打来的。

章霄宇接通电话抢先开口:"大韩,缈缈在家照顾我。"

韩休就知道他说话不方便了:"老板,苏总让我去趟老鹰山公墓。"

"好,我知道了。"章霄宇挂断了电话。他一听就懂了,白天翔往老鹰山方向去了。韩休正跟着他。

"哎,苏姐姐突然知道自己父亲不是意外溺水,肯定很难过吧?"唐缈没听出韩休的潜台词,反倒替苏念竹难过起来,"你看吧,如果不是你病了,苏姐姐就不会守在公司,肯定自己去墓地看她父亲了。"

"是啊。我有什么办法?腿真的疼。你把轮椅推过来,我们去园子里喝茶吧。"章霄宇有些心不在焉,困守在家,他也很无奈。

他坐在花园里,看唐缈进屋去端茶盘,手机再一次响起。

江柯给章霄宇打来了电话,语气异常古怪:"章霄宇,我爸生前有份委托。委托人给我打了电话。他说我爸花重金请他找一个人。你知道找的是谁吗?"

江城找人？章霄宇下意识地问他："找谁？"

"找一个叫林景玉的人。我爸怀疑他是唐国之的私生子。"江柯低低笑了起来，"章霄宇，你向警方提供我爸和苏念竹的通话录音我已经听过了。我谢谢你。所以，这个消息我只告诉你一个人。你还是尽快和唐纱做一份DNA鉴定吧。我爸绝不会胡乱猜测。"

阳光下，唐纱端着茶盘向他走来。章霄宇一时间觉得浑身发冷。

第41章 / 最后的朋友圈

站在溶洞洞口朝上面仰望，连绵的森林滤掉了大部分阳光。白天翔感叹了句："是个好地方。"

沧海桑田，流水一点点将山的内部腐蚀出巨大的溶洞。直到有一天，洞顶承受不住重力轰然垮塌，便形成了自然界的天坑。

植物的种子在无数年的时间里在此寂寞地抽枝发芽，将这里铺满绿意，渐渐和整座森林融为了一体。只有从空中俯瞰，看到四周悬崖如刀削斧劈的围合地势，才能尽观这处天坑的全貌。

白天翔和陈山弃车步行，从绝壁之中的羊肠小道下到了天坑底部。

溶洞在悬崖底部，洞口很干燥。往里走，能听到潺潺流水声。洞口平坦处铺了个睡袋，陈山靠着山岩坐在睡袋上，贯穿右手手腕的那支箭已经拔出来了，半截染血的箭就放在他身侧。

白天翔在洞口欣赏了一会儿风景，转过身在陈山身边坐下："你确定这地方安全？"

"放心吧。解放前还有采药的人来天坑，现在谁还来这里采不值钱的草药？下山的羊肠小道都被遮挡完了。这地方至少有十几年没有人来过。连我都差点没找着路。"陈山右手缠着纱布，一夜之间胡楂就冒了出来，神情憔悴。

他嘴里叼着一支烟，嘴唇起了一层干壳，眼睛斜睨着白天翔慢吞吞地说道："老白，哥们儿对得起你。不管章霄宇怎么套话，半个字没有提起你。"

白天翔知道他的意思："山猴子，你放心。你对得起我白天翔，我也不会亏待你。"

他点了支烟吸了一口："真是没想到，当年那小崽子竟然能记住你的声音。一晃二十年了，我儿子今年大学都毕业了。我以为再不会有人提起沈佳了。章霄宇是林景玉。呵呵，这小子也藏得太深了。"

说着他又狐疑地看向陈山："你真没被他套出点什么？"

陈山便冷笑起来："信不过我？如果我说出了你，警方就不会只通缉我一个人了。"

白天翔心里一块石头落地，笑了起来："咱哥俩二十年交情了。我还能信不过你？确认一下，我心里有底，警方找我调查也好应付。"

他将带来的大包提了过来，从里面往外掏着东西："固体酒精、锅、面条、方便面、罐头、牛肉干、茶叶，五条烟、四瓶酒。走得急，也不好带。你省着点也能吃大半个月。这一大包全是药。止痛药，消炎的，云南白药，纱布。还有镊子、剪刀。你自己对付着使。"

见他准备得周全，陈山面部表情渐渐缓和："洞穿伤好治。不发炎就好。"

"我算着时间再给你送东西来。你在这里躲到风声不紧了，我就送你出国。"

"放心，我一个人无牵无挂耐得住寂寞。你来的时候小心点别缀着尾巴。"陈山将烟灭了,对白天翔说道,"时间还早,开瓶酒,咱哥俩喝两杯你再走。"

白天翔皱眉看了眼他的伤:"能喝酒吗?喝点水吧。"

白天翔的关心让陈山更加放松,他笑了起来:"又不是断胳膊断腿,穿了个洞而已,没事。"

白天翔便开了瓶酒,撕了两袋牛肉干下酒。

一瓶酒下了肚,两人都有了些许醉意,望着外面安静得只有鸟叫声的树林,一时间都有些感慨。

"山猴子,你说,如果我不让你盯着江城弄死他,是不是就不会走到这一步?"

陈山不屑地嗤笑了声:"说你狠吧,有时候又是个软蛋。每年低息借给江城几百万,哪次你不找我喝酒开骂?这二十年来,没有董事长和你借钱支撑,江氏能做大?江城说话云山雾罩的,一副什么都知道我就是不说的讨揍样。我早烦那孙子了。他早年要是敢提一句知道沈佳来老鹰山做什么,我早弄死他了。是我们自己心虚,山上的事情江城晓得个屁!沈佳不可能告诉他。她自己宝贝那些壶,生怕江城晓得了截胡呢。"

白天翔叹了口气道:"如果我大哥早说让我家白星继承唐氏,我早不在乎他了。不过,你说你做得滴水不漏的,警方又没有证据,江城王春竹的事打死也不认就拿你没办法。回头找个好律师,最多就是章霄宇那小子小时候的事情。二十年了,他好好的,主动自首弄不好缓刑都有可能。你非要跑。"

"还是被章霄宇绕糊涂了,以为沈佳真告诉江城上山买壶的事。这一跑是麻烦了。以前没有证据,等警方搜了我的家,就有证据了。录下的江城录音,我的笔记本能连通江氏大厦的监控,我还画了幅路线图。事情发生得太突然。章霄宇突然说出自己是林景玉,去了松山公园。我没时间回家清理干净。"陈山有些无奈,也有些无所谓。喝了酒手腕疼得一抽一抽的,整个右胳膊肿了,动都动不了。他有些疲倦,"能把我老娘侍候舒服归西,过了二十年好日子,我也不亏。"

抬头看到白天翔皱眉,他用脚踹了他一下:"放心吧。绝对没有半点东西能扯到你。"

"喝点水。好好睡一觉。"白天翔从包里拿出两瓶水,拧开了递了一瓶给他,"我也差不多准备走了。"

陈叔接过矿泉水瓶一口气灌下大半瓶,边喝水边感慨:"年纪不饶人。当年这点伤算得了什么?"

他闭上了眼睛,困意上了来:"当年我进林子想给我老娘打点野味,遇到一头黑熊。爬树逃了命,回家才发现差点被熊爪子开膛剖肚……"

他的声音渐弱,鼾声有节奏地响了起来。

白天翔用脚踢了踢他:"山猴子?睡着了?"

陈山没有反应。

白天翔起身走到他身边推了推他:"睡着没有?我走了。"

陈山已经睡得沉了,没有回答他。

白天翔将脚底的薄毯拿起来嘟囔着:"盖上点,别感冒发烧了。"

他拉着毯子,呼吸变得急促起来,手有点抖。深吸了口气,白天翔突然将毯子蒙上了陈山的头,整个人扑了上去:"对不起兄弟。你死了,这件事就一了百……"

肋下突然传来尖锐的疼痛,白天翔一时岔了气,那个"了"字再也说不出来。手松了松,陈山将蒙在头上的毯子扯了下来。

他用的是右手,痛得龇牙咧嘴。他眼前一阵阵发晕,使劲咬着后牙床,腮帮子的肌肉一鼓一鼓的,几乎是从牙缝里磨出了话来:"我本打算……就算被抓了,也,也一个人扛下来……"

白天翔大吼一声扑在他身上,左腿压住了陈山受伤的右手。

陈山发出一声惨叫,左手死死地握着插向白天翔的那支箭。

白天翔用力卡住了他的脖子,肋下的疼痛在这一刻奇异般地消失了,他满脑子只有一个念头——掐死身下的陈山!

四目相对,他看着陈山额头青筋暴起,双眼圆睁,眼瞳里的神采光亮一点点变得黯淡。

不知过了多久,白天翔松开了手。身下的陈山已经死去。他朝右肋看了一眼,那支从陈山手腕上取下的箭在身体外只剩下了一小截箭杆。他重重地喘着气,每一口呼吸都带来一股剧烈的疼痛。

白天翔扶着右肋的箭,艰难地扶着山壁站了起来。他踉跄着往外走,才走了几步就不行了。他抬头望着高耸的悬崖峭壁,突然笑了起来:"好地方。"

这里罕无人迹。他和陈山走了四十分钟才下到山底。他无论如何也爬不上去了。半截箭从腰间插入身体,陈山也用尽了全力。白天翔知道自己撑不到救援了。

眩晕与痛楚同时袭来,力气一点点消失。白天翔放弃了挣扎自救。他靠着山壁坐着,摸出了手机。一开机,一堆未接来电跳了出来。他没有理会,打开摄像头对着自己拍了起来。

远远地跟在白天翔车后进了老鹰山,韩休不能跟得太近,他把车停在了山道上。前方不远处只有一座红砂村。背着背包下了车,韩休朝红砂村走去。

在村口他看到了白天翔的车。韩休去村口杂货店买了包烟,随意和店主闲聊起来。

"车上有两个人背着包往山里去了。红砂村附近有紫砂矿,常有陶艺师来淘散矿。是你朋友？"

"看到车才知道是他们。"韩休敷衍了句，转身打电话报了警。

两个人。另一个肯定是陈叔。

"我是白天翔。二十年前，我开了家小典当行。陈山来典当行，说手里有几把壶。听他形容，我觉得是曼生壶。山猴子老娘病着，他穷疯了，去挖了一座墓。他怕我黑吃黑，举报他盗墓骗了他的壶，非要在老鹰山交易。我怕买到假壶，就约了沈佳和我一起去。我本来是想请她鉴定曼生壶真假的，结果她看到壶后铁了心想买。和我争壶的时候我和她推搡起来，她的脑袋撞到了石头上。偏偏那地方有道坎，沈佳摔下去就死了。山猴子贪图她带的三十多万块钱，把她埋了。出了人命案我又害怕。沈佳没有告诉过别人，所以，我就同意了不报案。从此我就和山猴子绑在了一起。他身手好，会开车。我就把他推荐给我哥唐国之当司机。这二十年来相安无事。沈佳的事情我以为就过去了。"

白天翔往嘴里倒了一瓶水，脸色越来越难看，声音也越来越弱："我哥没有儿子，女儿又无心生意。将来唐氏没有继承人。江城起了贪念，我哥觉得江柯人不错，对纱纱也好，就同意了婚事。可是我有儿子。江城退了婚，我哥就会培养我儿子了。我让山猴子盯着江城。王春竹的死是意外。山猴子去抢江城给他的一百万时推了他一把，没想到他摔进湖里再也没爬起来。纱纱，有了新男朋友。我哥决定培养我儿子当继承人。我本打算就放过江城。没想到……没想到当年沈佳的三十万是卖了图谱给江城，还是江城送她上的老鹰山。我担心江城知道沈佳是和我一起上山买壶。所以，趁江氏快要破产，我让山猴子杀了他造成自杀的假象。山猴子约他在天台见面，从身后将江城推了下去。他躲开了监控探头，没有留下证据。"

他几乎睁不开眼睛了,手机对着外面的天坑和陈山的尸体胡乱移动着拍摄:"我以为杀了山猴子灭口,就再也没有人知道我和这些事有关系了。他死了,我也快死了。"

手抖得拿不住手机了,白天翔用力握紧了,看着镜头里的自己红了眼睛:"哥,大哥,都是我造的孽!白星是好孩子,以后他就是你儿子!白星,爸爸都是为了你,爸爸爱你。"

他对着手机笑了笑,中断了录制。哆嗦着手,白天翔发了一条朋友圈。他看着视频慢慢传送完,看着朋友圈瞬间跳出来好几条信息,却再也没力气点开来看了。

他手一松,手机掉在了地上。

白天翔靠着山壁坐着,闭上了眼睛。

手机铃声响了,寂寞固执地一直响着。

第42章 / 情绪

网络时代,信息传播的速度太过惊人。接到韩休报警电话正赶往老鹰山的警察在车上就已经看到了白天翔发在朋友圈的视频。

警方在村民的指引下找到了视频中的天坑。三小时后,下到了天坑底部,仅用了一小时就搜到了溶洞所在。

韩休一直在红砂村等着。唐国之夫妇,白太太带着白星,章霄宇和唐纱紧接着赶到了山上。

唐家和白家人焦急地在村里等待着警方搜寻的结果。章霄宇和唐国之、朱玉玲打过招呼,面对白太太和白星的悲伤,他一时间说不出安慰的话来。唐缈此时像极了姐姐，红着眼睛抱着白星。他悄悄地退开，和韩休站到了自己的车旁。

韩休低声说道："这时候你似乎应该过去陪着唐小姐。"

望着悲伤的两家人，章霄宇心情复杂："他们都在担心着自己的亲人。可他们担心的那个人是害得我家破人亡的凶手，是害死念竹父亲的凶手。我去陪着缈缈安慰她？像一个好男朋友去哄她说别伤心了，警方来得很及时，你小叔生还可能性极大？你不觉得很讽刺？"

韩休点燃了一支烟："照理说，这个时候你应该陪着唐小姐。不过，确实太难为你。"

章霄宇突然背转了身，双手撑在车门上，声音说不出的难过："大韩，我一直对自己说，逝者已逝，生者要幸福，要往后看。今天看到白天翔的视频，我心里却堵得慌。"

韩休拍了拍章霄宇的肩："白天翔是白天翔，唐小姐是唐小姐。以后都会好的。"

"做一个我和缈缈的DNA鉴定。要快。"

韩休吓了一跳："怎么回事？"

好像还有他不知道的事情发生了。章霄宇此时的矛盾与痛苦并不仅仅是因为知道白天翔和陈山是凶手和主谋。

"我会尽快拿到唐国之的DNA样本。"章霄宇低低地将江柯的话告诉了他。

"妈的！"

韩休没有别的语言能表达自己的震惊了。

夕阳落到了山背后，天色渐渐暗下来。警方搜寻的队伍终于回来了。

陈山和白天翔都已经死亡。看到尸袋里的白天翔，白太太和白星发出凄惨的哭叫声,扑过去死抓着不肯松手。

章霄宇的目光从哭成泪人儿的唐绯脸上移到满脸是泪的唐国之脸上。

白天翔在临死前着急地交待了所有的事情,将三起案件的动机过程交待得清清楚楚。他却没有时间和精力说出母亲沈佳的埋骨之地。唐家人的悲伤,白家人的痛苦是这样清楚分明,他却连自己母亲的尸骨都无法收殓。他是不是也该去父亲林风的墓地前痛哭一场?

江柯的话像魔音一样在耳边循环播放。此时母亲失踪的真相已经不重要了,他唯一希望的是自己和唐国之没有半点关系。

"让我抱抱。"唐绯伸手环住他的腰,把脸埋在了他胸前。

章霄宇木然地站着。她的眼泪打湿了衬衫,山风吹来,他的心凉得发抖。

"章霄宇,小叔对我那么好。就算他做了那些事,我真的半点都不恨他。我不想他死。只要他活着,哪怕判个无期都好。"

"他是你的小叔,你的亲人。"章霄宇只说了这么一句。

对江柯来说,江城是他的亲人。对苏念竹来说,王春竹更是她唯一的亲人。每个人的立场不一样,态度就不同。他想,对于他们来说,白天翔和陈山都该判死刑,死不足惜。

警方带走了白天翔和陈山的尸体。有了白天翔的自拍视频供认,相信三起案件很快就会有结果出来。

朱玉玲陪着白太太上了车。唐国之也坐在车上。他落下车窗,对章霄宇说道:"小章,绯绯她叔的葬礼你记得来。"

这是把他当成未来女婿在吩咐了。章霄宇心里堵得慌,却只能点头:"好的。"

唐国之眼里露出满意的神色,吩咐司机开车先下了山。

白星瞬间就成熟了似的,朝章霄宇和唐绱说道:"章大哥,谢谢你送我姐上山。姐,你是坐章大哥的车,还是和我一起回去?"

"我和你一起。我和章霄宇打车来的,他的车被韩休开走了。"唐绱抱歉地对章霄宇说:"家里出了这事,我和我爸妈一起回去。等忙过了,我再来找你。"

"嗯,我坐大韩的车回去。"

唐绱将他拉到一边,小声地问他:"站了这么久,你的腿疼不疼?"

章霄宇努力挤出了一个笑来:"还好。"

"今天累着你了。等办完小叔的丧事,我再侍候你。"

如此娇美可爱的女孩儿,怎么可能会和他有血缘关系?章霄宇心里难受得不行。

这边白星和韩休一起抽起了烟来。白星似有些好奇:"韩大哥,你怎么一个人来了老鹰山?"

二十一岁小男生哪怕装成年人,怀疑与心事也是写在脸上的。韩休淡淡说道:"我们苏总今天让我来看看她父亲的墓。"

苏念竹的父亲是王春竹,被陈叔推进饮马湖溺水身亡。一句话让白星狼狈不堪。他狠狠抽了口烟低下了头:"对不起啊。我爸他……我回去就找苏小姐道歉。"

"你爸的事情和你没关系。"韩休倒是挺喜欢白星的,放柔了声音安慰他,"苏总不是不讲道理的人。"

"要去的。应该的。"白星的眼泪又涌了出来,他抹了把脸上的泪说,"不是请苏小姐原谅我爸爸,是我这个做儿子的该替他道歉。"

唐绱走了过来:"白星,我们走吧。"

目送着他俩的车开下山,章霄宇这才上了韩休的车。他在后排坐着,将受伤的腿搬到了座位上:"伤口有点痛。"

韩休边开车边说:"心痛吧?"

"你说,我妈妈会被陈叔埋在这座山的什么地方?他俩一死,我妈就葬在这大山里了。我爸的骨灰还寄放在公墓里。我回来不想引人怀疑,都没有去看过他。等案子结了,我想把我爸的骨灰撒进这山里。"

"如果,我是说如果,DNA……"

"没有如果。我坚信。我母亲和唐国之的感情不可能深到肯帮他生儿子!那样的话,我义父何至于为了她终身不娶。"

"可是我看你刚才对唐小姐的态度有点微妙啊。"

章霄宇一字一句地说道:"所以我要尽快拿到DNA结果。"说罢他狠捶了下座椅,"这他×叫什么事?!我还要去白天翔灵前给他上香?!我没有情绪吗?他就算是误杀,也是杀了我妈妈的凶手!如果不是李正,我不知道被他害得有多惨!他和陈山狗咬狗同归于尽,活该!"

韩休笑了起来:"总算骂出来了。我以为你为了唐小姐,就不恨了呢。"

"我以为是不那么恨的。过去的二十年,义父待我好得很。我过得很幸福。但是真相摆在面前时,还是恨的。"章霄宇长长地叹了口气,望着大山的暗影分外惆怅,"事情不摆在面前,哪能知道人真正的反应和情绪?回沙城前我想象过各种情况,也没想到凶手会是我女朋友的亲小叔。希望能让警方照顾下我的情况。林景玉已经是过去式了。白天翔和陈叔都已经死了。我父母泉下有知也可以瞑目了。我希望将来的生活再没有阴霾。"

"放心吧。咱们也算是提供破案线索的有功人士。这点要求警方会满足的。"

第43章 / 最后一把曼生壶

　　那些过往的故事,身边的亲人,愤怒悲伤仇恨的情绪如同沙滩上踩下的脚印,精心堆砌的沙雕。大海的浪潮席卷而过之后,不复存在。

　　这世上最无情的是时间。哪怕人拼命想留住那些记忆,时间也会一点点让记忆模糊,让情绪变淡。

　　二十年前的沈佳失踪案,王春竹酒后溺水案,江城跳楼案随着白天翔自供式的视频,以及陈山家中搜出的证据相印证,顺利结案。

　　两个凶手已经死亡。苏念竹放弃了民事赔偿。白家主动支付江家五百万赔偿金,江柯不客气地收了,不再与唐家有任何往来。

　　白星大学毕业进了唐氏工作,成为唐国之的助理。

　　半年过去,沙城又迎来了秋天。

　　云霄壶艺的制壶中心已经交付使用,入驻了六十多个陶艺师的制壶工作室。

　　站在别墅三楼平台上,一枝红枫斜斜伸向平台。章霄宇伸手摘下一枚红叶,低头看树懒一样抱着自己腰的唐绱。她闭着眼睛,脸贴着他的胳膊,长长的睫毛柔弱得令人生怜。他用红叶去拂她的睫毛:"春光壶完成了,下个月世界壶艺大赛在沙城举办,做好获奖后的准备了吗?"

唐缈睫毛发痒,脸蹭在他胳膊上,仍然没有睁开眼睛,嘴角已扬起了笑:"你真打算获奖感言变成求婚感言啊?我不答应,你岂不是非常没面子?"

章霄宇随手将红叶插在她的丸子头上,叹了口气:"你会不答应吗?唐大小姐恨不得大赛明天就开幕,马上获奖,大喊一声终于可以名正言顺把我扑倒吃干抹净了!对吧?"

她马上躲到了他背后,笑得浑身直颤,羞答答地反驳:"你污蔑我!人家哪有那么急!这段时间制壶烧壶重做一遍,忙得要死,哪有时间想别的事。"

"哦,不然早就扑倒我吃干抹净了吧?"

唐缈搂着他的腰原地转了个圈,到了他面前仰起脸直笑:"春光壶终于做完了哦。我要放个长假。大赛后就该过圣诞,完了元旦,接着春节。明年开春之前我都要玩。"

她搂着他的腰,身体微微后仰着,突然想到了一个游戏:"来,我们来玩真心换真心。"

有时候章霄宇觉得自己比唐缈大五岁就像隔了两条代沟。她说的他经常不太懂:"怎么玩?真心话你一句我一句么?"

唐缈狡黠地一笑:"就是……"

她突然松了手,人直愣愣地往后仰倒。

章霄宇条件反射地伸手捞住了她的腰,吓得后背浮起一层毛毛汗。

唐缈伸手钩住了他的脖子,笑着说:"就是这样。"

"我没接住摔着怎么办?什么白痴游戏?!后脑袋碰着水泥地摔成傻子白痴我可不会娶你!"章霄宇将她捞起来站直了,心脏还在怦怦直跳,忍不住板起脸训她。

"有你在,我才不会摔着。"唐缈高兴得很,踮起脚亲他的脸,"亲亲就不生气了嘛。还生气呀,再亲亲……"

再生气也被她撒娇黏着亲没了。章霄宇长叹一声,抱住了她:"我都盼着快点比赛了。说你色吧,你还非要什么仪式感,非要等获奖求婚。再不让你吃到嘴里,我都快被你折腾掉半条命了。天天各种花式撩拨,哪个男人受得了啊?"

唐绱也叹气:"从日本回来,江叔叔出事,非让我住在家里。你家里又住了一对千瓦灯泡,这不是不方便嘛。紧接着小叔又出事,然后又赶着做春光壶。壶做完了,下个月就比赛了。再忍忍,妖精绑了唐僧,也没马上啃肉吃不是?"

江城、白天翔和陈叔都和唐家关系匪浅。章霄宇到现在也没和唐绱说过自己还有一个名字叫林景玉。他不愿意再提往事,等将来有机会再告诉她吧。

捏了捏她的脸,章霄宇笑道:"你说的都有道理。今晚我要回城,正好摆脱你这个妖精。"

"公司有事么?"

这段时间云霄壶艺沙城公司的事交给了韩休和苏念竹,章霄宇就住在制壶基地,陪着唐绱做春光壶。

"小秘密。办成了给你惊喜。总之是你喜欢的。"章霄宇卖了个关子。

既然是给她惊喜,唐绱就不问了,一把将他推开:"快走快走。晚上我正好约基地的制壶师一起烧烤喝酒。"

章霄宇拿出手机点开,翻给她看:"看清楚了?我的手机连着基地的室外监控,别让我逮到你喝多了。"

唐绱马上捂住了脸哀嚎:"还有没有自由了?"

"有,你有做梦的自由!"章霄宇潇洒地挥手离开,"不要太想我。"

手瞬间被唐绉拉住，一摇一摇地："我现在就想你了。反正壶也做完了，我搭你的顺风车回家。"

送唐绉回家再回南山别墅已经很晚了。等章霄宇回来，韩休看了看时间，打通了苏念竹的电话。

视频里清晨的阳光刚刚升起，苏念竹正在开车："放心吧，我现在正开车去收藏家的家里，约了上午十点半见面。"

这个时间是国内深夜。韩休叮嘱她道："专心开车，挂了。"

章霄宇挤开韩休冲苏念竹卖萌："念竹，我想你……"

韩休伸出手挂断了电话。

"小气！"章霄宇骂了他一句，给他倒了杯茶。他用的是一把半瓢壶："希望念竹能顺利买回那把曼生半瓢壶。陈山当年盗墓出的最后一把流失在外的壶。真的要好好感谢相田会长，把这个消息告诉我。"

韩休想起了章老爷子："能买回这把壶，对老爷子也是安慰。"

章霄宇也很感慨："是啊。五把壶，花了二十年时间才找齐。真不容易。"

韩休想对他说别的事情："小宇，DNA鉴定报告出来，你和唐先生、唐小姐都没有血缘关系。从前的事情都过去了。现在云霄壶艺也走得很顺，你不再需要我了。"

章霄宇愣了愣，露出了笑容："念竹在东海市还是律师事务所的合伙人，当初说好单独来帮我办我母亲的事情。她不可能一直留在云霄壶艺给我当法务部总监。案子结了，她也要回东海。你当然也要去东海。不过，等国际壶艺大赛完了，我向绉绉求过婚再走好不好？"

他说着就环顾起四周，心里舍不得："你走了，我就马上再请个厨子、司机、保镖……"

韩休也有些不舍："走之前我会把人都雇好。城里有家挺有名的私人诊所。老板以前是骨科医院的主任医生，针灸手艺很不错。你的腿如果疼了，就去他家看看。"

见他难得的絮叨，章霄宇马上将不舍的情绪全收了起来："放心吧，我这么大人了，还不会照顾自己？我马上就是有老婆的人了。不像你，到现在还没让念竹点头，拖拖拉拉的。走，去打两回合，念竹那边差不多就有结果了。"

两人去了地下室打拳。

时间很快过去。两人刚洗完澡，苏念竹的电话就来了。

她站在车外，背景是一栋别墅。苏念竹的脸色格外难看："老板，两个消息。一个坏消息。一个……我也不知道是好是坏。"

章霄宇和韩休视线相碰，心都悬了起来。

"说吧。"

视频中章霄宇的脸依然带着笑容，苏念竹突然就心疼起来。这个今年才二十九岁的年轻男人将阳光与爱带给了她。而她的话或许会毁掉他的爱情。她分外犹豫。

韩休的脸出现在视频中："不管发生什么事情，我们都要面对的。"

看到他，苏念竹的心就定了。是啊，不管发生什么事情，都是要面对的。她深吸了口气，平静地说道："我和收藏曼生半瓢壶的鲍先生约好了时间，今天上午十点半来他家看那把壶。我提前了十分钟来到了他家。但是鲍先生很抱歉地告诉我，就在半小时前，有人用一个令他非常满意的价钱买走了那把壶。"

有人捷足先登？章霄宇蹙起了眉："能知道买壶的那个人是谁吗？我们可以用更高的价钱从那个人手里买回来。"

苏念竹似乎不想看他，目光移向了一旁："出于对我的歉意，鲍先生告诉我了。买走曼生半瓢壶的人是美国唐氏分公司的经理。不出意外的话,真正买下这把壶的人,是唐国之。"

章霄宇松了口气,笑道:"唐先生买下的啊?他肯定是知道消息后又想买回来捐给博物馆。这是好消息嘛。"

真的是好消息吗?这样也好吧。毕竟他是唐纱的父亲,是他爱着的女孩的父亲。苏念竹目光游离:"哦,老板觉得是好消息,那就好。我挂了。我今天就买机票回来。"

"等等。"

章霄宇让苏念竹别挂电话,却说起了别的事情:"念竹,还记得我们第一次见面吗?"

苏念竹不太明白他的意思:"记得。我拿着章老先生的遗嘱去墓地见你。你装瘸子捉弄我。"

他想说的不是这个:"第一次见你时,我觉得面前的女孩冷静锐利,像一柄剑。念竹,你的眼神能洞悉人心。"

苏念竹羞赧:"呵呵,律师嘛,总得摆出律师的精明样不是?"

章霄宇认真地说道:"那么念竹,你告诉我。为什么你觉得唐国之高价买下这把曼生半瓢壶,在你眼里或许不是个好消息?"

苏念竹顿时卡了壳。明明韩休坐在章霄宇身边,她下意识地就想找他。

韩休的脸移进了视频:"回去休息好了再买张机票回来。我来告诉他,挂了。"

他挂断了电话,转过头看向章霄宇:"要我说吗?"

在他视线的逼迫下,章霄宇慢慢低下了头,把脸埋在了掌心。

韩休伸出了手,揽着他的肩轻声说道:"无论你想怎么做,我都支持你。"

第44章 / 催发的种子

顾言风很少单独来唐家。接到顾言风电话,唐国之以为他是来找自己拆借资金。以往每到年底,顾言风和江城常找他借钱。

顾言风是上午来的。秋季的阳光都带着股清澈的爽利劲儿。唐国之在草坪上摆了茶,正拿着剪刀细细地修剪一株罗汉松盆景。

见到顾言风,唐国之很随意地招呼他:"喝茶。"

茶具用的还是上次招待江城的紫砂葫芦壶。顾言风倒了茶,等唐国之过来坐下喝了一杯这才开口:"以我对江城的了解,他画不出这样精美别致的壶形。没想到真是沈佳的设计。"

当年顾言风还年轻,混在一群制壶师里也去过唐国之的茶楼玩。唐国之在他面前并不忌讳说起沈佳:"我很喜欢这套壶。知道是沈佳创作的器形,感慨更多。言风,江柯那边你多看着点。他还年轻,如果哪天遇到困难,你就告诉我。用你的名义帮他也可以。"

"放心吧。说起来小柯也是咱们看着长大的,遇到麻烦肯定会帮他。"顾言风说到这里,主动说起了来意,"今天我不是来找你借钱。我知道一件事。想着咱俩这么多年的交情,思来想去,还是想告诉你一声。"

唐国之等着他开口。

"章霄宇,是沈佳和林风的儿子。"

唐国之身体一僵。当初还是在后花园的草坪上,顾言风的位置上坐着的是江城。

"……你俩的事情都是在她结婚前的事了。那时候沈佳突然嫁了林风,结婚就怀孕。林风脾气不好,她儿子还是早产。老唐,那时候你还没认识朱玉玲吧?怎么就没娶沈佳呢?"

顾言风的话在唐国之心里种下了一颗种子。之后他经常在想,当年和沈佳一夜风流之后,过了一个月,沈佳就闪婚嫁给了苦追她的根雕师林风。她是不是怀着他的孩子嫁的?所以婚后两口子才经常拌嘴吵架。林景玉是不是他的儿子?

章霄宇是林景玉?唐国之像是突然反应过来,噌地站了起来:"你怎么知道?他不是章明芝的儿子吗?"

"你知道我和王春竹也是老交情了。这些年虽然没有什么来往,但是案子结了,知道他是……我就去了趟老鹰山公墓看看他。正巧碰到了他女儿苏念竹。老白和陈山死了,沈佳失踪案真相大白。章霄宇和袅袅感情又好,他就不想再提过去的身世,还求了办理沈佳案的警察帮忙瞒着。当初,是我向章霄宇暗示江城的器形图谱可能是沈佳所绘,王春竹和江城在这件事上有猫腻。苏念竹挺感谢我的,就告诉我了。"顾言风叹了口气道,"老唐,他和袅袅感情好,将来可能会是你的女婿。他的身世我觉得你还是应该知道。这孩子真不容易。"

唐国之缓缓坐了下来:"谢谢你,言风。我知道你的意思。你是怕将来我知道了不肯答应他和袅袅的婚事。他是沈佳的儿子,和我们家这关系……"

顾言风言词恳切:"他自己不肯提,是顾虑着袅袅她小叔。他对袅袅是真心的。不知道也就算了,既然知道,我还是觉得应该告诉你。老唐,白天翔是白天翔,不能因为他耽误了袅袅的幸福。"

唐绡的幸福……唐国之的脸色难看之极。送走顾言风,他就催着朱玉玲给唐绡打电话,让她回家吃饭。

唐绡回家了。一家三口吃饭,唐绡开开心心说起自己做完了春光壶,眉目间透出的光彩让唐国之心悸。

"绡绡,好像最近几个月都没怎么见到章霄宇来家里,你和他还好吧?"

话问出口,唐国之才发现,自从白天翔死后,章霄宇来家里的次数特别少。

"我们天天在基地做壶。我回家都少,他当然来得更少。怎么,觉得未来女婿不够殷勤了?"唐绡心情好,和父亲开起了玩笑。

唐国之突然害怕起来:"绡绡,现在的年轻人不比我们那时候保守。你和章霄宇有没有……有没有……"

他说不下去了。两个人交往也有大半年了。一起去日本学习旅游,一起腻在制壶基地朝夕相处。唐国之血压瞬间升高,眩晕感随之袭来。

"国之!"朱玉玲先发现唐国之不对劲,赶紧扶住了他,"绡绡,去拿救心丸!"

吃过药,唐国之死死抓着唐绡的手。

唐绡莫名其妙,还是认真回答了唐国之:"没有!爸,我还没和他那啥呢,你这么激动干吗呀?有这么保守吗?"

"你爸是关心你!"朱玉玲轻抚着唐国之的背不满地瞪女儿,"谈个恋爱保守点有什么不好?"

"知道知道。章霄宇说等国际壶品大赛上我们的春光壶获奖就向我求婚。怎么着我也要等他求过婚再说吧?我也很慎重的好吗?"

慎重地想要仪式感,不想轻易把他吃了。唐绡没有在意,抿着嘴偷笑。

听到女儿的回答,唐国之松了口气。他迫不及待想要弄清楚章霄宇和自己的关系。怎么弄到章霄宇的DNA鉴定样本是件麻烦事。唐国之并不想在知道结果以前,让章霄宇知道。

没等到唐国之雇人行动,江柯给他打了电话。

两人心里都明白,江柯主动打来电话其实是为了唐国之的承诺。江氏如果再遇到覆顶之灾时,可以向他求助。

终于还是成熟了。唐国之知道,从感情上说,江柯是绝不肯再与唐家扯上半分关系。从理智上讲,交好唐家,给江氏留一条后路却是明智之举。

"好好做。从前我就看好你,相信你会把江氏做得更好。"

本以为寒暄之后,和江柯就到此为止了。

江柯没有挂断电话,而是平静地告诉唐国之:"我爸生前曾经委托了人去寻找沈佳林风的儿子林景玉。他走后,委托人给我打了电话。人已经找到了。唐叔,我觉得这件事情有必要让你知道。林景玉就是章霄宇。我爸他……他怀疑章霄宇是你和沈佳的儿子。我曾经喜欢过缈缈,希望她能幸福。"

继顾言风之后,江柯的电话彻底让唐国之血压升高,直接住进了医院。

在医院住了四天,唐国之出院回家。他想得很清楚,亲子鉴定一天不做,他一天不得安宁。谁知章霄宇出差去了东海。

第45章 / 鉴定结果

白星给唐缈打电话诉苦:"姐,董事长这般精力,我猜他工作到七十岁依然是头老虎!"

"没见过权力欲望这么强烈的董事长!抢各位总经理的活!在我们公司,总经理副总经理都是你爸的小弟!"

"我?呵呵!人家都喊我小白总。白干活的总!事无巨细地用我啊!"

"姐,你来陪我一日游行不?"

唐缈听到这里奇怪了:"什么一日游?"

白星唉声叹气:"昨天董事长在办公室突然兴起,让我背唐氏大厦每个楼层的办公部门分布和各级管理人员资料。小到一个管茶水间的头头,也要让我记熟人家的生辰八字。我知道个屁!你爸这样说的'小白总啊,你将来不能只坐在32层看风景听耳边风,整个集团一千多号人,不求你每个人认识,但管理人员你都要了解。这样吧,给你个微服私访的理由,你去把你姐找来,带着她从一楼大堂开始参观。集团公司一日游,重点是你平时不熟悉的后勤部门。发现问题有赏'。"

笑得唐缈在沙发上直蹬腿,觉得好玩极了:"小白总,这个任务包在我身上了,等着,明天一早,我陪着你了解民情。"

清晨八点。章霄宇准时到了唐氏大厦门口和唐缈会合。他睃了眼唐缈,见她穿了双平底鞋:"真打算一天时间爬三十二层楼?"

唐缈傲娇地仰起了脸:"白星是在替我受苦受难。我帮他完成任务是合理回报。再说,我爸一手创建的集团公司,我从来没有仔细看过。了解一下父辈们的创业史也是好的。咦,你今天怎么穿了身唐装?和我爸真像。想讨好我爸呀?他最近总念叨你,说很久没见着你了。"

他的女孩什么都不知道。章霄宇有点难过,伸手摸了摸她的头发:"所以我听说你要来唐氏集团一日游,主动请缨。等会儿见到你爸,我就和他聊天喝茶等你。"

唐绡挽着他的胳膊甜甜一笑:"这还差不多。"

他今天主动来的目的却不是等她。章霄宇望向大厦:"白星来接我们了。"

"姐！章大哥!"白星一身西服工装,早就等着两人了。

唐绡笑嘻嘻地打量着白星,一脸感慨:"看看,我家小白总这身工装上身,王八之气侧漏！一年前连毕业论文都要找枪手的三流学生,现在马上就能独当一面……当导游了。"

白星马上讨饶:"姐,进了公司可不能开我玩笑。好歹也是小白总,给小弟一点面子。"

唐绡忍着笑说:"那必须得给啊。领导要有威严感嘛。我懂。走吧!"

"有些部门是八点半打卡,有些是九点。大厦物业清洁早晨六点上班。前台八点已经就位了。一楼这边有个咖啡厅,是大厦后勤事务部办的。请你们八点来,趁着人少,先喝一杯一楼的咖啡,吃块三明治。"

他压低声音说道:"很重要的。咖啡特别香,三明治特别新鲜好吃,物美价廉,传出去也是集团的招牌。"

唐绡瞬间懂了:"沙大的汉子,沙美的妹子,是这意思吧?"

白星挤眉弄眼:"我姐威武!"

三人坐在咖啡厅喝咖啡吃三明治,陆陆续续开始有员工来上班了。

八点半,唐国之很准时地到了。

如同第一次在酒会上的见面。隔着十几米距离,两人的目光在空中撞在了一起。唐国之的眼神依然锐利,章霄宇却从他眼里读出了别样的复杂心思。

儿子,是唐国之的心病！

有病,得治！

章霄宇拿起包："你俩先游着。我和唐先生说点事情。"

他走向唐国之，手下意识地捏紧了包的提手。

"伯父，我有点事想和你聊一聊。不知道这时间是否方便。"

当然方便。快大半个月了，章霄宇出差去了东海。唐国之一直没找到机会做亲子鉴定。

"出差回来了？"

"对。前天刚回来。"

他好像是第一次认识章霄宇，锐利的目光扫视着他。看着他宽厚的肩，挺拔的身躯，眉宇间那一抹儒雅的气度，唐国之突然想起某天回家时听到朱玉玲和保姆的对话。

"章先生和唐先生气质很相似哦，文质彬彬的。"

"咦，你这么一说我还真觉得他们两人气质差不多。"

保姆笑道："这就叫不是一家人不进一家门。"

章霄宇今天穿了件灰色刺绣的唐装，手腕上戴了串天珠。他个子高并不强壮，那种感觉让唐国之想到了年轻时的自己。他的心抽搐了下，一时间有些恍惚起来。

"伯父？"

唐国之回过神："走吧，去我办公室，让他们姐弟俩折腾去。"

唐国之的办公室在大厦顶层，空间宽阔。办公室布置简洁大方。请章霄宇在沙发上坐了，唐国之打开柜子，拿出了一套茶具："知道你喜欢喝茶。今天尝尝我泡的茶。"

昔日开茶楼，唐国之以茶会友，苦练过泡功夫茶的手艺。

章霄宇又想起唐纱说的，唐国之后来不再喝茶，只喝枸杞参片泡水的事情。他是为了养生不再喝茶，还是害怕看到紫砂壶？

唐国之没有用紫砂壶,用的是一套仿汝窑天青开片梅花杯。崭新的茶杯,开片纹路上没有染上丝毫茶渍。

泡茶的过程中,唐国之已经彻底平静下来,分了一杯茶给章霄宇,随和地问他:"找我有什么事情?资金遇到了麻烦?"

章霄宇想,他真的不会演戏,还好,不需要他有多好的演技。

"江柯给我打了个电话。"

唐国之深吸了口气:"他说什么?"

章霄宇正视着他:"他告诉我,他告诉了你。"

两个"告诉"不同的意思,让唐国之浑身一震。他又问了一遍:"他说了什么?"

"他说。"章霄宇回忆着当时接到江柯电话时的感觉,那种心悸,那份害怕,和唐缈没在日本滚床单的庆幸。他一字一句地说道,"他出于对缈缈的关心,让我赶紧去做一份和缈缈的血缘鉴定!"

唐国之捂住了胸口,勉强按着跳动得厉害的心脏,情不自禁紧张起来:"你做了?"

"您半个月前住院做检查时抽了血。我弄到了你的血液样本,做了份和你的亲子鉴定,比兄妹血缘鉴定更准确。"章霄宇打开包,拿出了一份鉴定报告,"99.8%。您是我生物学意义的父亲。"

他一直想做的亲子鉴定报告!唐国之拿起报告,看到上面的数值和下面权威鉴定机构的公章,眩晕感再次袭来。

"这半个月,我一直在东海等这份报告。如果您质疑,可以再做一次!"

唐国之从衣袋里取出药瓶服下了救心丸,一时间都没发现自己在喃喃自语:"你是我的儿子。我有儿子,有儿子……"

"够了!"章霄宇大喝一声,狠狠地看着他,语气急速,"活了二十九年！我的父亲变成你了？你和我妈当年怎么回事？你们对得起我吗？万一我和她上床了怎么办？！缈缈怎么办？我和她怎么办？我怎么对她说？！你们像话吗？！"

一个问题接着一个问题，像海浪起潮将唐国之拍打得无所适从。他看着章霄宇，想伸手安慰他，被章霄宇一巴掌拍开。

唐国之并不介意章霄宇暴怒的态度。他的眼睛越来越亮，一股前所未有的兴奋朝他袭来："你是我儿子！老唐家有后了！"

顾言风生了顾辉，江城有儿子江柯，白天翔也有白星。唯独他没有儿子。唐缈半点不像他，对做生意毫无兴趣，将来的外孙也不会姓唐。他这一生奋斗努力，创建的偌大财富王国，将来的继承人却不能姓唐。这是唐国之心底深处最大的遗憾。

他想起了当年的沈佳。她那样美，静坐时宛如油画中的少女。她喝酒时，举手投足间也流露出别样的风情，哪怕比他大六岁，他仍然为她心动。

那一晚他得偿所愿，于她不过是一次酒后的发泄。就在那晚，她却有了他的儿子，还生下来了。她对他是有感情的。

心如同针扎一样难受，唐国之捂着胸口，眼睛渐渐湿润。

"我问你现在怎么办？！当年怎么回事？！"

章霄宇提高了几个音阶的声音让唐国之镇定了下来。他越看章霄宇越喜欢，摆了摆手："你静静，让我也静静。"

章霄宇气呼呼地坐着，心提到了嗓子眼。

"当年，我还开着茶楼，一群陶艺师常来玩。我就认识了你妈妈沈佳。那时我和她都没有结婚。有一次她喝高了，留在我家里。我和她酒后……就有了关系。"

唐国之记得很清楚，当年他也问过她，为什么三十二岁了，还不结婚。

沈佳大笑:"爱的人远在天涯……找谁不都一样。不,将来得找个爱我的男人。你想过结婚吗?"

他才二十六岁,太年轻,压根没想过结婚的事情。

如今回想,唐国之觉得当时自己如果说想结婚,可能沈佳就不会嫁给林风了。

沈佳离开他家走了,很潇洒,没把和他的那一晚当回事。时间久了,就成了两个人曾经的秘密。

章霄宇心里一阵难过。当年母亲结婚的时候,正是义父出国永居的时候。如果不是外婆强烈反对母亲嫁给比她大二十二岁的义父,母亲这一生应该很幸福吧?

"过了一个月左右,她突然闪婚嫁给了林风。我知道林风,是个根雕师,一直在追求她。林风性子很执拗,对你妈妈占有欲很强,结婚后不太喜欢你妈妈和别的男人来往。她来参加聚会,回家往往就会大吵一架。大家和她的联系就少了。"唐国之很顺畅地将事情连了起来,恳切地看着章霄宇道,"我根本不知道她结婚的时候已经怀孕了。我是真不知道。如果我知道,我一定会娶她的。我那时候真的非常喜欢她。这么多年我从来没有忘记过她。"

"算了吧。你对我妈有那么深的感情?有那么深的感情,她失踪后你只字不提?我什么都知道了。白天翔说找我妈上山鉴壶。他和我妈是什么关系?能请得动我妈妈的人是你吧!找人帮忙鉴壶,为什么找我妈?不就是因为你俩曾经有过一段?"章霄宇冷笑出声,"陈山挖出的五把壶流失海外,你买下了四把。最后一把壶也是被你买走的。你不清楚当年老鹰山发生的事情你会执着地去海外买曼生壶?白天翔为了白星能当你的继承人,当唐氏未来的总裁,扛下了所有罪名,他朋友圈最后一句话其实是特意说给你听的!你还有脸说你爱我妈妈。这么多年你忘不了她,因为是你害死了她!"

"不!不是我!她鉴定出是真的曼生壶,就拦着不想让我把壶卖给海外买家,说这壶是国宝,不该卖到海外去。天翔去抢她手里的壶,无意中将她推倒……是意外!我没动过手!"唐国之在章霄宇的连串喝问中,脱口而出。

终于听到唐国之亲口承认,章霄宇重重地喘了口气。

他逼视着唐国之:"你没有动手,但是你却任由陈山把我妈埋在深山老林里,从此失踪了二十年。你的良心呢?你对她的感情就是这样的感情?!你贪图曼生壶的钱罢了!"

"我需要钱!"唐国之低吼出声,又痛苦地放缓了语气,"当时我急需一笔钱。我搭上了朱家的线。只要有启动资金,我就能做棚户区的拆迁改造工程。"

他闭上了眼睛,当年那件事已经深刻进他的心里,历历在目:"她已经死了。天翔还年轻,白星才刚刚出生,过失杀人就算去自首也要判几年。他哭着求我,他不想坐牢。曼生壶是盗墓所得,报了案也不可能再卖。山猴子穷疯了,威胁说敢报案他就弄死我。是,我舍不得卖壶的钱,我也犹豫不让天翔去坐牢。看到她一头一脸都是血,我也想报警。我犹豫不决的时候,山猴子已经动手将她带林子里埋了。我迷迷糊糊被天翔拉扯着下了山。"

他睁开了眼睛,看着章霄宇:"我是对不起你妈妈。白天翔和陈山都死了,他们给她偿罪了。好在你和缈缈还没有做错事。将来你还可以找别的姑娘。缈缈也可以找到很好的男人嫁了。我这一生唯一遗憾的是没有儿子。现在我有了,我别无所求了。当年的五把壶我卖了六百万。有了那笔钱才有了今天的唐氏集团。这些将来都是你和缈缈的。"

"可是我父亲林风呢？谁给他偿罪？他是自杀,可他为什么会自杀?"章霄宇讥笑起来,"不要以为你没有动手,你就真的无罪。去自首吧。"

"你发什么疯？白天翔动的手,他也扛下了所有的事情,案子也结了。你让我自首？为了林风？我才是你父亲!"唐国之愤怒起来。

章霄宇拿起茶几上的鉴定报告撕成了两半,顺手揣进裤兜里。私刻公章是犯罪行为,苏念竹提醒过他。

"江柯的电话在白天翔认罪结案后就打给我了。所以,在半年前我就做过了鉴定。我和缈缈毫无任何血缘关系！因为同父异母很难做准确的鉴定。所以半个月前我又做了一份和你的亲子鉴定。我和你也没有血缘关系!"

他从包里拿出另一份鉴定报告:"这份才是真的。"

"你诈我?!"

"是,白天翔彻底撇清了你。你不承认就没有证据。"

章霄宇笑了笑道:"你这么精明,和我母亲之前的事情瞒得滴水不漏。我只能想别的办法。为了让你相信我是你的儿子,我请顾言风将我的身世透露给你,请江柯告诉你江城寻找林景玉的原因。三人成虎。你打听到我的真实身世,就会下意识地想,章霄宇是林景玉。林景玉是沈佳的儿子,或许就是你的儿子。想得多了,就会产生极度的渴望想要确认。然而我出差了。这半个月的时间延长了你的焦虑。今天,我特意穿了你喜欢穿的唐装,出现在你面前,从心理上加深了你的自我催眠。没有亲子鉴定,你至少已经有六七成相信了。"

唐国之反应过来,有些惊奇也有些感慨:"心理催眠？我真是老了。"

"是找了位心理医生特意为您设计的。"章霄宇说罢站起了身,"我已经用针孔摄像头全程拍下来了。"

"绿绿呢?你不爱她了吗?你逼她父亲去坐牢,你不为她着想吗?"

这是章霄宇最难过最难面对的问题。

"我爱她。正因为爱她,所以在看到白天翔的视频后,我明知道不对劲,却依然不想再深究下去。直到你花天价买下了最后那把曼生壶。我躲不过去了。你可以当没事人似的继续做你的董事长享受财富享受生活,我做不到!我无法再自欺欺人!唐先生,你买下曼生壶捐给沙城博物馆,难道不是因为你心里对我母亲一直内疚?我很爱绿绿,我希望将来的生活不再有阴霾。如果你去自首,我会继续尊重你。"

唐国之看着他,突然笑了起来:"章霄宇,你回沙城就是为了调查你母亲失踪的真相对吧?你处心积虑接近我女儿,和她恋爱,是之前查到我在海外拍买了三把曼生壶。"

"二十年,我和义父的调查没有任何进展,唯一的线索就是你曾经在海外买下了三把曼生壶。你是唯一和我母亲和曼生壶有交集的人!但是,我和绿绿……"

门被砰的一声推开。唐绿红着眼睛站在门口,她梗着脖子对唐国之说道:"爸,我听见了。你去自首!你还是我爸!你坐多少年牢,我和我妈都等着你!"

唐国之沉默地看着她。

唐绿抹了把脸上的泪,固执地说道:"爸爸,他录下了整个过程,你只有自首才是最好的选择!我帮你打电话报警!"

章霄宇朝唐绿走了过去,对她的隐瞒让他心里充满了歉意:"绿绿。"

"想解释?说你不是有意接近我?我就说呢,我又没惹你,非得弄个保洁阿姨和我撞衫。"唐绿想起那次撞衫事件,笑了起来,"您真是手段高明,让我对你主动生情,主动追你。章霄宇,你走。你再不走,我怕我会发飙。"

"绵绵,你冷静一下。冷静想想,我对你的感情是不是真的。"章霄宇没有拿走他的包和手机,走到门口时他停住了脚步,"没有针孔摄像头,我什么都没有拍,没有录。我就想知道当年我母亲失踪的真相而已。我亲眼看着我爸酒醉后发疯放火烧家,我被陈山从福利院绑架出来,用石头砸断了腿。我才八岁。我就该承受这些?"

他说完沉默地离开了。

电梯门打开,白星正迎面走出来:"章大哥,你要下去?我姐呢?她不是上来找你了?"

章霄宇拍了拍他的肩,疲倦得什么话都不想说,径直进了电梯。

第46章 / 求婚

唐国之自首了。他带着警察重回老鹰山,来到当年和陈山交易曼生壶的地方。警方在林间找到了沈佳的尸骨。通过鉴定,与白天翔供述沈佳的死亡原因吻合。在过失致沈佳死亡一案中,唐国之不是主犯,以包庇罪盗卖文物罪起诉,因其自首和捐赠了盗卖的曼生壶,判了三年。

二十一年后,周梅再次主笔报道了沈佳失踪案。沙城日报整版报道,一时间沙城纸贵。唐氏的股票直线下挫。人人都以为唐氏没了掌舵人会遇到前所未有的危机。谁都不曾想到朱玉玲强势入主董事会,力挽狂澜。

唐绵给朱玉玲和白星送饭,望着坐在大班桌后面签文件的母亲调侃道:"妈,我怎么不知道你还有经商的属性。我是你和爸亲生的吗?我怎么没有遗传到?"

签完文件,朱玉玲招呼白星一起吃饭:"你爸那时候刚做地产生意时,我就是他的金牌搭档。唐氏有今天,妈至少有一半功劳好吗?在家给你做了十几年的饭,真当妈妈只会下厨啊?"

"是是是,朱董事长威武霸气。啃块排骨!"唐缈亲自给母亲夹了块蒜香排骨。

看着女儿笑靥如花没事人似的,朱玉玲怜惜地说道:"缈缈,国际壶展今晚颁奖,你的春光壶也许会得奖哦。今晚我们一起看直播。"

"哪壶不开提哪壶!我现在对壶没兴趣。过会儿我回家收拾东西去看我爸,今晚看不了,也不打算看。"唐缈嚼着排骨淡淡回道。

白星忍不住插话:"姐,你还怪章大哥啊?他什么都没拍没录,是董事长自己想明白了要去自首。说起来是我爸连累了董事长。是咱们对不住章霄宇……"

唐缈冷冷横他一眼,白星吓得闭上了嘴,把脸埋进了碗里。

"缈缈,妈妈知道你心里气不过。刚开始可能……后来他对你不是挺好的吗?你看,他家老爷子给儿媳妇的紫玉镯都给你了。再说啊,你爸爸只判了三年,章霄宇主动向法院提交的民事谅解书起了大作用。白星说得没错,是咱们家对不住他。他现在每天来家里,你都不见。一个多月了,风雨无阻的。对你不是真心是什么?"

唐缈烦得将碗筷放下:"唐氏要垮了吗?家里多我一个人吃饭养不起我了?想赶我出门啊?我去看我爸。后天回来。"

本以为是家里人来看自己。见是章霄宇,唐国之有些意外。

两个男人对视着。这场景让唐国之想起初见章霄宇的感觉:"那次我是特意去酒会,想看看你。隔着人群看了两眼,心里不是很喜欢你。"

章霄宇直言不讳:"伯父,您的眼神很锐利。我心虚就避开了。总觉得被您再看下去,您就能看出我的秘密。不过,为什么您看我了两眼……就不喜欢我?"

"因为我看不出你喜欢绵绵。不像江柯,对未来老丈人尊敬讨好。我提醒过绵绵。那丫头说是她先喜欢你。我才释然。"

章霄宇心想,这次得罪得更狠,看来唐国之绝对不会喜欢自己了:"后来您对我还算满意,因为我继承了我义父的大笔遗产,是个有钱人吗?"

唐国之大笑着提醒他:"我已经非常有钱了。"

章霄宇神情变得尴尬。

"你没有说错。我很满意你是个有钱人。绵绵不是不能找个家境一般的男人。但是差距太大,并不是件好事。门当户对很大程度上讲究的是教育对等,消费观相对一致。贫富悬殊过大,就有一方会处于绝对劣势。江柯对绵绵是极包容的。我看到绵绵对他的恶劣态度,换成是我,我绝不会这样惯着她。我就想,是因为唐氏的财富。如果将来绵绵嫁给他,我老了,江柯掌控了唐氏,还会这样包容她吗? 当然,我喜欢你最主要的还是因为绵绵。她和江柯定下婚约后,不知道和我吵过多少次。你和她有共同爱好共同语言。你和她之间是平等的,她不用刻意讨好你,你也不会对她卑躬屈膝。"

"伯父,您是个好父亲。您能选择自首,我非常感激。"章霄宇由衷地说道。

唐国之不自首,他也不想追究了。毕竟致母亲意外死亡的人是白天翔。但是他也不知道这种情况下怎么和唐绵相处,叫唐国之一声爸爸。唐国之的自首解开了这个结。

唐国之笑了笑:"也不完全是因为绵绵和你。当年我虽然没有动手,却也是条人命。这二十一年来,就像一座山压在心底。江城正常借钱,碍着江柯的面子,多年的交情,我都会帮他,但是他借上瘾了。每年相当于白用我几百万,这就很令人厌恶。但是我每年都借,因为心虚,因为他知道我和你妈妈那件事情。现在我轻松了。我还得感谢你提交了民事谅解书。"

"您长胖了。"

唐国之哈哈大笑:"这才一个多月,我重了十斤。心宽体胖是有道理的。章霄宇,你来看我不仅仅是想来了解我为什么主动自首吧?我猜,是缈缈不理你了。"

他竟然调皮地冲章霄宇眨了眨眼睛。

章霄宇心一横,厚着脸皮说道:"那天以后,我每天都去家里找她。她拒绝见我。我们公司向组委会提交了春光壶系列,国际壶展上获得了集体新人奖,其中有一把壶就是她做的紫砂石瓢野趣。我上台领的奖,依约向她求婚。她半点反应都没有。"

唐国之眼睛一亮:"你怎么求婚的?"

章霄宇拿出手机给他看视频。

视频中站在主席台上的章霄宇玉树临风,拿着奖杯深情款款:"今天,我代表我公司全体参与创作春光系列壶的工艺师们来领这个新人奖。谢谢全体为紫砂艺术努力的制壶师们。今天,借这个机会,我想向获得组委会好评的紫砂石瓢野趣壶的作者唐缈……求婚!"

台下一片哗然,紧接着掌声响起。

章霄宇深吸口气,大声说道:"唐缈,嫁给我!"

视频完了。唐国之和章霄宇四目相对。

章霄宇沮丧地耸了耸肩:"挺轰动的,上了新闻。就是……没反应。"

"哈哈!"唐国之开怀大笑,笑得眼泪都快出来了,"你这求婚看上去太蠢了。连我都不感动,怎么能打动缈缈?"

"伯父,能帮帮我吗?"

唐国之突然收了笑容,不怀好意地说道:"活该!我都在监狱里待着了,我管不了。好了,会客时间到了,你该走了。"

"我会再来看你。希望下次是和缈缈一起。"章霄宇有些失望,仍然礼貌地告辞。

唐国之起身,似无意地感慨道:"我家缈缈啊,别看个子娇小,从小就有大姐大情结,特别爱保护弱小。"

章霄宇若有所思。

第47章 / 过了心里那道坎

天渐渐凉了。满城秋色被寒风悉数吹走。

唐缈望着铅灰色的天,心里的爱情也进入了冬季。

然而章霄宇却坚信冬天一定会过去,他会等到万物复苏。因此,他每天下午四点左右来唐家打卡,风雨无阻。唐缈不见就不见吧,他走曲线救国路线,在客厅陪朱玉玲聊天,耐心跟着她学做点心,哄得未来丈母娘主动去唐缈卧室门口听动静。他一直磨到晚饭时间才离开。

他的精诚所至,彻底打开了朱玉玲这道门。吃晚饭时,朱玉玲就叹气:"想留小章吃饭吧,你就不下楼吃。这都多长时间了?你好歹见见他,谈不谈恋爱给他个准信。这样拖着也不是事。"

唐缈冷哼:"行啊,明天我下楼见他,当面给他个痛快。"

"别啊。缈缈,结婚是女人第二次投胎。优秀的好男人不多,你别意气用事。就这么磨着,看他能坚持多久。"朱玉玲生怕女儿错过章霄宇,赶紧拦着。她突然福至心灵,"绵绵,你该不会想等你爸回家吧?"

唐绵理直气壮地说道:"对,他能坚持到我爸回家,我就原谅他。"

朱玉玲抚额:"猪肉熬过头就成油渣了。三年天天来家里报到,你又不见他。神仙也坚持不了啊。"

唐绵一脸无所谓:"坚持不了就算了呗。我又不强求。"

朱玉玲哑然。

也不知道是不是朱玉玲通风报信的缘故。第二天下午,章霄宇没有来唐家报到。

吃晚饭时,朱玉玲又叹气:"心里失不失落啊?小章突然就不来了。"

唐绵放下筷子:"妈,我爸当董事长的时候凡事亲力亲为。你这董事长怎么这么闲啊?"

朱玉玲讪讪地笑着:"妈妈不是怕你一个人待在家里闷嘛,想多陪陪你。不来就不来吧,省得每天他来了,你就把自己关在房间里。"

回了房间,唐绵就冷笑:"欲擒故纵,我才不会上当!"

她安安心心地睡了一觉。清晨手机响了,唐绵摸到电话接了:"喂?"

听到苏念竹的声音,唐绵瞬间清醒。章霄宇又想玩什么花样?她腹诽着,懒洋洋地问道:"苏姐姐,有什么事吗?"

苏念竹有些为难:"绵绵,有件事……老板失踪了。"

花样玩得挺溜。唐绵不以为然:"失踪?他失踪找我没用啊?苏姐姐,你应该报警。"

看来老板是把唐绵得罪狠了。苏念竹强忍着笑意,唉声叹气:"不到二十四小时报警也不会立案的。再说……老板不是被绑架什么的。他是去了李正家。他说要进山找天青矿,说欠了你的。他不让大韩跟着,昨天一个人进了山,结果昨天晚上老板没有回李正家。大韩和村里人已经找了一晚上了。山上手机信号不好,又下着雪。不知道是不是老板腿疾发作,困在山里了。缈缈,今天早晨大韩还没有找到老板,我觉得应该告诉你。你想知道消息就和大韩直接联系。我把他的联络方式发你了。"

苏念竹利索地挂断了电话。

拿着手机,唐缈坐在床上发呆。她见过他两次腿疾发作,一次是去李正家,下山的时候章霄宇是被韩休扛下山的。还有一次是在他家,他疼得走不动路。

她想起了当初和章霄宇的赌约,又忍不住生气:"这鬼天气进山找什么天青矿!找罪受还差不多。不会是骗我的吧?"

唐缈马上加韩休好友。过了几分钟韩休通过,唐缈马上连通了视频。

韩休站在一块山岩上,身后的矮松缀着晶莹的雪。他神情严肃,目光直望向远处:"唐小姐,昨天我们找到大半夜才回村。山上正在下雪,看不清楚。今天一大早李老师又找了村里熟悉情况的村民和我一起上山。有消息我会通知你。我们继续找。"

视频移动,唐缈看到韩休身边站着两个村民,背着一大卷绳子。山上的雪落得急,韩休说话间呼出团团白气。她一下子就慌了:"我也来。"

"唐小姐,你就别来添乱了。挂了。"

韩休不让她过去,唐缈越发相信这是真的。她换上登山防寒服和雪地靴,在楼上就叫起了朱玉玲:"妈!章霄宇一个人上山失踪了!打电话让白星把他的越野车借给我用。"

"失踪了啊?正好不用来家里烦你了。下来吃早饭!"朱玉玲突然听到女儿担心章霄宇,差点笑起来。

唐缈下楼吃早饭,嘴硬地反驳着母亲:"我签了两年工作室呢。我得奖的证书和奖金还没拿呢。这个人坏透了,天天来家里,就没一次记着给我。这次我非得讨回来不可。"

挂掉视频,韩休朝身后望去。章霄宇穿得像只熊宝宝,手抄在胳膊肘里贼贼地笑:"上钩了?回家吃饭。"

韩休瞪了他一眼,招呼着两位村民一起回李正家吃早饭。

吃过早饭,韩休帮忙在他的内衣上贴暖宝宝。

"多贴几张。山上贼冷!"

"老板,你不怕这次被唐小姐戳穿,前功尽弃真的和你一刀两断?"

章霄宇兴奋地做着扩胸运动:"是时候祭出哀兵对策了!这丫头油盐不进,我老丈人支招,只要装可怜,她肯定会心软。"

韩休收拾停当,看他把衣裳穿好,他看了看时间:"以唐小姐的开车速度,大概一个半小时就能到这儿。我们现在提前去布置正合适。"

"出发!"章霄宇兴致勃勃地挥手,临出门对李正反复叮嘱,"李老师,我的终身幸福就拜托您了。"

李正大笑:"章总您放心吧。"

进了山沟,韩休带着章霄宇走了一个小时到了事先选好的地方。

章霄宇探头往下面望了一眼,怀疑地看着韩休:"这里?"

韩休从包里拿出一副绳梯:"就这里。"

"用不着吧?这洞至少有三米深,你让我待在洞里等她?"

这是处天然形成的深坑,下面铺满了雪。章霄宇看着头皮有点发麻。

韩休系好绳梯分析给他听:"你是从这边坡上滚下来的。坡上我埋了一块天青矿。你摔进洞里晕过去了,幸好背包还在,你把手机信号屏蔽器埋在洞里,手机就打不出去了。注意别被她发现。这里离村子有一小时路程,所以你叫破喉咙也没叫来人,你只好在洞里支起帐篷钻进睡袋等待救援。合情合理。"

章霄宇反对:"我的意思是说这个洞这么高。缈缈找到我也只会去叫人,不会下来。太傻了吧?"

韩休的目光瞄向他的腿:"能不能将她引下来就是你的事了。我只能保证她会一个人走这条路找到你。"

章霄宇咬咬牙,攀着绳梯下到了洞底。

韩休收走绳梯,将周围的痕迹清除掉,钻进了林子。

章霄宇下到洞里,将信号屏蔽器埋到角落的雪里,开始搭帐篷。他钻进帐篷躺进睡袋里抱着电暖手炉舒舒服服地睡起了回笼觉。

十点半左右,唐缈和白星到了李正家。

李正一个人在家早等得望眼欲穿。

"李老师,韩休还在山上?"唐缈开门见山问道。

"可不是,我都快急死了。昨天晚上章总没有回来吃晚饭,韩先生就去找了一圈。天晚了,手机也打不通,又找了村里的人一起去找,找到凌晨两点多。山上下这么大的雪,韩先生担心得不行,只睡了两三个钟头,凌晨五点就起床进山了。"

"李老师,他肯定向您打听了矿脉的地点吧?就是上次您说多年前有人在山上挖到天青矿的地方。"

李正指了个方向:"那边有条矿沟,捡天青矿就在那条沟里。韩先生和村里人把整条沟都找遍了也没有找到人。韩先生的意思是今天再把那条矿沟找一遍,找不到就走另一条进山的路去找。村里进山就两条路。"

"行,我们也去找找。"唐缈拉着白星就进山了。

踩着薄薄的积雪上了山道。白星不解地问唐绡:"章大哥不是走的矿沟吗?"

"不是没找到人吗?我们走这条路试试。"

一小时后,两人爬上了山。下面的山沟覆盖着积雪,再往前就是一片原始森林。

山风凛烈,吹得白星用围巾将头脸都包了起来,含糊地说道:"姐,下了这个坡,再往前就进原始森林了,咱俩可不能去了。林子里有黑熊呢。"

"你喊几声试试。"

"为什么我喊?"

唐绡恶狠狠地说道:"叫你喊你就喊,废话这么多!"

白星张手支在嘴边大喊:"章霄宇!章大哥!我姐来找你了!"

声音顺着山风传得老远,回音久久在山间回荡。

没有任何反应。

唐绡望着沉寂的远山,突然就慌了神:"你把围巾解开喊啊。闷声闷气的,他听得见吗?"

"我……喊!"白星无奈地扒下围巾再喊。

风灌进嘴里,呛得他大声咳嗽起来。

"我来!"唐绡望着远处大喊,"章霄宇!你这个王八蛋!你没死就吱个声!"

还是没有反应。

"姐,我们肯定走错路了。李老师亲眼看到章大哥去了矿沟,我们在这里嗓子喊破了也是白喊。"

唐绡给韩休打电话。

"我们把矿沟找遍了,正打算去你们那边找。唐小姐,你要不在原地等我们?"

"行。"

挂掉电话,唐绱找了个背风的地方坐了,从包里拿出保温壶和巧克力递给白星:"歇会儿吧,我们就在这里等韩休他们过来。"

白星一听歇着了,来了精神,扒下围巾冲远处又吼了一嗓子:"章大哥,我和我姐来找你了!你听到就回我一声!"

章霄宇睡醒一觉,坐在睡袋里喝热茶吃巧克力。一看时间都下午一点了。他掀起帐篷,雪落了他一脖子,凉得他哎哟叫了声。

他扫掉落雪,抬头望天。雪下得急,像极了洞口倒翻的面粉袋子。章霄宇叹了口气:"不是吧?蜗牛爬也该到了吧?"

这时,他隐隐听到了白星的声音。章霄宇大喜,扯开喉咙大喊:"我在这里!白星!绱绱!"

再没有任何声音出现。章霄宇急了,仰天又吼。还是没有任何声音。他气得半死:"蠢不蠢啊?也不下山来看看!"

洞口太深,他攀不上去,急得团团转。灵机一动,章霄宇拿出手机开到最大音量循环放着歌,将手机扔出了洞口。

这招终于起了作用。正在喝茶的唐绱先听到歌声,紧接着白星也听到了。两人跳了起来,背起包就往山坡下跑。

白星边跑边喊:"姐,声音在这边!章大哥!你在哪儿!"

章霄宇正要回答,眼珠一转进帐篷钻睡袋里了。

"手机!"白星捡起雪地里的手机递给唐绱。两人同时看到了眼前的洞。

"章霄宇!"唐绱看到洞里的帐篷先松了口气,至少没睡在外面冻死。

章霄宇"努力"地朝帐篷外伸出了一只手。

唐绡拿起手机给韩休打电话,蓦然发现手机没信号。她推了推白星:"你赶紧回去叫人。"

白星哎了声,正要走。唐绡又抓住了他:"我先下去看看他。他都没力气说话了。"

"怎么下去?"他们俩没带绳子。

唐绡打量了下洞的深浅:"你拉着我的手放我下去。松手我跳,下面有雪。一米多高不会有问题。"

声音传进章霄宇耳中,他顿时后悔。摔下来崴到脚怎么办?"艰难地爬出"帐篷,章霄宇抬起头,手"无力"地在空中挥挥,压低了声音:"别……下来!"

"姐,快看章大哥!"

"你怎样了?"

章霄宇"虚弱地"躺着。他很长时间没有见到唐绡了,看到她焦急的脸,章霄宇突然有点心酸。她怎么就这么狠,两个多月硬是不见自己。

见他不说话,唐绡急了:"拉着我的手!"

她攀着山岩就下去了。白星拉稳了她的手有点紧张:"姐,你看准了跳。"

看她已经悬在了洞口,章霄宇也吓了一跳,赶紧从睡袋里钻出来,站起身就搂住了她的腿将她接住了。

唐绡低头看他。

章霄宇马上松手,往雪上一倒,大口喘气:"我没力气了,浑身都疼,我好冷啊……"

"白星,去叫人!"唐绡喊了声,低头扶他,"摔哪儿了?在这儿睡了一晚上?冻坏没?"

这一扶不要紧,唐绡摸到他胸口有块硬硬的东西。

"我从坡上滚下来,这地方手机没信号又上不去。好在背包还在,有帐篷和睡袋,还算好。你怎么来了?"章霄宇舒服地靠在唐缈怀里装虚弱。

　　唐缈把手伸进了他的外套。她摸到了一只电暖手炉,还很暖和。

　　"缈缈,真要我快死了你才舍得见我。"章霄宇抱着她的腰撒娇,"这地方好冷啊。没有人找到我,我就孤零零死在这里了。正好是个洞穴,一个冬天雪下得大了,就会把我埋在这里。"

　　"来年春暖花开,雪化了。你的尸体会泡在水里吹气一样膨胀,形成巨人观。"唐缈淡淡地接了下去。

　　章霄宇大怒:"有你这样的吗?说得这么恶心!"

　　"哟,有精神了啊?也是,在这里待了两小时冻不着你。"

　　章霄宇坚决不承认:"我待了一晚上……"

　　唐缈将他怀里的电暖手炉掏了出来:"这地方还能插电,真是高科技!"

　　噎得章霄宇半天答不出话来。他怎么就犯了这个低级错误?他直接抱紧了她:"我不管。反正你今天不答应嫁给我,我就和你一直待在这洞里不上去。"

　　"耍无赖啊?"

　　章霄宇认真地看着她:"是你逼着我答应的。如果有天你不理我了,我就一定要死缠烂打。是你同意我耍无赖。"

　　唐缈心里一酸,别开脸不理他。

　　"缈缈,我们和好吧。好不好?"章霄宇软软地求她。

　　见唐缈还不理他,章霄宇捶起了腿:"我是只待了两小时,这里太冷了,腿真的疼。骨头里疼。"

　　"话该!谁叫你上山的?"唐缈绷着脸给他捏腿,心就软了,"想得出来,把自己弄洞里待着。这地方能不阴冷潮湿吗?"

说话时她随意看了看四周,一下子看到角落里白雪中露出的天线。唐缈推开章霄宇起身过去,一下子将信号屏幕器从雪里扯了出来:"这又是什么? 路由器吗?"

章霄宇简直无地自容,他走过去拿走扔掉:"手机信号增强发射器,没什么用。"

唐缈怀疑地看着他,章霄宇讪讪地扶着她的脸亲了下去:"缈缈,我想你。"

他的吻如此热烈,染得她的唇像烧着了一把火。唐缈情不自禁抱紧了他。

"姐! 我们来了!"白星兴奋地朝洞里喊了声,脑袋探出来又飞快地缩了回去,"我们晚点再来。"

唐缈懊恼地推开了章霄宇,她怎么这么容易就被他诱惑了。她朝上面喊:"赶紧地,把我们弄上去。"

韩休再次放下了绳梯。

两人爬上去。韩休搂着白星的脖子转身就走:"老板,我累了。我和白星先走了。"

唐缈狠狠瞪了章霄宇一眼:"腿不疼了? 不疼就走吧。"

走了两步,章霄宇想起还有一件事:"缈缈,我是从坡上滚下来的。"

"你还要装?"唐缈抄起了胳膊。

"照韩休剧本念的。"章霄宇马上把韩休出卖了,"不过,我有东西给你。"

他飞快地奔向山坡,往上爬,看到韩休埋在坡上的天青矿,兴奋地挖了出来:"我昨天和大韩考察地形,我真在矿沟里找到了一块……"

章霄宇脚底踩滑,顺着坡就滚了下来。

"章霄宇!"唐缈吓得大喊出声。

走在前面的韩休和白星回过头,瞬间呆住。

白星愣愣地问韩休:"韩大哥,章大哥演得也太卖劲了吧?真摔下来给我姐看啊?"

韩休已经跑了过去:"我去!"

天旋地转中,章霄宇紧紧地抱住了手里的矿石,滚了下来。

"章霄宇!摔哪儿了?"

他看到唐缈焦急的脸,直笑:"我没事啊。缈缈,我找到天青矿了。你看。"

他挣扎着坐起身,将护在怀里的矿石给她看。

"我不怪你了,真不怪你了。"唐缈眼睛一红,眼泪就落下来了。她的手按着他的头一边喊韩休:"韩休,他流好多血。"

流血了吗?章霄宇这时才感觉到有液体从头上淌下来,眼前一黑晕了过去。

"后来呢?"

白星牵着小女友的手走在制壶基地里:"后来……我姐被苦肉计给算计了,一心疼就原谅了章大哥。迈过心里那道坎,两人说开了就好了。他们办了紫砂壶艺培训学校。然后,我过来玩就遇见了你。"

别墅三楼平台上传来唐缈清脆的声音:"白星,小媛,赶紧上来!就等你们了!"

白星和小女友抬起头,章霄宇拥着唐缈正趴在栏杆上冲他们笑。

碧蓝的天空下,两人的笑容像浮在琉璃盏里的酒,明媚如醉人的春光。